SKANDAR AND THE PHANTOM RIDER

스캔다르와
팬텀 라이더

영웅은 그림자 속에 숨지 않는다

A. F 스테드먼 지음 | 이세진 옮김

솔빛길

스캔다르와 팬텀 라이더

1판 1쇄 발행 2024년 1월 22일

원작 SKANDAR AND THE PHANTOM RIDER
지은이 A. F. 스테드먼 **옮긴이** 이세진 **발행인** 도영 **편집** 김미숙
한국 디자인 씨오디 **발행처** 솔빛길 **등록** 2012 - 000052
주소 서울시 마포구 동교로 142, 5층(서교동)
전화 02) 909 - 5517 **팩스** 02) 6013 - 9348, 0505) 300 - 9348
이메일 anemone70@hanmail.net **ISBN** 978 - 89 - 98120 - 97 - 9 04840

SKANDAR AND THE PHANTOM RIDER by A. F. Steadman
Text Copyright © De Ore Leonis 2023
Illustrations Copyright © Two Dots 2023

언제라도

배를 바꿀 수 있다는 것을 알려 준

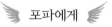 포파에게

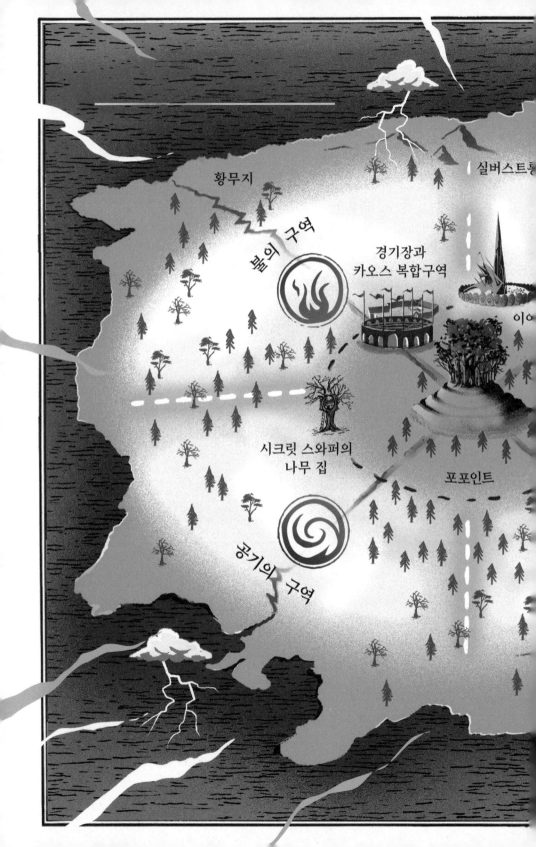

차례

프롤로그

달도 뜨지 않은 밤, 두 마리 유니콘이 전투가 할퀴고 간 평원을 건너 갔다.

첫 번째 유니콘은 가면을 쓴 라이더에게 재촉당하며 황무지를 내달 렸다. 두 번째 유니콘은 라이더의 썩어 가는 심장의 박동에 맞춰 걸었 다. 느리고 꾸준한 박동, 혼돈에 길든 심장의 박동이었다.

가면을 쓴 라이더가 약속 장소에 먼저 도착했다. 그의 눈에서 이글거 리는 불꽃은 가없는 어둠 속의 유일한 빛이었다. 그는 위버가 다가오는 것을 지켜보았다. **쿵, 쿵.** 유니콘의 부패한 발굽이 흙바닥을 울리는 소 리는 흡사 장례 행렬의 북소리 같았다.

라이더는 위버의 불면의 유니콘이 그의 주위를 도는 동안 공포로 눈 을 깜박거렸다. 그는 항상 그녀를 두려워했다. 그것 때문에 그는 살아 있음을 느꼈다.

위버는 상대에게 공포가 파고들었음을 감지했다. 그녀는 언제까지나 공포의 대상일 것이다. 그것에 대해 그녀는 아무 느낌도 없었다.

"시작할 때가 됐다."

위버의 목소리는 사람의 목소리 같지 않았다. 단어들도 그녀의 유니콘의 날개처럼 썩어 문드러지고 있었다.

불꽃 눈의 스파이는 고개를 숙이고 다시 유니콘을 몰아 포포인트 방향으로 달려갔다.

위버는 그가 멀어져 가는 모습을 바라보았다. 숨도 못 쉬게 몰아치는 바람이 그녀의 검은 수의를 붙잡았다. 그녀는 자신의 패배나 자신을 저버린 아들에 대해 생각하지 않았다. 오로지 앞일만 생각했다.

게임을 이길 수 없다면 게임을 바꿀 작정으로.

케나

문을 두드리다

하지를 하루 앞두고 케나는 해변에 앉아 바다로 떨어지는 해를 바라보았다. 마게이트의 불빛들이 그녀의 등 뒤로 하나둘 켜지기 시작할 무렵, 케나는 주머니에서 스캔다르의 편지를 꺼내 봉투를 한참 응시하고는 또다시 열어 보지 않은 채 집어넣었다. 벌써 사흘째 케나는 그 편지를 가지고만 있었다. 읽고 싶은 마음은 굴뚝같았다. 정말로 그랬다. 동생이 너무 보고 싶어서 가끔은 잠이 덜 깬 채 어둠 속에서 동생에게 하고 싶은 얘기를 속삭이면서 숨통을 트곤 했다. 바보 같은 얘기. 무서운 얘기. 비밀스러운 얘기. 그러고 나서야 동생의 침대는 비어 있다는 사실을 떠올렸다. 그 침대가 빈 지 벌써 1년이 다 되어 갔다. 동생은 이제 아일랜드의 나무 집에서 자고 낮에는 자기 유니콘과 함께 원소 마법을 배우고 있었다.

그것이 케나가 편지를 읽기 힘든 이유였다. 동생의 편지는 케나가 영원히 유니콘을 가질 수 없다는 사실을 아프게 상기시켰다. 2년 전, 케나는 라이더가 될 수 있는가 없는가를 결정하는 해처리 시험에서 떨어졌다. 그것은 유니콘과 영영 연을 맺을 수 없고 아일랜드에 가서 살 수도 없다는 뜻이었다. 그리고 몇 주 전 스캔다르에게 가서 그의 유니콘 스카운드럴스릭을 보고 온 후로는 동생의 편지를 읽기가 더 괴로워졌다.

스캔다르와 스카운드럴스릭이 한 영혼에서 나온 것처럼 서로 착착 맞게 움직이던 모습을 생각하지 않으려 했지만 그럴 수 없었다. 검은 유니콘의 목에서 잔물결처럼 꿈틀대던 근육, 날개에서 별똥별처럼 튀던 불티들. 자기 유니콘을 바라보는 동생의 눈에는 열렬하다 못해 사나운 애정이 깃들어 있었다. 남매 사이보다 더 깊은 연. 마법을 일으킬 수 있는 연.

케나는 발에 묻은 모래를 털고 학교 갈 때 신는 신발을 도로 신었다. 친구들은 이곳에 일찌감치 왔다 갔다. 유니콘에 관심 없는 새로운 친구들. 스캔다르의 훈련 경기를 보고 돌아오자 너 나 할 것 없이 몰려와 아일랜드에 대해서 묻는 바람에 케나는 질려 버렸다. 그래서 아일랜드는 메인랜드만 못한 곳이고 유니콘은 추한 날개를 지닌 무서운 동물일 뿐이라고 독기 어린 말을 하고 다녔다. 대부분은 그런 말을 듣고 싶어 하지 않았지만 안티 유니콘 무리는 케나를 여왕처럼 떠받들었다.

쉬는 시간에 그들은 케나 주위에 옹기종기 모였고 그녀가 라이더들이 낡고 닳은 재킷을 입고 나무 위에서 살더라는 이야기를 하면 킬킬거렸다. 그럴 때 케나는 어쩌면 이곳 메인랜드에 소속감을 느낄 수도 있겠다는 어렴풋한 희망을 느꼈다. 그렇게 될 수도 있을 것 같았다. 올해는 아빠와 함께 카오스컵을 보지도 않았다. 세계적으로 유명한 유니콘 경주를 아빠 혼자 보라고 텔레비전 앞에 두고 돌아설 때 아빠는 상처 입은 표정을 지었지만 케나는 못 본 척했다. 케나는 엄마가 살아 계셨다면 얼마나 실망했을까를 생각하는 대신, 새로 사귄 친구들과 함께 한산한 마을 중심가를 싸돌아다녔다.

그날 케나는 니나 카자마가 카오스컵 우승을 차지하는 장면을 놓쳤다. 카오스컵 역사상 최초의 메인랜더 우승자가 나온 것이다. 케나는 신경 쓰지 않는 척했다. 하지만 침실에 혼자 틀어박히자 니나가 라이트닝미스테이크를 몰고 결승선 아치를 통과하는 동영상 클립을 수백 개나 찾아보았다. 그러고는 자신이 사실은 새 친구들과 어울리지 않는다는 것을 깨달았다. 그냥 어울리는 척하고 있었을 뿐이다.

집에 도착한 케나는 선셋하이츠의 정문 비밀번호를 입력하면서 아일랜드에서 잠깐 보았던 나무 집들을 생각했다. 스캔다르와 친구들처럼 이어리에서 살고 스카운드럴스럭 같은 자기만의 유니콘이 마구간에 있으면 좋겠다는 마음을 접을 수 없었다. 그게 진실이었다. 2년이 지났지만 케나는 여전히 세상 그 무엇보다 유니콘을 원했다.

"케나니?"

"네, 저 왔어요." 케나는 207호로 들어가면서 외쳤다.

아빠는 이미 주유소 야간 근무를 나가려고 옷을 갈아입고 있었다. 케나는 안도했다. 어떤 날은 아빠를 겨우 설득해서 출근시켰고, 어떤 날은 끝내 설득하지 못했다. 오늘은 힘들지 않은 날이었다. 케나가 동생에게 말하지 않고 혼자 담아 두는 힘든 날이 아니라 편지로 보고했던 것과 같은 날.

그들은 익숙한 춤을 추듯이 복도에서 서로의 주위로 스텝을 밟았다. 아빠는 셔츠 앞주머니에 열쇠를 넣었고 케나는 아빠의 머리 뒤 고리에 재킷을 걸었다.

"우편함 확인했니?" 아빠가 물었다.

그 질문의 진짜 의미는 스캔다르의 편지가 없었느냐는 뜻이었다.

"네, 봤어요. 아무것도 없었어요." 케나는 거짓말을 했다

"아, 그렇구나. 좀 있으면 오겠지." 아빠는 케나의 정수리에 뽀뽀를 했다. "좋은 밤 보내라, 우리 딸, 내일 아침에 보자."

케나가 침실로 물러나는 동안 스캔다르의 편지가 주머니 속에서 활활 타는 것 같았다. 아빠에게도 편지를 보여 줘야 한다는 건 알고 있었지만 도저히 그럴 수 없었다. 오늘 밤은 아니었다. 전국의 열세 살 아이들이 모두 해처리 시험을 치른 날 아닌가. 그들은 모두 오늘 밤 자정에 다섯 번의 노크 소리를 듣고 유니콘 라이더 후보로 소집되기를 소망한다. 케나가 만약 아빠에게 편지 얘기를 했다면 아빠는 틀림없이 작년에 스캔다르가 아일랜드에 불려 간 얘기를 하고 싶어 안달이 났을 것이다.

사실, 아빠는 언제나 스캔다르와 스카운드럴스럭 얘기만 하고 싶어 했다. 그래서 케나는 자기가 하는 일은 전부 다 ─ 수학 시험에서 좋은 점수를 받고, 새 친구들을 사귀고, 울다가 잠이 들지라도 ─ 언급할 가치도 없는 것 같았다. 비록 아빠가 행복해하는 모습을 보는 건 좋았지만 말이다. 어린 시절에 케나는 아빠가 웃는 모습을 좀체 볼 수 없었다. 그래서 케나는 자신의 감정과 아빠의 감정 사이에서 이러지도 저러지도 못했다.

하지만 케나는 자신의 불행 말고도 아빠에게 숨기는 것이 있었다. 그녀는 스캔다르의 기이한 아일랜드행에는 그 애가 털어놓은 것 이상의 그 무엇이 있다고 확신했다. 해처리 시험이 필요 없을 만큼 빼어난 재능을 인정받는 아이들이 있다는 증거를 찾으려고 도서관의 모든 책, 모든 웹사이트, 모든 인터넷 게시판을 이 잡듯 뒤져 보았다.

그런 건 없었다. 하지 전에 열세 살이 되는 아이는 누구나 해처리 시험을 치러야 했다. 조약으로 그렇게 정해져 있었다. 그게 법이었다. 하지만 분명히 스캔다르에게는 그 법이 적용되지 않았다. 케나는 자기 머릿속에 가득 찬 인정머리 없는 생각들이 부끄러웠다. 케나가 얼마나 더 강하고, 더 빠르고, 더 영리했던가. 케나는 동생을 키우다시피 했다. 스캔다르가 그렇게 비범한 구석이 있었다면 케나가 몰랐을 리 없다. 그녀는 동생을 무척 사랑하긴 했지만 스캔다르는 그런 아이는 아니었다. 동생은 늘 누나를 필요로 했다. 그건 스캔다르가 뭔가를 숨기고 있었다는 뜻이다.

이제 밤늦은 시각이었다. 케나는 이불 속에서 꼼지락거리면서 스캔다르의 편지를 침대맡 탁자에 올려놓았다. 편지는 내일 읽을 것이다. 아마도. 자정을 기다리지 않으려고 작정하고 천장을 바라보았다. 노크 소리도, 아일랜드의 부름도 없이 케나를 남기고 지나갈 세 번째 자정. 그녀는 자신의 유니콘을 상상하지 않으려 애썼다. 해마다 하지에는 늘 그랬던 것처럼 자기 유니콘의 색깔, 날개, 연합 원소를 상상하지 않으려고 했다.

똑, 똑.

케나는 꼿꼿이 몸을 일으키고 앉았다. 아빠가 열쇠를 깜박했나? 아니, 그건 아니다. 아빠가 셔츠 주머니에 열쇠를 쏙 집어넣는 모습을 보지 않았던가.

똑, 똑.

꿈을 꾸는 게 아니었다. 케나는 똑똑히 깨어 있었다.

케나는 발끝으로 현관까지 걸어가서는 머뭇거렸다. 한 번 더 노크 소리가 나면 대답해야지. 그게 아니면 분별력 있게 굴어야지. 침대로 돌아갈 것이다.

똑.

케나는 가슴을 두근거리며 207호의 문을 열어젖혔고, 머리끝부터 발끝까지 검은색으로 차려입은 창백한 낯빛의 남자를 마주했다. 그의 초록색 눈이 깜박거리면서 케나의 좌우를 둘러보고는 마침내 그녀의 얼굴을 침착하게 응시했다. 복도의 불빛에 비친 광대뼈가 위험하리만치 날카로워 보였다. 그가 입을 열어 말을 하는 순간, 혀에서 기이한 은빛 섬광이 일어났다.

"도리언 매닝이다." 그가 가느다란 손을 내밀었다.

케나는 그 손을 잡지 않았다.

"해처리의 의장이자 실버 서클의 수장이다." 그는 거만하게 목청을 가다듬고 케나가 무슨 말을 할 거라 기대한 듯 코를 찡그렸는데 그 모습이 왠지 하수구의 생쥐처럼 보였다.

"그렇군요……." 케나는 해처리라는 단어가 나오자 심장이 마구 뛰었지만 갈색 머리카락 한 가닥을 귀 뒤로 넘기면서 겨우 아무렇지도 않은 목소리를 냈다. "그런데 여기는 무슨 일로 오셨어요?"

"거래를 하러 왔지." 그가 고압적으로 말했다.

케나는 이미 문을 닫기 시작했다. 이 남자는 정신 나간 유니콘 덕후가 틀림없지 싶었다. 이 사람이 하지의 첫 순간에 문을 노크한 것은 순전히 우연일 터였다. 그녀가 이미 겪었던 모든 실망에 또 하나의 실망이 추가되었고, 그녀의 심장은 한층 더 강퍅해졌다.

하지만 문은 닫히지 않았다. 매닝이 번들거리는 검은색 장화를 신은 발을 재빨리 문틈에 넣었던 것이다.

"네 운명의 유니콘을 찾는 데 관심 없니, 케나 스미스?"

1장

피의 소풍

스캔다르 스미스는 자신의 검은 유니콘이 피 묻은 이빨을 핥는 것을 지켜보았다. 소풍 가기 좋은 날이었다. 8월의 하늘은 물의 마법보다 푸르렀고 따사로운 햇살은 가을의 냉기를 미래에 꽉 붙잡아 놓고 있었다.

"샌드위치가 다 어디 갔지?" 미첼 앤더슨이 갈색 안경을 콧날 중간에 걸친 채 물었다. 그는 무릎을 질질 끌면서 고리버들 바구니를 샅샅이 뒤졌다.

"내가 다 먹었지, 확실하게." 바비 브루나는 눈도 뜨지 않고 말했다.

"모두 함께 먹을 샌드위치였잖아! 내가 똑같이 돌아가게 나눠 놓기까지 했는데!" 미첼이 외쳤다.

바비가 팔꿈치로 몸을 지탱하고 일어났다. "우리 소풍 온 줄 알았는데. 샌드위치 먹기, 소풍에서 하는 일이 정확히 그거잖아."

"여기 있어, 미첼." 플로 세코니가 그들이 앉아 있던 담요 위로 기어 왔다. "내 것 하나 먹어도 돼. 난 이미 바구니에서 꺼내 왔어." 실랑이를 별로 좋아하지 않는 플로가 샌드위치를 기꺼이 내주고 평화를 사려고 하는 것은 놀라운 일이 아니었다.

"바비가 만든 거야?" 미첼이 미심쩍은 표정으로 플로가 건넨 삼각형 모양 빵의 가장자리를 베어 물었다.

플로가 웃으면서 말했다. "나도 몰라, 어쨌든 나한테 돌려주기 없음! 먹기 싫으면 레드한테 주든가."

스캔다르는 스카운드럴의 옆구리에 기댔다. 유니콘의 접힌 날개 끝 깃털이 그의 목을 간질였다. 1년 전 아일랜드에 도착한 이후로 이렇게 느긋하니 마음 편안한 때는 없었다. 그는 행복했다. 어떻게 행복하지 않을 수 있을까? 그는 마침내 소속을 찾았다. 그는 유니콘과 연을 맺었다. 그리고 친구들이 있었다. 바비, 플로, 미첼이 그와 함께 소풍을 가고 싶어 했다. 그들 넷은 콰르텟을 결성했고 그건 라이더 양성 학교, 일명 이어리에서 같은 나무 집에 산다는 의미였다. 그들은 해칠링으로서 보낸 1년을 마무리하고 전원 훈련 경기를 통과했으며 이제 네슬링으로서의 첫 수업을 앞두고 있었다.

훈련 경기 날을 떠올리자 스캔다르의 심장이 빠르게 뛰었다. 스카운드럴은 그를 안심시키려고 목구멍을 깊이 울려 소리를 냈다. 간신히 경주를 마치고 난 후, 스캔다르와 친구들은 무시무시한 적 위버와 맞서서 메인랜드를 공략하려는 그녀의 야생 유니콘 군대를 저지하기 위해 싸웠다.

스캔다르는 그 후로 위버에 대해서 ── 혹은, 그녀가 그의 '엄마'라는 무서운 진실에 대해서 ── 생각하지 않으려 애썼다. 위버가 썩어 문드러진 야생 유니콘을 몰아 그와 스카운드럴에게 달려들던 그 순간을 생각하지 않으려 했다. 그리고 케나에게 엄마가 살아 있다고 말하지 않았다는 것도 생각하고 싶지 않았다. 그는 케나가 하지 직전에 보낸 편지가 주머니 속에 잘 있는지 손을 넣어 확인했다. 편지를 꺼내지는 않았다. 그냥 엄지로 가장자리를 쓸어 보았다. 그렇게 하면 누나와 조금 더 가까워지기라도 하는 것처럼. 자신이 누나에게 숨기고 있는 진실이 조금 더 견디기 쉬워지기라도 하는 것처럼.

"두어 주만 있으면 다시 훈련에 들어간다니, 믿어져?" 플로는 실버블레이드가 몇 미터 앞에서 강물을 마시는 모습을 바라보면서 초조하게 말했다.

"난 우리가 당장 내일 시작했으면 좋겠는데?" 바비가 말했다. 변이로 돋아난 깃털이 그녀의 팔을 따라 신나게 펄럭거렸다.

"너야 얼른 원소 무기를 휘두르고 싸울 생각밖에 없겠지." 미첼이 신음하듯 내뱉었다.

바비가 씩 웃으면서 위험한 얼굴을 했다. "당연하지. 마상 시합이잖아! 메인랜드에서 쓰는 표현을 빌리자면, 나는 놀이공원의 벼룩보다 더 신나게 놀아 볼 거야."

스캔다르는 바비가 제멋대로 지어낸 표현에 웃음이 났다. 바비가 눈을 찡긋했다.

"난 이대로 있고 싶어." 미첼이 뒤로 기대면서 눈을 감았다. "그게 더 간단하잖아."

스캔다르도 그 말에는 동의했다. 처음 아일랜드에 도착했을 때는 불, 물, 흙, 공기, 그 네 개의 원소가 전부인 줄 알았다. 하지만 스카운드럴이 부화한 후, 스캔다르와 그의 유니콘은 —위버와 마찬가지로— 불법적인 다섯 번째 원소 스피릿에 연합해 있음을 알았다. 스캔다르는 콰르텟 친구들의 도움으로 거의 1년 동안 그럭저럭 물 윌더인 척하면서 버틸 수 있었다. 결국엔 진실이 만천하에 밝혀졌지만 말이다. 이제 모두가 — 비록 아빠와 케나는 모르지만 — 스캔다르가 소위 '죽음의 원소'와 연합해 있다는 것을 알고 있었다. 그가 구름다리를 건너거나 사다리를 타고 올라갈 때마다 뒤에서 수군대는 소리가 일어났다. 스피릿 윌더가 이어리의 신임을 얻기까지는 꽤 오랜 시간이 걸릴 터였다.

"훈련 시작 전에 안장을 받잖아." 플로가 말했다.

스캔다르는 한숨을 쉬었다. "너희는 그렇겠지. 나는 나를 선택할 새 들러가 과연 있기나 할지 잘 모르겠다."

"넌 계속 그 소리만 하더라." 플로가 눈살을 찌푸렸다. "제이미는 네가 스피릿 윌더로 밝혀진 후에도 받아들였어. 갑옷 제조공이 괜찮다는데 마구 제조인이 왜?"

"제이미는 나랑 아는 사이잖아. 경우가 다르지."

"그리고 제이미는 괜찮은 친구잖아. 내 머리도 멋있다고 해 줬어." 미첼이 덧붙였다. 그의 불타는 머리카락들이 변이를 과시하고 싶은 듯 한층 더 환하게 타올랐다.

"새들 세리머니 얘기가 나와서 말인데," 바비는 이제 완전히 허리를 세우고 앉아 있었다. "셰코니 새들스는 매년 라이더를 선택하는 게 아니라는 말이 있더라. 워낙 명가(名家)라서 카오스컵 진출이 확실시되는 라이더에게만 안장을 제공한다나." 바비는 욕심이 앞서서 눈이 촉촉해져 있었다. "플로, 너는 빼도 박도 못할 셰코니 가문 사람이잖아. 넌 틀림없이 알고 있겠지?"

플로가 도리질을 하자 검은 아프로 머리 안의 은빛이 햇살을 받아 반짝거렸다. "아빠 나에게 아무 말도 안 하실 거야. 공정한 처사가 아니라고 생각하실 테니까. 나도 그게 맞다고 생각해."

"어련히 공정하겠어. 누가 흙 월더 아니랄까 봐." 바비는 팔콘의 회색 다리에 묻은 진흙을 털기 위해 솔을 들고 일어나면서 투덜거렸다. 유니콘은 라이더가 흙을 다 털어 내는지 확인하려고 바비를 내려다보았다. "비밀 하나 못 건지면 새들러 집안 딸내미랑 친구 해서 좋은 게 뭐야?"

지난 몇 주 동안 플로에게 안장에 대한 정보를 달라고 조른 사람이 바비뿐은 아니었다. 플로는 동료 라이더들을 실망시키고 싶지 않았기 때문에 아예 그들을 피해 나무 집에 숨어 지내다시피 했다. 스캔다르는 네슬링들의 관심을 탓할 수 없었다. 라이더로서 성공하려면 실력 있는 새들러를 확보하는 것이 중요했고 다들 이번 세리머니에 셰코니 새들스가 나오는지 알고 싶어 안달하고 있었다. 올루 셰코니는 아일랜드에서 가장 이름난 마구 장인이었을 뿐 아니라 카오스컵의 새로운 우승자 니나 카자마의 마구를 담당하고 있었다. 스캔다르는 아직도 자기와 같은 메인랜더 출신이 카오스컵에서 우승하고 사령관이 되었다는 사실이 믿기지 않았다. 사령관이라면 아일랜드를 통틀어 가장 중요한 인물 아닌가.

스카운드럴이 일어나면서 장난스럽게 날개로 스캔다르를 넘어뜨리고는 팔콘과 함께 강가에 있는 레드와 블레이드에게 다가갔다. 유니콘들은 '누가누가 물고기를 더 많이 죽이나'를 다투는가 싶은 게임을 하기 시작했다. 스캔다르는 유니콘이 물고기를 먹는지조차 잘 몰랐지만 스카운드럴과 레드는 날카로운 이빨로 물고기를 잡아채 물 밖으로 내던지면서 아주 즐거워 보였다. 스카운드럴은 검은 뿔 끝으로 꼬챙이 꿰듯 물고기 한 마리를 꿰어 올리기까지 했다. 그러나 몇 판 노는가 싶더니 팔콘이 원소 마법으로 돌풍을 일으켜 강 한쪽을 꽁꽁 얼려 버리는 바람에 레드와 스카운드럴은 딱딱한 얼음에 턱을 세게 부딪치고 말았다.

블레이드는 친구들의 바보 짓거리가 못마땅한 듯 위엄 있게 콧소리를 내고는 투명한 얼음장 아래 물고기들이 안전하게 헤엄치는 모습을 폭풍 같은 눈으로 지켜보았다.

스캔다르는 소풍 장소가 물의 구역이어서 좋았다. 아까 이곳으로 올 때의 일이 떠올랐다. 이어리에서 출발한 지 30분도 안 됐지만 벌써 지형이 완전히 달라 보였다. 강과 그 지류 들은 너른 평지에 푸른 혈관처럼 뻗어 있었고 굽이마다 풀이 무성하게 자라고 있었다. 그들은 유니콘을 타고 날아오면서 그곳 주민들이 나무 집을 짓고 사는 버드나무들을 내려다보았고 운하를 이리저리 가로지르는 승개교*들 아래로 이따금 삐걱거리며 지나가는 고깃배들도 발견했다.

미첼이 물의 구역 중심부를 가리키며 거기가 아일랜드 전역에서 장사꾼들이 몰려와 노점을 설치하는 유명한 수상시장이라고 알려 주었다. 몇몇 손님은 연잎 모양의 나무 발판 위에 균형을 잡고 서서 물건을 구경했고 또 다른 손님들은 구매한 물건을 싣고 물길을 따라 노를 저어 내려가고 있었다. 가까운 물굽이에서 물이 호수들로 흘러 들어갔는데 호숫물이 맑아서 아일랜더들이 헤엄을 치거나 동물들이 잠시 발길을 멈추고——그 동물들이 굶주린 유니콘들에게 잡아먹히지 않는다면—— 목을 축일 수 있었다. 그 구역은 심지어 냄새도 달랐다…….

스캔다르는 구역질이 올라왔다.

"바비가 만든 샌드위치 먹어서 그래?" 미첼이 안됐다는 듯이 물었다. "잼과 치즈와 마마이트를 넣은 샌드위치는 아무도 좋아하지 않는다고 말했건만 도무지 들어 먹질 않지……."

---

* 승개교(昇開橋): 선박의 통행을 위해 다리의 양쪽 끝에 철탑을 세워서 다리 전체를 오르내리게 만든 다리.

"냄새 안 나?" 스캔다르가 다급하게 물었다.

유니콘들이 물가에서 요란하게 울어 대기 시작했다. 스카운드럴이 위험을 알리듯 검은 날개를 퍼덕이며 잽싸게 다시 강둑으로 달려 올라왔다. 연을 통해 흘러 들어온 스카운드럴의 두려움이 스캔다르 자신의 두려움과 함께 회오리쳤다. 그는 생각했다. '여긴 안 돼. 여기선 절대 안 돼.'

플로가 스캔다르의 팔을 붙잡았다. "스카, 왜 그래?"

바람이 휙 불어왔다. 플로의 눈이 공포로 휘둥그레졌고, 스캔다르는 혼자만의 상상이 아니었음을 깨달았다. 플로도 냄새로 알아차린 것이다. 썩은 살, 곪은 상처, 죽음의 산패한 냄새. 이런 냄새를 풍길 수 있는 피조물은 세상천지에 하나뿐이었다.

"당장 여기를 떠야 해. 냄새가 이렇게 코를 찌르는 걸 봐선, 아주 가까이 있는 거라고!" 스캔다르는 위험이 닥치기 전에 날아오르려고 스카운드럴을 향해 달렸다.

강둑으로 달려온 유니콘의 목은 땀으로 푹 젖어 있었다. 스카운드럴이 물속의 무엇인가를 내려다보면서 끽끽거리는 동안, 녀석의 눈동자가 붉게 변했다가 다시 검은색으로 돌아오기를 반복했다. 스캔다르도 그쪽을 내려다보았다. 다른 유니콘들도 전부 그의 옆까지 올라와 멈추었다.

블러드가 스캔다르의 귀에 대고 울부짖었다. 멀찍이서 플로의 비명, 미첼의 저주, 바비의 헐떡임이 들렸다.

물속에 야생 유니콘이 있었다.

죽은 유니콘이.

스캔다르는 정신이 혼미해졌다. 이게 진짜일 리 없어.

"이해할 수가 없네." 미첼이 잘 나오지도 않는 목소리로 나지막하게 말했다. 확실히, 그가 으레 받아들일 법한 일은 아니었다.

야생 유니콘의 불멸의 피가 소용돌이치면서 강물에 퍼지고 있었다. 미끄러운 바위와 근처의 갈대는 핏물에 뒤덮여 있었고 유니콘 가슴팍의 크게 벌어진 상처에는 벌써 파리 떼가 들끓었다. 스캔다르는 사체가 하류로 떠내려오다가 이 물굽이에 걸려 비로소 멈추었겠거니 생각했다.

"정말 죽은 거 맞아?" 플로가 속삭였다.

미첼이 팔짱을 꼈다. "글쎄, 내가 내려가서 확인할 마음은 없다만."

스캔다르와 바비는 낮은 강둑에서 훌쩍 뛰어내려서는 물을 휘저으며 들어갔다. 썩은 내가 코를 찌르다 못해 눈이 시리고 눈물이 날 지경이었다. 스카운드럴이 걱정스러운 듯 자기 라이더를 향해 꺅꺅 울었다. 알에서 부화한 지 얼마 안 된 새끼 때나 내던 소리였다. 스캔다르는 온몸의 신경이 바늘 끝처럼 곤두섰지만 연을 통해 스카운드럴을 안심시키려 애썼다. 그는 야생 유니콘이 조금이라도 꿈틀댄다 싶으면 당장 강둑으로 뛰어오를 준비가 되어 있었다. 바비는 단호하게 입을 앙다물고 밤색 유니콘의 투명한 뿔 바로 옆에 무릎을 꿇었다.

바비는 고개를 가로저었고 스캔다르는 바비 옆으로 가서 자세를 낮추었다. 이제 그의 바지는 핏물에 흠뻑 젖었다. 야생 유니콘 머리 한쪽의 빨간 눈 하나가 보였다. 그 눈은 이제 아무것도 보고 있지 않았다. 스캔다르는 손을 내밀어 그 주름진 눈꺼풀을 내려 눈을 감겨 주었다. 빽빽한 속눈썹이 자기 유니콘의 속눈썹 같아서 문득 너무 슬퍼졌다. 강둑 위에서 스카운드럴이 잘했다는 듯 우렁차게 울었다.

"어린 유니콘 같은데. 우리가 황무지에서 봤던 다른 야생 유니콘들만큼 징그럽지 않잖아." 바비가 중얼거렸다.

"스캔다르!" 미첼의 음성이 잔잔하게 물결치는 강물 위로 울려 퍼졌다. "우린 당장 널 여기서 데리고 떠나야 해! 스피릿 윌더? 야생 유니콘? 넌 이 부근에서 누구 눈에 띄면 안 돼."

스캔다르가 강둑 위의 미첼과 레드를 쳐다보며 눈을 깜박였다. "스피릿 윌더는 야생 유니콘을 죽일 수 없어."

"그 무엇도 야생 유니콘을 죽일 수 없다고 해야지. 야생 유니콘은 죽음을 모르는 천하무적이라고들 하잖아. 하지만 지금 이 상황을 봐." 미첼은 진정이 안 되는 손으로 불꽃 머리카락을 쓸어 넘겼다.

"이리 와, 스카, 가자." 플로는 이미 블레이드의 은빛 등에 올라타고 있었다. "꼬투리 잡히면 이 일을 네 탓으로 돌릴 사람들이 있잖니."

도리언 매닝의 얼굴이 스캔다르의 뇌리를 스치고 지나갔다. 작년 말, 실버 서클의 수장은 스피릿 윌더의 이어리 복귀를 맹렬하게 반대했다.

스캔다르는 일단 스카운드럴의 등에 올라탄 후, 마지막으로 한 번 더 강에 처박힌 야생 유니콘의 사체에 눈길을 주었다. 등골이 서늘해졌다. 야생 유니콘이 죽다니. 야생 유니콘은 영원히 산다고, 야생 유니콘은 무찌르려야 무찌를 수 없다고들 했다. 그런데 야생 유니콘을 죽일 수 있다면, 그런 방법이 있다면…… 도대체 어떤 어두운 힘이 영원히 사는 ─ 죽음과도 같은 삶이지만 ─ 불사신의 목숨을 앗아 갔단 말인가?

'엄마?' 스캔다르는 가장 명백한 답과 싸우려 애썼다. 엄마가 이미 불멸의 생명체를 죽일 수 있을 만큼 힘을 되찾았다고 상상하면 정말로 소름 끼치게 무서웠다. 이건 엄마가 한 일이 아니라고 믿고 싶었다. 이 불가능한 살상은 더 강력하고 더 사악한 누군가의 소행일 거라고 말이다.

그러나 스캔다르는 위버보다 더 악한 사람을 생각해낼 수 없었다.

2장

진실의 노래 소동

며칠 지나지 않아 이어리 전체가 야생 유니콘의 죽음에 얽힌 미스터리로 떠들썩했다. 사체는 스캔다르 일행이 물의 구역을 떠나고 몇 시간 후에 순찰을 돌던 센티널들에게 발견되었다. 교관들은 어린 라이더들에게 섣불리 범인을 추측하지 말고 카자마 사령관의 조사가 끝나기를 기다리라고 타일렀다. 그러나 위버에 대한 소문은 무성했다. 새로 들어온 해칠링들은 제외하고 모든 라이더들이 아직 훈련을 재개하지 않고 여름 방학을 보내고 있었기 때문에 더 그런 감이 있었다. 그들은 야생 유니콘이나 위버에 대한 소문 말고는 달리 소일거리가 없었다. 스캔다르는 자신을 둘러싼 수군거림이 한층 더 심해진 것을 느꼈다.

스캔다르가 해칠링 훈련 막바지에 위버와 맞대결했다는 사실을 모르는 사람은 없었다. 비록 자세한 내막을 아는 사람은 거의 없었지만 말이다. 하지만 야생 유니콘 사체가 발견된 후로 라이더들이 식사하는 나무 집인 트로프에서 스캔다르는 뭔가 알고 있을 거다, 스피릿 원소와 연합했으니 위버가 무슨 일을 꾸미고 있는지 알 거다, 라는 소리가 그의 귀에까지 들리곤 했다. 스캔다르가 이어리의 유일한 스피릿 윌더로 살기란 늘 어려운 일이었지만 사람들이 야생 유니콘의 죽음이라는 불가해한 사건과 자신을 연관 지을 거라고는 예상하지 못했다. 스피릿 원소가 '연을 맺은' 유니콘만 죽일 수 있고 야생 유니콘은 죽일 수 없다는 사실은 다들 안중에도 없는 듯했다.

플로는 야생 유니콘의 사체가 발견되고 얼마 후 스캔다르에게 충고했다. "무시해. 쟤들은 언제 그랬냐는 듯 금방 잊을 거야."

"난 그럴 것 같지 않은데." 미첼이 말했다.

플로가 미첼을 향해 화난 표정을 지어 보였다.

"왜?" 미첼이 코에 걸린 안경을 치켜올렸다. "흥미롭다는 건 인정해야지! 어떻게 죽일 수 없는 괴물을 죽일 수 있을까?"

"흥미로운 일이 아니라 무서운 일이야! 그리고 라이더가 야생 유니콘을 사냥하는 건 아일랜드 법으로 금지되어 있어. 야생 유니콘도 라이더와 마찬가지로 아일랜드의 일부야. 오히려 더 오래전부터 여기 있었지! 비록 야생 유니콘이, 그래, 아주 착하지는 않더라도 말이야."

바비가 코웃음을 쳤다. "야생 유니콘을 '아주 착하지는 않다'고 표현하는 사람은 너밖에 없을 거야, 플로." 그녀는 의자를 위태롭게 뒤로 젖히면서 스캔다르를 바라보았다. "왜 네 엄마는 항상 아무도 한 적 없는 일을 이렇게 극적으로 터뜨린다니?" 바비는 손가락으로 하나하나 꼽으면서 말을 이었다. "카오스컵에서 가장 강력한 유니콘을 훔쳐 가질 않나, 야생 유니콘 군대를 조직하질 않아, 이제 야생 유니콘을……."

미첼이 바비의 의자를 붙잡고는 다리가 견고한 바닥으로 안전하게 돌아가게끔 앞으로 밀었다. "이 사건의 배후에 위버가 있다는 증거는 없어. 적어도 아직은."

"달리 누가 그럴 수 있을까?" 스캔다르가 침통하게 대꾸했다.

네 친구는 한동안 말없이 앉아만 있었다. 이윽고 플로가 첫 번째 실버 서클 모임을 앞두고 긴장이 되어 죽겠다는 말을 꺼냈다. 그녀의 유니콘 블레이드는 그저 압도적으로 보이기만 하는 게 아니라 —— 은을 녹여 온몸에 두른 듯 빛을 발하는 모습으로 —— 실제로 압도적이었다. 실버는 아일랜드에서도 특별했다. 가장 희귀하고 가장 강한 힘을 타고나는 유니콘이기에 그만큼 커다란 책임과…… 위험이 따랐다. 이제 플로는 훈련 경기를 통과하고 네슬링으로 진급했고 블레이드도 더 강하게 성장했으니 다른 실버 라이더들의 모임, 즉 실버 서클에 합류할 때가 되었다. 그들의 역사를 배우고, 특히 자기 유니콘의 마법을 제어하는 기술을 계발하기 위해서 그래야 했다.

"그들을 실망시키지만 않았으면 좋겠어. 내가 몇 년 만에 처음 나온 실버 라이더라고! 내가 전부 망쳐 버리면 어떡하지? 블레이드를 제어하는 법을 도통 못 배우면 어떡해? 밉상으로 찍히는 거 아닐까?"

"웃기지 마, 플로. 다들 널 좋아해. 넌 지구상에서 제일 괜찮은 애잖니. 정말 피곤하게도 말이야." 바비가 비웃었다.

"진짜?" 플로가 기어들어 가는 목소리로 물었다.

"진짜." 바비, 스캔다르, 미첼이 한목소리로 대답했다.

"너희는 정말 괜찮을 거라고 생각해? 내가 다른 실버들하고 훈련해도?"

스캔다르는 이 물음이 특히 자기를 향한 것임을 알았다. 실버와 스피릿 윌더는 역사적으로 오랫동안 경쟁 관계에 있었다. 가장 큰 이유는 실버 유니콘은 워낙 강력해서 라이더와 연을 맺더라도 스캔다르 같은 스피릿 윌더가 죽일 수 없기 때문이었다.

그는 플로가 안심할 만한 미소를 지어 보이려 애썼다. "넌 잘해 낼 거야."

"그래도 거기서 스캔다르에 대한 언급은 삼가는 게 좋을걸." 미첼이 충고했다.

플로가 첫 번째 실버 서클 모임에 대한 기대를 늘어놓는 동안, 스캔다르는 위버 말고 다른 이야기를 하게 해 준 그녀에게 고마움을 느끼지 않을 수 없었다.

———————

8월도 끝에 이르렀다. 새들 세리머니 전날 밤 스캔다르, 바비, 미첼은 나무 집에 있었고 대부분 스트레스에 시달리고 있었다. 미첼은 책장 옆 빨간색 빈백에 앉아 『안장 안내서 완전판』이라는 두툼한 벽돌책을 공격적으로 들춰 보다가 무슨 구술시험이라도 치르듯 무작위로 관련 정보를 읊어 댔다. "안장 비용은 이어리에서 지불한다……. 1982년에 새들러들이 파업을 했다는 거 알아?" 바비는 잼, 치즈, 마마이트를 넣은 긴급 샌드위치를 만들면서 내일 아침 새들러들 앞에서 기량을 펼칠 경기의 전술을 혼잣말로 되뇌고 있었다. 스캔다르는 불 없는 난로 옆에 앉아 위버와 새들 세리머니 걱정을 하면서 케나에게 가장 마지막으로 받은 편지를 다시 읽었다. 케나가 하지 직전에 보낸 편지였다.

안녕, 스카.

내가 어떻게 지내는지 물어봐 줘서 고마워. 하지만 솔직히 얘기할 게 별로 없어. 난 괜찮아. 학교도 괜찮아. 친구들도 괜찮아. 아빠도 괜찮고, 돈 문제도 괜찮아. 아빠가 일을 하고 네가 라이더가 되어서 들어오는 수입도 있으니까. 넌 지난번 편지에서 내가 행복했으면 좋겠다고 했지. 하지만 너도 진실을 알고 있으리라 생각해. 스카운드럴을 탔던 일을 생각하지 않으려고 해도 잘 안 돼. 내가 유니콘과 운명 지어져 있지 않다는 게 너무 슬퍼, 스카. 앞으로도 영원히 그럴 것 같아. 우리가 더는 만나지 못하는 게 슬퍼. 네가 너무 보고 싶은데 1년에 한 번 보는 걸로는 아쉬움을 끊어 낼 수가 없어. 알지? 그리고 우리가 어렸을 때는 서로에게 비밀이 있었던 적이 없었기 때문에 슬퍼. 네가 지금은 나에게 감추는 것들이 있다는 걸 알아. 너도 그럴 만한 이유가 있어서 그러겠지만……. 어쨌든 내가 언젠가 다시 행복해지기까지는 시간이 좀 걸릴 것 같아. 괜찮아지겠지. 그렇지만 내가 예상한 것보다 시간이 오래 걸리네. 이어리는 어때? 스카운드럴은 어떻게 지내?

널 사랑하는

켄 x*

스캔다르는 케나의 정직한 고백을 몇 주간 수시로 읽었지만 여전히 위가 따끔거리는 것처럼 아팠다. 케나는 슬퍼하고 있었다. 너무 슬퍼서 그들이 함께 자랄 때 그랬던 것처럼 괜찮은 척하지도 못하고 있었다. 누나는 씩씩한 얼굴을 할 기력을 전부 소진해 버린 것 같았다. 게다가 스캔다르가 숨기는 게 있다는 사실을 어느 정도 알고 있었다. 케나는 6월에 아일랜드에 왔을 때도 이런 말을 했었다. '뭔가 비밀이 있는 거지? 틀림없이 더 할 말이 있을 거야.' 그는 스피릿 원소에 대해서, 케나도 실은 스피릿과 연합하는 라이더 재목이었지만 그렇기 때문에 부당하게 해처리

---

* X : (편지 끝에 적는) kiss를 뜻하는 부호.

문에 접근을 금지당했을 거라는 심증을 말해 버리고 싶었다. 그들의 엄마가 살아 있다고 말해 버리고 싶었다. 그렇지만…… 말할 수 없었다. 누나를 더 힘들게 할까 봐 걱정이 됐다. 하지만 지금은 그게 잘못이었나 싶기도 했다. 스캔다르는 케나의 가슴 아픈 편지에 곧바로 답장을 썼고 누나의 감정을 좀 더 자세히 물어보았다. 하지만 두 달이 다 되어 가는데도 케나의 답장은 없었다. 원래 라이더 연락 사무소를 통해 편지가 도착하려면 두어 주 걸리긴 하지만 이렇게 오래 답장이 오지 않은 적은 없었다.

쾅!

플로가 입이 귀에 걸리도록 웃으면서 문을 통과하자마자 앞으로 고꾸라지듯 몸을 숙였다. 그러면서 네 개의 거대한 양동이를 바닥에 떨어뜨리듯이 내려놓았다.

"서프라이즈!"

바비가 눈을 가늘게 뜨고 양동이를 훑어보았다. "서프라이즈라……. 우유를 한 3,000리터 가져오기라도 했어?"

미첼이 책에서 눈을 들었다. "플로런스, 내일은 우리에게 아주 중요한 날이야."

플로가 성큼성큼 걸어와서는 미첼의 책을 휙 덮었다. 미첼은 플로에게 주먹으로 맞은 것보다 더 기분이 상한 듯 보였다.

"내 말 들어 봐." 플로가 친구들을 빙 둘러보면서 말했다. "그동안 스트레스가 심했잖아. 유니콘 사체 건도 그렇고, 내일은 새들 세리머니잖아. 오늘 밤만은 재미있게 보내야 한다고 생각했어." 플로가 양동이를 가리켰다. "내가 아주 오랫동안 계획해 온 건데……." 그녀는 자신 없는 목소리로 이 말을 덧붙였다.

"좋은 생각이야." 스캔다르는 이렇게 말하면서 플로에게 다가갔다.

바비는 샌드위치를 내려놓았고, 미첼은 책을 책꽂이에 꽂아 놓았다. 드디어 네 사람 모두 양동이 안을 들여다보았다. 양동이에는 끈적한 액체가 담겨 있었는데 네 원소의 색깔 빨강, 노랑, 초록, 파랑이 다 갖춰져 있었다.

"이거 페인트냐?" 바비가 물었다.

플로가 신이 나서 고개를 끄덕거렸다. "그냥 페인트가 아니야. 우리 엄마가 만들어 준 거야. 엄마는 유니콘 힐러이기 때문에 원소 허브를 넣어서 마법적 특성을 지닌 페인트를 만들었어. 내가 교관님들에게 검사도 맡았는데 규칙에 위반되지 않는다고 했어. 그러니 이걸로 우리 나무 집 내부를 칠해 보면 어때?" 플로가 어찌나 빠르게 말을 하는지 스캔다르는 의미를 알아듣는 데 시간이 좀 걸렸다.

바비는 빨랐다. "우리 마음대로 칠해도 돼?"

"응!" 플로는 숨도 안 쉬고 말했다. "벽을 하나씩 맡아서 자기 원소 색으로 칠해 보자고."

"난 좋아." 바비가 신이 난 말투로 대꾸했다.

플로는 바비에게 공기의 색인 노란색 페인트를 내밀었다. 스캔다르가 바짝 다가가 들여다보니 페인트에 전기가 흐르고 불꽃이 튀는 것처럼 보였다.

"근사하네." 미첼이 빨간색 페인트를 집어 들었다. 용암처럼 부글부글하는 페인트에서 슬쩍 연기가 피어올랐다.

바비는 문을 열자마자 보이는 벽을 맡겠다고 했고 미첼은 난로 쪽 벽을 원했다.

"스카," 플로는 스캔다르에게 파란색 페인트를 건넸다. "스피릿 페인트를 구해 오지 못해서 미안해. 엄마도 그건 어떻게 만들어야 하는지 모르겠다고 했어. 그리고 허락받기 힘들 것 같다는 생각도 들어서……."

"마음 쓰지 마. 어차피 흰색 벽은 재미없잖아." 스캔다르는 긍정적인 목소리를 내려고 애썼다.

플로는 안도하는 듯했다. "책장 쪽 벽을 칠할래?"

스캔다르는 미소를 지었다. "그래."

그는 그림 그리기를 좋아했지만 벽을 칠해 보는 건 처음이었다. 선셋 하이츠의 셋집은 그들 마음대로 꾸밀 수 없었다. 스캔다르는 긴장해서는 파란색 원소 페인트에 붓을 담갔다. 페인트는 물처럼 튀었고 약간 짠 내도 났다. 영감이 떠올랐다. 그는 파도가 몰아치는 바다를 그리기 시작했다. 파란색은 태양이 비치는 바다처럼 반짝거렸고 때로는 획을 긋는 대로 사파이어빛의 물고기 비늘이 튀어나오기까지 했다. 스캔다르가 몸을 앞으로 숙이자 마치 조개껍데기를 귀에 댄 것처럼 머나먼 해변에 부딪혀 부서지는 파도 소리가 들렸다.

스캔다르는 그림을 다 그린 다음 뒤로 물러나서 보다가 그것이 마게이트 해변에서 바라본 풍경임을 깨닫고 가슴이 철렁했다. 그와 케나는 굽이치는 모래 해변에서 다른 미래를 꿈꾸며 몇 시간이고 바다를 바라보곤 했다. 유니콘을 소망하면서. 그는 정말로 누나가 그리웠다. 하지만 바닷가 풍경 그림을 보고 있노라니 누나가 옆에 있는 것처럼 느껴졌다.

친구들도 페인트 작업을 마쳤다. 바비가 노란색으로 칠한 벽에서는 샴페인 거품처럼 원소의 나선이 거침없이 올라오고 살짝 번개가 일고 거센 돌풍이 훅 끼쳤다. 그 벽은 전부 분주하게 움직이고 있었고 스캔다르가 옆에 서 있기만 해도 머리카락을 가르며 지나가는 바람을 느낄 수 있었다. 미첼의 벽은 훨씬 얌전했다. 그는 세밀하고 복잡하게 그린 불꽃으로 벽을 뒤덮었다. 빨간색 페인트는 장작을 태우는 버너의 진짜 불꽃처럼 타닥타닥 소리를 내고 연기를 날렸다. 플로가 맡은 나무집 입구의 벽은 얽히고설킨 초록 식물들의 정글로 변했다. 나무와 꽃이 위아래로 무성하게 자라고 있었다. 그 벽에 칠한 페인트에서는 방금 갈아엎은 흙 냄새가 나고 진짜 잎사귀처럼 잎맥의 오돌토돌한 질감을 느낄 수 있었다.

콰르텟은 네 개의 빈백을 나무 집 한가운데로 옮기고는, 거기에 앉아서 자기들이 손수 작업한 결과물을 감상했다. "진짜 좋은 생각이었네." 스캔다르가 바보처럼 씩 웃으면서 한숨을 쉬었다.

미첼이 하품을 했다. "그러게, 이거 하는 동안은 그 생각이 하나도 안 나더라."

"안장 생각 말이지." 바비가 플로를 향해 고개를 돌렸다. "이제 세코니 새들스가 참석을 하는지 안 하는지 네가 모를 리 없어! 세리머니가 당장 내일이야!"

"난 아무것도 몰라. 설령 아빠가 참석하신대도 날 지명하진 않을 거라는 것밖에 몰라. 그건 확실히 불공정한 일이 될 테니까. 그리고 우리 긴장 풀기로 한 거 아니었어?" 플로가 언짢은 목소리로 말했다.

"로버타." 미첼이 말을 걸었다. "셰코니 새들스가 참석한대도 널 선택한다는 보장은 없어."

바비가 분통을 터뜨렸다. "아니! 얘네 아빠는 날 선택할 거야! 훈련 경기 우승자인 날 두고 누굴 선택하겠어!"

스캔다르는 미첼의 눈을 보고 입이 씰룩거렸다. "참 겸손한 애야, 그렇지?"

"셰코니 안장이 나온다면 거기엔 분명히 내 이름이 새겨져 있을 거야. 나도 니나처럼 공기 월더이고 메인랜더야. 그리고 세리머니 경주 우승도 내가 차지할 거야. 난 최고니까." 바비는 손목 둘레의 회색 깃털을 쭉 펴면서 말했다. "완벽하게 말이 되는 얘기야."

"네 자아의 크기가 놀라울 뿐이다." 미첼은 진심으로 놀라고 있었다.

"고마워!" 바비가 일어나서 스캔다르의 푸른 벽을 향해 걸어갔다. 스캔다르는 기이하게도 그 벽을 보호해야 할 것 같은 기분으로 바비를 따라갔다. "너 뭐 하려고……."

바비가 주머니에서 하얀 분필 한 조각을 꺼냈다. 그녀는 분필을 똑 부러뜨려서 반을 스캔다르에게 주었다. 그러고는 몰아치는 파도를 눈으로 훑더니 하얀 물거품이 일어날 만한 위치에 뭔가를 그려 넣기 시작했다. 스캔다르는 짜증이 났다가 바비가 무엇을 하고 있는지 깨달았다.

바비는 서로 얽혀 있는 네 개의 원을 그렸다. 스피릿 원소의 상징이었다.

"음, 넌 사실 물 월더가 아니잖아." 바비가 스캔다르에게 눈을 찡긋해 보였다.

스캔다르는 분필을 들고 물거품이 일어날 만한 위치에 또 하나의 상징을 그려 넣으면서 가슴이 벅차오르는 것을 느꼈다. 미첼과 플로가 다가오자 바비는 그들에게도 분필을 나눠 주었다. 파도는 어느새 흰색 스피릿 상징들로 가득 차 바글바글 물거품을 일으키는 것처럼 보였다.

파도의 물거품을 다 그려 넣은 후, 스캔다르는 숨을 크게 들이마셨다. "고마워, 있지, 너희가 내 콰르텟이 되어 줘서……."

"됐어, 낯 간지러운 얘기는 거기까지." 바비가 딱 잘라 말하고 붓을 들었다.

"뭐 하는 거야?" 미첼이 물었다. "벽은 다 완성했……."

바비는 노란색 페인트를 냅다 미첼의 얼굴에 뿌렸다. "아까 나를 '로 버타'라고 부른 벌이다!"

"그래, 이렇게 나온다 이거지!" 미첼도 얼른 자기 붓을 집어 들고는 바비에게 불의 페인트를 뿌렸다.

"그만! 그만!" 이렇게 외치는 플로도 이미 반쯤 웃고 있었다. 스캔다르가 씩 웃으면서 자기 양동이를 들고 플로에게 파란색 페인트를 끼얹었다.

"야!" 플로는 초록색 페인트로 반격에 나섰고 얼마 안 가 네 친구는 서로 페인트 공격을 피하려고 집 한가운데 나무 몸통 주위에서 쫓고 쫓기는 신세가 되었다.

10분도 지나지 않아 네 사람 모두와 나무 몸통은 원소 페인트 범벅이 되었다. 스캔다르는 공기 페인트가 바르르 진동하는 것을 감지했고, 신선한 흙 내음을 맡았다. 불이 타닥타닥 타는 소리를 들을 수 있었고, 바닷물의 짠맛을 느꼈다. 그들은 빈백에 풀썩 주저앉아 페인트를 뒤집어쓴 서로의 몰골과 나무 몸통을 쳐다보면서 배를 잡고 킬킬댔다.

이윽고 플로가 물었다. "우리 이거 닦아 내야 할까?"

스캔다르가 벌떡 일어나서 나무 몸통 위의 여러 색깔 페인트 사이에 흰색 분필로 작은 상징들을 그려 넣었다. "아니, 잘 남겨 둬야 할 것 같은데?" 그는 미소를 지었다.

새들 세리머니의 아침, 이어리의 숲은 환한 아침 햇살로 가득했고 상쾌한 소나무 향기가 물씬 풍겼다. 구름다리들이 부드럽게 흔들렸다. 잎이 무성한 나무 위에 라이더들의 나무 집들이 평화로이 자리 잡고 있었다. 화살처럼 내리꽂히는 햇살 아래 철갑을 두른 나무들과 훈련 학교 전체가 그토록 아름답게 빛났으니 스캔다르도 사기가 충천할 법했다. 하지만 웬걸, 그는 트로프에서 웅성웅성 오가는 대화가 견디기 힘들어 아침도 먹는 둥 마는 둥하고 일찌감치 스카운드럴의 마구간으로 향했다.

평소에는 나무 위에 설치한 플랫폼의 식탁에서 즐겁게 식사를 하곤 했다. 특히 그가 좋아하는 마요네즈를 마음껏 먹을 수 있다는 점이 좋았다. 그러나 오늘은 위버에 대해서 오가는 말이 그 어느 때보다 괴롭기만 했다. 야생 유니콘 살해 사건도 위버의 소행일까? 어떻게 그런 일이 가능했을까? 왜 그런 짓을 했을까? 이제 위버는 무슨 일을 벌일까?

'이제 위버는 무슨 일을 벌일까?' 스캔다르는 무엇보다 이 물음을 뇌리에서 떨칠 수 없었다.

하지만 오늘은 그런 생각도 할 수 없었다. 오늘은 야생 유니콘을 죽이는 엄마 생각보다 새들러들 앞에서 펼치게 될 경기에 집중해야 했다. 새들러들이 최종 결정을 내리기 전에 라이더와 유니콘 들이 좋은 인상을 심어 줄 마지막 기회였다.

스캔다르는 비명을 질렀다. 솔질을 하다가 손을 멈추었다는 이유로 스카운드럴이 공기 원소로 그를 따끔하게 쏘았기 때문이다. "이럴 것까진 없잖아." 스캔다르는 여전히 따끔거리는 팔을 잡고 유니콘을 향해 눈썹을 치켜올렸다.

스카운드럴이 스캔다르를 향해 우스꽝스럽게 이를 드러내고 웃었다. 보통 사람들 같으면 피에 굶주린 유니콘의 이빨을 보자마자 줄행랑을 쳤겠지만 스캔다르는 스카운드럴의 '널 물어뜯어 버리겠다.'라는 표정과 '기운 내라고 장난치는 거야.'라는 표정을 구별할 수 있었다.

두 개의 심장을 이어 주는 연을 따라 기쁨이 웃음소리처럼 울려 퍼졌다. 라이더와 유니콘의 연은 스카운드럴과 강물에 떠내려온 야생 유니콘이 근본적으로 다른 이유이기도 했다. 연을 맺은 유니콘은 라이더가 죽으면 함께 죽는다. 연은 유니콘과 라이더를 감정적으로도 이어 주었다. 관계가 돈독해질수록 서로의 감정이 연을 통해 여실히 전해졌다. 스카운드럴은 스캔다르가 슬퍼하면 바로 알아차리고 기분을 풀어 주려 노력했다.

"안장을 받고 싶어, 아니면 온종일 여기 숨어 있고 싶어?" 바비와 팔콘스래스가 스카운드럴의 마구간 문 너머로 머리로 들이밀었다.

"하루 종일 숨어 있고 싶어." 스캔다르는 노란 재킷 소매를 만지작거리면서 중얼거렸다. 이제 그 재킷에는 네슬링임을 나타내는 한 쌍의 날개 자수가 들어가 있었다. 그는 긴장하고 흥분됐다. 그가 대놓고 자기 원소를 사용할 수 있는 첫 경기였으니까.

"가자, 스피릿 보이." 바비가 말했다.

그들이 나란히 네슬링 고원으로 향하는 동안 스캔다르는 팔콘의 회색 갈기가 갑옷을 씌운 목을 따라 작고 둥근 다발로 땋여 있는 것을 알아차렸다.

"바비, 이건……."

"얘기도 꺼내지 마. 얘 꾸며 주느라 새벽 여섯 시에 일어났어."

바비가 피에 굶주린 유니콘을 치장해 주려고 아침부터 부산을 떨 거라고는 아무도 예상하지 못했다. 하지만 팔콘은 정말로 외모에 신경을 많이 쓰는 유니콘이었다. 자기가 아름답게 보인다 싶으면 기량을 훨씬 더 잘 발휘할 정도였다. 바비가 자주 하는 말마따나, 손은 많이 가도 성과는 확실했다.

스캔다르가 고원에 도착하자마자 제이미 — 스카운드럴의 갑옷 제조공 — 가 그에게 달려왔다. 그들이 바비의 뒤를 따라 유니콘, 라이더, 관객 들의 북새통으로 들어가는 내내 제이미는 말을 멈추지 않았다.

"오케이, 네가 기억해야 할 건 오늘의 경주가 아직 마음을 정하지 않은 새들러들을 위한 자리라는 거야."

스캔다르는 투구의 눈구멍 사이로 눈살을 찡그리며 제이미를 바라보았다. "마음을 정하지 않았다니?"

"그래, 그렇다니까." 제이미가 조급하게 말을 이었다. "훈련 경기 때 이미 라이더를 확정한 새들러들도 있지만 나머지는 두세 명, 혹은 그 이상을 찜해 놓았을 거야. 그들은 안장을 여러 개 준비해 뒀겠지. 오히려 라이더가 제안을 여러 군데서 받고 선택을 하는 입장이 되기도 할 테고. 그 경쟁이 엄청 치열해질 수도 있어."

"나한테는 해당 사항이 없는 얘기 같은데." 스캔다르는 경기장으로 다가가면서 중얼거렸다. 새들러들은 상자들을 내리고 지붕이 뾰족한 천막의 뼈대를 세우고 바람에 날리는 화려한 색깔의 방수포를 뼈대에 씌우면서 잡담을 나누고 서로 이름을 부르며 아는 체를 하고 있었다. 홍매색에서 남청색까지 다양한 천막 색은 새들러들이 각자 두르고 있는 어깨띠의 색과 일치했는데 어깨띠에는 밝은색으로 그들의 이름이 새겨져 있었다. 헤닝도브, 마티나, 리브, 님로, 테팅, 바드레샤, 고메즈, 홀더, ……. 스카운드럴이 지나가자 새들러 여럿이 하던 일을 멈추고 빤히 바라보더니 손으로 입을 가리고 수군거렸다.

제이미는 그러거나 말거나 스캔다르에게 조언을 멈추지 않았다. "셰코니 안장이 최고라는 건 누구나 알아. 하지만 스피릿 윌더에게는 딱 맞지 않을 수도 있다고 생각해. 난 항상 마티나 안장이 괜찮다고 생각해 왔어. 아, 리브도 괜찮을지 몰라, 아니면 바드레샤가……."

"제이미, 난……."

"물론, 거기서 쓰는 가죽 재질이 불에 잘 타서 상당한 문제가 되긴 했지. 네가 불의 윌더라면 응당 피해야겠지만 너는 그렇게까지……."

"제이미!" 스캔다르가 버럭 소리를 지르다시피 했다.

제이미가 입을 다물고 스카운드럴의 등에 올라타 있는 스캔다르를 쳐다보았다.

"아무도 날 선택하지 않으면 어떻게 되는 거지?"

"그런 일은 일어나지 않을 거야. 그런 일은 한 번도 없었을걸."

"그래도 만약 일어난다면……?"

"정확히 무슨 일이 '일어나지는' 않겠지." 제이미가 생각에 잠겼다. "그게 너를 더 힘들게 할 거야. 안장이 없으면 눈에 너무 띌 테니까. 이미 너는 뼈가 비치는 '스켈레톤' 변이와 '머리에 하얀 무늬가 있는 유니콘' 때문에 몰라볼 수 없는데 말이야."

"고마운 말이네." 스캔다르가 비꼬듯이 말했다.

"하지만, 스캔다르, 올해 너는 유니콘을 타고 다른 라이더와 대결하는 마상 시합 훈련을 할 거야. 그건 기본적으로 원소 무기를 써서 다른 라이더를 유니콘에서 떨어뜨리는 훈련이야. 안장이 있으면 실질적으로 몸을 지탱하는 데 도움이 돼. 네가 안장 없이 연말 토너먼트를 통과할 수 있을지 난 잘 모르겠어."

"토너먼……." 스캔다르가 질문할 틈도 없이 제이미는 말을 이었다.

"설령 통과를 한다 해도, 새들러는 이어리 밖의 세상에서 라이더의 우군이나 다름없어. 새들러는 힐러, 유니콘 사료 공급업자, 후원인 들과 연줄이 있으니까. 잘나가는 새들러는 카오스컵 예선전 감독위원회에도 들어가는걸."

"그러니까 네 말은 기본적으로 누군가 우리를 선택해 줘야 한다는 거군."

제이미의 표정은 심각했다. "스캔다르, 지금 네 입장에서 걱정이 많은 건 이해해. 그렇지만 마구 제조인들도 서로 경쟁하기 바빠. 그들은 네가 불멸의 유니콘 살상에 연루됐느냐보다 자기네 안장을 쓰는 라이더의 실적에 더 관심이 많아."

"사람들이 떠들어 대지 않는다고 나한테 말할 수 있어?"

제이미가 스캔다르의 말을 막기 위해 손을 들었다. 스카운드럴이 그 모습을 보고 쿵쿵거리자 콧구멍에서 연기가 피어올랐다. "네가 오늘 최고로 잘하기만 하면 그딴 건 하나도 중요하지 않아, 알았어? 너는 원래 빠르고 이제 스피릿 원소도 쓸 수 있으니 혹시 우승이라도 할지 어떻게 알아, 그렇게만 되면……." 제이미가 눈썹을 치켜올렸다.

"그러면 나를 지명하는 새들러가 있을지도 모른다 이거지, 내가 스피릿 윌더라고 해도."

"바로 그거……. 어! 저거 봐!" 서른 명 남짓한 사람들이 제이미를 지나쳐 출발선 왼쪽에 설치된 나무 단상으로 향했다. 공기의 절기 재킷을 입은 라이더들과 달리 그들은 각양각색으로 차려입었다. 스카운드럴은 불똥을 뿜으면서 그들이 단상 위에서 공연 준비를 하듯 반원형 대열을 이루는 모습을 지켜보았다. 단상은 초록 넝쿨 식물 위에 설치되어 있었는데 넝쿨이 위로 계속 자라 올라 꽃들을 지붕처럼 드리우고 있었다. 어떤 남자와 여자가 제이미를 향해 손을 흔들었다. 제이미는 인상을 찌푸렸다.

"누구야?" 스캔다르가 물었다.

"부모님." 제이미는 불편한 기색이 역력했다. 그는 갑옷 제조공이 되기로 작정한 후로 부모님과 사이가 썩 좋지 않았다. 부모님은 아들이 집안 사람 대부분과 마찬가지로 음유시인이 되기를 바랐다. 심지어 지금도 틈만 나면 노래를 하면 어떻겠느냐고 성화였다.

"축하 공연 시작하는 건가?" 레드를 탄 미첼이 다가와 물었다. 플로와 블레이드, 바비와 팔콘도 그들의 양옆에 와 있었다.

"응." 제이미가 중얼거렸다.

"매년 새들 세리머니에 새로운 곡을 만들어서 나온다는데 진짜야?" 플로가 흥분된다는 듯이 물었다.

"응." 제이미는 땅이 꺼지면서 자기를 삼켜 버리기 바라는 사람처럼 다시 한번 힘없이 대꾸했다.

바비는 음유시인들이 안중에도 없었다. 그녀는 새들러 천막들만 노려보았다.

"아빠는 오지 않으실 것 같아." 플로가 바비를 향해 말했지만 그 목소리는 사람들과 유니콘들의 아우성에 뒤덮여 거의 들리지도 않았다. 네슬링, 새들러, 교관, 관중, 너 나 할 것 없이 무대 앞으로 몰려들고 있었으니까. "주황색 천막은 어디에도 보이지 않는걸."

"그냥 좀 늦으시나 보지." 바비가 쏘아붙였다.

"셰코니 새들스가 불참한다면 여기서 최고의 안장은 아마……."

음유시인들이 갑자기 노래를 확 터뜨리는 바람에 미첼이 하려던 말이 끊겼다. 소리의 벽이 군중에게 밀려왔고 유니콘들마저 서로 얽히는 선율에 빠져들어 조용해졌다. 음들이 급강하하고 가라앉았다가 다시 올라가면서 재미있게 서로 엮이고 있었다. 스캔다르는 그렇게 아름다운 음악을 들어 본 적이 없었다. 뭐랄까, 음들의 오르내림이 그가 스카운드릴을 타고 하늘을 날아다니는 기분을, 그 짜릿함과 기쁨과 순수한 재미를 완벽하게 표현해 주는 것 같았다. 음유시인들이 화음으로 무대를 장악하는 동안, 그들의 얼굴에는 더없이 행복한 표정이 떠나지 않았고 군중의 얼굴에도 똑같은 표정이 비쳤다. 음이 점점 높아지고 음량도 커지면서 노래가 고조되다가…….

음악이 확 흔들렸다.

무대에서 무슨 일이 일어나고 있었다. 음들이 풍선 터지듯 하나하나 사라졌다. 무대에 선 사람 가운데 몇 명만 노래를 하고 있었다. 나머지는 부축을 받으면서 무대 앞으로 나서는 노인을 주목하느라 정신이 팔려 있었다. 스캔다르의 눈이 휘둥그레졌다. 그 노인의 귀에서 김이 뿜어져 나오고, 머리 위에서 불꽃이 번쩍거리고, 팔 양쪽의 공기에 번개가 일어나고, 발아래 무대가 흔들리는 게 아닌가.

"무슨 일이지?" 바비와 스캔다르가 동시에 속삭였다.

"진실의 노래야." 제이미는 그 나이 많은 음유시인에게서 눈을 떼지 않았다.

"진짜? 진짜야? 나 한 번도 들어 본 적 없는데!" 플로는 신이 난 듯했다.

"진실의 노래?" 스캔다르가 물었다.

"쉿!" 스캔다르와 친구들의 양옆에 서 있던 사람들이 일제히 주의를 주었다.

이제 음유시인들은 노래를 완전히 멈추었다. 군중은 숨을 죽인 채 무대 가장자리에 서 있는 허리가 완전히 꼬부라진 노인을 주시했다. 이윽고 노인이 허리를 펴고 노래를 부르기 시작하자 원소들이 그 주위에서 춤을 추었다.

이 섬은 불멸자들에게 속하니
시간의 부화 이래로 항상 그러하였네.
불멸자들은 이 섬에 속하니
나 끔찍한 죄에 대하여 경고하노라.

영원히 죽어 가는 것의 목숨을 앗아 간다면
섬이 그 복수를 하리라.
원소와 연합한 것의 피를 흘린다면
다섯을 전부 그 앙갚음에 쓰리라.

우리 필멸자들에게 유일한 희망은
불멸자의 죽음을 속죄함이니,
여왕이 마지막 숨을 거둘 때 만들어진
최초의 라이더의 마지막 선물을 쟁취하라.

그때에만 비로소 천둥이 잠잠해지고
그때에만 비로소 지진이 멈추리라.
그때에만 비로소 홍수가 가라앉고
성난 들불이 꺼지리라.

그러나 이 섬에서 또 다른 힘이 강성해지니
스피릿의 어둠의 친구가 진정한 후계자를 찾으리라.
그 힘이 부상할 때 폭풍이 일고
우리가 아는 모든 것의 끝을 보리라.

이 섬은 불멸자들에게 속하니

이어리의 첫 종소리 이래로 항상 그러하였네.

불멸자들은 이 섬에 속하니

그들이 영원히 살게 하라.

음유시인은 노래가 끝나자 몸서리를 치면서 숨을 몰아쉬더니 기진맥
진해서 그대로 쓰러졌다. 박수 소리가 일어나긴 했지만 사람들은 대부
분 걱정스러운 어조로 수군거리고 있었다. 또 어떤 사람들은 자기가 받
아 적은 노랫말을 친구들에게 보여 주고 있었다.

"복수? 어떻게 아일랜드가 복수를 한다는 거야?" 가까이 있던 누군
가가 말했다.

"유일한 희망이라, 하지만 최초의 라이더는 죽은 지 오래잖아."

"들불이 어쩌고저쩌고하는 대목 들었어? 지진 얘기도 있었지?"

"스피릿 원소 얘기도 나오지 않았어?"

"왜 다들 머리 위로 불꽃 춤을 보여 주는 영감님을 안 보고 스캔다르
를 쳐다보는 거야?" 바비가 물었다.

"진실의 노래가 도대체 뭐야?" 스캔다르가 아까 했던 질문을 다시 던
지면서 무슨 대답이 나올지 겁이 났다.

미첼이 콧방귀를 뀌었다. "불타는 유니콘 똥 같은 거지, 진실의 노
래란."

"미첼, 불경한 소리 하지 마." 플로가 침착하게 말했다. 그러고는 스
캔다르를 돌아보았다. "음유시인들은 늘 노래를 부르지만 진실의 노래
는 평생 딱 한 번만 불러."

"무슨 말인지 모르겠는데." 바비가 말했다.

이번에는 제이미가 대답했다. 근심이 가득한 말투였다. "음유시인이 부르는 진실의 노래는 과거, 현재, 혹은 미래의 진실만을 담고 있거든. 한 치 틀림없는 진실만을."

"이론의 여지는 있어." 미첼이 구시렁댔다.

바비가 코를 찡그렸다. "노래로 예언하는 점쟁이 같은 거야?"

"이런 허무맹랑한 소리를 믿는 사람들은 메인랜드에도 당연히 있겠지." 미첼이 이렇게 말하자 제이미는 그를 째려보았다. 미첼이 겸연쩍은지 그의 머리카락이 확 타올랐다가 사그라들었다.

스캔다르는 군중의 시선이 자기에게 쏠리는 것을 느끼면서 침을 삼켰다. 그들은 진실의 노래를 믿는 게 분명했다. 하지만 무슨 얘기가 나왔더라? 토막토막 기억나는 정도였다. 그는 큰 소리로 물었다. "스피릿에 대해서 뭐라고 하지 않았어? 복수 얘기도 나왔지?"

"넌 지금 그런 거 생각할 때가 아니야." 제이미가 얼른 대답했지만 스캔다르는 제이미가 플로와 걱정스러운 눈빛을 주고받는 모습을 놓치지 않았다. "일단 경기를 뛰어야 하니까 출발선에 가서 서." 바비와 팔콘은 벌써 다른 네슬링들에게 합류하는 중이었다.

"아일랜더들은 진실의 노래를 너무 심각하게 받아들인다니까." 미첼이 빈정거렸다.

하지만 스캔다르는 여전히 당황한 채 팔콘을 따라가면서 물었다. "바비, 너는 들었지? 난 뭐가 뭔지……."

"스캔다르, 그런 얘기 하기에 적당한 때가 아니잖아. 난 오늘 경기에서 이겨야 해." 팔콘이 우박을 뱉어 내자 스카운드럴은 보복하듯 재채기를 해 댔다.

"제발 그러지 말고."

스캔다르는 바비가 투구의 눈구멍 속에서 눈을 굴리는 것을 보았다. "내가 이해한 건 한마디도 없어. 그래도 야생 유니콘을 죽이는 건 나쁘다고 한 것 같아. 그리고 복수가 있을 거랬나, 하여간 어쩌고저쩌고, 최초의 라이더의 선물 이러쿵저러쿵, 스피릿의 어둠의 친구 운운한 것 같아."

"스피릿의 어둠의 친구? 그게 무슨 뜻이지?"

"스캔다르, 출발선!" 바비가 냅다 고함을 질렀고, 스카운드럴은 이제 곧 경기 시작을 알리기 위해 올라갈 금속 바로 다가갔다. 스캔다르는 연기가 자욱하고 불똥이 마구 튀는 각축장으로 방향을 틀었다. 유니콘들은 좋은 자리를 차지하기 위해 원소 블라스트를 제멋대로 쏘고 서로 밀치며 신경전을 벌였다. 스캔다르와 해칠링 훈련을 함께 한 동료들뿐만 아니라 모든 네슬링이 이 자리에 와 있었다. 스카운드럴의 얼어붙었던 갈기가 흥분으로 녹아내리면서 스캔다르의 손과 무릎이 축축해졌다.

유니콘들이 서 있는 출발선에서 더스크시커를 탄 앨러스테어가 왔다 갔다 하는 모습이 보였다. 그는 스캔다르가 잘 모르는 라이더들 — 나오미와 디브야 — 과 얘기를 나누다가 스캔다르 쪽을 바라보았다.

'아까 그 노래 생각은 그만. 야생 유니콘 생각도 그만. 위버 생각도 그만. 경기만 생각해.' 스캔다르는 되뇌었다. 블레이드와 레드가 출발선에 서 있던 팔콘과 스카운드럴 양옆으로 파고들었다. 레드의 붉은 녹이 슨 것 같은 색깔의 갑옷이 스카운드럴의 검은색 사슬 갑옷에 부딪혔다. 공기 중에는 흥분한 유니콘들이 쏘아댄 원소들의 잔해가 어찌나 잔뜩 떠다니는지 레드가 인사랍시고 뀌어 대는 불꽃 방귀는 눈에 띄지도 않았다.

"앨러스테어가 왜 저러지?" 미첼이 소리를 질렀다. 스캔다르는 미첼이 그러는 게 놀랍지 않았다. 미첼은 이어리에 들어오기 전에 앨러스테어와 그 친구 패거리에게 괴롭힘을 당했으니까.

스캔다르는 좋을 일이 없겠구나 생각하면서 어깨를 으쓱했다.

오설리번 교관이 셀레스티얼시버드를 타고 출발선을 따라 걷고 있었다. 노스브리즈나이트메어를 탄 세일러 교관도 함께 있었다. 스캔다르는 오설리번 교관이 동료 교관에게 속삭이는 말을 들었다. "솔직히 이 세리머니는 매년 점점 더 복잡해져. 올해는 진실의 노래까지 나와?"

"난 오히려 좋은데?" 세일러 교관이 네슬링들에게 따뜻한 미소를 보냈다. 그녀의 꿀빛 곱슬머리가 산들바람에 흔들렸다. "내 안장을 받았던 때가 떠오른단 말이야."

"오늘의 진실의 노래는 결코 '좋게' 들리지 않던데? 경고에 가깝잖아." 오설리번의 소용돌이 눈이 대화를 엿듣고 있던 스캔다르에게 딱 꽂혔다. 교관은 사리카의 유니콘 이퀘이터스코넌드럼이 터뜨린 불 벼락을 피해서 스캔다르에게 다가왔다. "걱정이 있어 보이는구나. 말해 보렴." 그녀는 단도직입적으로 말했다.

"아, 아뇨, 괜찮습니다." 그는 거짓말을 했다.

"스피릿 핀은 어디 있지?" 교관의 말투는 뾰족뾰족하게 세운 회색 머리 못지않게 날카로웠다. 스캔다르는 재킷 주머니에 손을 넣었다. 그러고는 네 개의 원이 얽혀 있는 문양의 금빛 핀을 꺼내어 교관을 볼 수 있도록 내밀었다.

"오늘 착용해야 하는지 몰랐습니다." 스캔다르는 이렇게 말하면서 마구 제조인들이 뭐라고 수군거릴지 생각했다.

"말도 안 돼." 오설리번이 발끈했다. "내가 너에게 명예 물 윌더의 자격을 허락했다고 해도 너는 스피릿 윌더다, 여기 네 마음속에서." 그녀는 자기 가슴에 손을 얹으며 말했다. 그녀의 연이 있는 자리에. "네가 너의 원소를 자랑스러워하는 모습을 새들러들에게 보여 줘."

스카운드럴이 히힝 하고 울었고 아침 햇살은 유니콘의 검은 머리 정중앙의 하얀 무늬를 비추었다.

오설리번 교관은 스카운드럴을 보고 미소 지었다. "네가 부끄러워하지 않는다는 걸 그들에게 보여 줘. 스카운드럴스럭은 확실히 부끄러워하지 않네. 소매도 좀 걷어 보면 어떨까? 너의 변이는 굉장하잖니." 그녀는 한쪽 눈썹을 치켜올리고 기다렸다.

스캔다르는 감히 오설리번의 말에 토를 달 수 없었다. 그래서 노란색 재킷 소매를 걷고 팔뚝의 스피릿 변이 — 속이 비치는 희끄무레한 피부 — 를 드러냈다. 팔꿈치 안쪽에서부터 손목까지 이어지는 뼈와 힘줄이 햇살을 받아 해골 견본처럼 환하게 빛났다.

스캔다르는 교관이 시버드를 타고 출발선에서 벗어나는 모습을 보면서 그녀의 말에 기분이 나아졌는지 오히려 더 침울해졌는지 알 수 없었다.

"호루라기를 세 번 불면 스타트바가 올라간다." 오설리번 교관이 선언했다.

메이이의 로즈브라이어스달링이 개브리얼과 퀸즈프라이스를 유니콘 두어 마리 옆으로 밀어 냈다. 그다음에는 브라이어의 불꽃 공격이 니암과 스노스위머, 잭과 예스터데이스고스트를 선 밖으로 밀어 냈고 그 틈에 코비와 아이스프린스, 앨러스테어와 더스크시커가 그들의 자리를 가로챌 수 있었다. 스캔다르는 위협 콰르텟의 네 번째 멤버가 없다는 사실을 알아차리지 않을 수 없었다. 앰버와 월윈드시프는 저만치 먼 자리에 서 있었다.

"너한테 이 정도 경기는 껌이겠다, 스피릿 윌더!" 메이가 고함을 질렀다.

앨러스테어와 코비가 요란하게 웃었지만 스캔다르는 그들을 무시하려 애썼다.

호루라기가 한 번 울렸다. 스카운드럴이 빛나는 검은 뿔을 좌우로 휘두르는 동안, 녀석의 눈동자가 검은색과 붉은색을 오가면서 이글거렸다. 출발선의 분위기는 에너지로 꽉 차 있었고 유니콘들은 근육을 팽팽하게 긴장시킨 채 뿔에서 불꽃을 튀기고 있었다.

호루라기가 두 번째 울렸다. 스캔다르는 스카운드럴의 검은 갈기 속에 손을 집어넣고 이륙할 준비를 했다. 오설리번 교관에게 방금 들은 말이 그의 머릿속을 온통 차지했다.

'네가 너의 원소를 자랑스러워하는 모습을 새들러들에게 보여 줘.'

세 번째 호루라기 소리가 났다.

'네가 부끄러워하지 않는다는 걸 그들에게 보여 줘.'

3장

새들 세리머니

경주의 시작을 알리는 바가 끼익 소리를 내면서 올라가서는 쿵 울렸다. 스카운드럴은 새들러들에게 놀라운 속도를 과시할 기회가 왔다는 걸 아는지 두 걸음을 떼기도 전에 스캔다르의 무릎 앞에서 날개 관절을 쫙 펴고 도약했다. 고원의 풀들이 시야에서 사라지면서 서늘한 바람에 눈이 시렸다. 그들은 가장 먼저 도약한 유니콘과 라이더였다. 선두는 그들의 차지였다.

섬광. 굉음. 비명.

스캔다르는 어깨 너머로 메이블과 시본러먼트가 함께 추락하는 것을 보았다. 잠시 후, 밤색 유니콘이 공중전의 연기를 뚫고 스캔다르를 향해 돌진했다. 라이더의 이마에서 변이의 별이 타다닥 소리를 냈다.

앰버와 월윈드시프가 그들을 향해 돌진하고 있었다. 훈련 경기 때도 이랬다. 하지만 이번에는 스캔다르가 지지 않을 것이다.

스캔다르는 연을 통해 오른손 손바닥에 스피릿 원소를 소환했다. 1년

전 해처리에서 스카운드럴의 뿔에 입은 상처가 그 손바닥에 남아 있었다. 스피릿 마법이 그의 손에 가득 차서 하얀빛을 뿜을 때, 시프가 스카운드럴의 오른쪽 어깨를 들이받았다. 앰버와 시프의 심장을 연결하는 노란빛의 연이 환하게 빛났다. 그건 스캔다르와 같은 스피릿 윌더의 눈에만 보이는 광경이었다. 그다음에는 앰버가 물 공격을 날리려고 손바닥에 푸른빛을 모으면서 스카운드럴의 앞을 가로막았다.

검은 유니콘과 밤색 유니콘은 공중에서 대치했다. 그들보다 뒤처진 유니콘들도 이어리의 언덕 위 여기저기서 전투를 벌이고 있었다. 시프가 불꽃이 튀는 발굽으로 하늘을 찍을 듯 뒷발로 일어서면서 자기 라이더와 마찬가지로 이빨을 드러냈다. 스카운드럴이 적을 향해 포효하면서 힘차게 날갯짓을 할 때 날개 끝이 흰색으로 빛났다.

'네가 부끄러워하지 않는다는 걸 그들에게 보여 줘.'

계피와 식초 향이 스캔다르의 코를 찔렀다. 그에게 스피릿 원소는 늘 이 냄새로 다가왔다. 하지만 그는 손바닥이 노란빛을 뿜을 때까지 스피릿과 함께 공기 원소를 불러들였다. 바로 그 순간, 앰버의 물 공격이 손바닥에서 분수처럼 뿜어 나오고 시프도 뿔로 액체를 쏘았다. 엄청나게 많은 물이 거품을 일으키고 소용돌이치면서 무서운 힘으로 스캔다르에게 날아왔다. 안장도 없이 유니콘의 맨등에 올라타 있는 그를 떨어뜨리기에는 충분한 위력이었다.

'그들에게 보여 줘.'

물이 몰려오는 동안 그들의 연은 공기 원소로 가득 찼고 스카운드럴은 변하기 시작했다. 오직 스피릿 유니콘만 구사할 수 있는 방법으로 말이다.

처음에는 갈기에서, 그다음에는 꼬리에서 타닥타닥 전기가 일어났다. 검은색이 잉크처럼 쫙 빠지면서 그들은 번갯불 덩어리가 되었다. 그다음에는 유니콘의 배, 뒷다리, 목이 순수한 마법이 되었고 결국 스카운드럴은 날것의 에너지로 지글거렸다. 그건 마치 전기 폭풍에 몸을 실은 것 같았다. 스피릿 원소가 스카운드럴을 공기 원소 그 자체로 변하게 한 것이다. 스카운드럴은 의기양양한 울음소리를 냈지만 어디까지가 유니콘의 입이고 어디서부터가 번개인지 구분할 수는 없었다.

스캔다르는 스카운드럴의 몸뚱이가 처음으로 온통 불덩어리로 변했을 때에는 어찌나 무서웠던지 어떤 공격도 시도하지 않았었다. 하지만 지금은 스피릿 원소를 구사하는 것이 허용되었고 그는 싸우고 싶었다. 그는 이기고 싶었다. 그래서 오른손으로 앰버의 물줄기를 향해 번개를 쏘았다. 거의 동시에 스카운드럴의 온몸이 심장처럼 박동하고 유니콘의 불꽃 같은 골격에서 전하가 폭발하면서 앰버의 손바닥과 시프의 뿔에서 뿜어져 나오는 물과 정면으로 충돌했다.

"잘했어, 스카운드럴!" 스캔다르가 외쳤다.

전류가 유니콘과 라이더를 후려친 순간, 앰버는 비명을 질렀고 시프는 포효했다. 그들은 반격에 나서는 대신 땅을 향해 내려갔다.

"겁쟁이!" 스캔다르는 그들에게 소리를 질렀다.

하지만 바로 다음 순간, 다른 경쟁자들을 보았다.

네슬링들이 하나둘 떨어지고 있었다. 경쟁에서 밀려난 것이었다. 스카운드럴이 서서히 본래 모습으로 돌아오고 있었지만 스캔다르는 스카이배틀을 구경하느라 거의 알아차리지도 못했다. 코비는 플로의 얼음 공격을 이겨 내지 못하고 경기를 포기했고 블레이드는 아이스프린스가 착륙하자 당황해서 히힝히힝 울었다. 사리카와 미첼은 하늘이 연기에 뒤덮여 안 보일 만큼 치열한 불 배틀을 펼쳤지만 이퀘이터스코넌드럼

이 갑자기 나가떨어졌다. 스캔다르는 니암과 스노스위머가 바비와 팔콘을 피해 지상으로 내려가 자기 콰르텟 — 파루크와 톡식타임(Toxic Thyme, 독이 있는 타임), 아트와 퓨리어스인페노(Furious Inferno, 맹렬한 불길), 벤지와 커스드위스퍼(Cursed Whisper, 저주받은 속삭임) — 에 합류하는 모습을 보았다.

이제 스캔다르 눈앞의 하늘은 확 트여 있었다. 연기도, 원소의 잔해도, 유니콘들도 없었다. 스캔다르와 콰르텟을 이루는 세 명의 라이더 외에는 아무도 보이지 않았다.

스카운드럴은 블레이드, 팔콘, 레드와 함께 결승선을 향하여 날았다. 나머지 네슬링들은 고원에 남아 있었다.

"이게 무슨 일이지?" 바비가 힘차게 오르내리는 유니콘의 날개 너머로 외쳤다. "왜 쟤들은 경기를 안 뛰는 거야?" 그들이 새들러들을 향하여 하강하는 동안 팔콘은 주인의 분노에 화답하듯 히힝히힝 울어 댔다.

"쟤들은 전부 실격이야. 결승선 통과하기 전에 착지하면 자동 실격이라고." 미첼이 재를 뒤집어쓴 얼굴로 말했다.

콰르텟이 땅으로 내려와 결승선을 함께 통과한 순간, 감전이라도 된 듯 정적이 흘렀다. 새들러들의 박수갈채는 없었다. 교관들의 축하 인사도 없었다. 다들 아무 말 없이 코스에 흩어져 있는 다른 네슬링들을 바라만 보고 있었다.

그렇지만 정적은 오래가지 않았다. 다른 라이더들이 결승선과 새들러 천막 쪽으로 걸어왔고 네 명의 교관은 저마다 자기 원소와 연합해 있는 제자들에게 왜 이토록 중요한 경기를 포기했느냐면서 고함을 치기 시작했다. 새들러들도 마음을 정할 마지막 기회를 네슬링들이 이렇게 망치면 어떡하느냐고 언성을 높였다.

"이건 정말 당황스럽구나!" 앤더슨 교관이 귓가에 불꽃을 이글거리면서 메이이에게 말했다. "무슨 종류의 묘기를 선보인 거냐? 여기 계신 분들은 너희 경기를 보러 왔지 공중에서 철수하는 꼴을 보러 온 게 아니야! 난 지금 반쯤은 너희를 전부 노매드로 판정하고 당장 이어리에서 내쫓고 싶은 마음이다."

메이이가 스캔다르를 힐끗 곁눈질하고는 큰 소리로 대답했다. "스캔다르가 스피릿 원소를 쓰는 걸 보고 나서부터 아무도 마음 편히 경기를 뛸 수 없었어요. 더구나 오늘 진실의 노래까지 들었잖아요. '스피릿의 어둠의 친구'? 그게 무슨 뜻인지 더는 명백할 수 없죠. 스캔다르가 스피릿 윌더잖아요."

스캔다르는 자기 귀를 의심했다. 그러니까 이게 다 계획된 거였다? 출발선에서 메이이가 보냈던 야유, 라이더들 사이를 왔다 갔다 하던 앨러스테어가 떠올랐다. 그들이 다른 네슬링들에게 스캔다르는 위험하고 말하고 다녔나? 그는 모든 수치심이 되살아나는 기분이었다. 잘해 보려고 노력했기에, 그리고 실패했기에 수치심이 들지 않을 수 없었다.

스캔다르가 얼굴이 벌게져서 눈물을 겨우 참는 동안 코비가 입을 열었다. "우리는 스캔다르가 무슨 일까지 할 수 있는지 모르잖아요. 오설리번 교관님, 만약 쟤가 야생 유니콘을 죽였다면 어떻게 되는 거죠? 쟤는 위버와 맞서 싸웠다고 하지만 실은 위버와 한통속일지도 모르잖아요. 그게 진실의 노래가 말하는 복수라면 어떻게 되는 거죠? 그다음 순서가 네슬링들의 유니콘을 목표로 삼는 거라면요?"

플로가 튀어나와 스캔다르를 변호했다. "스캔다르는 야생 유니콘을 죽이지 않아!" 미첼도 질세라 큰 소리로 외쳤다. "진실의 노래를 네 마음대로 해석하지 마!"

"너에게 무척 실망했다." 오설리번 교관이 코비에게 이 말을 뱉고는 돌아섰다. 그러고는 호루라기를 여러 번 불어 모두를 조용히 시켰다.

"재경기할 시간이 없다." 교관의 목소리는 당황한 듯했다. "새들러들은 이미 오늘 경기를 관람하기 전에 대부분 마음을 정했을 거야. 그래서…… 이제 세리머니를 이어 나가야 할 것 같다. 모두들 천막 앞에 줄을 서도록!" 그녀는 마치 이 상황을 덜 어색하게 만들기 위해서 그러는 듯 박자를 딱딱 맞춰 호루라기를 불어 댔다. 아직도 네슬링들은 수군대고 있었지만 그들은 스캔다르의 콰르텟 양옆으로 멀찍이 떨어져 있었기 때문에 무슨 말을 하는지는 들리지 않았다. 스캔다르는 숨을 크게 들이마시며 호흡을 다스리려 애썼다.

한편, 바비는 흥분해서 숨을 고르게 쉴 수가 없었다. "이거, 실화야?" 그녀는 유니콘에서 내려 팔콘을 끌고 줄을 서면서 소리를 질렀다. "제대로 경기하는 모습을 보여 주지 못했다는 게 저들의 선택에 영향을 미칠 수도 있어."

"바비, 넌 작년 훈련 경기 우승자야. 네가 왜 걱정을 해." 미첼도 예민해져서 투덜댔다.

"어쨌든, 셰코니 새들스가 안 나왔어! 내가 원하는 건 셰코니 안장이란 말이야. 카자마 사령관과 같은 안장을 갖고 싶다고!"

"다른 훌륭한 안장도 많아." 플로가 위로했다.

"미안해, 바비. 나 때문이야." 스캔다르가 중얼거렸다.

"바보 같은 소리 하지 마." 바비가 대뜸 쏘아붙였다. "네가 스피릿 윌더인 게 네 잘못이야? 나이 많은 음유시인이 경기 직전에 예언의 노래를 한 게 네 잘못이야? 네가 가는 곳마다 골치 아픈 일을 끌어들이는 게 네 잘못……." 바비는 고함을 치다가 새들러들이 천막 앞자락을 말아 올려 그들의 귀한 안장 디자인을 선보이자 거기에 정신이 팔렸다.

안장의 기본 형태는 모두 같았다. 두 장의 가죽을 유니콘의 척추 양옆으로 펼치고 그 위에 앉는데 라이더를 잘 받쳐 줄 수 있게끔 좌석 뒤쪽은 구부러져 있고 앞에는 잡고 버틸 수 있는 안장 머리가 있었다. 하지만 각각의 안장에는 그 안장만의 개성이 드러나 있었다. 어떤 안장은 유독 크고 가장자리에 원소 색상이 들어간 묵직한 사슬로 힘을 준 반면, 또 다른 안장은 우아하고 단순하면서 장식도 금속 세공이 아니라 자수를 택했다. 네슬링들은 진열대에 자랑스럽게 올라와 있는 작품들에 눈독을 들이면서 어느 새들러가 자기를 선택할 것인가 마음을 졸였다. 개중 몇몇은 아직도 겁먹은 눈으로 스캔다르를 훔쳐보고 있었다. 그들은 정말로 스캔다르를 두려워하는 걸까? 그런 게 아니고서는 이토록 중요한 경기를 중도 포기하는 위험을 무릅쓰지 않았겠지? 아니면, 그냥 앨러스테어, 코비, 메이의 압박에 못 이겨 그런 행동을 했을까?

새들러들이 자기네 안장을 번쩍 들고 네슬링들이 서 있는 줄로 우르르 나오자 주위의 소음이 확 잦아들었다. 스카운드럴은 그게 불편한 듯했다. 스카운드럴은 공격이라도 당한 것처럼 뒤로 빠지려 했고 그가 겁을 집어먹은 유일한 유니콘도 아니었다. 미드나이트스타의 검은 갈기에 불이 붙자 하얀 얼굴의 로밀리는 옆으로 떨어졌고, 새들러 두 명은 물보라 공격을 피하느라 머리를 휙 수그려야 했다. 스캔다르는 유니콘들을 탓할 수 없었다. 새들러들이 사실상 서로 밀치면서 그들을 향해 달려오고 있었으니까.

하지만 짧은 시간 안에 벌써 많은 라이더와 유니콘이 새들러를 만나 짝을 이루었다. 플로는 마티나 새들스의 첫 번째 선택을 받았다. 수석 새들러는 하늘색 천막에서 축하 인사를 나누면서 감격에 겨워 흐느끼기까지 했다. 이제 그녀는 실버 유니콘이 필요로 하는 모든 안장을 만들며 실버의 성공을 함께 나누는 영광을 누릴 터였다.

그러나 스피릿 윌더에게는 어떤 새들러도 다가오지 않았다. 스캔다르는 억장이 무너졌다. 유일하게 안장도 없는 라이더가 되는 건가?

설상가상으로 미첼에게는 새들러가 두 명이나 접근했다. 미첼은 님로와 테팅 사이에서 선택을 해야 했다. 스캔다르가 보기에 미첼은 분명히 님로를 더 마음에 두고 있었다. 미첼은 잿빛 가죽을 손으로 쓸어보고 덮개 가장자리에 박힌 작은 불꽃 형태의 금빛 스터드를 만지작거렸다. 하지만 무슨 이유에서인지 미첼은 자꾸 테팅 새들러에게 돌아갔다. 그가 우유부단한 모습을 보이는 일은 드물었다. 더구나 본인이 파고들었던 주제에 관한 한, 이런 일은 거의 없었다.

"그냥 님로로 해. 그게 가장 마음에 들잖아." 스캔다르가 불 윌더 친구에게 재촉하듯 말했다. '그러면 남은 새들러가 내게 안장을 선사할지도 모르지.' 그는 속으로 생각했다.

"그렇게 간단한 문제가 아니야. 내가 님로 안장과 맞을 것 같지 않아. 우리 아버지가……." 미첼이 말을 멈추었다가 다시 입을 열었다. "어쨌거나, 테팅도 훌륭한 안장이야. 사람에 따라서는 더 뛰어나다고 할걸. 우리 가문은 몇 대에 걸쳐 테팅 안장을 써 왔어."

"네가 가장 잘 알겠지." 미첼이 훈련 경기를 통과한 이후로 미첼의 아버지 아이라 헨더슨은 아들에게 훈련을 열심히 하고 '올바른' 친구를 사귀는 것이 중요하다고 신신당부하는 편지를 보내곤 했다. 스캔다르는 스피릿 윌더인 자신이 올바른 친구로 보일 리 없다고 생각했기 때문에 미첼이 알아서 결정하게 내버려 두기로 했다. 상황을 더 꼬이게 만들고 싶진 않았다.

미첼은 님로 안장을 못내 아쉬운 눈으로 바라보며 말했다. "테팅 안장으로 하겠습니다."

테팅 새들러의 얼굴이 환해졌다. "아이라도 우리 안장을 썼지. 아버지가 자랑스러워하실 게다. 지난주에야 나에게 그런 말을 하더구나. 너의 훈련 경기를 보고 난 후로 언젠가는 네가 사령관이 될 거라는 희망을 품게 됐다고 말이야." 그녀가 열성적으로 미첼의 손을 잡고 위아래로 흔드는 바람에 노란색 띠가 어깨에서 떨어졌다.

미첼은 줄에서 벗어나는 동안 스캔다르와 눈을 마주치지 않았다.

앰버 페어팩스와 월윈드시프는 새들러와 짝을 짓지 못한 또 다른 유일한 조였다. 앰버는 훈련 경기에서 미첼과 전투를 벌인 후 순위에서 크게 뒤처졌다. 하지만 스캔다르는 뭔가 다른 이유가 작용했다고 생각하지 않을 수 없었다. 앰버의 아버지 사이먼 페어팩스는 작년에 위버를 돕다가 붙잡힌 스피릿 윌더가 아니었던가.

하지만 결국 앰버도 님로 새들러의 마지못한 선택을 받았다. 어쨌든 앰버는 스캔다르와 달리 스피릿 윌더와 '연관이 있을 뿐' 스피릿 윌더로서 훈련받는 라이더는 아니었으니까.

이제 다른 라이더와 유니콘은 모두 색색의 천막 안에서 축하의 시간을 누리고 있었다. 새들러들이 천막 방수포와 같은 색깔의 병을 따자 코르크 마개가 퐁 하고 터지면서 쉬익 거품이 일었고 건배사가 오갔다. 그러나 여전히 스캔다르에게는 어떤 새들러도, 심지어 아직 유니콘을 확보하지 못한 새들러조차도 다가오지 않았다. 실망감이 스캔다르의 가슴을 짓눌렀고 두 뺨은 부끄러움으로 활활 타올랐다. 도대체 뭘 기대했던가? 네슬링 동료들조차도 그와 경기를 하느니 공중에서 이탈하겠다는 마당에? 게다가 진실의 노래가 모두에게 스피릿 원소의 위험성을 상기시키지 않았는가? 어떤 새들러가 이런 라이더와 손을 잡으려 할까?

스캔다르가 오설리번 교관에게 이어리로 먼저 돌아가도 되겠느냐고 물어보려는 순간, 두 사람이 문을 통과해 고원에 들이닥쳤다. 스캔다르는 주황색 옷을 입은 낯선 이들이 누구인지 알아보려고 눈을 가늘게 떴다. 그러다가 그들은 낯선 이들이 아니라는 것을 깨달았다.

셰코니 새들스가 도착한 것이었다.

플로의 아버지 올루 셰코니, 그리고 플로의 쌍둥이 오빠 엡 셰코니는 침착하게 천막을 치기 시작했다. 훈련장에서 모두가 그들만 보고 있었는데도 그런 건 신경 쓰지 않는 듯했다. 엡은 그들이 들고 온 단 하나의 나무 상자를 열었다. 정적이 흐르는 가운데, 상자 열리는 삐걱 소리가 우레처럼 크게 울렸다. 올루가 근육이 발달한 한쪽 팔로 안장을 들어 올리고는 곧장 유일하게 남아 있는 유니콘에게 성큼성큼 걸어갔다.

스카운드럴은 올루가 다가오자 고함을 질렀지만 새들러는 그저 낮고 깊은 웃음소리를 낼 뿐이었다. 스캔다르는 자기 유니콘이 반응에 신경 쓰지 않았다. 올루의 거무스름한 갈색 팔에 안겨 있는 안장은 그날 아침 보았던 다른 모든 안장을 압도할 만큼 아름다웠다. 가죽은 어찌나 밝게 빛나는 검은색인지 대리석처럼 보일 정도였다.

"늦어서 미안하구나. 작업장에서 일이 좀 생겨서 말이야." 올루 셰코니가 설명했다.

스캔다르는 놀라서 정신을 차릴 수 없었다. 훈련 경기를 마치고 플로의 아버지를 만났을 때도 이 따뜻한 미소에 얼떨떨해졌던 적이 있었다.

올루 세코니는 스카운드럴의 날개 관절 바로 뒤에 안장을 놓고는 유니콘의 척추 곡선에 맞게 위치를 조정했다. 안장은 완벽하게 들어맞았다.

스캔다르는 침을 삼켰다. "세코니 선생님, 저희밖에 안 남았다고 해서 저희를 선택하실 필요는 없어요."

올루와 엡이 동시에 웃음을 터뜨렸다. 스캔다르는 이해할 수 없었다.

"스캔다르," 올루가 간신히 웃음을 참으면서 말했다. "이 안장 하나를 만들기 위해 우리 팀은 몇 주나 일에 매달렸단다. 이건 스카운드럴스럭에게 딱 맞게 만들어진 안장이야. 네 안장이란 말이다. 네가 위버의 손아귀에서 뉴에이지프로스트를 구해 낸 얘기를 듣고서 나는 네가 세코니 새들스의 라이더가 됐으면 좋겠다고 생각했다."

"우리 아버지 말을 못 믿겠으면," 엡이 불쑥 말을 꺼냈다. "이 자수를 좀 봐." 플로의 쌍둥이 오빠는 보조개가 쏙 들어가도록 환히 미소를 지었다.

스캔다르는 두근대는 가슴으로 안장에 다가가 가죽 냄새를 맡았다. 그러고는 보았다. 검은색 좌석에 스피릿 윌더를 나타내는 빛나는 흰색으로 다섯 개의 원소 상징 모두가 수놓여 있었다.

"자? 어떻게 생각해?" 엡이 검은 머리의 탄탄한 컬 하나를 만지작거리면서 물었다.

"오늘 보았던 모든 안장 중에서 하나를 고를 수 있다 해도 전 이걸 고를 거예요. 다른 것들은 상대도 안 되네요." 스캔다르는 믿기지 않았다. 세코니는 사령관의 안장을 만드는 가문 아닌가! 제이미가 신나서 펄쩍펄쩍 뛸 것이다.

스캔다르와 스카운드럴이 헤닝도브 새들스의 진보라색 천막 앞을 지나갈 때 바비가 그 천막 입구에 나타났다. 바비는 축하한다는 말을 하지 않았다. 농담조차 건네지 않았다. 바비는 스카운드럴의 등에서 흔들리는 안장만 뚫어져라 노려볼 뿐, 스캔다르가 손을 흔들었는데도 눈길 한 번 주지 않았다. 스캔다르에게 화가 났을까?

셰코니 새들스 천막에서 스캔다르는 바비의 얼굴에 떠오른 표정을 잊으려 애썼다. 그는 주황색 음료를 벌컥벌컥 들이켰다.

"우리가 왜 늦었는지 이 친구에게 말해 주시죠, 아빠." 엡은 뭔가 비밀을 품고 있는 것처럼 보였다.

올루가 눈썹을 치켜올렸다. "글쎄, 나는 이 친구를 걱정시키고 싶지 않다만 네가 말을 꺼냈으니 선택의 여지가 별로 없겠구나."

엡이 민망한 듯 움찔했다.

"무슨 일이 있었는데요?" 스캔다르가 얼른 물었다.

셰코니는 이마에 깊은 주름을 지은 채 안장 상자에 육중한 몸을 내려놓고 앉았다. "오늘 아침에 작업장에서 너의 안장에 마지막 손질을 하고 있었는데 갑자기 쾅 소리가 나지 뭐냐. 엡과 나는 길 건너 상점에서 나는 소리라고 생각했기 때문에 그냥 무시했지. 그런데 그 소리가 또 나는 거야. 무슨 일인가 나가서 보려고 했는데 나갈 수가 없었어. 그래서 뒷문으로 갔는데 그 문도 꿈쩍하지 않는 데다가 창이란 창은 전부 빛이 들어오지 않고 컴컴했지."

"그게 무슨……."

"누가 우리 작업장 문과 창문을 전부 막아 버렸던 거야. 두툼한 송판으로. 그래서 엡과 나는 작업장에 갇힌 신세가 됐지."

스캔다르의 입이 떡 벌어졌다. "어떻게 나오셨어요?"

엡이 대답했다. "다행히도 배틀바겐 상점의 브론윈 아주머니가 그걸 봤어. 그 아주머니 정말 대단하지요? 안 그래요?"

"근육깨나 쓰는 여자지. 그건 확실하고말고. 그녀가 창을 막아 놓은 송판을 떼어 내고 빗자루 손잡이로 유리창을 냅다 깨 버린 거야. 덕분에 우리는 네 안장을 챙겨서 부리나케 이리로 달려올 수 있었지."

"누가 그랬을까요?"

올루가 어깨를 으쓱했다. "새들 세리머니가 지난 몇 년 사이에 점점 더 경쟁적으로 변한 건 사실이야. 하지만 이런 반칙은 듣도 보도 못했다. 마구를 만드는 사람들끼리는 서로 친하게 지내지. 나에게 이런 짓을 할 만한 새들러가 있다고는 생각지 않아. 다들 수십 년 알고 지낸 사이인걸. 그래서 내가 올해 '누구'에게 안장을 선사하려 했는지 생각해 보니……."

"아," 스캔다르가 숨을 들이마셨다.

"확실하진 않아." 올루가 얼른 덧붙였다. "누구를 마음에 두고 있다는 말은 아무에게도 하지 않았다. 플로런스에게조차 말하지 않았어. 《해처리 헤럴드》에서 취재 나왔다는 기자는 사실상 뇌물까지 건네면서 내 입을 열려고 했는데 말이야. 그렇지만 눈썰미가 있는 사람이라면 어두운 색상의 가죽, 내가 잡아 놓은 치수, 디자인 도면 따위를 보고 추측할 수 있겠지."

"누구 의심 가는 사람이 전혀 없으신가요?"

"떠오르는 사람이 있긴 했지. 훈련장은 물론이고, 아일랜드에도 스피릿 윌더가 없기를 바란다는 사실을 숨기지도 않는 사람……."

"매닝 의장이네요!" 엡이 한몫 거들겠다는 듯 끼어들었다.

올루는 아들을 한심하다는 듯 바라보았다. "그럴지도. 하지만 문제는 말이다, 스캔다르 네가 지금 아일랜드에서 인기가 좋은 라이더는 아니라는 거야. 불만스러워하는 사람이 도리언 매닝 하나만은 아니지." 올루는 자기가 하려는 말이 미안한 듯 한숨을 쉬었다. "너는 10여 년 만에 처음으로 훈련 과정에 들어온 스피릿 윌더야." 그의 음성은 친절했다. "그런데 야생 유니콘이 사체로 발견되었어. 죽임을 당한 거야! 우리는 모두 불가능한 일이라 생각했지. 그리고 지금은 진실의 노래를 두고 사람들 말이 너무 많아. 나는 오늘 그 노래를 듣지 못했다만, 그게 너하고는 아무 상관 없는 일이라고 생각한단다. 그래도 일단 스피릿 원소가 연루되면 사람들은 자기네가 듣고 싶은 것만 듣지. 어떤 사람들은 위버가 또 무슨 일을 꾸몄을 가능성을 생각하기보다 그냥 너를 욕하고 싶을 거다. 특히, 네가 이어리에서 나가길 원하는 사람들이라면 말이야."

"제가 작년에 온 힘을 다해 위버를 저지했는데도 사람들이 정말 제가 야생 유니콘을 죽였다고 떠들고 다니나요?" 스캔다르는 억장이 무너졌다. 그는 아일랜드가 복수를 할 거라는 진실의 노래 한 구절을 떠올렸다. 정말로 그런 일이 일어난다면 그때도 스캔다르가 욕받이가 되는 걸까?

올루가 손바닥을 펼쳤다. "그냥 소문일 뿐이야. 하지만 네가 친근한 스피릿 윌더의 이미지를 심어 주기에는 그런 소문도 걸림돌이지."

스캔다르는 한숨을 내쉬었다. 야생 유니콘과 스피릿 윌더. 언제나 한 통속으로 묶여 버린다. 언제나 두려움의 대상이 된다.

"걱정하지 않아도 돼. 이제 네 뒤에는 셰코니 새들스가 있으니까. 사람들도 돌아올 거야." 올루가 친절하게 말했다.

하지만 스캔다르는 확신할 수 없었다.

"포킹 선더스톰," 미첼은 다음 날 아침 트로프에서 《해처리 헤럴드》

를 읽다 말고 내뱉었다. "이거 영 안 좋은데."

"뭐가 안 좋아?" 스캔다르가 자기가 좋아하는 마요네즈 범벅 소시지를 먹다가 고개를 들었다. 그는 나쁜 소식을 더 듣게 되리라고는 생각지도 않았다.

미첼은 스캔다르와 신문을 번갈아 보면서 주저했다. 스캔다르는 미첼의 손에서 신문을 잡아챘고 플로도 신문을 함께 보려고 나뭇잎 무성한 식당 플랫폼에서 의자를 바짝 당겨 앉았다. 바비는 스캔다르가 세코니 안장을 받은 후로 줄곧 말이 없었다. 하지만 바비가 워낙 심각한 표정으로 아침을 먹고 있었기 때문에 정말로 음식에 집중을 하는 건지 여전히 스캔다르에게 심통이 나 있는 건지 알 수가 없었다. 스캔다르는 신문을 읽기 시작했다.

진실의 노래 테러!
아일랜드는 정말로 복수를 할 것인가?

어제 마크 베리먼이라는 음유시인이 네슬링 새들 세리머니에서 진실의 노래를 불렀다(노랫말은 5면 참조). 이 진실의 노래는 최근의 야생 유니콘 살상과 관련한 경고를 담고 있지만 해처리의 의장이자 실버 서클의 수장 도리언 매닝에 따르면 범인에 대한 단서도 들어 있다고 한다. 매닝은 위버가 여전히 유력한 용의자임을 확인했으나 진실의 노래를 통하여 조사해야 할 새로운 단서들이 나왔다고 보았다. 카자마 사령관은 직접적 언급을 삼갔으나 취재기자에게 진실이 노래가 은유적일 때가 많다는 사실을 상기시켰다……

"조사해야 할 새로운 단서? 이게 지금…… 내 얘기인가?" 스캔다르의 목소리에서 걱정이 배어났다.

그는 친구들의 침묵을 그렇다는 의미로 이해했다. 신음이 절로 나왔다.

미첼이 한숨을 지었다. "문제는, 비록 나는 진실의 노래가 터무니없다고 생각하지만 대부분의 아일랜더들은 그렇지 않다는 거야."

스캔다르는 신문을 넘겨 노랫말이 나와 있는 페이지를 펼쳤다. 이제 바비조차도 자기 접시를 기웃거리던 다람쥐를 쫓아내고 플로의 뒤에 서서 어깨 너머로 노랫말을 보고 있었다.

"'영원히 죽어 가는 것의 목숨을 앗아 간다면', 이건 야생 유니콘을 죽인다는 뜻이겠지." 스캔다르가 말했다.

"그래, 그다음엔 이렇게 나와. '다섯을 전부 그 앙갚음에 쓰리라.'" 플로가 그 페이지를 내려다보면서 말했다. "아일랜드가 원소들을 써서 야생 유니콘의 죽음을 앙갚음한다는 건가?"

"어떻게 한다는 거야? 라이더들이 원소를 쓸 거라는 뜻인가? 살해범을 추적하기라도 하나?" 스캔다르는 온통 의문투성이였다.

"라이더들이 그렇게 한다는 뜻으로 들리진 않는데. 홍수에 대한 구절도 있잖아. 아일랜드가 스스로 홍수를 일으키나? 그럼, 우리가 사람들을 태우고 안전한 곳으로 날아가야겠네!" 플로가 겁에 질린 목소리로 말했다.

미첼이 목청을 가다듬었다. "진실의 노래에 대한 나의 개인적 견해를 말하자면, 그냥 다 귀신 씻나락 까먹는 소리야! 아일랜드는 땅덩어리일 뿐이야. 땅덩어리가 선악을 따져? 땅덩어리가 정의를 알아?" 미첼은 대놓고 웃다시피 했다.

플로는 그러거나 말거나 무시했다. "'스피릿의 어둠의 친구', 이건 분명히 위버와 관계가 있겠지?" 그녀는 스캔다르를 안절부절못하는 눈으로 바라보았다.

미첼은 다시 끼어들지 않을 수 없었다. "저 노래가 진실이라면 우리가 경계해야 할 '또 다른 힘'이 있겠네." 그는 손가락으로 한 구절을 짚었다. "'스피릿의 어둠의 친구'에겐 '후계자'가 있고."

"수수께끼는 질색이야. 왜 인생을 더 복잡하게 만들어?" 바비가 투덜거렸다.

노랫말을 다시 읽어 내리다가 스캔다르는 문득 소름이 돋았다. '스피릿의 어둠의 친구가 진정한 후계자를 찾으리라.' 이 어둠의 친구가 위버라면…… 진실의 노래는 정말로 스캔다르에 대해서 말하고 있는 건지도 모른다. 그는 위버의 아들이 아닌가. 그와 콰르텟 친구들, 그리고 그의 이모 애거서 에버하트만 아는 비밀이었지만 말이다. 실은 위버가 자신의 군사들에게도 말했었다. 그러나 미첼의 아버지 말로는 —— 실망스럽게도 —— 그들은 감옥에 수감되었고 야생 유니콘과 거짓 연을 맺었을 때의 일을 거의 기억하지 못한다고 했다. 새로운 공포가 스캔다르를 덮쳤다. 그의 비밀이 들통난다면 다들 스캔다르가 위버의 후계자라고 하지 않겠는가? 그러자 또 다른 공포가 솟아올랐다. 어쩌면 그게 사실일까? 아니, 아니다. 그렇지 않다. 그는 어둠의 세력이 아니다. 그는 절대로 엄마처럼 되지 않을 것이다. 엄마는 자기 편에 서라고 했지만 그는 단호히 거절했다. 스캔다르는 생각을 딴 데로 돌리기 위해 진실의 노래가 말하는 희망에 주목했다.

우리 필멸자들에게 유일한 희망은

불멸자의 죽음을 속죄함이니,

여왕이 마지막 숨을 거둘 때 만들어진
최초의 라이더의 마지막 선물을 쟁취하라.

"이걸 보면 '최초의 라이더의 마지막 선물'이 사태를 해결하는 데 도움이 된다는 거네." 그가 일단 말해 보았다. "이 선물이 어떤 거라고 생각해? 그리고 '여왕이 마지막 숨을 거둘 때' 어떻게 뭔가가 만들어졌다는 거지? 아일랜드에 여왕이 있었던 적이 있어?"

"아일랜드에 야생 유니콘들의 여왕이 있었지, 아마. 라이더들이 등장하기도 전의 일이지만." 플로는 식탁에 놓여 있는 신문을 내려다보며 눈살을 찌푸렸다.

"그럼, 선물은?"

"최초의 라이더가 죽을 때 아일랜드를 위해서 뭔가를 남겼다는 옛이야기들이 있어." 미첼이 대수롭지 않다는 듯 말했다.

"그래서? 누군가가 그 선물을 찾았어? 예전에 누군가가 그 선물을 쟁취한 적 있어? 그게 뭔지는 알아?" 스캔다르가 꼬치꼬치 캐물었다.

바비가 요란하게 코웃음을 쳤다.

"뭐야?" 스캔다르는 집중을 할 수가 없었다.

"아, 아무것도 아니야." 바비는 옆에 있는 나뭇가지에서 나뭇잎을 한 움큼 뜯었다.

"뭔데, 도대체?"

"네가 벌써 영웅이 되려고 기를 쓰는 꼴이 피곤해. 선물을 쟁취하라는 얘기는 방금 전에 들었을 뿐인데 벌써 그럴 생각을 하고 있잖아."

"영웅이 되려고 기를 쓰는 게 아니야. 나는 메인랜더야. 난 궁금하다고!"

바비가 어깨를 으쓱했다. "뭐, 네가 그렇게 말한다면야."

스캔다르는 자기변호를 하고 싶었지만 바비는 아직도 세코니 안장 때문에 심통이 나 있는 모양이었다. 그는 그쯤하기로 했다.

플로는 둘 사이를 바라보며 초조하게 눈을 깜박였다. 플로는 갈등을 못 견뎠다. "어쨌든 스캔다르가 그 선물을 차지하기 위해 싸울 수 있다고는 생각하지 않아. 설령 얘가 원한다고 해도 말이지. 최초의 라이더의 선물을 찾아낸 사람은 아무도 없는걸."

미첼이 《해처리 헤럴드》를 홱 낚아채는 바람에 모두 펄쩍 뛰었다. "그런 게 존재한다는 증거가 없기 때문에 아무도 못 찾은 거야. 선물이 어떤 것인지 아는 사람조차 없잖아. 그건 신화, 전설, 동화야."

하지만 스캔다르는 그렇게 쉬이 단념할 수 없었다. 불과 얼마 전까지만 해도 메인랜드에서 유니콘이 동화로만 여겨졌지만, 그는 지금 유니콘을 타고 있지 않은가.

그가 입을 열려는 순간, 플로가 선수를 쳤다. "어쩌면 아무 일도 일어나지 않을 거야." 그녀는 희망적으로 말해 보았다. "위버가 야생 유니콘을 죽인 게 아니고 전부 우연한 사고였을 수도 있어. 진실의 노래에 언급된 무서운 일들은 일어나지 않을 수도 있지 않을까?"

"바로 그거야, 플로. 미래를 예언하는 노랫말을 곧이곧대로 믿다니, 너무 비이성적이잖아." 미첼이 동의했다.

"음유시인들이 원래 라이더에 대한 진실의 노래를 부르기도 하나? 내가 유명해지는 때에 대한 노래도 틀림없이 나올 거야. 어쩌면 이미 나왔는지도?" 바비는 갑자기 기가 살아났다.

미첼이 코웃음을 쳤다. "음유시인들이 평생에 딱 한 번뿐인 진실의 노래를 너에게 낭비하겠냐, 로버타."

"미첼, 너는 진실의 노래를 믿지 않는다면서." 스캔다르가 놀리듯 말했다.

"바비 브루나와 팔콘스래스는 카오스컵 5연패를 달성하리라." 바비가 손끝을 식탁 위에서 꼼지락거리면서 으스스한 목소리로 노래를 했다.

스캔다르와 플로가 웃음을 터뜨렸다. 방금 전의 긴장된 분위기는 일시에 풀어졌다. 미첼도 웃음을 억지로 참고 있었다. "봐, 바비가 해낸다니까. 우린 너무 걱정할 필요 없어."

"네가 무슨 말 하는 건지 모르겠다." 바비가 똑 떨어지게 자른 앞머리에 스칠 만큼 눈썹을 활발하게 움직였다. "내가 방금 나의 진실의 노래를 불렀잖아. 아무도 안 받아 적었어?"

케나

비밀이 있는 소녀

"다섯 번째 원소는 있을 수 없어. 그건 그냥 말이 안 돼." 아빠가 백 번째 말했다.

"해처리 의장이 스피릿 원소가 있다고 하면 스피릿 원소가 있는 거죠, 아빠." 케나 역시 백 번째 완강하게 말했다.

도리언 매닝이 왔다 간 지 두 달쯤 됐다. 케나와 아빠는 207호 주방 탁자에서 실랑이를 — 또다시 — 하고 있었다.

"하지만 그렇다면 스캔다르가 왜 말하지 않았겠어?"

케나도 이 질문의 답을 듣고 싶었다. 동생은 물론 물 윌더이지만 원소가 네 개가 아니라 다섯 개라는 말을 왜 하지 않았을까? 스피릿이 워낙 드문 원소라서 그 애는 잘 몰랐던 걸까? 어쨌든, 케나는 카오스컵 에서 스피릿 윌더를 본 적이 없었다. 스캔다르가 일부러 가족들에게 숨긴 건 분명 아닐 테지?

"그게 뭐 어때서요. 중요한 건, 내가 스피릿 윌더이고 내 유니콘이 여전히 어딘가에 있다는 거예요. 날 기다리고 있다고요! 매닝 의장님이 그걸 찾아내기만 하면 돼요. 이미 찾아보고 있다고요!"

아빠가 피부가 따갑도록 눈을 비볐다. "네가 왜 해처리 시험에서 떨어졌는지 다시 말해 보렴."

"스피릿 월더는 아주 드물댔어요! 큰 착오가 있었던 거예요. 나는 합격했어야 했어요! 해처리 문 앞까지만 보내 줬으면 난 그 문을 열었을 거예요."

아빠가 한숨을 지었다. "뭔가 석연찮은 느낌이 드는구나. 그 사람……."

"해처리 의장이에요. 그렇고 그런 사람이 아니라고요."

"그래. 그런 사람이 한밤중에 찾아와서는, 시험에 낙방한 지 2년이나 됐는데 이제야 착오가 있었다고 해? 그리고 뭐, 11월에 바다 중간 지점에서 만나자고?"

"나를 당장 데리고 갈 수는 없대요! 그래요, 난 그 사람을 만나기 위해 노를 저어 가야 해요."

"그 사람을 만나기 위해 노를 젓는 사람은 내가 될 거다."

케나의 심장이 희망에 부풀어 쿵쿵 뛰었다. "그럼, 허락하시는 거예요?"

어두운 그림자가 얼굴을 스쳐 지나갔지만 아빠는 결국 고개를 끄덕였다. 케나는 환호성을 지르면서 아빠의 품에 냅다 안겼다.

아빠는 넘어질 듯 끙 소리를 내긴 했지만 두 팔에 힘을 주어 딸을 꼭 껴안았다. "네가 이렇게 행복해하는 모습은 2년 만에 처음 보는구나, 우리 딸. 널 여기 붙잡아 두는 일이 널 불행하게 할 뿐이라면 그럴 순 없지. 내가 늘 좋은 아빠가 아니었다는 건 알아. 그래도 네가 행복하길 바라는 마음은 진심이야. 네가 꼭 꿈을 이루었으면 좋겠구나."

케나는 안도의 눈물을 삼켰다. 실은 아빠가 이렇게 축복을 빌어 주지 않더라도 그녀는 매닝 의장에게 갈 작정이었다. 하지만 허락을 받고 가는 편이 훨씬, 비교도 안 되게 더 좋았다. "내 유니콘이 있대요, 아빠! 나도 이어리에서 스캔다르와 함께 살 수 있대요! 어쩌면 우리 둘 다 카오스컵에 나갈 수 있을 거예요. 그게 우리의 꿈이었는데!"

케나는 문득 죄책감이 들어서 입을 다물고 아빠의 얼굴을 살피기 위해 뒤로 물러났다. 아빠는 몹시 피곤해 보였다. "아빠 혼자서 잘 지낼 수 있는 거 맞아요? 청구서, 요리, 입사 지원, 그런 걸 누가 챙겨야 하면……." 케나는 말을 멈추었다. 정작 집에서 떠나도 된다는 허락을 받고 보니 아빠를 혼자 두고 간다는 현실이 너무 무서웠다.

"그런 일은 걱정하지 않아도 돼." 아빠는 케나의 머리카락 한 가닥을 귀 뒤로 넘겨 주면서 말했다.

케나는 갑자기 목이 메었다. "보고 싶을 거예요, 아빠."

아빠는 웃었지만 어쩐지 그 웃음소리는 쓸쓸했다. "아니, 그렇지 않을 거다."

"아뇨! 늘 편지 쓸게요. 스캔다르하고 같이 편지를 보낼 수도 있겠네요, 그건 어때요?" 케나는 문득 유니콘 그림에 열심히 색칠하던 여섯 살 때의 스캔다르가 생각났다. 어쩌면 그 애가 지금 누나와 운명 지어진 유니콘을 그리고 있을지도?

아빠의 눈에서 눈물이 반짝였다. "자식 둘이 다 라이더가 되다니. 이런 행운이 어디 있을까? 네 엄마가 얼마나 자랑스러워했을지. 그 사람도 우리 곁에 있으면 좋으련만."

"일요일에 묘지에 가요. 엄마에게 말씀드리면 되잖아요?" 케나가 말했다.

아빠의 얼굴에 근심이 드리워졌다. "스캔다르에게 편지를 써야지. 네가 갈 거라고 알려 줘. 그러면 내 기분이 훨씬 나아질 것 같아……."

케나가 고개를 가로저었다. "그럴 수 없어요. 매닝 의장이 말하지 말라고 했어요. 하지 아닌 때 아일랜드로 아이를 데려가는 건 이례적인 일이라서요. 내 사연이 알려지면 해처리 시험에 떨어진 메인랜더 아이들이 자기도 스피릿 윌더일지 모른다고 생각할 거 아니에요? 매닝 의장님이 만에 하나 그런 일이 있으면 나를 아일랜드에 데려가기 힘들다고 했어요. 일이 다 틀어지는 거예요!" 케나는 생각만 해도 두려운 듯 거의 숨도 쉬지 않고 말했다.

"하지만 스캔다르에게만 말하면……."

"안 돼요. 편지는 메인랜드 우체국을 거치게 마련이죠. 너무 위험해요." 케나는 완강했다.

"알았다, 알았어." 아빠는 졌다는 듯 두 손을 들어 보였다. "하지만 네 편지가 뚝 끊기면 스캔다르가 이상하게 생각하지 않겠니? 걔가 걱정할 텐데."

케나는 그 부분에 대해서 이미 계획이 있었다. 가장 마지막으로 보낸 편지에서 케나는 슬프다고 고백했었다. 그 점에 착안했다. "스캔다르에게 보내는 편지에 거짓말을 쓰긴 싫어요. 그러니까 아빠가 대신 편지를 쓰면 어때요? 내가 요즘 유니콘에 대해서 편지 쓰기를 힘들어한다고 말해 주세요. 그렇게 해 두면 내가 아일랜드로 떠나서 편지를 못 써도 그렇게 표가 나지 않을 거예요."

"그러니까 나보고 거짓말을 하라는 거냐?" 아빠가 몸을 뒤로 젖히며 중얼거렸다.

"내가 하는 거짓말은 걔가 금방 알아차린단 말이에요!"

"내가 편지에다가 무슨 말을 써야 하는데?" 아빠는 슬슬 인내심이 바닥나고 있었다.

"그냥 내가 잘 지낸다고, 라이더가 되지 못했다는 현실을 받아들이려면 시간이 필요한 것 같다고 쓰세요."

"하지만 넌 라이더잖니, 그 의장이라는 인간이 그랬잖아."

"그래요, 그렇지만 스캔다르는 아직 알면 안 돼요." 케나는 거듭 말했다. "아일랜드에 도착하면 그 애를 바로 볼 수 있을 거예요. 더없이 행복한 서프라이즈가 되겠지요!"

"뭐가 제일 좋은지는 네가 어련히 잘 알겠지." 아빠는 여전히 확신 없는 얼굴로 투덜거리듯 말했다.

"상황이 정리될 때까지만요." 케나가 고집스럽게 말했다.

"알았다, 알았어. 어쩌면 그렇게 네 엄마와 똑 닮았는지. 네 엄마도 얼마나 설득력 있게 말하는지 말싸움에서 진 적이 없었단다." 이 말을 듣고 케나는 입이 귀에 걸리도록 미소를 지었다.

나중에 케나는 침대에 누워 스캔다르가 옛날에 붙여 놓은 아스펜 맥그래스의 유니콘 뉴에이지프로스트 포스터를 쳐다보았다. 동생의 빈 침대가 눈에 들어왔지만 이제 더는 슬프지 않았다. 케나는 아빠에게 진실만 말하지는 않았다. 매닝 의장은 케나가 아일랜드에 도착하더라도 그녀의 유니콘을 찾으려면 시간이 좀 걸린다고, 그래서 두어 달 뒤에야 스캔다르와 재회할지도 모른다고 했다. 그렇기 때문에 아빠가 스캔다르에게 편지를 보내는 일이 중요했다. 케나는 스캔다르가 자기 걱정은 하지 않기를 바랐다.

하지만 유니콘만 찾으면 동생을 매일 볼 수 있을 것이다. 케나는 남매가 나란히 유니콘을 몰고 달리는 모습을 머릿속에 그려 보았다. 어쩌면 훈련을 같이 받을지도? 그리고 나서 케나는 경기장에서 결승선을 통과하는 상상을 했다. 환호성과 장내 해설자의 외침이 들리는 것 같았다. "케나 스미스, 카오스컵 우승자입니다!"

케나는 만면에 미소를 띤 채 스르르 잠이 들었다. 이제 무슨 일이든 가능했다. 이러기는 참으로 오랜만이었다.

4장

불청객

　새들 세리머니를 치르고 며칠 후, 네슬링들의 첫 훈련 시간이 왔다. 스캔다르는 진실의 노래, 위버, 사체로 발견된 야생 유니콘 생각에 몰두한 나머지 이제 마상 시합 훈련에 들어간다는 사실을 거의 잊고 있었다. 이제 그는 훈련장까지 날아가기 위해 완전 무장을 한 스카운드럴의 등에 올라타면서 익숙한 첫날의 긴장감으로 배 속이 뒤틀리는 것 같았다.

　뒤쪽에서 고함 소리가 들렸다. "경주하자!"

　청회색 유니콘이 서늘한 9월의 공기를 가르고 총알처럼 날아올랐다. '바비, 그거 좋지!' 스캔다르는 미소를 지으면서 머릿속에 소용돌이치는 어지러운 생각들을 떨쳐 냈다. 스카운드럴은 포효하면서 추격에 나섰고 날개를 힘차게 퍼덕이면서 세 걸음 만에 이륙했다. 팔콘스래스는 빨랐다. 팔콘과 바비는 무려 작년 훈련 경기의 우승 조가 아닌가. 그렇지만 스캔다르는 스카운드럴이 더 빨리 날 수 있다는 것을 알고 있었다. 하강에 들어가자 저 아래 이어리의 언덕 비탈이 그들을 향해 치밀어 오르는 것 같았다. 스카운드럴도 팔콘의 뒤를 따라 수직 강하했다. 그들은 거의 같은 높이였는데…….

"땅으로!" 바비가 외쳤다. 그녀 자신에게 한 말인지 스캔다르에게 한 말인지 스캔다르는 알 수 없었다. 스캔다르는 바비를 따라 곤두박질했고 갑자기 눈앞에 파란 하늘 대신 초록 들판이 나타났다. 바비는 속도를 늦추어 간신히 팔콘을 착지시켰지만 스카운드럴은 네슬링 고원의 땅으로 뿔을 겨눈 채 너무 빠르게 하강하고 있었다.

"스카운드러어어어얼! 어떡하려고오오오!" 스캔다르가 이를 악물었다.

스카운드럴은 땅을 불과 몇십 센티미터 남기고 목을 도로 하늘로 쳐들더니 뒷발굽을 내밀고 날개를 허공으로 강하게 휙 뻗어 충돌의 위기를 모면했다. 스캔다르는 다이빙을 했다가 다시 물 밖으로 나와 숨을 쉬듯 헐떡거렸다.

스카운드럴이 제대로 착지하자 바비가 팔콘의 등 위에서 천천히 박수를 쳤다. "멋진 곡예였어. 네가 졌다는 사실은 변함없지만, 스피릿 보이."

스캔다르가 어깨를 으쓱했다. "네가 훨씬 앞에서 출발했잖아. 내가 거의 따라잡았는데!"

"그런 말은 누가 못 하니. 너보다는 내가 늘 더 빠를 거야!"

스캔다르는 바비의 목소리에서 싸한 기운을 느끼지 않을 수 없었다. 장난으로 약을 올리는 말만은 아니었다.

메이이가 몇 미터 떨어진 곳에 로즈브라이어스달링을 착륙시켰다. 코비와 아이스프린스, 앨러스테어와 더스크시커도 금세 뒤이어 착륙했다. 앰버는 새들러 세리머니 때처럼 콰르텟과 떨어져 있었다. 월윈드시프는 고원의 반대쪽 끝에 서 있었고 앰버는 그 밤색 유니콘을 돌려 세우면서 진정시키고 있었다.

"어이, 스캔다르!" 앨러스테어가 고함을 질렀다. "네가 위버랑 황무지에서 수다를 좀 떨고 나서 위버가 그 어느 때보다 강해진 것 같지 않냐?"

"내가 무슨 수다를……." 스캔다르가 말을 하려는데 메이이가 선수를 쳤다.

"네가 에리카 에버하트를 물리쳤다는 같잖은 얘기, 이제 그다지 믿기지 않는데? 물론 나는 애초에 믿지 않았지만. 훈련 경기도 간신히 통과한 주제에!"

그들이 까르르 웃음을 터뜨렸다.

"그리고 물 월더들도 너 안 믿어." 코비가 의기양양하게 말했다. 그가 프린스를 타고 스카운드럴의 주위를 돌 때 얼음으로 변이된 속눈썹이 햇살에 반짝거렸다. "우리는 너의 물 아지트 출입에 반대하는 투표를 했어. 웰은 너 같은 녀석이 들어올 곳이 아니야."

스캔다르는 너무 충격을 받아서 그들이 가 버릴 때까지 한마디도 하지 못했다. 그도 잘 알다시피, 이어리의 지하 공간에는 각 원소의 독자적 아지트가 있었다. 스캔다르의 콰르텟은 작년에 위버에 대해서 조사를 하면서 폐허가 된 스피릿 아지트를 찾아내기도 했다. 하지만 '공인된' 아지트는 불의 퍼니스, 물의 웰, 공기의 하이브, 흙의 마인이었다. 아지트는 네슬링 이상의 상급생들에게 열려 있었다. 그렇지만 코비의 말이 사실이라면 스캔다르는 올해 네슬링이 되었는데도 아지트에 발을 들이지 못할 터였다.

"코비가 아마 거짓말을 했을 거야. 작년에 오설리번 교관님이 너는 명예 물 월더라고 했어. 그 말은 너도……." 바비가 성난 목소리로 말했다.

"됐어, 난 괜찮아." 스캔다르는 이렇게 중얼거리면서 케나가 마지막 편지에 썼던 말을 떠올렸다. 케나에게서는 여전히 편지가 없었다. 기분이 더 가라앉았다. "내 소속은 아무 데도 없어."

"어쨌든, 악취가 진동하는 웰에 누가 가고 싶겠어? 거긴 분명히 이어리의 하수도와 연결되어 있을 거야. 춥고, 습하고…… 썩은 생선과 물풀 냄새나 풍기겠지." 바비는 이제 노발대발하고 있었다.

스캔다르가 한숨을 쉬었다. "괜찮아, 바비."

스카운드럴이 걱정스러운지 짤막하게 울음소리를 냈다. 날개의 깃털 두어 개가 이글이글 타올랐다.

네슬링들은 으레 하던 대로 고원에 줄을 섰다. 스카운드럴과 팔콘이 블레이드와 레드 옆으로 가자 근처에 있던 라이더들이 — 이반과 하퍼라는 공기 윌더들이다 — 자기네 유니콘을 줄을 따라 멀리 이동시켰다. 스캔다르는 그걸 보고 아직은 미첼과 플로에게 웰에 출입 금지를 당했다는 말을 할 수 없겠다 생각했다. 미첼의 얼굴에 떠오를 분노, 플로의 얼굴에 떠오를 연민을 보고 싶지 않았다. 스캔다르는 그 대신 훈련장을 살펴보았다. 웹 교관과 앤더슨 교관이 문라이트더스트와 데저트파이어버드와 함께 고원에 서 있었다. 두 교관은 나무 막대를 한 움큼 들고는 그것들을 하나하나 땅에 두들겨 박아 넣어 기다란 선을 만들고 있었다.

드디어 앤더슨 교관이 호루라기를 불어 주의를 집중시켰다.

플로는 블레이드의 등에서 움찔했다. "그냥 조용히 하라고 말로 하면 안 되나?"

"2년 차 훈련생이 되어 안장을 받은 것을 축하한다." 이제 앤더슨 교관은 데저트파이어버드에 올라타 있었다. 붉은 망토 자락이 유니콘의 뒷다리 위에 얌전하게 놓여 있었다. "네슬링은 무기 사용을 본격적으로 배우는 학년이다. 순수한 원소 마법의 무기를 만들고 사용하는 법을 배운다."

흥분 어린 속삭임이 터져 나왔다. 바비는 별안간 공기 축제가 시작된 것처럼 신이 났지만 스캔다르는 신경이 곤두섰다. 연을 통해 오른손까지 마법을 소환하는 것, 스카운드럴이 부화하면서 손바닥에 입힌 상처로 원소를 폭발시키는 것까지는 할 줄 알았다. 하지만 무기를 만드는 법은 감이 잡히지 않았다.

앤더슨 교관이 조용히 하라고 손을 들었다. 그의 어두운 갈색 귀 주위에서 불꽃들이 경고하듯 깜박거렸다. "그래, 그래, 흥분할 만하지. 너희도 카오스컵에서 숙련된 라이더들이 원소 무기를 쓰는 모습을 보았을 게다. 너희가 작년에 썼던 마법 공격과 방어와 병행해서 말이지."

라이더들이 동의하는 뜻으로 웅성거렸다. 스캔다르도 니나 카자마가 지난 6월 우승한 카오스컵에서 사용했던 믿을 수 없는 번개 검을 똑똑히 기억하고 있었다.

"무기는 무형의 마법보다 정확도가 높지만 상당한 연습은 물론, 유니콘과의 헌신적인 팀워크를 요한다. 우리는 먼저 다양한 무기를 성형하는 작업부터 할 것이다. 너희가 연합해 있는 원소뿐만 아니라 네 개 원소 모두로 말이야."

스캔다르가 움찔했다. 네 개의 원소라니. 다섯 개가 아닌가.

"그다음에는 불의 축제를 전후해 정지 상태에서 공격하고 방어하는 법으로 넘어간다. 움직이면서 싸우는 건 가장 마지막 단계다. 마상 시합에서 유니콘들은 고유한 원소 마법보다 용기가 더 중요하지. 유니콘은 너희와 호흡을 맞춰야 하고 공격이 날아오는 와중에도 맞서 달려

나갈 수 있어야 한다. 명심하거라, 너희가 내년에 플레질링으로 진급하느냐 마느냐는 경주가 아니라 마상 시합 토너먼트로 결정된다."

스캔다르는 작년 불의 축제에서 보았던 광경이 떠올랐다. 그때 두 라이더는 빛나는 무기를 손에 들고 유니콘을 몰아 서로를 향해 돌진했다.

하얀 이마에 주름이 잡힌 나이 많은 웹 교관이 설명을 이어받았다. "마상 시합은 최초의 라이더가 창시한 이래 이어리의 주요 훈련 항목이 되었다. 이 훈련은 어린 라이더들에게 중요한 교훈을 주지. 낙마는 결코 선택지가 될 수 없다는 교훈 말이다. 마상 시합 중에 유니콘에서 떨어지면 패배하는 거다. 전투 중에 유니콘에서 떨어지면 마법을 쓰지 못한다. 비행 중에 유니콘에서 떨어지면 죽음이다."

개브리얼은 이 엄중한 경고에도 움츠러들지 않는 눈치였다. "기사들이 하던 것 같은 '마상 시합'을 말씀하시는 겁니까?" 메인랜더 출신인 개브리얼이 신나게 질문하는 동안, 그의 돌로 된 머리카락이 바람에도 흔들리지 않는 모습은 기이했다. "아일랜드의 마상 시합은 약간 다르다고 들었거든요."

장난기 어린 미소가 앤더슨 교관의 얼굴을 스치고 갔다. "시범을 보여 주마."

와우! 완전 무장을 한 유니콘 두 마리가 훈련장으로 급강하했다.

나무 막대를 연결해 땅에 표시한 선의 한쪽 끝에 오설리번 교관이 셀레스티얼시버드를 타고 내려왔다. 그와 동시에, 반대쪽 끝에서 세일러 교관을 태운 노스브리즈가 코로 불똥을 뿜고 갑옷 판들을 맞부딪히면서 착지했다. 유니콘 두 마리 모두 입에 거품을 뿜고 있었다. 교관들은 한 손은 고삐를 잡고 다른 손에는 둥근 금속 방패를 들고 있었는데 한쪽 방패에는 파란색 스터드, 다른 쪽 방패에는 노란색 스터드가 박혀 있었다. 스캔다르는 교관들이 완전 무장한 모습을 처음 보았다. 그들은 카오스컵에 출전한 라이더들처럼 무시무시해 보였다. 오설리번 교관의 등에 그려진 파란 물방울과 세일러 교관의 등에 그려진 노란 나선으로 그들의 소속 원소를 한눈에 알아볼 수 있었다.

앤더슨 교관이 호루라기를 불었다.

두 마리 유니콘이 각자 선 끝에서 폭발적으로 박차고 나왔다. 그들은 발굽으로 땅을 내리치면서 전속력으로 서로를 향해 돌진했다.

오설리번 교관의 손바닥이 파란빛을 뿜었고 세일러 교관의 손바닥은 노란빛을 뿜었다.

앤더슨 교관이 두 번째로 호루라기를 불었다.

순백의 얼음으로 된 삼지창이 오설리번 교관의 손아귀에 나타났다. 세일러 교관은 번개 그 자체로 만들어진 활의 바르르 떨리는 시위를 당겼다. 화살은 위험스러운 불똥 뭉치였다. 유니콘들이 서로를 지나치는 순간, 세일러 교관은 타닥타닥 소리를 내는 시위를 놓았다. 오설리번 교관이 얼음 삼지창을 휘둘러 상대의 화살을 건드리자 그 화살은 전기가 되어 허공으로 흩어졌다. 세일러 교관은 상대가 삼지창을 다시 뒤로 당기는 순간 손을 들어 새로운 화살을 소환했지만 이미 늦어 버렸다.

세일러 교관은 방패로 삼지창 공격을 막아 내려 했지만 물 윌더의 삼지창은 금속에 얼음 부딪치는 끔찍한 소리를 내면서 목표에 명중했다. 세일러 교관의 몸 전체가 안장에서 휘청한 나머지 투구가 벗겨져 날아갔다. 꿀 빛깔의 곱슬머리가 나이트메어의 등을 스쳤다. 하지만 놀랍게도 세일러는 안장에서 떨어지지 않고 곧바로 상체를 일으켜 세웠다. 그렇지만 그녀의 가무잡잡한 얼굴에는 땀이 비 오듯 흐르고 있었다.

"명중, 오설리번 교관!" 앤더슨 교관이 셀레스티얼시버드 쪽으로 팔을 쭉 뻗었다. "1 대 0!"

경외감에 사로잡혀 입을 떼지 못하던 네슬링들이 마침내 환호성을 질렀다.

두 교관은 다섯 라운드에 걸쳐 승부를 겨루었다. 스캔다르는 시합을 구경하는 내내 입을 다물지 못했다. 전에도 원소 무기를 본 적은 있지만 두 명의 전문가 라이더가 무기를 만들어 내는 현장을 이렇게 가까이에서 보는 건 차원이 달랐다. 초록색 돌기가 삐죽삐죽한 곤봉, 불똥이 튀는 검, 자성(磁性)을 띠는 창……. 교관들이 손쉽게 마법을 무기로 성형하는 모습은 아름다웠다. 연이 어떤 일까지 해낼 수 있는지 보여 준다고나 할까. 유니콘과 라이더는 ─ 마치 한 존재인 양 ─ 모든 움직임을 예측하고 있는 것처럼 보였다. 그리고 시버드와 나이트메어는 서로를 향해 최고 속도로 질주하면서도 일말의 두려움도 비치지 않았다. 스캔다르는 자신과 스카운드럴의 연도 그렇게 매끄러울지 궁금했다.

"오설리번 교관이 이기겠네. 네 라운드에서 세 번을 이겼잖아." 미첼이 말했다.

앤더슨 교관이 마지막 다섯 번째 라운드를 알리는 호루라기를 불었다. 한 번은 유니콘들에게 준비 자세를 취하라는 신호였고, 그다음은 무기를 준비하라는 신호였다. 세일러 교관이 이전 라운드보다 훨씬 빠르게 반응했다. 스캔다르가 눈을 깜박이기도 전에 그녀의 날카로운 투창이 ─ 전기의 가닥이 두툼하게 얽혀 있는 투창이 ─ 갑옷으로 덮여 있는 오설리번 교관의 가슴팍에 명중했다. 물 월더는 불타오르는 넓은 날의 칼을 들어 공격을 막을 겨를조차 없었다. 투창의 위력이 그녀를 시버드의 등에서 떨어뜨린 순간, 그녀가 들고 있던 무기는 써 보지도 못한 채 사라져 버렸다.

오설리번 교관이 훈련장의 흙바닥에 쓰러지자 무시무시한 침묵이 감돌았다. 흰색 유니콘은 자신의 라이더를 보호하려는 듯 감싸고 서 있었다. 시버드는 공기 윌더가 다시 공격을 해 올까 봐 걱정하는 것처럼 보였다. 하지만 세일러 교관은 얼른 자기 유니콘에서 내리고는 손을 내밀어 상대가 일어나는 것을 도와주었다.

"네가 투창의 명수라는 걸 잊었지 뭐야." 오설리번 교관이 살짝 찌그러진 투구를 벗으면서 투덜거렸다.

"실은 나도 잊고 있었어." 세일러 교관이 미소를 지었다. 오설리번 교관은 여전히 얼굴이 창백했지만 그래도 두 교관은 웃으면서 악수를 나누었다.

"세일러 교관 승!" 앤더슨 교관이 선언했다.

"아니, 하지만," 미첼이 구시렁댔다. "어떻게 이래? 3대 2로 오설리번 교관의 승 아닌가?"

"상대편 라이더를 유니콘에서 떨어뜨리면 자동으로 승리한단다." 문라이트더스트를 타고 있던 웹 교관이 설명해 주었다.

"이거 완전 좋아!" 바비가 자지러졌고 팔콘도 동조하듯 히힝히힝 울었다. "열세에 몰리더라도 콰앙! 마지막 라운드에서 승부를 뒤집고 역사를 쓰는 거지."

스캔다르는 바비와 팔콘이 그렇게 신나 하는 것을 처음 보았다. 그는 바비와 마상 시합에서 만날 일은 없었으면 좋겠다고 속으로 생각했다. 바비는 그가 친구라고 해도 스카운드럴의 등에서 우악스럽게 떨어뜨리기를 주저하지 않을 성싶었다.

"우리는 언제 마상 시합을 할 수 있나요? 언제부터 시작해요?" 바비가 큰 소리로 교관들에게 물었다.

세일러 교관이 빛나는 치아를 드러내며 미소 지었다. "넌 아직 준비가 안 됐단다, 스위트피. 일단 마법을 단순한 모양으로 성형하는 법부터 배우게 될 거야."

바비가 이 공기 윌더 교관을 얼마나 존경하고 있는지는 그녀가 '스위트피'라고 불리고도 눈썹 하나 찡그리지 않았다는 사실로 알 수 있었다.

"시작은 작게 할 거야." 오설리번 교관이 덧붙였다. 그녀는 여전히 평소보다 좀 흐트러진 모습이었다. "처음에는 자기 원소로 단검을 만들 거야. 단검은 너희가 소환할 수 있는 가장 단순한 무기이고 자신과 연합한 원소를 활용하면 일이 더 쉽지."

"불이든 물이든 너희가 연합해 있는 원소를 손바닥에 쌓는 느낌으로, 눈 앞에 뚜렷한 형태 없는 마법의 구름이 생길 때까지 소환해 보렴." 앤더슨 교관이 설명했다. "그다음에 그 구름이 너희가 원하는 무기 형태를 띤다고 상상해 봐. 너희는 이제 막 시작했기 때문에 그 과정이 아주 느릴 거야. 손을 써야 해, 마치 축축한 점토로 원하는 형태를 빚는 것처럼. 하지만 일단 방법을 터득하고 나면 불꽃 튀듯 빠르게 무기를 소환할 수 있단다!"

교관들은 라이더들이 따라서 해 보게끔 각자 자기 원소로 단검을 만들어 보였다. 금세 마법의 냄새가 공기 중에 가득 찼다. 모든 원소는 그것을 소환하는 라이더에 따라 독특한 냄새를 풍겼다. 세일러 교관과 앤더슨 교관이 유니콘을 타고 네슬링들의 대열을 따라 이동할 때 스캔다르는 공기 단검의 감귤 향, 불 단검의 모닥불 냄새와 토스트 탄내를 맡았다.

스캔다르는 머리사와 데모닉님프(Demonic Nymph. 사악한 님프)가 오설리번 교관의 빛나는 물 단검을 가까이 들여다보며 감탄하는 모습을 보았다. 푸른빛이 그녀의 서리 긴 머리 가닥에서 왔다 갔다 춤을 추고 있었다. 흙 월더 아이샤는 웹 교관의 손바닥에서 빛나는 다이아몬드 단검을 보고 숨이 턱 막힌 듯했다.

"지금까지 했던 훈련 중에서 최고야." 팔콘의 등에 탄 바비가 만족스럽게 웃었다. 바비는 전기가 손바닥에 쌓이자 손으로 그것을 이리저리 움직이며 세일러 교관의 손에 놓여 있는 것과 같은 무기의 형태를 잡으려 애썼다.

그렇지만 스캔다르에게는 시범을 보여 줄 교관이 없었다. 그가 아는 한, 스피릿 원소를 소환할 수 있는 교관은 아무도 없었다. 작년 훈련 경기를 마치고 아스펜 맥그래스에게 스피릿 원소를 허락받았을 때, 스피릿 교관을 구해 준다는 약속도 받았다. 오설리번 교관은 몇 주 동안 사면받은 스피릿 월더 중 한 사람이 이어리에 와서 그를 가르칠 거라 장담했다. 하지만 실제로 그렇게 될 기미는 전혀 보이지 않았다.

"우린 할 수 있어, 스카운드럴." 스캔다르는 이렇게 중얼거리고 손바닥에 흰빛의 스피릿 원소를 불러들였다. "우리끼리 해야 한다면 그렇게 하지, 뭐." 스카운드럴이 자기도 각오가 됐다는 듯 날개를 퍼덕거렸다.

연이 스피릿 마법으로 차오르면서 달콤한 계피 향이 스캔다르의 코를 찔렀다. 그는 스피릿이 하얗게 빛나는 공 모양으로 둥실 떠오르자 눈을 감고 순수한 스피릿의 빛나는 단검을 상상했다. 가차 없는 예리한 칼날, 손에서 무게감이 충분히 느껴지는 묵직한 자루를 상상했다. 의도한 것도 아닌데, 마치 그가 구상한 칼날의 윤곽을 따라가듯 손이 씰룩거리기 시작했다. 그는 한쪽 눈을 떠 보았고 하마터면 집중력을 잃을 뻔했다. 그가 상상한 대로 무기의 모양이 잡히고 있었다! 손잡이가 먼저 생겼고 은은하게 빛나는 하얀 마법이 날을 따라 바르르 떨리고 있었다. 스캔다르는 단검을 잡으려 했지만 손아귀에 자루가 잡히는 느낌이 들지 않았다.

그는 스피릿 단검을 잡는 데 너무 몰두한 나머지 바로 옆에서 터지는 비명 소리도 듣지 못했다. 미첼이 고함을 쳤을 때 스캔다르는 비로소 고개를 들었다.

"스캔다르! 너 잡아먹히고 싶어? 빨리 도망쳐!"

그제야 썩은 생선, 곰팡이 핀 빵, 죽음의 냄새가 스캔다르의 목구멍 깊숙이 파고들었다.

야생 유니콘이었다.

스카운드럴이 가슴 깊이 우러나는 소리로 포효했다. 그는 이빨을 드러내고 야생 유니콘에게 경고하듯 목구멍으로 불을 뿜어내면서 울부짖었다.

스캔다르는 귀가 윙윙 울렸다. 겁에 질린 네슬링들의 비명이 저 멀리 뒤섞여 들렸다.

야생 유니콘은 움직이지 않았다. 놈이 숨을 쉴 때마다 얄팍한 거죽 아래 들썩거리는 갈비뼈가 그대로 보였다. 그 숨소리는 심지어 혼비백산해서 유니콘과 함께 공중으로 피신한 라이더들에게도 들렸다. 야생 유니콘에게 네슬링 라이더 죽이는 것쯤은 일도 아니다. 그리고 라이더가 죽으면 그와 연을 맺은 유니콘도 죽는다. 아일랜더들은 아기 침대에서부터 듣고 자란 이야기였다. 메인랜더들은 경고를 받았었다. 어느 쪽이든 악몽을 꾸지 않았던 라이더는 없었다. 그들은 위험을 무릅쓸 생각이 없었다.

그러나 스캔다르는 야생 유니콘을 노려보았다. 어깨의 곪아 터진 상처, 허깨비처럼 투명한 뿔, 갈가리 찢어진 무릎에서 튀어나온 부러진 뼈……. 얼룩진 회색 가슴팍은 치명상에서 흘러나온 피로 뒤덮여 있었다. 마치 누군가가 회색과 흰색 소용돌이에 빨간 물감을 마구 끼얹은 것 같은 모양새였다.

잠시만. 얼룩이 있는 회색 유니콘이라면? 스캔다르는 갑자기 왜 이 모든 것이 익숙하게 느껴졌는지 깨달았다. 예전에 이어리로 처음 향하던 길에 야생 유니콘을 마주친 적이 있기 때문만은 아니었다. 이 유니콘은 그때와 '같은' 유니콘이었다.

스캔다르는 자기 콰르텟이 다른 라이더들처럼 공중으로 피신하지 않고 고원 여기저기 흩어져 있다는 것을 어렴풋이 눈치챘다. 오설리번 교관과 웹 교관이 그들에게 소리를 지르고 그들도 — 주로 바비가 — 뭐라고 되받아치고 있었다. 하지만 스캔다르는 그쪽에는 거의 귀를 기울이지 않은 채 스카운드럴의 등에서 꼼짝하지 않았다. "원하는 게 뭐야?" 그는 야생 유니콘에게 물었다.

뭔가가 그의 다리를 잡았다. 스캔다르는 자기 무릎을 붙잡은 손을 보았다. 손가락 마디가 유독 하얗게 불거진 손이었다.

"쟤는 스피릿 원소에 끌리는 거야." 누군가가 그의 바로 옆, 땅에 서 있었다. 유니콘에 올라타 있는 스캔다르의 눈에는 그 사람의 회색 두건에서 삐져나온 성긴 머리카락 외에는 보이지 않았다.

"쟤요?"

"야생 유니콘 말이야. 네가 원소 마법을 멈추기 전에는 떠나지 않을 거야!"

낯선 이의 음성이 갑자기 냉혹해졌다. 스캔다르는 단검을 만들 때 소환했던 하얀빛이 아직 손바닥에 남아 있다는 것을 깨달았다. 그는 스피릿 마법을 멈출까 생각했지만 이내 마음을 돌려 다시 야생 유니콘에게 물었다. "네가 원하는 건 뭐지?"

그러자 회색 두건을 쓴 여자가, 아까의 말투보다는 훨씬 부드럽게, 스캔다르의 빛나는 오른손을 잡더니 손바닥의 해처리 상처를 자기 손가락으로 덮었다.

"됐다고. 이제 그만해." 그녀가 으르렁거리듯 내뱉었다.

스캔다르는 네슬링 고원의 철문을 뛰어넘어 달아나는 야생 유니콘에게 네 명의 교관이 마법을 쏘아 대는 광경을 눈을 끔벅거리면서 쳐다보았다.

여자가 스캔다르의 손을 놓았다. 그녀는 어깨에 불룩한 가죽 가방을 메고 있었다. 이윽고 회색 두건을 벗자 그녀의 창백한 뺨에 있는 스피릿 변이가 모습을 드러냈다.

스캔다르는 숨을 헉 삼켰다. "여기서…… 뭐 하는 거예요?" 그의 목소리가 흔들렸다.

그녀의 날카로운 갈색 눈이 그의 눈과 마주쳤다. 그 순간, 스캔다르는 공포와 혐오가 파도처럼 엄습했다.

애거서 에버하트는 정말로 자기 언니와 똑 닮았다.

마구간으로 들어가라고 종용하는 교관들을 피해 몇 미터 떨어진 곳에서 콰르텟 친구들이 유니콘을 타고 서서 중얼거리는 소리가 스캔다르의 귀에 들렸다. 그와 친구들은 작년에 《해처리 헤럴드》에 실린 에거서의 사진을 본 적이 있었다. 그는 친구들이 에거서를 알아보았는지, 그녀가 집행인이란 걸 알아챘는지 궁금했다. 집행인은 10년도 더 된 과거에 스피릿 유니콘들을 살해한 배신자였다. 그녀가 유니콘들을 죽임으로써 스피릿 라이더들은 목숨을 부지했지만 그들의 여생은 고독과 슬픔을 면치 못했다. 스캔다르는 친구들이 애거서가 그녀의 언니 위버와 닮았다는 걸 알아차렸는지도 궁금했다.

"여기서 뭐 하는 거예요?" 스캔다르가 멍한 목소리로 다시 한번 물었다. 그가 마지막으로 애거서를 보았을 때 그녀는 감옥에 갇혀 있었다.

"서로 아는 사이인가요?" 오설리번 교관이 셀레스티얼시버드를 속보로 몰고 와서 물었다.

스캔다르가 먼저 반응했다. "아닙니다, 교관님. 그냥 얘기만 들었습니다. 스피릿 유니콘들에게 무슨 짓을 했는지도요." 그가 드러낸 혐오감은 꾸며 낸 것이 아니었다.

스캔다르는 오설리번이 이렇게 어색해하는 모습을 처음 보았다. 어쨌든 교관이 목청을 가다듬으면서 그와 눈을 마주치지 않은 것만은 분명했다. "아, 그래, 그랬구나. 그래, 너도 들어 봤겠지."

"여전히 감옥에 있는 줄 알았는데요!" 스캔다르가 애거서를 향해 불쑥 뱉었다. 야생 유니콘을 만났던 일은 이미 다 잊었다. 자신이 애거서에게 얼마나 화가 나 있었는지 지금껏 몰랐다. 애거서는 알고 있었다. 처음부터, 에리카가 그의 엄마라는 것을 알고 있었다. 그리고 케나의 엄마라는 것도. 그런데 한마디도 해 주지 않았다. 그녀는 스캔다르를 위버를 추적하게끔 보내 놓고서 경고조차 해 주지 않았다.

"스캔다르!" 오설리번 교관이 호통을 쳤다. "새로 오신 스피릿 교관님께 그런 식으로 말하지 마라!"

"뭐…… 뭐라고요?" 스캔다르가 더듬거렸다.

오설리번 교관은 무시하고 활기차게 물었다. "어떻게 지냈어요, 애거서?"

"감금 상태였죠, 대체로." 애거서가 투덜거렸다.

오설리번 교관이 삐죽삐죽한 머리를 한 손으로 쓸어 넘겼다. "이 말을 해야겠네요, 스캔다르의 스피릿 교관으로 당신이 올 거라고는 생각 못 했어요."

"솔직히 말하자면, 페르세포네, 나도 몰랐습니다."

그들은 의미심장한 눈길을 주고받았다. 스캔다르는 콰르텟 친구들이 호기심과 걱정이 가득한 얼굴로 점점 다가오는 것을 보았다.

오설리번 교관이 한숨을 쉬었다. "음, 에버하트 교관, 이어리로 올라가서 센티널에게 보고를 하고 나무 집에 짐을 풀어요."

"여기서 사는 거예요?" 스캔다르가 질겁하면서 물었다. 에버하트 '교관'이라고?

"살아도 사는 게 아니지." 애거서가 음울하게 중얼거렸다. "이어리는 요새야. 아틱스완송은 여기서 수 마일 떨어진 곳에서 삼엄한 감시를 받고 있지. 그리고 나는 사실상 나무 집에 감금되는 셈이고."

오설리번 교관이 다시 한번 어색하게 목청을 가다듬었다. "스캔다르와는 곧 만나서 훈련 프로그램을 논의하게 될 겁니다." 그녀가 시버드를 황급히 몰고 가느라 말끝이 흐려졌다.

애거서는 가려고 몸을 돌렸지만 스캔다르는 도저히 참을 수가 없었다. "왜 하겠다고 했는데요? 상황이 얼마나 더 곤란해질지 알 텐데요. 당신을 보기가 얼마나 힘들지……" 황무지에서 위버와 만났던 기억이 되살아나면서 스캔다르의 목소리가 갈라졌다. 엄마는 눈에 살기를 품고 그를 향해 돌진했다. 애거서의 눈과 같은 눈, 케나의 눈과 같고 그의 눈과 같은 눈.

"잘 들어, 스캔다르," 애거서가 미러클리프에 그를 남겨 두고 떠날 때처럼 험악한 표정을 지었다. "그 자리를 맡겠다고 한 사람은 아무도 없었어."

"무슨 뜻이죠?"

"도리언 매닝." 애거서는 블레이드의 왼쪽 귀에 신경 쓰는 척하고 있던 플로를 곁눈질했다. "그가 실버 서클을 움직여 사면된 스피릿 월더들을 위협했거든. 너를 돕는 스피릿 월더가 있다면 그의 가족들을 다 잡아넣겠다고 말이야. 내 말을 믿지 않아도 상관없어, 오설리번도 다 아니까. 그나마 지원을 하려고 했던 스피릿 월더 몇 명은 기습 공격을 당했지. 그래서 지금은 다들 숨어 버렸어."

스캔다르는 올루와 엡 세코니가 새들 세리머니에 참석하기 위해 출발하기 전에 작업장에 갇혔던 사건을 떠올렸다.

"아스펜 맥그래스는 네가 스피릿 원소를 훈련할 수 있도록 아일랜드의 법을 정했지만 실버 서클이 그걸 막으려고 총력을 기울이고 있다는 얘기야."

"그럼, 어떻게 당신이……."

"신임 사령관 니나 카자마. 그 친구가 교관 자리에 지원한 스피릿 월더가 아무도 없다는 말을 듣고 내가 적임자라고 실버 서클을 설득했어. 아틱스완송이 감금되어 있는 이상, 나는 선을 지킬 수밖에 없다는 거지. 너에게 위험한 것을 가르칠 리 없다고 했지." 애거서의 목소리에서 반항기가 느껴졌다. "나는 너를 제외하면 유니콘이 살아 있는 유일한 스피릿 월더야."

"하지만 당신은 위버의 동생이죠. 나한테는 이모이고."

애거서가 그를 노려보았다. "나는 너의 교관이다. 그리고 나와 위버의 관계는 모르는 사람이 없겠지만 너의 사연은 아무도 모르지. 특히 도리언 매닝이 모른다는 게 중요해. 도리언 매닝만큼 내 언니를 미워하는 사람은 없거든. 스피릿 윌더라면 다 싫어하긴 하지만. 게다가 스피릿의 어둠의 친구와 죽은 채 떠내려온 야생 유니콘에 대한 진실의 노래가 있었다지? 야생 유니콘과 스피릿 윌더는 늘 연결되어 있어. 이 불가능한 죽음이 우리를 둘러싼 의혹을 증폭시키지. 우리는 다른 사람들과 다르다는 생각 말이야. 우리가 아웃사이더이니까 상처를 입어도 사람들이 마음 쓰지 않는 거야. 그래서 우린 쉽게 목표물이 되고 말아. 그중에서도 너는 가장 쉬운 목표물이고. 알아들었니?"

"그 여자 소행이라고 생각해요?"

누구를 두고 하는 말인지는 둘 다 알고 있었다.

"몰라. 에리카가 왜 야생 유니콘을 죽였는지 모르겠어. 어떻게 그럴 수 있었는지도 모르겠고." 애거서가 돌아섰다. "불가능한 일이라고들 하잖아."

하지만 스캔다르는 에리카 에버하트가 전에도 불가능한 일을 해냈었다는 생각을 하지 않을 수 없었다.

5장

야생화 언덕

훈련이 시작되고 몇 주가 지난 후, 스캔다르와 바비와 미첼은 아일 랜드의 수도 포포인트로 보급품을 모으러 갔다. 미첼은 챕터스오브카오스(Chapters of Chaos) 서점에 마상 시합에 관한 책을 주문할 작정이었다. 바비는 팔콘이 요구하는 대로 솔질을 해 주다 보니 솔이 벌써 다 닳았다면서 새것을 사고 싶어 했다. 스캔다르는 새로운 검은색 장화가 절실하게 필요했다. 한편, 플로는 첫 번째 실버 서클에 참석하러 갔다. 바비는 그것 때문에 여전히 짜증이 나 있었다.

"플로가 도더리 마고트(Doddery Maggot, 비틀거리는 구더기)와 그 빛 나는 알랑방귀들 모임에 가다니 믿을 수가 없어."

스캔다르가 코웃음을 쳤다. "도더리 마고트?"

"플로는 블레이드를 부화시켰어. 그러니까 플로는 실버 서클에 합류할지 말지에 대해 선택권이 없어. 도리언 매닝 의장이 스캔다르에 대해서 흉흉한 소문을 퍼뜨리고 있다고 해도 말이야." 미첼이 유니콘에서 내리면서 객관적으로 말했다. 그들은 포포인트의 쇼핑가 초입에 착륙했다. 길게 늘어선 가로수를 따라 다른 유니콘 몇 마리가 고리에 묶여 있었다. 그들은 스카운드럴, 팔콘, 레드가 나뭇가지에 매달린 피 묻은 고기를 씹어 먹게 내버려 두고 발걸음을 옮겼다.

"플로에게 왜 선택권이 없어! 그냥 안 가면 그만이지." 다 함께 거리를 걸어가는 동안 바비가 따지듯 말했다.

미첼이 고개를 저었다. "내가 읽은 바로는, 플로가 참석 안 하면 실버 서클이 플로를 이어리 밖으로 내쫓을 거야."

"플로를 노매드 판정한다는 거야?" 스캔다르가 질겁하면서 물었다.

"정확히 말하자면 그런 건 아니고." 미첼이 인상을 찌푸렸다. "실버스트롱홀드(Silver Stronghold, 실버들의 근거지)에서 살게 하는 거지. 5년차 프레데터가 될 때까지 거기서 살아야 한다고."

이 말에는 바비조차 충격을 받았다. "플로는 나한테 그런 말 안 했어!"

"왜? 왜 플로가 스트롱홀드에 가야만 해?" 스캔다르가 물었다.

"실버 서클은 자기네가 실버 유니콘 훈련을 주도해야 한다고 주장하거든. 어린 실버 유니콘이 자기들한테 지도를 받지 않고 자유롭게 아일랜드를 돌아다니는 건 너무 위험하다나."

"말도 안 돼! 그냥 도리언 매닝이 통제하려는 수단이겠지!" 스캔다르는 반감이 치밀어 올랐다. 플로가 콰르텟과 떨어져 실버스트롱홀드에 갇혀 산다고 생각하니 구역질이 날 것 같았다.

미첼이 고개를 끄덕였다. "내 말이."

"피시 핑거* 샌드위치보다 더 수상한 냄새가 난다." 바비가 양쪽 눈

---

* 생선 살을 막대 모양으로 잘라 튀김옷을 입혀 튀긴 것. '피시 스틱'이라고도 함.

썹을 치켜올렸다.

"피시 핑거 샌드위치 냄새가 어때서. 그건 그냥……." 스캔다르가 말 꼬리를 잡았다.

"생선 냄새*가 나지, 정확히." 바비가 말했다.

미첼이 한숨을 쉬었다. "가끔은 메인랜더들이 무슨 소릴 하는 건지 정말 모르겠다."

"음, 난 그냥 플로가 별일 없기만을 바라. 도리언 매닝은 믿음이 안 가." 스캔다르가 말했다.

"아니, 난 덤보 맥스닉페이스(Dumbo McSneakface, 멍청이 좀도둑 얼 굴)도 믿음이 안 가." 바비가 진지하게 말했다.

그들은 잠시 쇼핑가를 돌아다녔다. 스캔다르는 아일랜더 행인들이 그에게 보내는 시선에 신경 쓰지 않으려고 애썼다. 못마땅한 시선이 있 는가 하면 대놓고 겁먹은 눈빛도 보였다. 새들 세리머니에서 스피릿 원 소를 사용했으니 놀랄 일은 아니었다. 그는 야생 유니콘을 훈련장으로 소환했다는 소문까지 퍼지지는 않았나 궁금했다. 하지만 나무 집이 즐 비한 이곳 포포인트에 와 있으니 얼마나 좋은가라는 생각에만 집중하 려고 했다. 콰르텟의 나무 집 몸통에 뿌려진 색색의 페인트처럼 원소 색깔들이 뒤섞여 있었다.

1층에 있는 상점 전면은 앞뒤로 흔들리는 금빛 간판과 유니콘과 라 이더가 갖고 싶어 할 만한 모든 것을 전시해 놓은 진열창으로 꾸며져 있었다. 스캔다르는 메인랜드에서 살 때는 자기가 갖고 싶은 것을 살 돈이 없었지만 여기서는 라이더 수당을 넉넉히 받고 있었다. 그래도 별

---

* 원어인 피시(fishy)에는 '생선 냄새가 나는' 외에 '수상한 냄새가 나는'이라는 뜻이 있다.

다른 소비는 하지 않고 스카운드럴에게 필요한 것만 샀다. 대부분은 ── 만약의 경우를 위해 ── 잘 모아서 배낭 앞주머니에 숨겨 두었다. 그는 별로 필요한 물건이 없었다. 하지만 최근에 오설리번 교관이 그의 장화가 너무 닳아서 해졌다고 지적했고 그건 따지고 말고 할 것도 없는 사실이었다.

"이것 좀 봐!" 미첼이 챕터스오브카오스에서 그날 아침 나온 《해처리 헤럴드》를 들고 뛰쳐나왔다. 그는 실제로 친구들의 코에 닿을 정도로 신문을 쳐들었다.

"미첼, 내 얼굴 앞에서 신문을 치우지 않으면 주먹으로 이걸 뚫고 널 후려칠 거야. 그러니 알아서 해." 바비가 으르렁거렸다.

하지만 스캔다르는 벌써 신문을 읽고 있었다.

야생 유니콘 삼중 연쇄 살인!

야생 유니콘의 사체 두 구가 더 발견되어 도합 세 건이 되었다. 실버 서클의 수장은 위버의 단독 범행일 리가 없다고······

"단순 사고였을 거라는 플로의 생각은 이걸로 종 쳤군." 바비가 중얼거렸다.

그제야 스캔다르는 자기를 빤히 보고 지나가는 아일랜더들이 왜 그렇게 많았는지 이해가 갔다. "가자," 그가 걷기 시작하면서 말했다. "그만 가자고, 늦겠다."

"너 아직 장화는 사지도 않았잖아!" 미첼은 말은 이렇게 하면서도 스캔다르에게 뛰어갔다.

"오늘은 날이 아니지 싶어." 스캔다르는 자기가 지나가자 '영업 중'에서 '영업 종료'로 팻말이 바뀐 브릴리언트부츠컴퍼니를 보면서 침울하게 말했다.

스캔다르, 바비, 미첼은 플로네 식구와 함께 흙의 구역에서 주말을 보내기로 했다. 스카운드럴, 레드, 팔콘은 장시간 비행 후에 언덕 위에 나무 집들로 둘러싸인 예쁜 사각의 광장으로 하강했다. 스캔다르는 흙의 구역에 처음 와 봤는데 플로가 묘사한 것 이상으로 아름다운 곳이었다. 공중에서 초록이 무성한 농지가 내려다보였고 이어서 염소들이 사는 좀 더 거친 황야가 나왔다. 조금 더 가니 온통 산과 동굴과 선돌 천지였다. 기이한 형상의 바위들은 색색의 들판을 내려다보는 수호신 같았고 그 기암의 그늘에는 풀밭이 펼쳐져 있었다. 거대한 주먹이 하늘을 나는 유니콘을 향해 날아가다 그대로 얼어붙은 것 같았다. 물의 구역 — 물의 구역은 물에 잠긴 목초지, 버드나무, 강의 물굽이가 눈에 띄는 평지였다 — 과는 대조적으로 스캔다르가 지금까지 센 언덕만 해도 열한 개였다. 어떤 언덕은 가파르고 바위투성이였지만 또 다른 언덕은 둥그런 초록빛 능선이 두드러졌다. 스카운드럴의 날개 그림자가 에메랄드빛 봉우리들을 스치고 가니 저 멀리 멍든 것 같은 보랏빛 설산들이 보였다. 스캔다르는 그 장관을 스케치북에 담을 수 없다는 것이 못내 아쉬웠다.

포포인트에서 가장 먼 열한 번째 언덕은 야생화 언덕이었다. 셰코니 가족이 사는 그 언덕은 이름값을 톡톡히 했다. 스카운드럴이 하강하는 동안 스캔다르의 시야는 온통 밝은 파란색에서 탁한 주황색까지 온

갖 색상이 펼쳐진 야생화 초원으로 가득 찼다.

"플로는 벌써 나와 있네! 저기 봐, 실버블레이드가 저기 있잖아!" 풀이 우거진 광장에서 바비가 유니콘에서 내리면서 실버를 가리켰다.

"이 냄새!" 미첼이 외쳤다.

"야생 유니콘 냄새야?" 스캔다르가 불안하게 주위를 두리번거렸다.

미첼은 코에 걸린 안경을 치켜올렸다. "으음…… 나는 꽃향기를 얘기한 건데. 이 초원, 정말 좋은 냄새가 나지 않아?"

"내 말은, 꽃도 치명적일 수 있다는 거야, 스캔다르. 꽃을 좀 밟아 보는 게 어때? 누가 알아, 그걸로 아일랜드를 구할 수 있을지. 셰코니 씨에게 더욱 깊은 인상을 주게 될 거야." 바비는 농담이랍시고 떠들었지만 얼굴은 전혀 웃고 있지 않았다.

스캔다르는 바비와 미첼이 광장에서 가장 큰 나무 집으로 앞장서서 가는 동안 인상을 찌푸렸다. 그는 플로의 사나운 은빛 유니콘이 커다란 데이지가 피어 있는 곳에서 쿵쿵거리며 9월의 바람에 흔들리는 모든 것을 불사르는 모습을 보고 당황해서 뒤로 물러섰다. 야생화 초원에 유니콘이 블레이드만 있는 건 아니었다. 적어도 열 마리는 되는 다른 유니콘이 향기로운 꽃을 짓밟거나 키 큰 풀숲에서 작은 동물을 쫓고 있었다. 한 마리는 날개에 붕대를 감고 있었고, 다른 유니콘은 연신 재채기로 원소 블라스트를 뿜어 내고 있었으며, 또 한 마리는 연기에 휩싸여 시야를 확보하지 못한 채 계속 다른 유니콘들에게 부딪쳤다. 스캔다르는 왜 다 부상당한 유니콘밖에 없을까 의아해하다가 플로의 엄마에 대해서 들은 말을 기억해 냈다. 플로의 엄마는 유니콘 힐러였으니 이 유니콘들은 요즘 치료를 받는 환자들일 터였다.

스캔다르는 스카운드럴이 그 유니콘들에게 다가갈 수 있도록 안장을 벗겨 주었다. 다섯 원소를 전부 흰색으로 수놓은 안장 덕분에 포포인트에서 싱했던 기분이 조금은 풀렸다. 적어도 셰코니 새들스는 그를 믿어 주었다. 스캔다르는 스카운드럴의 애타는 마음을 연을 통해 느낄 수 있었다. 가장 친한 친구 레드나이츠딜라이트가 불을 뿜는 발굽으로 꽃을 재로 만들면서 언덕을 오르락내리락 뛰노는 모습을 보고는 스카운드럴도 얼른 놀고 싶어 마음이 급했던 것이다. 그렇지만 스캔다르는 스카운드럴 곁을 떠나고 싶지 않았다. 스카운드럴이 여기에서 어떤 위험에 처할 것 같아서는 아니었다. 대가족의 나무 집으로 들어가는 게 너무 긴장이 되었다.

스캔다르는 친구 집에 저녁 초대를 받은 적이 한 번도 없었다. 실은 뭔들 해 봤을까마는. 메인랜드에서 그는 누나 말고는 친구가 없었는데 누나와는 한방을 썼다! 혹시 그가 모르는 규칙 같은 게 있지는 않을까? 선물이라도 들고 왔어야 했나? 뭔가 끔찍한 실수를 저질러서 셰코니 가족이 다시는 보고 싶지 않다고 하면 어떡하지?

스카운드럴이 연을 통해 그를 안심시키기 시작했고 스캔다르는 숨을 깊이 들이마시고는 케나가 마지막 편지와 함께 보내 준 젤리베이비즈를 주머니에서 꺼냈다. 이제 젤리는 딱 하나 남아 있었다. 스카운드럴이 탐욕스럽게 스캔다르의 손에서 젤리를 낚아채고는 그를 옆으로 밀어냈다. 스캔다르가 꼼짝도 하지 않자 유니콘은 뾰족한 뿔로 너덜너덜한 검은 장화 앞코를 쿡 찔렀다.

"아야!" 스캔다르가 한 발로 펄쩍펄쩍 뛰었다. "알았어, 간다, 가. 내가 졌다!"

스카운드럴은 기분이 좋아져서 콧구멍으로 초원을 가로지르는 불꽃과 불똥을 길게 뿜었고 그 자리를 따라 꽃들은 재로 스러졌다.

스캔다르는 광장의 잔디에서 셰코니 나무 집 정문으로 연결되는 가파른 나무판자를 따라 올라갔다. 판자의 양쪽 가장자리에는 흐드러지게 꽃이 핀 덩굴이 얽히고설켜 있어서 판자 밑으로 떨어질 일은 없을 것 같았다. 성의 도개교 같다는 생각이 들었다. 도개교보다는 훨씬 예쁘기는 하지만. 판자 끝까지 올라간 스캔다르는 원소 마법 냄새를 풍기는 색색의 이상하게 생긴 식물 화분들 사이를 맴돌았다. 거기서부터 밝은색의 밧줄 다리들이 가장 큰 나무 집과 작은 광장에 줄지어 있는 다른 나무 집들을 연결하고 있었다. 플로는 자기 집안에서 새들러 견습생들과 힐러 견습생들의 거처를 제공한다고 말한 적이 있었다. 그렇다면 이 광장 전체가 셰코니 가문의 것일까?

스캔다르는 더욱 주눅이 들어서는 매캐한 연기 냄새가 나는 붉은 양치식물 옆에 섰다. 누나가 옆에 있다면 얼마나 좋을까. 케나는 새로운 사람을 만나는 일을 스캔다르처럼 힘들어하지 않았다. 방긋방긋 웃으면서 흥미로운 질문을 하고 누구나 듣고 싶어 할 만한 이야기를 할 줄 알았다. 스캔다르는 하지 이후로 케나의 편지가 한 통도 없었다는 데 생각이 미쳤다. 그러잖아도 죄책감을 느끼고 있었기에 그게 더 아프게 다가왔다. 누나를 만나서 제대로 얘기하고 싶었다. 누나 말이 맞다. 1년에 한 번 보는 걸로는……

빠끔 열려 있는 현관문 사이로 플로의 목소리가 새어 나왔다. "아빠, 니나에게 말할 거예요?" 플로의 목소리는 걱정스럽게 들렸다.

하지만 대답하는 목소리는 어른의 것이 아니었다. "어이, 플로, 난 시끄러운 일 만들고 싶지 않아. 솔직히 말해서, 우리 부모님은 몰랐으면 해. 스피릿 윌더 일이 터진 후로 이미 부모님 걱정이 태산이야. 그런데 이게 또 터진다? 네가 진실의 노래 얘기를 꺼내기도 전에 난 음유시인

견습생으로 끌려가게 될 거야!"

제이미? 제이미가 여기서 뭘 하는 거지? 스캔다르는 꽃이 그려진 문짝에 더 가까이 다가갔다.

"사령관은 알아야만 해. 스캔다르도." 올루 셰코니가 단호하게 말하고는 서글프게 이 말을 덧붙였다. "그래도 그 딱한 아이는 알아서 대처할 수 있을 게야. 물어볼 게 있는데, 집행인이 스피릿 원소 훈련을 시키고 있나?"

그때 누가 낑낑대는 소리를 냈다. "미안, 미안, 좀 따끔할 거야. 이 원소 약초가 워낙 강해서 말이지. 알지, 원래는 유니콘들에게 쓰는 약초거든." 이 말을 하는 여자는 플로의 엄마일 성싶었다.

"사람에게 써도 안전한가요? 얘, 괜찮을까요? 전에도 이 약초로 사람을 치료하신 적 있어요?" 미첼의 목소리는 따지는 것 같기도 했고 불안한 것 같기도 했다.

"그럼, 물론이지. 고마워, 핸더슨 군. 어쨌든 사람은 마법 능력이 없고 피에 굶주려 있지 않기 때문에 치료가 훨씬 단순해. 하지만 네가 이렇게 꼬치꼬치 캐물으면 나도 그런 난폭한 성질을 드러낼지 몰라."

스캔다르가 영문을 모른 채 문을 더 넓게 열고 들어가자 그 장면이 훤히 드러났다. 올루 셰코니는 연노랑 주방 탁자 옆에서 서성거리고 있었고 미첼, 바비, 플로는 그 탁자 한쪽의 흰색 벤치에 나란히 앉아 있었다. 엡 셰코니와 사라 셰코니는 의자에 기대어 앉은 사람을 향해 상체를 숙이고 있었다. 스캔다르가 조금 전 대화를 엿듣지 않았다면 그 사람이 그의 갑옷 제조공이라는 것을 알아볼 수 있었을까? 제이미는 얼굴이 온통 벌겋게 부풀어 올랐고 베인 상처까지 있었다. 눈두덩이 너무 부어올라 눈도 제대로 뜨지 못했다.

스캔다르는 헉 소리가 나왔다. "제이미! 무슨 일이야, 이게!"

"내가 뭐랬냐! 쟤 난리 난다고 했지." 제이미가 찢어진 입술로 툴툴거렸다.

사라 셰코니가 이상한 냄새가 나는 연고를 얼굴에 발라 주면서 환자는 가만히 있어야 한다고 했기 때문에 올루 셰코니가 자초지종을 말해 주었다.

그날 제이미는 대장간에서 스카운드럴에게 입힐 새로운 흉갑의 복원력을 시험하고 있었다. 다른 갑옷 제조공들은 모두 점심을 먹으러 인근 식당에 갔지만 제이미는 혼자 남아 작업에 몰두했다.

"알잖아, 내가 이 일에 진심인 거." 제이미가 끼어들었지만 사라는 다시 그를 진정시켰다.

두건을 깊이 눌러쓴 남자와 여자가 대장간에 침입했다. 제이미는 갑옷 조각을 들고 방어에 나섰지만 오래 버티지 못했다. 도와 달라고 소리도 질렀지만 아무도 나타나지 않았다. 그들은 제이미를 때려눕혔다. 30분 후, 올루가 안장과 갑옷의 패스닝에 대해서 물어볼 것이 있어서 대장간에 왔다가 바닥에 쓰러져 있는 제이미를 발견했다.

"하지만, 왜요?" 스캔다르가 겁에 질려 물었다.

올루와 사라가 어떻게 대답할지 결정이라도 하듯 서로를 쳐다보았다.

"그들이 제이미를 위협했대. 스피릿 윌더에게 갑옷을 만들어 주는 일을 그만두지 않으면 다음엔 끝장을 낼 거라고." 사라가 목소리를 낮추고 역겹다는 듯 말했다.

"끝장을 내? 무슨 말이에요, 그게?" 미첼이 물었다.

제이미가 대답했다. "스캔다르의 갑옷 제조공 노릇을 계속하면 날 죽인다, 뭐 그런 얘기지. 막장 드라마 같지 않냐?"

미첼의 불꽃 머리가 충격으로 화르르 타올랐다.

"그런데 넌 왜 이렇게 차분한 거야?" 스캔다르가 제이미에게 물었다. "우리 이제 어떻게 해야 하지?"

계속 서성거리던 올루가 걸음을 멈추고 스캔다르의 어깨에 손을 올렸다.

"내가 보기엔 말이다, 내 생각이 옳았어. 도리언 매닝과 실버 서클이 배후에 있을 거야. 매닝은 이어리에서 스피릿 윌더 훈련을 허용하지 않겠다는 의지를 숨기지도 않아. 그럼, 너의 훈련을 중지시킬 수 있는 가장 쉬운 방법이 뭘까?"

"그래서 내 친구들을 위협했군요!"

"꼭 그것만은 아니야." 올루가 고개를 저었다. "널 노매드로 판정하는 거지. 이미 일어난 일들을 생각해 봐." 그는 손가락을 하나하나 꼽으면서 말했다. "제이미가 갑옷을 만드는 것을 막았고, 안장을 못 받게 하려고 했지. 도리언 매닝은 석방된 스피릿 윌더들 중에서 집행인 외에는 아무도 널 돕지 못하게 방해하기도 했어. 게다가 《해처리 헤럴드》에다 '새로운 용의자'가 있다는 식으로 떠들어 대고 있지. 위버에게 공범이 있을 거라고 말이야. 여기에 진실의 노래까지 가세하니 사람들이 너를 적대시할 수밖에……."

"브릴리언트부츠컴퍼니는 오늘 아침 스캔다르에게 문도 열어 주지 않더라고요." 바비도 한마디 했다.

"모르겠어?" 올루의 목소리는 진지했다. "물론 매닝은 너를 유니콘 살해범으로 체포하고 싶겠지만 증거가 아무것도 없지. 그러니까 네 훈련을 방해해서 올해 말 마상 시합 토너먼트를 통과하지 못하게 할 거야. 지난주만 해도 다른 네슬링들이 너 때문에 경기를 거부하는 사태가 있었지. 그러면 그들은 자기네가 개입했다는 인상을 사령관에게 주지 않으면서 너를 손쉽게 이어리에서 내보낼 수 있지. 이어리가 너를 보호할 수 없게 되는 거야."

사라가 제이미의 부어터진 얼굴에서 고개를 들었다. "그거야말로 이런 괴롭힘에 그 누구도 굴복해서는 안 될 이유야."

"난 너희가 위험을 무릅쓰게 할 수는 없⋯⋯." 올루가 말했다.

"당신은 우리가 아무것도 못하게 하고 있어." 사라가 스펀지를 내려놓았다. "권력깨나 있는 사람들은 스피릿 윌더를 싫어해. 그다음에 그들이 힐러를 싫어한다면? 새들러를 싫어한다면? 불꽃 머리를 가진 라이더들을 싫어한다면? 실버 서클이라도 권력을 남용하면 안 되는 거야. 우리가 지금 굴복하면 아일랜드가 장차 어떻게 되겠어?"

"너희 엄마 끝내준다. 언젠가는 더스티 미트로프(Dusty Meatloaf, 먼지투성이 미트로프) 의장을 끌어내리겠는데?" 바비가 플로에게 큰 소리로 속삭였다.

플로는 애써 미소를 지어 보였다.

스캔다르는 올루가 아내를 바라보는 눈에서 지금껏 실제로 본 적이 없는 강렬하고 흔들림 없는 애정을 느꼈다. 그는 아빠도 한때는 에리카 에버하트를 그런 눈으로 바라보았을지 궁금했다.

"얘들아, 이제 상을 차려 볼까? 오늘은 광장에 나가서 먹을 거야."

스캔다르는 알록달록한 접시 더미를 건네받고 포크와 나이프를 한 움큼 쥐고 앞장서서 가는 바비를 따라갔다. 나무 집에 둘러싸인 광장 중간쯤에서 바비는 포크를 떨어뜨리고는 잔디 사이에서 찾기 시작했다. 스캔다르는 여전히 엎드려 있는 바비를 지나치려다가 과호흡 특유의 쉭쉭대는 숨소리를 알아차렸다. 공황 발작이었다.

플로와 미첼도 바비가 심상치 않다는 것을 알아차렸다. 광장으로 달려온 팔콘스래스도 눈알을 검은색에서 붉은색으로 굴리면서 자기 라이더에게 다가갔다. 이제 바비가 이따금 일으키는 공황 발작에 익숙해진 콰르텟은 침착하게 대처했다. 미첼은 바비의 손에 남아 있는 포크를 치웠고 플로는 스캔다르의 손에서 접시 더미를 건네받은 후 부지런히 상차림에 나섰다. 스캔다르는 바비 옆에 남았다. 팔콘은 그들을 보호하듯 버티고 서 있었다. 스캔다르는 바비 옆에 책상다리를 하고 앉아 움찔거리지 않으려 애썼다. 바비는 스캔다르의 오른손을 꼭 잡고 1년 전 팔콘의 마구간에서 처음 공황 발작을 들켰을 때처럼 숨을 거칠게 몰아쉬고 있었다. 이제 스캔다르는 공황 발작이 반드시 스트레스나 불안 요소 때문에 일어나지는 않는다는 것을 알고 있었다. 공황 발작을 제대로 이해한다고 할 순 없었지만 이제 바비가 발작을 일으킬 때마다 옆에 있어 줄 순 있었다.

20분 후 바비는 회복이 되었고 실버 서클에 대한 심각한 대화가 언제 있었는가 싶었다. 세코니 가족, 콰르텟, 일곱 명의 힐러 견습생과 새 들러 견습생, 제이미가 가구보다는 나무 그 자체에 더 가까운 원탁에 둘러앉았다. 원탁의 다리는 뒤틀린 나무뿌리였고 의자에는 팔걸이 대신 나뭇가지가 뻗어 있었다. 원탁의 상판은 나무의 몸통처럼 나이테가 새겨져 있었다. 스캔다르는 ── 어느덧 긴장감이고 뭐고 잊은 채─제이미와 플로 사이에 앉으려다가 실수로 무릎으로 새 둥지를 건드렸다.

"네 머리카락 진짜 쩐다." 제이미가 미첼에게 말했다. "나도 라이더라면 너 같은 불 윌더가 되고 싶어."

"충분히 말이 되지. 불과 대장장이는 아주 잘 맞는 짝인걸." 미첼은 자기가 방금 한 말이 겸연쩍은지 갈색 뺨을 붉혔다. "우리 아버지는 내 머리를 별로 좋아하지 않아. 너무 현란하다나." 미첼은 평소 그답지 않게 횡설수설했다. "아버지는 머리카락 한 가닥만 물로 변했거든. 그런 게 더 세련되어 보인다는 거야. 레드는 너무 지저분하고 냄새가 심하다나. 알다시피, 아버지는 내가 언젠가 사령관이 되길 원해. 내가 훈련 경기를 통과한 이후로 그런 꿈을 갖고 계시지."

"하지만 역대 사령관들은 매우 다채로운 변이를 보여 줬잖아! 네 머리카락은 내가 본 변이 중에서 최고야! 그리고 너희 아버지는 물 월더잖아. 그게 네 아버지가 네 머리카락을 이해하지 못하는 이유야."

미첼은 더 우울해 보였다. "아버지가 나를 이해하지 못하는 이유지."

"너도 사령관이 되고 싶긴 하잖아?" 제이미가 한쪽 눈은 초록색이고 다른 쪽 눈은 갈색인 짝눈으로 미첼의 얼굴을 들여다보았다. 창백한 얼굴에 멍이 잔뜩 들어 있어서 왠지 위협적으로 보였다.

"누군들 아니겠어?" 미첼이 말했다.

제이미가 어깨를 으쓱했다. "우리 부모님은 누군들 음유시인이 되고 싶지 않겠느냐고 하는데, 뭐."

미첼은 힘없이 음식을 자기 접시로 옮겨 담았다.

제이미가 화제를 바꾸었다. "갑옷의 변천에 대한 신간 읽어 봤어?"

"응, 물론이지! 진짜 재미있더라!" 미첼은 책이라는 안전한 영역으로 들어오자 크게 안도했다.

원탁 반대편에서는 바비의 목소리가 들렸다.

"어떻게 내가 누군지 모를 수가 있어?"

바비와 대화를 나누고 있던 힐러 견습생 암란은 겁을 먹은 눈치였다. "알아, 알지. 넌 바비 브루나잖아. 스캔다르의 절친."

"아니! 내 말은, 그래, 맞아……." 바비는 암란을 포크로 찌를 태세였다. "하지만 나의 유명세에는 다른 이유가 있지. 내가 바로 작년 훈련 경기 우승자라고! 동기 중 최고의 실력자, 미래의 사령관……."

스캔다르는 플로를 돌아보았다. 플로는 음식에 거의 손도 대지 않고 있었다. "실버 서클 모임은 어땠어?"

플로는 포크로 감자를 쿡 찔렀다. "완전히 끔찍하고 그렇진 않았어. 실버 서클에서 나와 나이대가 제일 비슷한 라이더는 렉스 매닝이야. 이 어리를 떠난 지 2년밖에 안 됐나, 하여간 그렇다 보니 나한테 블레이드를 제어하는 팁을 몇 가지 가르쳐 주더라. 렉스가……."

"도리언 매닝의 아들 말이야?" 스캔다르는 하마터면 입에서 음식이 튀어나올 뻔했다.

"그렇게 말하지 마!" 플로가 웃음을 터뜨렸다. "렉스는 정말 좋은 사람이야. 렉스도 자신의 고삐에 걸려 있는 모든 권력을 내려놓고 싶어서 가끔 훈련을 빼먹기도 했대. 그런 말을 해 주는 사람이 있으니 마음이 편해졌어. 실버의 라이더라는 게 늘 좋은 것만은 아니거든." 플로가 어깨를 으쓱했다. "모임에 다녀오니까 좀 덜 외롭더라. 실버를 탄다는 게 어떤 건지 정말로 이해하는 사람들이 있다는 걸 알게 됐어. 그리고 블레이드도 실버스트롱홀드를 무척 좋아하는 것 같아."

얼마 지나지 않아 야생 유니콘 살해 사건이 모두의 화제로 떠올랐다.

"음, 우리 아빠 말로는 위버가 틀림없다고 하던데. 확실하다고." 분홍빛 얼굴에 금빛 머리를 한 새들러 견습생 캐럴라인이 말했다. 엡이 스캔다르에게 말한 바로는, 셰코니 하우스에 기숙하는 견습생들은 모두 1년 차라고 했다. 그들이 해처리 문에 도전했다가 낙방한 것도 그리 오래된 일이 아니었다.

"우리 엄마도 그렇게 말했어. 하지만 감옥에서 풀려난 스피릿 윌더들이 위버를 돕고 있을 거라고 하던데." 암란이 이렇게 말해 놓고 갑자기 미안한 표정을 지었다. "너에게 악의는 없어, 스캔다르. 그렇고말고. 우리 엄마는 항상 스피릿 윌더에 대해서 약간 막말을 하거든."

사라는 힐러 견습생들에게 약간 짜증이 난 듯 보였다. "죽은 야생 유니콘들은 큰 부상을 입은 상태였어. 치명상을 입었다고. 그 얘기는 마법으로 죽인 게 아니라는 뜻이지. 스피릿 원소로 죽인 게 아니라고."

"하지만 부상을 입는다고 야생 유니콘이 죽나?" 올루가 고개를 가로 저었다. "뭔가 느낌이 싸해, 그렇잖아? 아일랜드에는 늘 불멸의 존재들이 있었지, 그런 존재를 죽인다는 건……."

"사악해요." 스캔다르가 불쑥 말했다. 그는 그가 위버를 물리칠 때 야생 유니콘들이 도와주었던 일을 잊지 않고 있었다.

"진실의 노래에는 경고가 있었죠." 엡이 이마에 주름이 잡히도록 찡그리고 말했다. "야생 유니콘을 죽인 죄로 벌을 받는다면? 그 음유시인의 말이 맞는다면?"

어른들이 빙그레 웃었다. 사라가 아들을 보고 미소를 지었다. "그건 별로 걱정되지 않는데. 카자마 사령관이 모두에게 말하는 것처럼, 그 진실의 노래의 '복수'는 상징적인 거야. 달리 뭐가 될 수 있겠니?"

"나는 진실의 노래가 헛소리의 극치라고 생각해. 어쨌든, 우리 엄마 말로는 그래." 미첼이 비웃었다. 미첼의 어머니 루스 핸더슨은 포포인트 물의 도서관에 근무하는 사서였다. 미첼의 아버지와 어머니는 이미 같이 사는 사이가 아니었지만 어쨌든 미첼은 아버지보다는 어머니가 훨씬 편했다. 스캔다르는 미첼이 님로 안장에 마음을 두고도 아버지의 기대 때문에 테팅 안장을 선택했던 순간을 떠올리면 늘 슬펐다.

"누가 탁자 밑에서 다리를 흔드는 거야? 너무 많이 움직이는데?" 바비가 물었다.

스캔다르는 아래를 내려다보았지만 상판이 흐릿해서 초점을 맞출 수가 없었다. 그의 의자가 흔들리기 시작했고 나뭇가지들이 높이 쳐들렸다. 사과들이 바닥으로 떨어지고, 새들은 나무 꼭대기에서 깃털 같은 구름 속으로 날아갔다. 스캔다르는 스카운드럴의 두려움이 연을 통해 자신의 두려움과 하나가 되는 것을 느꼈다.

"지진이다!" 올루와 사라가 동시에 소리쳤다. "나무에서 멀리 떨어져!"

스캔다르와 바비는 그들의 유니콘을 향해 야생화 언덕을 달려 내려갔다. 미첼은 부상당한 제이미를 먼저 부축해 일으키느라 뒤에 처졌다. 바비는 이미 팔콘의 등에 올라타 어느 견습생을 끌어 올리고 있었다.

스캔다르가 스카운드럴에게 도착했을 때도 땅은 여전히 흔들리고 있었다. 유니콘은 흥분을 가라앉히지 못하고 눈을 검은색에서 붉은색으로 번득였다. 스카운드럴이 고개를 돌려 검은 뿔로 셰코니 나무 집을 가리켰다. 미첼과 제이미도 레드에게 다다랐다. 겁에 질린 레드의 등짝에서 연기가 피어올랐다. 블레이드가 멀리서 우렁차게 울어 대고 플로는 유니콘을 진정시키려 애쓰고 있었다. 바비와 견습생은 청회색 유니콘이 미친 듯이 우는 바람에 일단 등에서 내렸다. 한편, 사라는 언덕 위에서 부상당한 유니콘들을 진정시키느라 진땀을 흘리고 있었다.

엄청난 충돌음이 일어났다. 나무 꼭대기에 있던 견습생들의 집 한 채가 바닥으로 떨어져 낸 소리였다. 집은 산산이 부서져 알록달록한 판자 더미가 되었다.

지진이 멈추었다.

"다들 괜찮냐?" 올루가 물었다.

사라가 힐러 견습생의 수를 세어 보았다. 올루는 새들러 견습생이다 있는지 확인했다. 그들은 으스러지고 뭉개진 야생화들 사이에 서 있었다.

사라는 딸을 잡아끌어서는 꼭 껴안았다. "전부 밖에 나와 있었던 게 얼마나 다행인지."

"여기 지진이 자주 일어나요?" 미첼이 물었다.

스캔다르는 대답을 듣기가 두려웠다.

"지진이 없었던 건 아니야. 하지만 이렇게 강한 지진은 처음인걸." 올루가 차분하게 대답했다.

"음유시인의 노래에도 지진이 언급됐지. 기억해?" 바비는 스캔다르가 속으로 생각하고 있던 것을 마치 본 듯이 입 밖으로 뱉었다.

플로가 부모님을 돌아보았다. "진실의 노래가 이걸 예고했다고 생각하는 건 아니죠? 이게 아일랜드의 복수는 아니겠죠?"

"오늘 아침에 야생 유니콘 두 마리가 또 사체로 발견됐어." 제이미가 중얼거렸다.

"난 우연이라고 생각해." 미첼이 단호하게 말했다.

"난 네가 우연을 믿지 않는 줄 알았는데." 스캔다르가 쏘아붙였다.

"글쎄," 사라는 플로를 한 번 더 꼭 끌어안은 다음, 그들에게 모두 야생화 언덕으로 다시 올라가자고 손짓했다. "그 지진이 야생 유니콘의 죽음에 대한 아일랜드의 복수였다고 해도 솔직히 별로 위압적이진 않았어. 우리 중에 누구 다친 사람이 있는 것도 아니고, 나무 집은 다시 지으면 돼. 아일랜드의 원한이 이걸로 풀린다면 우리는 안도의 한숨을 쉬어도 되겠는걸."

하지만 스캔다르는 사라가 진심으로 하는 말은 아니라고 생각했다. 지진이 일어난 순간부터 그를 사로잡은 공포를 떨쳐 버릴 수가 없었다. 음유시인이 진실을 노래한 것이었다면? 아일랜드가 유니콘들의 죽음에 대한 복수를 하려 했다면? 그리고 그게 '바로' 위버가 원하는 거라면?

콰르텟이 야생화 언덕에서 이어리로 돌아온 후로 스캔다르는 진실의 노래와 연관될 법한 또 다른 사건들을 알아보느라 《해처리 헤럴드》를 매일 챙겨 읽었다. 미첼은 스캔다르가 물의 구역에서 일어난 홍수 사태를 지적하자 웃기는 소리 하지 말라고 했다. "물의 구역이잖아, 거긴 늘 홍수가 일어난다고!" 불 구역에서 산불이 났다는 보도를 들먹였을 때도 미첼은 혀를 찼다. "이름에 답이 있잖아, 스캔다르! 불이 늘 있어서 불의 구역이라고!" 하지만 스캔다르는 걱정을 떨칠 수 없었다. 야생 유니콘의 죽음이 위버의 소행이라면 그에게도 책임이 있었다. 어쨌든 위버는 그의 엄마니까. 그는 위버의 속셈이 무엇인지 알아야 했다.

그렇지만 9월 말의 어느 날, 스캔다르는 야생 유니콘의 죽음이나 소란에 대해서 더 찾을 필요도 없었다. 《해처리 헤럴드》 저녁판에 이런 헤드라인이 떴다.

있을 수 없는 여덟 건
지금까지 발견된 야생 유니콘의 사체, 이제 두 자리 수에 가까워져

'여덟 건?'

스캔다르는 생각을 다른 데로 돌릴 겸 마구간에 가는 길에 우편함 나무에 들렀다. 다섯 그루 나무 —— 1학년생 해칠링, 2학년생 네슬링, 3학년생 플레질링, 4학년생 루키, 5학년생 프레데터 —— 에는 군데군데 구멍이 뚫려 있었고 그 안에는 라이더들이 외부와 주고받는 편지를 보관하는 금속 캡슐이 들어 있었다. 그는 또다시 실망할 각오를 하면서도 반은 파란색, 반은 금색인 캡슐을 비틀어 열어 보았다. 편지를 발견한 순간, 스캔다르는 하늘로 날아오르는 것 같은 기분이었다. 누나가 답장을 썼다! 드디어! 하지만 꾸러미를 뜯었을 때 —— 스카운드럴에게 돌아갈 젤리베이비즈 한 봉지가 숲 바닥에 떨어졌을 때 —— 편지를 보낸 사람이 케나가 아니라는 것을 알았다.

스캔다르에게,

아빠다. 너와 스카운드럴이 잘 지내길 바란다. 훈련 경기에서 네가 얼마나 빛났는지 지금도 믿어지지 않는단다.

케나는 당분간 편지를 쓰지 않을 거야. 케나는 아일랜드에 다녀온 후로 심경이 복잡해서 자기 마음을 다잡으려 노력하고 있단다. 케나도 너를 무척 보고 싶어 하지만 한동안 편지를 쓰지 않는 편이 유니콘에 대한 생각을 정리하는 데 도움이 될 거야. 그러니 대신 아빠하고 이야기하자꾸나! 훈련은 어떻게 되어 가니? 어떤 안장을 받았니?

편지 곧 다오.

아빠가 X.

스캔다르는 발아래 땅이 꺼지는 것 같았다. 배가 너무 아파서 진짜 병이 난 것 같았다. 이제 케나는 편지를 쓰지 않을 것이다. 스캔다르는 눈물을 참느라 눈을 깜박거리면서 멍하니 캡슐을 제자리에 도로 넣었다. 편지를 통해서라도 누나의 목소리를 얼마나 듣고 싶어 했는지, 이렇게 되고 나서야 깨달았다. 누나가 기분이 나아지지 않는다면? 누나가 영원히 소식을 전하지 않는다면?

그는 스카운드럴의 잠자리를 준비해 주면서 편지를 다시 읽었다. 검은 유니콘은 그러거나 말거나 계속 관심을 갈구했고 편지를 이빨로 물기까지 했다. 스캔다르가 주머니에서 세 번째로 편지를 꺼내자 스카운드럴은 성난 듯 울부짖으면서 자기 라이더에게 찬 바람을 훅 쏘았다.

"야! 아, 미안." 그는 스카운드럴의 검은 털을 손으로 쓸어 주고는 짚단에 떨어진 편지를 주워 들었다. "모르는 척해서 미안."

스카운드럴은 골이 나서 코로 불똥을 몇 번 뿜었지만 이내 검은 눈으로 스캔다르를 응시하면서 날개로 그의 등을 부드럽게 쓸어 주었다. 스카운드럴은 알고 있었다. 녀석은 언제나 알고 있었다.

그날은 나무 집 전체가 늦게야 잠자리에 들었다. 미첼, 플로, 바비는 저마다 자기 연합 원소 재킷을 입고 처음으로 자기 원소의 아지트를 방문했다가 밤늦게 나무 집으로 돌아왔다. 그들은 웰에 출입 금지를 당한 스캔다르가 더 우울해지지 않도록 일부러 살그머니 들어왔다. 스캔다르는 친구들이 모두 누렸을 신나는 밤이 아니라 아침 훈련에 대해서 논의하기 시작할 때 고마운 나머지 가슴이 터질 것 같았다.

스캔다르가 씩 웃었다. "내가 오늘 뭘 놓쳤는지 너희 중 아무도 말해 주지 않을 거야?"

"우린 네가 아지트 이야기를 듣고 싶어 하지 않을 거라 생각했어." 플로는 자기가 벽에 그린 식물을 손으로 더듬으면서 부드럽게 말했다.

"솔직히 말해?" 스캔다르가 한숨을 지었다. "잠시 다른 생각을 할 수 있잖아." 그러고 나서 케나가 더는 편지를 보내지 않는다는 얘기를 했다.

바비는 스캔다르를 안심시키려 했다. "나 같으면 걱정 안 해. 나도 여동생이 있지만 걔는 생전 나에게 편지 안 써. 걔는 해처리 수업 과목 일등 먹기에도 바빠. 내 여동생이 나보다 더 완벽해. 믿기지 않겠지만 말이야."

"음, 바비, 너한테 여동생이 있다는 말은 처음 들어." 플로가 말했다.

"그러게." 미첼도 맞장구를 쳤다.

바비가 어깨를 으쓱했다. "걔는 막내라서 우리 집 식구들의 관심을 독차지하는 데 익숙하지. 그리고 엄마 아빠는 걔가 진짜 천사인 줄 알아. 그래서 말끝마다 '바비, 너는 장녀잖니. 네가 본을 보여야지.' '바비, 우린 너에게 기대가 컸는데……' '바비, 너는 왜 네 동생처럼 굴지 못하니?'라고 하는 거야. 솔직히 말해 여기 와서 그 꼴 안 보는 건 참 좋아. 적어도 2년은 시간이 있어. 내가 걔를 잘 알아서 하는 말인데, 내 동생은 때가 되면 틀림없이 해처리 문 앞에 설 거야."

"왜 전에는 이런 얘기 안 했어, 바비? 우리가 힘 나는 말이라도 해 줄 수 있었을 텐데." 플로가 다정하게 말했다.

바비가 어깨를 으쓱했다. "안 물어봤잖아."

어색한 침묵이 흘렀다. 스캔다르는 화제를 바꾸기로 했다. "얘들아, 다들 아지트 얘기 좀 해 봐. 자세한 얘기 듣고 싶어."

세 친구가 바로 반색을 했다.

"마인에는 작은 동굴들이 있는데 별자리들이 다이아몬드로 박혀 있더라! 안에 쏙 들어가면 엄청 아늑해. 책을 읽을 수도 있고 밤하늘의 별을 바라보는 기분도 낼 수 있고." 플로는 꿈이라도 꾸듯이 한숨을 쉬면서 말했다.

"퍼니스에 사는 반딧불이들이 대형을 이루어 난다는 얘기는 책에서 읽어서 알고 있었어. 그런데 반딧불이들이 내가 원하는 어떤 모양이든 만들 줄이야! 스캔다르, 그건 내가 지금껏 본 가장 멋진 장면 중 하나였을 거야." 미첼은 오늘 밤 자신의 원소가 특히 자랑스러운지 티셔츠에 꽂힌 금빛 불 핀을 매만졌다.

바비의 눈은 자기가 칠한 등 뒤의 노란색 벽처럼 흥분으로 파지직거리고 있었다. "하이브에는 플로어가 있고, 플로에엔 전기가 통하는 사각형들이 있어. 그래서 우리가 그 위에서 춤을 추면 색색의 불꽃이 위로 막 치솟아!"

플로가 겁에 질린 얼굴을 했다. "무서울 것 같은데."

바비는 어깨를 으쓱했다. "그야 너는 흙 월더니까. 나한테도 반딧불이 같은 건 흥미도 없는걸. 낮에 반딧불이 본 적 있어? 되게 징그럽다고."

마침내 미첼과 스캔다르는 잠을 청하기 위해 해먹으로 갔다. 하지만 둘 중 누구도 잠을 이룰 수 없었다. 스캔다르는 아빠의 편지 때문이었고, 미첼은 오늘 퍼니스를 체험한 흥분 때문이었다. 두 사람은 위버가 야생 유니콘을 어떻게 죽였을지 이런저런 가설들을 검토하기 시작했다.

"위버가 어떻게 야생 유니콘을 죽였는지 알아낼 수만 있다면…… 아니면 위버가 아닌 그 누군가가……" 미첼이 스캔다르의 눈치를 보면서 말꼬리를 흐렸다.

"나도 위버가 범인일 거라 생각해. 난 괜찮으니까 편하게 말해."

"알았어, 우리가 이 일이 어떻게 일어날 수 있었는지 알아내면 카자마 사령관이 위버를 잡는 데 도움이 될 거야. 우리가 원소 도서관에서 뭔가 찾아낼지도 몰라!" 미첼은 이 전망에 무척 신이 난 듯했다. "내 조사 솜씨는 탁월하니까."

"위버가 작년에 유니콘과 맺었던 가짜 연 있잖아." 스캔다르는 친구의 흥분에 장단을 맞추려 애썼다. "야생 유니콘들을 끌어들이고 그들이 가져서는 안 될 연을 갖게 했잖아. 혹시, 그게 야생 유니콘들을 죽인 방법은 아닐까?"

"사체들에는 치명상이 있었잖아!" 미첼은 흥분한 나머지 해먹에서 뛰어내렸다. "우리가 발견한 야생 유니콘도 피를 흘리고 있었어! 플로네 엄마 말대로 마법으로 죽인 것 같지 않았……."

쿵.

미첼이 스캔다르의 배낭 위로 넘어졌다.

스캔다르가 얼른 미첼을 살피러 내려갔다. 그러고는 바닥에 온통 돈이 흩어져 있는 걸 알았다. 그의 돈이었다.

미첼은 지폐를 한 뭉치 들고 스캔다르를 신기하다는 듯 쳐다보았다. "이게 다 뭐야?"

스캔다르는 얼굴이 주홍빛으로 타올랐다. 미첼과는 못 할 이야기가 거의 없는 사이였지만 이건…… 자기만의 비밀이었다고나 할까. "라이더 수당을 모으고 있어." 그는 지폐들을 다시 배낭에 주워 담으면서 말을 얼버무렸다.

"이러니 새 장화가 필요한 게 당연하지! 설마 아일랜드에 와서 이때까지 아무것도 산 적 없어?"

"말했잖아, 돈 모으고 있다고."

"뭐 하려고? 황금 안장이라도 사게?"

스캔다르는 입술을 깨물고는 사실대로 말하기로 결심했다. "꿈이라고 할까, 하여간 언젠가 이어리를 졸업하고 카오스컵 라이더가 되면 우리 아빠와 누나를 아일랜드로 불러서 같이 살고 싶거든. 누나는 메인랜드에서 사는 게 너무 괴로워서 이제 나에게 편지도 못 쓰겠대! 나는 어쩌면 아빠와 누나도 아일랜드에서 살 수 있을지 모른다고 생각했어. 나랑 한 집에서. 언젠가는 말이야. 허용되는 일인지 아닌지는 모르지만 사실 케나는 따지고 보면 반은 아일랜더의 피가 흐르는데……" 스캔다르는 얼굴을 붉히며 말꼬리를 흐렸다.

"나무 집을 구할 돈을 모으는 거야?"

스캔다르가 고개를 끄덕였다.

미첼이 눈을 깜박거렸다. "이런 너를 처음 만났을 때는 사악한 녀석일 거라고 생각했었다니, 나도 참."

스캔다르가 희미하게 웃었다. "알아, 바보 같은 꿈이지. 그냥 아빠랑 누나가 보고 싶어서 그래." 아빠의 편지를 생각하자 바닥이 다시 흔들리는 것 같았다. 누나 없이는 아무것도 제대로 되지 않았다.

미첼은 허리를 굽히고 돈을 주우면서 말했다. "바보 같지 않아, 스캔다르. 그게 가족이지."

그날 밤, 스캔다르는 줄곧 잠을 이루지 못하고 해먹 안에서 뒤척였다. 지난 몇 주간의 일이 자꾸 생각났다. '가족'. 미첼은 그렇게 말했다. 지금 스캔다르의 가족은 메인랜드에 있고 케나는 편지를 쓰지 않겠다고 한다. 애거서도 가족이라면 가족이지만 그녀는 다르다. 올루의 말대로, 그는 집행인과 스피릿 원소를 훈련하게 될 것이다. 집행인이 누구인가, 자기 원소를 써서 다른 스피릿 유니콘들을 모두 죽여 버린 자 아닌가. 그녀를 믿을 순 없다. 애거서가 작년에 그를 아일랜드에 데려온 이유가 위버를 저지하기 위해서인지 아니면 위버를 돕기 위해서인지 그것조차 확실치 않으니까. 애거서와 함께 하는 첫 훈련은 과연 어떤 것일까?

스피릿에 끌리기 쉬운 야생 유니콘이 훈련장에 나타난 사건은 스캔다르를 둘러싼 소문을 더욱 부채질했다. 그때부터는 소문이 그가 야생 유니콘을 소환하는 능력이 있어서 위버의 야생 유니콘 살해의 조력자가 되었다는 식으로 뻗어 나갔다. 그리고 제이미는 이제 다 나았지만 스캔다르의 미안한 마음은 그대로였다. 어디 그뿐인가, 물 윌더들은 그의 웰 출입 금지를 투표로 결정했다. 스캔다르는 그 어느 때보다 자신이 아웃사이더임을 절감했다.

그가 다시 베개 위치를 바꾸던 그때……

"아야!"

"왜 그래?" 미첼이 해먹에서 일어나 랜턴을 켰다.

"뭐에 찔렸어!" 스캔다르는 이렇게 외치면서 뭔가 기분 나쁜 사물의 감촉을 느꼈다. 그것이 바닥으로 떨어졌다.

스캔다르는 갑작스러운 불빛에 눈을 끔뻑거리면서 바닥으로 뛰어내렸다. 금속으로 만들어진 깃털이 보였다. 얇고 길쭉한 회색 금속의 한쪽 끝에 바늘처럼 뾰족한 것이 달렸는데 스캔다르는 아마 거기에 찔린 듯했다. 깃털의 양쪽은 아주 가느다란 밝은색 조각과 어두운색 조각이 섬세하게 엮여 있어서 얼핏 보면 줄무늬가 있는 것 같은 효과를 내었다. 그 깃털은 스캔다르가 지금껏 본 가장 아름다운 물건 중 하나였다.

미첼이 달려와 스캔다르가 들고 있는 물건을 가리키며 흥분했다. "플레이밍 파이어볼! 이건 송골매 깃털이야, 스캔다르!"

그는 스캔다르가 이게 얼마나 굉장한 일인지 당연히 알 거라고 생각하는 듯 흥분을 주체하지 못하고 싱글벙글했다.

"아, 맞다!" 미첼이 은은하게 빛나는 머리카락을 흔들면서 외쳤다. "그래, 너는 메인랜더지. 가끔 잊어버린단 말이야. 쪽지도 있지 않아?"

스캔다르는 해먹으로 다시 올라가 찾아보았다. 마지막에는 담요까지 뒤집어 털어 보았다. 과연, 쪽지 한 장이 바닥으로 떨어졌다.

스캔다르 스미스 & 스카운드럴스럭
10월 9일 오후 6시
선셋 플랫폼

"이게 다 뭐야?" 스캔다르가 쪽지를 읽으면서 물었다.

미첼은 제자리에서 펄쩍펄쩍 뛰었다. "스캔다르! 이건 초대장이야! 네가 뽑혔다고!"

"무슨 초대장? 선셋 플랫폼이라는 곳은 들어 본 적도 없어!" 스캔다르는 자기가 메인랜드 출신이라는 점이 그 어느 때보다 답답했다.

미첼은 선셋 플랫폼이 이어리에서 가장 높은 지점이라고 설명했다. 그러고는 위치를 자세하게 알려 주려는데 바비가 잠옷 바람으로 노기 등등해서는 문을 벌컥 열고 들어왔다. "더 시끄럽게 떠들어 볼래? 내일 훈련을 열심히 하고 싶은 사람 생각은 안 해? 도대체 어쩌자고……."

"스캔다르가 송골매회 가입 초대를 받았어!" 미첼은 자기 일처럼 자부심으로 얼굴을 빛내며 말했다.

"뭐?" 바비가 톡 쏘았다.

미첼이 숨을 크게 들이마시고 다시 말했다. "송골매회! 세상에서 가장 빠른 새인 송골매에서 이름을 따왔지. 거기 회원들은 얼마나 빨리 날 수 있는지만 봐. 어느 원소 소속 재킷을 입는지는 따지지 않는다고. 송골매회는 이어리에서 제일 멋진 집단이야. 비밀스럽고 초대받은 사람만 들어갈 수 있지. 역대 최고의 라이더도 많이 배출했어. 우리 아버지도 송골매회였어." 미첼은 고개를 떨구었지만 말을 이어 나갔다. "너와 스카운드럴이 얼마나 빠른지 주시하고 있었던 게 틀림없어. 너희는 정말 빠르잖아." 미첼은 이렇게 덧붙이고는 금속 깃털을 스캔다르에게 도로 건네주었다.

"하지만 난 지원한 적도 없어. 내가 어떻게 거기 들어갔다는 거야?" 스캔다르가 더듬거리며 말했다.

"이봐, 친구, 그린(Grin)은 ── 송골매회의 회원을 그렇게 불러 ── 지원해서 되는 게 아니라……." 미첼이 하려던 말은 바비가 큰 소리로 쏘아붙인 말에 묻혀 버렸다.

"너는 스캔다르 스미스니까." 바비는 그 말만 남기고 나가더니 쾅 소리 나게 문을 닫았다.

6장

송골매회

바비는 그로부터 2주 동안 스캔다르를 피해 다녔다. 송골매회가 열리는 날, 네슬링들은 처음으로 일대일 실전 훈련에 들어갔다. 스캔다르는 바비가 상대 라이더를 유니콘의 등에서 떨어뜨리는 데 미친 듯이 몰두하다 보면 그들의 껄끄러운 실랑이도 잊겠거니 생각했다. 하지만 훈련장에서 바비는 멀끔한 팔콘을 레드, 블레이드, 스카운드럴이 서 있는 줄에서 일부러 멀리 몰고 가 마리암과 올드스타라이트 옆에 가서 섰다.

공기 원소 훈련은 좀체 발전이 없었다. 그냥 완벽하고 절대적인 아수라장이었다고밖에는 달리 설명할 길이 없었다. 무장을 갖춘 네슬링들은 나무 막대로 표시된 네 개의 기다란 훈련 트랙에 배치되었다. 유니콘 두 마리가 서로를 향해 전속력으로 질주하는 동안, 라이더들은 공기 원소 무기를 소환해서 점수를 획득하려고 애썼다. 운 좋게 스캔다르와 미첼은 서로를 첫 상대로 만났다. 스카운드럴은 자기와 가장 친한 불의 유니콘에게 달려가고 싶어서 몸이 근질근질한 것 같았고 스캔다르는 녀석을 제어하느라 진땀을 뺐다.

첫 번째 호루라기가 울리자 스카운드럴은 검은 갈기 전체에서 전기를 뿜어내며 앞으로 치고 나갔다. 스캔다르가 연을 통해 공기 원소를 소환하자 그의 손바닥이 노란빛을 뿜기 시작했다. 미첼도 반대편에서 공기 원소를 소환하고 있었고 스카운드럴을 향해 돌진하는 레드의 발굽은 땅을 불사르고 있었다.

두 번째 호루라기가 울렸다. 스캔다르는 안장에서 떨어지지 않도록 신경 쓰면서 왼손으로 고삐를 잡고 오른손으로 작은 번개의 검을 만드는 법을 기억해 냈다. 좋았어, 생각보다 단검이 크게 나오긴 했지만 어쨌든 해냈다! 이제 레드는 불 갈기를 휘날리며 겨우 몇 미터 앞에 있었고 미첼의 손에는 뾰족한 창이 인상적으로 빛나고 있었다. 두 소년 모두 공격을 날리기 위해 팔을 뒤로 젖혔는데…….

유니콘들이 걸음을 늦추기 시작했다. 그러고는…… 완전히 멈추었다.

스카운드럴과 레드는 나무 막대 트랙의 양쪽에 서서 애정 어린 대화를 나누듯 가볍게 히힝히힝, 끼익끼익, 소리를 냈다. 라이더들의 손에서 무기가 애처롭게 꺼져 버렸다.

"아이고," 미첼이 신음했다. "우리가 이기는 건데! 스카운드럴이 친구라고 해서 대결을 안 하면 어떡해! 스캔다르와 나도 단짝이지만 내가 무기로 얘를 공격해도 문제가 되지 않아. 그게 바로 우리가 해야 할 일의 핵심이니까!"

스캔다르가 웃음을 터뜨렸다. "단짝?"

"웃을 일이 아니야. 우린 훈련을 해야 해!"

"그래도 좀 웃기잖아." 스캔다르의 눈에는 이제 눈물까지 고였다. 스카운드럴은 리듬을 넣어 이빨 사이로 쉭쉭 소리를 내고 스캔다르는 이 녀석이 자기 라이더 들으라고 이러는 건가 싶었다. 그들의 연이 즐거움으로 꽉 찬 것을 느낄 수 있었다. 스카운드럴은 스캔다르가 웃는 걸 좋아했다.

"다음 조!" 세일러 교관이 노래하듯 호령했다.

"플레이밍 파이어볼! 다음 차례가 돌아올 때까지 한참 기다려야 하잖아!"

그들은 아누슈카와 스카이파이럿(Sky Pirate, 하늘 해적)이 마테오와 헬스다이아몬드(Hell's Diamond, 지옥의 다이아몬드)를 상대할 수 있도록 트랙을 비워 주었다. 스캔다르가 레드를 힐끗 보았다. "어, 미첼…… 레드가 어떻게 이리 깔끔하고 단정한 거야?" 스캔다르는 더 일찍 알아차리지 못했다는 것을 믿을 수 없었다. 그는 레드의 붉은 갈기가 엉켜 있지 않은 모습을 오늘 처음 보았다. 핏빛 털가죽에도 윤기가 자르르 흘렀다. 레드는 미첼이 털을 빗어 주려고 하면 빗에 불을 붙여 버리곤 했다. 미첼이 몇 달 전부터 아예 솔질을 포기한 것도 이해할 만했다.

미첼은 갑자기 기운이 난 것 같았다. "나도 알아! 나도 얘가 무슨 바람이 불어서 이러는지 모르겠어. 오늘 아침에 레드가 마구간에서 나가려 하질 않았는데 이유를 모르겠더라고. 그런데 누가 빗을 들고 마구간 앞을 지나가니까 막 울어 대는 거야. 그러고는 완전히 멀끔하게 될 때까지 만족을 못하더라고. 이제 바비에게 털 손질법을 배워야 하려나." 미첼이 레드의 목을 토닥토닥 쓰다듬었다. "실은 정말 기분이 좋아. 아버지가 작년 훈련 경기 때 레드가 단정치 않아 보인다고 했거든. 우리가 언젠가 사령관이 되려면 좋은 본을 보여야 한다는 거야."

"맞는 말이야." 스캔다르는 이렇게 말했지만 그 자신은 스피릿 윌더들을 감금하는 데 주력했던 아이라 핸더슨을 좋게 보지는 않았다.

"어, 저기 봐. 플로가 시합한다." 미첼이 다른 트랙을 가리켰다.

정확히 말하자면, 플로는 시합을 하려고 노력하고 있었다. 실제로는 실버블레이드가 나무 막대 트랙 한쪽 끝에서 기세등등하게 뒷발로 일어섰고 상대 유니콘은 실버의 기세에 눌려 트랙에서 완전히 벗어났다. 개브리얼과 퀸즈프라이스는 플로와 블레이드를 상대로 시합을 시작하는 것조차 거부했다. 유니콘들을 일렬로 겨우 세워 놓고 있던 다른 라이더들이라고 해서 상황이 더 낫지는 않았다. 플로가 무기의 모양을 잡았을 때 그 마법이 어찌나 강력하던지 그녀가 원소와의 연합은 물론, 더 위험하게는 무기의 크기도 제어하지 못하는 듯 보였다. 스캔다르는 플로가 든 불타는 작살이 너무 길어서 땅에 끌리는 것을 보았다. 창은 강력한 자기를 띠고 있어서 라이더들의 투구가 날아와 들러붙었고, 얼음 곤봉은 너무 무거워서 그녀는 곧바로 안장에서 떨어지고 말았다.

"저래서 플로는 실버 서클 모임에 가야 하는 것 같아." 그 광경을 보고 놀란 스캔다르가 미첼에게 말했다.

"조심해, 스카운드럴이 또 저런다." 미첼이 주의를 주었다.

스카운드럴의 날개가 스피릿의 흰빛을 뿜고 있었다. 에이제이라는 아일랜더가 자기 유니콘 스몰더링메너스(Smouldering Menace, 연기 나는 위협) 위에서 소리를 빽 지르더니 자기 친구인 흙 윌더 찰리와 힌터랜드 마그마(Hinterland Magma, 내륙 마그마)에게 뭐라고 속닥거렸다. 찰리는 다시 시본러먼트를 타고 있는 메이블에게 뭐라고 했고, 메이블은 스카운드럴의 허깨비처럼 은은하게 빛나는 날개를 가리켰다. 이제 검은 깃털 사이로 모든 뼈와 힘줄이 들여다보였다.

스캔다르는 한숨을 쉬었다. 요즘 들어 자주 있는 일이었다. 스카운드럴은 자기 원소를 자유롭게 쓰게 되어 기분이 좋은지 스캔다르가 곤란해진다는 점을 전혀 개의치 않는 것 같았다. 그런 모습을 보일 때마다 스캔다르가 위버와 같은 원소에 연합해 있다는 사실을 모두에게 상기시킨다는 점도.

실로 끔찍했던 훈련의 마무리는 바비와 앰버의 마상 시합이 치고받는 소동으로 변한 것이었다. 그 둘도 멈춰 서긴 했지만 미첼이나 스캔다르처럼 무기를 거두기는커녕 불의 검에서부터 화강암 도끼까지 훈련 시간에 배운 모든 무기를 만들어 내고 있었다.

세일러 교관이 겨우 둘 사이를 가로막고 섰을 때 그녀의 목 전체에서 전기가 탁탁 튀어 올랐다. "무기는 하나만 택한다. 그게 마상 시합의 기본 예의다. 내가 가르치는 공기 윌더들이 이런 모습을 보이다니 안타깝구나."

팔콘스레스는 듣고 있지 않았다. 그 유니콘은 월윈드시프의 둔부를 야무지게 물어뜯을 기회를 놓치지 않았다.

바비도, 앰버도 시합 규정을 위반한 것에 대해서는 그리 유감스러워하지 않는 듯했다.

___

그날 저녁 송골매회에 처음 참석하러 가는 스캔다르를 플로와 미첼이 배웅하는 동안, 바비는 코빼기도 보이지 않았다.

"조심해." 플로가 나무 집 문간에서 주의를 주었다. "엄마가 그러는데 송골매회는 정말 위험하대. 너무 빨리 날아다녀서 사고가 일상다반사라나!"

"다녀와서 전부 이야기하기다? 기다릴 거야!" 미첼이 간절하게 말했다.

"알았어, 조심할게." 스캔다르는 친구들을 향해 활짝 웃어 보였지만 배웅을 하는 플로의 얼굴에 드리운 암울한 그림자를 놓치지 않았다.

벽으로 가는 길에 스캔다르가 구름다리를 건너가자 그쪽에 모여 있던 해칠링 한 무리가 놀란 새처럼 꽥꽥거리며 흩어졌다. 3년 차 플레질링 두 사람에게 가까이 갔을 때는 그들의 대화가 갑자기 뚝 끊겼다. 그가 벽의 동문으로 들어가기 위해 땅으로 훌쩍 뛰어내릴 때도 '스피릿 윌더'라는 수군거림은 허공에 걸려 있었다. 스캔다르는 야생 유니콘들을 살해한 범인이 위버임을 밝힐 수 있기를 바랐다. 그러면 적어도 그가 용의자로 입방아에 오르내리지는 않을 테니까.

하지만 스캔다르는 이번만큼은 그런 속삭임을 들어도 기분이 나빠지지는 않았다. 그는 송골매회에 처음 초대받아 가는 길이었다. 메인랜드에선 그 어떤 모임에도 초대받은 적 없었는데! 그는 오후 6시까지 마구간에서 스카운드럴과 시간을 보냈다. 흑단 같은 털가죽을 윤기가 흐르도록 손질해 주고, 발굽을 기름칠해서 닦아 주고, 헝클어진 갈기를 곱게 빗어 주고, 번득이는 날개 깃털을 잘 펴 주었다. 스캔다르가 아빠에게 받은 젤리베이비즈 봉지를 열어 스카운드럴이 제일 좋아하는 맛이 나는 빨간색 젤리를 꺼냈을 때, 스카운드럴은 스캔다르의 손을 거의 깨물다시피 했다.

스캔다르는 젤리를 우적우적 씹는 스카운드럴을 보면서 거품처럼 일어나는 유니콘의 기쁨을 느꼈고, 뒤이어 김이 빠지는 듯한 자신의 슬픔을 느꼈다. 스카운드럴에게는 똑같은 젤리베이비즈 맛이겠지만 케나가 아니라 아빠가 그걸 보냈다는 게 왠지 이상했다. 스캔다르는 누나에게 필사적으로 편지를 쓰고 어떻게든 도우려 했지만 그가 무슨 말을 할 수 있겠는가? 그가 라이더를 그만둘 수는 없었다. 케나가 해처리 시험에서 떨어진 사실을 그가 어떻게 할 수 있는 것도 아니었다. 게다가 아빠의 편지로 미루어 보건대, 누나가 스캔다르의 소식을 들으면 더 심란해할지도 몰랐다.

스카운드럴의 마구간 맞은편 벽에 걸린 시계가 오후 6시를 알렸다. 스캔다르는 당황해서 얼른 초록색 재킷을 벗어 던지고 검은색 티셔츠에 송골매 깃털 핀을 꽂은 후 스카운드럴의 등에 안장을 얹었다. 스캔다르가 빈터로 끌고 가자 유니콘은 성질을 내면서 불똥을 마구 튀겼다. 스카운드럴은 디바이드에서 교차하는 네 개의 단층선 위로 훌쩍 뛰어올라 탁 트인 하늘로 날아올랐다. 그들은 나뭇가지들이 이루는 초록의 차양 주위를 돌았고 머지않아 선셋 플랫폼의 위치를 파악했다.

유니콘 몇 마리가 거대한 금속 원반 위에 모여 있었다. 그 금속 원반에는 십자 모양의 다리들이 달려 있었고, 그것이 원반과 그 아래 나뭇가지들을 연결해 주고 있었다. 그러니 플랫폼이 매우 높을 수밖에.

"자, 가자." 스캔다르는 스카운드럴에게 선셋 플랫폼을 가리켰다. "깔끔하게 착지하자, 알았지?"

착지는 깔끔하지 않았지만 ── 스카운드럴이 그랬던 적은 별로 없었다 ── 플랫폼을 놓치지는 않았다. 스캔다르는 유니콘에서 내리면서 원반형 플랫폼 가운데 주조되어 있는 황동 태양을 보았다. 그리고 가장자리 주변에는 M자 비슷하게 새들이 새겨져 있었는데 그 새들의 날개 밑에는 이니셜이 있었다.

"이제 여덟 명이 됐군."

그 목소리는 4학년생 루키 정도로 보이는 소년의 목소리였다. 황갈색 피부의 소년은 검은 머리를 닭의 볏처럼 아치형으로 세웠는데 모발 끝만 흰색이고 하늘하늘한 것이 꼭 높이 일어난 파도 같았다. 물 월더의 유니콘이 으르렁대자 스카운드럴도 질세라 위협적인 소리를 냈다. 스캔다르는 스카운드럴의 불안을 연을 통해 느낄 수 있었다. 맞붙으면 저 유니콘이 날 쓰러뜨리겠구나 싶은 불안을.

"송골매회에 온 것을 환영한다, 스캔다르 스미스, 앰버 페어팩스."

스캔다르는 앰버의 이름을 듣고 한 대 얻어맞은 기분이었다. 과연 그의 왼쪽에는 문제의 공기 월더가 월윈드시프를 대동하고 자랑스럽게 서 있었다. 앰버는 스캔다르 쪽으로 고개도 돌리지 않았는데 들창코가 그 어느 때보다 두드러져 보였다. 앰버도 송골매회에 초대를 받았다고 하면 바비는 얼마나 더 속이 뒤틀릴까.

"난 비행 중대장 리케시라고 해. 얘는 타이들워리어(Tidal Warrior, 해일 전사)." 리케시는 자기 옆에 있는 덩치가 위압적인 유니콘을 손으로 가리켰다. 스캔다르는 그 유니콘을 보고 저런 게 '암갈색'이구나 생각했다. 털가죽은 짙은 갈색인데 갈기와 꼬리는 검은색이었다.

"너희 모두는 놀라운 비행 능력을 보여 주었고 그래서 송골매회에 오게 되었다. 여기 들어오면 이어리에 남아 있는 한 그린이다. 곧 알게 되겠지만 올해 프레데터는 한 명도 없다. 5년 차 중에는 여기 들어올 만큼 비행 속도가 출중한 라이더가 없기 때문이지. 여긴 원래 그런 데다. 우리는 이어리의 엘리트 비행 중대다. 나이가 몇 살인든, 어떤 원소와 연합해 있든 상관없어. 스피릿 월더라고 해도 상관없다." 리케시가 스캔다르에게 눈을 찡긋했다. "우리는 네가 얼마나 빨리 날 수 있느냐만 본다."

앰버가 옆에 있는데도 스캔다르는 행복해서 가슴이 터질 것 같았다. 이어리에서 콰르텟과 지내는 나무 집 말고는 그가 스피릿 월더라고 수군대는 소리가 들리지 않는 곳은 처음이었다. 재킷을 벗어 두고 왔지만 그의 드러난 팔에 있는 스피릿 변이를 흘끔거리는 사람은 없었다. 물 아지트에 출입 금지를 당한 건 이제 아무렇지도 않았다. 누가 그런 것에 신경 쓰겠는가? 다른 그린들은 그를 향해 고개를 끄덕였다. 몇몇은 격려를 보내듯 미소까지 짓고 있었다. 여기서 그와 그의 유니콘은 구경거리가 되거나 위버의 후계자로서 죽일 수 없는 존재를 죽였다는 소리를 듣지 않고 그저 스캔다르와 스카운드럴로서 존재할 수 있었다.

"송골매는 세상에서 가장 빠른 새다." 리케시가 목소리를 깔고 말을 이었다.

"드디어 시작하시는군." 빨간 머리의 루키가 눈을 굴리면서 중얼거렸다.

리케시가 손사래를 치는 듯한 동작을 했다. "송골매가 수직 강하를 할 때는 시속 300킬로미터까지도 도달할 수 있지. 그래서 지구상에서 가장 빠른 동물로 통하는 거야. 우리도 그렇게 되기를 바란다."

스캔다르는 올해의 첫 훈련 전에 바비와 경주를 했다가 스카운드럴과 수직 강하를 했던 일이 생각났다. 어쩌면 리케시나 다른 송골매회원이 그 모습을 보았을지도? 그들이 여기 초대받은 이유도 어쩌면 그래서일까?

"나는 중대장으로서 올해 훈련 계획을 짠다. 무슨 문제가 있으면 나에게 와서 상의하도록. 작년 중대장은 니나 카자마였다. 아마도 이 이름은 들어 봤을 테지?" 쿡쿡대는 웃음소리가 일어났다. "카오스컵 우승을 차지한 그린은 셀 수 없이 많다. 빠른 자가 카오스컵에서 이기니까."

아까 그 빨간 머리 소녀가 눈치 주듯 목청을 가다듬었다. 리케시가 그녀의 드러난 어깨에 손을 얹었다. "이쪽은 프림로즈 대위, 나의 부관이다." 스캔다르는 그녀의 눈썹이 아주 작은 불꽃들로 정교하게 짜여 있다는 것을 알아차렸다. "프림 하면 꽃 이름 같겠지만, 내가 말해 두 겠는데, 이 친구가 하늘에서는 너희 코를 모두 납작하게 만들 거다. 프림과 윈터와일드파이어(Winter Wildfire, 겨울 들불)는 이어리에서 100미터 단거리 기록 보유자다. 이게 무슨 의미인지 간단하게 한번 보여 줄까?" 리케시가 프림 대위를 보고 씩 웃었다. "더블로 갈 거야?"

프림이 불타오르는 눈썹을 치켜올렸다. "트리플로 갈게."

리케시는 꼭대기에 파도가 치는 것 같은 머리를 흔들었다. "그건 꿈에서나 하고."

"너나 꿈에서 해." 프림이 윙크를 하고 윈터와일드파이어의 등에 뛰어올랐다.

그들이 공중으로 날아오르자마자 스캔다르는 왜 플로가 송골매회가 위험하다고 했는지 충분히 이해할 수 있었다. 와일드파이어가 빠르게 높이 치솟는 바람에 그 잿빛 유니콘은 거의 보이지도 않았다. 잠시 와일드파이어는 날개를 옆으로 펼친 채 공중에 머물러 있었다. 그러다 갑자기 반동을 주었다. 프림과 와일드파이어가 이어리의 벽을 향해 너무 빨리 곤두박질해서 충돌을 피하기란 불가능해 보였다. 그들은 충돌하고 말 터였다. 그들은……. 아니, 충돌은 없었다. 회색 유니콘은 허공에서 옆으로 돌고 돌고 또 돌았고 프림은 자세를 한껏 낮추고 유니콘의 목을 꼭 잡고 매달렸다. 그 후에 그들은 언제 곡예비행을 했냐는 듯이 유유히 플랫폼으로 날아왔다.

"와!" 다른 그린들이 탄성을 질렀다. "트리플 옆회전이다!", "끝내준다, 프림!"

"음, 이럴 수도 있네!" 리케시가 완전히 놀랐다는 듯 고개를 가로저었다. "올해는 대박이겠어."

"어, 그런데 우리가 저렇게 하는 걸 배우나요…… 이제 곧?" 스캔다르가 긴장해서는 바로 옆에서 손가락을 입에 넣어 휘파람 소리를 내던 라이더에게 물었다.

"여기 위험한 짓을 시작하고 싶어 안달 난 친구가 있어, 리키."

스캔다르는 침을 꿀꺽 삼켰다. 그는 프림이 회전을 하다가 실수하면 어떡하나 내내 걱정했다. 혹은, 프림이 떨어지면 어떻게 되는 건가. 송골매회가 된다는 것은 그런 걱정을 모조리 뒤로 하고 비행에 집중하는 것일까.

무언의 신호에 송골매회 라이더들이 전부 유니콘의 등에 오르기 시작했다.

"황무지의 끝을 가장 마지막으로 찍는 사람은 마시멜로 없다!" 프림이 고함을 질렀다.

앰버와 스캔다르를 제외하고 —— 그들은 이게 얼마나 엄청난 위협인지 몰랐으므로 —— 모두 헉 소리를 했다. 다른 유니콘들이 선셋 플랫폼에서 날아오르자 스카운드럴은 고삐를 쥔 스캔다르의 손에 전기를 보내 빨리 가자고 재촉했다.

스카운드럴은 그들을 쫓아 날개를 힘차게 펼치면서 스캔다르의 무릎을 때렸다. 검은 유니콘은 빠르게 플랫폼을 박차고 나왔고 한동안 그의 앞발굽은 이어리의 나무들 쪽으로 계속 떨어졌다. 스캔다르는 안장 앞쪽을 움켜쥐고 균형을 잡으려 애쓰는 동안 배 속이 뒤집혔다. 하지만 그다음부터 스카운드럴의 날갯짓이 점점 더 빨라지면서 석양을 배경으로 아일랜드의 구역들을 향해 날아가는 다른 유니콘들의 대열을 따라갈 수 있었다.

스캔다르는 그들을 따라잡고 싶은 스카운드럴의 필사적인 바람이 연을 통해 회오리치며 흘러 들어오는 것을 느꼈다. 그는 공기 저항을 덜 받게 자세를 낮추었다. 속도가 붙자 귀를 스치는 바람에서 휘파람 소리가 나고 눈이 너무 시려 눈물이 고였다.

이제 그들은 뒤에 처져 있던 플레질링들을 따라잡았다.

"난 패트릭이야. 하지만 다들 날 '번개'라고 불러. 그만큼 빠르거든!" 왼쪽에 있던 소년이 큰 소리로 말을 건넸다. 그의 쥐색 머리는 감전된 것처럼 위로 치솟은 데다가 끝에서 불똥이 튀었다. 공기 월터의 변이가 틀림없었다. "얘는 허리케인혹스(Hurricane Hoax, 태풍의 농간)." 그가 자신의 검은 유니콘을 가리키며 말했다. "그리고 저쪽은 마커스와 샌드스톰스오빗(Sandstorm's Orbit, 모래 폭풍의 궤도)이야." 그가 가리킨 머리를 짧게 친 흙 월터와 그의 유니콘은 그들을 조금씩 추월하고 있었다. "날 이겨 보겠다고 용쓰네. 하지만 혹스의 1분당 날갯짓 기록에는 못 당하지." 스캔다르는 가슴이 터질 것 같았다. 그는 늘 유니콘들의 속도 기록 통계를 비교하고 분석하기 좋아했다. 그런데 이렇게 속도에 집착하는 라이더 그룹의 일원이 되다니.

"패트릭! 아무도 널 '번개'라고 부르지 않거든! 너도 우리가 더 빠르다는 거 알잖아!" 마커스가 야유했다.

혹스와 오빗은 갑자기 말도 안 되게 속도를 끌어 올렸고 스카운드럴은 뒤에 처진 채 필사적으로 다시 추격에 나섰다. 스캔다르와 스카운드럴이 이 라이더들을 상대로 경주에서 이기려면 제법 시간이 필요할 터였다.

이제 그들은 아일랜드의 구역들에 접근했다. 리케시와 프림이 공기 구역과 불의 구역을 좌우에 두고 선두에서 날아가는 모습이 보였다. 타이들워리어와 윈터와일드파이어는 정교한 곡예비행을 펼치면서도 속도를 유지할 수 있었다. 그러나 리케시가 수직 강하에서 빠져나오던 그때…….

번쩍, 쾅.

워리어의 왼쪽 날개가 번개에 맞을 뻔했다. 리케시는 방향을 틀었지만 이번에는 회오리바람이 프림을 덮쳤다. 두 마리 유니콘은 함께 괴성을 지르며 떨어지기 시작했다.

번쩍, 쾅.

"스캔다르! 불의 구역으로!" 패트릭이 소리를 질렀다. 그의 주근깨투성이 하얀 얼굴이 공포에 질려 있었다. 다른 그린들은 이미 방향을 틀어 스카운드럴 쪽으로 날아오고 있었다.

번쩍, 쾅.

그들은 스캔다르가 이제껏 본 적 없는 전기 폭풍의 한복판에 갇혀 있었다. 번갯불이 하늘을 가르는가 싶더니 저 아래 공기의 구역에서 풍차 세 개가 박살 났다. 스카운드럴은 말도 안 되게 강한 바람에 이리저리 휘둘렸고 스캔다르는 안장에서 떨어지기 일보 직전이었다. 이건 으레 볼 수 있는 그런 폭풍이 아니었다.

그린들은 날개 달린 곡예사들처럼 수직 강하를 하다가 절묘하게 유니콘의 방향을 틀면서 폭풍을 피하려 했다. 하지만 불의 구역에 들어서고 보니 상황이 더 낫지는 않았다. 구역의 가장자리에서부터 나무 타는 매캐한 연기가 자욱하게 올라와 앞이 거의 보이지 않을 정도였다. 스캔다르는 야생화 언덕에서 겪은 지진과 《해처리 헤럴드》에서 읽었던 홍수와 불 소식이 떠올랐고 지금 그가 보고 있는 것이 무엇인지 깨달았다.

아일랜드의 복수. 그 복수가 실제로 일어나고 있었다.

스캔다르는 불현듯 분노가 치밀어 올랐다. 그건 엄마를 향한 분노였다. 진실의 노래가 옳았다. 야생 유니콘을 죽이는 짓에는 대가가 따른다. 사람들이 다칠 것이고 그건 다 엄마 때문이다. 그래 봤자 위버는 신경도 쓰지 않을 것이다. 위버는 스캔다르처럼 아일랜드를 사랑하지 않았다. 그녀가 했던 모든 짓이 아일랜드를 파괴하려는 수작 아니었던가. 그의 마음이 분노에 사로잡히자 스카운드럴도 그와 함께 포효했다. 그는 황무지로 날아갈 것이다. 가서 위버를 찾을 것이다. 이 모든 것이 그의 잘못이 아니라 그 여자 잘못이라는 것을 만천하에 입증할 테다.

"스캔다르! 어디 가는 거냐?" 이 물음의 끝은 기침 소리에 묻혀 버렸다. 꾸역꾸역 올라오는 연기 너머로 리케시의 파도 같은 머리 모양만 어렴풋이 보였다.

스캔다르는 스카운드럴을 몰고 불의 구역을 통과했다.

"스캔다르! 위험해! 도대체 뭐 하려는 거야?" 이제 워리어가 스카운드럴을 바짝 따라붙어서는 리케시의 경고에 맞장구치듯 으르렁대고 있었다.

스캔다르는 그들을 무시하고 황무지를 향해 날아갔다.

워리어가 폭발적으로 속도를 내어 스카운드럴을 추월하고는 앞을 가로막았다.

스카운드럴이 반항하듯 앞발을 들고 목이 터져라 울부짖었다.

리케시의 음성은 단호했다. "나는 너의 비행 중대장이고 이건 명령이다, 스캔다르. 돌아가!"

스캔다르의 분노가 순식간에 사그라들었다. 들이마신 잿가루가 이제야 재채기로 터져 나왔다. "죄송합니다. 나도 모르게……."

리케시의 머리에서 거품이 일어났다. 그는 준엄한 목소리로 말했다. "스캔다르, 넌 무엇을 증명하려고 했던 거냐? 네가 죽임을 당할 수도 있었고 다른 그린이 널 구하려다가 죽을 수도 있었다." 그는 스캔다르의 상처받은 표정을 보고 말을 잠시 끊었다. 유니콘의 펄떡대는 날개 주위에서 아직도 연기가 피어오르고 있었다. "자, 플랫폼으로 돌아가자."

스카운드럴을 타고 워리어를 따라 이어리로 돌아가면서 스캔다르는 기진맥진했다. 아까는 분노에 휩싸여 제정신이 아니었다. 혼자 위버를 만나서 뭘 어떻게 하려고 했던 것일까? 혼자 싸워 볼 생각이었나?

선셋 플랫폼에 돌아온 스캔다르는 우연히 프림이 하는 말을 들었다. "음, 꽤 흥미로운 시간이었어."

"내가 생각했던 첫 번째 비행 훈련과는 달랐지만 말이야." 리케시가 말했다. "자연의 파괴가 점점 더 심각해지고 있어, 프림."

스캔다르는 질문을 던지지 않을 수 없었다. "예전에도 이런 적이 있나요?"

리케시가 다시 한숨을 쉬었다. "난 못 봤지만 펜이……." 그는 짧은 검은 머리 라이더와 연갈색 유니콘을 가리켰다. "펜은 플레질링이야. 이틀 전 이터널호어프로스트(Eternal Hoarfrost, 만년 서리)를 타고 체력 단련 비행을 하던 중에 흙의 구역에 엄청난 산사태가 일어난 걸 봤대." 리케시는 갑자기 아까 스캔다르가 비행을 중단하지 않으려 했던 일이 생각났는지 이렇게 물었다. "지금은 괜찮아? 아까는…… 완전히 정신 못 차리는 것처럼 보이던데?"

"그게……." 스캔다르는 뭐라고 말해야 할지 몰랐다. "죄송합니다. 이제 괜찮아요."

"잘됐구나." 리케시가 고개를 끄덕였다. 스캔다르는 그가 더는 아무것도 묻지 않아서 마음이 놓였다.

"우리 이제 먹어도 되는 거죠?" 산사태를 봤다는 플레질링 라이더 펜이 물었다. 변이를 봐서는 물 윌더가 분명했다. 그녀의 두 손은 맑고 투명한 얼음 조각으로 되어 있었고 손가락 관절마다 눈송이가 박혀 있었다.

"마시멜로 어때? 메인랜드에서 막 건너온 물건이다!" 리케시가 유니콘 안장 가방에서 종이 봉지를 꺼내어 의기양양하게 번쩍 들었다.

모두 자연의 파괴고 뭐고 까맣게 잊고 환호성을 질렀다. 프림이 불구덩이를 만들기 시작했다. 그녀와 다른 그린들이 플랫폼 위에 떨어져 있던 바싹 마른 낙엽과 잔가지들을 모아들였다. 프림은 자기 유니콘에게 손을 얹고 불을 소환해 금속 용기 속의 불쏘시개에 불을 붙였다.

다들 가을 추위를 피해 불구덩이 옆에 책상다리를 하고 앉았다.

"왜 하필 마시멜로예요?" 스캔다르는 겨우 용기를 내어 옆에 앉은 라이더에게 물어보았다. 그녀는 올리브색 피부에 숱 많은 검은 곱슬머리를 하고 있었다. 자세히 보니 그건 머리카락이 아니라 장작불에서 피어오르는 것 같은 검은 연기가 돌돌 말린 것이었다. 불 윌더는 스캔다르보다 두어 살 많아 보였다.

그녀가 웃으면서 말했다. "한 100년 전에 송골매회의 신입 회원이 과감하게 메인랜드까지 날아가 봤대."

"과감하게?"

그녀는 스캔다르의 놀라는 얼굴을 보고 웃었다. "송골매가 과감한 걸 좀 좋아하잖아! 너도 알게 될 거야. 걱정하지 마, 이제 우리도 그렇게까지는 안 해. 센티널들이 금방 알아차리거든. 하지만 한 세기 전에 그 신입 회원이 메인랜드까지 진짜 갔다 왔다는 것을 증명하기 위해서 메인랜드의 마시멜로를 가져왔었거든. 그건 정말 과감한 비행이었기 때문에 그 후로 신입 회원이 들어올 때마다 기념 삼아 선셋 플랫폼에서 마시멜로를 구워 먹는 전통이 생긴 거야." 그녀는 분홍색 마시멜로를 스캔다르에게 건넸다. "환영해, 스캔다르, 난 애덜라야. 그리고 얘는 스모크아이드세이비어(Smoke-Eyed Saviour, 연기 서린 눈의 구원자)야." 그녀는 단것보다는 고깃덩이를 씹기 좋아하는 유니콘들이 모여 있는 무리에서 검은색 유니콘을 가리켰다. 스캔다르는 월윈드시프와 스카운드럴이 나란히 고기를 뜯어 먹는 모습을 보았다. 스카운드럴이 이따금 핏덩이 고기를 허공에 던지면 월윈드가 덥석 잡아채어 물어뜯곤 했다. 마치 장난치는 듯했다. 스캔다르는 유니콘들이 그들 나름대로 친해진 건 알고 있었지만 여름 방학에 스카운드럴과 월윈드가 가까워진 줄은 전혀 몰랐다. 그리고 월윈드시프가 그렇게까지…… 얼빠진 유니콘일 줄이야. 그 유니콘은 자기 라이더와 정반대였다. 스캔다르는 앰버의 웃는 얼굴을 거의 본 적이 없었다.

패트릭이 스캔다르에게 다가와서 주먹으로 마이크를 내미는 시늉을 하는 바람에 스캔다르는 유니콘들에게서 시선을 거두었다. "이제 우리의 영웅과 인터뷰를 해 볼까요, 아니면 우리가 구역에서 목격한 장면을 바탕으로 악당이라고 불러야 할까요?"

"미안해." 마커스가 자신의 플레질링 친구에게 당황한 듯 진갈색 얼굴에 인상을 쓰고 있었다. "이어리 3년 차가 힘들어서 그래. 네가 이해해 줘."

패트릭은 굽히지 않았다. "야생 유니콘을 죽이는 위버의 조력자 맞습니까? 아니면 단독 행동인가요? 아니면, 우리 모두 잘못 알고 있는 건가요? 한 말씀 하시겠습니까?

"패트릭, 그만해!" 애덜라가 패트릭의 손을 스캔다르의 얼굴 앞에서 홱 치웠다.

"네슬링은 야생 유니콘을 죽일 수 없어." 리케시가 불구덩이 건너편에서 말했다. "실제로 야생 유니콘을 마지막으로 죽인 자는 최초의 라이더였어."

"오, 이번은 아니겠지." 프림이 입안 가득 마시멜로를 욱여넣은 채 말했다.

"최초의 라이더요?" 스캔다르는 중대장이 모두가 보는 앞에서 자기를 감싸 준 것이 내심 기뻤다.

"얘기해 주세요, 리케시!"

"해 봐, 리키!"

리케시는 얼어붙은 머리끝을 불에 녹이느라 그린들을 향해 허리를 숙였다. 그는 왠지 노인과 만화 캐릭터의 중간쯤으로 보였다.

"내가 이 얘기를 옛날부터 해 왔는데 말이지." 리케시가 생각에 잠긴 듯 말했다. 청중은 —— 앰버를 포함해 —— 그의 한 마디 한 마디를 놓치지 않으려고 집중했다. "부모님이 내가 어릴 때부터 얘기해 주셨거든. 우리 부모님은 조부모님께 들었고. 뭔지 알겠지." 그가 스캔다르에게 윙크를 했다. "다른 라이더들은 그 이야기에 푹 빠져서 웃곤 했어. 하지만 지금은 아무도 웃지 않아. 아일랜드가 깨어나고 있어. 아일랜드가 분노하고 있어. 너희도 진실의 노래 들었지. 너희 모두 오늘 아일랜드의 구역들을 봤지. 그러니까 최초의 라이더에 대한 이 옛날이야기는 계속 전해지면서 형태가 바뀌었어. 마치 마법이 우리가 빚어내려고 하는 모양에서 벗어날 수 있는 것처럼 말이야."

그린들이 괴짜 중대장을 위해 으스스한 울음소리를 내면서 분위기를 잡았다.

리케시가 손을 들어 그들을 조용히 시켰다. "최초의 라이더가 미러클
리프 아래로 떠밀려 왔을 때, 그는 해칠링보다 나이가 조금 더 많을까
말까 한 어부였어. 그는 반쯤 익사 상태로 집에서 멀리 떠밀려 왔던 거
야. 그는 죽도록 배가 고팠지만 어떻게 살아남을지 눈앞이 캄캄했어.

떠밀려 온 어부는 무언가가 그를 부르기라도 하는 것처럼 섬을 배회
했어. 그건 음식이나 피난처 이상의 그 무엇이었지. 그러다가 만난 거
야, 그의 운명의 유니콘을. 소년 어부와 유니콘은 매일매일 함께 성장
하고 용기와 힘을 더해 갔어. 유니콘은 그에게 마법을 가르쳤고 그는
자기 유니콘을 아일랜드 곳곳에서 출몰하는 야생 유니콘들로부터 보
호해 주었지.

물론 그가 아일랜드에서 영영 사람들과 어울리지 않고 살 수는 없었
어. 최초의 라이더와 그의 유니콘은 오래 지나지 않아 지구 곳곳에서
새로운 인간들을 데려오기 위해 먼 곳까지 여행을 다니게 되었지. 그렇
게 먼 곳까지 빠르게 날 수 있었던 걸 보면 최초의 라이더도 우리와 같
은 그린이었던 게 분명해. 많은 사람이 아일랜드의 부름에 응했어."

"야생 유니콘들의 여왕 얘기로 바로 넘어가!" 프림이 외쳤다.

"넌 스토리텔링의 기술도 모르냐." 리케시가 한숨을 쉬었다.

"기술은 개뿔!"

리케시가 너털웃음을 짓고는 이야기를 이어 나갔다. "아일랜더라면
누구가 배워서 알겠지만 최초의 라이더는 고귀한 업적을 많이 세웠어.
해처리, 이어리, 포포인트를 다 그가 세웠지. 당시에는 파이브포인트
(Fivepoint)라고 불렸지만." 리케시가 스캔다르를 향해서 눈썹을 치켜올
렸다. 스캔다르는 충격으로 눈만 깜박거렸다. 그렇다면 스피릿 원소가

배척당하면서 수도의 이름도 바뀌었단 말인가?

"하지만 그의 가장 위대한 업적은 역사보다는 전설로 치부되고 있지. 야생 유니콘들의 여왕을 물리친 게 바로 그 업적이야. 여왕은 나이가 아주 많았어. 아일랜드에 존재했던 가장 무시무시한 괴물들의 여왕이었지. 최초의 라이더는 자기가 여왕을 죽이지 않으면 자기 사람들, 그러니까 라이더들이 야생 유니콘들과 평화롭게 살 수 없다는 걸 알았어. 여왕은 항상 적들과 전쟁을 벌일 테니까. 그래서 최초의 라이더와 그의 유니콘은 야생 유니콘들의 여왕과 전투로 맞붙었어. 그들은 몇 주간 섬을 가로지르며 치열하게 싸웠고 최초의 라이더는 연에 깊이 담겨 있는 놀라운 힘을 발견한 덕분에 여왕을 죽일 수 있었지. 야생 유니콘들의 마지막 여왕을."

"하지만 어떻게요? 최초의 라이더가 어떻게 한 건데요?" 앰버가 한마디도 놓치지 않으려는 자세로 물었다.

"아무도 몰라." 리케시가 어깨를 으쓱했다. "하지만 최초의 라이더가 여왕을 죽이고 그 뼈로 무기를 만들었다는 얘기가 전해지지. 그 무기에 특별한 힘이 있다는 소문도 있고. 수 세기 동안 환란이 닥칠 때마다 라이더들은 그 무기를 찾기 위해서 최초의 라이더가 묻힌 곳을 수소문했어. 하지만 그런 행운이 오지는 않았지."

"진실의 노래에서 말하는 선물이 그 무기라고 생각하세요? 야생 유니콘들의 여왕 뼈로 만든 무기?" 스캔다르가 나지막하게 물었다.

리케시의 눈이 반짝거렸다. "어쩌면. 하지만 난 그 무기보다 지금 모두가 궁금해하는 질문에 더 관심이 있어. 누가 야생 유니콘들을 죽이고 있는 걸까?"

"위버 말고 누가 그런 짓을 하겠어, 리키. 지금까지 한두 번 겪냐." 펜이 말했다.

스캔다르는 기분이 불편해져서 자세를 바꾸었다.

"그럴지도." 리케시가 혼잣말처럼 중얼거렸다. "하지만 나한테 더 마음에 드는 가설이 있어."

"뭔데요?" 스캔다르가 재빨리 물었다.

"최초의 라이더가 돌아온 거지."

프림이 대놓고 큰 소리로 웃었다. "웃기지 마!"

리케시는 프림이 그러거나 말거나 말을 이어 나갔다. "복수심에 불타는 유령이 되어 돌아온 거지. 애초에 죽지 않았을지도 몰라. 아무도 그가 어디에 묻혔는지 모르잖아. 어쨌든, 최초의 라이더는 야생 유니콘을 죽였던 유일한 인물이라고."

"하지만 최초의 라이더가 왜 자신이 세운 아일랜드를 파괴하겠어?" 애덜라가 물었다. "진실의 노래는 여러 구역에서 일어나고 있는 자연재해가 우연이 아니라고 말하고 있어. 지난주에만 지진이 세 번 일어났고 수상시장은 홍수 때문에 계속 열리지 못하고 있지."

"전기 폭풍과 들불도 빼놓을 수 없죠." 마커스가 엄숙하게 덧붙였다.

"맞아." 애덜라가 마커스를 향해 고개를 끄덕였다. "최초의 라이더가 아일랜드의 복수를 불러일으킬 리 없잖아? 자기 사람들이 상하고 다치기를 왜 원하겠어? 야생 유니콘들이 계속 죽임을 당하고 천재지변이 일어난다면 아일랜더들이 다칠 거 아냐. 화재, 홍수, 지진, 폭풍, ……. 이런 식이면 아일랜드는 남아나지 않을 거야."

프림이 눈을 굴렸다. "너무 극적으로 말한다, 애덜라."

"잊고 있나 본데, 아일랜드는 극적인 걸 좋아해." 리케시가 마시멜로를 하나 더 불에 구우면서 대꾸했다. "작년에 있었던 일만 보더라도.

스캔다르는 이미 알고 있는 일 말이야." 리케시는 스캔다르에게 윙크를 하고는 마시멜로를 다시 입에 털어 넣었다.

밤이 깊어서야 스캔다르는 컴컴한 나무 집으로 최대한 소리를 내지 않고 슬그머니 들어갔다.

"어땠어?" 미첼이 두툼한 책을 무릎에 올려놓고 난로 옆 빈백에 앉아 있었다.

"깜짝이야!" 스캔다르는 놀랐지만 리케시에게 들은 이야기를 지금 바로 미첼에게 해 줄 수 있다는 게 내심 기뻤다. 그렇게 하면 그는 야생 유니콘들의 마지막 여왕과 최초의 라이더의 무기에 얽힌 이야기를 시시콜콜한 부분까지 잊지 않을 것이다.

"그래서?"

"굉장히 좋았어. 하지만 일단 할 얘기가 있어. 뭔가 알아냈어, 최초의 라이더에 대해서."

그가 이야기를 마치자 미첼이 말했다. "야생 유니콘들의 여왕 뼈로 만든 무기? 그게 어떻게 도움이 된다는 거야? 무기가 어떻게 불멸의 존재들을 죽인 죄를 씻어 줄 수 있지? 아일랜드의 소위 복수를 어떻게 멈출 수 있는데? 라이더들이 그 무기를 써서 야생 유니콘 킬러와 싸워야 하나?"

"나도 몰라. 게다가 아무도 최초의 라이더가 묻힌 곳을 모른다는 사실도 우리에게 이롭진 않지. 리케시는 무기가 거기 묻혀 있을 것처럼 말했거든."

"솔직히 말해 리케시가 얼마나 사실에 입각해 말했는지 모르겠다. 게다가 최초의 라이더가 복수를 위해 유령이 되어 아일랜드를 떠돌고 있을 수도 있다고? 내 말은, 나도 마음을 열고 들으려고 노력 중이야. 그렇지만 애초에 나는 진실의 노래도 안 믿는 사람인데, 그건……."

"미첼, 진실의 노래는 이미 실현되고 있어. 오늘 밤에 그린들은 엄청난 전기 폭풍에 휘말렸고 들불도 목격했어. 《해처리 헤럴드》의 각종 보도도 그렇고. 미안하지만 너도 더는 부인할 수 없을 거야. 넌 명백한 걸 좋아하지? 나는 내 눈으로 봤어!"

미첼이 한숨을 쉬었다. "진실의 노래가 들어맞았다 해도 나는 그 전설의 뼈 무기가 모든 문제를 해결해 준다는 건 너무 과장이라고 생각해. 내 말은, 그러니까!" 스캔다르가 그의 말을 가로막으려 했지만 미첼은 굽히지 않았다. "나는 아일랜드가 정말로 복수를 하고 있다고는 생각지 않아. 그래, 자연이 교란 상태에 빠진 건 맞아. 그래, 그게 야생 유니콘들의 죽음과 연관이 있을지도 몰라. 하지만 아일랜드의 원한보다는 좀 더 논리적인 설명이 필요해."

"하지만 무덤이……."

"봐……." 미첼이 한숨을 쉬었다. "허구인지 아닌지도 모를 선물과 오랫동안 찾을 수 없었던 무덤은 잊어버리자고. 야생 유니콘 살상을 저지하는 게 지금은 훨씬 더 중요해."

"그래, 그럼 그 일을 하자!" 스캔다르는 덥석 그 말을 받았다. 그는 이제 아무것도 하지 않고 가만히 있는 게 더는 참을 수 없었다. 아수라장이 되어 버린 아일랜드의 구역들을 보고 온 오늘 밤, 그의 속에서 불이 일어났다. 아일랜드는 그의 집이었다. 그는 아일랜드를 돕기 위해 뭔가를 해야만 했다. 엄마를 저지하기 위해 뭔가를 해야만 했다. "우린……."

스캔다르가 입을 다물었다. 바비가 나무 집 몸통 아래쪽에 나타났다.

"어, 바비. 너도 내가 송골매회 중대장에게 무슨 이야기를 듣고 왔는지 들어 봐. 그게……."

"아니, 안 들을 거야."

"아, 그래 오늘은 너무 늦었지. 아마 내일 얘기하는 게……."

"아니, 스캔다르, 네가 아일랜드를 구원할 무기를 어떻게 찾고 싶은지 그런 얘기는 안 들을 거야. 난…… 난 더는 그런 거 못 해." 바비의 팔에 돋아난 회색 깃털이 손목에서부터 어깨까지 전부 일어나 있었다.

"뭘 못 해? 무슨 뜻이야?"

"다른 라이더들이 날 만나면 뭐라고 하는지 알아?"

스캔다르와 미첼은 침묵을 지켰다.

"야생화 언덕에서 만났던 견습생이 나보고 뭐라고 했는지 기억해?"

"아니." 스캔다르가 솔직하게 대답했다.

바비가 머리를 절레절레 흔들었다. "물론 넌 기억하지 못하겠지. 견습생이 그러더라. '넌 바비 브루나잖아. 스캔다르의 절친.'"

스캔다르는 영문을 알 수 없었다. "그래서? 네 이름도 바비 브루나 맞고, 네가 내 절친인 것도 맞잖아."

"으윽, 스캔다르! 지금 사실 여부를 따지는 게 아니잖아! 난 훈련 경기 우승자야. 해칠링 중에서 최고의 기량을 보여 줬는데도 사람들이 날 보고 맨 먼저 생각하는 건 너라고!"

스캔다르는 이제 슬슬 짜증이 나기 시작했다. "그들이 날 생각하는 이유는 대부분 내가 야생 유니콘을 죽이고 있다고 믿기 때문이잖아!"

"그건 상관없어. 모르겠어? 네가 사랑받든 미움받든, 성공을 하든 아일랜드를 망가뜨리든 상관없다고. 너는 그런 사람이거든. 훈련을 허용받은 유일한 스피릿 윌더, 위버의 아들, 그리고 위버를 물리친 사람……."

"우리가 함께 물리쳤잖아!"

바비는 이미 고개를 가로젓고 있었다. "우리가 널 도와줬지. 하지만 난 너의 조수 노릇은 하고 싶지 않아. 스캔다르, 난 내 이야기, 내 인생의 주인공이 되고 싶어. 네 인생 언저리에 머물면서 너의 성공을 돕는 역할은 취미 없어. 난 그런 사람 아니야. 그럴 필요도 없고. 난 너와 함께 있으면 내가 될 수 없어. 나는 네 친구가 될 수 없어."

스캔다르는 바비에게 주먹으로 맞았어도 이보다 아프진 않았을 것 같았다. 바비는 스캔다르를 버리고 있었다. 메인랜드에서 엄마가 그를 버리고 떠났던 것처럼. 엄마가 야생 유니콘을 타고 황무지로 질주했던 그때처럼.

"나는 원해서 이러는 것 같아?" 스캔다르의 목소리가 감정을 못 이겨 갈라져 나왔다. "그래, 나는 어쩌다 이모한테 끌려와서 여기서 유일한 스피릿 윌더가 됐어. 그게 뭐 대단해? 만약 작년에 자유롭게 힘을 쓸 수 있는 스피릿 윌더가 단 한 명이라도 있었다면 나는 나서지 않았을 거야."

"하지만 너는 했어. 그리고 셰코니 새들스의 선택도 받았지. 그리고 그 새 모임에도 초대받았고."

"송골매회." 미첼이 정정해 주었다.

"닥쳐, 미첼!" 바비는 거의 울 듯이 고함을 질렀다.

"그 모임 때문에 바보같이 구는 거야? 네가 나와 친구로 남는다면 나는 거기 안 가도 돼." 스캔다르가 애절하게 말했다. 그는 화가 났지만 바비를 잃고 싶지는 않았다. 바비와의 우정에 비하면 그런 건 아무것도 아니었다.

"지금까지 뭘 들은 거야?" 바비는 사실상 절규하고 있었다. "어떤 모임 그런 게 문제가 아니라 너에게 일어날 모든 일 때문이라고. 너는 유일한 스피릿 윌더이고, 네 엄마는 위버이고, 너는 스피릿 원소를 이어리로 복귀시키려는 숭고한 모험에 나섰으니까! 나는 너의 그림자에 머물고 싶지 않다고!"

"그중 어떤 것도 내 잘못이 아니야!"

"나는 미첼과 달라. 나는 진짜로 언젠가는 사령관이 되고 싶어. 하지만 난 메인랜더야. 내가 사령관이 되려면 셰코니 안장이나 엘리트 비행 중대의 자격 같은 게 필요할 테지. 그런데 결국 내가 하는 일은 네 문제에 얽혀들어 산만해지는 것뿐이고 특별한 모임에 초대받는 사람은 너야. 그런 일이 계속되는 건 못 참아! 네가 영웅이 되는 걸 돕기보다는 내 미래에 집중할 거야."

미첼이 끼어들었다. "로버타, 우리는 다 같은 콰르텟이야. 앞으로 4년 동안 스캔다르를 어떻게 피하려고 그래?"

"콰르텟이나 그 밖의 어떤 것도 그만두지 않을 거야." 바비가 이렇게 말하자 스캔다르는 안도감이 밀려드는 것을 느꼈다. "하지만……" 바비는 주저하면서 말을 이었다. "가지 뻗기를 해야 할 것 같아."

"가지 뻗기? 네가 나무야?" 미첼이 쏘아붙였다.

바비가 다시 주저하더니 이렇게 말했다. "난 다른 친구들을 사귀어야겠어. 노래 속의 예언에 신경 쓰지 않는 친구, 하루가 멀다 하고 자기 친구들을 모험에 끌어들이지 않는 친구!"

"너무한 거 아냐!" 스캔다르가 항의했다.

"인생이 원래 너무한 거야." 바비는 스캔다르의 티셔츠에 꽂힌 금속 깃털을 가리켰다. "명백히 그렇지."

7장

멘더

송골매회, 바비와의 불화, 케나가 여전히 힘들어한다는 아빠의 편지 때문에 스캔다르는 애거서와 스피릿 훈련을 시작한다는 것조차 잊고 있었다. 거의 그랬다. 스카운드럴은 다음 날 스캔다르가 그를 훈련에 데려가려고 이어리의 원소 벽에 나타나자 매우 혼란스러워 보였다.

늦은 오후였다. 이 시간에 연차가 낮은 라이더들은 나무 집 도서관에서 공부를 했고 어린 유니콘들은 자기들끼리 으레 싸움 놀이나 사냥을 하며 시간을 보냈다. 연차가 높은 라이더들은 달랐다. 몇몇은 역대 사령관들이나 위원들이 강의하는 이론 수업을 들으면서 언젠가 아일랜드의 운영에 참여할 준비를 했다. 또 다른 몇몇은 훈련장에서 유니콘들과 경기 역량을 끌어올리는 데 몰두했는데 때때로 카오스컵 라이더들이 와서 자기네들이 전문적으로 다루는 원소 마법의 마스터클래스*를 진행

---

* 어떤 분야의 유명한 전문가가 재능이 뛰어난 학생들을 가르치는 수업.

하기도 했다.

"이리 와, 스카운드럴!" 스캔다르는 언덕 주위에 흩어져 있는 유니콘 무리를 향해 외쳤다.

스카운드럴이 검은 뿔을 햇살 아래 빛내며 고개를 들고…… 뭔가 푹신한 털로 덮인 숲속 동물을 다시 먹기 시작했다. 다람쥐였을까?

"내가 거기까지 꼭 내려가야겠냐." 스캔다르가 들으라는 듯 말했다.

스카운드럴은 오른쪽으로 몸을 틀어 스캔다르를 외면했다. 유니콘의 등에서 뿜어 나오는 연기는 이렇게 말하는 것 같았다. '지금은 안 돼, 나 바빠.'

스캔다르는 그의 머리 위로 날아오는 유니콘 싸움의 원소 잔해를 피하면서 언덕을 내려가기 시작했다. "이봐, 스카운드럴! 스피릿 훈련 잊은 거 아니지?"

색색의 덩어리들로만 보이던 유니콘들을 눈으로 알아볼 수 있게 되면서부터 스캔다르의 가슴속에 희망의 불꽃이 일어났다. 스카운드럴은 레드와 팔콘과 함께 식사 중이었고 블레이드는 조금 떨어져서 나머지 셋을 뚫어져라 보고 있었다. 팔콘이 콰르텟의 다른 유니콘들과 어울려 지낸다면 바비도 마음을 고쳐먹을 여지가 있지 않을까?

불행히도 스카운드럴은 친구들과 떨어질 마음이 전혀 없었다. 녀석은 짜증이 치밀어 오르는지 흙의 벽을 넘어갈 때 텃밭에 줄 맞춰 심어 놓은 감자와 파스닙을 모조리 불살라 버리기까지 했다. 홀라당 태워 먹은 저녁 요리 비슷한 냄새가 났다.

30분 뒤, 애거서가 네슬링 고원 입구에서 그들을 기다리고 있었다. 그들의 첫 번째 스피릿 훈련 시간이었지만 스캔다르는 이 훈련에 무엇을 기대해야 할지 전혀 감도 잡히지 않았다. 드디어 자신의 원소를 다루게 됐으니 신이 나야 마땅했다. 어쨌든, 아스펜 맥그래스와 거래를 하고 얻어 낸 기회 아닌가. 그렇지만 그는 애거서를 믿지 않았고, 애거서가 위버의 정체를 알려 주지도 않고 그를 위버에게 보냈다는 데 화가 나 있었다. 그의 이모라는 이 여자가 그 자체로 위협적이라는 점은 두말할 것도 없었다. 거기에 그녀가 집행인 시절 아일랜드의 모든 스피릿 유니콘을 죽였다는 사실까지 더하고 보면, 스캔다르가 그녀와 함께 훈련하기를 고대했다고는 말할 수 없었다.

애거서는 이제 이어리의 다른 교관들처럼 원소를 상징하는 색깔의 망토를 두르고 있었다. 비록 그 밝은 흰색 망토의 밑단에 이미 진흙이 잔뜩 묻어 있긴 했지만. 애거서는 스카운드럴이 흙 훈련장 중앙에 도착할 때까지 아무 말도 하지 않았다.

애거서가 갈색 눈으로 스캔다르를 뚫어져라 바라보았다. "시작 전에 알아 두어야 할 것이 있다. 나는 에리카에 대해서 이야기하고 싶지 않아. 내가 집행인으로서 했던 행동을 해명하고 싶지도 않고. 나는 그 어떤 기발한 모험에도 너와 함께하는 괴팍하고 다소 대책 없는 이모가 되진 않을 거다. 난 이모 노릇이라는 거 어떻게 하는지도 모르니까, 우리가 그런 일은 다 잊어버리는 게 최선이지 싶다. 나는 대체로 성질이 나쁜 편이야. 지난 15년간 지속적인 감시하에 살았기 때문에 성질이 더 나빠졌으면 나빠졌지 좋아지진 않았을 거야."

스캔다르는 침을 삼키며 초록색 재킷 소매를 걷었다.

"나는 단 한 가지만 생각한다. 스피릿 윌더들을 아일랜드로 복귀시키는 것만. 그리고 내 소임은 네가 올해 말 마상 시합 토너먼트를 통과하게 하는 것이다. 그렇게 매년 진급을 시켜 프레데터까지 올려놓는 것. 이게 네가 아스펜 맥그래스 사령관에게 제시한 거래 조건이잖아, 맞지?"

"맞아요. 나도 그걸 원해요." 스캔다르가 강하게 말했다.

"너는 해칠링 신분으로 위버와 맞서서 이겼다." 애거서가 스캔다르 앞에서 왔다 갔다 했다.

스캔다르는 갑작스러운 화제 전환에 놀랐다. "맞아요, 하지만……."

"순전히 운이 좋았지."

스캔다르는 초조하게 스카운드럴의 갈기를 손가락으로 빗으면서 말했다. "그래요, 친구들 덕분에……."

애거서가 그의 말을 가로막았다. 그녀의 음성에서 뭔가 온기가 느껴진 것은 이번이 처음이었다. "하지만 위버와 맞선 일은 너의 용기를 보여 주었어. 위대한 스피릿 윌더에게는 무엇보다 용기가 필요해. 왜인지 아니?"

스캔다르는 고개를 젓는 편이 안전하겠다 생각했다.

"스피릿 윌더는 스피릿이 죽음의 원소임을 알아야 하고 그 사실을 외면해선 안 돼. 힘, 활력, 연을 맺은 유니콘의 생명,……." 애거서가 스카운드럴 이마의 하얀 무늬를 손가락으로 훑어 내렸다. "그런 건 다 촛불처럼 꺼질 수 있어. 네가 원하면."

혐오감이 물결처럼 스캔다르에게 밀려왔다. 이런 식으로 말하는데 이 여자가 집행인이었다는 사실을 어떻게 잊을 수 있겠는가?

그녀는 말을 이었다. "우리 스피릿 윌더들은 다른 라이더들보다 심연에 가깝지. 음의 공간, 고요한 어둠 말이야. 그런 면을 계속 외면하기로 선택하는 용기가 필요하지. 매일매일 어둠에 이끌리면서도 그런 선택을 하다 보면 지치고 말아. 그렇지만 선을 선택하는 것이야말로 스피릿 윌더가 평생 하는 싸움이란다. 많은 이가 그 싸움에 패했지. 내 언니처럼, 그리고 나처럼 말이야. 결국에 가서는 너도 이겨 내지 못할지도 몰

라. 그 싸움에서 이겨도 그걸 보여 주는 승리의 나무는 없을 거야. 그저 너만 네가 어둠과 싸워 이겼다는 걸 알 뿐이지."

스캔다르는 침을 삼키고 작년에 위버에게 함께하자는 유혹을 받았던 기억을 — 잠깐이지만 — 떠올렸다. 그리고 엄마를 향한 분노가 최근 그를 얼마나 갉아먹었는가를 생각했다.

"하지만 그 얘기는 그만하자." 애거서가 틀어 올린 머리 양쪽을 잡아당겨 꼭 묶었다. "내 앞에서 스피릿 단검을 성형해 보렴."

스캔다르의 손바닥이 흰빛으로 가득해지자 스카운드럴은 히힝 울었다. 마법의 힘이 한 번 했던 일을 기억하기라도 하는지 이번엔 훨씬 빠르게 단검 모양이 잡혔다. 단검이 눈앞의 허공에서 어찌나 눈부시게 빛나는지 스캔다르는 똑바로 바라볼 수도 없었다. 그는 손으로 단검 자루를 감싸 쥐려고 했지만 그의 주먹에는 아무것도 잡히지 않았다.

애거서가 나지막하게 껄껄댔다.

스캔다르는 낙심해서 애거서를 쳐다보았다. "왜 이건 느낄 수가 없을까요? 다른 원소 수업에서는 이렇지 않았어요. 불이나 얼음으로 성형한 무기는 손에 잘 잡혔는데……."

"그게 너의 첫 번째 실수다. 스피릿은 여느 원소들과 달라. 물이나 불로 만든 무기는 물리적으로 존재하지. 스피릿이 부재, 다시 말해 음의 공간에서 작용한다는 것 기억해? 스피릿은 완전히 다른 차원에 있단다."

"그럼 이 단검은 실제로는 없는 거예요?" 스캔다르가 허공에 떠 있는 단검을 가리켰다. "그런데 어떻게 내 눈에는 보이죠? 존재하지 않는다면서요?" 스캔다르는 이미 화가 나 있었다.

"존재해." 애거서는 반박했다. "너의 마음속에, 우리 모두의 마음속에."

"어떻게 있지도 않은 무기로 마상 시합을 나가죠? 내가 만질 수도 없는 무기로?" 스캔다르는 절망했다.

"만질 수 있어. 그리고 네가 그 단검을 던지면 — 네가 그것이 존재한다고 충분히 강하게 믿는다면 — 다른 원소 무기와 마찬가지로 상대편 라이더를 유니콘에서 떨어뜨릴 수 있어. 넌 뭔가 잠이 덜 깬 듯한 기분이 들 거야. 그리고 갑자기 높은 곳에서 뚝 떨어지는 느낌이 들지. 아무것도 닿지 않아도 충격은 확실히 있어."

스캔다르는 눈을 깜박거렸다.

"정신 차리기 힘들겠지, 알아. 하지만 단검의 위치를 느끼는 훈련을 해야만 해. 눈을 감고 시도해 보렴."

스캔다르는 마음이 흔들렸다. 전부 다 혼란스럽기만 했다. 그래도 애거서가 시키는 대로 해 보았다. 다시 한번 단검을 소환했다. 이번에는 하얀 날이 좀 더 길고 자루에 장식이 많이 들어간 단검이 나왔다. 스캔다르는 만족스럽게 숨을 크게 들이마시고 자루를 잡아 보았다. 아무것도 잡히지 않았다. 한 번 더 시도해 보았다. 그의 손이 관통하면서 무기가 깜박거렸다.

"에잇!" 스캔다르는 성질이 났다.

"눈을 감지 않았잖아." 애거서가 힐책했다.

스캔다르는 짜증이 났지만 눈을 감았다. 마침내, 피 말리는 몇 번의 시도 끝에, 그는 빛나는 단검 자루를 겨우 잡을 수 있었다.

"그렇지!" 애거서가 흡족한 듯 외쳤다. "이제 던져 봐!"

스캔다르가 단검을 던지기 위해 눈을 뜨고 팔꿈치를 구부렸는데……
손아귀에서 단검이 빠져나갔다. 눈 깜짝할 사이에 사라져 버린 것이다.

애거서는 스캔다르가 단검을 소환해서 몇 미터 던지는 훈련을 끈기 있게 지도했다. 스캔다르가 땀을 뻘뻘 흘리며 애쓰는 동안 애거서는 스피릿 원소를 구사하는 마상 시합에 대해서 좀 더 자세히 설명해 주었다.

"너도 알다시피 두 번째 호루라기 소리가 울리면 무기를 단 하나만 선택할 수 있지. 스피릿의 장점 중 하나는 무기가 다른 것보다 좀 더…… 유연하다는 거야. 무기가 실제와 가상 사이를 맴돌기 때문에 네 공격을 받은 상대방을 굉장히 혼란스럽게 만들 수 있어."

스캔다르는 잘 이해되지 않았지만 잠자코 기다렸다.

"예를 들어, 너는 단검을 이 방향으로 던지려고 하지만 엉뚱한 방향에서 단검이 보이게 할 수 있어. 엄청난 집중력이 필요하긴 한데, 내 눈으로 다 보고 하는 말이야."

"그건 규칙에 위배되지 않아요?" 스캔다르가 짚고 넘어갔다. 그는 스피릿 원소에 대해서 알게 되면서 갑자기 들떴다.

애거서가 웃음을 터뜨렸다. "여기는 이어리야, 스캔다르. 어차피 경쟁에 관한 한 대단한 규칙은 없다는 거 모르니?"

스캔다르가 새 단검을 소환해 던지려는 순간, 얼룩무늬 회색 유니콘이 네슬링 고원의 문을 박차고 들어왔다.

스캔다르는 그 자리에서 굳어졌다. 심장이 미친 듯이 뛰었다. 야생 유니콘의 눈동자가 불타는 석탄처럼 이글거렸고 움직일 때마다 뼈가 긁히는 소리가 났다. 방금 뭘 죽여서 잡아먹었는지 이빨에는 피가 잔뜩 묻어 있었다. 놈이 비통하게 울부짖었다.

스카운드럴이 질세라 포효하면서 뒷발로 일어섰다.

야생 유니콘은 화가 나 있었다. 스캔다르에게.

스카운드럴이 자기 라이더를 보호하려고 불기둥을 토해 내고 뿔로 번개를 쏘았다. 그러나 야생 유니콘은 공격을 용케 피하며 돌진해 왔다.

"단검을 던져, 스캔다르!" 애거서가 소리쳤다. 야생 유니콘의 뿔이 그들을 정면으로 겨누고 벼락을 쏘고 무시무시한 뼈 소리가 울려 퍼지자 그녀의 목소리에도 공포가 배어들었다.

두 번 말할 필요는 없었다. 스캔다르는 단검을 던졌다. 얼룩무늬 회색 괴물은 자기를 향해 날아오는 단검을 보고는 너덜너덜한 날개를 퍼덕여 어설프게 하늘로 날아올랐다.

"……과 같은 야생 유니콘이었군." 애거서가 이어리 언덕 사면으로 날아가는 야생 유니콘을 눈으로 좇으며 뭐라고 중얼거렸다.

"세 번째 보는 거예요. 하지만 날…… 우리를 다치게 한 적은 없어요." 스캔다르가 숨을 몰아쉬며 말했다. 스카운드럴은 여전히 속에서부터 으르렁대고 있었다.

애거서의 눈에서 스캔다르가 여지껏 본 적 없는 뭔가가 떠올랐다. 호기심이라고 해야 할까? 모종의 공포, 혹은…… 갈망?

"나와 함께 좀 걷겠니?" 애거서가 갑작스럽게 제안했다. 스캔다르는 유니콘에서 내려 고삐를 쥐고 걷기 시작했다.

스캔다르는 스카운드럴을 타고 나는 법을 익히면서부터 이어리까지 굳이 걸어서 올라가지 않은 지 오래되었다. 이제 해는 완전히 저물었고 길을 표시하는 등불만이 어둠을 간간이 밝혀 주었다. 애거서가 말하는 동안 그녀의 광대뼈가 투명한 살갗 아래서 하얗게 빛났다. "넌 아직 모르겠지만 같은 원소를 다룬다고 해서 능력까지 같은 건 아니란다."

"누구는 공격에 더 능하고 누구는 방어에 더 능하고 뭐 그런 얘긴가요?"

애거서는 이미 고개를 가로젓고 있었다. "그게 아니야. 내 말은, 예를 들어 어떤 불 윌더는 다른 불 윌더가 할 수 없는 것도 해낼 수 있지. 그들은 특별한 재능을 가지고 있어. 그런 재능은 일반적으로 전투에는 그다지 요긴하지 않지만 다른 면에서 도움이 될 수 있단다."

"말하자면 어떤 거죠?" 스캔다르는 궁금증이 일었다. 그는 미첼의 재능은 어떤 것일까 생각해 보지 않을 수 없었다.

"오, 나도 몰라." 애거서는 얘기가 옆길로 빠져서 성가셔하는 기색이 역력했다. "어떤 불 윌더는 후각이 놀랍도록 발달해서 몇 킬로미터 떨어진 곳에서도 연기 냄새를 맡을 수 있단다. 화재 진압에 특히 유용하겠지. 그리고 어떤 물 윌더는 고래처럼 물속에서 몇 시간 동안 숨을 참을 수 있어."

"초능력 같은 거예요?"

애거서는 무슨 말인지 못 알아듣는 것 같았다. 스캔다르는 아일랜드에는 유니콘 라이더 전사들이 넘쳐 나기 때문에 초능력을 발휘하는 슈퍼히어로 같은 건 필요하지 않은가 보다 생각했다. "신경 쓰지 마세요."

애거서는 스캔다르의 말을 듣지 못한 것처럼 자기가 하던 얘기를 계속했다. "아일랜드의 역사에는 야생 유니콘을 운명의 라이더와 맺어 주는 능력을 지닌 스피릿 윌더들이 더러 있었단다."

"운명의 라이더라면……." 스캔다르는 무슨 말인지 이해하려고 애썼다. "어떤 이들은 라이더가 될 운명이지만 열세 살에 해처리 문에 설기회를 놓쳤고 그들의 유니콘은 야생에서 부화했다면……."

"그 특별한 능력을 지닌 스피릿 윌더들과 그들의 유니콘들은 함께 꿈꾸며 꿈속에서 운명 지어져야 했던 이들을 알아볼 수 있어. 그런 다음 스피릿 원소를 써서 그들을 맺어 주는 거지. 연을 만들어 주는 거야." 애거서는 그에게 거기까지만 말했다.

스캔다르는 멈춰 섰다. 그는 케나 외에는 아무것도 생각할 수 없었다. 케나. 케나. 얼른 고깃덩이로 배를 채우고 싶어 마음이 급했던 스카운드럴이 빨리 가자고 히힝히힝 울었다.

"스캔다르?" 애거서가 걱정스러운 얼굴을 하고 그의 팔꿈치를 살짝 건드렸다. "내가 하는 말 들었니?"

"운명의 라이더가 열세 살을 넘었어도요? 유니콘이 완전히 야생화되었어도요?" 그는 몸이 붕 뜬 기분으로 다급히 물었다.

"맞아, 바로 그거야." 애거서는 스캔다르의 격한 반응에 살짝 놀란 듯했다. "자꾸 너에게 야생 유니콘이 꼬이는 것 같아서, 특히 네가 스피릿 마법을 소환할 때 그러는 것 같아서 생각을 해 봤단다. 그게 옛날에는 그 희귀한 능력을 지녔다는 징조였거든. 네가 멘더(Mender, 수선하는 자)일 수도 있다는 징조."

스캔다르는 움찔했다. '멘더'는 '위버'와 어감이 비슷한 것 같았다.

애거서는 눈치가 빨랐다. "위버처럼 원래 있어서는 안 될 연을 엮는 게 아니야. 멘더가 된다는 것은 여전히 맺어지기를 기다리는 연을 완성하는 거란다. 잘못된 것을 바로잡는 역할이지."

"작년에 내가 아스펜 맥그래스와 뉴에이지프로스트에게 했던 것처럼요? 위버가 만든 단절을 치료했듯이?"

"아니, 멘더는 이미 맺어져 있었던 연을 다루는 게 아니야. 실현된 적 없는 잠재적 연이면 돼. 멘더가 야생 유니콘과 원래 운명이었던 라이더를 연결해 주면 진짜 연이 생기는 거야. 나는 본 적이 있단다. 야생 유니콘의 투명한 뿔에 색이 깃들고, 날개가 커지고, 상처가 다 낫고…… 그렇게 되는 거야." 애거서의 목소리에는 경외감이 가득했다.

스캔다르의 온몸에 아드레날린이 끓어올랐다. 그의 입에서 질문이 쏟아져 나왔다. "운명의 라이더가 있는 야생 유니콘을 어떻게 알아볼 수 있는데요? 그 둘을 어떻게 연결해 주는데요? 우리 누나 케나는 어떤 경우인가요? 누나도 스피릿 웰더가 될 운명이었는지 혹시 알아요? 내가 누나를 유니콘과 연결해 줄 수 있을까요?"

스캔다르가 애거서에게 내처 묻고 싶었던 것은 야생 유니콘들의 죽음과 위버에 대한 것이었지만 별안간 그런 건 하나도 중요하지 않았다. 케나가 아일랜드에 와서 라이더가 될 수도 있다는 빛나는 가능성 — 스캔다르가 다시 누나를 행복하게 해 줄 수 있다는 가능성 — 이 무엇보다 중요했다. 케나가 유니콘을 갖게만 된다면 모든 것이 해결될 것이다.

두 사람이 멈춰 선 이어리 입구의 알록달록한 나뭇잎 아래서, 애거서는 그 어느 때보다 심란해 보였다. "그 능력이 발현되려면 시간이 좀 필요하단다. 그리고 난 네가 멘더라고 완전히 확신하는 것도 아니야. 너는 이제 겨우 스피릿 원소를 제대로 쓰기 시작했어. 너와 스카운드럴은 아직 함께 꿈을 꿀 준비가 되어 있지 않아."

하지만 스캔다르는 거의 듣고 있지 않았다. "그러면 나와 스카운드럴이 동시에 꿈을 꾸어야 하는 거예요? 그 꿈은 어떤 식으로 작동하는데요? 나는 꿈에서 케나를 보고 스카운드럴은 꿈에서 케나와 맺어질 유니콘을 보는데 그게 동시에 일어나야 한다는 거예요?" 그는 갑자기 말을 멈추었다. "잠깐만요, 내가 아직 준비가 안 됐다고요? 나는 늘 꿈을 꾸는데요!"

애거서는 이 대화를 시작한 것 자체를 후회하는 눈치였다. "멘더의 꿈은 위험해, 스캔다르. 너희 둘이 정말로 다칠 수 있어."

무서운 생각이 스캔다르의 뇌리를 스치고 지나갔다. "위버가 야생 유니콘들을 죽이고 있는데! 만약 케나의……."

"야생 유니콘은 수백 마리나 있어. 너무 앞서가지 마. 그건 한참 먼 미래에 생각할 문제야. 우리는 올해는 무기에만 집중한다. 그 얘기는 더는 듣고 싶지 않다." 애거서의 목소리가 너무 준엄해서 감히 다른 말을 할 수가 없었다. 그렇지만 스캔다르의 마음속에는 더 많은 의문, 더 많은 가능성이 떠올랐다. 아일랜드에서 사는 케나. 자기 유니콘을 가진 케나.

애거서가 스캔다르에게 이어리 입구를 열라고 손짓했다. 그는 넓적한 나무 몸통을 응시했다. 그가 이어리 입구를 여는 것은 처음이었다. 작년에는 늘 다른 라이더들을 따라다녔다. 자신의 진짜 연합 원소가 들통날까 봐 두려웠기 때문이다.

애거서가 그를 곁눈질하고는 이를 드러내며 웃었다. "해 봐. 어린 사람들 말마따나 끝내주지."

마음속은 케나에 대한 생각으로 여전히 소용돌이치고 있었지만 스캔다르는 손바닥을 껄끄러운 나무껍질에 갖다 댔다. 그의 손 아래서 나무껍질의 움푹 파인 고랑들이 빛나기 시작하더니 서로 이어지면서 눈이 부시도록 하얀빛의 거미줄을 이루었다. 수백 개의 미세한 균열들이 점점 더 환하게 빛났다. 물이나 모래의 소용돌이 속에서 이어리의 문이 뒤로 넘어가는 대신, 그 균열들이 아침 햇살에 빛을 잃는 별들처럼 사라지기 시작했다. 그렇게 해서 남은 구멍은 유니콘이 유유히 통과할 수 있을 만큼 넓었다.

스캔다르는 울고 싶어졌다. 이어리에서 훈련을 받으면서도 이 광경을 보지 못했던 라이더들이 얼마나 많았을까? 이처럼 아름다운 것이 어떻게 사악할 수 있나? 해처리에 발을 들일 수도 없었던 수많은 스피릿 윌더들을 생각하니 분노가 치밀어올랐다. 케나가 생각났다. 그는 케나가 정말로 유니콘과 맺어질 운명이었는지를 어떻게든 알아내고 말 것이다. 케나가 그를 위해 여러 번 그랬던 것처럼, 그도 누나를 위해 더 나은 상황을 마련할 것이다.

애거서는 그들이 지나온 나무 몸통이 원래대로 돌아가는 동안에도 여전히 웃고 있었다. "나는 불만 많고 심술 많은 잔소리꾼일지도 모르지만 라이더 훈련생이 이어리 입구를 밝히는 모습을 다시 보니 기운이 나는구나. 스피릿 마법이 나무껍질의 갈라진 자리를 이용하는 것 봤지? 음의 공간, 중간의 빈틈은 위험한 만큼 아름답기도 하단다."

"애거서⋯⋯." 스캔다르가 입을 열었다.

멘더에 대한 질문은 더는 대답을 듣지 못하겠지만 그를 줄곧 괴롭혀 왔던 또 다른 의문이 있었다. 그는 이 근심을 콰르텟 친구들과도 완전히 공유할 수 없었다. 친구들이 뭐라고 대답할지 너무 두려웠기 때문이다.

"에버하트 교관이라고 불러." 그녀가 호칭을 정정했다.

"죄송합니다. 음, 묻고 싶은 게 있는데 괜찮을까요? 혹시 진실의 노래에 이런 대목이 있다는 거 아세요? 그게⋯⋯."

"'그러나 이 섬에서 또 다른 힘이 강성해지니 / 스피릿의 어둠의 친구가 진정한 후계자를 찾으리라. / 그 힘이 부상할 때 폭풍이 일고 / 우리가 아는 모든 것의 끝을 보리라.' 이 구절 말이냐?" 애거서는 암송을 마치고 물었다.

스캔다르는 침을 삼켰다. 애거서가 그 부분을 외우고 있다는 것 자체가 좋은 조짐 같지는 않았다. "그게 진짜 나에 대한 얘기라고 생각하지는 않겠죠? 그 대목 말이에요! 나는 아무것도 안 하고 있는데요! 나는 그저 스피릿 윌더로서 훈련에만 전념하려고 노력하고 있다고요! 나는 폭풍을 원하지 않아요. 오히려 그 반대를 원하죠!"

"오, 스캔다르. 그렇게 너를 중심으로 생각하지 않도록 노력하렴." 애거서가 고개를 저으며 말했다.

그건 사실 대답이라고 할 수 없었다.

애거서는 가장 가까운 나무의 사다리를 붙잡더니 뒤를 돌아보면서 말했다. "오늘 훈련은 여기까지다. 아, 그리고 스캔다르?"

"네?"

"네가 멘더일 수도 있다는 말은 아무에게도 하지 마. 그것에 대해 아무것도 더 알아내려고 하지도 마. 난 너희 쿼르텟이 어떤지 잘 알아. 작년에 너희는 감옥에 잠입했었지."

"교관님은 작년에 그 감옥에 계셨고요." 스캔다르가 맞받아쳤다.

하지만 애거서는 이미 떠나고 없었다.

물론 스캔다르는 나무 집에 들어선 순간 친구들에게 전부 다 말하기로 결심이 섰다. 미첼은 빨갛게 빛나는 벽을 등진 채 불가에서 책을 읽고 있었고 플로는 실버 서클에서 녹초가 되어 돌아와 장화도 겨우 벗는 중이었다. 바비는 보이지 않았다. 조리대 위의 반쯤 먹은 잼·마마이트·치즈 샌드위치만이 바비의 유일한 흔적이었다. 새로운 친구들과 어울리러 갔나 보다, 라고 스캔다르는 쓸쓸하게 생각했다.

"그래서 넌 꿈에서 케나의 유니콘을 찾는 거야?" 플로는 스캔다르가 애거서와 나눈 대화를 전해 듣고서 이렇게 물었다.

"나도 몰라." 스캔다르는 힘이 빠졌다. "내 말은, 나는 케나 꿈을 자주 꾸고 그 회색 얼룩 유니콘도 예전에 꿈에 나온 적이 있어. 하지만 애거서의 말로는, 나와 스카운드럴이 동시에 꿈을 꿔야 한다는 것 같거든? 어떻게 된다는 걸까?"

"그 얼룩무늬 회색 유니콘이 케나의 것이라고 생각해?" 미첼이 좀 더 자세하게 물었다. 그는 아일랜드 사전에서 '멘더'라는 단어를 찾느라 건성으로 귀를 기울이고 있었다. 물론, 그런 단어는 없었다.

스캔다르는 아드레날린이 터질 것처럼 솟아났지만 어깨를 으쓱했다. "그 야생 유니콘이 계속 날 찾잖아. 그리고 왠지…… 그 유니콘이 친숙하게 느껴져."

"그냥 세 번이나 봤기 때문에 그런 걸지도 몰라." 플로가 부드럽게 말했다.

하지만 스캔다르는 의심스러워하는 말을 듣고 싶지 않았다. 그는 얼룩무늬 회색 유니콘이 케나의 것이길 바랐다. 그의 생각이 위층에 놓아둔 배낭과 그동안 모아 둔 돈으로 이동했다. 케나와 아빠를 아일랜드에 데려와 산다는 꿈이 문득 그리 멀지 않게 느껴졌다. 그 꿈은…… 이루어질 성싶었다.

"난 케나 누나가 메인랜드에서 잘 지내지 못한다는 것밖에 몰라. 케나는 지금도 라이더가 되고 싶어 해. 누나는 늘 그랬지. 나에게 편지 쓰는 것도 못 견딜 정도라고 너희들에게도 말했잖아. 그렇게나 괴로워한다고!" 이렇게 말하는 동안 죄책감이 스캔다르의 가슴속에 밀려들었다. 그의 잘못 같았다. 그는 누나를 두고 떠나왔다. 그가 누나에게 말했어야 했다…….

"유니콘과 운명 지어지지 않은 사람은 널리고 널렸어. 극복해야 할 일이야." 미첼이 객관적으로 말했다.

"하지만 유니콘과 맺어질 운명이었는데 일이 틀어진 거라면 어떡해? 케나도 스피릿 윌더라면 이미 해처리 시험에서 자동으로 낙방했을 거야. 집안을 봐선 충분히 있을 수 있는 일 아냐? 에리카와 애거서를 봐. 그리고 날 봐. 케나도 틀림없이 라이더가 됐어야 했을 법하잖아? 만약 내가 누나를 되돌려 놓을 수 있다면? 누나의 연을 수선할 수 있다면?"

"아일랜드가 폭발하고 있다는 건 생각 안 해?" 미첼이 팔짱을 끼고 말했다. "얼마 전에 네가 나에게 뭐라고 했어? '미첼, 음유시인 말이 맞았어, 위버가 아일랜드를 파괴하고 있어, 우리가 뭔가 해야 해.'"

"당연히 생각하고 있어. 하지만 지금은 케나 얘기를 하는 거잖아! 케나도 스피릿 윌더인지 알아야겠다고! 난 누나를 도와야 해!" 스캔다르의 두뇌는 모든 관심을 자기 누나에게 집중시키기 위해 아드레날린 포화 상태에서 착착 돌아가고 있었다. "우리 누나의 유니콘을 찾아내기도 전에 위버가 죽여 버리면 어떡하지? 내가 지켜 줘야 해."

"스캔다르, 넌 네가 진짜 멘더인지 아닌지도 아직 몰라." 플로가 경고하듯 말했다.

미첼이 사전을 덮었다. "기회를 잃은 스피릿 윌더들에 대한 기록이 있을 것 같은데. 열세 살 때 해처리 시험에서 자동 탈락한 아이들 명단 같은 것?"

"기록은 있지." 플로는 스캔다르와 눈을 마주치지 않고 말했다.

"어디에?" 스캔다르가 다급하게 물었다.

플로는 어딘가 좀 불편해 보였다. "실버스트롱홀드. 그래, 우리 실버 서클이 모이는 곳 말이야."

스캔다르는 이 행운을 믿을 수 없었다. "네가 그 기록을 볼 수 있을까? 케나의 이름을 찾아봐 줄 수 있겠어?"

"난 못해, 스캔다르. 센티널과 훈련된 고참 실버들만 접근할 수 있어. 나는 아직 방문객 신분이라 도서관에 들어가는 것조차 허용되지 않아. 게다가 내가 스트롱홀드에 있을 때는 늘 호위가 따라붙어."

"센티널에게 좀 봐 달라고 할 순 없을까?" 스캔다르가 애원했다.

"도리언 매닝에게 발각되고 말걸! 그 사람은 내가 너와 한 콰르텟이라는 걸 알고 있고 이미 나에게 너에 대해 물어봤어! 내가 널 위해 스피릿 월더에 대한 정보를 캐다가 걸리면 도리언 매닝이 어떻게 나올 것 같아?"

스캔다르는 플로의 목소리에 깃든 공포를 무시했다. 그는 케나가 유니콘을 만날 운명이었는지 알아내야만 했다. 아빠의 편지에서 한 대목이 번득 떠올랐다. '케나는 아일랜드에 다녀온 후로 심경이 복잡해서 자기 마음을 다잡으려 노력하고 있단다. 케나도 너를 무척 보고 싶어 하지만 유니콘에 대한 생각을 정리하는 데 도움이 될 거래.' "하지만 만약……."

"안 한다고!" 플로가 고함을 지르고는 나무 집에서 뛰쳐나갔다.

미첼이 플로의 뒤를 눈으로 좇았다. "위버와 대결한 이후로 플로가 소리 지르는 거 처음 봐."

스캔다르는 이미 문간에 가 있었다. 플로는 멀리 가지 않았다. 그녀는 나무 집 밖 플랫폼에 책상다리를 하고 앉아 있었다. 눈물이 그녀의 짙은 갈색 뺨을 타고 흘러내렸다.

스캔다르는 무슨 말이나 행동을 해야 할지 몰랐지만 일단 플로 옆에 앉았다. 누나를 속상하게 했을 때는 그냥 꼭 안아 주곤 했다. 하지만 플로는 그의 누나가 아니었고, 그래서 누나와 똑같이 대할 순 없었다.

"스카, 할 말이 있어." 플로가 힘겹게 말을 꺼냈다. "좋은 얘긴 아니야."

스캔다르는 속이 철렁했다. "뭔데?" 큰 소리로 튀어나온 말이 철갑을 두른 인근 나무들에 튕겨 나갔다.

플로는 심호흡을 했다. 그녀의 시선은 여전히 나무들 너머 이어리 언덕 아래 불빛이 깜박이는 포포인트 쪽을 향해 있었다. "내가 오늘 다녀온 실버 서클 모임 얘기야."

스캔다르는 불빛 아래 플로의 표정을 볼 수 있도록 똑바로 앉았다.

"무슨 얘기야?"

플로의 눈빛은 절박했다. "스카, 부탁인데 내가 이 말을 했다는 이유로 뭔가 바뀌지는 않았으면 해. 나도 그들과 같은 생각이라고 믿지는 말아 줘. 우리가 서로 다른 편이라는 의미는 아니야."

스캔다르의 웃음에는 초조함이 배어 있었다. "우리가 어떻게 다른 편이 되겠어. 넌 내가 여기 도착한 후로 줄곧 내 편이었는데! 넌 작년에 나와 내 유니콘을 구하려고 블레이드를 몰고 위버와 스카운드럴 사이를 가로막았잖아! 그냥 무슨 일이 있었는지만 말해 줘."

플로가 눈을 질끈 감고 숨을 들이마셨다. "오늘 실버스트롱홀드에 갔더니 실버 서클 회원들이 모두 원형으로 둘러서서 주먹을 맞대고 있었어. 거기 사람들은 정말 서클(원형)을 좋아해."

스캔다르는 고개만 끄덕였다.

"그들은 내가 공식적으로 입회할 때가 됐다고 했어. 이제 나도 네슬링이니까. 6년 만에 들어오는 신입 실버라고 다들 들떠 있었어."

"넌 뭘 해야 했는데?" 스캔다르는 입이 바짝 탔다.

플로도 침을 삼켰다. "실버 서클의 모든 회원은 입회식에서 맹세를 하게 되어 있어." 맹세의 말을 읊는 플로의 목소리가 떨렸다. "'나는 네 원소의 힘과 나의 실버 유니콘의 위력을 걸고 지금부터 스피릿 윌더들의 공략에서 아일랜드를 지킬 것을 맹세합니다.'"

"음, 아주 콕 집어 맹세를 하네." 스캔다르가 중얼거렸다.

"나는 그렇게 했어, 스캔다르. 맹세를 했다고!"

플로가 그를 쳐다보지 않자, 스캔다르는 맞은편으로 기어가서 플로와 마주 앉았다. "들어 봐, 플로. 내 말을 들어 줘." 그는 플로의 어깨에 한 손을 얹었다. "네 진심은 그렇지 않다는 거 알아. 네가 그들과 다르다는 것도 알고. 왜 그런 맹세를 했는지 이해해. 네가 어떻게 안 할 수가 있겠어? 네 마음은 그렇지 않다는 게 중요하지."

"내 마음은 당연히 그렇지 않지!" 플로가 울음을 터뜨렸다. "하지만 그들이 나에게 뭘 요구할지 불안해 죽겠어, 스카. 내가 어쩔 수 없이 그들의 편에 서게 되면 어떡해? 내가 그들의 편이라면 언제나 너의 적일 수밖에 없지 않겠어? 난 그러고 싶지 않아. 난 널 선택하고 싶어."

"음, 네 답은 이미 나왔는데?" 스캔다르는 반쯤 농담으로 대꾸하면서 얼굴을 붉혔다.

"그게 그렇게 간단하지 않아." 플로가 애처롭게 말했다. "전쟁까지 일어났다는 거 알아, 스카? 아주 오래전에, 스피릿 윌더들과 실버들이 전쟁을 했다고. 친형제가 스피릿 윌더와 실버로 나뉘어 싸웠지! 인정사정 없는 전쟁이었어! 서로 아예 씨를 말릴 정도로 싸웠다고. 실버 서클은 너라는 사람만 미워하는 게 아니야. 너를 보면서 그 전쟁과 네 조상들이 죽인 라이더들을 생각하는 거야. 그들은 네가 무엇을 상징하는지 생각해. 네가 스캔다르라는 건 그들에게 상관없어. 그냥 네가 스피릿 윌더라는 것만 중요하다고."

"하지만 왜 전쟁이 일어났는데?" 사람들이 어째서 서로 상처 주지 않고 일을 해결하지 못하는지 결코 이해하지 못하는 스캔다르가 물었다.

"형제가 서로 아일랜드를 지배하려고 했거든. 권력이라는 게 늘 그렇잖아." 플로가 어깨를 으쓱했다.

스캔다르는 이어리를 내려다보았다. 다리들을 따라 불빛이 깜박거렸고 라이더들의 부드러운 속삭임이 나무 집들의 위에 감돌았다. 그는 라이더들이 서로 적이 되어 격렬하게 싸우는 모습을 상상할 수 없었다. 자기가 플로와 싸우는 모습은 더더욱 상상할 수 없었다. 케나의 진실을 알아낼 마음이 필사적이다 보니 플로가 실버 서클에 도전하면 어떻게 될지는 잊고 있었다. 플로는 이어리에서 쫓겨나 블레이드가 완전히 다 자랄 때까지 스트롱홀드에 갇힌 채 센티널과 실버 들만 접촉하고 살아야 할지도 모른다.

"내가 네 누나 일은 도와줄게." 플로가 어둠 속에서 말했다.

"아냐." 스캔다르가 화들짝 놀랐다. "실버 서클이 너를 이어리에서 내보낼 수도 있는데 그런 위험은 감수하지 마. 넌 그럴 필요 없어. 분명히 다른 방법이……."

"우리가 그 기록을 확인하자." 플로의 눈빛이 결연해졌다. 그녀의 어머니 사라 셰코니가 도리언 매닝에게 맞서야 한다고 말했을 때와 다르지 않은 눈빛이었다. "너는 케나가 라이더가 될 운명이었는지 알아야만 해. 누나의 편지가 끊어진 후로 네가 얼마나 속상해했는지 다 봤는걸. 나도 엡 오빠가 나와 더는 말하지 않겠다고 하면 얼마나 막막할지 상상도 안 돼. 바비가 당분간 이런 일에 관여하지 않겠다고 한 것도 잘 알아." 플로는 어색해하는 것 같았다. "하지만 미첼은 우리 계획의 설계를 도울 거라 생각해. 그 계획은 스피릿 윌더인 네가 스트롱홀드에 들어가지 않는 방향이어야 할 거야."

"그래, 내가 생각해도 그건 아닌 것 같다." 스캔다르가 웃으면서 말했다. "하지만 플로, 케나에게 마음을 써 줘서 고마워. 네 말마따나 난 멘더가 아닐지도 몰라. 하지만 내가 멘더라면 모든 게 바뀔 거야."

플로는 열렬하게 고개를 끄덕였지만 이내 생각에 잠긴 슬픈 표정이 얼굴에 떠올랐다. "우리가 스트롱홀드에 갇혀 산대도 블레이드는 아무렇지도 않을걸, 아마."

"그게 무슨 소리야?"

날카로운 비명이 울려 퍼지는 바람에 둘 다 펄쩍 뛰었다. 부엉이 울음소리인가? 아니면 여우 울음 소리인가?

플로는 바들바들 떨면서 말했다. "네가 스카운드럴의 감정을 느낄 수 있는 것처럼, 나도 이제 연을 통해서 블레이드의 감정이 느껴지기 시작해. 블레이드가 다른 실버들과 어울려 지낼 때 가장 행복하다는 걸 알겠어. 거기가 블레이드가 있어야 할 곳인가 봐."

"블레이드는 스카운드럴, 레드, 팔콘과 함께 있어야 해." 스캔다르는 바비의 가지 뻗기를 생각하지 않으려 애쓰면서 완강하게 말했다.

"블레이드가 늘 콰르텟의 다른 유니콘들 주변에서 서성거리기만 하는 거 너도 알잖아. 걔가 끼고 싶어 하지 않는 게 아니야. 방법을 모르는 거지." 플로는 어깨를 으쓱했다. "스트롱홀드에서는 완전히 다른 유니콘이 돼. 재미나게 논다니까……. 방금 뭐였지?"

등불 하나가 그들 아래 땅에 떨어져 박살이 났다. 높이 매달린 등불이 이따금 바람에 떨어지는 일이 없지는 않았지만 오늘 밤은 바람 한 점 없었다. 스캔다르는 뒤를 돌아보고는 구름다리 하나가 심하게 출렁거리는 것을 목격했다. 플로도 그 다리를 바라보고 있었다. 휑하게 울리는 비명이 또다시 밤하늘을 갈랐다.

"사람들이 장난을 치나 봐." 스캔다르는 반쯤은 자기 자신을 안심시키려는 듯 말했다. 그렇지만 자기도 모르게 최초의 라이더가 대혼란을 불러일으키는 유령이 되어 돌아온다는 리케시의 가설이 떠오르면서 목 뒤에 소름이 돋았다. 갑자기 근처의 나무 그림자가 더 커 보였고 주위의 나무 집들이 드리우는 모양도 더 음산해 보였다. 저 아래 나무뿌리들 틈에서 보이지 않는 뭔가가 으르렁거렸다. 나뭇가지 부러지는 소리도 났다.

플로가 네 번째로 뒤를 돌아보고 말했다. "안으로 들어가자. 미첼이 아마⋯⋯."

하지만 스캔다르는 플로가 이어서 한 말을 듣지 못했다. 뭔가가 그의 어깨에 부딪히더니 금속 플랫폼에서 떨어뜨릴 것처럼 강하게 밀쳤기 때문이다. 스캔다르는 그게 뭔지 눈으로 확인하려 했고 마침내⋯⋯.

"개브리얼! 너 여기서 뭐 하는 거야?" 플로가 새된 소리를 질렀다.

개브리얼이 플로를 내려다보았다. 돌로 된 곱슬머리는 미동조차 없었다. 뭔가가 단단히 잘못되었다. 그도 그럴 것이, 개브리얼의 동공이 풀려 있었다. 눈동자가 안으로 돌아가면서 희번덕거렸다. 게다가 그는 으르렁 소리를 내고 있었는데 그건 도저히 인간이 낼 수 있는 소리가 아니었고 오히려⋯⋯.

"개브리얼! 안 돼!" 스캔다르는 개브리얼이 플로의 목을 움켜잡고 플랫폼 가장자리로 끌고 가는 것을 보고 외쳤다.

"야!" 스캔다르는 개브리얼을 뒤로 잡아당기려 했지만 흙 월더는 오히려 믿을 수 없이 재빠른 발길질을 그에게 날렸다. 스캔다르는 앞으로 넘어지면서 머리와 어깨가 난간 밖으로 넘어가 20미터 높이에서 떨어질 뻔했다. 플로는 개브리얼이 다시 그녀에게 달려들자 비명을 내질렀다. 개브리얼은 으르렁거리면서 플로를 마름모꼴 철망 울타리로 떠밀었다. 그것은 플로와 숲 바닥 사이에 있는 유일한 물건이었다.

스캔다르는 개브리얼 쪽으로 기어가면서 도움을 청하려고 입을 열었는데, 그때⋯⋯.

쾅!

스캔다르는 옆머리에 엄청난 통증을 느꼈고, 모든 것이 어둠에 휩싸였다.

게나

바다 위의 실버들

케나는 바닷소리에 포근하게 감싸여 있었다. 아빠가 노 젓는 소리, 파도가 부서지는 소리. 배의 이름은 에우리디케, 관광객들을 끌어들이기 위해 확 튀는 노란색으로 칠해져 있었다. 케나는 아빠가 그 배를 무사히 빌릴 수 있기를 기도했다. 이제 그녀는 아빠를 옆에서 도와주지 못할 것이다. 오늘 밤 이후에는 마게이트에 있지도 않을 테니까. 적어도, 케나가 바라는 바는 그랬다.

케나는 오늘 밤 생각에 며칠 내내 밤잠을 설쳤다. 매닝 의장이 과연 올까? 그가 정말로 케나를 아일랜드로 데려갈까? 아니면, 그 말을 철석같이 믿은 케나가 바보였을까? 케나는 무거운 의심에 짓눌린 나머지 이대로 배가 침몰하는 게 아닌가 생각했다. 오늘을 기다려 왔던 지난 몇 달 동안, 학교에서 여느 아이들과 다르지 않은 척 지내는 동안, 의심은 점점 더 무거워졌다. 그리고 아빠가 자기 대신 스캔다르에게 편지를 쓰는 모습을 지켜보면서, 이제 아파트에서 혼자 지낼 아빠의 모습을 상상하면서 죄책감에 시달렸다.

아빠는 가장 먼 부표까지 지나고는 노 젓기를 멈추었다. 그러고는 덜커덩덜커덩 닻의 사슬을 풀었다. 첨벙. 닻이 깊은 물을 가르며 내려갔다. 케나는 자기가 콧노래를 흥얼거리고 있다는 걸 깨달았다. 긴장을 하면 자기도 모르게 콧노래를 흥얼거리는 버릇이 있었다. 아빠가 보트 중앙을 건너서 케나가 앉아 있던 나무 널판에 나란히 앉았다. 그러고는 케나의 손을 잡았다. 아빠의 손가락이 자기 손가락을 감싸 쥘 때 케나는 비로소 자기가 떨고 있음을 깨달았다.

"가지 않아도 돼. 마음 바꿔도 괜찮아." 아빠가 조용히 말했다.

"저는 마음 안 바꿔요." 케나가 말했다. 11월의 추위 때문에, 그리고 두려움 때문에 이가 딱딱 부딪혔다. 매닝 의장이 데리러 오지 않을지도 모른다는 두려움. 스캔다르도, 유니콘도 없이 여기에 발목 잡힐지도 모른다는 두려움.

"케나, 저것 봐!" 아빠가 장갑 낀 손으로 그들 앞의 하늘을 가리키며 다급하게 말했다.

처음에 그것들은 별똥별처럼 보였다. 꽤 가까워진 후에야 형태가 눈에 들어왔다. 은빛 날개를 펼친 유니콘 두 마리의 모습이 해수면에 비쳤다. 이어서 나타난 세 번째 유니콘은 그보다 좀 어두운 철흑색으로, 마치 빛을 잃은 혜성 같았다. 유니콘들은 뿔로 보트를 겨누고 힘찬 날갯짓으로 해수면을 어지럽히면서 바다 위를 맴돌았다. 케나는 경이감을 감추지 못한 채 아빠의 손을 놓고 비틀거리며 뱃머리에 섰다.

"우리는 시간이 별로 없다." 매닝 의장의 날카로운 비음이 바람을 타고 케나에게 전해졌다. 그는 실버 유니콘 두 마리 중 덩치가 큰 것을 타고 있었다.

"이건 미친 짓이에요, 아버지, 이건 아니라고요. 그 남자애가 멘더인지 아닌지도 모르잖아요. 이 여자애는 아버지가 자기에게 뭘 기대하는지 알아요? 얘는 겨우 열다섯 살이에요. 둘 다 아직 애들이라고요. 우리에게 스피릿 윌더는 필요 없어요. 아직은 그만둘 수 있어요." 케나의 시선이 이 말을 하는 사람에게로 이동했다. 그는 케나보다 몇 살 많아 보였다. 케나는 유니콘들에게 정신이 팔린 와중에도 그의 잘생긴 얼굴이 뺨에서 불똥이 튀는 변이 때문에 더 돋보인다는 것을 알아차렸다.

"렉스, 그만해라. 저들이 듣겠어." 매닝이 보트를 가리키며 딱 잘라 말했다. "넌 오지 말았어야 했어." 의장의 은빛 유니콘이 이 말에 맞장구치듯 으르렁거렸다.

"넌 원래 오기로 되어 있지도 않았어." 세 번째 유니콘을 탄 남자가 나지막하게 말했다. 케나는 그의 변이를 보고 헉 소리가 나려는 것을 애써 억눌렀다. 그의 눈동자는 불꽃이었다. 눈에서 작은 두 개의 불꽃이 이글거리고 있었다.

아빠도 뱃머리에 서서 케나를 보호하려는 듯 어깨를 손으로 감싸자 보트가 흔들렸다. 케나는 아빠가 그토록 오랫동안 좋아했던 유니콘들을 가까이서 들여다보는 동안 숨소리가 고조되는 것을 들었다. 아빠는 이내 목청을 가다듬었다.

"실례지만 우리 딸이 유니콘과 맺어질 운명인데 그쪽에서 실수를 한 거라면 이제 이 아이를 아일랜드로 데려갈 때가 된 것 같은데요."

케나는 아빠가 너무 고마워 가슴이 터질 것 같았다. 아빠는 늘 완벽한 보호자는 아니었을지언정 케나를 사랑해 주었다. 아빠는 케나를 사랑한 나머지 오직 케나가 행복하기만을 바라고 있었다. 그게 케나를 멀리 떠나보내는 일일지라도 말이다.

세 라이더가 로버트 스미스의 눈치를 살폈다.

"내 유니콘으로 데려가지요." 불꽃 눈의 남자가 긴장된 목소리로 말했다.

"내가 태우고 간다. 너와 렉스는 나를 호위하도록." 매닝 의장이 거만하게 말했다.

"아뇨, 제가 합니다. 애초에 제 머리에서 나온 아이디어였죠, 일이 잘못되면……." 불꽃 눈의 남자가 밀어붙였다.

그러나 도리언 매닝은 그를 무시하고 자신의 실버 유니콘을 보트에 접근시켰다. 빛나는 발굽이 물을 스쳤다. 아빠는 케나가 뱃머리에 올라설 수 있도록 뒤에서 받쳐 주었다.

"행운을 빈다, 우리 딸. 네 엄마가 지금 네 모습을 볼 수만 있다면 얼마나 좋겠니." 아빠가 속삭였다.

케나가 도리언 매닝의 손을 잡고 훌쩍 뛰어올라 그의 뒤에 타기 위해 필요한 격려는 그것으로 충분했다. 그녀는 매닝의 허리를 꽉 잡았다. 전에 스카운드럴을 타 보긴 했지만 완전히 다 자란 유니콘을 타는 건 처음이었다. 케나는 청바지를 입은 다리로 유니콘의 탄탄한 근육과 무기처럼 강력한 날개의 힘을 느낄 수 있었다.

이윽고 도리언 매닝은 실버 유니콘을 보트에서 돌려세웠다. 다른 두 유니콘이 그 뒤를 따르는 동안 바다가 그들의 박력 있는 날갯짓에 출렁거렸다. 유니콘의 움직임에 케나는 속이 출렁거리고 당황했지만 보트에 서 있는 아빠를 마지막으로 돌아보았다. 아빠는 손을 흔들며 웃고 있었지만 눈에서는 눈물이 흐르고 있었다. 케나도 인사를 하려고 손을 들면서 문득 잉크처럼 검은 바다 한복판에 홀로 서 있는 아빠가 무척 작아 보인다는 생각이 들었다.

그들은 한동안 말없이 날았지만 케나는 아드레날린과 극도의 흥분, 그리고 약간의 공포에 취해 있었다. 지금 바다 위를 날아가고 있지 않은가. 이제 케나는 운명의 유니콘을 찾을 것이다! 그러자 갑자기 속에 담아 둘 수 없는 질문들이 너무 많이 떠올랐다.

셋 중 가장 어려 보이는 렉스라는 라이더가 오른쪽에서 날고 있었다. 케나는 바람을 가르고 그에게 물었다. "공기 윌더 맞죠? 뺨을 보니까 그런데!"

그는 케나가 말을 걸자 충격을 받은 듯했지만 얼른 수습했다. "맞아!" 그는 소리쳐 대답했지만 은빛 유니콘의 날갯짓 소리에 묻힐락 말락 했다. "우리 아버지와 같지." 그는 한 손으로 고삐를 잡고 다른 손으로 도리언 매닝을 가리켰다.

"연합 원소는 집안 내력을 따르는 경향이 있지." 도리언 매닝은 뒤도 돌아보지 않고 말했다. "너와 네 동생처럼 말이다."

"그게 무슨 말이에요?" 강한 돌풍이 옆을 세게 치고 가는데도 케나는 목청을 돋우어 물었다.

매닝 의장이 고개를 돌려 어깨 너머로 케나를 힐끗 보았다. "스캔다르도 스피릿 윌더잖아. 스캔다르가 말 안 했어?"

8장

챕터스오브카오스

스캔다르는 운이 좋았다. 개브리얼의 일격은 그래도 견딜 만한 두통을 남겼을 뿐 영구적 손상은 입히지 않았으니 말이다. 플로는 목에 심하게 멍이 들고 통증이 남았지만 — 그렇게 목을 잡고 흔들어 댔으니 — 일주일 뒤에는 훈련장으로 복귀할 수 있었다. 개브리얼은 미첼이 플랫폼으로 뛰쳐나오자 곧 제정신이 돌아왔지만 자기가 저지른 일을 전혀 기억하지 못했다.

스캔다르와 플로는 교관들에게 자초지종을 설명했지만 당시의 상황을 묘사하기는 쉽지 않았다. 더구나 개브리얼도 무척 괴로워하고 있었다.

"정말 기억이 안 나니? 아무것도 기억이 안 난다고?" 웹 교관이 개브리얼에게 물었다.

개브리얼은 겁에 질린 표정이었다. "기억나는 거라고는…… 제, 제가……"

"네가 뭐?" 오설리번 교관이 소용돌이 눈으로 쏘아보며 날카롭게 물었다.

"피…… 피를 원했던 것 같아요. 피가 간절했던 기억이 나요." 개브리얼은 겨우 이 말만 뱉고 울음을 터뜨렸다.

스캔다르는 개브리얼이 그렇게 말했을 때 교관들의 얼굴에 떠오른 표정도, 교관들이 네슬링들에게 조사를 하겠노라 안심시키면서 자기를 흘끔거리는 눈빛도 놓치지 않았다.

바비는 마리암에게 소식을 듣고 나무 집으로 달려왔다. 잠깐이지만 스캔다르는 바비의 얼굴에 떠오른 걱정과 팔에 일제히 서 있는 깃털들을 보고서 적어도 다른 악몽은 끝났구나 생각했다. 바비가 더는 그의 친구가 아니라는 악몽 말이다. 하지만 바비는 그들이 무사하다는 것을 확인하자마자 나무 집의 나선 계단을 올라가기 시작했다.

"바비, 기다려!" 스캔다르가 바비를 불렀다. "무슨 일이 일어났는지 듣지도 않을 거야?"

바비는 아래쪽을 향해 소리쳤다. "안 들어! 나는 스캔다르 스미스 미스터리에 또 다시 얽힐 생각 없어! 나는 훈련에 집중해야 해! 내가 얘기했던 게 정확히 이거야!"

플로가 그 말에 발끈했다. "바비! 공격은 나도 당했어! 우리가 그 시각 그 장소에 있었던 게 스캔다르 잘못은 아니잖아!"

"아니겠지!" 바비는 고함을 빽 지르고는 침실 문을 쾅 소리 나게 닫았다.

개브리얼은 완전히 의기소침해져서 스캔다르와 플로를 만날 때마다 사과를 하려 들었다. 불의 축제 전날, 그들이 불타는 창을 소환하기로 되어 있을 때 개브리얼이 퀸즈프라이스를 타고 그들에게 다가오기도 했다. 창날은 단도처럼 작고 가벼웠기 때문에 성형하기가 그렇게 어렵지 않았지만 기다란 자루를 뽑는 것은 훨씬 까다로웠다. 불은 휘발성이 가장 강한 원소였고 몇몇 라이더들은 불의 마법을 통제 상태로 두기가 거의 불가능했다. 그들의 창은 모양을 잃거나 가물가물 사라졌다. 스캔다르도 자기 창을 들어 올리면서 낙담했다. 불의 마법이 그의 귓가에서 요란한 굉음과 탁탁 소리를 내고 있었다. 적어도 그 마법은 그의 손을 따뜻하게 해 주긴 했다.

"정말 미안해. 나도 어떻게 된 일인지 알았으면 좋겠어." 개브리얼은 몇 번째인지도 모를 사과를 또 했다.

"나도 그래." 미첼이 중얼거릴 때 레드가 목을 구부려 불타는 뾰족한 무기 끝에 재를 뿜어 꺼뜨렸다. "개브리얼에게 무슨 일이 있었던 걸까, 나는 원소들의 교란과 관련이 있을 거라 생각해. 그게 우연일 리는 없지. 왜냐하면……."

"넌 우연을 믿지 않으니까." 스캔다르가 미첼 대신 말을 맺었다. 이제 미첼은 원소들의 교란이 일어나고 있음을 인정했고, 진실의 노래가 이것을 예언했다는 것을 내키지 않을지언정 인정해야 한다고 생각했다. 그런 다음부터는 약간 광분 상태로 제이미를 자주 찾아가 음유시인이나 개브리얼의 공격에 대해서 꼬치꼬치 캐묻곤 했다. 하지만 스캔다르는 이 미스터리에 대한 미첼의 집착이 그의 아버지가 또다시 엄격한 편지를 보낸 것과 관련이 있으리라 짐작했다.

아이라의 편지는 몇 줄을 넘지 않았다. 첫째, '스피릿 월더의 일에 연루되지 말 것', 그리고 미첼이 장차 사령관이 되려면 지금부터 소환할수 있어야 하는 무기 열 가지를 일러 준 게 다였다. 그 후로 미첼은 혼자 추가 훈련까지 하면서 그 어느 때보다 열의를 불태우고 있었다. 어느 날 밤 훈련장에 돌아왔을 때 미첼은 스캔다르에게 이렇게 말했다. "적어도 이제 아버지는 나와 레드에게 관심을 기울이고 있어. 적어도 나에 대한 꿈을 가지고 있지. 작년까지만 해도 내가 죽도록 원했던 일이야."

"솔직히 말하는 건데, 개브리얼, 진짜 네 잘못이 아니라니까." 개브리얼을 빨리 보내 버리고 창 성형에만 집중하고 싶었던 스캔다르가 투덜거리듯 말했다.

"하지만 내 잘못처럼 느껴지는데 어떡해. 내가 할 수 있는 일이 있다면 할게. 진짜 뭐라도 할게."

그때 바비가 새로 사귄 친구 에이제이에게 하는 말이 스캔다르의 귀에 들렸다. "뭐에 씌었던 라이더가 왜 하필 흙 월더였을까? 흙 월더는 진지하다 못해 고지식하거든, 피곤할 정도로. 만약 공기 월더였다면 귀신이든 악령이든 다 떨어져 나갔을 텐데."

스캔다르는 질투심이 치밀어 올랐다. 바비가 으레 저런 얘기를 하는 상대는 그였다. 불행히도 개브리얼의 공격 사태는 스캔다르가 관심을 독차지하지 않고 지낼 수도 있다는 생각을 바비에게 심어 주는 데 별 도움이 안 됐다. 스캔다르는 그 어느 때보다 주목받고 있었다. 그가 '피해자' 중 한 명이라는 사실은 중요하지 않았다. 사람들은 개브리얼이 그렇게 된 것도 스캔다르와 어느 정도 관련이 있겠거니 생각했으니까. 개브리얼은 교관들에게 진술했듯이 그날 밤 마치 야생 유니콘에 씐 것처럼 피에 대한 갈증을 느꼈다고 말하고 다녔지만 그런 말은 별 도움이 안 됐다. 위버를 둘러싼 소문은 눈덩이처럼 불어났다. 그리고 당연히, 스캔다르가 스피릿 월더라서 야생 유니콘의 혼을 라이더에게 씌울 수 있다는 소문도 퍼졌다. 이제 해칠링들은 스캔다르를 마주치면 비명을 지르면서 도망갔다. 그 시점에서 스캔다르가 폭발하지 않게

끔 붙잡아 준 단 한 가지 희망은 그다음 날 저녁으로 잡혀 있던 송골 매회 모임뿐이었다.

"던져!" 앤더슨 교관이 호령했다.

열여덟 개의 타오르는 창이 불 훈련장의 그을린 흙 위로 날아갔다. 대부분은 몇 미터 못 가 떨어졌다. 블레이드는 플로의 창이 날아가기 무섭게 무시무시한 불기둥을 뿜었다. 그렇지만 바비의 창은 정자가 서 있는 훈련장 반대편 거의 끝까지 힘차게 날아갔다.

"어떻게 한 거야?" 미첼이 바비에게 물었다.

바비는 어깨를 으쓱했다. "창에 날개를 달아 봤어." 과연, 바비의 창이 반대편 풀밭에서 지직거리며 사라져 가는 동안 불꽃 같은 깃털 세 개가 자루 끝에 달려 있는 것이 스캔다르의 눈에도 들어왔다. 화살대 끝에 달린 깃털처럼 말이다.

바비의 새 친구들이 다 같이 그녀를 축하해 주었다. 마리암은 메인랜 더라서 스캔다르가 원래 아는 아이였고 다른 둘은 에이제이라는 불 윌 더와 찰리라는 흙 윌더였다. 셋 다 로런스의 콰르텟에서 남은 라이더들 이었다. 로런스는 공기 윌더였는데 작년에 노매드 판정을 받고 이어리 에서 나갔다. 스캔다르는 그들의 감탄과 칭찬을 가만히 듣고 있기가 힘들었다. 바비가 저 콰르텟에 합류하려는 걸까? 로런스의 자리에 자기가 들어가겠다는 걸까?

앤더슨 교관이 바비와 팔콘에게 한 차례 박수를 보내고는 훈련장에 쩌렁쩌렁하게 웃음을 터뜨렸다. "이렇게 창의적인 디자인이면 마상 시합에서 이길 수 있다."

스캔다르는 바비가 냉소적으로 고개 숙여 인사를 하고 팔콘이 완벽하게 말린 속눈썹을 들썩이는 것을 보았다.

"바비가 그립다. 예전 같지가 않네." 플로도 그 모습을 바라보면서 한 숨을 쉬었다.

"셋만 있어서는 쾨르텟이 아니지." 미첼이 퉁명스럽게 말했다.

"바비가 결정한 거야." 스캔다르가 매몰차게 말했다.

스카운드럴이 연을 통해 자기 라이더의 껄끄러운 감정을 느낀 듯 삑 소리를 질렀다.

"네가 바비에게 화가 난 건 알지만 걔 입장에서도 생각해 봐. 바비는 최고가 되는 데 익숙해. 관심을 독차지하고 지휘를 맡는 건 으레 바비 몫이었다고." 플로가 말했다.

"바비가 최고 맞잖아! 훈련 경기 우승자 아니야? 바비가 지휘하지 않 은 적이 있어? 내가 나 한 명만 스피릿 월더 훈련생이 되게 해 달라고 했어?" 스캔다르가 소리를 질렀다.

"네가 스피릿 월더로서 훈련받게 해 달라고 한 건 사실이잖아. 그건 전적으로 정당한 일이었고. 하지만 바비가 너의 그늘에서 힘들어했던 것도 맞아. 바비에게 조금만 시간을 주자." 플로가 부드럽게 타이르듯 말했다.

스캔다르는 화제를 바꾸었다. "실버 서클 관련해서 뭐 들은 거 없 어?" 그는 케나의 이름이 스피릿 월더 명단에 있는지 어떻게든 알아내 고 싶었다. 플로가 도와주겠다고 한 이후로 그들은 정확히 언제 실버 스트롱홀드에 들어갈지 계획을 세우고 있었다. 이제 플로의 다음 모임 날짜만 확정되면 퍼즐은 완성될 터였다.

"오늘 아침에 편지를 받았어."

그들은 목소리를 낮출 필요가 없었다. 다른 네슬링들은 늘 그렇듯 스캔다르와 스카운드럴에게서 멀찍이 떨어져 있었다.

플로가 숨을 죽였다. "11월 말에 실버스트롱홀드에서 큰 행사가 있어. 실버 서클은 전원 참석해야 해."

"음, 그거 잘됐네." 미첼이 흡족해했다. "제이미도 이제 완전히 회복 됐으니까 변장에 필요한 물건을 만들 시간은 충분해. 내가 변장을 하고 센티널들의 도서관에 숨어 들어가 기록을 볼 수 있을 거야. 그다음에 행사가 끝날 때쯤 플로가 날 데리러 오고 둘이 같이 떠나면 돼. 어렵지도 않겠어."

"너희 둘에게 이런 일을 부탁하다니 내가 마음이 너무 안 좋아." 스캔다르는 이미 골백번은 했던 말을 또 중얼거렸다.

플로는 스캔다르를 안심시키려 애썼다. "우리가 원해서 하는 거야."

미첼이 진지하게 말했다. "야생 유니콘들이 요즘은 거의 매주 사체로 발견되고 있어. 케나의 유니콘이 다음 차례라면 어떡할 거야? 우리는 케나가 라이더가 될 운명이었는지 일단 알아내고 나서……."

"누가 야생 유니콘들을 죽이는지 알아내야지." 스캔다르가 미첼 대신 말을 맺었다.

"왜 그러는지도." 미첼이 덧붙였다.

스캔다르가 침을 삼켰다. "그리고 그들을 막아야 해." 하지만 속으로는 '그 여자를 막아야 해.'라고 생각하지 않을 수 없었다.

플로가 한숨을 쉬었다. "정말이지 이어리 2년 차는 좀 평범하게 지낼 수 있을 거라 생각했는데."

"맞아." 안경알 너머 미첼의 눈동자에서 광기 어린 흥분이 번득였다. "목숨이 왔다 갔다 하는 일은 덜 겪기를 바랐어."

이튿날 11월의 시작과 함께 불의 축제가 열렸다. 스캔다르는 축제에 가지 않았다. 송골매회는 원소 분리를 지지하지 않기 때문에 원소별로 열리는 축제에도 그다지 열광하지 않았고 리케시는 축제 당일 저녁에 모임을 잡기까지 했다. 스캔다르는 리케시가 스피릿 월더인 자기를 배려해서 일부러 그런 게 아닌가 다소 의심하기도 했지만 말이다.

지난번 송골매회 훈련에서 머리카락이 온통 곤두설 정도의 수직 강하 연습을 마치고 스캔다르는 다른 그린들에게 자기를 향한 시선과 소문이 점점 험악해지고 있다고 털어놓았다. 야생 유니콘 사체가 계속 발견되고 《해처리 헤럴드》는 아예 '아일랜드의 복수' 섹션을 별도로 마련하기에 이르렀다. 보도에 따르면 불의 구역에서는 숲 전체에 불이 났고 물의 구역에서는 홍수가 났으며 공기의 구역은 회오리바람이 휩쓸고 있었다. 포포인트, 이어리, 해처리는 아직 피해를 입지 않았지만, 개브리얼에게 일어난 일을 생각해 보면 그렇게 단정짓기도…….

"누가 널 괴롭히면 내가 얼굴을 후려갈길 거야!" 패트릭이 선언했다.

"넌 항상 너무 폭력적이야." 프림이 인슐린 주사기에서 고개를 들고 패트릭을 나무랐다. 프림은 얼마 전 스카운드럴의 젤리베이비즈를 한 알 슬쩍 가로채기 직전에 스캔다르에게 자신이 제1형 당뇨병을 앓고 있고 저혈당 쇼크가 올까 봐 그러는 거라고 털어놓았다.

"넌 항상 너무 표 나게 군다니까." 펜도 패트릭에게 말했다. "나 같으면 구름다리에서 살짝 밀어 버릴 텐데. 소리 없고, 치명적이며, 효과는 확실하지." 펜은 이렇게 말하면서 손가락의 얼음 관절을 두두둑 소리 나게 꺾었다.

스캔다르는 진심으로 감동한 나머지 살짝 울컥했다. "정말 고마워요. 하지만 날 흉보는 사람들이 죽어 버리면 내 평판이 좋아질 것 같지 않은데요."

"우리 자신의 평판에 신경 쓰는 거야, 스캔다르." 리케시가 그에게 윙크를 날렸다. "하지만, 진지한 얘기로 돌아와서, 다음 모임을 언제로 잡을지 살펴보고 있는 중인데…… 불의 축제 당일 저녁으로 할까 봐."

"어, 정말? 여자 친구들끼리 놀러 나가기로 했는데." 애덜라가 투덜거렸다.

프림은 그 말을 무시했다. "좋은 생각이야, 리키. 우리가 시범 비행을 할 것도 아닌데 축제는 뭐 하러 가?" 그녀는 어깨를 으쓱하면서 스캔다르를 슬쩍 보았다.

"그럼, 언제 시범 비행을 하는데요?" 스캔다르는 긴장했다.

"카오스컵에서. 하지만 너는 해당 사항 없으니 걱정하지 마. 네슬링은 안 끼워 줘." 리케시가 좀 더 자세히 설명했다. "우리 송골매회가 너무 위험하다고 교관들이 모임을 해체하려고 했는데 시범 비행을 조건으로 허용해 주고 있지. 시범 비행을 선보이면 아일랜드에서 힘께나 쓴다는 사람들이 전부 우리의 비행 기술에 압도되거든. 그래서 이어리도 우리를 못 건드리는 거야."

그래서 그날 저녁 다른 라이더들은 새로운 원소의 계절을 맞아 초록색 재킷을 빨간색 재킷으로 갈아입고 불의 축제로 향했지만 스캔다르는 그러지 않았다. 바비는 마리암, 에이제이, 찰리를 만나기 위해 먼저 나무 집을 나섰고, 미첼과 플로는 함께 나가면서 자기네가 제이미에게 들러 스트롱홀드 잠입에 필요한 변장용품이 어떻게 되고 있는지 알아보겠다고 말했다. 그래서 스캔다르는 케나가 생각났고 아빠에게 편지를 쓰기로 마음먹었다. 그날 낮에 하늘을 나는 스카운드럴의 모습을 그렸는데 아빠가 그 그림을 받으면 기뻐할 것 같았다. 그는 나무 집의 빈백에 자리를 잡고 글쓰기라는 좀 더 어려운 작업에 착수했다.

사랑하는 아빠께,

편지 보내 주셔서 고마워요. 아빠가 잘 지내고 하는 일이 다 잘되시기를 바라요. 누나에게는 내가 항상 생각하고 그리워하며 상황을 더 낫게 만들기 위해 노력하고 있다고 전해 주실래요? 아직은 이 말밖에 할 수 없지만 조만간 좀 더 길게 편지 드리겠다고 약속해요. 그리고 연말에 아일랜드로 오시면 모든 걸 말할게요. 사랑해요.

스카 x

30분 후, 송골매회의 다른 일원들이 손짓과 미소로 스캔다르와 스카운드럴을 맞이했다. 물론, 일주일에 한 번씩 이루어지는 모임에서 스캔다르를 거의 없는 사람 취급해 왔던 앰버만은 예외였다.

"무슨 문제 있었어?" 패트릭이 장난스럽게 눈썹을 치켜올렸다.

"오늘 밤은 괜찮네요." 스캔다르가 씩 웃으면서 패트릭과 하이파이브를 했다. 그는 그린들과는 으레 그렇게 어울렸다. 여기서만은 자기가 다른 사람이 되는 기분이 들었다. 자신감도 있고 안정감도 들었지만 그 이상이었다. 그는 여기에 적응했고, 여기서는 그도 다른 사람들과 똑같았다. 그들은 비행을 사랑했고, 그건 그도 마찬가지였다. 그들은 1분당 날갯짓 횟수나 최고 속도에 관심이 많았고, 그건 그도 마찬가지였다. 메인랜드에서 사람들이 좋아하는 축구팀이나 북클럽에 소속감을 느끼는 것과 비슷하다고 할까. 물론 이 모임에는 대담한 묘기와 치명적인 유니콘이 있다는 점이 다르지만 말이다.

오늘 그들은 곡예 라이딩을 시도하는 중이었다. 리케시가 타이들워리어를 몰고 선셋 플랫폼에서 200미터 정도 떨어진 곳으로 날아갔다.

워리어가 허공에 떠서 날개를 파닥거리는 동안 리케시는 자신의 연합 원소를 소환해서 거품이 이는 물의 고리를 만들었다. 그린들은 제일 먼저 그 고리를 통과하기 위해 쏜살같이 날아갔다. 그 유니콘들의 날 갯짓 소리가 어찌나 큰지 플랫폼 주위의 공기가 진동할 뿐 아니라 저 아래 나뭇잎들까지 바스락거렸다. 라이더 한 사람 한 사람은 고리를 통과하면서 대담한 묘기를 선보이기로 되어 있었다. 묘기는 터무니없이 과감할수록 좋았다. 리케시는 스카이배틀에서 그런 유의 묘기를 활용한 것으로 유명한 카오스컵 우승자 이야기를 들려주었지만 스캔다르는 그린들이 그냥 재미있고 위험하니까 좋아하는 게 아닐까 생각했다.

지금까지 최고의 3인은 애덜라, 펜, 마커스였다. 애덜라가 안장에서 뒤로 돌아앉아 플랫폼을 향해 손을 흔들자 연기 나는 머리카락이 그녀를 휘감았다. 펜은 이터널호어프로스트의 안장에 가로누워서 팔과 다리를 화살처럼 쭉 뻗는 묘기를 보여 주었다. 마커스는 샌드스톰스오빗의 뱃대끈을 느슨하게 풀어 안장을 배 아래로 내리고도 안장에 앉은 채 고리를 거꾸로 통과했다.

스카운드럴이 다른 유니콘들의 묘기를 열심히 지켜보는 동안 녀석의 눈동자가 검은색과 빨간색을 오가며 깜박거렸다. 스캔다르는 유니콘이 자신과 마찬가지로 송골매회를 좋아한다는 것을 알 수 있었다.

그러고 나서 막내 회원인 스캔다르와 앰버가 부름을 받았다. "너희 중 누가 마커스를 능가할 수 있는지 보자!" 리케시가 말했다.

스캔다르는 다짜고짜 이륙하려는 스카운드럴의 고삐를 잡아당겨 만류했다. 앰버도 윌윈드시프를 제어하느라 쩔쩔매긴 했지만 여전히 스캔다르를 비웃고 있었다.

"네가 세코니 안장을 차지한 유일한 이유는 플로와 같은 콰르텟이기 때문이지, 안 그래?"

스캔다르가 인상을 찡그렸다. "아직도 그러냐, 앰버? 새들 세리머니도 이제 몇 달 전 일이다."

스카운드럴이 시프에게 홱 덤벼들자 침이 사방으로 튀었다. 두 유니콘이 좀 친해졌다고는 하나 상대에게 승리를 내줄 마음은 꿈에도 없어 보였다.

앰버는 전략을 수정했다. "바비 브루나가 이제 너랑 안 놀더라? 자기가 아니라 네가 송골매회에 들어왔으니 뿔이 났겠지. 이번만은 걔 생각이 맞아. 네가 들어오다니 수치스러운 일이지."

"나도 너에 대해서 똑같이 생각해." 스캔다르가 이렇게 받아칠 때 리케시가 냅다 소리를 질렀다. "네슬링들, 출발!"

스캔다르는 준비가 되지 않았지만 스카운드럴은 달랐다. 스캔다르는 안장에서 몸을 앞으로 굽히고 필사적으로 갈기 속에 손을 집어넣으면서 얼음장 같은 바람에 이를 악물었다. 그가 자세를 낮추자 앰버도 밤색 머리카락을 나부끼면서 똑같이 자세를 낮추었다. 스캔다르는 한 가지만 생각했다. '내가 더 빨라야 해. 내가 이겨야 해. 그래야만 해.'

스카운드럴은 태어나서 그렇게 빨리 날아 본 적이 없었다. 날개를 어찌나 빠르게 퍼덕이는지 깃털들이 흐릿해 보일 지경이었다. 스캔다르는 자기 다리 아래 펄떡이는 유니콘의 근육을 느꼈고 이기고야 말겠다는 필사적 의지를 연을 통해 감지했다. 리케시의 고리는 이제 고작 몇 미터 앞이었고, 스캔다르는 그가 계획한 묘기를 선보이려면 더는 지체할 수 없다는 것을 알았다. 그는 조심스럽게 한쪽 발을 안장에 올리고 다른 발도 바로 올려놓았다. 몸을 앞으로 숙여 안장 고리를 잡은 후 고삐를 완전히 놓고 천천히 몸을 일으켰다. 그리고는 무릎을 펴면 두 팔을 옆으로 쭉 뻗었다.

"됐다!" 스캔다르가 소리를 지르자 스카운드럴도 신이 나서 울어 댔다. 플랫폼에서 지켜보고 있던 그린들이 일제히 환호했다. 그는 해냈다. 그는 안장 위에서 일어섰고 스카운드럴의 두 날개가 양옆에서 힘차게 오르내리고 있었다. 아드레날린이 그의 몸을 쫙 타고 흘렀다. 살아 있음을 이렇게 생생하게 느낀 적은 없었다. 물의 고리는 코앞이었다. 이제 몇 미터만 가면…… 아니, 그렇지 않았다.

리케시와 타이들워리어가 그들의 앞을 가로막고는 뒷발로 일어섰다. 리케시가 손바닥을 들어 경주 중인 네슬링들에게 얼음 파편을 쏘았다. 스카운드럴은 번개처럼 잽싸게 워리어의 거대한 발굽 아래로 급강하했다. 스캔다르는 나가떨어졌지만 천만다행으로 다시 안장으로 떨어졌다. 하지만 워리어의 왼쪽 발에서 솟구치는 물을 피하면서 리케시의 얼굴을 본 순간, 스캔다르는 온몸의 피가 얼어붙는 것 같았다. 리케시의 눈이 희번덕거리고 있었다. 개브리얼에게서 봤던 바로 그 표정이었다. 그는 뭐에 씐 듯했다.

쾅!

월윈드시프는 그렇게 빨리 방향을 틀지 못했기 때문에 워리어의 왼쪽 어깨에 세게 부딪쳤다. 근육 덩어리 두 마리가 어찌나 세게 충돌했는지 그 아래 이어리의 초록색 캐노피에까지 그 소리가 메아리쳤다. 워리어는 억센 턱으로 시프의 목을 짓눌렀다. 시프는 울부짖으면서 자기보다 덩치 큰 유니콘에게 원소 블라스트를 쏘아 댔지만 리케시와 워리어는 공격을 멈추지 않았다. 그 와중에 앰버는 그녀의 님로 안장에서 완전히 옆으로 튕겨 나갔다.

앰버는 추락하고 있었다. 월윈드시프가 울부짖고 포효하면서 필사적으로 자기 라이더를 쫓아가려고 했지만 워리어의 턱에서 빠져나가지 못했다. 유니콘들은 라이더가 절대로 자기 등에서 떨어지게 해서는 안 된다는 것을 잘 알고 있다. 그렇지만 앰버 페어팩스는 떨어지고…… 계속 떨어지고 있었다.

다른 그린들은 앰버가 이어리의 캐노피로 곤두박질하는 모습을 보면서 당황하고 비명을 질러 댔다. 펜과 애덜라가 얼른 그들의 유니콘에 올라탔지만 스캔다르는 그들이 너무 늦었다는 것을 알았다. 그리고 스카운드럴도 알았다. 스캔다르는 연을 통해 그것을 알 수 있었다.

그들은 조금도 망설이지 않고 앰버의 추락하는 실루엣을 따라 수직으로 곤두박질했다. 얼마나 빠르게 떨어지는지 스캔다르의 귀가 다 울릴 지경이었다. 그는 이러다 자기 머리가 터질지도 모른다고 생각했다. 그다음 순간, 그들은 기적적으로 앰버보다 밑에 가 있었다. 스카운드럴이 검은 목을 쭉 빼서 앰버가 거기 부딪혔다가 스캔다르의 가슴에 안길 수 있게 했다. 앰버는 즉시 의식을 잃었다. 스카운드럴과 충돌하면서 멍이 심하게 들긴 했지만 그녀는 무사했다.

그들은 속도를 늦추어 앰버를 선셋 플랫폼까지 데려갔다. 스카운드럴은 급격한 하강 비행을 한 데다가 사람을 둘이나 태운 탓에 숨을 헐떡거렸다. 모두가 입을 다물지 못하고 침묵하는 가운데, 펜과 애덜라가 두 팔을 뻗어 기절한 앰버를 스카운드럴의 등에서 끌어 내렸다. 시프가 자기 라이더에게 속보로 달려왔고 스카운드럴은 그 밤색 유니콘을 향해 걱정스러운 울음소리를 냈다.

스캔다르가 먼저 입을 열었다. "리케시는 어디 있어요?"

애덜라가 손가락으로 가리켰다. 마커스와 패트릭에게 두 손을 뒤로 결박당한 리케시는 워리어의 옆구리에 파도 모양 머리를 기댄 채 늘어져 있었다.

프림은 리케시에게 미안해했다. "리케시, 네가 중대장이라는 건 알지만 우리가 위험을 무릅쓸 수는 없어. 내가 너의 다음 서열로서 이렇게 해야 한다고 결정한 거야. 풀어 줘도 괜찮다고 확신이 설 때까지는……."

"이럴 필요 없어요! 어떻게 된 일인지 내가 알아요!" 스캔다르가 그들에게 달려갔다.

"스캔다르, 나도 모르겠어, 내가 나를 믿어도 되는지……." 리케시가 신음했다.

스캔다르는 리케시의 갈색 팔에서 시프와의 난투극에서 입은 화상 자국을 보았다. 그의 눈에 평소의 밝고 유머러스한 기운은 온데간데없었다. 이제 그 눈에는 공포만 어려 있었다.

"전에도 이런 일이 있었어요. 나와 내 친구가 개브리얼이라는 흙 월더 네슬링에게 다짜고짜 공격을 당했거든요. 그 네슬링은 야생 유니콘에게 조종당하기라도 하는 것처럼 피에 굶주린 기분이 들었다고 했어요."

리케시는 침을 삼켰다. "나는 야생 유니콘에 씌었던 게 아니야. 타이들워리어에게 조종당하는 기분이었어. 내 유니콘이 내 머릿속에 들어와서 연을 통해 그런 감정을 불어넣었어. 난 알 수 있어, 그게 워리어였다는 거."

스캔다르는 충격받은 티를 내지 않으려 애썼다. "라이더가 자기 유니콘에게 빙의되었다고요?"

"그런 느낌이었어."

"개브리얼은 이제 괜찮아요, 아무렇지도 않죠." 스캔다르는 리케시를 안심시키기 위해 말했다. "하지만 내 친구 미첼은 이 일이 자연의 파괴, 그러니까 원소들의 교란과 관련이 있다고 생각해요."

"야생 유니콘들이 살해당해서 나한테 이런 일이 일어났다는 거야?"

"그럴지도 몰라요. 단지 하나의 가설일 뿐이지만." 스캔다르는 어느새 미첼처럼 말하고 있었다.

리케시는 유니콘의 옆구리에 다시 쓰러졌다. "이런 일은 있을 수 없어. 이어리에서 라이더들이 비행 중에 난데없이 빙의되는 일이 일어나다니! 실버들은 어떻게 되는 거야? 가공할 마법의 힘을 지닌 실버 유니콘에 빙의된다면……." 그는 말꼬리를 흐렸다. "이어리에도 실버가 하나 있잖아, 맞지? 플로런스 셰코니인가? 라이더들이 죽어 나갈 거야. 사람들이 많이 죽을 거야. 정말 무서웠어, 스캔다르. 전혀 제어가 안 되더라고. 그냥 앰버와 시프, 너와 스카운드럴을 죽이고 싶었어. 모두 죽이고 싶었어."

스캔다르는 뭐라고 말을 해야 할지 몰랐다.

"누군가가 야생 유니콘 킬러를 막아야 해." 리케시가 중얼거렸다. "다른 그린들은 괜찮지? 우린 떠날 준비를 한다."

스캔다르가 무슨 말이냐고 물어보려 했지만 프림이 허둥지둥 중대장의 팔에 입은 화상을 자세히 살펴봐야 한다면서 그를 물러나게 했다.

그가 스카운드럴을 타고 그 자리를 떠나려는데 앰버가 슬그머니 다가와 그의 귀에 대고 속삭였다.

"라이더가 뭐에 씌는 일이 두 번이나 일어나고 그때마다 네가 그 자리에 있다는 게 무진장 이상하지 않니?"

"난 단지 내가 운이 없었다고 생각해." 스캔다르는 이렇게 대꾸했지만 바비가 그에게 했던 말을 떠올리지 않을 수 없었다. '난 다른 친구들을 사귀어야겠어. 노래 속의 예언에 신경 쓰지 않는 친구, 하루가 멀다 하고 자기 친구들을 모험에 끌어들이지 않는 친구!' 그리고 이제 그의 주위에서 누군가가 빙의되었다. 또 이런 일이 일어났다.

앰버는 킬킬대면서 시프의 등에 올라탔다.

스캔다르는 화가 났다. 이건 그의 잘못이 아니었다. 어떻게 의식도 없던 애가 저렇게 빨리 참아 주기 힘든 성질머리로 돌아올 수 있을까? "있잖아, 난 네가 목숨을 구해 줘서 고맙다고 말하러 오는 줄 알았어. 하지만 웬걸, 내가 하지도 않은 일을 비난하러 온 거였구나. 늘 그랬던 것처럼 말이야."

"미안하게 됐네. 하지만 난 작년에도 네가 분명히 한 일을 비난했는 걸. 옳은 말을 하는 게 잘못은 아니잖아!" 앰버도 화가 난 것처럼 보였다. "그리고 내가 고맙다고 말하길 바라니? 너 때문에 우리 아빠가 감옥에 갔어! 너 때문에 우리 아빠가 스피릿 윌더라는 걸 모르는 사람이 없어! 너 때문에 우리 엄마는 요즘 늘 화가 나 있어."

스캔다르는 갑자기 이해할 수 있었다. "그래서 요즘 네가 콰르텟에 못 끼는 거야? 그런 거야? 걔들이 네 아빠 때문에 널 버렸어?"

"걔들은 날 버리지 않았어." 앰버는 대차게 말했지만 목소리가 흔들렸다. "난 너에게 경고하는 거야, 스캔다르 스미스, 네가 또 누구를 조종하면……."

"내가 그러는 게 아니야!"

"다른 라이더가 살인마처럼 돌변할 때 네가 또 그 자리에 있다면 난 너를 실버 서클에 신고할 거야."

"협박하는 거야?" 스캔다르가 성난 목소리로 말했다.

"물론이야." 앰버가 서슴없이 말하는 동안 월윈드시프는 그녀를 태우고 선셋 플랫폼을 박차고 날아갔다.

―――――――

플로와 미첼이 실버스트롱홀드에 잠입하기로 한 날을 하루 앞두고 스캔다르와 미첼은 제이미에게 변장용품을 받아 오기 위해 포포인트로 갔다. 가장 친한 사이인 스카운드럴과 레드는 포포인트의 상점가를 나란히 걸어갔다. 스캔다르는 이렇게 말쑥한 모양새로 단정하게 행동하는 레드가 여전히 낯설었다. 레드가 시도 때도 없이 재를 트림하고 방귀에 불을 붙이거나 털을 불처럼 이글거리던 때가 오백 년은 된 것 같았다. 스캔다르는 미첼이 필사적으로 아버지 눈에 들고 싶어 하니까 레드도 그 마음을 이해해서 저러는구나 싶었지만 요즘 들어 이 핏빛 유니콘이 슬퍼 보인다는 생각을 하지 않을 수 없었다. 스카운드럴이 그의 생각을 읽은 듯 레드를 향해 얼음 결정을 코로 뿜었다. 예전 같으면 레드는 이런 놀이를 기다렸다는 듯 불을 뿜어 얼음을 녹여 버렸을 것이다. 하지만 오늘의 레드는 윤기 흐르는 붉은 털가죽에서 얼음이 저절로 녹을 때까지 가만히 있었다. 스캔다르는 스카운드럴이 실망하고 예전의 레드를 그리워하는 것을 연을 통해 느낄 수 있었다.

"오오, 챕터스오브카오스!" 미첼이 탄성을 지르며 서점 앞에서 레드의 속도를 늦추었다.

스캔다르는 한숨이 났다. "우리 제이미 만나러 가는 거 아니었어?"

"시간은 넉넉해. 게다가 마상 시합에 관한 특별한 책을 크레이그에게 주문해 뒀단 말이야. 신간이야. 그 책에서 새로운 무기에 대한 정보를 얻으면 아버지를 깜짝 놀라게 할 수 있을 거라 생각했거든."

스캔다르는 미첼이 책방을 그냥 지나칠 리 없고 더욱이 여기 책방 주인과 미첼은 서로 이름을 부를 만큼 막역한 사이라는 것을 잘 알고 있었다. 그래서 두 사람은 안장에서 내려와 유니콘의 고삐를 낮게 드리운 나뭇가지에 묶었다. 스캔다르는 스카운드럴을 달래려고 얼마 안 남은 젤리베이비즈 중에서 한 알을 건넸다. 유니콘은 괜찮다고 말하듯 그의 손에 정답게 코를 비벼 댔다.

그들이 서점으로 들어가자 문 위에 달린 자그마한 종이 울렸다. 다른 손님이 책방 주인 크레이그와 한창 대화를 나누고 있었기 때문에 미첼은 자기가 이미 읽은 책들을 가리키며 스캔다르에게 간략하게 책 소개를 했다. 신랄한 한 줄 심사평이었다. "솔직히 저 책은 진실의 노래보다도 허무맹랑해." "차라리 카오스 카드를 참고하는 게 나을 거야!"

"아, 이 책은 진짜 괜찮았어." 미첼이 책꽂이에서 『도서관 너머로』라는 책을 꺼내면서 말했다. "하지만 이 책 때문에 어릴 적에 좀 골치 아픈 일도 있었지."

"책 때문에 골치 아플 일이 뭐가 있어?" 스캔다르는 호기심이 일어났다.

미첼은 대답 대신 책의 목차를 펴고 '시크릿 스와퍼(Secret Swappers, 비밀 교환자)'라는 장 제목을 손가락으로 짚었다. "열 살 때였나, 친할머니가 많이 편찮으셨어. 아버지는 할머니 병을 고치려고 무척 애를 썼지. 아버지는 물 마법을 써서 할머니를 고칠 방법을 찾아야 한다고 굳게 믿었던 것 같아."

미첼이 한숨을 쉬고는 말을 이었다. "난 정말 아버지를 돕고 싶었어. 그러면 모든 게 나아질 줄 알았어. 할머니의 건강, 나에 대한 아버지의 생각, 그 무렵부터 냉랭해진 아버지와 어머니의 관계도……. 그래서 열심히 조사를 해 봤고 시크릿 스와퍼들에 대해서 알게 된 거야." 책방안이 따뜻한데도 미첼은 몸서리를 쳤다. "그들은 말 그대로 비밀을 교환해. 도서관에 없는 지식도 그들에겐 있어. 그들에게 뭔가 비밀을 알려 주면 그들도 그 대가로 원하는 정보를 알려 준다는 거야. 비밀은 비밀로 갚는다."

"그래서 그들을 만나 봤어?" 스캔다르는 조바심이 났다. 미첼이 하는 이야기는 항상 너무 자세하게 늘어지곤 했다.

"거의." 미첼은 약간 겁에 질린 표정이었다. "그들의 나무 집으로 올라가려고 사다리에 발을 올려놓기까지 했는데 아버지에게 딱 걸렸지 뭐야. 아버지는 나를 어깨에 들쳐 메고 그대로 집으로 달려왔어. 나는 오는 내내 꾸지람을 들었고."

"왜? 왜 네가 꾸지람을 들어? 넌 도우려고 애썼잖아!" 스캔다르는 분개하며 말했다.

"나는 그 장을 끝까지 읽지 않았거든." 미첼은 이렇게 말하며 책을 다시 제자리에 꽂았다. "중요한 경고가 있었는데 그걸 읽지도 않고 행동이 앞섰던 거야. 시크릿 스와퍼들은 좋은 사람이 아니야, 스캔다르. 만약 네가 그들에게 말한 비밀이 사실이 아닌 게 밝혀지면, 그러면……."

"그러면?"

"그들이 널 죽여."

스캔다르는 충격을 받은 나머지 아무 말도 떠오르지 않았다.

크레이그와 얘기를 나누던 손님이 나가면서 문에서 종소리가 났다. 크레이그는 미첼을 오랜 친구처럼 맞이했고 스캔다르는 시크릿 스와퍼들이 어떻게 사람을 죽일지 생각하지 않으려고 노력하면서 괜히 책장을 둘러보는 척했다. 지난번에 상점가에 물건을 사러 왔을 때의 경험은 그리 유쾌하지 않았으니까.

그렇지만 크레이그가 그도 반갑게 맞이해 주는 바람에 스캔다르는 놀랐다. 크레이그는 미첼에게 그와 스카운드럴 얘기를 많이 들었다고 했다. "주문한 책이 어제 들어온 것 같은데, 미첼. 우리 나무 집에 올라가자. 내가 스캔다르에게 보여 주고 싶은 것도 있고." 크레이그는 그렇게 말하고는 문 위의 팻말을 '영업 중'에서 '영업 종료'로 뒤집어 놓았다. 스캔다르는 책방에서 크레이그의 나무 집으로 어떻게 올라가라는 건지 어안이 벙벙했다. 중앙의 나무 몸통에는 계단이나 발판이 전혀 보이지 않았고 온통 책장으로 둘러싸여 있었다.

"크레이그? 사다리는 어디 있어요?" 미첼도 영문을 모르기는 마찬가지였다.

책방 주인은 정수리에 틀어 올린 머리 뭉치가 흔들릴 정도로 껄껄대고 웃었다. 그렇게 웃으니 크레이그는 스캔다르보다 고작 몇 살 많은 게 아닌가 싶을 만큼 젊어 보였다.

"아, 그렇지, 너도 이거 마음에 들 거야. 돌아가신 아버지가 이걸 만드셨어. 아버지는 책방에는 최대한 책이 많이 들어가야 한다고 생각하셨거든." 크레이그가 책장에서 『나무 몸통에 대한 감질나는 이론』이라는 책을 뽑더니 그 틈에 손을 넣어 숨겨져 있던 손잡이를 당겼다. 쉬익 소리와 함께 일부 책장들이 나무 몸통에서 빠져나왔다. 아래쪽은 많이, 위로 갈수록 적게 빠져나와 나무 집으로 올라가는 나선형 계단이 만들어졌다.

미첼은 입을 완벽한 O 자 모양으로 벌리고 나무 몸통을 바라보았다. 그는 크레이그를 따라 올라가면서 스캔다르에게 말했다. "우리 나무 집에도 이런 걸 만들 수 있을 것 같지 않아?"

"뭐 하러?"

"책을 더 많이 들일 수 있잖아!"

"바비가 어떻게 생각할지……." 스캔다르는 이렇게 입을 열었다가 갑자기 슬퍼져서 말문이 막혔다. 미첼이 나무 집에 책을 더 많이 들이자고 하면 바비가 얼마나 재치 있고 웃기는 말을 쏟아 낼지 알고 있었지만 이제 그는 그런 말을 듣지 못할 것이다. 이제 바비는 다른 사람에게나 그런 말을 할 것이다.

나선형 계단을 끝까지 올라가자 아래 책방보다 더 책이 많은 공간이 나타났다. 크레이그는 미첼에게 가장 최근에 배달 온 책 꾸러미를 살펴보라고 하고 스캔다르를 구석의 책상으로 데려갔다. 오래됐지만 관리가 아주 잘된 그 책상은 상판에 초록색 가죽이 깔려 있었고 모서리마다 금빛 소용돌이 무늬가 있었다.

"미첼에게 네 얘기를 듣자마자 책도 없이 스피릿 원소 훈련을 하려면 얼마나 힘들까라는 생각밖에 안 들었어!" 스캔다르는 크레이그가 목에 걸고 있던 열쇠로 책상 서랍을 여는 모습을 흥미진진하게 지켜보았다. "하지만 그 후엔 이런 생각이 들었지. 책은 사라졌을지언정 지식은 그렇지 않다고."

스캔다르는 움찔했다. 혹시 크레이그는 그가 애거서에게 배운 것을 글로 남겨 주기 바라는 걸까? "전 아직 아는 게 별로 없어요! 이제 겨우 제대로 해 보려는……."

"아냐, 아냐, 네가 오해한 것 같구나." 크레이그는 책상 서랍에서 손으로 쓴 메모 뭉치를 꺼냈다. "네 덕분에 스피릿 윌더들이 작년에 감옥에서 풀려났잖아. 그들은 여러 책에서 얻은 지식을 간직하고 있었어, 바로 여기에." 그가 자기 머리를 톡톡 쳤다. "그들을 찾는 건 쉽지 않았단다. 스피릿 윌더들은 대부분 여전히 실버 서클이 두려워서 숨어 지내거든. 하지만 내가 그들에게 우호적이라는 소문이 나서 그들과 줄곧 얘기를 나누며 지낼 수 있었어. 그들의 기억을 기록으로 남기고 그들의 이야기를 수집해 왔단다."

"너무…… 너무 대단하세요!" 스캔다르는 이 아일랜더가 정말로 스피릿 윌더들을 도우려 한다는 게 믿기지 않아 탄성을 질렀다. "제가…… 제가 좀 읽어 봐도 될까요?"

크레이그가 종이 뭉치를 스캔다르에게 건넸다. "그때그때 메모한 거라서 알아보기 힘든 것도 많이 있을 거야. 하지만 자료가 좀 더 많이 모이면 책으로 만들어 볼 생각이야."

스캔다르가 책방 주인의 깨알 같은 손글씨를 해독하려 애쓰는 동안 크레이그는 미첼을 도와주러 갔다. 상당 부분은 스캔다르가 이해하기 힘들었지만 종이 뭉치를 넘겨 보는 중에 어떤 단어가 그의 눈을 사로잡았다.

'멘더.'

"크레이그?" 스캔다르가 다급하게 책방 주인을 찾았다. "이것 좀 읽어 주실래요?"

책방 주인이 얼른 다가오자 스캔다르는 그 종이를 건넸다. 크레이그가 고개를 끄덕거렸다. "아, 그래, 어느 연세 많은 스피릿 윌더에게 들은 내용이야. 그분 이야기가 굉장히 도움이 됐지."

크레이그는 목청을 고르고 메모를 큰 소리로 읽기 시작했다.

멘더: 유니콘이 야생에서 부화하더라도 그 유니콘과 운명 지어진 라이더와 다시 연으로 맺어 줄 수 있는 스피릿 윌더. 멘더는 서로 맺어져야 할 야생 유니콘과 라이더를 식별하기 위해 자신의 유니콘과 함께 꾸는 꿈에 의지한다. 꿈속에서 멘더는 연을 놓친 라이더에게로 향하고 멘더의 유니콘은 연을

놓친 유니콘에게로 향한다. 멘더인 라이더와 그의 유니콘은 연을 통해 서로의 위치를 바꾼다. 이 단계가 무엇보다 위험한 이유는 라이더의 꿈속 존재가 야생 유니콘에게 갇혀 버리면 대개 죽음으로 이어지기 때문이다.

"죽음?" 미첼이 옆에서 불쑥 말하는 바람에 스캔다르는 놀라서 펄쩍 뛰었다. 그는 방 반대편에 있던 미첼이 어느새 옆에 와 있는 것도 몰랐다.

"더 들을래?" 크레이그가 물었다.

스캔다르가 힘차게 고개를 끄덕였다.

그러므로 앵커(anchor, 닻)를 권장한다. 앵커는 라이더가 조난 상황에서 자기 자신에게 돌아오게 하는 사람 혹은 사물이다. 경험이 풍부한 멘더는 꿈속 존재를 이용하여 자유롭게 돌아다니며 연을 놓친 라이더들을 찾을 수 있지만 어린 멘더는 특정인에게 집중하는 편이 낫다. 일반적으로 연을 놓친 라이더가 어릴수록 연을 수선하는 과정이 더 쉽다. 유니콘이 야생으로 오래 자랄수록 불완전한 연을 보완하는 데 에너지가 많이 든다.

"흥미롭지?" 크레이그가 말했다.

"완전요." 스캔다르는 이렇게 대답하면서 마음이 어지러웠다.

"크레이그가 스피릿 윌더의 지식을 수집하러 다니다니, 이게 실화야?" 10분 후 미첼은 제이미의 대장간으로 향하면서도 내처 그 얘기만 하고 있었다. "책방 주인이고 반골 체질인데 누가 그 사람을 가로막겠어."

하지만 스캔다르는 크레이그의 메모에만 온 생각이 쏠려 있었다. '연을 놓친 라이더가 어릴수록 연을 수선하는 과정이 더 쉽다.' 미첼과 플로가 내일 당장 실버스트롱홀드에 들어가서 얼마나 다행인지. 케나가 라이더가 될 운명이었는지 확실해지면 당장 꿈에 매달릴 테다. 얼마나 힘든 일이 되려나? 꿈에 익숙해지는 동안은 야생 유니콘 살상을 막는 데 집중할 테다. 그래야 원소들의 교란이 끝나고 케나의 유니콘도 안전할 테지. 그리고 나면 누나를 불러도 될 만큼 아일랜드가 안정되고……

"스캔다르," 그들이 대장간 앞에 다다라 유니콘에서 내릴 때 미첼이 그를 혼자만의 생각에서 끌어냈다. "애거서에게 말하기 전에 그 꿈을 시도해 보진 않을 거지? 크레이그는 분명히 죽음이라고 했어, 죽음!"

"당연하지." 스캔다르는 마음에 없는 말을 했다.

제이미가 소속되어 있는 대장간에는 경사진 금속 지붕이 있었는데 울창한 나무 네 그루가 그 지붕 모서리를 떠받치고 있었다. 스캔다르는 바깥에서도 불에서 치솟는 열기를 느끼고 망치 내리치는 굉음을 들을 수 있었다. 이따금 섬광처럼 번득이던 쇠가 거대한 원형 물통에 들어가 쉬익 소리를 내곤 했다.

제이미의 초록색과 갈색 짝눈이 그들을 발견했다. "늦었잖아." 제이미가 그을린 눈썹을 찌푸리면서 스캔다르에게 나무라듯 말했다.

"야, 미첼도 늦었는데 왜 나한테만 그래!"

"신경 쓰지 마." 제이미는 이렇게 말하고는 가죽 앞치마의 커다란 앞주머니에서 검은색 천으로 싼 물건을 꺼냈다. 미첼은 그 물건을 받아서 ── 누가 보지 않는지 주위를 살핀 후 ── 슬쩍 들춰 보았다.

그거였다. 미첼은 실버스트롱홀드에 들어간다는 무모한 계획이 눈에 띄지 않게끔 —— 언제나 그렇듯 —— 천재적으로 머리를 썼다. 센티널 가면 복제품은 감쪽같았다.

스캔다르가 제이미에게 가면을 그려 주긴 했다. 일부는 스캔다르 본인의 기억과 플로의 묘사에 의존했고, 일부는 《해처리 헤럴드》의 오래된 사본에 실린 센티널들의 흐릿한 클로즈업 사진들을 훑어보고 해결했다. 제이미는 가면을 몰래 만들어 주기로 마지못해 동의했다. 진짜 센티널 가면처럼 순은은 아니었지만 제이미는 저렴한 은회색 페인트로 진짜와 거의 구분되지 않는 색감을 구현해 냈다.

"제이미, 이거 엄청나다!" 스캔다르가 속삭였다.

"너희가 무슨 짓을 하는 건지 알고 있길 바라." 제이미가 험악하게 대꾸하고는 미첼에게 빨리 가면을 안장 가방에 넣으라고 필사적으로 손짓했다. "내가 스트롱홀드에서 일하는 대장장이들을 몇 명 아는데, 요즘 매닝이 보안에 엄청 집착한다더라. 그것도 그렇고, 이걸 써도 센티널들보다 훨씬 어리다는 게 티가 나지 않겠어?"

"난 그렇게 생각 안 해." 미첼이 자신만만하게 대꾸했다. "작년에 플레질링 두 명이 노매드 판정을 받고 스트롱홀드에 들어갔어. 누가 내 정체를 밝히라고 하면 그 둘 중 하나의 이름을 댈 거야. 내가 해결책을 다 마련해 놨지."

"미첼은 계획만 확실하면 무섭도록 느긋해진다니까. 그 계획이 아무리 위험한 것이어도 말이지." 스캔다르가 눈살을 찌푸리고 있는 제이미에게 속닥거렸다.

미첼은 그러거나 말거나 무시했다. "이봐, 플로는 스트롱홀드에 들어가거나 나갈 때 항상 센티널을 한 명 불러서 대동해야 해. 내가 개랑 같이 드나드는 건 —— 내가 센티널이 되면 —— 누가 봐도 당연할 거야. 나는 네가 만들어 준 이 훌륭한 가면으로 얼굴을 감추고 모두가 실버 서클 행사에 몰려갈 때 기록을 확인하는 거지. 작년에 감옥에 잠입했던 것보다는 훨씬 쉬울걸?"

제이미는 그렇게 생각하지 않는 듯했다. "네가 스캔다르가 누나에 대해 확인하는 걸 도와주고 싶어 하는 건 알아. 하지만 조심하겠다고 약속해, 알았지?"

미첼의 불꽃 머리가 확 환해졌다. "약속해, 제이미. 넌 아무것도 걱정하지 않아도 돼."

이 사태의 원인 제공자인 스캔다르는 미안한 마음에 다른 얘기를 꺼냈다. "카자마 사령관이 야생 유니콘 킬러를 찾고 있는지 뭐 좀 들은 것 있어? 범인이 위버라고 생각하는 것 같아?"

"다들 그렇게 생각하지 않아?" 제이미가 모랫빛 머리카락을 쓸어 넘기면서 말했다. "소문으로는, 니나가 지금은 진실의 노래를 진지하게 받아들인대. 최초의 라이더의 선물에 대해서도 조사 중이라고 들었어. 그게 유용한 무기라잖아. 하긴, 왜 안 그러겠어? 아일랜드가 분노를 느끼고 있어. 너도 그렇게 생각하지 않아?"

"오, 안 돼, 안 돼, 오, 안 돼." 미첼이 갑자기 중얼중얼했다. "누가 날 좀 숨겨 줘, 누가 스캔다르도 숨겨 줘야 해, 누가……."

하지만 너무 늦었다. 아이라 핸더슨이 그들을 향해 뚜벅뚜벅 걸어오고 있었다. 화가 잔뜩 난 표정으로.

"포포인트에서 이 친구하고 붙어 다니다니, 뭐 하는 거냐?" 아이라 핸더슨이 턱으로 스캔다르 쪽을 가리키면서 씩씩거렸다.

"아, 아, 아무것도, 아버지, 전 그냥……."

"스캔다르는 절 보러 온 겁니다." 제이미가 아이라에게 한 걸음 나가면서 단호하게 말했다. "저는 스캔다르의 갑옷 제조공이니까요."

"사실입니다. 미첼은 저하고 말도 안 합니다. 방을 같이 쓰는데도요. 얘는 스피릿 윌더를 싫어해요. 스피릿 윌더는 사악한 쓰레기라고 생각하죠……" 스캔다르가 말했다.

"포포인트에는 마상 시합에 대한 신간 도서를 찾으러 왔어요, 아버지." 미첼이 재빨리 말했다. "보세요, 이게 그 책이에요. 마상 시합 토너먼트에서 쓸 수 있는 무기들에 대해서 알아보려고요."

아이라 핸더슨은 그 말에 정신이 팔려 책을 내려다보았다. 스캔다르와 제이미는 미첼의 아버지가 그들이 급조한 이야기를 믿어 주기 바라면서 천천히 대장간 안쪽으로 물러났다.

"내가 훈련에 대해 써 보낸 편지를 진지하게 생각하는 것 같아 기쁘구나." 아이라가 누그러진 태도로 말했다. 그러고는 흡족하게 덧붙였다. "레드나이츠딜라이트도 아주 영특해 보이고."

"레드는 정말 똑똑해요. 저도 진지하게 생각하는 것 맞고요. 정말이에요." 미첼의 목소리에서 안도감이 묻어났다.

"내일 물의 야드에 점심 초대를 받았는데 너도 같이 가자꾸나."

스캔다르와 제이미가 일 났다는 표정으로 서로 얼굴을 바라보았다. 플로는 스트롱홀드에 열두 시까지 가 있어야 했다.

"아버지와…… 야드에요? 내일? 몇 시에요?" 미첼의 목소리가 갈라졌다.

"열한 시에 집에서 보자꾸나. 너는 중요한 분들을 뵙게 될 거다. 작년의 물 원소 위원회에 계셨던 분들도 있고. 미첼, 네가 사령관이 될 마음이 있다면 일찌감치 이런 인맥을 쌓아 두는 게 좋아. 그리고 스피릿 윌더와는 앞으로도 계속 상종하지 않도록 해." 아이라가 대장간 쪽을 날카롭게 노려보고 이 말을 덧붙였다. "날 실망시키지 마라."

아이라는 아들의 대답을 기다리지도 않고 거리를 성큼성큼 걸어갔다. 그의 땋은 머리채 속에서 물이 번득거렸다.

9장

실버스트롱홀드

스캔다르는 아이라가 미첼에게 물의 야드에 같이 가자고 한 때부터 실버스트롱홀드 잠입 계획은 망했다는 걸 알았다. 미첼은 지난 1년간 많이 변했지만—스피릿 윌더들이 다 나쁜 건 아니라고 생각하게 된 것부터가—스캔다르는 그가 아버지의 초대를 절대 거절할 수 없다는 것을 잘 알았다.

"아버지를 실망시킬 순 없어. 아버지에겐 정말 중요한 일이야. 그냥 난 못하겠어. 정말 미안해, 스캔다르." 미첼은 아침에 아버지를 만나러 떠나면서 이렇게 말했다. "오늘 저녁에 훈련장에서 보자."

스캔다르는 미첼에게 아버지를 따라 물의 야드에 가지 말라고 할 수 없었다. 물의 야드는 최고의 물 윌더들이 훈련하는 장소였다. 그는 미첼이 얼마나 아버지의 자랑이 되고 싶어 하는지, 얼마나 아버지를 무서워하는지 알고 있었다. 그런데도 미첼은 아버지의 노여움을 살 위험을 무릅쓰고 스피릿 윌더와 친구로 지내고 있었던 것이다.

그래서 스캔다르는 새로운 계획을 세웠다. "플로, 미첼 대신 내가 갈게."

"넌 스피릿 윌더야, 스카. 넌 실버스트롱홀드에 가면 안 돼!"

"하지만 생각해 봐, 잠시만 생각해 보라고." 스캔다르가 애걸했다. 그도 위험하고 어리석은 일이라는 걸 알고 있었지만 밤새 곰곰이 생각해 봤다. 케나가 연을 놓친 스피릿 윌더라는 걸 확인만 하면 멘더의 꿈은 어렵잖게 찾아오리라는 확신이 있었다. 크레이그의 메모는 어린 멘더는 특정인에게 집중해야 한다고 가르쳐 주었다. 케나에 대한 진실을 알면 분명히 도움이 될 것이다. 그러면 평범한 꿈과 마법의 꿈이 어떻게 다른지 분명히 구분할 수 있으려나?

"스카운드럴의 하얀 무늬를 가리고 내가 가면을 쓴다면 어차피 달라질 것도 없잖아. 올해 안에 스트롱홀드에서 이렇게 큰 행사를 또 한다는 보장도 없고. 만약 내가 보호할 수 있기 전에, 연을 수선하는 법을 배우기도 전에, 위버가 케나의 야생 유니콘을 죽여 버리면 어떡해?"

"바비와 팔콘이 가면 안 될까?" 플로도 필사적이었다.

"걔가 당장 하겠다고 할 리 없다는 거 알잖아. 너무 늦었어. 10분 안에 출발해야 해. 플로, 제발, 부탁이야."

플로는 심호흡을 하고는 눈을 감고 말했다. "너 내가 하라는 건 다 해야 해. 전부 다. 그리고 무슨 일이 있어도 우린 해 질 녘에는 돌아와야 해. 오늘 밤에 마상 시합 훈련이 있잖아, 기억하지?"

스캔다르가 플로에게 달려들어 목을 끌어안았다. "고마워, 정말!"

"널 위한 게 아니야. 케나를 위한 거지." 플로가 나지막하게 말했다.

하지만 한 시간 후 스캔다르는 거의 울기 직전이었다. 그와 플로는 포포인트의 가장자리에서 실버스트롱홀드로 이어지는 대로에 들어서려는 참이었다. 길가에는 은빛 자작나무가 늘어서 있었다. 스카운드럴스럭은 검은색 발굽 광택제로 하얀 무늬를 가리기를 죽어라 거부하고 있었다. 심지어 빨간색 젤리베이비즈로 유혹했는데도 넘어오기는커녕 이를 악물고 저항했다.

"정말 미안해, 스카운드럴, 알지? 다른 방법이 없어서 그래. 제발, 그냥 가만히 있으면 안 되겠니?" 스캔다르가 유니콘을 달래면서 플로를 불안한 얼굴로 바라보았다. "애를 여기 그냥 두고 가면 안 될까? 걸어 들어가면 안 돼?"

"센티널은 늘 유니콘을 타고 나와 함께 들어가, 스카."

"내가 레드를 타고 올 걸 그랬나 봐." 스캔다르는 이렇게 푸념하면서 11월의 추위에 곱은 손으로 스카운드럴의 머리를 낮추려고 안간힘을 썼다.

"레드가 네 말을 들을 리 없잖아. 아마 네 다리를 물어뜯으려고 했을 걸." 플로도 덜덜 떨면서 말했다.

"스카운드럴, 제에에에에발!" 스캔다르는 사정했지만 유니콘은 광택제를 칠한 손가락을 덥석 물어 버렸다. "오늘만이야, 오늘만. 약속할게. 작년 같지 않을 거야. 내가 나오자마자 싹 지워 줄게!"

"스카," 플로가 유니콘 깃털처럼 부드럽게 그의 팔을 건드렸다. "블레이드를 잡고 있어. 내가 해 볼게. 너 지금 너무 흥분했어."

플로는 몇 번의 시도 끝에 마침내 스카운드럴의 머리에 길게 나 있는 하얀 무늬를 충분히 가릴 수 있었다. "다 됐어, 스카운드럴. 잘했어." 플로가 땀으로 축축해진 스카운드럴의 목을 토닥거리면서 말했다.

스캔다르는 뺨에 흐른 눈물을 얼른 닦았다. 그는 스카운드럴과 부딪히는 게 끔찍이도 싫었다. 스카운드럴의 스피릿 상징을 숨기고 다시 물 월더인 척해야 하는 것도 싫었다. 하지만 케나가 스피릿 월더가 맞는지 알아낼 수만 있다면 그럴 만한 가치가 있었다. 그는 진즉에 진실을 말하지 않음으로써 케나를 힘들게 했지만 ── 지금은 그게 잘못이었다는 것을 알고 있었다 ── 이제 상황을 바로잡을 터였다.

플로는 불안해 보였다. 플로는 규칙을 어기는 걸 싫어했고 스피릿 월더를 실버스트롱홀드에 끌어들이는 것은 그녀가 저지를 수 있는 가장 불법적인 일이었다. 포포인트를 통과하면서 그들은 더욱 심란해졌다. 밤사이에 각 구역에서 더 많은 파괴가 일어났다. 갈 바를 모르고 기진맥진한 아일랜더들이 수도로 흘러 들어와 거리를 배회하고 있었다. 플로는 몇몇 피난민 가족에게 아버지의 작업장 주소를 알려 주고 거기 가면 추위와 비를 피할 수 있을 거라고 말했다.

스트롱홀드의 대로로 들어서면서부터 플로는 숨을 크게 들이마시고 더는 아무 말도 하지 않았다. 그러다 한 번 숨을 들이마시고 입을 열었다. "스카?"

"응?"

"우리가 야생 유니콘과 원소들의 교란에 대해서는 꽤 많이 얘기했다는 거 알아. 하지만 넌 그녀에 대해선 사실상 말하지 않고 있어. 네 엄마 말이야."

스캔다르가 침을 삼켰다. "위버 말이지."

"네 엄마이기도 해. 난 네가 그 부분에 대해서 좀 더 얘기할 필요가 있다고 생각해."

"뭐 하러?" 스캔다르가 방어적으로 말했다. "우리 엄마는 살아 있고 그 여자는 악당이야. 그 이상 할 말은 없어."

플로는 고개를 저었고 블레이드도 콧방귀를 뀌었다. "그렇지 않아.

네 엄마는 거짓말을 했어. 너에게, 네 누나에게, 너의 가족 모두에게. 그 모든 거짓말, 그 모든 상처가 저절로 사라지진 않을 거야. 그리고 네가 모르는 게 너무 많잖아. 특히, 엄마가 왜 너희를 떠나야 했는지 그것도 모르잖아."

"나는 알 만큼 알아." 스캔다르가 딱딱하게 대꾸했다.

"내 말이 뭐냐 하면, 네 엄마에 대한 모든 것을 머릿속에, 가슴속에 가둬 놓고 산다면 너는 아무도 믿을 수 없게 돼. 네가 말하고 싶을 때, 내가 옆에 있을게."

스캔다르는 바비를 생각했다. 바비의 가지 뻗기에 얼마나 마음이 아팠던가. 어쩌면 아무도 진심으로 믿지 않는 편이 나을지도 모른다.

그래도 스캔다르는 큰 소리로 말했다. "고마워."

플로가 갑자기 앞쪽을 바라보았다. "여기서부터는 가면을 쓰는 게 좋겠어. 이 가로수에서 빠져나가자마자 완전히 다른 사람들의 시야에 노출될 거야."

스캔다르는 안장 가방에서 센티널 가면을 꺼내어 포장을 풀었다. 그가 끈을 머리 뒤로 넘길 때 가면이 빛났다. 스캔다르는 가면을 내려 얼굴을 덮기 직전에 플로에게 말했다. "이렇게까지 해 줘서 고마워, 플로."

"하! 고맙다는 말은 우리가 살아서 나오면 그때나 해."

"그래서 하는 말이야. 네가 이런 일 얼마나 질색하는지 아니까."

"맞아." 플로가 그를 보고 미소 지었다. "하지만 너와 관련된 일이면 난 용감해지거든."

하지만 대로에서 빠져나오고서부터 스캔다르는 전혀 용기가 나지 않았다. 눈앞에 우뚝 솟은 스트롱홀드가 스카이라인을 가리고 있었다. 스캔다르가 보기에 스트롱홀드는 서커스 천막과 비슷했다. 단, 알록달록한 줄무늬나 까르르 웃어 대는 어린이들은 없었다. 스트롱홀드의 중앙에는 꼭대기가 뾰족한 은빛 탑이 높이 솟아 있었다. 탑 한쪽 면에는 가장자리가 면도날처럼 예리한 금속판 캐노피가 드리워져 있었고, 가늘고 긴 막대가 그것을 받치고 있었다.

"저기서 오늘 실버 서클 행사가 있어." 플로가 바짝 붙어서 그에게 속삭였다. "저 경기장에서 훈련도 해. 저기 지붕 아래서. 지붕이 굉장히 빛나서 자기 유니콘이 비치는 모습까지 볼 수 있어."

그러나 그들이 경기장이나 스트롱홀드 내 다른 건물들에 들어가려면 그 전에 불청객들을 적발해서 돌려보내는 벽을 통과해야만 했다. 촘촘하게 겹쳐진 거대한 은빛 원반들은 스캔다르가 메인랜드에서 역사 시간에 배웠던 고대 로마의 테스투도*를 연상시켰다. 거대한 방패들 너머에 센티널들은 없었다. 방패들은 땅에 박혀 있었다. 단단하게. 자기 자리에서 도망칠 수 없게끔. 그곳은 흡사 전투태세를 갖춘 군영 같았다. 스카운드럴이 방패에 다가가자 스캔다르는 그 원반형 방패들의 중앙에 각기 다른 원소 상징이 새겨져 있다는 것을 알아차렸다. 불, 물, 흙, 공기. 물론 스피릿의 상징은 하나도 보이지 않았다.

"뭘 대비해서 이렇게까지 하는 거야? 전쟁이라도 하려고?" 스캔다르가 가면 속에서 중얼거렸다.

"쉿." 플로는 갈색 눈으로 그 방패 벽에서 뭔가를 찾고 있었다.

"우리 어떻게 들어가? 입구가 어디야?"

"내 뒤에서 따라오기나 해." 플로의 목소리가 갑자기 냉정해졌다. "아무 말 하지 마, 한마디도."

---

* 방패로 촘촘하게 벽을 쌓는 형태의 진형.

스캔다르가 쓴 가면의 눈구멍을 통해 플로와 블레이드가 위압적인 실버스트롱홀드로 다가가는 모습이 보였다. 실버 유니콘과 라이더는 그곳의 일원처럼 보였다. 스캔다르는 플로가 실버 서클에서 했다는 맹세를 떠올리며 두려움에 떨었다. 플로가 뭐라고 했더라? '내가 그들의 편이라면 언제나 너의 적일 수밖에 없지 않겠어?' 스캔다르 같은 스피릿 윌더는 응당 도망쳐야 할 은빛 요새로 플로가 당당하게 다가가는 그 순간만큼 그 말이 뼈저리게 다가온 적은 없었다.

블레이드는 어느 방패 앞에 멈춰 섰다. 은빛 날개가 오후의 햇살을 받아 반짝거렸다. 스캔다르는 그 방패에만 원소 상징 대신 작은 격자가 있다는 것을 알아차렸다. 플로가 마티나 안장에서 몸을 앞으로 내밀어 그 방패를 네 번 노크했다.

격자가 슈욱 소리를 내면서 열렸다. "신원을 밝히도록." 방패 반대편에서 걸걸한 목소리가 말했다.

"플로런스 셰코니와 실버블레이드입니다." 스캔다르는 플로가 너무 아무렇지도 않게 말해서 놀랐다. "이쪽은 실버 서클 모임에 저를 호위하는 센티널이고요. 음, 평소처럼요." 마지막 말을 덧붙일 때만 그녀의 목소리가 살짝 떨렸다.

"뒤로 물러서라!"

스캔다르는 이것이 좋은 징조인지 나쁜 징조인지 알지 못한 채 마음을 다잡았다. 금속 격자가 슈욱 소리와 함께 도로 닫히더니 갑자기 원반의 아랫부분이 위로 젖혀지면서 방패 벽에 블레이드와 스카운드럴이 통과할 만한 구멍이 생겼다. 스캔다르는 그들의 머리 위에 거꾸로 매달린 도개교처럼 떠 있는 방패를 쳐다보지 않으려 애썼다. 어쨌든 그는 센티널인 척하고 있었고 이곳은 가면을 쓴 경비병들이 먹고 자고 훈련하는 곳이었다. 센티널들은 실버 유니콘 없이 스트롱홀드에 출입할 수 있는 유일한 라이더들이었다. 사령관조차도 혼자서는 이곳에 들어올 수 없었다.

그들이 들어오자 방패 벽은 원래대로 돌아왔다. 그렇지만 방패 뒤에서 신원을 물어봤던 사람은 흔적조차 보이지 않았다. 스캔다르는 발가벗겨진 기분이 들었다. 다양한 크기의 빛나는 금속 재질의 천막들이 그들을 빙 둘러싸고 있었다. 그 천막들은 보기만 해도 정신없었다. 진짜 천막이라고 하기에는 너무 미동조차 없었다. 바람이 불어도 전혀 흔들리지 않는 데다가 풀밭이 아니라 콘크리트 바닥에 설치되어 있었다. 큰 천막들은 유니콘을 수용하는 장소가 분명했다. 더러 은빛 판 사이로 튀어나온 뿔이 보이기까지 했다. 센티널들이 드나드는 좀더 작은 천막은 최소한 백 개는 될 것 같았다. 스캔다르는 그 천막들을 보지 않으려 애썼다. 나무 집이 하나도 보이지 않는 곳에 와 있으니 기분이 이상했다. 그는 이렇게 거대한 방패 벽이 있으면 야생 유니콘들이 떼로 몰려와도 스트롱홀드 주민들은 안전할 거라는 생각이 들었다.

"여기까진 너무 쉬웠지." 플로가 뒤를 돌아보면서 말할 때 그녀의 검은색 아프로 머리에 섞인 은빛 가닥들이 햇살 아래 빛났다.

"그래, 기록에는 어떻게 접근하지?" 스캔다르는 이렇게 말하면서 쌀쌀한 날씨가 무색하게 가면 안에서 비지땀을 흘렸다. 빛나는 요새 안에 들어오니 아까보다 더 긴장되었다.

플로가 하늘을 찌를 듯 솟아 있는 뾰족탑을 가리켰다. "센티널들의 도서관은 저 안에 있어. 아래쪽, 세 번째 층이야. 거기서 네가 직접 서가를 뒤져 기록을 찾아야 해." 플로는 유니콘에서 내려서 걱정 가득한 목소리로 말했다. "유니콘들은 여기 두고 가야 해. 오늘 행사에 유니콘은 데리고 들어가지 않는 걸로 되어 있어. 시범이나 공연이 있는 것 같아."

스캔들러는 심장이 철렁 내려앉았다. 실버스트롱홀드 한복판에서 스카운드럴을 혼자 놔두고 행동하라고?

"플로, 정말 그래도 될지……." 스캔들러는 고삐를 더 세게 쥐었다. 스카운드럴도 연을 통해 흘러 들어오는 라이더의 걱정을 감지하고 삑 소리를 냈다. 하얀 무늬를 가리느라 실랑이했던 일은 이미 잊었다.

"스카," 플로의 목소리는 단호했다. "넌 날 믿어야 해. 난 여기가 어떻게 돌아가는지 알아. 스카운드럴은 괜찮을 거야. 그냥 센티널이 타고 온 검은색 유니콘처럼 보여. 스카운드럴이 유니콘 천막 안에 들어가 있기만 하면 아무도 신경 안 쓸 거야. 사실, 사람들의 시야에서 사라지는 셈이니 오히려 더 안전하잖아."

스캔들러는 마지못해 유니콘에서 내렸다. 블레이드가 근처 천막에 있는 다른 실버 유니콘을 보고 반갑다는 듯 히힝 하고 울었다. 그는 플로가 했던 말이 생각났다. 블레이드는 이곳을 편안해했고 플로도 그건 마찬가지였다. 플로 본인은 절대로 인정하지 않겠지만 말이다. 그와 스카운드럴은 플로를 믿어야 했다. 실버스트롱홀드에서 무사히 살아서 나가려면 그러는 수밖에 없었다. 그래도 스카운드럴을 외면하고 걸어가려니 연을 통해 그를 잡아당기는 듯한 당혹스러운 두려움 때문에 발이 떨어지지 않았다. 그는 절대로 뒤를 돌아보지 않으려고 마음을 다잡았다.

빛나는 천막들을 이리저리 돌아 몇 분간 걸어간 후 플로가 바깥에 은빛 가면들이 가지런히 쌓여 있는 대장간에서 오른쪽으로 돌았다. 아일랜드에는 센티널이 도대체 얼마나 많이 있는 걸까? 그러고 보면 도리언 매닝이 그토록 큰 힘을 휘두르는 것도 당연하지 싶었다.

"자, 이게 스피어(Spear, 창)의 남문이야." 플로가 눈앞의 아치형 금속 문을 가리키며 소곤거렸다. 센티넬 몇 명이 경기장 쪽으로 걸어가고 있었다.

"스피어?"

"그게 이 탑의 이름이야." 플로는 짧게 설명했다.

스캔다르는 탑을 쳐다보았다. 초대형 천막처럼 스피어의 옆쪽으로 드리운 은빛 금속판의 날카로운 물결 아래 경기장이 자리 잡고 있었다.

"무슨 일이 있어도 도서관 밖으로는 나오지 마. 센티넬들은 전부 경기장에 가 있든가 지금 가고 있는 중일 거야. 그러니까 행사가 끝날 때까지 그 안에 숨어 있어."

"플로런스!" 누군가가 반갑게 외쳤다.

스캔다르가 이동하기도 전에 웬 젊은 남자가 달려와 플로의 어깨에 손을 얹고…… 탑으로 들어가는 길목을 가로막았다.

"안녕, 렉스!" 플로는 렉스라는 그 남자가 스캔다르를 눈여겨볼까 봐 겁이 났지만 애써 미소를 지었다.

"어디 가는 거야?" 그는 탑으로 들어가는 문을 흘끗 보았다.

"아무 데도 안 가." 이제 그녀의 미소가 약간 흔들렸다. "난 그냥……."

렉스가 빙그레 웃었다. "신경 쓰지 마. 얼른 가자, 우리 늦겠어!" 그는 이어리를 졸업한 지 얼마 안 된 듯했다. 낡은 빨간색 재킷 소매에는 5년의 훈련 과정을 이수했음을 나타내는 다섯 쌍의 날개가 붙어 있었다. 그는 스캔다르보다 키가 크고 근육질이었고 흰 피부가 보기 좋게 그을렸는데 뺨에서 은빛 전기가 지직거렸다. 광대뼈 아래서 불꽃 튀는 마법은 그가 미소를 지으면 더 환하게 빛났다. 변이 덕분에 그는 더욱더 완벽해 보였다.

"이 친구는 누구지? 우리와 함께 경기장으로 들어가야 하지 않아?" 렉스가 물었다.

그가 살짝 얼굴을 찌푸린 순간, 스캔다르는 퍼뜩 떠오르는 사람이 있었다. 플로가 이 라이더에 대해서 했던 말이 기억났다. 이 사람은 도리언 매닝의 아들 렉스 매닝이 틀림없었다. 스캔다르는 갑자기 등골이 오싹했다.

"아, 아무도 아니야." 플로는 스캔다르의 가면 쓴 얼굴에 대고 손사래를 쳤다. "이 사람은 금방 따라올 거야." 플로는 이미 렉스를 돌려세우고 있었다.

스캔다르는 그들의 뒷모습을 눈으로 좇았다. 플로가 그의 시야에서 벗어나는 동안 렉스 매닝에 대한 미움이 점점 커졌다. 그러다 자신이 무엇을 위해 여기 왔는지 기억해 냈다.

케나.

스피어의 남문은 쉽게 열렸다. 원형의 공간을 둘러보는 동안 스캔다르의 심장이 더 빠르게 뛰었다. 플로가 기대했던 대로 보통 상시 근무하는 사서 센티널조차 이미 행사에 참석하러 떠나고 도서관 한 층이 텅 비어 있었다. 곡선의 벽을 따라 책장이 꽉 들어차 있었고 중앙에는 가죽 팔걸이의자 두 개가 놓여 있었는데 테이블에 그날 조간 《해처리 헤럴드》가 놓여 있었다. 헤드라인은 「원소들의 파괴는 진행 중」이었다. 스캔다르는 스트롱홀드의 다른 곳보다는 여기가 편안하다는 생각을 하지 않을 수 없었다.

스캔다르는 기록을 한참 찾을 각오를 했지만 거의 바로 알아볼 수 있었다. 스피릿 윌더들만의 독자적 캐비닛이 있었다. 캐비닛 유리에 스피릿 상징 표시가 있어서 알 수 있었다. 스캔다르는 연을 놓친 스피릿 월더들의 이름이 적혀 있을 방대한 서류의 양을 보고 분노가 치밀어 오르는 동시에 공포에 사로잡혔다. 잔인하게 운명을 거부당한 실제 사람들보다는 흡사 박물관의 흥미로운 표본처럼 — 앞으로 몇 년간 연구할 자료처럼 — 모두가 볼 수 있게 놓여 있었다. 그는 머리카락이 쭈뼛 서는 것을 느꼈고, 케나를 생각하면 케나의 목소리가 귀에 들리는 것 같았다. '괜찮을 거야, 켄. 내가 다 제대로 되돌려 놓을 거야.' 그는 숨을 크게 들이마시고 캐비닛 문에 손을 뻗었다.

캐비닛은 잠겨 있지 않았다. 그는 차라리 캐비닛 유리를 박살 내 버리면 속이 시원할 것 같았지만 말이다. 서류들은 얇은 책 형태로 되어 있었고 전부 '스피릿의 책'이라고 적혀 있는 흰색 가죽 표지를 갖고 있었다. 책들은 다 똑같이 생겼고 책등에 금빛으로 박혀 있는 네 개의 숫자만 각기 달랐다. 스캔다르는 2006을 주시했다가 2015를 보고 그게 연도려니 짐작했다. 스피릿 월더로 확인된 열세 살 아이가 해처리 문을 열었어야 했던 해. 물론 그의 이름은 거기 없을 것이다. 애거서 덕분에 그는 해처리 시험장에 들어가지도 않았고 공식적으로 스피릿 월더임이 확인되지도 않았을 테니까. 하지만 케나는 시험장에 들어갔고 퇴짜를 맞았다. 그러니 이름이 있을 수 있었다.

스캔다르는 흥분에 휩싸여 2021년도 책을 들고 펼쳤다. 거기에는 위버에 대한 설명과 아일랜드에서 스피릿 원소를 제거하는 것이 얼마나 중요한지 정당화하는 내용이 장황하게 적혀 있었다. 스캔다르는 스피릿 월더를 식별하는 방법 — 악수 — 이라든가 금지된 원소 에너지의 부당성에 대한 부분은 분노하면서 건너뛰었다. 그리고 나서 드디어 알파벳 순으로 정리된 명단이 나왔다. 그의 눈이 'S'에 해당하는 두 이름에 머물렀다. 좁은 책등에 놓인 스캔다르의 손이 떨리고 눈앞의 글자가 흐려 보였다.

셴, 사이먼
스미스, 케나

스캔다르의 피부가 싸늘해졌다가 갑자기 달아올랐고 그러다 다시 차갑게 식었다. 심증이 확증으로 변한 순간, 호되게 얻어맞은 기분이 들었다. 누나의 이름을 바라보는 동안 오만 가지 기억이 그의 머릿속에서 춤을 추었다.

해처리 시험을 보러 가던 날 아침, 신이 나서 동생을 끌어안고 겅중겅중 춤을 추던 케나.

방과 후에 집에 돌아와서 아일랜드에 들고 갈 짐가방을 정성껏 싸던 케나.

라이더 재킷을 입게 될 텐데도 후드티가 두 장 다 필요할까 스캔다르에게 물어보던 케나.

자정이 지나서도 현관문만 바라보고 앉아서 — 15분, 20분, 한 시간이 지나도록 — 결코 들리지 않을 노크 소리를 기다리던 케나.

영영 유니콘 라이더가 될 수 없다는 것이 슬퍼서 몇 달 동안 울면서 잠이 들었던 케나.

그리고 그의 기억은 아니지만 상상 속에서 몇 번이고 떠올렸던 장면이 있었다. 유니콘에 대해서 더는 듣고 싶지 않으니 대신 편지를 써 달라고 아빠에게 울면서 간청하는 케나.

스캔다르의 혈관에서 분노가 하얗게 작열했다. 실버 서클에게 이러한 소행의 빌미를 제공한 엄마에 대한 분노, 제때 탈출해서 케나에게 기회를 주지 못한 애거서에 대한 분노, 케나에게, 그리고 연을 놓친 스피릿 윌더들 모두에게 이런 짓을 한 도리언 매닝에 대한 분노. 그는 이런 일을 허용한 아일랜드에게도 분노했다. 실버 서클만 스피릿 윌더들을 배척했던가, 다른 사람들도 모두 그러지 않았던가. 그리고 그들은 여전히 그렇게 하고 있었다. 다들 그가 이어리에서 훈련하는 걸 못마땅해하지 않는가. 하지가 오면 더 많은 이름이 이곳에 은밀하게 올라올 것이다. 불행한 아이는 늘어날 것이고, 야생 유니콘도 그만큼 늘어날 것이며, 더 많은 삶들이 도난당할 것이다.

2021년도 기록을 제자리에 꽂는 스캔다르의 손이 바들바들 떨렸다. 그는 스스로 맹세했다. 그가 만약 멘더라면, 그가 만약 꿈을 꿀 수 있다면, 언젠가 반드시 이 책들을 가지러 오겠다고. 반드시 돌아와서 누나를 운명의 유니콘과 맺어 주고 그 목록에 올라 있는 스피릿 윌더들 한 사람 한 사람도 그들의 유니콘과 맺어 줄 테다. 절대로 아무도……

"어이쿠, 사대 원소에 이렇게 감사할 데가, 나 혼자만이 아니네!"

가면을 쓴 센티널 한 명이 남문에서 얼굴을 내밀더니 스캔다르에게 곧장 다가왔다. 스캔다르는 큰 걸음으로 얼른 캐비닛에서 멀어졌다.

"어이, 친구! 경기장 가야지! 시간 됐잖아. 의무 호출이야."

"그렇지." 스캔다르가 투덜대듯 대꾸했다. 그러고 나서 그는 플로가 절대 하지 말라고 했던 일을 하고 말았다. 도서관 밖으로 나온 것이다.

스캔다르는 소리의 벽 안으로 들어갔다. 탑의 북문은 은빛 경기장으로 바로 통했다. 스캔다르는 관중석에 서 있었고 수백 명의 센티널이 흥분에 들떠 대화를 나누고 있었고 더러는 간식을 먹기도 했다. 스캔다르는 시끌벅적한 관중을 둘러보다가 그의 오른쪽에 가면을 쓰지 않은 사람들이 별도 구역으로 마련된 특별석에 모여 있다는 것을 알았다. 그들은 실버 서클이었다. 플로는 완전히 겁먹은 표정이었다. 렉스는 플로의 귀에 대고 진지한 얼굴로 뭐라고 속닥대고 있었다. 무슨 일이 벌어지고 있는 걸까?

경기장 맞은편에서 뾰족한 금속 문이 위로 올라가자 모두가 숨을 죽였다. 유니콘 두 마리가 모래판으로 튀어나왔다. 군중이 환호성을 질렀다.

한 마리는 몸집이 매우 거대한 실버였다. 은색 뿔은 칼처럼 공기를 가르고 빛나는 날개에서 불꽃이 뿜어져 나왔다. 입에서는 거품이 흐르고 눈알은 튀어나왔다. 관중석을 향해 앞발을 번쩍 드는 걸로 봐서, 군중의 함성에 흥분한 게 분명했다. 그 유니콘은 흡사 미친 것 같았다. 스캔다르는 라이더는 어디 가고 안 보이는지 이해가 가지 않았다. 왜 저들은 유니콘이 스트레스를 받게 만드는 걸까? 도리언 매닝은 왜 스트롱홀드 주민 전체를 경기장에 끌고 와 이런 걸 보여 주는 걸까?

그다음에 스캔다르는 다른 한 마리를 보았다. 처음에 이건 상상일 거라고 생각했다. 뼈만 앙상한 몸뚱이, 오래된 상처에서 흘러나오는 고름, 뼈가 조각난 무릎, 살기 어린 공허한 눈. 아니, 상상이 아니었다. 그는 죽음의 냄새를 맡을 수 있었다. 그건 분명히 야생 유니콘이었다. 하지만 어째서…….

군중이 휘파람을 불고 선명한 색색의 깃발을 흔들면서 유니콘들을 향해 고함과 괴성을 지르기 시작했다. 금속 칸막이가 모래판 아래서 스르르 올라와서 두 마리 유니콘을 안쪽으로 밀어 대는 바람에 실버 유니콘과 야생 유니콘은 서로 그들이 원하는 것보다 가까이 다가갈 수밖에 없었다. 실버 유니콘이 화가 나서 빽 소리를 질렀고 야생 유니콘이 원소들을 결합해 터뜨리자 지독한 악취가 퍼졌다.

실버 유니콘과 야생 유니콘은 상대가 죽을 때까지 싸울 각오를 한 검투사들처럼 모래판에서 대치했다.

"이게 무슨……?" 스캔다르는 자기가 보고 있는 광경을 이해할 수 없었다.

"살육을 처음 보나?" 다른 센티널이 스캔다르가 쓰고 있는 가면의 눈구멍을 찬찬히 바라보며 말했다. "어쩐 어려 보인다 생각했어. 신입이지?"

스캔다르는 간신히 고개를 끄덕였지만 경기장의 빛나는 지붕에도 비치는 유니콘들의 싸움 장면에서 눈을 뗄 수가 없었다.

살육. 두 유니콘이 서로 들이받으려고 뿔을 내리는 순간, 그는 이해했다.

야생 유니콘을 살해한 범인은 위버가 아니었다.

그건, 실버 서클이었다.

진실을 깨달은 충격에 그는 살짝 비틀거렸다. 그를 경기장으로 데려온 센티널이 웃었지만 그 웃음소리는 군중의 아우성에 묻혀 버렸다.

실버 유니콘은 순전히 힘만으로 야생 유니콘을 구석에 몰아넣을 만큼 우세했다. 하지만 야생 유니콘도 필사적으로 마법을 구사할 테고 연을 맺은 유니콘은 급습을 당할 것이다. 어쨌든 야생 유니콘이 이 세상에서 잃을 거라고는 아무것도 없었다.

"저 야생은 오래 못 버틸 것 같네." 도서관에서 만난 센티널이 옆에 있는 친구에게 말했다.

"그 여자애의 것이 되기엔 나이가 너무 많아. 꽤 오래전 하지에 나왔나 봐. 저런 건 데리고 있어 봤자 매닝 의장의 계획엔 의미가 없지. 그러니까 경기장에 세운 거야. 실버애로(Silver Arrow, 은빛 화살)에겐 상대가 안 돼." 친구가 대꾸했다.

"어떻게, 아니, 정확히 어떻게 애로가 야생 유니콘을 죽이는데? 있을 수 없는 일 같은데." 스캔다르가 목소리를 낮추려 애쓰며 물었다.

"플라운더링 플러드(Floundering floods, 허우적대는 홍수)! 너 신입이지? 여기 언제 들어왔어? 오늘 아침?"

두 센티널이 비웃었지만 그래도 그 친구 센티널이 대답을 주었다.

"연을 맺은 유니콘의 뿔. 저 뿔이 야생 유니콘의 심장을 관통해야 해. 그게 유일한 방법이야. 실버 서클은 사실상 태초부터 야생 유니콘을 죽이는 방법을 연구해 왔지. 그러다 우리 센티널 중 한 명이 황무지나 뭐 다른 어딘가에서 결국 알아낸 거야. 나도 잘 몰라. 별로 내 관심사도 아니고. 하지만 이건, 그러니까 어느 한쪽이 죽을 때까지 이어지는 유니콘 싸움은 내 취향이야."

스캔다르는 이해하려고 노력했다. "하지만 유니콘들은 자기 라이더를 지켜야 할 때가 아닌 이상, 보통 서로 싸우지 않는데. 어째서……."

"아, 그건 말이지," 그 센티널이 손가락을 흔들며 말했다. "이 구경거리가 그래서 있는 거지. 경기장, 좁은 공간, 군중의 아우성 말이야. 신뢰받는 센티널들만 몇 달 전부터 이곳에 부름을 받고 있어. 유니콘들을 미치게 만들려고 우리가 이렇게 경기장을 메워 주는 거야. 연을 맺은 유니콘들은 이런 상황에서 다른 생각을 할 수 없게 돼. 그만큼 살상을 간절히 원하게 된다고. 어쨌든 유니콘들은 괴물이잖아."

스캔다르는 이 경기장에서 진짜 괴물은 유니콘들이 아니라고 생각했지만 그 말을 꼭 참았다. "각 구역들의 파괴는 어떻게 된 거야? 유니콘 살상 때문이잖아? 이것 때문에?"

센티널들은 이 물음에 완전히 혼란스러워하는 눈치였다. "무슨 소리를 하는 거야? 구역 문제는 스피릿 원소 때문이지. 이어리에서 훈련을 하는 스피릿 윌더가 하나 있잖아. 그 녀석과 그 밖의 모든 일이 진실의 노래에서 예언됐잖아. '스피릿의 어둠의 친구', 기억나지? 넌 그동안 흙 구역의 동굴에 숨어 살기라도 했냐?"

"내가 전에도 말했잖아, 라이언." 도서관에서 만난 센티널이 고개를 절레절레 흔들었다. "센티널 모집도 예전 같지 않다니까. 이제 개나 소나 다 뽑겠네!"

"이봐, 넌 아직 어려서 잘 이해하지 못하나 본데, 좀 잔인하긴 해도 다 좋은 뜻에서 하는 일이야. 야생 유니콘들이 사라지면 스피릿 윌더는 힘을 잃을 거야. 죽음의 원소가 무력화되면 아일랜드는 예전으로 돌아갈 수 있어. 너도 그렇게 되길 바라잖아?" 라이언은 스캔다르의 용기를 북돋운답시고 이렇게 말했다.

스캔다르는 억지로 고개를 끄덕이고 유니콘들의 싸움에 신경을 집중했다. 야생 유니콘의 갈비뼈가 피로를 가누지 못해 흔들리고 밤색 갈기에는 목의 상처에서 흘러나온 피가 엉겨 붙어 있었다. 스캔다르는 그 싸움을 막고 싶었다. 그 야생 유니콘을 구하고 싶은 마음이 간절했다. 그는 책에서 보았던 그 모든 스피릿 윌더들의 이름을 생각하지 않을 수 없었다. 이 유니콘은 그들 중 하나의 것이었어야 했다. 하지만 그는 센티널들로 꽉 찬 경기장 안의 유일한 스피릿 윌더였다. 섣불리 행동했다가는 눈 깜짝할 사이에 체포당할 터였다.

그는 실버 서클 특별석을 바라보았고 먼 거리에서도 플로가 몹시 괴로워하고 있다는 것을 알 수 있었다. 렉스 매닝과 또 다른 실버 라이더가 고함 지르는 플로를 몸까지 써 가면서 말리고 있었다. "당신들은 다

괴물이야! 애로가 야생 유니콘을 죽이게 해선 안 돼! 당신들이 지금 무슨 짓을 하는지 몰라? 난 그만두겠어. 난 이제 이 무리의 일원이 되고 싶지 않아. 서클에서 나가겠어. 상관없어! 렉스, 날 놔줘!"

군중이 일제히 헉 소리를 냈다. 스캔다르는 플로에게서 다시 모래 구덩이로 시선을 옮겼다. 야생 유니콘은 금속 칸막이 중 하나를 지지대 삼아 가슴을 드러낸 채 버티고 있었다. 애로가 은빛 뿔을 낮추어 야생 유니콘의 불멸의 심장을 똑바로 겨누었다. 스캔다르는 자기가 병이 날 것 같았다. 영원히 살아야 할 생명체가 이제 곧 그의 눈앞에서 살해당한다는 건 도저히 있을 수 없는 일 같았다. 그것도 다른 유니콘에게. 그건 그가 도저히 감당할 수 없는 지독한 폭력이었다.

"안 돼애애애!" 플로가 관중석 난간을 넘어 경기장에 난입했다. 그녀는 유니콘이 없었다. 갑옷도 전혀 갖추지 않은 상태였다. 경기장에는 성난 유니콘 두 마리와 플로만 있었다. 애로는 자기를 향해 달려오는 소녀에게 순간적으로 정신이 팔려 치명적 공격을 멈추었다. 야생 유니콘이 통곡하듯 울부짖었다.

스캔다르는 거의 슬로모션으로 플로가 무엇을 하려는지 깨달았다.

"안 돼." 그는 잘 안 들리게 중얼거렸다. "안 돼, 하지 마."

관중은 플로에게 경기장에서 나가라고 소리 지르고 있었다.

'고맙다는 말은 우리가 살아서 나오면 그때나 해.' 여기 오는 길에 플로가 했던 말이다. 하지만 플로가 지금 하려는 행동을 기어이 한다면 절대 살아남지 못할 것이다. 그게 될 리가 있나. 스캔다르는 자기가 무슨 짓을 하는지 깨닫기도 전에 관중석 난간을 훌쩍 뛰어넘어 자기도 모래 구덩이로 뛰어들었다.

"야, 너 지금 무슨 짓을 하는지 알아?" 도서관의 센티널이 그에게 소리쳤지만 스캔다르는 유니콘들을 향해 급히 뛰어가고 있었다. 그가 질주할 때 뒤에서 모래가 튀어 올랐고 격노한 군중의 고함이 그의 귀에는 흐릿하게 들렸다. 그가 거의 다다랐는데…….

너무 늦어 버렸다.

플로가 야생 유니콘에게 다다랐을 때 그 뼈만 남은 몸뚱이는 금속 칸막이에 반쯤 쓰러져 있었다. 야생 유니콘이 으르렁거렸지만 플로는 멈추지 않았다. 실버 유니콘은 다시 한번 거대한 머리를 낮추고 발굽으로 모래에 불똥을 튀기며 치명타를 날릴 준비에 들어갔다. 그래도 플로는 아랑곳하지 않았다. 플로는 떨리는 손으로 피가 뚝뚝 떨어지는 상처를 어루만지고 피투성이 목을 쓰다듬더니 ── 은빛 머리카락의 섬광처럼 재빠르게 ── 야생 유니콘의 등에 올라탔다.

반응은 즉각적이었다. 야생 유니콘은 놀라서 미친 듯이 울어 댔다. 한 번도 사람을 태워 보지 않은 유니콘이니 얼마나 느낌이 낯설었을까. 잘못됐다는 느낌. 야생 유니콘은 부상을 입었음에도 불구하고 뒷발로 번쩍 일어서면서 플로를 금속 칸막이에 반쯤 패대기쳤다.

"워워!" 플로는 계속 말했다. "워워! 널 도와주려는 거야!"

그러는 동안 스캔다르는 실버 유니콘을 지나칠 수 없었다. 녀석은 사방팔방으로 마구 원소 블라스트를 쏘아 대고 있었는데 가까이에서 보니 거의 광란 상태였다.

도리언 매닝이 실버 서클 특별석에서 큰 소리로 명령을 내리고 있었다. 렉스 매닝은 당장 기절할 것처럼 보였다. 센티널들이 우르르 경기장으로 내려오고 있었다. 경기에 난입한 플로와 스캔다르를 잡으러 오는 것이 틀림없었다. 스캔다르는 더럭 겁이 났다. 저들에게 잡히면 가면이 벗겨지고 말 것이다. 실버 유니콘은 성이 나서 울부짖으며 입으로 불을 뿜고 있었다. 스캔다르는 유니콘에 워낙 바짝 붙어 있었기 때문에 불 세례를 피했지만 애로에게 공격당해 죽든가 실버 서클에 체포되는 건 단지 시간문제였다.

그때 야생 유니콘이 스캔다르에게 곧장 달려왔고 스캔다르가 세 번째로 당황할 일이 벌어졌다. 플로는 유니콘의 등에 거의 붙어 있지 못하고 투명한 뿔 좌우로 널뛰다시피 했다. 야생 유니콘은 반항하는 야생마처럼 플로를 떼어 내려 날뛰는 중이었다.

"내 손 잡아!" 유니콘이 스캔다르를 향해 방향을 틀 때 플로가 손을 내밀며 소리 질렀다.

스캔다르의 창백한 손이 기적적으로 플로의 짙은 갈색 손을 잡았고 플로는 그를 힘껏 끌어 올렸다. 그는 가까스로 뼈밖에 안 남은 유니콘의 등에 배를 얹었다.

플로는 스캔다르의 손을 놓고 야생 유니콘의 거칠거칠한 갈기를 꽉 잡고 매달렸다. "다리도 올려!"

스캔다르는 유니콘을 잡고 매달리는 것만으로도 팔이 떨어질 것 같았지만 몸을 더 끌어 올려 한쪽 다리를 반대편으로 넘기고 겨우 제대로 앉았다. 그는 플로의 허리를 꽉 잡았다.

그들 뒤에서 실버애로는 플로와 스캔다르를 쫓아가려는 센티널들에게 흡사 한 마리 용처럼 거대한 불기둥을 뿜어 댔다. 특별석의 실버들과 관중석의 센티널들은 자욱한 검은 연기에 휩싸여 기침을 하고 도와달라고 소리 지르고 있었다. 사방이 아수라장이었다. 스캔다르는 실버애로가 의도적으로 그들의 탈주를 돕는 게 아닌가 싶었고 그 순간만큼은 실버 유니콘의 가공할 위력이 고마웠다.

"아, 안 돼!" 야생 유니콘이 경기장 끝 금속 문을 향해 질주하자 플로는 비명을 질렀다. 야생 유니콘은 속도를 늦추지 않았다. 아니, 오히려 그 문 너머 햇살을 향해 더욱더 속도를 높였다. 은빛의 야수에게서 가능한 한 멀리 도망치고 싶었으니까. 얼른 황무지로 도망치고 싶었으니까. 황무지는 야생 유니콘의 집이었다.

그래서 야생 유니콘은 훌쩍 도약했다.

문을 뛰어넘은 유니콘은 은빛 장애물들의 미로를 헤치고 나가듯 금속 천막들을 빠르게 통과했다. 한 번은 급커브를 도는 바람에 스캔다르는 땀과 피로 미끄러운 녀석의 등에서 거의 떨어질 뻔했다.

"이제 우리 몸을 던져야 해!" 플로가 외쳤다.

스캔다르는 자기가 잘못 들은 줄 알았다. "미안, 뭐라고?"

"블레이드와 스카운드럴이 있잖아!" 대장간 옆에서 유니콘이 또다시 급커브를 돌자 플로는 이를 악물었다. "걔들이 아직 마구간에 있다고! 방패 벽을 열어야 해, 우리가 ── 그리고 야생 유니콘이 ── 탈출할 가능성이 실낱만큼이라도 있다면 우리 몸을 던져야지!"

스캔다르는 바닥을 내려다보고는 바로 괜히 봤다 싶었다. 콘크리트 바닥이 빠르게 쉭쉭 지나가고 있었다.

"지금이야!" 플로가 외치고는 스캔다르가 미처 준비하기도 전에 유니콘의 피땀으로 엉겨 붙은 갈기를 놓고 옆으로 몸을 날려 콘크리트 바닥에 무서운 쿵 소리와 함께 떨어지더니 옆으로 데굴데굴 굴러갔다. 플로의 허리를 잡고 있었던 스캔다르도 함께 옆으로 날아갔다. 야생 유니콘은 등을 짓누르던 무게가 갑자기 사라지자 놀라서 히힝히힝 울었다.

스캔다르는 바닥에 세게 부딪쳤지만 손과 팔을 다치지 않게 안으로 잘 모으고 있었다. 온몸이 아팠다. 그리고 끔찍한 냄새가 났다. 그는 자기가 금속 격자 위로 떨어졌고 그 격자 아래서 예의 썩은내가 올라오고 있다는 것을 깨달았다. 그는 격자의 틈새를 들여다보았다. 거대한 검은 그림자들이 밑에서 왔다 갔다 했다. 야생 유니콘들?

"스카, 일어나!" 플로가 외쳤다. 플로는 절뚝거리면서도 이미 마구간 천막 쪽으로 걸어가고 있었다. 블레이드의 은빛 뿔이 천막 입구에 얼핏 보였다. 스캔다르는 간신히 몸을 일으키고 플로를 따라갔다.

스카운드럴이 자기 라이더가 등에 올라타자 반갑다고 울어 댔다.

야생 유니콘은 그사이 방패 벽에 도착해서 벽을 발로 차고 원소 혼합물을 쏘아 대고 있었다.

"문을 열어라! 나는 실버이고, 이건 명령이다! 당장 문을 열어!" 플로가 보이지 않는 누군가를 향해 고함쳤다.

잠시 아무 일도 일어나지 않았다. 하지만 다음 순간, 서서히, 그러나 확실하게 출입문이 위로 올라가면서 틈이 생겼다. 야생 유니콘은 질주하면서 깔끔하게 그 틈을 통과했다. 블레이드가 바로 뒤에 바짝 붙어서 달렸고, 스카운드럴은 맨 뒤에서 달렸다. 스캔다르는 기진맥진한 채 안도하면서도 황무지로 달려가는 야생 유니콘을 보니 마음 깊은 데서 기쁨이 우러났다.

플로와 스캔다르는 은빛 자작나무들이 늘어선 대로로 무사히 들어설 때까지 아무 말도 하지 않았다.

"아까 말이야, 내가 살면서 본 미친 짓 중에서 끝판왕이었어." 스캔다르가 쉰 목소리로 중얼거렸다.

"달리 그 유니콘을 구할 방법이 떠오르지 않았어. 미안." 플로는 부끄러워하는 것 같았다.

"네가 왜 사과를 해!" 스캔다르는 약간 맛이 간 것처럼 킬킬댔다. "끝내줬어. 무시무시하고 숨이 막혔어. 그보다 더 무모할 수 없었어. 완벽했어. 그건 정말…… 플로, 우린 죽다 살아난 거야."

플로가 그를 빤히 바라보았다. "스캔다르, 너 괜찮아?"

"아니." 스캔다르가 고개를 저었다. "안 괜찮아. 전혀."

그들은 서로 바라보면서 몸이 흔들리도록 웃었다. 그러다 어느 순간 그들의 입가에서 웃음기가 가셨다. 그들은 도대체 무슨 짓을 한 건가?

"넌 방금 야생 유니콘을 몰고 실버스트롱홀드를 빠져나왔어." 스캔다르는 상황을 파악하고는 이렇게 말했다. 하지만 그다음에는 이 사실을 기억했다. "플로, 케나의 이름을 기록에서 찾았어. 해처리 문에 접근 금지당한 스피릿 윌더 명단에 케나도 있었어!"

플로의 눈에 눈물이 맺혔다. "케나가 아일랜드에 와서 라이더가 되지 못했다니 너무 마음 아파, 스카." 그녀는 은빛으로 가장자리를 장식한 안장에서 스캔다르를 향해 고개를 돌렸다. "그 야생 유니콘을 봤을 때 나는 그 생각밖에 안 들더라. 그게 만약……." 플로가 뺨에 흘러내린 눈물을 훔쳤다. "케나의 유니콘이라면? 내가 케나의 유니콘이 죽어 가는 모습을 보면서 아무것도 하지 않는다면?" 플로의 말은 끝으로 가면서 울음으로 변했다.

"하지만 그건 케나의 유니콘이 아니야. 내가 말했잖아. 얼룩무늬 회색 유니콘이 자꾸 마음에 걸린다고."

"스캔다르! 아직 확실하지 않잖아!" 플로는 화가 치미는지 그를 애칭이 아닌 이름으로 부르고 있었다. "요점은 그 유니콘이 케나의 것일 수도 있다는 거야! 모르겠어?" 플로가 갑자기 언성을 낮추었다. "저들은 어떻게 이런 짓을 할 수가 있지?"

"모르겠어." 스캔다르는 아직도 위버가 이 사태의 배후가 아니라는 것을 믿을 수 없었다. 갑자기 막막한 마음이 들었다. 오늘은 그들이 야생 유니콘 한 마리를 구했지만 나머지 야생 유니콘들은 어떻게 되는 건가? 실버 서클은 아일랜드에서 가장 강력한 집단이고 가장 강력한 유니콘들을 보유하고 있었다. 그들은 센티널 군대 전체를 거느리고 있었다. 은빛 찬란한 병영. 스캔다르가 어떻게 그들을 막을 수 있겠는가? 그들이 케나의 유니콘을 잡아서 저 경기장에서 죽일 때까지 얼마나 시간이 남았을까?

플로도 같은 생각을 하고 있었나 보다. "돌아가자마자 교관님들에게 가겠어. 도리언 매닝이 다른 야생 유니콘을 잡으면 그땐 블레이드가 경기장에 설 차례라고 했어. 그게 실버 서클 일원으로서 내가 감당해야 할 의무래. 하지만 그들이 블레이드를 그런 식으로 이용하게 내버려 둘 순 없어. 두 번 다시 실버 서클 모임에 가지 않을 거야. 절대로!"

"넌 가야만 해." 스캔다르가 이성적으로 타일렀다. "블레이드를 다루는 법을 어디서 배울 건데? 참석을 거부하면 실버 서클이 너를 이어리에서 내보내지 않겠어? 네가 했다는 맹세는 어떡하려고……."

"난 야생 유니콘을 구했어! 스트롱홀드에 모인 모두가 지켜보는 앞에서! 그딴 걸 챙기기엔 이미 좀 늦은 것 같지 않아?" 플로는 손을 벌벌 떨면서 블레이드의 은빛 갈기를 강박적으로 쓸어 넘기기 시작했다. 그리고 다시 입을 열었을 때는 그녀의 목소리에서 패기가 완전히 사라졌다. "스카, 이제 나에게 어떤 일이 일어날지 모르겠어. 내가 앞으로 어떻게 해야 할지 모르겠어!"

스캔다르는 아마도 살면서 가장 큰일을 당한 셈인 친구에게 무슨 말을 해야 할지 몰랐지만 — 섣불리 말했다가 혼날까 봐 무섭기도 했고 — 본능적으로 플로를 향해 손을 뻗었다.

마침 그때 그들 뒤에서 발굽 소리가 났다. 스캔다르는 안장에 앉은 채 뒤를 돌아보고는 대로를 따라 달려오는 은빛 유니콘 한 마리를 보았다.

"여기서 나가자!" 스캔다르는 이렇게 외쳤지만 플로는 입을 결연하게 앙다물었다.

"렉스야." 플로는 블레이드를 그 은빛 유니콘 쪽으로 돌려세웠다.

"그래서, 뭐?" 스캔다르가 재촉했지만 플로가 꿈쩍도 하지 않는 걸 보고 계속 얼굴에 쓰고 있던 가면을 다시 한번 확인했다.

렉스가 유니콘의 속도를 늦추어 블레이드 앞에 멈춰 섰다. 그의 얼굴이 백지장처럼 하얬고 뺨에는 전기가 미친 듯이 지직거리고 있었다. "나도 몰랐어. 날 믿어, 플로. 아버지는 나에게도 말하지 않았어. 나도 이건 너무하다고 생각해. 아버지에게 말할 거야. 이 짓을 막기 위해 노력할게."

"그래 봤자 아무것도 바뀌지 않아. 실버 서클이 유니콘을 살육한다면 난 그 일원이 될 수 없어. 그리고 아일랜드는, 렉스, 너무 많은 사람이 집을 잃었어. 우리 아버지 작업장에도 세 가족이나 들어와 살고 있다고!"

"이 짓을 막아야 한다는 데 나도 동의해. 하지만, 플로……" 렉스가 침을 삼켰다. "아버지가 널 이어리에서 내보내겠다고 했어."

스캔다르는 공포에 배가 굳어졌다.

"아버지에게 중대한 오해가 있었다고 말할 거야. 그래서 네가 심기가 상했다고. 지금은 네가 잘못을 저질렀다는 걸 이해했다고, 네가 다시는 안 그럴 거라고 내가 잘 말할게."

"심기가 상한 게 아니야. 난 분노했어! 또다시 그런 상황이 와도 난 그렇게 할 거야!"

"하지만 부탁이야, 플로. 네가 다음 모임에 와야 해. 네가 그렇게만 해 주면 내가 알아서 잘 처리할 수 있어. 나는 아들이잖아. 아버지도 내 말은 들을 거야."

"난 돌아가지 않아, 렉스." 플로가 모질게 말했다. "경기장에서 네 아버지는 블레이드를 다음번 야생 유니콘 킬러로 만들겠다고 했어. 나는 절대로 그런 일이 일어나는 걸 용납할 수 없어."

"네가 자발적으로 돌아오지 않으면 강제로 스트롱홀드에서 살게 될 거야. 이해가 안 가?"

"지금 협박하는 거야?"

"당연히 아니지, 난 너랑 친구잖아!"

하지만 플로도 분명히 참을 만큼 참았다. 그녀는 손바닥에 흙 원소를 소환해 렉스의 유니콘과 블레이드 사이에 모래 실드를 세우고는 대로를 따라 내달렸다. 스캔다르는 블레이드를 따라가라고 스카운드럴을 재촉하면서도 뒤를 한번 돌아보았다.

렉스와 그의 유니콘은 그들이 떠나는 모습을 지켜보고 있었다.

10장

어둠 속의 마상 시합

저녁 늦게 스카운드럴을 몰고 네슬링 고원으로 내려가는 동안 스캔 다르는 그날 일어난 모든 일을 이해하려고 애쓰느라 머리가 아플 지경 이었다.

케나는 연을 놓친 스피릿 윌더였다. 케나가 과연 해처리 문을 열었 을지는 모르는 일이지만 그녀의 엄마와 애거서, 그리고 스캔다르마저 도 운명의 유니콘이 있었다는 사실을 감안하면 음, 해처리에 케나를 기다리는 유니콘이 있었을 확률은 상당히 높았다. 스캔다르는 케나가 해처리 문에 도전했어야 했던 밤을 생각하니 분노를 억누르기 힘들었 다. 하지만 스캔다르가 멘더이고 꿈에서 케나의 유니콘을 알아볼 수 만 있다면, 그러면 그가 연을 다시 맺어 줄 수 있을지도 모른다.

위버는 야생 유니콘의 살상에 책임이 없었다. 처음에 스캔다르는 엄 마가 배후가 아니라는 사실에 안도했다. 하지만 스트롱홀드에서 돌아 오고 나서부터는 불안한 마음을 어찌할 수 없었다. 에리카 에버하트가 야생 유니콘들을 죽이고 원소들의 혼돈을 야기했을 거라는 생각 덕분에 스캔다르는 그 사람이 엄마라는 생각보다 악당이라는 생각에 더 집중할 수 있었다. 하지만 이제는? 에리카 에버하트는 어디에 있는가? 뭘 하고 있는가? 마음 속 아주 작은 부분은 이렇게 생각하기도 했다. '어쩌면 작년의 그 일을 미안해하고 있으려나? 만약 엄마가 더는 위버로 살기를 원치 않는다면?' 위버가 범인이라고 생각하는 동안은 이런 감정을 억누르는 것이 훨씬 더 쉬웠다.

미첼은 플로와 스캔다르가 실버 서클이 얼마나 야만적으로 야생 유니콘들을 죽이는지 — 연을 맺은 유니콘의 뿔로 야생 유니콘의 심장을 찔러서 — 설명하자 몸서리를 쳤다. 바비는 코빼기도 안 보였지만 플로와 스캔다르는 옷과 몸에 묻은 야생 유니콘의 피를 최대한 씻어 내고 세 사람만이라도 그날 저녁 바로 교관들에게 자초지종을 말하기로 했다. 렉스는 그렇게 말했지만 스캔다르는 언제 도리언 매닝이 나타나 플로와 블레이드를 스트롱홀드로 끌고 갈지 모른다고 생각했다.

스카운드럴은 색색의 등불로 표시된 착륙장으로 내려갔고 갑옷이 철컹 하는 소리와 함께 착지했다. 이제 첫 번째 모의 마상 시합이 벌어질 것이다. 그들은 캄캄한 어둠 속에서 원소들을 이용해 대결을 펼치도록 되어 있었다. 이 훈련은 연말에 있을 진짜 마상 시합을 위한 것으로, 그들의 동기 가운데 여섯 명은 노매드 판정을 받고 이어리를 떠날 것이다. 교관들은 어둠 속의 마상 시합은 마법의 빛을 더 잘 파악할 수 있기 때문에 초보자가 기술을 발전시키기에 매우 좋은 방법이라고 했다. 스캔다르는 이러한 훈련이 교관들의 극적인 감각과도 관련이 있는 게 아닌가 생각했다.

스캔다르는 다친 다리가 갑옷 아래서 너무 쑤셔서 움찔했다. 그와 플로는 스트롱홀드를 탈출하면서 생긴 상처가 나을 겨를도 없었다. 스캔다르는 통증 때문에 이를 악물고 주위를 둘러보며 블레이드와 레드를 눈으로 찾았다. 레드가 옛날처럼 불방귀를 뀌어 대면 어둠 속에서도 찾기 쉬울 텐데 안타깝게도 레드는 요즘 품행을 단정하게 하느라 불방귀도 삼갔다.

스캔다르가 마침내 그들을 찾았을 때 미첼은 벌써 전략을 늘어놓고 있었다. "좋아, 트랙이 네 개 — 저기 횃불로 표시된 선 — 있고 트랙 하나당 지정 원소가 있군." 미첼이 손가락으로 가리켰다. "그리고 트랙마다 교관이 한 명씩 배치되어 심판을 보는 거야. 시합 중에 짬이 날 때 교관에게 가서 말하는 건 어렵지 않겠는데?"

"나도 내 원소 트랙이 있으면 좋겠다. 그럼 늘 이길 텐데." 스캔다르가 중얼거렸다. 그는 저 멀리서 펄럭이는 흰색 망토를 보았고 애거서가 왜 굳이 여기까지 왔을까 의아해했다.

"우리, 바비에게 얘기해야 하나?" 미첼이 물었다. "바비와 함께라면 세일러 교관을 붙잡고 늘어질 수 있어. 바비는 사람을 설득해서 자기 얘기에 귀 기울이게 한단 말이야. 주된 이유는 바비가 상대에게 말할 틈을 주지 않기 때문이지만……."

"더는 기다릴 수 없다고 봐." 플로가 미첼의 말을 가로막았다. 그녀는 말을 할 때마다 뺨의 상처가 다시 벌어져서 인상을 찡그렸다. "우리가 사령관에게 야생 유니콘 살상의 배후에 실버 서클이 있다는 것을 이해시키려면 교관들의 지원이 필요해. 그리고 렉스가 그의 아버지를 설득해서 나를 이어리에서 계속 지내게 해 주지 못한다면 그때도 교관들이 날 위해 나서 줘야 해." 두려움 때문에 플로의 목소리가 날카롭게 나왔다. "그들이 나와 블레이드를 잡으러 오기 전에 준비가 되어 있어야 해.

그리고 난 바비가 우릴 돕겠다고 나설지 잘 모르겠어. 걔는…… 다른 감정을 품고 있을 테니까." 플로가 스캔다르를 흘끗 보았다. "이 일에 대해서 말이야."

스캔다르는 슬픔 때문인지 두려움 때문인지 알 수 없었지만 가슴이 죄어드는 것 같았다. 그는 플로가 무슨 말을 하고 싶은지 알고 있었다. 바비는 '스캔다르에 대해서' 다른 감정을 품고 있었다.

"알았어, 알았어. 우리가 교관들에게 지금 말하자."

"세일러 교관에게는 내가 말할게." 스캔다르가 친구들에게 말할 때 그와 스카운드럴은 공기 트랙에서 메이이와 로즈브라이어스달링과 대결을 하라는 부름을 받았다. 라이더와 유니콘 들은 트랙들을 돌면서 네 개 공식 원소 무기를 사용하여 연습을 하게 되어 있었다. 스캔다르는 메이이가 스피릿 윌더와의 대결을 거부하지 않은 데 놀랐지만 어쩌면 메이이가 그를 때려 주고 싶어서 그런가 보다 했다.

그들은 횃불로 표시된 선의 양 끝에서 자세를 잡았는데 스카운드럴의 갈기가 무려 세 군데에서 불꽃을 일으키는 바람에 스캔다르는 말리느라 애썼다. 검은 유니콘은 마상 시합이 반대편의 유니콘을 향해 쏜살같이 치고 나가는 것임을 매우 빠르게 숙지했다. 그건 스카운드럴에게 몹시 재미있는 일이었다. 유니콘 입장에서는 순수 마법의 무기를 성형할 필요가 없었다. 상대가 자기를 내리칠까 봐 걱정할 필요도 없었다. 유니콘은 그냥 빠르게 달리기만 하면 되는데 그건 기본적으로 스카운드럴이 가장 좋아하는 활동이었다. 스캔다르는 스카운드럴의 생각이 거의 들리는 듯했다. '아니, 우리가 왜 호루라기가 울릴 때까지 기다려야 하는데?'

"진정해, 스카운드럴." 스캔다르가 중얼거렸다.

"라이더들, 준비됐나?" 세일러 교관이 외쳤다. 스캔다르는 오른손을 들어 신호를 보냈다. 손바닥의 해처리 상처가 달빛에 빛났다. 메이이도 반대편 끝에서 똑같이 손을 들어 보였다.

세일러 교관이 날카롭게 호루라기를 부는 순간, 목의 핏줄이 도드라져 보였다. 스카운드럴이 뒤로 몸을 뺐다가 총알처럼 튀어 나가는 바람에 스캔다르는 안장에서 거의 나가떨어질 뻔했다. 오른손에 든 둥근 방패가 제이미가 만들어 준 갑옷에 부딪혀 챙 소리를 냈다. 그래도 두 번째 호루라기가 울리기 전에 정신을 수습했다. 무기를 만들라는 신호였다.

네슬링들이 교관들처럼 빠르게 무기를 성형하는 건 어림도 없었다. 스캔다르의 손바닥이 노란빛을 뿜었고 그는 자기가 가장 좋아하는 무기 중 하나를 만들었다. 순수한 번개의 사브르 검이 번쩍거리며 지지직 소리를 냈다. 무기가 잘 나와서 만족스러웠던 스캔다르는 구부러진 자루를 손으로 감쌌다. 하지만 메이이는 그렇게 무기를 잘 만들지 못했다. 스캔다르는 상대편을 향해 달려가면서 불 월더가 전기로 활을 만드느라 고군분투하는 것을 알았다. 공기 마법이 윗부분과 아랫부분에서 새어 나가서 모양이 계속 어그러지고 있었다.

유니콘들의 뿔 끝이 서로 스쳤다. 검은 뿔과 회색 뿔. 스캔다르가 갑옷에 감싸인 메이이의 가슴팍을 내리치려고 오른손을 뒤로 젖히자 메이이는 공포에 사로잡혔다. 그날 입은 부상의 통증은 아드레날린에 흐려졌다. 메이이는 활은 포기하고 자기 손보다 조금 더 큰 크기의 불똥이 튀는 화살을 만들어 날렸다. 하지만 그 공격은 너무 일렀다. 스캔다르는 그 화살을 방패로 막아 내고도 메이이의 가슴팍을 정확한 타이밍에 공격해서 상대를 안장에서 완전히 떨어뜨릴 수 있었다.

"스캔다르와 스카운드럴 승!" 세일러 교관이 트랙에서 스캔다르가 서 있던 쪽 팔을 번쩍 들며 외쳤다. 그것은 상대편 라이더를 안장에서 떨어뜨리고 승리를 거두었다는 표시였다.

라이더를 잃은 브라이어스달링은 포효하면서 스캔다르의 무릎을 이빨로 툭툭 쳤다. 스카운드럴이 뒷발로 일어서서 험악하게 날개를 펼치며 당장 반격에 나서려 들었다. 스캔다르는 겨우 스카운드럴을 성난 회색 유니콘에게서 돌려세운 후 땅으로 내려와 메이이가 괜찮은지 보러 다가갔다. 브라이어가 성질을 내면서 네슬링 고원을 가로질러 달려갔다. 세일러 교관이 노스브리즈나이트메어를 타고 브라이어를 잡으러 쫓아갔다.

메이이는 갑옷의 무게 때문에 일어나기 힘들어했다. 모든 라이더가 제이미 미들디치 같은 갑옷 제조공을 만나는 행운을 누리는 것은 아니었다. 제이미가 만든 갑옷은 입은 것 같지 않을 만큼 가벼웠지만 가장 강력한 공격에도 잘 버텼다.

스캔다르는 메이이가 일어서는 것을 돕기 위해 손을 내밀었다.

"나한테 빙의하러 오는 거지?" 메이이가 투구 사이로 고함을 질렀다.

"뭐? 아냐, 지금 너 도와주는 거잖아!"

앨러스테어와 코비가 횃불로 표시된 선을 넘어왔다. "메이이를 건드리지 마, 스피릿 윌더." 앨러스테어가 위협적으로 말했다. 흙 윌더의 변이 때문에 그는 더 화가 난 것처럼 보였다. 그의 얼굴 절반은 돌로 되어 있는 데다가 고대 암석처럼 갈라져 있었다.

"스피릿 윌더들에게 도움을 받을 수야 없지. 뭐, 우리 나무 집에도 사실상 하나 있긴 한데……" 코비가 말했다.

"호랑이도 제 말 하면 온다더니……" 앨러스테어가 입술을 일그러뜨리면서 말했다.

앰버가 월윈드시프에서 내렸다. "메이이, 괜찮아? 내가 도와줄게!" 앰버는 남자애들을 제치고 —— 남자애들은 스피릿 윌더를 놀려 먹기 바빠서 친구를 도와주지도 않고 있었다 —— 메이이에게 손을 내밀었다.

"오, 잘됐네, 너로구나. 고맙지만 괜찮아." 메이이가 사슬 갑옷을 철컹거리면서 앰버를 얼른 피했다.

"네가 메이이에게 빙의했냐?" 앰버가 스캔다르에게 쏘아붙였다. "왜 얘가 아직도 땅바닥에 있지? 내 말은, 스캔다르, 두 번은 운이 나빠서 그랬다 치자. 하지만 세 번이라면?" 앰버는 진심으로 화가 난 것 같았다.

"난 아무것도 안 했어! 그냥 마상 시합을 해서 이겼을 뿐이야!" 스캔다르가 항의했다. 그는 앨러스테어의 시선이 자기에게 꽂히는 것을 느낄 수 있었다.

앰버가 머리를 흔들자 이마의 별 모양 변이가 파지직파지직 소리를 냈다. "브루나에게 뺨 맞고 메이이에게 화풀이했나? 그런 거야? 스피릿 윌더들은 성질이 고약하다더니……."

"그건 네가 잘 알겠지, 앰버. 왜 우리한테 아는 척하지?" 코비가 점잔 빼듯이 말했다.

"남들이 보는 데서 우리한테 말 걸지 말라고 했잖아. 네가 아직 우리 콰르텟에 있는 것만으로도 충분한 악재야. 월윈드시프가 스피릿 유니콘이랑 어울려 다닌다는 것만으로도 충분히 골치 아프다고. 빙의 건에 대해선 너도 의심스러워. 너도 절반은 스피릿 윌더의 피가 흐르잖아." 앨러스테어가 말했다.

앰버는 입을 열었지만 아무 말도 하지 못했다.

메이이는 간신히 일어나 앉았다. "우린 더는 친구가 아니야, 앰버. 쪽

팔리게 이러지 마."

앰버의 어깨가 축 처졌고 밤색 머리카락이 그녀의 얼굴을 가렸다.

스캔다르는 속에서 다시 열불이 났다. 앨러스테어, 메이이, 코비 같은 인간들이야말로 연을 놓친 스피릿 월더 명단에 책임을 져야 할 아일랜더의 전형이었다. 의심. 비난. 두려움. 이런 것들이 스피릿 원소 가족들에게 해처리 문을 금지했던 것이다. 그는 자기가 저지르지도 않은 빙의를 계속 추궁하는 앰버보다 이런 게 더 짜증 났다. 그는 작년에 앰버의 어머니가 앰버를 어떻게 대하는지 똑똑히 보았다. 그 애가 스피릿 월더라면 치를 떨게끔 교육받고 자랐다는 걸 알 수 있었다. 그러니 자기 아버지가 스피릿 월더라고 밝혀졌을 때 얼마나 혼란스러웠을까. 엄마가 위버라는 게 그의 잘못이 아니듯, 사이먼 페어팩스가 사악해진 것도 앰버의 잘못은 아니었다. 위협 콰르텟의 다른 세 명이 무슨 명목으로 앰버를 벌하려 하는가? 그냥 앰버를 위축시키려고 하는 짓거리 아닌가.

"여기서 꺼져." 스캔다르가 실실 웃고 있는 세 명의 네슬링에게 위협적으로 말했다.

"안 꺼지면 어쩔 건데? 빙의라도 하려고?" 메이이가 검은 머리채를 흔들며 웃었다.

"여기서 꺼져." 스캔다르는 다시 한번 말했다. "친구는 이런 게 아냐, 알아? 너희는 앰버를 챙겨야지…… 무슨 일이 일어나든 간에." 그래도 다른 네슬링들이 꿈쩍하지 않자 그는 스카운드럴의 옆구리에 손을 얹고 스피릿 원소를 소환하여 손바닥을 하얗게 빛냈다.

코비는 겁에 질렸고 앨러스테어는 화가 난 듯 보였다. 메이이가 소리를 질렀다. "다 이를 거야! 이딴 식으로 우릴 위협하면 안 되지!"

"앰버는 놔두고 꺼져. 한심한 것들." 스캔다르는 혐오감에 치를 떨었다.

세 명의 네슬링은 스캔다르의 손바닥에서 빛나는 하얀 공을 바라보았다. 이윽고 코비와 앨러스테어가 메이이를 힘겹게 일으켜 세웠고 메이이는 브라이어를 찾으러 세일러 교관에게로 갔다.

앰버의 이마에 새겨진 별이 불똥을 튀기고 있었다. "네가 나 대신 싸울 필요는 없어. 스피릿 윌더."

"반가운 소리야."

"유니콘들이 친하다고 해서 너와 나까지 친한 건 아니지."

"누가 뭐래." 스캔다르는 어깨를 으쓱했다.

앰버는 코에 주름이 잡히도록 찡그린 채 재빠르게 지껄였다. "내 편을 들어 봤자 아무 소용 없어. 네가 그렇게 나와도 난 사람들에게 네가 라이더들에게 빙의하고 야생 유니콘들을 죽이는 거라고 말하고 다닐 거야."

"누가 뭐래. 너한테 잘 보이려고 그런 거 아냐." 스캔다르가 한숨을 쉬었다.

앰버는 월윈드시프를 몰고 그 자리를 떠나면서 내내 혼란스러워 보였다.

세일러 교관이 여전히 브라이어를 수습하기 바빴으므로 스캔다르는 친구들에게 돌아갔다. 플로와 미첼이 겁에 질린 표정으로 속닥거리고 있었다. 심지어 미첼은 팔을 사방에 마구 휘두르고 있었다.

"뭐 잘못됐어?" 스캔다르가 바로 물었다.

"도리언 매닝이 우리보다 먼저 교관들을 만났어." 미첼이 침울하게 말했다.

"내가 스트롱홀드에서 발작을 일으켰다고 했대!" 플로가 울음을 터뜨렸다.

"블레이드와의 연에 마법이 과부하되어 플로가 환각을 봤다, 뭐 그렇게 말했나 봐." 미첼이 덧붙였다.

"교관들은 그 말을 믿어?" 스캔다르는 어이가 없었다.

미첼이 오설리번 교관의 뾰족한 음성을 흉내 냈다. "플로가 너에게 뭘 봤다고 말했는지 이미 알고 있다. 실버의 마법은 감당하기 어려울 수 있어. 플로는 많이 혼란스러웠을 거다."

"웹 교관도 내가 실버 서클의 명령을 거역하면 도리언 매닝이 나를 스트롱홀드에서 훈련시키는 수밖에 없다고 했어. 모두를 보호하기 위해 그래야 한대." 플로가 부들부들 떨면서 말했다.

"내가 애거서에게 말해 볼게." 스캔다르가 결연하게 말했다.

"우린 그 여자 못 믿어. 게다가 애거서는 어차피 아무 힘도 없는걸. 구태여 감행할 일은 아니야!" 미첼이 항의했다.

"내가 스트롱홀드에 들어갔었다는 말은 안 할 거야." 스캔다르는 이미 스카운드럴의 고삐를 미첼에게 넘겨주고 있었다. "지금은 별로 영향력이 없다 해도 서클에 대해 아는 건 있겠지. 애거서의 전적을 생각해 보면, 음……."

"집행인이었던 전적 말이지." 플로가 대신 말을 맺었다.

스캔다르는 어두컴컴한 훈련장 한쪽 구석에 숨어 있는 애거서를 찾아냈다.

"어둠 속에서 슬그머니 다가오지 말라고 충고하고 싶구나." 애거서가 그 자리에서 홱 돌아서며 말했다.

스캔다르는 애거서의 뻔뻔함이 여전히 다소 거슬렸지만 그나마 슬슬 익숙해지고 있었다. 애거서는 그녀의 말대로 스피릿 유니콘들을 죽이는 역할을 강요당했고 그 후 15년을 감옥에서 지냈다. 그런 사람이 항상 명랑하게 굴기를 기대할 수는 없지 않은가.

"사브르 검이 아주 잘 나왔더구나." 그녀는 잠시 생각에 잠겼다. "하지만 다음번에는 상대를 왼쪽에 두고 치고 들어가는 게 나을 거야. 너는 오른손잡이니까 상대를 오른쪽에 두고 치고 들어가면 가슴팍이 무방비로 노출되어 버려. 하지만 상대를 왼쪽에 두고 치고 들어가면 검이 너의 몸과 팔을 보호해 주지."

"그렇군요, 감사합니다." 스캔다르는 서둘러 말을 꺼냈다. "애거……, 아니 에버하트 교관님, 할 말이 있는데요."

애거서가 돌아보는 순간 힘줄이 비치는 뺨이 번득였다.

스캔다르는 스트롱홀드에서 본 것을 전부 말했다. 아니, 전부는 아니었다. 케나에 대한 이야기는 뺐고, 야생 유니콘 살상에 대해서는 플로가 혼자 알아낸 것처럼 말하는 것도 잊지 않았다.

"그래서 내가, 으흠, 플로가 센티널들이 자기들끼리 하는 얘길 들은 거죠. 실버 서클이 어린 야생 유니콘들을 겨냥하고 있다는 거예요. 하지만 플로는 실버 서클이 그런 일을 왜 하는 걸까 이해가 안 간대요." 스캔다르는 말을 맺으면서 숨을 죽였다.

애거서는 잠시 동안 아주 가만히 있었다. "그럴지도 모른다고 생각했었지. 너라는 스피릿 윌더가 이어리에 있으니 도리언 매닝이 틀림없이 그런……." 애거서는 잠시 적당한 단어를 찾았다.

"사악한 짓?"

"아니, 난 '어리석은 짓'이라고 말하려고 했지만 뭐, 그래. 그게 단지 야생 유니콘 살상의 문제는 아니지만 말이야. 모르겠니? 도리언 매닝은 네가 멘더라고 생각하는 거야, 틀림없어."

스캔다르는 애거서를 빤히 바라보았다.

"맥그래스 전임 사령관이 작년에 네가 그녀와 뉴에이지프로스트의 연을 되돌린 얘기를 매닝한테도 했겠지. 스피릿 마법은 아주 오래전부터 아일랜드에 존재해 왔어. 도리언 매닝이 성급한 결론을 내린 것도 어찌 보면 무리는 아니야."

스캔다르는 눈살을 찌푸렸다. "하지만 그게 실버 서클이 야생 유니콘들을 죽이는 것과 무슨 상관이 있는데요?"

애거서는 스캔다르의 머리가 너무 굼뜨게 돌아가는 게 답답했는지 한숨을 푹 쉬었다. "네가 멘더라는 게 확실해지면 맨 먼저 하고 싶은 일이 뭐였지?"

스캔다르는 침을 삼켰다. 스피릿 윌더 기록에서 보았던 케나의 이름이 그의 뇌리를 스치고 지나갔다. "누나를 운명의 유니콘과 맺어 주고 싶었어요." 문득 경기장에서 만났던 센티널, 실버 서클에게 세뇌당한 그 작자가 했던 말이 생각났다. '야생 유니콘들이 사라지면 스피릿 윌더는 힘을 잃을 거야.'

"바로 그거야. 하지만 네가 케나만 구하고 끝이 아니라면? 네가 모든 스피릿 윌더들에게 자행된 불의를 바로잡기로 결심한다면? 네가 그들을 한데 모아 군대를 일으킨다면? 위버가 만들었던 가짜 연보다 훨씬 강력한 연을 지닌 스피릿 윌더 군단이 나타난다면? 원래 맺어졌어야 했던 연이잖아. 진정한 연."

애거서의 말이 옳았다. 스피릿 윌더 명단을 발견했을 때 스캔다르는 케나 한 사람만 생각하지 않았다. 그들이 저지른 일 때문에, 지금도 저지르고 있는 일 때문에 아일랜드 전체에 분노했다, 그 생각이 여전히 마음 깊은 곳에 있었다. 연을 놓친 스피릿 윌더들을 전부 찾아내어 연을 맺어 주고 싶다는 생각 말이다. 어쩌면 도리언 매닝은 마땅히 스캔다르를 경계해야 할 것이다.

애거서가 계속 말했다. "내 생각에, 실버 서클이 어린 야생 유니콘들을 노리는 이유는 그거야. 그럼, 완전히 말이 되지. 그 유니콘들과 맺어질 운명이었던 라이더들은 여전히 살아 있을 거야. 반면, 오백 살 먹은 야생 유니콘을 죽이느라 진을 뺄 필요는 없지. 어차피 그런 유니콘은 멘더가 연을 회복시킬 수 없어. 그 유니콘의 라이더는 이미 진즉에 죽었을 테니까."

"'연을 놓친 라이더가 어릴수록 연을 수선하는 과정이 더 쉽다.'" 스캔다르는 크레이그의 메모에서 보았던 내용을 무심코 입 밖으로 내뱉었다.

"뭐?" 애거서가 쏘아붙였다.

스캔다르는 망설였다. 애거서에게 꿈에 대해서 좀 더 물어보려면 그녀의 기분을 상하지 않게 해서 그녀를 붙잡아 둘 필요가 있었다. 스피릿 윌더 군대 이야기를 계속하는 건 아무래도 도움이 안 되지 싶었다. 그는 다른 질문을 했다. "하지만 그 살상을 막으려면 어떻게 해야 하는데요? 교관들은 도리언 매닝이 배후에 있다고 믿지 않아요. 뭔가 해야해요! 더구나 실버 서클은 나 때문에 이런 짓을 하는 거잖아요!"

애거서의 갈색 눈썹이 아치형으로 휘어졌다. "우리는 아무것도 하지 않을 거야. 고작 스피릿 윌더 두 명이 실버 서클 전체를 고발한다면 누가 믿어 줄까. 더구나 그들은 편리하게도 마법의 파괴를 스피릿 원소의 탓으로, 특히 너의 탓으로 돌리고 있어. 안 돼, 난 감옥 밖에 있어야 하고 너는 여기 이어리에서 훈련을 받아야 해."

"하지만……."

"실버 서클이 그런 짓을 하고 있다고 믿게 할 방법은 직접 눈으로 보여 주는 것뿐이야. 그리고 넌 그런 일에 연루되는 위험을 무릅쓰면 안 돼. 그럴 수 있어?"

애거서가 어둠 속으로 사라지는 동안 스캔다르는 애거서가 그런 일을 해선 안 된다고 설득하면서도 마지막 한마디로 그를 도발하는 느낌이 들었다. '그럴 수 있어?'

———————

바비가 로밀리의 갑옷에 싸인 가슴팍으로 완벽한 형태의 불화살 시위를 당기는 바로 그 순간, 스캔다르도 불의 트랙으로 돌아왔다. 그는 불화에도 불구하고 바비를 향해 미소를 지었지만 이내 문득 슬퍼졌다. 바비는 최고였다. 바비는 그 사실을 셰코니 안장이나 송골매회의 초대장으로 증명할 필요가 없었다. 아무도, 플로와 블레이드조차도, 바비의 마법에는 상대가 되지 않았다. 정말로, 모두가 바비의 그늘에 가려 있었다. 스캔다르는 바비가 최고인 동시에 그와 친구로 남을 수 있다는 것을 알았으면 했다. 그는 바비가 그리웠다. 바비의 놀림, 농담, 솔직함이 그리웠다. 함께 나누던 메인랜드 이야기도 그리웠다. 바비가 그를 더욱 용감하게 만들어 주던 때가 그리웠다. 스캔다르는 이기적인 혼자만의 바람인 줄 알면서도 바비가 예전처럼 돌아오기를 바랐다.

그는 엄마에 대해서 생각했다. 어쩌면 그에겐 항상 이런 일이 따라다니지 않을까? 어쩌면 스피릿 월더로 산다는 게 이런 걸까? 떠나가는 사람들. 그는 어린 자녀를 두고 떠난 에리카 에버하트를 생각했다. 플로가 실버 서클에서 했다는 맹세를 생각했다. 그에게 편지를 보내지 않는 케나를 생각했다. 심지어 미첼도 처음에는 그를 상종하지 않으려 했었다.

두 번째 라운드가 시작되자 미드나이트스타와 팔콘스래스는 다시 서로를 향해 질주했다. 로밀리는 바비의 마법 무기를 막으려고 필사적으로 방패를 휘둘렀지만 소용없었다. 그녀는 가슴을 정통으로 맞았고 겨우 안장에서 떨어지는 것만 면했다.

자기 경기를 마친 라이더 몇몇이 바비와 로밀리의 경기를 지켜보고 있었다.

"2 대 0!" 앤더슨 교관이 바비 쪽으로 팔을 번쩍 드는 순간, 그의 귓가에서 불꽃들이 깜박거렸다.

"힘내, 로밀리!" 엘리아스와 워커가 응원을 보냈다. 그 트리오는 매우 사이가 좋았다. 한 해에 부화되는 유니콘의 수가 딱 떨어지지 않다 보니 거기는 네 명이 모이지 못해서 콰르텟이 아닌 트리오로 남았다.

"플로." 팔콘스래스가 마지막 라운드를 위해 출발 지점으로 돌아가는 동안 스캔다르가 플로에게 속삭였다. "도리언 매닝이 다음번 야생 유니콘 살육에는 블레이드를 내보내겠다고 했잖아. 혹시 그게 언제가 될지도 말했어?"

플로는 고개를 가로저으며 애처롭게 말했다. "언제인지는 몰라, 하지만 다음번에 사냥단과 함께 블레이드를 몰고 가랬어. 사냥단은 살육할 야생 유니콘을 잡으러 다니는 라이더들이야. 나는 스트롱홀드로 날아가서 사냥에 합류하라는 경고를 장장 한 시간은 듣게 될 거야."

"사냥단이 어디로 가는지 알 방법이 있나?" 스캔다르가 조용히 물어볼 때 앤더슨 교관이 첫 번째 호루라기를 불었다. 팔콘이 앞으로 치고 나갈 때 힘 좋은 뒷다리 근육이 물결쳤다.

"센티널들이 야생 유니콘 떼를 찾으면 위치를 알려 줘. 그러면 목표로 삼은 유니콘을 다 함께 잡아오는 거야. 도리언 매닝이 경기장에서 우리에게 모든 걸 알려 줬어. 내가 그들을 돕게 될 거란 말은 아니야." 그녀는 얼른 이 말을 덧붙였다. "그래서 내가 이어리에서 쫓겨나는 한이 있더라도."

스캔다르는 골똘히 생각했다. 진실의 노래는 유니콘들의 죽음과 원소 불안이 관련이 있다고 경고했다. 그는 자신이 사랑하는 아일랜드가 스스로를 파괴할지도 모른다는 걱정이 점점 커졌다. 그리고 이제 스캔다르는 황무지의 야생 유니콘들 중 한 마리는 케나와 운명 지어져 있다는 것을 확실히 알고 있었다. 실버 서클이 그 유니콘을 잡아가는 일이 있어서는 절대로 안 되었다. 실버 서클이 야생 유니콘들을 죽이지 못하게 막아야만 했다.

"한 시간이라……." 스캔다르의 머릿속에 어떤 계획이 떠오르고 있었다. "네가 도리언 매닝을 거역할 필요가 없다면? 실버 서클이 하라고 하는 일을 함으로써 그들이 더는 야생 유니콘을 죽이지 못하게 막을 수 있다면?"

"스카, 그게 무슨……."

바로 다음 순간, 라이더들이 비명을 질렀다. 스캔다르가 바비와 팔콘을 쳐다보았지만 그들은 거의 보이지 않았다. 바비의 손에서 토네이도가 뿜어져 나왔고 이어서 불까지 쏟아졌다. 바비는 지켜보고 있는 구경꾼들에게 날카로운 돌을 쏘더니 파도까지 발사했다. 로밀리는 공포에 사로잡혀 미드나이트스타를 몰고 컴컴한 밤하늘로 날아갔다. 다른 라이더들도 따라서 하늘로 대피했다. 사방이 어두웠기 때문에 서로 부딪히고 난리도 아니었다.

스캔다르는 스카운드럴의 등에 올라탔다. "바비!" 그가 외쳤다. "바비!"

"바비가 뭐에 씌었어! 제대로 반응하질 않아. 바비의 눈을 봐!" 미첼은 고함을 지르고 레드와 함께 자기네 시합 트랙에서 날아왔다.

바비가 소환한 오만 가지 토네이도에서 원소 잔해가 소용돌이쳤다. 그녀는 그 한복판에서 팔콘을 타고 허공에 떠 있었지만 자기를 둘러싼 난장판을 보고 있지 않았고 신경 쓰지도 않았다.

플로는 바비의 손바닥에서 번개가 세 번 터지고 블레이드의 왼쪽 발굽 바로 옆으로 떨어지자 비명을 질렀다. 실버 유니콘은 화가 나서 앞발을 번쩍 들고는 발굽으로 단단한 돌과 모래를 섞어서 쏘았다.

"우리가 뭔가 해야 해!" 스캔다르가 외쳤다.

"잠시 후면 사라질 거야." 미첼은 이렇게 말했지만 확신하는 것 같지는 않았다. "개브리얼도 그랬잖아. 리케시도 그랬고."

"하지만 바비잖아! 저러다가 바비가 다치면 어떡해? 내가 바비를 팔콘의 등에서 떼어 낼게. 그러면 적어도 마법을 소환하지는 못할 테니까." 그때 활활 타는 돌덩이가 요점을 말해 주려는 듯이 스캔다르의 왼쪽 귀 바로 옆으로 날아갔다.

"스카, 넌 가만히 있어. 너 다쳐! 스카운드럴이 다쳐!" 플로가 애원했다. 그녀는 블레이드를 제어하느라 정신이 없었다. 블레이드의 등짝에서 연기가 피어오르고 있었다.

스캔다르는 플로의 말을 무시하고 소용돌이치는 폭풍 속으로 스카운드럴을 타고 곧장 바비에게 날아갔다. 팔콘이 입를 벌리고 난폭하게 울부짖을 때 전기가 지직대는 이빨이 어둠 속에서 빛났다. 스캔다르는 스카운드럴이 혼란스러워하는 것을 느낄 수 있었다. 팔콘은 스카운드럴의 친구였다. 팔콘이 맞는데? 팔콘은 날개를 펄럭여 얼음처럼 찬 바람을 일으켰고 바비는 붉게 빛나는 손바닥을 들고 불 공격을 날리려 했다. 그녀의 눈은 텅 비어 있었다.

하지만 스캔다르는 준비가 되어 있었다. 그가 스피릿 원소를 손바닥으로 소환하자 계피 향이 콧구멍으로 밀려 들어왔다. 그는 하얀 마법의 공을 가지고 바비의 심장과 팔콘의 심장을 연결하는 노란빛의 선으로 다가갔다. 그들의 공격은 연에서 사그라들었다. 바비는 분하다는 듯 고함을 지르고 복수심에 미친 좀비처럼 눈을 희번덕거렸다. 스캔다르는 바비가 다시 공격에 나서기 전에 바로 팔콘 옆으로 날아가서 바비를 안장에서 끌어당겼다.

하지만 스캔다르가 생각한 것처럼 쉽지가 않았다. 스카운드럴은 갑자기 두 배의 무게가 등을 짓누르자 놀라서 몸부림을 치며 꽤액 울었다. 스캔다르와 바비는 갑옷 차림으로 팔다리가 엉긴 채 연기 속에서 함께 땅으로 떨어졌다.

스캔다르가 먼저 일어났다. 이미 입은 부상도 있고 온몸이 두들겨 맞은 것처럼 아팠지만 아랑곳하지 않고 바비의 몸을 뒤집은 뒤 투구를 벗겨 얼굴을 확인했다. 바비는 캑캑거리고 기침을 하더니 눈을 떴다. 눈빛이 또렷한 갈색으로 돌아와 있었다.

"스캔다르…… 나…… 팔콘……." 바비는 목이 메어 말을 제대로 하지 못하고 일어나 앉았다. 그다음부터 바비의 호흡이 거칠어지더니 쉭쉭 소리가 나고 숨이 새어 나갔다.

"숨 쉬어, 바비." 그는 공황 발작을 일으킨 바비의 손을 꼭 잡았다. "이제 다 끝났어. 괜찮아."

"나. 그런 건. 정말. 처음이야……. 피의 충동…… 죽이고 싶은 욕구……." 바비는 호흡이 조금 안정되었다. "팔콘이 정말 그래? 늘 그렇게 피에 목말라 있나?"

"연이 없는 상태에서는 그런가 봐." 스캔다르가 차분하게 말했다. "만약 팔콘이 야생에서 부화했다면 저렇지 않았을까." 그는 잠시 얼룩무늬가 있는 회색의 야생 유니콘을 떠올렸다. 케나의 유니콘을.

플로가 혼란스러워하는 팔콘을 잡아서 데리고 왔다.

하지만 팔콘이 회색 머리를 내려 자기 라이더의 상태를 확인하려 하자 바비는 소스라치며 물러났다. "안 되겠어, 지금 당장은 팔콘 옆에 못 가겠어."

세일러 교관이 노스브리즈나이트메어를 타고 달려왔다. 교관도 기겁한 얼굴이었다.

"바비가 빙의됐었어요. 개브리얼처럼요. 연을 통해 팔콘이 바비에게 들어왔던 거예요." 미첼이 재빨리 설명했다.

평소 햇살처럼 환한 세일러 교관의 얼굴이 불길하게 변했다. 그녀는 바비 옆에 쭈그리고 앉아 스캔다르가 알아들을 수 없는 말을 중얼거렸다. 이윽고 교관이 노란색 망토 자락을 밤바람에 펄럭이며 일어났다. "내가 바비를 이어리로 데려가서 힐러에게 보여야겠다. 팔콘스래스는 네가 좀 데려올 수 있겠니?"

플로가 유니콘의 가죽 고삐를 꼭 쥐고 고개를 끄덕였다.

"가자, 스위트피." 교관은 이렇게 중얼거리면서 바비가 제 발로 일어서도록 도와주었다.

스캔다르, 미첼, 플로는 유니콘들을 끌고 이어리까지 걸어갔다. 날아서 가기는 너무 힘들었다. 팔콘은 사랑하는 자기 라이더와 분리되어 스트레스가 심한지 난동을 피웠다. 스캔다르는 블레이드가 도도하고 냉정한 원래 모습으로 돌아온 것을 알아차리지 않을 수 없었다. 스트롱홀드에서 실버 유니콘 친구들을 만났을 때 반가워하던 명랑한 모습은 온데간데없었다.

덕분에 스캔다르는 아까 생각했던 계획을 떠올렸다. "실버 서클을 저지하고 플로가 스트롱홀드에 감금되지 않게 하려면 어떻게 해야 할지 알 것 같아." 밤의 추위 탓에 입김이 회오리처럼 나왔다.

"하지만 어떤 교관도 우리 말을 믿어 주지 않았어!" 미첼이 항의했다.

"에버하트 교관은 믿더라. 나에게 아이디어도 줬어." 스캔다르가 단호하게 말했다.

"어, 오……." 플로가 숨을 몰아쉬고는 눈을 감았다.

"우리는 실버 서클이 야생 유니콘을 죽이는 걸 막아야 해. 맞지?" 스캔다르는 이어리의 알록달록한 나무 입구에 도착했을 때 이렇게 말했다.

"맞아……." 미첼과 플로가 조심스럽게 동의했다.

"아무도 우리 말을 믿지 않는다면 직접 볼 수 있게 해야지. 사령관에게 진실을 보여 주자고. 플로, 네가 내부자로서 사냥꾼들이 언제 야생 유니콘을 잡으러 가는지 알아내면 어떻게든 실버 서클의 덜미를 잡을 수 있을 거야."

미첼이 눈을 가늘게 떴다. "너무 막연하게 들리는데."

플로도 한숨을 쉬었다. "너무 위험하게 들리고 말이야. 하지만 실버 서클이 계속 저렇게 설치게 놔둘 순 없어. 각 구역들에서 무슨 일이 일어나고 있는지 봐. 바비한테 무슨 일이 일어났는지 봐! 만약 바비가 다쳤으면, 아니 더 끔찍한 일이 일어났으면 어쩔 뻔했어? 만약 바비가 누굴 죽이기라도 했으면? 어디 그뿐이야, 실버 서클이 케나의 유니콘을 죽일까 봐 걱정되는 건 또 어떻고." 플로가 숨을 크게 들이마셨다. "그래, 난 할 거야.”

“나도 당연히 함께 해.” 미쳴이 씩씩거렸다. “하지만 좀 더 상세한 계획이 필요해, 스캔다르. 콰르텟 회의를 매일 밤, 음, 매일 밤 하는 거야. 블레이드가 사냥에 합류하라고 부름을 받을 때까지.”

“분명히 너의 흑판이 필요할 거야.” 스캔다르가 입가에 미소를 머금었다.

미쳴이 환하게 웃었다. “그 말 안 했으면 나 서운할 뻔했어.”

11장

유니콘 사냥꾼

　스캔다르를 빙의의 원흉으로 보는 라이더가 위협 콰르텟만은 아니었다. 바비에게 그런 일이 있고 나서 이어리의 나머지 사람들은 스피릿 윌더, 야생 유니콘, 마법의 빙의, 그리고—놀랍게도—스캔다르를 하나로 싸잡아 생각했다. 그리고 일주일 전부터 바비와 스캔다르가 사이가 틀어진 것을 이어리에서 모르는 사람이 없다는 점도 그에겐 별 도움이 되지 않았다. 아일랜더 출신 라이더들은 스캔다르가 어떻게 연을 이용해 동료 라이더들을 빙의시켰을까 여러 가지 가설을 주고받으면서 목소리를 낮추는 성의조차 보이지 않았다. 사리카, 개브리얼, 잭, 마리암 같은 메인랜더들은 대체로 그의 편을 들어 주었다. 그렇지만 대부분의 다른 네슬링들은 식당이나 훈련장에서 스캔다르를 피했다.

　"차차 괜찮아질 거야." 잭이 흙 원소 훈련을 마치고 스캔다르를 위로하기 위해 이렇게 말했다. 그날 훈련장에서 벤지와 커스드위스퍼가 또다시 '스피릿 윌더'와의 마상 시합 훈련을 거부했다. "사람들은 비난할

대상이 있는 걸 좋아하잖아. 유니콘 살상이 멈추면 다 지나갈 거야."

하지만 사태는 지나가지 않았고 스캔다르와 친구들은 여전히 실버 서클의 유니콘 살상을 저지할 기회를 기다리고 있었다. 플로는 마지막 기회라는 엄중한 경고와 함께 실버 서클 모임에 다시 참석하라는 명령을 받았다. 그리고, 아니나 다를까, 도리언 매닝은 플로에게 그녀의 충성심을 입증하고 싶다면 블레이드를 다음번 유니콘 사냥에 내보내라고 종용했다. 아이러니하게도 그게 바로 플로, 미첼, 스캔다르가 원하던 바였다. 하지만 11월이 가고 12월이 오도록 그 기회는 여전히 오지 않았다.

한편, 각 구역들에서 마법이 예측할 수 없이 널뛰는 탓에 이어리에 있는 아일랜드 라이더들의 가족 중에 집을 잃은 가족이 점점 늘었다. 파괴는 날이 다르게 심각해지고 있었다. 《해처리 헤럴드》는 농작물이 자라는 밭을 삼켜 버린 지진, 가장 강력한 물 월더들조차 진화할 수 없었던 화재, 급격히 불어나 나무 집을 쓸어 간 강물, 숲 전체를 쑥대밭으로 만든 시속 100킬로미터의 강풍에 대한 취재 기사들로 넘쳐 났다.

무엇보다, 야생 유니콘들이 떼 지어 출몰하는 일이 평소보다 잦았다. 스캔다르는 야생 유니콘들이 불안해하는 것이 원소들의 파괴 때문인지, 아니면 그들이 사냥당하고 있기 때문인지 궁금했다. 결과적으로 포포인트 거리는 집이 파괴되었거나 그나마 수도가 아일랜드에서 유일하게 안정한 장소라고 생각해 몰려온 피난민들로 넘쳐 났다.

미첼은 아일랜드의 복수에 대한 이론을 발전시켜 자기 아버지와 점심 식사하는 자리에서 어느 연장자 물 월더에게 들려 주었다. "그 여자분이 내가 갖고 있던 생각에 확신을 줬어." 어느 날 밤 친구들과 흑판 앞에 둘러앉았을 때 미첼이 말했다. "아일랜드는 감정이 없어. 이건 순전히 균형, 평형의 문제야. 야생 유니콘들은 그물의 그물코처럼 아일랜드의 마법 조직 속에 깊이 얽혀 있는 존재들이지. 아일랜드에서 수백 년 살아온 야생 유니콘들도 있잖아. 아니, 그보다 더 오래 산 야생 유니콘들도 있을 거야. 그들은 다섯 원소 모두와 연합해 있지. 그런데 거기서 특정 유니콘들만 제거하면 아일랜드의 마법은 균형이 깨지는 거야. 우리와 유니콘의 연이 —— 연은 사실 원소 마법으로 만들어져 있잖아 —— 그 영향을 받는다고 할까, 말이 되지? 각 구역들에서 일어나는 파괴, 연의 빙의, 이런 게 무시무시하니까 아일랜드가 복수를 하는 것처럼 보이지? 하지만 사실은 그게 아닌 거지."

플로는 한숨을 쉬었다. "말은 된다, 미첼. 하지만 마법의 불균형이든 아일랜드의 복수든 크게 다치거나 집을 잃은 사람들에게 뭐 그리 중요하겠어?"

스캔다르가 걱정해야 할 일은 그것만이 아니었다. 바비는 빙의에서 회복되자 —— 불행히도 —— 스캔다르가 자기를 구해 줬다는 것을 기억해 냈다. 그래서 한바탕 실랑이가 있었다.

"누가 도와 달랬어? 내 허락도 없이 날 구하다니 믿을 수가 없네!" 바비는 힐러의 나무 집 해먹에 누운 채 스캔다르에게 고함을 질렀다. "난 이제 스캔다르 스미스가 구해 준 여자애가 됐어. 굉장해!"

스캔다르도 부글부글 끓어오르는 속을 참을 수 없었다. "그래, 미안하다! 네가 아무나 죽이고 다니든 말든 가만히 있을 걸 그랬네?"

"당연히 그랬어야지!" 바비는 지지 않았다.

"다음번엔 참고할게!"

"좋아!"

하지만 바비에겐 더 큰 문제가 있었다. 그녀는 팔콘스래스를 타지 못했다. 동기 중 최고 라이더의 기세는 완전히 꺾였다. 플로와 미첼이 바비와 따로 말을 해 보려고 노력했다. 그들은 이미 12월에 들어선 이 시점에서 코앞에 닥친 마상 시합 토너먼트를 준비하는 것이 얼마나 중요한지 설명하려 애썼다. 그러나 자칫 노매드 판정을 받을 위험조차도 바비를 팔콘의 등에 오르게 하진 못했다.

훈련이 없는 한 주를 앞두고 있던 마지막 훈련일에 미첼이 억지로 이 문제를 건드렸다. "이번 휴가에 팔콘을 다시 타 보지 그래? 훈련의 중압감이 없으면 괜찮을지도 모르잖아."

스캔다르는 자기가 바다를 그려 놓은 벽 아래 빈백에 앉아 그들의 대화를 지켜보았고 바비의 완고한 눈빛을 분명하게 볼 수 있었다. "내가 말했지, 당분간 팔콘을 타지 않을 거라고."

미첼은 민망해졌지만 그래도 흑판을 손가락으로 톡톡 치면서 말했다. "로버타, 우리 계획에 네가 필요해." 미첼이 이 말을 입 밖으로 내는 건 처음이었지만 사실이 그렇다는 것은 모두 알고 있었다. "스카운드럴을 제외하면 팔콘이 우리 콰르텟에서 가장 빠른 유니콘이야. 네가 우리 계획에 참여해 실버 서클이 플로와 블레이드를 부르면 함께 유니콘을 타고 가 줬으면 해. 네가 없으면……." 미첼은 바비가 나무 몸통의 나선형 계단을 따라 침실로 올라가 버리자 말꼬리를 흐렸다.

플로가 한숨을 쉬었다. "훈련 한 번만 놓쳐도 하늘이 무너질 듯 난리 치던 바비는 어디 갔담. 지금의 바비는 아무것도 신경 쓰지 않는 것 같아. 우리도. 팔콘조차도."

"유니콘이 머릿속에 들어왔었는데 정나미 떨어질 만도 하지. 자기 영혼이 이어져 있는 존재의 피에 굶주린 충동을 느껴 봤잖아. 그건 유니콘이 어떤 동물인가를 상기시켜 주지. 유니콘은 사나워. 그건 마법의 존재야. 죽음을 불러올 수도 있는 존재이기도 하고." 미첼이 말했다.

"개브리얼과 리케시는 이제 아무렇지도 않아." 플로가 짚고 넘어갔다.

"개브리얼은 빙의됐을 때 퀸즈프라이스를 타고 있지도 않았어. 리케시는 원래도 아드레날린 중독에다가 루키잖아. 바비보다 훨씬 경험이 풍부한 라이더라고."

스캔다르가 스케치북에서 고개를 들었다. "바비는 우리 말 안 들을 거야. 내 근처에도 안 오려고 하는데, 뭐." 그는 다시 얼룩무늬 회색 유니콘의 꿈을 꾸는 스카운드럴 그림으로 고개를 숙였다. 다른 사람들에게 얘기는 안 했지만 그는 이번 겨울 휴가에 멘더의 꿈을 꿀 수 있는지 알아보기 위해 스카운드럴의 마구간에서 잠을 잘 작정을 하고 있었다.

"음, 바비가 노매드 판정을 받는 꼴을 보고 있을 수만은 없어." 미첼이 단호하게 말했다. "세 명뿐인 쾨르텟은 그냥 말이 안 되잖아. 우린 전원 이어리에 남아야 해. 이 말도 안 되는 가지 뻗기는 중단되어야 해. 난 우리 모두 프레데터까지 진급하고 우리의 핀이 조각나는 일 없이 이어리를 떠나 카오스 라이더가 되길 바라. 난 나를 위해서 로버타가 그걸 망치게 내버려 두지 않으려는 거야."

"하지만 어떻게 바비를 이해시키지?" 애가 타는 스캔다르가 물었다.

미첼은 눈살을 찌푸리며 흑판으로 돌아갔다. "생각을 좀 해 볼게."

⌒

12월 말, 동지를 포함하는 주가 왔다. 1년 차 해칠링들은 훈련을 계속했지만 플레질링, 루키, 프레데터는 파티를 즐겼다. 이 한 주의 겨울 휴가 동안 아지트마다 댄스파티가 있었다. 그 원소에 속하는 윌더들만 참석하되 그들은 연합 원소에 상관없이 손님을 한 명씩 초대할 수 있었다. 그렇지만 2년 차 네슬링들은 댄스파티에 참석하기에 너무 어렸기 때문에 그냥 한 주 내내 쉬었다. 스캔다르는 마상 시합 훈련 중단을 내심 반겼다. 그는 스피릿 원소를 내처 소환하지 않고 있었다. 스피릿을 쓰다가 자기도 빙의가 되면 어떡하나 걱정이 되기도 했지만 가장 큰 이유는 다른 라이더들이 스피릿 원소 무기를 보면 질겁을 하거나 화를 내기 때문이었다. 대부분의 라이더가 새들 세리머니 개막 경기 때처럼 그를 상대로는 훈련 자체를 거부했다. 스카운드럴이 날개에서 하얀 원소를 쏘아 대기를 주저하지 않았기 때문에 상황은 더욱 골치 아팠다. 그래도 스캔다르는 그런 건 다 잊으려고 노력했다. 그에겐 원대한 겨울 휴가 계획이 있었고 그 계획의 주요 골자는 스카운드럴의 마구간에서 잠을 청하며 누나의 유니콘 꿈을 꾸려고 노력하는 것이었다.

미첼과 플로는 스캔다르에게 멘더의 꿈을 시도하지 말라고 충고했지만 스캔다르는 크레이그가 만났다는 스피릿 월더가 좀 과장을 했으려니 생각했다. 스카운드럴의 마구간에 있으면 안전한데 어떻게 멘더의 꿈을 꾼다고 해서 죽을 수가 있단 말인가?

"애거서도 그건 위험하다고 하지 않았어?" 미첼은 스캔다르가 겨울 휴가 첫날 밤 담요를 들고 침실에서 나가는 것을 보고 물었다.

"실버 서클이 어린 야생 유니콘들을 표적으로 삼고 있는 거 알잖아! 시간을 허투루 보낼 수 없어. 일단 내가 꿈을 꾸고 나면 애거서에게 연을 실제로 어떻게 수선하는지 물어볼 거야. 연말에 케나가 마상 시합 토너먼트를 보러 아일랜드로 올 때 내가 준비가 되어 있어야 하니까."

그는 속으로 생각했다. '누나도 이어리에서 나와 함께 훈련을 받게 될 거야. 어쩌면 우리 나무 집에 와서 자고 갈 수도 있겠지. 누나는 메인랜드로 돌아가지 않아도 되고, 아빠도 내가 모아 놓은 돈으로 아일랜드에서 우리와 함께 살 수 있을 거야.'

마구간에서 자는 첫날 밤, 스캔다르의 가슴은 희망으로 부풀어 올랐다. 그는 스카운드럴의 솜털이 보송보송한 검은 날개 밑으로 비집고 들어가 유니콘의 옆구리에 머리를 기대고 둘이서 함께 곧장 잠이 들었다. 하지만 여덟 시간 후 스캔다르는 아침 햇살에 부스스 깨어나 스카운드럴이 바지 한쪽 가랑이 아래서 그의 머리카락과 지푸라기 뭉치를 질겅질겅 씹고 있는 모습을 발견했다. 꿈이라고는 전혀 꾸지 않았다.

넷째 날 밤이 되자 스캔다르는 차라리 생각을 딴 데 돌릴 겸 훈련이라도 있었으면 좋겠다 생각했다. 그가 간신히 불러낸 꿈은 악몽뿐이었다. 최초의 라이더가 리케시의 유령 버전으로 묘지의 알록달록한 나무들 사이로 그를 쫓아오는 꿈. 스캔다르가 멘더가 아닐 수도 있지 않을까? 그는 외롭고 비참했다. 그 주에는 송골매회 모임도 없었다. 밤의 마구간은 살 떨리게 추워서 그는 스카운드럴을 끌어안고 자야 했다. 아빠의 크리스마스카드에 케나에 대한 언급은 일절 없었다. 스캔다르는 누나가 쓴 문장, 누나가 선택한 단어에서 들리는 듯한 목소리가 그리웠지만 케나는 서명조차 남기지 않았다. 엎친 데 덮친 격으로, 쾨르텟 친구들도 한번 나갔다 하면 몇 시간씩 들어오지 않는 일이 잦았다.

물론 바비는 스캔다르와 말도 하지 않고 지냈다. 그 사실 하나만으로도 그는 한없이 슬펐다. 다른 사람들에겐 말하지 않았지만 그는 가끔 팔콘의 마구간에 몰래 들어가 이미 완벽하게 정리된 갈기를 빗질해주곤 했다. 팔콘이 연을 통해 바비와 이어져 있기 때문일까, 그렇게만 해도 바비에게 다가가는 기분이 들었다. 스캔다르는 팔콘에게 말을 걸거나 바비에 대해서 이런저런 질문을 던지기도 했다. "내가 무슨 말을 하면 바비의 마음을 바꿀 수 있을까?" 팔콘은 대답 대신 주로 그를 가볍게 물거나 전기 충격을 주곤 했지만 그마저도 왠지 위안이 되었다.

그렇지만 스캔다르의 우울이 바비 때문만은 아니었다. 카자마 사령관에게 실버 서클의 범죄를 폭로할 방법을 도모한 이후로, 미첼과 플로가 자주 사라지곤 했다. 스캔다르는 미첼이 어딘가에서 제이미와 어울려 노는가 보다 생각했다. 그 둘은 진실의 노래를 연구하면서 점점 더 많은 시간을 함께 보내고 있었다. 그게 아니면, 미첼은 아버지 때문에 스캔다르를 피하는 건지도 몰랐다. 아이라 핸더슨이 아들에게 경고의 편지를 쓰기 시작했으니까. 언젠가 진지하게 사령관이 될 생각을 하고 있다면 스피릿 윌더를 멀리하고 실버 서클을 가까이해야 한다고 말이다.

그 당시에 미첼은 미치겠다는 듯 푸념했다. "아버지는 내가 당장 올해 말에 카오스컵에서 우승할 것처럼 군다니까! 루키가 될 때까지는 출전 자격조차 없는데!" 하지만 요즘은 미첼도 좀 더 진지하게 마음에 두는 게 아닌가 싶었다.

플로는? 스캔다르가 보지 않는 곳에서 바비와 시간을 보내는 걸까 의심스럽기도 했다. 그렇게 생각하면 질투가 나고 풀이 죽었다. 바비가 가치 뻗기를 한 것처럼 이제 콰르텟 전체가 그에게서 가지 뻗기를 하는 걸까? 스캔다르가 별의별 골치 아픈 일을 다 몰고 들어오니 이제 그들도 질려 버린 걸까? 어쩌면 그들은 자기 소속 아지트에서 원소가 같은 라이더들과 어울리고 있을지도 몰랐다. 나무 집에서 그와 어울리는 것보다 그게 더 좋을 수도.

어느 날 저녁 — 그날은 동지였다 — 스캔다르는 또다시 나무 집에 혼자 있게 됐다. 그는 침울하게 난로에 장작을 집어넣다가 불 무기에 대한 책을 무릎에서 떨어뜨렸다. 신경 쓸 사람 없이 혼자 있다 보니 스캔다르는 의심이 들기 시작했다. 그는 아직 멘더의 꿈을 꾸지 못하고 있다. 야생 유니콘 살해의 진범을 폭로한다는 그들의 계획은 가망이 없어 보였다. 렉스가 그럭저럭 실버 서클을 구워삶은 것 같지만 도리언 매닝이 낌새를 채고 야생 유니콘을 살육하는 경기장에 블레이드를 올려 보내지 않으면 어떡하지? 만약 사령관이 황무지에 제때 도착해 야생 유니콘 사냥 장면을 직접 보지 못한다면? 그들이 뭔가를 해 보기도 전에 케나의 유니콘이 살해당한다면 그때는 어떡해야 하지? 그리고 그가 멘더일 거라는 애거서의 생각은 틀린 게 아닐까. 그는 여전히 그놈의 꿈을 전혀 꾸지 못하고 있다. 그는 절대로 케나에게 자행되었던 불의를 바로잡을 수 없을 것이다. 결과적으로 그는 최악의 동생이고······.

"스캔다르!" 미첼의 목소리가 산사태처럼 불어나는 우울한 생각을 날려 버렸다.

스캔다르는 눈을 깜박였다. 미첼이 검은 천 한 장을 들고 그의 눈앞에 서 있었다.

"이걸로 네 눈을 가릴 거야." 미첼이 몸을 앞으로 기울이면서 사무적으로 말했다.

"아야!" 스캔다르가 미첼의 팔을 뿌리쳤다. "뭐 하는 거야?"

"제발 아무것도 묻지 마." 미첼이 간청했다. "난 거짓말을 잘 못 해. 아무 말도 안 할 거야. 잘못하면 일을 망칠 수도 있으니까."

"뭘 망쳐? 예전처럼 내가 세상의 종말을 일으키는 놈이라고 생각하기로 한 거야? 결국 날 네 아버지에게 넘기기로 한 건 아니지?" 스캔다르는 미첼이 자초지종을 알려 주기 바라는 마음에서 농담을 했다. 솔직히 미첼이 옆에 있으니 좋았지만 이게 무슨 일인가 싶었다.

"제발, 스캔다르, 내가 뭐라도 말했다간 플로한테 죽어날 거야. 그리고 네가 자꾸 이러면 내가 생각해도 내가 다 불어 버릴 것 같아." 미첼이 애원했다.

"알았어, 알았어." 스캔다르는 미첼이 검은 천으로 자기 눈을 가리도록 가만히 있었다.

미첼은 스캔다르의 손을 잡고 나무 집 밖으로 이끌었다. 그리고 불안정하게 흔들리는 구름다리 다섯 개를 지나 사다리 세 개를 내려가게 했다. 하지만 일단 숲 바닥까지 내려오자 스캔다르는 어느 방향으로 가고 있는지 알 수가 없었다. 미첼도 발에 자꾸 걸리는 이어리의 나무뿌리를 피할 수 있도록 잘 돕지 못했기 때문에 "오, 미안.", "아얏!", "그건 내 발이었어."라면서 연신 실랑이를 했다.

그들이 마침내 멈춰 서게 되자 미첼이 말했다. "좋아, 이제 앞으로 두 발짝만 걸어. 거기서 몸을 숙이고— 그렇지— 이걸 잡아." 스캔다르는 미첼도 자기 옆에서 몸을 숙이고 그의 손을 어떤 금속 손잡이에 대 주는 것을 느낄 수 있었다. 스캔다르는 그 손잡이를 당겨 보고는 그것이 자기가 서 있는 그 무엇에 붙어 있음을 알아차렸다.

그는 자기 팔에 스치는 미첼의 팔을 느꼈다. 미첼은 그에게 바짝 붙어 서 있었다. "내가 시키는 대로 잘 따라 줘야 해. 스피릿 윌더라고 즉흥적으로 행동하기 없기야, 알았어? 평생 이렇게 꽉 잡고 버틴 적 없다 싶을 정도로 단단히 잡고 매달려. 아니면 너 죽어."

"미안, 뭐라고 했어?"

미첼은 스캔다르가 당황하는 것도 아랑곳하지 않고 계속 말했다. "만약 그런 일이 일어난다면 그것 역시 플로가 좋아하지 않을 거라 생각해. 내 말은, 플로는 서프라이즈를 망치면 안 된다고만 했지만 네 목숨이 날아가는 것도 안 될 것 같아, 내 생각은 그래."

"무슨 서프라아아아이이즈?" 스캔다르가 말을 다 맺기도 전에 그가 발을 딛고 서 있던 것이 아래로 확 내려갔다.

위장이 꼬이는 것 같은 몇 초 동안 그들은 심하게 흔들리다가 멈추었다.

"이제 놓아도 돼." 미첼이 다소 멋쩍어하며 말했다.

스캔다르는 부루퉁해서는 눈가리개를 벗었다. 하지만 눈가리개가 없어도 다를 건 없었다. 그곳이 어디이건 간에 주위는 완전히 캄캄했다. "미첼, 날 죽일 셈……."

"나무 집에서 하면 더 편하겠지만 느낌이 완전히 다를 것 같았어."

"무슨 소리를 하는 거……."

"서프라이즈!" 지하 공간이 갑자기 횃불들로 환해지면서 사람들이 나타났다. 스캔다르의 눈에 맨 먼저 플로가, 그다음에는 제이미가 들어왔다. 그리고 갑옷 제조공의 양옆에는 바이올린을 든 키 큰 금발 여자와 갈색 턱수염이 덥수룩한 남자가 서 있었다. 제이미가 똑 닮은 그들은 제이미의 어머니 아버지가 틀림없었다! 플로의 부모님과 쌍둥이 오빠도 와 있었고 책방 주인 크레이그와 송골매회원들 대부분도 — 앰버는 없었다 — 그 자리에 있었다. 리케시가 그에게 우스꽝스럽게 손을 흔들어 보였고 프림은 눈을 굴렸다. 그다음에 가장 의외의 인물이 스캔다르의 눈에 들어왔다. 애거서 에버하트가 그 자리에 와 있었다. 애거서는 엄밀히 말해 웃고 있다고 할 수는 없었지만 거의 그런 표정이었다.

"이게 다 뭐야? 여긴 어디……." 스캔다르는 거기 모인 사람들에게 너무 충격을 받아서 한동안 그곳이 어디인지 알아차리지 못했다.

스피릿 아지트. 하지만 그곳은 완전히 달라져 있었다.

위버의 휘갈겨 쓴 낙서는 깨끗이 지워지고 검은 대리석만 빛나고 있었다. 곡면의 벽 바로 건너편에 네 개의 원이 얽힌 모양의 스피릿 상징이 빛나는 흰색으로 그려져 있었다. 그 밑에는 스캔다르가 그린 스카운드럴 스케치도 붙어 있었다. 포근한 흰색 빈백들이 흩어져 있었고 바닥에는 양가죽 러그가 깔려 있었다. 오래된 책장에 새로 갖다 놓은 책 몇 권도 눈에 띄었다. 원형의 아지트 공간 중앙은 대리석 원탁이 차지했는데 그 위에 주황색 셰코니 음료와 파티 음식이 차려져 있었다. 스캔다르가 흘끗 보기에도 마요네즈가 적어도 세 병은 있었다.

플로가 그에게 달려가 와락 끌어안았다. "마음에 들어? 우리는 너한테 응원이 필요하다고 생각했어. 웰에 출입 금지를 당했고, 네 누나 문제로 마음이 계속 안 좋고, 꿈은 아직 찾아오지 않고 말이야. 우리 엄마가 흰색 페인트를 좀 만들었고 우리가 바랐던 건 단지……." 플로는 약간 숨이 차서 주위를 손짓으로 가리켰다.

"우린 너에게 친구가 있다는 걸 보여 주고 싶었어, 스캔다르. 스피릿 월더들을 괜찮게 생각하는 사람들도 있다고." 제이미가 씩 웃으면서 말했다. "이어리에 스피릿 원소를 복귀시키려고 용쓰는 너를 완전 용감하다고 생각하는 사람들."

"너를 왜 납치하는지 내가 말하지 않길 잘했지?" 미첼의 머리카락이 미소와 함께 환하게 타올랐다.

"너희가 이걸 다 했다고? 나를 위해서?" 스캔다르는 감동으로 목이 메었다. "난 너희가 날 버렸거나 뭐 그런 줄 알았어."

"미안, 미안." 플로가 말을 쏟아 냈다. "여기 이걸 다 정리해야 했거든! 위버가 버리고 떠난 상태와는 완전히 다르게 다 바꾸고 싶었어. 애거서가 우리를 아지트에 들어오고 나갈 수 있게 해 줬어."

애거서는 여전히 흙이 묻은 망토 차림이었지만 위엄 있는 얼굴로 고개를 까딱해 보였다.

두 시간 후에도 스캔다르는 여전히 인생 최고의 시간을 보내고 있었다. 그들이 단지 그를 위해 이렇게까지 해 주었다는 것을 믿을 수 없었다! 리케시는 모두에게 스카운드럴이 얼마나 빠른지 말했다. 애거서는 그들의 등쌀에 못 이겨 이어리가 옛날에 어땠는지 이야기해 주었다. 제이미의 부모님은 그들이 마구 몸을 흔들고 놀 수 있도록 음악을 연주해 주었고 이제 스캔다르, 미첼, 플로는 둥글게 둘러앉아 마지막 남은 핫도그와 마요네즈를 먹어 치우고 있었다. 스캔다르는 너무 많이 웃어서 뺨이 아플 지경이었다. 그 자리에 빠진 사람, 그 모임을 완벽하게 만들 수 있는 단 한 사람은 바비 브루나였다.

"바비는……?" 스캔다르가 어정쩡하게 물었다.

"바비는 아직도 컨디션이 좋지 않아." 플로가 얼른 대답했다. "바비도 왔으면 좋아했을 거야."

미첼은 듣고 있지 않았다. 그는 한쪽 구석에 모여 있는 제이미와 그 부모님을 바라보았다. 제이미의 어머니가 아들에게 바이올린을 연주해 보라고 했는데 끔찍한 소리가 나서 다들 웃음보가 터진 참이었다.

"난 우리가 같은 줄 알았는데." 미첼이 안경 아래 눈을 비비면서 중얼거렸다.

"무슨 뜻이야, 미첼?" 플로가 차분하게 물었다.

미첼은 그제야 친구들이 자기 옆에 앉아 있음을 기억한 듯 펄쩍 뛰었다. "그냥, 제이미의 부모님은 쟤가 갑옷 제조공이 되는 걸 원치 않으시잖아, 맞지?"

"내가 알기론 부모님 뒤를 이어 음유시인이 되는 걸 원하신다던데."

스캔다르가 맞장구를 쳤다.

"그래, 하지만……" 미첼은 자기 감정을 말로 표현하기 힘들어했다. "쟤네 부모님은 여전히 곁에 있잖아, 저분들은 여전히 제이미를 지지해 주고 있어. 심지어 제이미의 스피릿 월더 친구를 응원하는 자리에까지 와 줬어. 여전히 아들을 보고 미소 짓고 있어. 저분들은 여전히 아들을 사랑……" 미첼은 차마 말을 끝맺지 못했다. "저분들은 아들이 하는 일에 찬성하지는 않더라도 여전히 여기에 있어."

"미첼," 플로가 몸을 앞으로 내밀고 미첼의 손을 잡아 주었다. "내 말 들어 봐. 네 아버지가 지금 잘못하고 계신 거야. 너는 정말 놀랍고도 놀라운 사람이야. 스피릿 원소에 대한 편견도, 자기가 못 이룬 사령관의 꿈을 너를 통해 이루려는 것도 네 아버지의 문제일 뿐이야. 네 아버지는 자신이 원하는 모습의 네가 아니라 있는 그대로의 너를 사랑해야 해."

미첼은 코를 훌쩍이고 안경을 치켜올렸다. "하지만 우리 아버지는 왜 그러지 못할까? 내가 아버지 아들이잖아. 자연스럽게 그렇게 되어야 하는 거 아냐? 아버지는 레드도 좋아하지 않는 것 같아. 항상 레드가 단정치 못하고 사령관의 유니콘으로 부적합하다고 말하지. 레드는 우리 아버지를 위해서—나를 위해서—달라지려고 엄청나게 노력하지만 나는 그게 레드에게 행복하지 않다는 걸 알 수 있어. 아버지에게 우리가 있는 그대로 좋게 보이면 좋겠지만 그런 날은 영원히 오지 않을 것 같아."

"어쩌면 네 아버지는 너희가 자기 때문에 어떤 기분을 느끼는지 잘 모르는지도 몰라." 스캔다르가 부드럽게 말했다. "아마 네가 말을 해야 할 거야. 그래야 상황이 바뀔지도 몰라." 스캔다르는 엄마에 대해서 생각하지 않으려고 노력했다. 엄마는 작년에 스캔다르가 설득하려 했을 때 들으려고도 하지 않았다.

미첼이 머리를 세차게 가로저었다. "아버지는 지금까지 나에게 아무 얘기도 한 적 없으면서 이제와서 갑자기 내가 사령관이 되면 좋겠대. 날 점심 초대에까지 데려갔잖아! 만약 내가 스피릿 윌더와 친구가 되고 싶다고 말한다면, 나는 지저분하고 냄새 나는 레드가 더 좋다고 말한다면, 내가 진실의 노래를 믿는다고 말한다면, 사령관은 내 꿈이 아닐 지도 모른다고 말한다면, 아버지는 다시 날 거들떠도 안 볼거야. 난 안 봐도 알아!"

"해 보지 않았는데 어떻게 알 수 있어?" 플로가 서글픈 미소를 머금고 말했다.

애거서가 그들의 머리 위로 나타났다. 아까 잠시 보였던 부드러운 표정은 사라지고 냉혹한 눈빛이 돌아와 있었다.

"스캔다르, 이제 사람들을 내보내야 해. 너무 늦었다. 내가 여기에 너희들을 데려온 걸 오설리번 교관이 알면 좋아할 리 없잖니. 심지어 라이더가 아닌 사람들까지 몰래 들였잖아. 오늘 밤은 이만 자리를 파할 때가 됐어."

스캔다르가 허둥지둥 일어섰다. "그래요, 물론이죠, 어, 에버하트 교관님."

애거서와 스캔다르는 교대로 손님들을 지상으로 데리고 올라왔다. 스캔다르가 플로, 미첼, 제이미를 마지막으로 데리고 올라온 후 디바이드에서 다들 손을 흔들며 작별을 했다. 플로는 블레이드를 확인하러 갔고 미첼은 제이미네 가족을 이어리 출입문으로 데려다주었다. 스캔다르는 잠시 자기 혼자 남아 단층선들을 보고 있다고 생각했지만 하얀 형체가 어둠 속에서 나타났다.

"좋은 친구들을 두었구나." 애거서는 스캔다르와 나란히 걷기 시작하면서 마지못한 듯 이렇게 말했다.

스캔다르가 미소 지었다. "운 좋게도, 그래요." 하지만 그는 그날 저녁 바비가 남긴 빈자리가 자꾸 생각났다. 바비가 있었다면 마요네즈를 두고 스캔다르를 놀려 댔을 텐데.

"너는 운이 좋아. 저 친구들이 네가 스피릿 원소의 어두운 면과 싸울 때 힘이 되어 줄 거다. 네가 저들에게 그런 역할을 허용한다면 말이지. 난 그러지 못했다. 네 엄마도 마찬가지고. 우리는 스스로 고립되었지. 우리 자매에겐 서로가 전부였어. 어쩌면 다른 원소들의 영향력이…… 우리를 좀 더 균형 있게 잡아 줄 수 있었을지도 몰라."

머리 위 나무 어딘가에서 부엉이 우는 소리가 침묵을 깼다.

"애거……. 에버하트 교관님?"

"응?"

"다른 아지트는 다 이름이 있잖아요. 퍼니스, 웰, 하이브, 마인……. 스피릿의 아지트는 뭐라고 불렀나요? 그러니까, 예전에는요."

"생크추어리(Sanctuary, 피난처)." 애거서는 유난히 낮은 목소리로 즉시 대답했다.

스캔다르는 애거서가 가장 가까운 사다리를 타고 가는 모습을 보면서 그 이름이 더없이 완벽하다고 생각했다. 오늘 밤 스피릿의 아지트는 안전한 느낌이었다. 그곳에 속해 있다는 느낌. 스피릿 윌더의 진정한 피난처.

스캔다르가 나무 집에 거의 도착했을 때 완전 무장을 한 플로가 사슬 갑옷을 철컹거리면서 그에게 부딪힐 듯 달려 나왔다.

"스카!" 플로가 숨을 한두 번 크게 들이마셨다. "오늘 밤이야. 오늘 밤 다음번 희생양이 될 야생 유니콘을 잡으러 간대. 블레이드와 나는 한 시간 후 사냥단을 만나야 해." 그녀가 손가락을 들어 가리킨 아래 쪽 숲에서 과연 이미 출발 준비를 마친 실버블레이드가 은은하게 빛나고 있었다.

스캔다르가 플로를 바라보았다. 그들은 몇 주간 이날을 준비해 왔지만 갑자기 두려워지기 시작했다.

"무슨 일이지?" 바비였다. 바비가 반대편에서 다리를 건너오고 있었다.

"블레이드가 오늘 밤 사냥을 나가." 플로의 목소리에도 공포가 배어 있었다.

"오늘 밤?" 바비가 눈을 깜박였다. "그럼, 지금부터 계획 실행?"

"그래." 스캔다르가 다급하게 말했다. "바로 지금이야. 우린 시간이 별로 없어." 그는 숨을 크게 들이마시면서 그동안의 모든 상처를 속으로 삼켰다. "함께 가자, 바비. 우리는 네가 필요해. 만약 일이 틀어져서 사령관이 제때 나타나지 않으면 우리가 직접 야생 유니콘들을 보호해야 해. 플로는 실버 서클 편을 드는 척해야 하기 때문에 우리를 도울수 없어. 그리고 너는 마법 최강자잖아."

"난 못 해." 바비가 한 발짝 뒤로 물러섰다. "난…… 지금으로서는 팔콘을 탈 수가 없어. 그리고…… 너의 조수 노릇은 하고 싶지 않아. 말했잖아. 너랑 엮이고 싶지 않다고!"

"이건 영웅과 조수를 가르는 문제가 아니야, 바비." 플로가 이렇게 말할 때 그녀의 눈이 빛났다. "이건 자기 입장의 문제야. 옳은 일을 하느냐 마느냐."

"난 못 해." 바비는 다시 한번 말했다. "팔콘이 내 머리에 들어왔었어. 나의 아름다운 팔콘이, 너무 끔찍했어. 난⋯⋯."

"우린 가야겠어." 스캔다르는 낙심하며 이렇게 말했다. 바비를 포기하고 싶지 않았지만 한 시간 안에 모든 준비를 마쳐야 했다. "마음이 바뀌거든 미첼의 흑판에 쓰여 있는 계획을 봐 줘."

"미안해." 바비는 목멘 소리로 이 말만 뱉고 가장 가까운 사다리를 타고 숲 바닥으로 내려갔다. 스캔다르는 바비가 마구간으로 내려가는가 보다 생각했다. 바비는 그들과 나무 집에 머무는 시간을 피하려고 점점 더 많은 시간을 그곳에서 보내고 있었다.

"미첼을 데려올게." 스캔다르가 플로에게 말했다.

플로의 표정은 결연하면서도 겁에 질려 있었다.

스캔다르는 플로를 끌어당겨 품에 안았다. "우린 실버와 스피릿 윌더야. 우린 할 수 있어. 저들을 막을 수 있어." 그는 속삭였다.

플로가 그의 어깨에 대고 고개를 끄덕이는 느낌이 왔다. 그리고 나서 플로는 당장 스트롱홀드로 날아가기 위해 블레이드에게 갔다.

스캔다르는 비틀거리면서 나무 집 문을 열고 들어섰다. 앞으로 일어날 일을 생각하면 말도 안 되게 집 안이 조용했다. 미첼은 난롯가에서 책을 무릎에 펼쳐 놓은 채 빈백에 앉아 졸고 있었다.

스캔다르는 미첼을 깨우면서 미안해할 겨를도 없었다.

"뭐야!" 미첼은 놀랐지만 스캔다르의 얼굴을 쳐다보고 바로 알아차렸다.

"드디어?"

"드디어." 스캔다르가 으스스하게 말했다.

"바비는 어디 있어? 여기 있나?" 미첼이 물었다.

"우리가 설득하려고 해 봤는데 바비가 올 것 같진 않아. 만약에라도 결심이 서면 우리 계획을 어디서 확인할 수 있는지 알려 줬어."

미첼이 벌떡 일어나 그들이 냉장고로 쓰는 돌 상자로 달려갔다. "좋은 생각이 있어." 그는 돌 상자에서 잼, 마마이트, 치즈, 그리고 식빵 두 장을 꺼냈다.

"우리가 그거 먹을 시간이 어디 있어!" 스캔다르는 복장이 터져 머리를 쥐어뜯었다. "이미 10분은 날려 먹었어. 넌 스트롱홀드 밖에서 플로와 접선해야 해. 사령관에게 보내는 메시지를 받아야 한다고!"

하지만 미첼은 코를 쥐고 잼 위에 마마이트를 어설프게 펴 바르기 바빴다. 그는 체다 치즈를 추가하고 식빵을 덮어 샌드위치를 완성했다. 그러고는 메모를 휘갈겨 쓰기 시작했다. "바비에게 이걸 남겨 놓을 거야." 그는 메모를 쓰면서 스캔다르에게 설명했다. "바비가 여기로 돌아올 때를 대비해서. 우리에게 바비가 필요하다는 걸 걔가 알았으면 해. 이 샌드위치가 도움이 될 거야."

스캔다르는 미첼의 어깨 너머로 메모를 읽었다.

이건 긴급 샌드위치야, 로버타. 지금 긴급 상황이거든. 우리는 또 다른 야생 유니콘을 죽이려는 실버 서클을 저지해야 해. 너와 팔콘은 끔찍한 일을 당했지. 하지만 넌 정말 강한 사람이야. 내가 아는 가장 강한 사람이지. 우리가 그들을 저지하지 못하면 이 상황은 변하지 않아. 너만큼 강하지 못한 사람들에게 이런 상황이 계속될 거라고. 바비, 부탁이야. 이 샌드위치를 먹고 우릴 도와줘. M x

스캔다르는 미첼이 바비에게 이런 식으로 말하는 것을 들어 본 적 없었다. 물론 이건 말이 아니라 메모이긴 했지만. 평소 그들은 서로 약올리고 저격하는 재미로 살았다.

그는 어떻게 샌드위치가 바비를 팔콘스래스의 등으로 돌려보내는 데 도움이 되는지 몰랐지만 지금은 뭐라도 시도해서 잃을 건 없었다.

━━━◆━━━

45분 후, 스캔다르와 미첼은 그들의 유니콘과 함께 사냥의 표적이 된 야생 유니콘 떼 근처 잡목림에 숨어 있었다. 그들은 유니콘들을 겨우 눕혀 놓았고 스캔다르는 스카운드럴의 옆구리에 옹송그리고 앉아 12월 황무지의 혹한을 견디고 있었다. 유니콘 떼는 규모가 컸다. 쇠락의 정도가 각기 다른 야생 유니콘들이 서른 마리쯤 모여 있었다. 드러난 뼈가 달빛에 번득거리고 투명한 뿔은 섬뜩하게 빛났다. 독한 연기가 그들을 구름처럼 에워싸고 있었지만 그들 대부분은 평화로이 염소 가족의 사체를 뜯어 먹고 있었다.

계획은 지금까지 차질 없이 진행되었다. 그들은 스트롱홀드로 이어지는 은빛 자작나무 대로로 달려갔고 플로는 간신히 빠져나와 야생 유니콘 떼의 위치 정보를 그들에게 알려 주었다. 미첼은 사령관에게 전하기 위해 작성한 메모에 좌표 정보를 추가하고는 레드를 타고 포포인트로 날아갔고 스캔다르는 친구의 여분의 나침반을 사용하여 야생 유니콘 떼 근처에 숨어 있을 곳을 찾았다. 미첼은 위원회 광장에서 익명의 메모를 니나의 개인 사서 손에 넘겼다. 그 사서는 미첼의 어머니와 각별한 친구 사이였다. 미첼은 카오스 사령관에게 빨리 메모를 전해야 한다고, 생사가 달린 문제라고 힘주어 말했다.

황무지에서 스캔다르는 미첼이 합류하기를 홀로 기다렸다. 그의 생애에서 가장 긴 기다림이었다. 방금 전까지는. 사냥꾼들이 도착하기를 기다리고 있는 지금은 더욱더 긴 기다림이 이어지고 있었다.

그는 작년에 위버와 대결한 이후 처음으로 이 황량한 평원에 왔다. 모든 그림자가 검은 수의를 걸친 모습으로 변할 것 같았다. '그 사람은 위협이 되지 않아.' 그는 스스로 되뇌었다. 하지만 엄마가 여기 어딘가에 있을 것이다. 그녀가 야생 유니콘을 사냥한 게 아니라 해도 그 사실은 변치 않는다. 스캔다르는 몸을 흠칫 떨었다. 고작 한 시간 전에는 핫도그나 먹고 있었다는 사실을 믿을 수 없었다.

"우리가 타이밍을 제대로 잡았다면." 미첼이 혼잣말을 중얼거렸다. "플로와 사냥단이 금방 도착할 거야." 그는 어둠 속에서 눈을 가늘게 뜨고 시계를 확인했다. "언제라도 들이닥칠 수 있어. 그리고 사령관이 우리 메모를 진지하게 받아들였다면 위원회를 이끌고 거의 비슷한 시간에 도착할 거야."

"플로가 여기 있었다면 뭐라고 말할 것 같아?" 스캔다르가 속삭였다.

"글쎄?"

"우리가 지금까지 했던 일 중에서 제일 위험한……."

"저 소리 들려?" 미첼이 스캔다르의 말을 끊었다.

황량한 황무지에 발굽 소리가 천둥처럼 울려 퍼졌다. 그 소리가 가까이, 더 가까이 다가왔다.

실버 세 마리가 한 무리의 센티널을 끌고 나타났다. 그들의 은빛 갑옷이 횃불에 번득였다. 실버 두 마리는 스캔다르가 처음 보는 성체 유니콘이었다. 세 번째 유니콘은 실버블레이드였다. 뒤따라오는 센티널들은 어린 야생 유니콘을 잡아서 검투 경기장으로 데려가기 위해 사슬을 잔뜩 싣고 왔다. 죽일 수 없는 존재를 싸움에서 죽이기 위해서.

사냥단이 야생 유니콘 무리에 접근했다. 야생 유니콘들이 놀라서 투명한 뿔을 쳐들자 스캔다르도 움찔하며 반쯤 일어섰다.

"스캔다르, 안 돼." 미첼이 그의 자세를 다시 낮추게 했다. "사령관이 올 거야. 니나가 올 거라고."

몇 초가 몇 분 같았다. 스캔다르는 심장이 뛰었다. 센티널들이 야생 유니콘 무리를 둘러쌌고 그들이 잡으려는 어린 유니콘을 찾느라 큰 소리로 얘기를 주고받았다. 그들의 움직임은 숙련되었고 군더더기가 없었다. 이전에도 여러 번 이런 일을 해본 것이 분명했다.

여전히 사령관은 오지 않았다.

"미첼……." 스캔다르가 숨을 몰아쉬었다. "우린 기다릴 수 없어……."

"사령관은 올 거야." 미첼은 굽히지 않았다. 추운 밤이어서 입김이 다 보였다.

야생 유니콘 떼 위의 검은 하늘에서 마법이 폭발했다. 센티널들이 사슬을 휘두르기 시작하자 야생 유니콘들이 놀라서 울어 대고 괴성을 질렀다. 스캔다르는 이제 잡목림 속에서 무릎으로 서 있었다. 연기가 잠깐 걷혔다.

그리고 스캔다르는 보았다. 온 마음으로, 그 야생 유니콘을 알아볼 수 있었다. 얼룩무늬가 있는 회색 털가죽이 달빛 아래 빛나고 있었다.

스캔다르는 사령관을 더는 기다릴 수 없었다.

그는 눈 깜짝할 사이에 안장에 올라탔다. 스카운드럴은 일어서면서 날개를 퍼덕거렸고 라이더는 이미 그의 등에 앉아 있었다.

"스캔다르, 안 돼!" 미첼이 소리 질렀다. "야생 유니콘에게 상처를 입으면 영원히 회복되지 않아! 만약……."

"케나의 유니콘이 저 안에 있어!" 스캔다르가 외칠 때 스카운드럴은 연을 통해 느껴지는 분노와 패기에 힘입어 뒷발로 번쩍 일어났다.

"케나의 유니콘인지 확실하지 않잖아!" 미첼이 고함치자 야생 유니콘들이 끔찍한 소리로 울어 댔다.

하지만 스캔다르는 앞뒤를 가리지 않고 뛰어들었다. 그는 야생 유니콘 무리 속으로 들어가 그가 낼 수 있는 가장 큰 소리로 외쳤다. "이 유니콘들을 다치게 하려면 날 먼저 쓰러뜨려라!"

스캔다르는 레드나이츠딜라이트가 자기 옆에 합류하는 것도 거의 알아차리지 못했다. 모든 일이 믿을 수 없이 빠르게 일어나고 있었다. 센티널들은 두 어린 라이더에게 나가라고 소리 지르고 있었다. 실버 유니콘 한 마리가 강물을 토하듯 불을 뿜었고 스캔다르는 가까스로 물 방패를 세웠다. 야생 유니콘 한 마리가 어떤 센티널의 목으로 달려들었다. 플로가 스캔다르의 이름을 외칠 때 블레이드는 뒷발로 일어나 발굽으로 돌을 쏘아 댔다. 미첼은 불의 활로 오른쪽에 있던 센티널을 쏘았다. 원소 마법의 굉음과 야생 유니콘들의 울부짖음으로 귀청이 떨어질 것 같았다.

그때 갑자기, 센티널들이 뒤로 물러나더니 검은 밤하늘로 날아가기 시작했다. 연장자 실버 라이더가 블레이드의 고삐를 잡아당기자 플로는 끌려갈 수밖에 없었다.

"스카, 거기서 나가! 저들은 ……처럼 보이게 할 속셈이야."

그러나 플로의 외침은 블레이드가 더 힘이 센 실버 유니콘에게 이끌려 황무지에서 벗어나 스트롱홀드로 돌아가는 동안 사라져 버렸다.

뼈가 삐걱거리고, 끈적한 체액이 흐르고, 갈라진 턱 사이로 으르렁거림이 새어 나오고, 허깨비 같은 뿔들이 안쪽으로 모였다. 30쌍의 굶주린 눈이 스캔다르와 미첼에게 쏠렸다. 그들은 야생 유니콘 무리에 갇혔다. 죽음의 악취가 참을 수 없이 진동했다.

"우리가 공격하면 얘들한테 뼈도 못 추리겠지." 스캔다르가 입 한쪽으로 중얼거렸다.

"우린 죽을 거야. 우린 죽을 거야." 미첼이 계속 같은 말을 되뇌었다.

야생 유니콘 한 마리가 투명한 뿔로 두 소년을 정통으로 겨누었다. 그 유니콘은 아주 오랫동안 죽어 가고 있는 듯 보였다. 두개골이 거의 드러나 보였고 피부는 완전히 썩어 문드러졌다. 그것은 살아 있는 악몽 그 자체였다. 스캔다르는 뇌가 얼어붙었고 스카운드럴의 공포가 연을 통해 휘몰아치면서 그 자신의 공포와 섞였다. 그들 자신을 보호하기 위해 그 유니콘을 공격하면 다른 29마리가 그들에게 블라스트를 집중 포격할 터였다.

"미첼, 내 손 잡아." 스캔다르가 스카운드럴의 날개 위로 손을 뻗으면서 중얼거렸다.

"왜?" 미첼이 레드의 날개 위로 손을 뻗어 스캔다르의 손을 잡으면서 속삭였다. "무슨 계획 있냐?"

스캔다르가 고개를 가로 저었다. "아니, 그냥 무서워서."

"나도 그래."

다음 순간, 공기 마법이 밤하늘을 밝혔다.

덩굴손처럼 뻗어 가는 전기를 타고 번쩍이는 번개, 회오리치는 토네이도, 얼음처럼 차가운 바람이 몰아쳤다. 야생 유니콘들이 일제히 뿔을 하늘로 쳐들고 새로이 나타난 위협적인 존재를 바라보았다. 스캔다르도 하늘을 쳐다보았다.

"헤이, 미치!" 머리 위에서 들리는 목소리가 있었다. "샌드위치 고맙다!"

바비가 그들을 구하러 왔다.

팔콘스래스가 두 발굽에서 번개를 쏘아 야생 유니콘 두 마리를 맞추었다. 공기 마법의 감귤 향이 살 썩는 냄새와 뒤섞이면서 야생 유니콘 떼가 애워싸고 있던 두 라이더는 잊은 듯 당황해서 날뛰기 시작했다.

희망과 행복이 전기 충격처럼 스캔다르를 제정신으로 되돌려 놓았다. 바비가 여기 왔다. 바비가 돌아왔다. 틀림없이 그들을 따라왔을 것이다. 그 사실이 의미하는 것은……? 하지만 그런 생각을 하고 있을 때가 아니었다. 야생 유니콘 떼는 포위를 풀었지만 여전히 이곳에 있었다. 바비가 번개 활로 연거푸 화살을 쏘아 대는 동안 그들은 하늘에 원소 블라스트를 날리고 있었다.

"마법을 부리기 좋은 때인가?" 바비는 야생 유니콘 두 마리가 ─ 너덜너덜한 날개로나마 밤하늘을 가르고 ─ 팔콘을 쫓아오자 호기롭게 고함을 질렀다.

레드가 ─ 전투 중에는 훌륭한 매너 따위 아랑곳하지 않는 것이 분명했다 ─ 신나게 불방귀를 날리자 뒤에 있던 야생 유니콘 한 마리가 히힝히힝 울면서 반대쪽으로 달아났다. 미첼은 파이어볼을 날리는 와중에 저 혼자 씩 웃었다. "샌드위치가 통했어! 바비는 역시 샌드위치를 좋아한다니까!"

스캔다르가 연을 통해 스피릿 원소를 불러들이자 하얀빛이 손바닥을 채웠다. 그는 그 빛을 더욱더 환하게, 달빛이 무색하도록 환하게 만들었다. 야생 유니콘이 울부짖자 스카운드럴도 질세라 울음으로 맞섰다. 위버와 대결하던 때와 똑같은 울음소리였다. 스캔다르는 애거서가 어둠에 대해서 했던 말을 기억했다. 스카운드럴도 싸우고 있었을까? 스피릿 유니콘은 여느 유니콘들보다 야생 유니콘과 가까울까?

스캔다르와 가장 가까이 있던 야생 유니콘들이 물러났다. 전부 다, 한 마리만 **빼고**.

스캔다르는 얼룩무늬 회색 유니콘의 슬픈 눈을 응시했다. 그 유니콘의 등에는 못 보던 상처가 있었고 갈비뼈 중에서도 하나가 더 튀어나와 있었다. 불멸이 그 유니콘에게는 짐이었다.

"내가 고칠 거야." 그는 야생 유니콘에게 말했다. "케나를 여기 데려올 거야. 두고 봐."

야생 유니콘이 꽥 소리를 지르고는 돌아서서 황무지를 달려갔다.

갑자기 고함 소리가 들려왔다. 유니콘 여덟 마리가 황무지에 나타났다.

스캔다르는 처음에 실버 서클의 사냥꾼들이 야생 유니콘을 데려가려고 돌아온 줄 알았다. 그러다 문득 자신이 지금 그들의 눈에 어떻게 보일까 싶었다. 허깨비처럼 허옇게 빛나는 손으로 지구상에서 가장 무시무시한 짐승 떼를 보호하고 있는 스피릿 윌더. 하지만 어떻게 보이느냐는 중요하지 않았다. 그는 올바른 일을 하고 있었으니까.

그러고 나서 그의 시선이 점점 다가오는 라이더들에게 향했고 이번에는 정말로 그들이 보였다. 여덟 개의 손바닥이 공기 원소의 노란빛을 발하는 것을 보고서 그는 깨달았다.

"사령관이야! 니나와 7인 위원회가 왔어!" 미첼은 구조대가 도착해서 안심하는 것 같았다.

하지만 바비는 팔콘을 그들 옆에 착륙시키고서 스캔다르가 미처 깨닫지 못했던 것을 말했다. 아까 플로가 끌려가면서 말하려고 했던 바로 그것을.

"저들은 야생 유니콘을 죽이는 게 바로 우리라고 생각할 거야!"

케나

불꽃 눈의 남자

케나는 실버스트롱홀드의 탑 안에 있는 원형의 자기 방 안을 서성거렸다. 아일랜드에 도착한 지도 몇 주가 지났다. 그녀는 이제 지루했고, 무섭기도 했다. 케나는 엄마의 옛날 물건 상자에서 가져온 유니콘 미니어처를 불안하게 만지작거리면서 몇 시간을 보냈다. 도리언 매닝이 언제 케나의 유니콘을 찾아 줄 것인지, 케나가 어디서 머물게 될 것인지 자세히 아는 것은 메인랜드에서만큼 중요하지 않았지만 지금 그녀가 방에 갇혀 지내고 있다는 점은 중요했다. 그녀에게 아직 유니콘이 없다는 점은 중요했다. 이제 손님이라기보다는 죄수 같은 기분이 든다는 점은 중요했다.

도리언 매닝은 적어도 책을 한 권 주기는 했다. 『스피릿의 책』. 그 책의 표지는 흰색이었고 서로 얽혀 있는 네 개의 금빛 원이 새겨져 있었다. 책은 아주 높은 곳에서 떨어진 것처럼 약간 찌부러져 있었다. 케나는 이미 그 책을 너무 많이 읽어서 달달 외울 지경이었다. 아침저녁으로 음식과 물을 가져다주는 은빛 가면을 쓴 센티널들을 제외하면 그 책은 케나의 유일한 동무였다. 케나가 페이지를 넘길 때마다 얼룩, 찢어진 가장자리, 접어놓은 모서리 하나하나가 오랜 친구처럼 그녀를 맞이했다. 케나는 그 책의 이전 주인들이 메모나 작은 낙서를 남겨 놓은 여백을 눈을 가늘게 뜨고 바라보면서 하염없는 시간을 보냈다. 라이더들이 메모를 남겨 놓았을 거라 생각하면 기뻤다. 그녀와 같은 스피릿 라이더들. 그녀의 동생과 마찬가지인 스피릿 라이더들 말이다.

케나는 스캔다르를 어떻게 생각해야 할지 몰랐다. 그 애는 왜 자신이 스피릿 윌더라고 말하지 않았을까? 그 애는 케나도 스피릿 윌더라는 것을 알고 있었을까? 정말로 처음부터, 메인랜드를 떠나던 그날 밤부터 저 혼자 비밀을 품고 있었을까? 케나는 무슨 일이 일어났는지 알아냈다. 그녀는 바보가 아니었다. 케나는 책에서 스피릿 변이에 대해서 읽었고 스캔다르를 데리러 207호로 찾아온 여자의 뺨에서 보았던 표시가 이제 완전히 이해가 됐다.

스캔다르에게도 스피릿 변이가 있었나? 스카운드럴스럭에게도 다른 스피릿 유니콘들처럼 하얀 무늬가 있었나? 케나는 작년에 그 검은 유니콘을 만났을 때를 생각하면 너무 가슴이 아팠다. 스캔다르는 왜 그때 진실을 말하지 않았을까? 그들 남매는 함께 자라는 동안 서로 비밀이 없었다.

기분이 괜찮은 날에는 스캔다르가 말 못 할 이유가 있어서 그랬을 거라는 생각이 들었다. 그 애는 누나를 사랑했다. 그건 확신할 수 있었다. 스캔다르가 일부러 케나에게 상처를 줄 리는 없었다. 좀 더 긍정적인 기분일 때는 스캔다르에게 자기도 유니콘이 있고 그들 둘 다 스피릿 윌더라고 말하는 장면을 상상했다. 둘이 훈련도 함께 하고 아빠에게 편지도 함께 쓰는 장면을 상상했다. 때로는 동생과 나란히 카오스컵에 출전해서 동시에 결승선을 통과하고…… 공동 우승을 차지하는 상상도 했다.

하지만 또 어떤 날에는 동생이 해야만 했던 그 모든 거짓말에 짓눌리는 기분이 들었다. 잠을 이루려고 노력하다가도 동생의 다른 거짓말 —— 물의 마법 —— 이 생각났다. 스캔다르의 콰르텟, 스카운드럴의 습성에 대해서 했던 말도. 콰르텟도 알고 있었을까? 케나가 수학이나 영어나 스페인어 시간에 동생의 편지를 몰래 읽으면서 눈물을 삼키는 동안 —— 행복한 기분을 붙잡고 싶었지만 지독한 부러움, 지독한 질투심이 그럴 여지를 남기지 않았기에 —— 동생의 콰르텟 친구들도 케나를 비웃고 있었을까? 스캔다르는 케나가 채워야 하는 유니콘 없는 공허한 나날들, 라이더 동생이 보내 준 그림들 —— 한때는 그녀의 꿈이었던 그림들 —— 을 골똘하게 들여다보는 밤들을 생각해 봤을까?

가장 최악은 스캔다르도 아일랜드를 포기해야만 할 때 느끼는 괴로움을 안다는 것이었다. 스캔다르도 해처리 시험장에 못 들어간 그날, 몇 시간이나마 느껴 보지 않았는가. 그런데도 케나에게 진실을 말하지 않았다니.

다시 저녁이 되었다. 날카롭게 울리는 세 번의 노크 소리.

평소 센티널은 문밖에 쟁반을 두고 케나가 문을 열기도 전에 계단으로 모습을 감추었다. 하지만 오늘은 달랐다. 그리고 케나는 평소와 다른 것이면 뭐든지 좋았다.

은빛 가면은 문 위에 달린 등불의 불빛을 받아 반짝거렸다. 케나는 그를 쳐다보지 않고 쟁반을 향해 손을 내밀었다. 도리언 매닝을 만나게 해 달라고 부탁하는 것도 이제 포기했다. 요구하면 할수록 그쪽에서 만나고 싶어 하지 않을 것 같았다.

하지만 케나가 유니콘을 가질 수 있다면 그런 건 상관없었다.

센티널은 쟁반을 넘겨주지 않았다. 케나는 그제서야 타오르는 불꽃 모양의 두 눈을 쳐다보았다.

"당신은?" 케나가 놀라서 말했다.

"안녕, 케나, 잠시 들어가도 될까?" 그의 목소리는 메인랜드를 떠나던 그날 밤보다 훨씬 친절했다. "너하고 얘기를 좀 하고 싶은데."

"음, 그래요." 케나는 그가 들어올 수 있도록 문에서 약간 뒤로 물러났다. 그는 쟁반을 내려놓고 하나뿐인 낡아 빠진 의자에 앉았다. 케나는 침대 끝에 걸터앉아 호기심 어린 눈으로 그를 바라보았다.

가면을 쓴 남자는 불꽃 눈으로 방 안을 둘러보았다. "미안하다, 케나."

"왜 미안하다는 거예요? 시간이 오래 걸리는 게 그쪽 탓도 아닌데."

"원래 계획은 널 실버스트롱홀드로 데려오려는 게 아니었어. 렉스 매닝이 막판에 끼어드는 바람에……. 도리언 매닝과 나만 갔더라면 내가 어떻게든 해낼 수 있었을 텐데. 하지만 나 혼자 실버 둘을 따돌리고 너를 안전하게 빼내는 건 무리였어."

"따돌리다니 무슨 말이죠?" 케나가 조심스럽게 물었다. 그녀는 갑자기 탑 안의 그 방이 얼마나 작은지, 그가 앉아 있는 의자와 그녀의 침대 사이가 얼마나 가까운지 의식했다.

그는 케나를 불꽃 눈으로 응시했다. "너를 여기로 데려온 건 도리언 매닝의 아이디어가 아니야, 케나. 내가 실버 서클에 충성하는 스피릿 윌더가 있으면 유용할 거라는 생각을 그의 머릿속에 불어넣은 거지. 그는 스피릿 군대가 조성될 가능성을 뿌리 뽑고 자신에게 충성하는 스피릿 윌더 한 명만 남기겠다는 생각에 집착하고 있어. 그게 바로 너야.

그는 너의 유니콘을 찾으면 널 협박해서 무슨 일이든 시킬 수 있다고 생각해. 네가 메인랜더이기 때문에 약해 빠졌을 거라고, 유니콘만 가질 수 있다면 뭐든 할 거라고 생각하는 거야."

케나의 마음이 비틀거렸다. "군대? 협박? 무, 무슨 일을 나한테 시키려고 하는데요?"

"스피릿 원소를 써서 스카운드럴스릭을 죽이는 일. 유니콘을 갖고 싶으면 유니콘으로 갚으라는 거지."

케나는 말이 나오지 않았다.

"뭐, 그건 중요하지 않아." 남자는 케나의 얼굴에 떠오른 공포를 감지하고 이렇게 말했다.

"중요하지 않다니! 난 절대 그럴 수 없어요. 내 동생의 유니콘을 죽일 순 없어요!" 케나가 외쳤다.

"그건 중요하지 않아." 남자가 다시 말했다.

"어째서요?"

"네 엄마가 너를 데리러 올 거니까." 남자는 이렇게만 말했다. "네 엄마가 너를 직접 메인랜드에서 데려올 순 없었어. 너무 많은 사람이 네 엄마를 찾는 데 혈안이 되어 있거든. 하지만 여기서는 널 데리러 올 수 있어. 내가 약속하지."

케나는 거의 숨을 쉴 수 없었다. "우리 엄마는 죽었어요."

남자는 그 말을 무시하고 케나에게 다가갔다. 케나는 그 자리에서 일어섰고 온몸을 부들부들 떨었다.

"네 엄마가 하지 전에 널 여기서 빼낼 거다." 불꽃 눈의 사나이가 케나에게 봉투 하나를 내밀었다.

봉투 앞면에 이렇게 쓰여 있었다. '나의 딸 케나 에버하트에게'.

12장

피고인

스캔다르, 바비, 미첼은 카오스 사령관과 7인 위원회 전체 앞에 섰다. 니나 카자마는 스캔다르가 이어리에 처음 도착한 날 만났던 그 활기 넘치던 프레데터 선배가 맞나 싶을 만큼 확연히 달라져 있었다. 그때 니나는 신입생들에게 이어리를 안내해 주고 샌드위치를 나눠 주었다. 이제 그녀는 힘이 넘치고 혈기 왕성하며 위압적으로 보였다. 늠름한 사령관 그 자체로 보였다.

황무지에서 야생 유니콘 떼는 완전히 다 자란 유니콘 여덟 마리가 나타나자 마치 공기 윌더들의 강력한 힘을 감지하기라도 한 것처럼 뿔뿔이 흩어졌다. 사법부 대표가 스캔다르를 스카운드럴의 등에서 거칠게 끌어 내려 흙 덩굴로 두 손을 꽁꽁 묶은 후 다른 유니콘의 등에 태웠다.

스캔다르는 위원회 광장까지 끌려가는 내내 무슨 말을 입 밖으로 내기가 두려웠다. 자신이 얼마나 죄인처럼 보일지 알 수 있었다. 실버 서클은 지금쯤 실버스트롱홀드에서 목이 쉬어라 낄낄대고 있을 것이다. 결국 그들은 이걸 원했던 것이다. 자기들이 저지르고 있는 범죄를 그에게 뒤집어씌우는 것. 위원회와 사령관, 그리고 피고인이 포포인트로 향하는 동안 스캔다르는 실버 서클이 몇 달간 이 일을 꾸며 왔을까 생각했다. 상점 주인들에게 그에겐 물건을 팔지 말라고 했고, 제이미를 위협했으며, 그가 야생 유니콘을 죽인다는 헛소문을 퍼뜨렸고, 심지어 그의 훈련까지 방해하려 하지 않았던가. 스캔다르의 발목을 잡고 그들 자신을 보호하기 위해 만반의 조치를 취한 것이다. 그리고 이제 사령관이 그들의 음모에 놀아나 스캔다르가 범인이라고 믿는다면 그는 이 어리에서 쫓겨나는 정도가 아니라 감옥에 갈 수도 있을 것이다.

스카운드럴이 위원회 마구간으로 끌려가는 동안 스캔다르는 유니콘과 억지로 떨어지는 아픔을 느꼈다. 스카운드럴을 다시 볼 수 있을까? 다시 저 녀석을 타고 하늘을 나는 일이 허락될까? 그도 결국 애거서처럼 되고 마는 걸까? 애거서가 스피릿 원소를 쓰지 못하게 하기 위해 아틱스완송은 삼엄한 경비 아래 갇혀 있지 않은가.

위원회 광장을 지나가는 동안 스캔다르의 기분은 나아지지 않았다. 나무 집 주택 단지는 그가 이어리 밖에서 본 것 중 가장 인상적인 것이었지만 말이다. 그들은 길고 넓은 경사로를 걸어 올라가 튼튼하게 지어진 금속 통로에 이르렀다. 사각형 광장 모서리를 하나씩 차지하고 있는 거대한 나무 집 네 채가 눈에 들어왔다. 그 나무 집들의 입구는 창살처럼 뾰족한 금속 바로 가로막혀 있었다. 거대한 원소 방패들이 모서리를 장식하고 있었다. 물, 불, 공기, 흙의 방패들이었다. 스캔다르는 어느 방문으로 — 미첼, 바비와 함께 — 떠밀려 들어가면서 그 어느 때보다 불법을 저지른 것 같은 기분이 들었다. 그렇게 위압적인 방은 처음이었다.

위원들은 토네이도 모양의 옥좌에 앉아 있었다. 옥좌 위쪽을 차지한 넓은 금속 소용돌이는 아래로 내려올수록 점점 좁아지면서 발 받침대에서 끝났다. 옥좌들은 네슬링들의 양쪽으로 벽에 붙어 있는 단 위에 설치되어 있었다. 그 방은 특별히 공기 위원회를 위해 설계된 것 같았다. 양옆으로 다른 옥좌들을 거느리고 바닥을 차지한 마지막 옥좌는 사령관의 것이었다. 그 옥좌는 다른 것보다 컸고 금속 등받이가 들쭉날쭉한 번개 모양으로 설계되어 있었다. 무시무시한 침묵이 흐른 후, 카자마 사령관이 마침내 입을 열었다.

"내가 아무리 이해해 보려고 해도 이건 아니야. 도대체 왜 너희가 오늘 황무지에 있었을까? 스피릿 윌더, 야생 유니콘들을 죽이고 있었던 게 아니라면 거기서 뭘 하고 있었지?"

스캔다르가 침을 삼켰다. 카자마가 그를 이름 대신 '스피릿 윌더'라고 부르는 것을 듣고는 그의 목에서 신경이 곤두섰다.

"다 설명할 수 있어요, 사령관님." 미첼이 목청 높여 대꾸했다. "우리는 실버 서클이 범인이라는 걸 보여 주려고 했던 겁니다." 미첼의 음성은 용감하면서도 왠지 겁에 질린 듯했다. "어디 가면 야생 유니콘 떼를 찾을 수 있는지 익명으로 메모를 보낸 사람이 바로 접니다. 그건 제 손 글씨예요. 증명이 필요하다면 지금 바로 제가 글씨를 써 보이죠." 미첼이 힘없이 손가락을 허공에 놀렸다.

미첼이 이렇게까지 털어놓다니, 스캔다르는 믿을 수 없었다. 저러다간 아버지에게 죽어날 텐데.

"왜 도망치지 않고 잡히는 쪽을 택했지?" 사법부 대표가 전기가 흐르는 눈을 깜박거리면서 물었다.

이번에는 바비가 나섰다. "아뇨, 우리가 잡히려고 한 게 아니에요. 오늘 밤 황무지에서 실버 서클의 야생 유니콘 사냥이 있었어요. 그들은 여러분이 온다는 것을 알고 그 자리를 떴고요. 우린 여러분에게 보여 주기 위해……"

천천히 치는 박수 소리가 위원회실에 울려 퍼졌다. 스캔다르가 뒤를 돌아보니 도리언 매닝이 걸어 들어오고 있었다. 그 뒤로는 이어리의 모든 교관이 따라오고 있었다.

"요 네슬링들은 상상력이 지나치군요." 도리언 매닝은 사령관에게 가볍게 고개를 숙이면서 속삭이듯 말했다. "하지만 불 월더나 공기 월더는 신경 쓸 필요 없겠죠. 이 일은 전부 스피릿 월더의 소행이니까요. 난 그렇게 확신합니다만."

오설리번 교관이 도리언 매닝을 밀치고 카자마 앞으로 득달같이 나섰다. 애거서도 그 뒤를 바짝 따라붙었다. 그들의 뒤로 파란색 망토 자락과 흰색 망토 자락이 휘날렸다.

"페르세포네, 화내지 않기." 도리언 매닝이 물 교관을 돌아보면서 말할 때 만족스러운 듯 입술을 핥는 그의 은빛 혀끝이 보였다. "당신이 저 소년을 좋아하는 건 알아요. 하지만 내가 저 소년과 스피릿 유니콘을 나의 스트롱홀드에 잡아 두고 감독을 해야겠습니다."

"화? 내가 화를 낸다고?" 오설리번 교관의 소용돌이 눈이 분노로 팽글팽글 돌아갔다. "난 화나지 않았어요, 도리언. 난 말이죠, 돌아 버릴 것 같네요." 그녀는 카자마에게 고개를 돌렸다. "이 네슬링들은 즉각 나에게 인도되었어야 했습니다. 실버 서클이 아니라 이어리가 이들에게 책임이……"

"요점은 그게 아닌데." 도리언 매닝이 말을 끊고 나섰다. 스캔다르는 일곱 위원이 지켜보고 있지 않았다면 뾰족 머리의 물 교관은 틀림없이 도리언 매닝을 때렸을 거라 생각했다. "요점은 이제 누가 야생 유니콘을 죽였는지 알게 됐다는 거죠."

"그래요!" 스캔다르가 냅다 고함을 질렀다. 더는 참을 수 없었다. "당신이 그랬잖아! 내가 검투장에서 봤어! 전부 다 봤다고! 난 당신이 무슨 일을 꾸미고 있는지 알아!" 스캔다르의 고발에 위원회는 숨을 죽였다. 니나 카자마조차도 충격을 받은 표정으로 스캔다르와 도리언 매닝을 번갈아 바라보았다.

"사실입니까, 도리언?" 나이 많은 위원 한 사람이 물었다. 그녀의 안경이 미끄러져 내려와 코끝에 걸려 있었다.

"어떻게 사실일 수 있겠습니까?" 도리언 매닝은 코웃음을 쳤다. "어느 천지에 스피릿 윌더가 실버스트롱홀드에 발을 들일 수 있답니까?" 그는 스캔다르를 향해 손사래를 쳤다. "망상이 지나쳐."

바비가 그를 향해 한 발짝 나섰다. "이봐요, 도그브레시 머핏(Dogbreathy Muppet, 개소리 멍청이) 씨……."

살 떨리는 상황에도 불구하고 스캔다르의 입꼬리가 올라갔다. 바비가 이 자리에 함께 있다는 사실이 말도 안 되게 기뻤다.

"됐습니다." 니나 카자마가 옥좌에서 일어났다. 그녀는 아주 조용히 말했지만 모두가 그 말에 복종했다. "매닝 의장에게 질문이 있습니다."

"말씀하세요, 사령관." 도리언 매닝이 아까보다 조금 더 고개를 숙이면서 대꾸했다.

"스캔다르가 정말로 야생 유니콘을 죽였다면 어떻게 그럴 수 있었다는 겁니까?"

"바로 그겁니다." 오설리번 교관이 콧방귀를 뀌었다. "스캔다르는 이제 겨우 훈련 2년 차입니다. 야생 유니콘은 '죽일 수 없다는' 사실을 차치하고서도, 그냥 야생 유니콘 한 마리와 싸워서 살아남기만 해도 운이 억세게 좋은 거죠. 나만 해도 이 상처 때문에 근 10년을 고생 중인데요." 그녀는 자기 목의 부풀어 오른 상처를 어루만졌다.

"그 정도야 작년에도 해냈잖아!" 도리언 매닝이 소리 질렀다. "위버가 무슨 속임수를 가르쳐 줬는지 알 게 뭐야!"

"애거서 에버하트," 니나는 도리언 매닝을 무시하고 애거서에게 말을 걸었다. "몇 달간 스캔다르를 가르쳐 보았으니 알겠지요. 스캔다르가 그런 일을 할 수 있습니까?"

애거서가 옥좌를 향해 한 걸음 다가간 순간, 스캔다르는 위원들의 반감을 피부로 느낄 수 있었다. 그건 단지 그녀가 스피릿 윌더이기 때문만은 아닌 성싶었다. 애거서는 셀 수 없이 많은 유니콘을 죽인 장본인이었다. 그들의 눈에 그녀는 언제까지나 집행인일 것이다.

"사령관님, 스피릿 윌더는 연 자체와 친화력이 있기 때문에 연을 맺은 유니콘은 죽일 수 있습니다." 애거서는 위원회의 수군거림에도 불구하고 또박또박 침착하게 대꾸했다. 그녀의 목소리는 정중하게 들렸다. 스캔다르가 전에 들어 본 적 없는 목소리였다. "하지만 야생 유니콘은 연을 맺지 못한 유니콘이죠. 스피릿 윌더라고 해서 다른 원소를 다루는 라이더들보다 이런 범죄를 더 의심받을 이유는 없습니다. 더욱이 스캔다르는 심성이 착합니다. 이런 일을 할 수는 없어요."

니나가 그녀에게 고개를 끄덕였다.

"저 여자를 어떻게 믿습니까!" 도리언 매닝이 펄쩍 뛰었다. "위버의 동생이잖아요, 나 참! 저 여자도, 스캔다르도 아마 한통속일 겁니다! 스캔다르는 거기 있었습니다! 황무지에!" 그의 입에서 침이 튀었다.

니나는 다시 자신의 번개 모양 옥좌에 앉았다. "마음을 정했습니다."

"외람된 말이지만, 사령관님, 스캔다르는 이어리의 훈련생입니다. 그의 행동은 우리의 관할입니다."

"교관님, 제발……." 니나가 입을 다물었다. 그녀는 처음으로 나이를 의식한 것 같았다. 어쨌든 오설리번은 불과 1년 전까지만 해도 그녀의 교관이었다. 그러나 다음 순간, 니나는 자신의 위치와 권력을 기억했다. "난 이미 마음을 정했습니다."

스캔다르는 숨을 죽였다.

"야생 유니콘 살해를 입증할 명백한 증거는 없습니다. 오늘 누가, 어떤 이유로 황무지에 있었는지 완전히 이해할 수도 없고요. 증거가 없는 상태에서 사실로 짐작되는 것은, 단지 스캔다르와 그의 친구들이 부적절한 시간에 부적절한 장소에 있었다는 것뿐입니다."

스캔다르는 잔뜩 굳었던 어깨가 일순간 풀리는 기분이 들었다. 미첼도 옆에서 안도했는지 눈을 감고 있었다.

"그렇지만……." 니나가 준엄한 눈으로 스캔다르를 노려보았다. "너에게 한 번만 더 기회를 주는 거다, 스캔다르 스미스. 너와 맥그래스 전임 사령관이 합의한 바는 분명해. 너는 모든 라이더에게 요구되는 훈련 과제를 완수하고 아무 해를 끼치지 않는 선에서 이어리에 남을 수 있다. 오늘 밤은 아슬아슬했어. 내 말 알아들었나?"

"알아들었습니다." 스캔다르가 재빨리 대답했다.

"매닝 의장님, 이 문제에 관해서는 의장님 판단이 흐려졌다고 생각할 수밖에 없습니다. 저 소년을 집요하게 몰아세운 건…… 아무리 좋게 말해도 프로답지 못합니다. 스캔다르 때문에 레베카가 그렇게 된 것도 아닌데……."

"어떻게 감히 그 이름을!" 도리언 매닝의 얼굴이 더욱 창백해졌고 초록 눈은 튀어나올 듯했다. "당신은 메인랜더지요. 그 일이 일어났을 때 당신은 아주 먼 곳에 사는 어린아이에 불과했소."

스캔다르는 미첼과 바비를 곁눈질했다. 그들도 뭐가 뭔지 모르는 표정이었다.

"당신은 스피릿 윌더들의 사악한 본성을 이해할 수가 없을 거요."

"도리언……." 니나가 경고하듯 그의 이름을 불렀다.

"이런 일이 있었는데도 스피릿 윌더가 훈련을 계속하도록 정말 허락한다고? 우리 모두를 어떤 위험에 몰아넣고 있는지 전혀 모르는 게 분명하군. 아일랜드를 위해 다음번 카오스컵에서는 당신이 그 자리에서 내려오길 바라는 바요." 도리언 매닝은 이 말을 날리고 성큼성큼 방에서 걸어 나갔다.

"이제부터 황무지에 사령관 직속 경비대를 세울 겁니다. 더는 야생 유니콘들의 죽음을 좌시할 수 없어요." 니나는 도리언 매닝의 등에 대고 외쳤다.

그녀는 도리언 매닝이 모욕적인 말을 내뱉고 방에서 나가 버린 적도 없다는 듯이 행동했다. "한밤중에 이렇게 다들 모인 참에……." 그녀의 눈빛이 교관 한 사람 한 사람에게 머물렀다. "긴급하게 여러분과 논의할 일이 있습니다. 네슬링들은 자기 유니콘에게 가서 기다리다가 교관들과 함께 이어리로 돌아가도록."

"음…… 제 아버지에게 이 일을 말씀하실 건가요?" 미첼이 머뭇거리며 물어보았다.

"나는 이 일이 비밀로 유지되어야 한다고 생각하는데?" 니나가 이 말을 하면서 한쪽 눈을 찡긋했는데 그 순간만은 예전 모습으로 돌아간 것 같았다.

미첼은 안도의 한숨을 쉬었다. 현 사령관에게 한밤중에 잡혀가는 소동은 아이라 핸더슨이 아들에 대해서 품은 원대한 계획과 맞지 않을 터였다.

그들이 위원회실 문에 도착했을 때 스캔다르는 벌써 스카운드럴과 다시 만날 생각만 하고 있었다. 그러나 문이 닫히려는 순간 바비가 검은 장화의 앞코를 얼른 문틈에 밀어 넣어 완전히 닫히지 않게 막았다.

"이 밤중에 니나가 교관들과 긴급히 상의할 일이 뭔지 궁금하지 않아?" 바비는 이렇게 속닥거리고는 좁은 문틈에 귀를 바짝 가져갔다. 스캔다르는 바비가 함께라서 매우 기뻤다.

스캔다르와 미첼도 얼른 바비처럼 문틈에 귀를 갖다 댔다. 방 안에서 목소리들이 종소리처럼 맑게 울려 퍼졌다.

"……연구원들은 시간이 갈수록 불균형이 기하급수적으로 악화되고 있다는 걸 발견했습니다."

"무슨 말은 하는 겁니까?" 웹 교관의 목소리였다.

"야생 유니콘이 한 마리 죽을 때마다 원소 교란이 발생합니다. 하지만 그 후에도 교란은 지속되고 파문처럼 확산되면서 점점 나빠지다가……."

"나빠지다가?" 세일러 교관이 부드러운 음성으로 물었다.

"우리가 위버를 찾을 때까지 나빠지겠지요! 살인을 멈춰야 합니다! 그게 명백한 답이에요!" 웹 교관이 강경하게 외쳤다.

"나도 그래야 한다는 데 동의합니다, 버나드. 하지만 오늘 밤 네슬링들이 한 말을 얼마나 믿어야 할지 모르겠군요. 하지만 이제 나의 경비대를 황무지에 세울 겁니다. 그로써 야생 유니콘들을 보호할 수 있기를 바랍니다. 하지만 그걸로 문제가 해결되진 않죠. 야생 유니콘이 더는 죽임을 당하지 않는다 해도 아일랜드는 이미 크게 손상됐습니다. 상황은 앞으로 더 나빠지기만 할 테고요."

"실질적으로 그게 무슨 뜻이죠? 화재가 더 많이 일어나고 홍수가 더 많이 일어나고⋯⋯?" 앤더슨 교관이 물었다.

"빙의가 더 많이 일어날 수도 있죠." 오설리번 교관이 불길하게 덧붙였다.

니나는 온 방에 퍼지도록 깊게 숨을 내쉬었다. "실질적으로, 우리 연구원들은 아일랜드의 마법의 힘이 절정에 이르는 하지까지는 답을 찾아야 한다고 말하고 있습니다. 그러지 않으면 아일랜드는 아예 사람이 살 수 없게 될 겁니다. 아일랜드는 자멸할 거예요."

긴 침묵이 감돌았다.

니나가 말을 이었다. "가능한 새로운 장소들에 대해서 긴급회의를 하는 겁니다. 하지만⋯⋯," 그녀는 잠시 말을 멈추었다. "만약 우리가 떠나야 한다면 라이더들은 소속 원소에 따라 분열될 확률이 높지요."

"아뇨." 오설리번 교관이 단호하게 말했다. "그건 최초의 라이더가 수립한 모든 것에 어긋나는 처사입니다. 우리가 믿는 모든 것에도요."

"유니콘이 너무 많아요, 페르세포네. 메인랜드가 라이더가 아닌 일반인들은 받아 주겠지만 유니콘도 받아 줄까요? 그건 조약으로 금지되어 있습니다. 그건 안 될 일이죠. 물론, 도리언이 아까 상기시켰듯이 내가 올해 카오스컵에서 우승하지 못하고 이 결정이 하지에는 다른 사람의 손에 달려 있게 될 가능성은 충분히 있습니다."

"카오스컵을 열 수나 있을까요?" 오설리번 교관이 물었다.

"나는 카오스컵을 취소하는 최초의 사령관이 되지는 않을 겁니다."

니나가 매섭게 말했다.

"음유시인의 진실의 노래는 어떻게 생각하나요? 최초의 라이더가 남긴 선물은?" 애거서가 물었다.

니나가 한숨을 쉬었다. "사방으로 팀을 보내 찾아봤지만 운이 닿지 않았습니다. 아직 그 선물이 뭔지도 모른다는 점을 감안하면, 이 시점에서는 우리 주의를 흐트러뜨리는 요소일 뿐이죠. 그냥 꿈같은 얘기죠."

"진실의 노래에 나왔던 다른 내용들은 지금까지 무섭도록 들어맞았는데요." 애거서가 고집을 꺾지 않았다.

"알아요. 하지만 우리가 그걸 찾지 못하는 상황에 대비해야 합니다. 그리고 우리가 그걸 찾더라도 음유시인이 예언한 대로 되지 않을 수도 있어요. 진실의 노래는 불멸의 죽음을 한 번으로 말했는데, 여러 건의 죽음이 일어났다는 걸 기억하세요."

"이어리는 어떤 식으로든 도울 겁니다." 오설리번이 강경하게 말했다. "하지만 라이더들을 갈라놓는다? 아일랜드를 떠난다? 그건 최후의 수단으로 남겨 두죠."

"그렇게 하겠다고 약속합니다. 하지만 상황이 돌아가는 걸 봐서는……. 나는 사령관으로서 최악의 상황에 대비해야 해요." 니나가 심각하게 말했다.

자정이 지난 시각에 미첼, 바비, 스캔다르는 불안에 떠는 유니콘들을 잠자리에 눕히고 있었다. 그들은 옛들은 이야기에 겁이 난 나머지 교관들과 이어리로 돌아오는 동안 거의 말을 하지 않았다.

미첼은 제이미에게 긴급 전갈을 보내기 위해 서둘러 마구간을 나섰다. 스캔다르는 바비와 함께 이어리 벽의 동문으로 나가다가 문득 걱정이 되었다. 그는 바비가 그들을 구하러 황무지에 나타난 것이 그와 다시 친구가 되고 싶다는 뜻이라고 짐작했지만 만약 그게 아니라면? 그걸 받아들일 수 있을지 그는 자신이 없었다.

"바비?" 깊이 잠든 나무 집들을 지나 그들의 나무 집으로 향하면서 스캔다르가 나지막히 바비를 불렀다.

바비가 다리 중간에서 멈추고는 그를 향해 돌아섰다.

"왜 오늘 밤 우리를 구하러 왔어?"

그녀는 한 손으로 엉덩이를 짚었다. "레드가 롤러스케이트를 타는 것보다도 실패할 확률이 높은 계획이어서."

"그래, 하지만?"

바비는 어둠 속에서 이어리에 그물처럼 늘어서 있는 나무 집들의 은은한 불빛을 내려다보았다. "너와 플로가 나에게 황무지로 오라고 설득하고 간 다음에 뭔가 큰 깨달음이 있었다고나 할까. 마구간에 숨어서 네가 스카운드럴을 데리고 나갈 채비를 하는 모습을 지켜보는데 네가 정말 너무 겁에 질려 있더라. 네가 영웅 같아 보이지는 않는다는 생각이 들었어. 그 순간 깨달았지. 네가 언제나 해결사 노릇을 하는 이유는 네가 스캔다르 스미스 — 스피릿 윌더, 위버의 아들, 집행인의 조카 — 라서가 아니라는 것을. 네가 항상 올바른 일을 하려고 용을 쓰는 사람이라서 그렇게 되고 마는 거야. 나는 그런 사람이 많지 않다고 생각해."

스캔다르는 희망을 품어 보았다.

"때로는 가장 빠른 사람, 가장 강한 사람, 가장 성공한 사람이 되는 것보다 중요한 것이 있다는 걸 깨달았어. 그리고 내가 너의 그림자일 필요가 없다는 것도. 우리 중 누구도 그럴 필요는 없어. 우리 모두 충분히 용감하기만 하면 영웅일 수 있지. 우린 최선을 다해야 해. 오늘밤은 내가 그럴 차례였던 거야."

"팔콘을 타는 데 엄청난 용기가 필요했을 텐데."

"그래, 맞아." 바비가 스캔다르를 똑바로 바라보았다. "하지만 아까 말했듯이 난 영웅이잖니. 그러니 해내는 수밖에." 그녀는 씩 웃었다. "그리고 샌드위치는 늘 도움이 되지."

"긴급 샌드위치." 스캔다르가 대꾸했다.

바비가 너털웃음을 터뜨렸다. 스캔다르는 그렇게 기분 좋은 웃음소리는 처음 들었다.

"어이, 스피릿 보이." 바비가 그의 팔을 주먹으로 치면서 말했다. "플로에게 아일랜드는 시한폭탄이나 다름없다는 소식을 전하러 갈 때야."

그들이 나무 집에 도착했을 때 플로는 안절부절못하고 있었다. 센티널 셋이 플로와 블레이드를 이어리까지 호위했고 그때부터 플로는 친구들이 어떻게 됐는지 알지 못한 채 몇 시간 동안 나무 집에 처박혀 있었다.

플로가 안도의 눈물을 훔치고 난 후 그들은 난롯가에 모여 빈백에 앉아 시린 손을 녹였다. 스캔다르는 바비와 다시 친구가 된 기쁨에도 불구하고 미첼이 플로에게 그들이 엿들은 이야기를 전하는 동안 콰르텟 친구들을 감히 바라볼 수 없었다. 혼돈은 더욱 깊어지기만 할 것이다. 하지에 이르러 아일랜드는 자멸할지도 모른다. 라이더들은 뿔뿔이 흩어져 자기 소속 원소를 따라가게 될지도 모른다.

스캔다르는 다시 만날 기약도 없이 친구들과 헤어진다는 상상만으로도 치밀어 오르는 눈물을 삼켰다. 그는 바비가 두 달쯤 남 대하듯 한 것만으로도 충분히 괴로웠다. 그런데 애들과 헤어진다고? 그럼, 그는 물 월더들에게 가야 하는 건가? 그를 아지트에 들어오지도 못하게 투표로 막았던 그들에게? 그가 이 콰르텟에 소속되었던 것처럼 물 월더들에게 소속될 일은 결코 없을 것이다.

"그런데 사령관이 자기 직속 경비대를 황무지에 주둔시킨다는 건 실버 서클을 못 믿는다는 뜻이잖아. 그건 좋은 일 아냐? 야생 유니콘의 죽음은 더는 없을 테니까. 케나의 유니콘은 이제 안전할 거야." 미첼이 이렇게 말하면서 스캔다르를 힐끗 보았다.

"니나가 하는 말 들었잖아. 아일랜드의 손상은 복구될 수 없다고, 더는 야생 유니콘이 죽지 않더라도 이미 깨진 원소들의 균형은 돌이킬 수 없다고 했어. 원소들은 점점 더 엉망이 되고 말걸." 바비가 이렇게 말하고 더욱 힘주어 덧붙였다. "너무 싫어, 우리가 할 수 있는 일이 아무것도 없다니!"

"아냐, 있어." 스캔다르가 결연하게 말했다. 아일랜드는 그의 집이었다. 실버 서클이 그 집을 앗아 가게 할 수는 없었다. "진실의 노래가 알려 준 대로 하자. 최초의 라이더의 선물을 찾는 거야."

"니나도 몇 달 내내 최초의 라이더 무덤을 찾아봤잖아. 우리라고 해서 기적적으로 찾으란 법 있냐고!" 바비가 반박했다.

스캔다르가 일어섰다. "니나는 우리가 아니잖아."

"아니고말고." 미첼이 눈썹을 치켜올렸다. "니나는 카오스 사령관이야. 그게 무슨 뜻이냐 하면 우리와는 비교도 안 될 만큼 훨씬 더 많은 걸 참고할 수 있다는 거지. 더 많은 책, 라이더, 연구, ……."

"아니, 내 말 들어 봐." 스캔다르가 미첼의 말을 가로막았다. "그래, 니나는 사령관이야. 그래서? 작년에 우리는 불가능한 일을 해냈어! 위버의 계획을 저지했을 뿐 아니라 뉴에이지프로스트를 구했잖아. 그래, 맞아, 우리를 도와줄 대단한 사람들은 없어. 하지만 우리에겐 누가 있지?"

아무도 입을 열지 않았다.

스캔다르는 친구들을 한 사람 한 사람 가리키며 말했다. "우리에겐 미첼 핸더슨이 있지. 어떤 도서관보다도 뛰어나고, 무모하지만 천재적인 계획을 세우는 걸로는 아일랜드에서 둘째가라면 서러워할 사람 말이야. 우리에겐 바비 브루나가 있지. 바비는 전년도 훈련 경기 우승자이자 누구보다 야심만만한 라이더로서 엄청나게 강력한 마법을 구사하지. 그리고 배후에 막강한 실버가 있고 누구보다 용감한 라이더 플로런스 셰코니가 우리에게 있어. 내 말은, 플로는 실버 서클에서 첩보 활동을 해냈단 말이야! 힘을 내! 만약 누군가가 그 뼈 무기를 찾을 수 있다면 우리가 할 수 있어!"

"그리고 우리에겐 스캔다르 스미스가 있지." 이제 미첼의 얼굴에는 함박웃음이 가득했다. "아일랜드를 통틀어 현재 스피릿 원소를 다룰 수 있는 유일한 라이더!"

"자기 마음대로 판단하지 않고 열린 마음으로 누구든 최고의 자기 자신이 되게 하는 사람." 바비가 조용히 덧붙였다.

플로가 미소를 지었다. "게다가 얼마나 친절한지 작년에는 아스펜 맥그래스에게 자신의 진짜 원소를 밝히기까지 했지. 다른 사람들이 괴로워하는 꼴을 도저히 못 보는 사람이라서."

감동에 젖은 스캔다르가 다시 입을 열기까지는 시간이 좀 걸렸다.

"최초의 라이더의 무덤을 찾는 모든 사람이 우리 같진 않지. 우리가 할 수 있다고 생각해. 우리가 이걸 해야만 해." 스캔다르는 그 무기를 찾아낸 후에야 비로소 케나에게 다시 집중할 수 있다는 것을 알고 있었기에 이렇게 말하면서 심장이 살짝 철렁했다. 하지만 아일랜드가 없다면 케나를 데려와 운명의 유니콘과 짝지어 줄 수도 없을 터였다.

"좋아, 좋아." 바비가 빈백 위에서 몸을 흔들며 말했다. "그런데 어디서부터 시작하지?"

"계획이 필요해." 미첼의 목소리는 흥분에 차 있었다.

그들이 모두 뭔가를 생각해 내려고 골몰하는 동안 침묵이 흘렀다. 그러다가 어떤 위험한 생각이 스캔다르에게 떠올랐다. "시크릿 스와퍼들은 어때?" 그는 말을 꺼내 보았다.

"아, 스카, 진지하게 하는 말은 아니겠지." 플로의 목소리에는 엄중한 경고가 담겨 있었다. 미첼은 약간 아픈 사람처럼 보였다.

"어이! 메인랜더는 모르는 얘기야. 설명 좀 해 주지 그래?" 바비가 말했다.

"아, 미안, 그게, 나무 집이 있는데……." 미첼이 당황하면서 말했다.

"오래되고, 으스스하고, 다 쓰러져 가는 나무 집이지." 플로가 불길하기 짝이 없는 목소리로 거들었다.

"확실히 아늑한 장소라고는 할 수 없지." 미첼이 시인했다.

"진짜 안 도와주네." 바비가 말했다.

"나도 미첼에게 몇 달 전에 들었어." 스캔다르가 바비에게 설명했다. "시크릿 스와퍼라고 불리는 사람들이 있는데 그들은 비밀을 수집한대. 그들이라면 최초의 라이더에 대한 비밀도 알고 있겠지!"

"뭐가 문제야?" 바비가 플로의 불안해하는 얼굴과 미첼의 인상 쓴 얼굴을 번갈아 보면서 물었다.

"이쪽에서도 비밀을 내놓지 않으면 그들은 아무것도 말해 주지 않아." 플로가 대답했다.

"꽤 괜찮은 비밀을 내놓아야 하고, 반드시 사실이어야만 해. 안 그럼, 그들이 굉장히 화를 낸다고 할 수 있지." 미첼이 부연했다.

"굉장히 화를 낸다고? 그게 무슨 뜻이야?" 바비가 의심스럽다는 듯이 물었다.

"널 죽일 거라는 뜻." 스캔다르가 퉁명스럽게 대꾸했다. "분명히."

"뭐?"

플로가 '내가 뭐랬어'라는 듯한 표정을 지었다.

하지만 미첼은 고무적으로 나섰다. "이봐, 나도 내키진 않지만 우리가 할 일은 진실을 밝히는 거라고 생각해! 그건 어렵지 않아, 그렇지?"

"어렵지 않지, 아무렴. 쉬운 일이야." 스캔다르는 최대한 아무렇지 않은 목소리를 내려고 했다.

플로가 툴툴거렸다. "우린 정말, 정말 조심해야만 할 거야."

"우리가 야생 유니콘을 죽였다는 죄목으로 체포당했을 때보다 더 조심해야 할까?" 바비가 농담을 던졌다.

플로는 냉담한 눈으로 바비를 바라보았다.

"그럼, 언제 그들을 만나러 갈까? 지금?" 스캔다르가 빈백에서 일어났다.

"우리가 그 나무 집에 찾아가는 모습이 발각되면 안 돼." 플로가 곧바로 말렸다. "이어리에 사는 라이더들은 시크릿 스와퍼를 찾아갈 수 없게끔 되어 있어."

"물의 축제 때가 어떨까? 이제 두어 주밖에 안 남았지. 인파가 어마어마하니까 우리도 눈에 띄지 않을 거야." 스캔다르가 말했다.

미첼이 고개를 끄덕였다. "시크릿 스와퍼가 최초의 라이더에 대한 비밀을 내놓게 하기는 쉽지 않을 거야. 우리도 뭔가 엄청난 걸 알려 줘야 할 텐데."

"그 문제는 그렇게까지 걱정할 필요가 없다고 생각해." 스캔다르가 중얼거렸다.

하긴, 그에게는 그 자신을 제외하면 세상에서 오직 다섯 명만 아는 비밀이 있었다. 그 비밀로 아일랜드를 구할 수만 있다면 시크릿 스와퍼들과 거래할 가치가 있었다.

그렇지 않은가?

13장

물의 축제

콰르텟은 물의 축제와 시크릿 스와퍼 방문을 위해 2월 초까지 기다려야 했지만 시간은 빠르게 흘렀다. 네슬링들의 마상 시합 훈련은 그 어느 때보다 열기를 더해 갔다. 스캔다르가 유일하게 긴장을 푸는 때는 그린들과 함께 비행 훈련을 하는 시간이었다. 앰버는 모임에서 작정하고 스캔다르를 자극했고, 아무나 붙잡고 스캔다르가 공중에서 그들을 빙의시킬지 모르니 조심하라고 떠들어 댔다. 급기야 리케시는 그들 모두가 집중해야 하니 원소 교란과 관련된 언급을 삼가라고 앰버에게 주의를 주기까지 했다.

리케시와 다른 루키들은 카오스컵 시범 비행을 진지하게 연습하고 있었다. 그들은 유명한 라이더의 눈에 들어 이어리 졸업 후에 자기네 야드로 합류하라는 제안을 받기를 바라고 있었다. 앰버와 스캔다르는 아직 시범 비행에 참여할 만큼 경험이 많지 않았지만 모든 동작을 배우고 있었다. 스캔다르와 스카운드럴이 제일 좋아하는 비행 동작은 애로 롤(arrow roll)이라고 총알처럼 박차고 나가 공중을 가로지르면서 연속으로 구르는 것이었다.

하지만 아무리 그린들과 기분 전환을 하려고 해도 네슬링 마상 시합 토너먼트가 다가온다는 사실을 무시할 순 없었다.

"넌 지금 네 순위가 어느 정도라고 생각해?" 하루는 흙 원소 훈련 후에 유니콘들의 갈기에 들러붙은 원소 잔해를 빗으로 털어 내다가 스캔다르가 걱정스러운 얼굴로 미첼에게 물었다. 그날 훈련 중에 스캔다르는 바비와 정신이 쏙 빠지도록 격렬하게 맞붙었다. 바비가 바위처럼 단단하고 스파이크에서 모래가 쏟아지는 곤봉으로 스캔다르를 후려치는 바람에 스캔다르는 스카운드럴의 등에서 떨어졌다. 그래서 스카운드럴의 검은 갈기에는 작은 모래 알갱이들이 박혀 있었다.

미첼은 대답 대신 붉은 재킷 주머니에서 꾸깃꾸깃한 공책을 한 권 꺼내더니 페이지를 넘기기 시작했다.

스캔다르는 인상을 찡그렸다. "음…… 그건 뭐냐?"

"모든 훈련 시간의 대전 결과를 기록해 뒀어."

스캔다르는 입이 떡 벌어졌다.

"뭐냐, 그 반응은?" 미첼이 기분이 상한 듯 말했다. "너에게 상기시키고 싶지 않다만, 스캔다르, 토너먼트가 끝나면 우리 중 여섯 명은 노매드로 판정돼. 기억하고 있냐?"

"우리 실력이 어떤지 알아 두면 좋긴 하지. 누가 제일 잘해?" 플로가 그들에게 합류하면서 물었다.

미첼은 대답하기 싫은 듯한 얼굴이었다.

"나 아님?" 바비가 팔콘의 마구간에서 춤을 추듯 건너오면서 미첼의 공책을 들여다보려 했다.

미첼이 한숨을 쉬었다. "그래, 너 맞아, 로버타. 비록 네가 빼먹은 훈련이 몇 번 있긴 해도……."

"알고 있었어." 바비는 허공에 주먹을 날리고는 스캔다르의 약을 올렸다. "오늘 잔디 맛이 어땠어, 스캔다르?"

"어찌나 맛있던지!" 스캔다르가 구시렁거렸지만 바비가 예전처럼 자기를 놀리는 게 내심 기뻤다.

"그럼, 나머지 우리는 전적이 어떤데?" 플로가 다소 걱정스러운 듯 물었다. 플로는 블레이드의 예측할 수 없이 널뛰는 힘 때문에 아직도 무기를 완전히 통제하지는 못하고 있었다.

미첼이 얼굴을 공책에 바짝 갖다 댔다. "대결 횟수 대비 승패를 따져 보면 레드와 내가 18위, 플로와 블레이드가 10위, 그리고 스캔다르와 스카운드럴은…… 30위야. 우리 기수 네슬링이 모두 37명이니까 우리 넷 다 현재 성적대로만 가도 노매드 판정은 받지 않을 거야!" 미첼은 흡족한 듯 공책을 덮었다.

하지만 스캔다르는 힘이 쪽 빠졌다. 30위? 아슬아슬한 턱걸이가 아닌가. 자기 능력을 봤을 때 이건 아니라는 기분이 들었다. 애거서와의 스피릿 훈련은 일취월장하고 있었다. 그는 스피릿 검, 창, 심지어 활과 화살까지 소환할 수 있었다. 그건 특히 속임수 같은 데가 있었다. 실제로 있는 것 같지도 않은 화살을 역시 있는 것 같지도 않은 활시위에 걸지 않는가. 애거서는 적에게 한쪽에서 무기가 다가오는 것 같은 환상을 불러일으키고 실제 공격은 다른 쪽으로 치고 들어가는 법까지 가르치기 시작했다. 그는 아직 그 기술을 작은 단검으로밖에 해내지 못했지만 ─ 사실상 적을 상대해 보지도 않았고 ─ 만약 토너먼트 이전에 그걸 마스터한다면? 어쩌면 바비를 상대로도 승산이 있을지 모른다.

안타깝게도 그는 실제 대련은 전혀 하지 못하고 있었다. 그의 스피릿 훈련보다 불·물·공기·흙 훈련 시간이 훨씬 많았다. 그리고 실버 서클의 죄를 폭로하려던 계획이 역풍을 맞은 탓에 그의 귓가에는 카자마 사령관의 경고가 여전히 맴돌고 있었다. '너에게 한 번만 더 기회를 주는 거다, 스캔다르 스미스.'

그래서 스캔다르는 애거서와 훈련할 때가 아니면 자신의 연합 원소를 감히 소환할 수 없었다. 그가 만약 스피릿 무기를 써서 승리를 거뒀다가 뭔가 사달이라도 나면? 그가 연을 통해서 ── 개브리얼, 리케시, 바비가 그랬던 것처럼 ── 빙의라도 되면 어떡하나? 스피릿에 대해서 배우면 배울수록 스캔다르는 이 원소의 위험, 알려지지 않은 면, 어둠을 감지할 수 있었다. 그는 스피릿 원소를 사랑하는 법을 배우고 있었지만 아직 믿지는 못하고 있었다. 그래서 자기 마음대로 원소를 구사하는 훈련에서조차 스피릿을 소환한 적이 없었다. 니나의 말마따나 황무지에서 보낸 그 밤은 아슬아슬했다. 만약 또 무슨 일이 일어나면 그때처럼 운 좋게 넘어가지 않을 것은 확실했다.

물의 축젯날, 파란색 재킷으로 갈아입고 이어리 밖으로 나가는 기분은 최고였다. 스카운드럴. 팔콘, 블레이드, 레드가 원소 광장에 착륙하자 스캔다르도 걱정을 잊고 ── 적어도 잠시 동안은 ── 흥분에 휩싸였다. 쿼르텟은 이날을 시크릿 스와퍼들을 찾아갈 기회로 삼았지만 바비는 그래도 한 시간 정도는 축제를 즐기고 가야 하지 않느냐고 주장했다. 포포인트는 스캔다르가 보았던 그 어느 때보다 바빴다. 각 구역에 거주하는 아일랜더들은 다른 곳에서도 축제를 즐기곤 했지만 올해는 원소 교란 때문에 사람들이 포포인트로 몰려들었다. 나무 집마다 평소보다 많은 손님으로 가득 차 있었고, 나무 밑에까지 임시 침대들을 설치한 걸로 봐서 포포인트에 친절한 마음이 부족한 것은 아닐지라도 공간이 부족하다는 것만은 확실했다. 그러나 거리를 누비는 그들을 둘러싼 소음의 벽은 많은 사람들이 — 그저 오늘 밤만이라도 — 근심 걱정을 잊고 즐거운 시간을 보내고 싶어 한다는 걸 의미하는 듯했다.

스캔다르는 원소 광장에 들어선 지 몇 초 만에 홀딱 젖었다. 쿄르텟은 실수로 이어리 라이더와 장성한 카오스 라이더 들이 함께 벌이는 물싸움 한복판에 걸어 들어갔던 것이다. 그들이 상상할 수 있는 모든 물 공격을 날리는 동안 그들의 손바닥에서 떠오르는 마법의 파란빛이 광장을 밝혔다. 물에 젖은 대형견처럼 날개에서 물을 털어 내는 스카운드럴을 지켜보며 웃던 스캔다르는 여덟 개의 거대한 유니콘 얼음 조각상 쪽으로 유니콘을 몰고 갔다.

"어! 이 사람 왜 이렇게 낯이 익지?" 팔콘이 불 블라스트로 물기를 말리는 동안 바비가 가장 가까운 조각상을 가리키면서 물었다. 얼음으로 조각된 라이더는 매서운 표정으로 손가락을 펼치고 손바닥에서 얼음의 분수를 뿜어내고 있었다. 그가 탄 유니콘 역시 이빨을 드러내고 있었다.

"진짜 어디서 본 것 같아." 플로도 조각상을 더 잘 보기 위해 블레이드를 타고 주위를 한 바퀴 돌면서 맞장구를 쳤다.

"이건…… 우리 아버지야." 레드가 얼음 유니콘을 보고 뒷걸음질치는 동안 미첼이 조각상을 쳐다보면서 신음하듯 내뱉었다. "작년 물 위원회에게 경의를 표하려고 세운 조각상인가 봐. 니나가 메시지에 대해서 우리 아버지에게 말하지 않겠다고 했던 약속을 지켜 주기만 바랄 뿐이야……. 저기 봐, 아스펜 맥그래스도 있다. 앞줄에 더 큰 조각상."

뉴에이지프로스트 얼음 조각상을 본 순간 스캔다르의 심장이 내려앉았다. 황무지에서 전임 사령관의 유니콘을 타고 그를 향해 달려오던 위버에 대한 기억이 물밀듯 밀려들었다.

갑자기 그는 자기가 항상 겁에 질린 소년, 세상에서 가장 사랑하는 것을 빼앗기 위해 달려오는 엄마를 기다리는 겁에 질린 소년이었던 것 같은 기분이 들었다. 사실, 그는 스카운드럴의 고삐를 움켜잡으면서 자신이 아직도 기다리고 있다는 것을 깨달았다. 위버를 완전히 물리쳤다는 생각은 들지 않았다. 그녀는 어쩌면 이 군중 속에, 그늘에 숨어서 그를 지켜보며 자신의 때를 보고 있을지도 몰랐다. 그의 아주 작은 부분은 아직도 누나에게 다른 애들은 다 엄마가 있는데 왜 그들 남매에게만 엄마가 없는지 물어보는 다섯 살 꼬맹이였다. 그 부분은 여전히 에리카 에버하트를 다시 볼 수 있기를 간절히 바랐다. 갑자기 물의 축제가 너무 환하고 요란하게 느껴졌고 라이더들의 재킷과 등불이 짙은 청색 소용돌이처럼 흐려 보였다.

"스카? 같이 갈 거지? 우린 음식을 좀 사러 갈 건데." 플로가 물었다.

그러나 스캔다르에게는 그 말이 거의 들리지 않는 듯했다. 그는 뉴에이지프로스트 얼음 조각상의 눈을 보고 얼어붙은 듯했다.

"너희 먼저 가. 나와 스캔다르도 곧 따라갈게." 바비가 단호한 목소리로 말했다.

스캔다르는 바비가 팔콘을 몰고 옆으로 다가오는 것을 어렴풋이 느꼈다.

"난 개인적으로 뉴에이지프로스트가 못생긴 노새를 닮았다고 생각해."

스캔다르는 쿡 하고 웃음이 터질 뻔했다. "메인랜드에서 살 때 뉴에이지프로스트는 오랫동안 나의 최애 유니콘이었어. 침실 벽에다가 포스터도 붙여 놨지. 항상 그 포스터를 쳐다보고 살았어. 그것 때문에 누나가 엄청 짜증을 냈지.”

“오죽했겠냐.” 바비가 씩 웃었다. “케나는 어떤 유니콘을 좋아했어?”

“마운틴스피어. 에마 템플턴의 유니콘 말이야.” 스캔다르는 케나가 몇 달째 편지를 보내지 않고 있다는 생각을 외면하면서 기계적으로 대꾸했다.

“공기 월더, 좋은 선택이야.” 바비는 인정한다는 듯이 말했다. “난 케나를 좋아하게 될 것 같아.”

“너라면 그럴 거야. 넌 나를 좋아하는 것보다 케나를 더 좋아하게 될지도.” 스캔다르가 동의했다.

“거의 확실하지.” 바비는 고개를 옆으로 돌리고 스캔다르의 눈을 똑바로 바라보았다. “이제 괜찮아?”

스캔다르는 고개를 끄덕였다. 그는 이제 괜찮았다. 바비는 그에게 뭔가를 상기시켰다. 그는 자기가 생각하는 것만큼 위버에게 취약하지 않았다. 그는 혼자가 아니었다. 이 일을 홀로 해낼 필요는 없었다.

“얼음 미끄럼틀 탈래?” 바비가 원소 광장 구석의 번쩍거리는 높은 구조물을 가리켰다. 사람들은 꼭대기까지 얼음 계단을 기어 올라가 신나게 소리 지르면서 매트를 타고 미끄러져 내려오다가 허공을 날아 온수 풀에 떨어졌다. 유니콘들은 라이더들이 허공에 몸을 날리는 것을 골똘히 쳐다보면서 그들을 구해야 할지 말아야 할지 확신하지 못하는 듯 보였다.

“난 정말 스카운드럴 곁을 떠나고 싶지 않아. 그래도 저기 얼음 분수에서 색깔 고드름을 하나 살 수 있지 않을까?” ‘아이키의 기발한 얼음

가게, 헤아릴 수 없이 다양한 맛이 준비되어 있습니다'라는 팻말이 보였다.

"그렇고말고. 스캔다르?"

"응?"

"나는 아일랜드의 자멸을 바라지 않아. 그리고 영영 공기 월더들하고만 지내는 건 완전 싫어. 앰버도 공기 월더잖아! 우리는 꼭 그 무기를 찾아야 해."

"찾을 거야." 스캔다르는 자기가 느끼는 것보다 더 자신 있게 말했다.

"앰버 얘기가 나와서 말인데," 바비는 평소처럼 번개 같은 속도로 화제를 바꾸었다. "윌윈드시프가 이어리의 언덕에서 우리 유니콘들과 어울리기 시작했다는 거 눈치챘냐?"

스캔다르가 어깨를 으쓱했다. "좀 그런 것 같더라."

바비가 눈살을 찌푸렸다. "맘에 안 들어. 앰버가 뭔가를 꾸미는 것 같단 말이지."

하지만 스캔다르는 바비가 앰버와 시프를 못마땅해하는 이유가 그 주 초에 있었던 마상 시합 불 훈련에서 그들에게 패배했기 때문일 거라 생각했다.

스캔다르는 뒤에 물러선 채로 바비가 자기 팔 길이만 한 파란색 고드름을 부러뜨리는 모습을 지켜보았다. 노점상이 스캔다르가 줄을 선 것을 보고는 겁에 질린 눈빛으로 그에게 저리 가라고 손짓했었기 때문에 고드름에 다가갈 수 없었다. 다행히 바비는 그 모습을 보지 못했다. 만약 바비가 눈치챘다면 아이키는 자신의 고드름에 찔려 '기발한' 장소에서 최후를 맞이했을지도 모른다.

그들이 고드름을 핥아 먹고 있는데 가까운 곳에서 음유시인의 노래가 들려왔다.

"제이미가 미첼한테 말해 준 건데, 제이미네 어머니는 고작 10대에 진실의 노래를 불렀대. 당연히 다들 굉장히 놀랐지." 스캔다르가 이렇게 말할 때 음유시인은 그가 한 번도 들어 본 적 없는 물과 연합한 사령관의 승리에 대해서 노래하기 시작했다.

"그 노래의 내용은 뭐였대?" 바비가 물었다.

"다음 여름에는 물고기들이 희박해질 거라고 했대. 실제로 그대로 이루어졌고."

바비가 실실 웃었다. "어머나, 대단하네."

그 후 그들은 레드를 타고 파란색 축제 좌판을 따라가고 있던 미첼에게 가서 합류했다. 바비가 레드를 보고 장난기 어린 표정을 지었다. "레드가 오늘 아주 빛이 난다. 빼빼 마른 펭귄보다 예쁜데!"

"어…… 고맙다." 미첼이 의심스럽다는 듯 대꾸했고 스캔다르는 바비가 지어낸 표현이 우스워 킬킬거렸다. 아일랜드에는 펭귄이 없었으므로 스캔다르는 미첼이 펭귄이 어떻게 생겼는지 눈곱만큼도 모를 거라고 믿어 의심치 않았다.

"스톰 인커밍(storm incoming, 폭풍의 도래)!" 바비가 소리를 질렀다. 팔콘이 천둥처럼 포효하자 그의 날개에서 전기가 폭발했다. 팔콘은 회색 깃털 끝 하나하나에서 작은 벼락을 발사했다.

그 결과, 레드나이츠딜라이트의 갈기부터 꼬리까지 모든 털이 곤두섰다. 레드는 포근한 털북숭이 인형과 과학 실험 실패작 중간쯤 되어 보였다. 스카운드럴이 친구에게 리듬감 있게 히힝히힝 야유를 보내는 것을 보고 스캔다르는 이 녀석이 재미있어하는구나 생각했다. 레드는 스카운드럴을 무시하고 '어떻게 해 봐!'라는 표정으로 계속 미첼만 쳐다보고 있었다.

"포킹 선더스톰! 너 대체 뭘 한 거야?" 미첼이 분통을 터뜨렸다.

바비는 희희낙락했다. "잘했어, 팔콘! 우리가 연습한 대로 됐다! 난, 정말, 오래전부터, 이거, 한번, 해 보고, 싶었어." 바비는 웃느라 겨우 말을 맺었다.

"자, 여길 봐라……." 미첼이 꼭 자기 아버지 같은 목소리로 말했다.

스캔다르는 그들을 두고 좌판 쪽으로 다가가면서 저 실랑이가 한참 가겠구나 하고 생각했다. 그는 상인들이 자기를 알아볼까 봐 일정 거리를 유지했다. 그 좌판들은 물과 관련된 다양한 음식, 기념품, 의류를 파는 곳이었지만 왠지 메인랜드 해변의 오두막들을 연상시켰다. 스캔다르는 사람들의 시선을 모르는 척하며 자기 갈 길을 갔다. 물싸움하는 유니콘들의 날개에서 튀는 물보라를 막기 위해 노점 앞에 아치형으로 설치된 파도 모양의 나무 패널들이 근사해 보였다. 그는 서프보드와 패들보드를 판매하는 '워터 위스퍼러(Water Whisperers)' 좌판을 욕심내듯 바라보았다. 스캔다르와 케나는 늘 서프보드를 갖고 싶어 했지만 집안 형편 때문에 가질 수 없었다. 바비와 미첼이 그를 반짝거리는 사파이어 장신구와 하늘하늘한 파란색 스카프가 시선을 끄는 비치웨어 전문점 '워터 투 웨어(Water to Wear)' 좌판으로 불러들였다.

그들은 플로가 생선 케밥을 파는 '프레드의 지글지글 피시 스틱' 앞에 줄을 서 있는 것을 보았다.

"너도 좀 먹을래?" 플로가 큰 소리로 물었다. 스캔다르는 플로가 사면 자기가 줄을 서서 노점상을 직접 대면하지 않아도 된다는 생각에 신나게 고개를 끄덕였다. 연기가 피어오르는 그릴에서 침이 꼴깍 넘어갈 만큼 먹음직스러운 냄새가 났다.

플로는 앞쪽까지 가서는 버터가 거품을 일으키며 지글지글 흘러내리는 뜨거운 피시 스틱에 블레이드가 너무 가까이 가지 않게 하느라 애를 먹었다.

늠름한 젊은이가 빛나는 유니콘과 함께 군중 틈에서 빠져나왔다. "내가 블레이드를 데리고 있을게."

"오," 플로는 당황한 듯 보였다. "고마워." 실버 유니콘 두 마리가 나란히 서 있으니 한층 더 위풍당당해 보였다. 블레이드가 같은 실버를 만나자마자 금세 편안해하는 것이 스캔다르의 눈에도 명백히 보였다. 그는 괜히 짜증이 났다.

"누가 왔는지 봐." 스캔다르가 중얼거렸다.

"누가 왔는데?" 바비와 미첼이 동시에 물었다.

"렉스 매닝." 스캔다르는 플로와 렉스가 대화를 나누는 모습을 보면서 이를 악물고 대꾸했다. "스트롱홀드에 센티널로 가장하고 잠입했을 때 만난 적 있어."

"매닝 의장 아들 말이야?" 미첼이 인상을 찡그리며 물었다.

"플로가 왜 저렇게 친근하게 굴어? 쟤, 실버 서클 싫어하는 거 아니었어? 그만두지 않았어?" 바비가 물었다.

"그만두고 싶다고 그만둘 수 있냐? 기억 안 나?" 미첼은 레드의 전기가 지직대는 갈기를 토닥이면서 대꾸했다.

"렉스는 달라, 확실히. 플로가 야생 유니콘을 구한 후에 도리언 매닝이 걔를 스트롱홀드에 상주시키고 훈련시키겠다는 걸 그러면 안 된다고 설득한 사람도 렉스였대. 게다가 렉스는 야생 유니콘 살해를 저지하려고 줄곧 노력했어." 스캔다르가 말했다.

"아, 그래, 그렇군. 렉스가 진짜로 자기 아버지를 막을 작정이었다면 위원회에 가서 말했어야지!" 바비가 눈을 굴리며 말했다.

"아버지들이 만만찮을 수도 있지." 미첼은 얼음 조각상 쪽을 힐끔 뒤돌아보면서 중얼거렸다.

"그래, 나도 렉스를 신뢰하진 않아." 스캔다르는 딱 잘라 말했다. 렉스는 블레이드의 고삐를 플로에게 도로 넘겨주고 자기 친구들에게로 돌아갔다. 스캔다르는 렉스를 보니 도리언 매닝이 니나에게 했던 말이 떠올랐다. 어떤 여자 이름이 나왔었는데, '레베카'라고 했던가? 니나는 도리언 매닝의 판단이 흐려졌다고 했다. 그때 스캔다르는 그게 무슨 얘기인지 영문을 몰랐다.

"그래, 너의 반짝반짝 빛나는 친구는 어떠니?" 바비는 뜨거운 피시스틱을 친구들에게 나눠 주는 플로에게 비꼬듯이 물었다.

"렉스는 다음번 실버 서클 모임에 참석해야 한다고 날 설득하려 했어. 도리언 매닝은 확실히 야생 유니콘 살해를 중단했대. 사령관에게 꼬리를 밟힐까 봐 두려웠던 게지. 하지만 난 가지 않겠다고 했어." 플로는 이 말을 재빨리 덧붙였다. "렉스가 내가 아프다고 핑계를 대준다고 했어. 난 도리언 매닝을 믿지 않아."

"언제부터 이렇게 저돌적인 사람이 된 거야, 플로?" 바비가 반쯤 웃으면서 말했다. "내가 가지 뻗기를 하는 동안 넌 실버 서클에 잠입하질 않나, 미쳐 날뛰는 야생마 타듯 야생 유니콘을 타질 않아, 정체를 숨기고 사냥단의 일원이 되기까지 했지. 이제 스트롱홀드에 갇혀 살 위험을 무릅쓰고 모임에도 불참한다고? 내 말은, 작년에 멋지고 친숙한 감옥에 잠입할 때 걱정이 태산 같았던 그 소녀는 어디 갔냐는 거지."

"넌 경기장에서 그 불쌍한 유니콘들을 못 봐서 그래, 바비. 얼마나 잔인하고 추악했는지 몰라. 난 절대로 그 무리의 일원이 될 수 없어."

"로버타……." 미첼이 목청을 고르고 말했다. "미안하지만 그 '가지 뻗기'라는 표현 좀 쓰지마. 그건 말도 안 돼."

"가지 뻗기 했지롱." 바비는 혀를 낼름 내밀었다. "어쩔 건데? 레드의 방귀라도 쏠래?"

"레드는 이제 방귀 안 쏘거든!" 미첼이 항변했다.

스캔다르는 미첼과 바비가 옥신각신하는 모습을 보고 자기도 모르게 웃음이 났다. 콰르텟은 분명히 예전 모습으로 돌아가고 있었다. 비록 다른 일은 그렇지 않을지라도.

"1분 후면 그렇게 웃지도 못할 거다." 미첼이 불길하게 중얼거렸다. "이제 시크릿 스와퍼를 만날 시간이야."

14장

시크릿 스와퍼

시크릿 스와퍼들은 수도에서 가장 너저분한 거리 중 하나에 있는 나무 집에 살고 있었다. 칙칙한 나무들이 줄지어 서 있는 거리의 끝까지 가는 동안, 쾨르텟은 친구들의 무리, 부모와 아이들, 유니콘을 탄 채 옹기종기 모여 있는 노인들 사이를 비집고 지나가야 했다.

그들이 지나치면서 본 얼굴들에는 축제의 흥취가 일절 없었다. 다들 피곤하고 넋 나간 듯 보였다. 모두가 축제를 즐길 수 있는 것은 아니었다. 그들은 당연히 그럴 수 없었다. 그들은 집, 생계, 정상적 삶을 상실했다. 야생 유니콘 살해는 원소 교란을 일으켰고 모두가 그 대가를 치르고 있었다. 스캔다르는 도리언 매닝의 이기심과 잔인함을 생각하자 분노가 치밀어 올랐다. 이게 다 스피릿 윌더의 씨를 말리고 싶어 하는 도리언 매닝 때문이 아닌가. 그는 스캔다르가 실버 서클의 힘을 위협할 만한 군대를 만들까 봐 두려운 것이다. 하지만 마법의 파괴로 인해 삶의 터전을 잃은 사람들의 얼굴을 보고 있노라니 정말 군대라도 만들어

볼까, 하는 생각이 들었다.

포포인트의 대부분의 나무 집과 달리 시크릿 스와퍼의 나무 집 밑에는 누가 자고 간 흔적이 없었다. 콰르텟은 유니콘에서 내려 낮게 드리워진 가지 아래 유니콘들의 고삐를 묶었다. 하나뿐인 사다리가 나무 몸통에 부딪혀 달그락 소리를 냈다. 그 나무 집은 한쪽 모서리가 썩어 가고 지붕도 중간이 푹 꺼져 있었다.

미첼이 용감하게 사다리로 다가가는 순간, 그 위의 나무 집 문이 벌컥 열렸다.

"제발요! 제발 한마디만 더 해 주십시오! 그러면 모든 게 풀린다고요!" 어떤 젊은이가 외쳤다.

나무 집 안에서 걸걸한 음성이 들렸다. "네가 열 글자로 된 비밀을 가져왔으니 나 역시 열 글자로 돌려준 것이다. 규칙은 규칙이야!"

"제발, 부탁드립니다!"

"꺼져." 걸걸한 음성의 남자는 이렇게 대꾸하고 쾅 소리가 나게 문을 닫았다.

젊은이는 흐느껴 울면서 사다리를 타고 내려왔다. 그는 나무 밑에 서 있는 네 명의 네슬링을 보자 고함을 질렀다. "이딴 거 하지 마! 이 교환은 공정하지 않아!"

스캔다르는 그 사람이 저렇게 간절히 알고 싶었던 것이 무엇이었을까 궁금하지 않을 수 없었다.

"글자 수로 교환하는 거라면 우리가 저쪽에 넘길 비밀을 충분히 길게 만들어야 하지 않을까?" 바비가 플로에게 속닥거렸다.

플로는 얼른 고개를 저었다. "불필요한 글자는 쳐주지도 않겠지. 그런 건 의미가 없어. 우린 그들을 성가시게 하려고 온 게 아니잖아. 우리가 온 이유 기억하지?"

"너는 저 문간의 매력 쩌는 놈이 우리가 거짓말을 하면 바로 쫓아올 거라 생각해?" 바비가 미첼에게 물었다.

"자, 가자." 미첼은 그 질문을 무시하고 씩씩하게 말했다.

사다리 꼭대기까지 올라간 바비는 인상을 쓰고 손가락 마디에 묻은 때를 문지르면서 문을 두드렸다.

"나갑니다, 나가요." 목소리가 걸걸한 남자가 다시 문을 열었다. 그는 스캔다르가 목소리를 듣고 짐작했던 것보다는 젊었다. 까칠한 턱수염과 검은 구슬 같은 눈동자를 한 그는 50대쯤 되어 보였다. 그리고 그의 눈썹 위에는 생긴 지 얼마 안 된 듯 생생한 흉터가 있었다.

"모이라, 이어리 아가들이 왔어. 시간 낭비겠지?" 그가 자기 어깨 너머를 돌아보며 외쳤다.

여자 목소리가 울려 퍼졌다. "당장 돌려보내, 래프. 자기들이 언제부터 라이더였다고, 우리가 관심 가질 만한 비밀이 걔들한테 있을 리 없잖아."

남자는 아무 말 없이 문을 닫으려 했지만 스캔다르는 재빨리 앞으로 나아갔다. 그러고는 오른쪽 소매를 걷고 자기 팔을 래프라는 사내의 면전에 내밀었다. 스피릿 변이가 불빛에 희끄무레하게 빛났다. 래프가 반투명한 흰색 살갗을 응시하는 동안, 스캔다르는 주먹을 쥐었다 폈다 하면서 단단한 뼈 주위의 힘줄과 근육이 움직이는 모습을 보여 주었다.

래프는 트고 갈라진 입술에 침을 발랐다.

"원하는 정보가 있어요. 교환할 비밀을 가져왔습니다." 스캔다르가 결연하게 말했다.

"그럼, 들어오는 게 좋겠군, 스피릿 윌더." 래프가 귀에 거슬리는 음성으로 이렇게 말했고 콰르텟은 그를 따라 희미한 불빛이 밝히는 나무 집 안으로 들어갔다.

집 안은 밖에서 본 모습 못지않게 으스스했다. 썩은 나무와 오래 묵은 종이 특유의 음습한 곰팡내가 났다. 눈이 미치는 모든 곳에 얇은 나무 서랍들이 탑처럼 쌓여 있었다. 어떤 서랍 탑은 그리 높지 않지만 불안정하게 서로 겹쳐 있었고, 또 다른 서랍 탑은 푹 꺼진 천장에 거의 닿아 있었다. 그 작은 서랍들에는 딱 하나 공통점이 있었는데 그건 바로 은빛 손잡이와 거기에 달린 종이 꼬리표였다. 바비가 지나가다가 꼬리표 하나를 들어 올리고 눈을 가늘게 뜨는 순간…….

"내려놓는 게 좋을 거다, 꼬마 아가씨." 모이라로 짐작되는 나이 든 여자가 그 뒤죽박죽 서랍들의 다소 낮은 탑에 걸터앉아 있었다. 그녀는 불안정한 구조물에 희한하게 앉아 있었을 뿐 아니라 외모도 반항적인 여학생과 잔소리를 달고 사는 할머니 중간쯤으로 보였다.

바비는 꼬리표를 내려놓았지만 이제 모이라의 시선은 래프에게 가 있었다.

"내가 이어리 애송이들은 돌려보내라고 했을 텐데." 모이라의 음성에는 래프가 분명히 알아들을 성싶은 경고가 서려 있었다. 래프는 얼른 모이라가 깔고 앉은 서랍 탑 쪽으로 가서 이를 드러내고 히죽 웃었다.

"여기에 스피릿 월더가 있어. 이어리에서 훈련한다는 단 한 명의 스피릿 월더. 얘야." 래프가 뒤로 빠지더니 아직도 파란색 재킷 소매를 걷어붙이고 있는 스캔다르를 우악스럽게 떠밀었다.

모이라가 단박에 표정이 바뀌면서 서랍 탑에서 뛰어내렸다. 보기보다 30년은 젊은 듯 몸놀림이 가벼웠다. 플로는 놀라서 옆에 있던 서랍 탑에 부딪쳤고 미첼은 플로를 도와 불길하게 흔들리는 탑을 무너지지 않도록 지탱했다.

"최초의 라이더와 야생 유니콘 여왕에 대해서 알고 싶어요." 스캔다르가 더듬거렸다.

미첼이 얼른 나섰다. "특히, 최초의 라이더가 여왕의 뼈로 만들었다는 무기를 어디서 찾을 수 있는지 알고 싶습니다. 우리에게 도움이 될 만한 비밀을 알고 계신가요?"

모이라가 그녀의 파란 눈동자를 미첼에게 돌렸다. "너희가 최초의 라이더에 대한 비밀을 처음으로 구하러 온 사람은 아니다. 하지만 지금까지 우린 아무에게도 비밀을 공유하지 않았어. 그 비밀과 교환할 만큼 구미 당기는 비밀을 가져온 사람이 아무도 없었거든." 모이라가 입맛을 다셨다. 스캔다르는 만약 자신이 말한 비밀이 사실이 아닌 게 밝혀지면 어떻게 되는지 생각하지 않을 수 없었다. '그들이 널 죽여.' 스캔다르는 그 말이 그저 강한 위협인지 진짜로 죽인다는 건지 알 수 없었지만 만에 하나라도 위험을 무릅쓰고 싶지는 않았다.

플로는 혼란스러워하는 것 같았다. "하지만 사령관이 그 무기를 찾는 걸 도울 수 있다면 그렇게 할 거죠? 아일랜드를 구하는 일이잖아요!"

모이라가 낄낄거렸다. "우리를 다른 사람들과 착각하고 있는 것 같아, 실버 걸."

"다른 사람들?"

"착한 사람들 말이야. 우린 비밀을 거저 주지 않아. 교환을 하지. 그 거래가 우리의 업이야. 정보를 구하러 이곳을 찾는 가엾은 영혼들 모두를 우리가 도와준다면 우리는 뭘 얻을 수 있는데?"

"니나 카자마도 여기 왔었나요?" 미첼이 천천히 물었다.

"고객의 신원은 공개하지 않는다." 래프가 다시 입술에 침을 바르면서 말했다.

"이들은 우리에게 필요한 걸 알아." 바비가 조바심이 난 듯 말했다.
"이렇게 하자."

콰르텟은 그들이 가져온 비밀을 저쪽에서 받아들일 가능성을 최대
한 높이기 위해 저마다 하나씩 비밀을 내놓기로 했다. 사실, 그들은 시
크릿 스와퍼들이 이미 어떤 비밀을 알고 있는지 모르는 데다가 그들이
교환할 글자 수는 많으면 많을수록 좋았기 때문이다. 그들은 자기들끼
리도 비밀을 누설하지 않기로 동의했기 때문에 래프가 건네준 너저분
한 종이에 글자를 써 내려가면서 어색한 기분이 들었다.

모이라는 그들이 종이를 다 쓰자마자 획 걷어 갔다. 그것들을 읽으
며 짝이 맞지 않는 서랍들 사이를 왔다 갔다 하는 바람에 그녀의 회색
치마가 소용돌이치고 그녀의 길게 늘어뜨린 백발이 휘날렸다. 스캔다
르는 모이라가 굶주렸던 갈매기가 배를 채우듯 그들이 굳게 지켜온 비
밀들을 집어삼키며 이 순간을 즐기고 있다는 느낌을 받았다.

모이라는 바비의 비밀을 읽자마자 바비의 손에 도로 쥐어 주었다.
"이건 관심 없어. 평범한 메인랜더의 비밀 따위는 취급 안 해."

바비가 눈살을 찌푸리면서 주먹으로 종이를 구겨뜨렸다.

모이라는 미첼에게 말했다. "네 비밀은 우리도 이미 아는 거야."

"그럴 리가 없어요. 불가능해요!"

모이라는 미첼의 반응을 무시했다. 그러고는 다음으로 플로의 비밀
을 읽었다. 순간적으로 그녀의 푸른 눈이 커졌다.

"네가 날 놀라게 하는구나, 실버 걸." 그녀의 머리가 플로 쪽으로 향
했다. "이건 받겠다. 그러니 열일곱 글자로 된, 최초의 라이더에 대한
비밀을 가르쳐 주마."

"잠시만요. 스캔다르의 비밀은요? 스캔다르의 비밀도 받는다면 합쳐서 더 길게 가르쳐줄 수 있잖아요?" 미첼이 물었다.

"그렇게는 안 된다, 아이라의 아들아. 비밀은 일대일 교환이야." 모이라가 어깨를 으쓱했다.

"최초의 라이더에 대한 비밀을 얼마만큼 알고 있는데요? 우리가 어떻게……."

"할 거냐, 말 거냐?" 모이라는 이미 반쯤 돌아서 있었고 스캔다르는 그녀가 애정 어린 태도로 작은 서랍을 열고 돌돌 말린 종이를 꺼내는 모습만 볼 수 있었다. 모이라는 그 종이를 플로에게 건넸고, 플로는 흥분 반 두려움 반의 표정으로 종이를 펼치기 시작했다. 그러는 동안 모이라는 플로의 비밀을 분류하기 위한 꼬리표를 작성하고 그것을 조심스럽게 서랍 속에 넣었다. "선물을 무덤에서 원소 교차점으로 가져가." 플로가 종이를 읽었다.

"이게 무슨 비밀이야, 수수께끼지! 도대체 뭔 소리야!" 바비가 외쳤다.

스캔다르는 그 비밀이 음유시인의 노래 중 한 소절 같다고 생각했다.

모이라의 웃음소리가 날카롭게 울려 퍼졌다. "내가 비밀을 쓴 것도 아니잖니. 그리고 비밀을 해석하는 것도 내 일은 아니란다. 상당수는 우리 어머니께 물려받는 거고, 우리 어머니는 외할머니께 물려받았지. 내가 죽으면 내 딸이 이 비밀들을 지키게 될 거야." 그녀가 한쪽 구석을 가리켰고 스캔다르는 그제야 처음으로 넝마 더미에 싸여 깊이 잠들어 있는 젊은 여자를 발견했다.

"이 비밀이 최초의 라이더의 선물에 대한 건 맞죠? 아일랜드를 구하는 법 말이에요." 미첼이 모이라에게 다시 한번 물었다.

모이라는 콧방귀를 뀌었다. "라벨에 그렇게 적혀 있었다."

그녀는 고개를 숙이고 스캔다르의 비밀을 읽기 시작했다.

스캔다르는 시크릿 스와퍼가 두려움과 혐오감을 드러내며 그에게 당장 나무 집에서 나가라고 하지 않을까 예상했다. '위버에게 아들이 하나 있고 그가 이어리에서 훈련을 받고 있다.' 이런 사실이 날이면 날마다 오는 비밀은 아닐 터, 더욱이 그 아들이 눈앞에 와 있다니. 하지만 비밀을 읽고 또 읽으면서 모이라의 얼굴이 기쁨으로 환해졌다.

"제법 괜찮은 비밀을 가져왔구나, 스피릿 윌더." 모이라가 중얼거렸다. "스물다섯 글자로구나."

스캔다르는 큰 실수를 저지르기라도 한 것처럼 속이 이상했다. 아일랜드에 그가 위버의 아들이라는 사실이 알려지면 어떻게 될까? 스카운드럴도 아틱스완송처럼 감금되고 마는 걸까? 그는 모이라가 자기 비밀을 돌려주기를 반쯤 바라는 심정으로 침을 삼켰다. "음, 그 비밀은 여기 남아 있게 되나요? 행여……."

"행여 누가 찾으러 오지 않는다면 말이지. 이 비밀과 교환할 만한 다른 비밀을 들고서." 모이라가 대답했고, 거래는 다시 시작되었다.

"그렇군요." 스캔다르가 신음했다. 그는 모이라를 조금도 믿지 않았다. 그녀가 하는 말에는 전부 다른 뜻이 숨어 있는 것 같았고, 스캔다르는 이제 머리가 지끈거렸다.

모이라는 서랍 탑들을 살피면서 라벨을 들었다가 쯧쯧 소리를 내고 다시 내려놓기를 반복했다. "이게 어디 있을 텐데." 그녀는 중얼거렸다. 오랜 시간이 흐른 후, 모이라는 나무 집 저쪽 끝에서 종이 하나를 상처 입은 새처럼 조심스럽게 들고 돌아왔다. 그녀는 종이를 건네면서 말했다. "최초의 라이더의 선물에 관하여 내가 보유하고 있는 비밀 중 가장 긴 것이 스물네 글자로구나. 네가 스물다섯 글자를 줬다는 건 알지만……." 그녀가 어깨를 으쓱했다. "경우가 이런 걸, 나라고 어쩌겠니."

"이봐요!" 바비가 분통을 터뜨렸다.

모이라의 파란 눈이 위험스럽게 빛났다. "그게 내가 가진 전부다. 가져가든지 그냥 꺼지든지 마음대로 해."

스캔다르가 돌돌 말리고 누렇게 바랜 종이를 펼치고는 그 내용을 읽기 시작했다. "최초의 라이더는 마지막 여왕의 뼈를 깎아 단장을 만들었다."

"단장?" 플로가 대뜸 물었다.

"위쪽을 둥글게 깎은 지팡이를 말하는 거야." 스캔다르가 메인랜드에서 읽었던 마법사에 대한 책을 떠올리면서 대답했다.

"지팡이? 그걸로 어떻게 아일랜드를 구해? 끝이 뾰족하지도 않은데!" 바비가 코웃음을 쳤다.

모이라는 벌써 그들에게 나가라는 듯 손을 흔들고 있었지만 미첼은 물러날 생각이 없었다. "그 뼈로 만든 지팡이가 어디 있는지에 대한 정보는 하나도 없잖아요." 그는 이를 갈았다. "찾지도 못하는 거라면 그 무기가 뭔지 알아도 쓸모가 없다고요!"

하지만 모이라는 그 정보는 가지고 있지 않았다. "자, 자, 애송이들아, 공유했고 교환했으면 이걸로 끝이다. 이제 우리 집에서 나가!"

"우리도 별로 있고 싶지 않거든요? 냄새가 고약해서요!" 바비가 질세라 외쳤다.

"잊지 마라, 너희가 넘겨준 두 가지 비밀 중에 하나라도 거짓말이라는 게 밝혀지면 우리가 너희를 잡으러 갈 거다." 래프는 이렇게 말하고 손날로 목을 치는 시늉을 했다.

———

콰르텟은 그날 밤 이어리 문을 가장 마지막으로 통과한 무리였다. 스캔다르는 스카운드럴이 시크릿 스와퍼의 나무 집 밖에 너무 오래 세워 놔서 짜증이 났다는 것을 느낄 수 있었다. 게다가 스카운드럴은 내처 굶었다. 스캔다르는 마구간에 돌아와 젤리로 기운을 북돋아 주려고 했지만 파란 재킷 주머니를 뒤집어 젤리 봉지를 꺼내 보니 하얀 설탕 가루 외에는 아무것도 남아 있지 않았다.

스카운드럴은 이빨로 스캔다르의 손에서 봉지를 홱 낚아채더니 불을 쏘아 태워 버렸다. 편지를 보낼 때마다 젤리를 챙겨 보냈던 누나와 달리 아빠는 종종 잊곤 했다.

"미안해, 괜찮아?" 스캔다르가 유니콘의 목을 토닥토닥했지만 스카운드럴은 그의 손을 감전시켰다. "아얏! 이따가 그린들을 보러 갈 거야, 기억하지? 파티가 있어!"

스캔다르는 마구간을 나가면서도 스카운드럴의 짜증을 연을 통해 여실히 느꼈다.

미첼은 나무 집에 돌아가자마자 자기가 제일 좋아하는 물건을 집어 들었다.

"자!" 그는 흰색 분필로 흑판을 톡톡 두들겼다. "콰르텟 회의 제……."

"그리웠다, 진짜." 바비가 요란하게 한숨을 쉬었다. 스캔다르는 바비가 진심으로 하는 말인지 농담인지 구분이 안 갔다.

"아, 제 몇 회인지는 신경 쓰지 말고." 미첼이 안경을 치켜올리면서 말했다. "그 비밀들 다시 읽어 봐."

플로가 먼저 읽었다. "선물을 무덤에서 원소 교차점으로 가져가."

스캔다르도 읽었다. "최초의 라이더는 마지막 여왕의 **뼈**를 깎아 단장을 만들었다."

"알쏭달쏭한 헛소리일 뿐이야!" 바비가 침울한 목소리로 내뱉었다. "알 수 있는 거라곤 최초의 라이더가 뼈로 만든 무기가 단장이라는 것밖에 없잖아. 단장이라니! 그보다 더 빈약한 무기는 상상할 수도 없겠다."

"플로가 얻은 단서에 대해서는 네가 잘못 생각한 거야. 모이라가 비밀의 가치에 대해서 얼마나 알고 있었는지는 모르겠지만, 무기를 어디로 가져가야 하는지는 이 단서에 있어." 미첼이 말했다.

"어디? 원소 교차점이 뭔데?" 바비가 물었다.

"오," 플로가 숨을 몰아쉬었다. "디바이드!"

"단층선들이 만나는 곳!" 스캔다르도 흥분했다.

미첼은 흑판에 '디바이드'라고 썼다. "그리고 우린 이미 니나에게 하지까지 그 무기를 가져와야 한다는 말을 들었어."

"아!" 스캔다르는 뭔가 생각나서 펄쩍 뛰었다. "리케시 말이 맞았어."

"누구?" 바비가 물었다.

"리케시, 우리 송골매회 비행 중대장. 최초의 라이더와 그의 무덤 얘기를 한 적이 있어. 이제 우린 그 뼈를 깎아 만든 지팡이가 무덤 '안에' 있다는 걸 확실히 알 수 있어."

"하지만 무덤이 어디 있는지 모르잖아." 플로가 말했다.

"사실상 망했지." 바비가 빈정거렸다.

"그래도 오늘 아침에 비하면 조금 더 많은 걸 알게 된 거야." 플로는 언성을 높이지 않고 조용히 쏘아붙였다.

쾅!

나무 집 전체가 흔들렸다. 콰르텟은 제자리에서 몸뚱이가 번쩍 튀어

올랐지만 겁에 질려 밖에 나가 확인할 엄두를 내지는 못했다. 그나마 플로가 맨 먼저 창가로 뛰어가긴 했다.

"뭐 보여?" 스캔다르가 다급하게 물었다.

"리핑 랜드슬라이드(leaping landslide, 갑작스러운 산사태)!" 플로가 탄식하듯 내뱉고는 손으로 입을 가렸다.

"뭐야? 우린 안 보여!" 바비가 외쳤다.

"실버스트롱홀드 상공에 거대한 천둥번개가 일어났어. 아까 그 소리는 번개가 스피어를 내리치는 소리였나 봐." 플로가 멍한 목소리로 대꾸했다.

"스피어? 도서관이 있는 그 탑 말하는 거지?" 스캔다르는 무슨 말인지 이해하려 애쓰며 다시 물었다.

"응." 플로가 쐐기를 박았다. "이제 더는 탑도 뭐도 아니지만. 두 쪽으로 갈라져 버렸어."

***

스캔다르가 스카운드럴을 타고 그린들에게 합류한 몇 시간 후에도 스피어가 붕괴된 잔해에서 피어오르는 검은 연기는 실버스트롱홀드 상공을 뒤덮고 있었다. 그날 밤에는 물풍선 싸움이 있었다. 물풍선은 리케시가 축제에서 몰래 가져왔다. 그리고 애덜라가 엄마의 노점에서 '빌려 왔다는' 케이크도 너무너무 많았다. 달콤한 간식과 기분 좋은 흥분의 여파로, 펜과 프림은 내기를 벌였다. 얼어붙은 손의 펜은 프림에게 밤 11시에 오설리번 교관의 집 문을 노크하고 들키기 전에 빨리 도망치라고 했다. 프림은 즉시 완료했다. 그런 다음 프림은 펜에게 제일 먼저 그녀의 눈에 띄는 센티널의 가면을 훔쳐 오라고 했다. 펜의 일은 썩 잘 풀리지 않았다. 그나마 펜이 재빨리 줄행랑을 쳤기 때문에 심각한 상황은 피할 수 있었다.

어느 순간, 마커스와 패트릭이 새들 세리머니에서 발표되었던 진실의 노래를 스캔다르에게 큰 소리로 음정도 맞지 않게 불러 주려 했지만 리케시가 그들의 입을 다물게 했다. 스캔다르는 카오스 카드를 가져왔고 유일한 메인랜더로서 다른 아이들이 학교에서 카드 배틀을 할 때 구경했던 게임을 가르쳐 주었다. 물론, 메인랜드에서 살 때의 그는 그런 게임에 낄 수 있을 만큼 인기 있는 아이가 아니었다. 그는 누나하고만 게임을 했다. 앰버조차도 카드 배틀을 하고 싶어 했다. 그것조차도 스캔다르와 싸워 이기려는 속셈인가 싶었지만 말이다.

새벽 2시에 리케시는 선셋 플랫폼에서 잠을 잘 수 있게끔 담요들을 가져왔다. 30분도 안 되어 송골매회 일곱 명은 자기 유니콘의 옆구리에 기대어 잠이 들었다. 잠에 곯아떨어진 그들의 모습은 엘리트 비행 중대의 모습과는 딴판이었다. 그렇지만 여덟 번째 회원은 유니콘의 검은 날개 아래 몸을 꼭 붙이고 있었음에도 좀체 잠을 이룰 수 없었다.

스캔다르는 죄책감으로 속이 불편했다. 콰르텟이 그렇듯 그린들도 가족처럼 느껴지기 시작했다. 하지만 그들이 아빠를 대신할 수도, 케나를 대신할 수도 없었다. 누나가 너무 그리워서 마음이 아팠다. 그는 오직 케나가 유니콘을, 그리고 운명으로 정해진 삶을 누리기만을 원했다. 아빠와 케나도 아일랜드에서 함께 살 수 있기만을 바랐다. 케나도 틀림없는 송골매회일 것이다. 하지만 콰르텟이 뼈 단장을 빨리 찾지 못하면 —— 설령 스캔다르가 멘더로 밝혀진대도 —— 케나가 올 수 있는 아일랜드 자체가 없을 것이다. 시크릿 스와퍼들은 그들에게 충분한 정보를 주었는가? 스캔다르는 눈꺼풀이 무거워질 때까지 키워드들을 읊조렸다. '단장, 원소 교차점, 마지막 여왕의 뼈.' 지쳐 버린 마음속에서 비밀들이 진실의 노래의 곡조와 뒤섞였다. '유일한 희망, 무덤에서, 깎아 만들었다, 진정한 후계자, 단장.' 스캔다르는 마침내 잠이 들었고 자다 깨다 하면서 꿈을 꾸었다.

그는 몇 시간째 달리고 있었다. 다리가 아팠고 종아리에 피투성이 상처가 있었다. 어쩌다 생긴 상처일까? 잠깐, 뭔가가 잘못됐다.

그건 그의 다리가 아니었다.

그는 공포에 사로잡혔다. 손을 머리에 얹었다. 머리카락이 너무 길었다. 손도 그의 것이 아니었다! 그 자신이 아니었다! 봐야만 했다. 그는 누구인가? 누군가가 심장을 잡아당기는 것 같았다. 연. 스카운드럴이었다. 그의 정신, 그의 마음은 여전히 스캔다르였다. 하지만 이 몸은 누구의 것인가? 지금 누구의 처지에서 달리고 있는가? 난 누구지?

그러다 문득 낯선 몸에서 빠져나와 허공을 떠다니다가 낯선 이의 손을 잡고 땅으로 내려왔다. 아니, 낯선 이가 아니었다. 누나였다. 오랜만에 케나를 만나자 그의 가슴속에서 기쁨이 폭발적으로 치솟았다.

"케나!" 그는 반가움에 외쳤다. 하지만 케나는 반응하지 않았고 스캔다르 쪽으로 눈길조차 주지 않았다. 그녀는 피곤하고 겁에 질린 듯 보였다. 하지만 케나의 얼굴에는 그가 몇 년 동안 보지 못했던 뭔가가 더 있었다. 그건 희망이었다.

그들은 손을 잡고 달렸다. 그는 케나가 매처럼 뭔가를, 누군가를 필사적으로 찾는 모습을 지켜보았다. "여기가 어디야?" 그는 물었지만 케나는 여전히 그의 목소리를 듣지 못하고 그를 보지도 못했다.

그곳은 척박하고 황량했다. 색 없는 나무들이 썩어 가고 있었다. 그곳은 마게이트 같지 않았고 메인랜드에서 보았던 그 어떤 곳 같지도 않았다. 그는 전투가 할퀴고 간 여기저기 갈라진 평원을 내려다보았다. 황무지인가? 케나가…… 여기에?

심장에서 연의 잡아당김이 날카롭게 느껴졌다. 그는 거의 본능적으로 자기 가슴을 내려다보았고 처음으로 자신의 연을 눈으로 보았다. 흰색. 환한 빛. 그 빛이 황무지로 길게 뻗어 나가며 수 마일에 달하는 거리를 밝히고 있었다.

'스카운드럴?' 그는 그 빛나는 선을 손으로 만져 보았다.

그러자 양옆으로 황무지가 흐릿해졌고 그는 어느새 케나를 뒤로 한 채 그 길을 따라 달려가고 있었다. 어떤 뿌리 깊은 본능이 그에게 되돌아가지 말라고 했다. 지금은 아니야. ……를 찾고 싶다면 지금은 안 돼.

야생 유니콘이 달 앞에서 실루엣을 드러냈다. 얼룩무늬가 있는 회색 털가죽. 스캔다르의 꿈속 존재가 그 유니콘의 존재와 맞닥뜨렸을 때, 그는 그들이 전에 만난 적 있다는 것을 깨달았다. 이 유니콘은 몇 번이고 그를 찾아냈었다.

어디 있어? 어디 있지? 어디 있느냐고! 이 질문은 단어의 의미 그대로 유니콘이 있는 장소를 묻는 것이 아니라, 그 유니콘이 실제로 존재하는지를 묻는 것이었다. 스캔다르는 마치 케나의 몸을 가진 것처럼 그 유니콘의 몸에서 멀어지려 했지만 어느새 걸려들고 말았다.

그는 불현듯 그 야생 유니콘의 슬픔, 상실, 외로움 속으로, 누군가에 대한 끊임없는 그리움 속으로 빨려 들어갔다. 혼자만의 부화, 황무지에서 기다림으로 몇 달을 보냈던 망아지 시절, 혹시 몰라서 척박한 황무지를 내처 지켜보면서 보낸 나날들. 혹시 운명의 라이더가 찾아와 줄지도 몰라서.

'케나가 오기를 기다리는 거야.' 스캔다르는 필사적으로 자기 생각에 집중하려고 했다. 케나가 올 거야. 하지만 그가 자기 생각과 야생 유니콘의 생각을 분리하려고 애쓸수록 둘은 더 엉켜 버렸고 이제 자기 다리가 두 개인지 네 개인지, 날개가 있는지 팔이 있는지, 자기가 잃어버린 존재인지 찾고 있는 존재인지조차 알 수 없었다. 고통이 너무 컸다. 아프지 않은 데가 없었다.

"스캔다르! 일어나! 괜찮아?"

누군가가 그의 몸을 마구 흔들고 있었다. 스캔다르가 눈을 뜬 순간, 리케시의 걱정스러운 얼굴이 보였다. 그는 플랫폼에 누운 채 곧바로 아픔을 느꼈다. 머리가 너무 아팠다. 누군가가 그의 머리를 억지로 비틀어 열어젖힌 것 같았다.

스카운드럴이 옆머리로 계속 그를 밀었다. 그의 유니콘은 땀을 흘리면서 입으로 거품을 뿜고 있었다. 스카운드럴은 부드러운 코로 그의 머리 냄새를 맡고는 연기를 내뿜었다.

스캔다르는 기침을 했다. 검은 유니콘은 만족한 듯 벌떡 일어나 그를 자기 몸으로 보호했다.

"도대체 뭐였어? 너, 계속 괴상한 소리를 냈어. 네가 마치······ 야생 유니콘이 된 것 같더라고." 패트릭이 걱정스럽게 말했다.

"꿈을 좀 꿨나 봐, 스피릿 윌더." 앰버가 정곡을 찔렀다. 그사이 스캔다르의 머리가 차츰 맑아졌고 혹시 앰버가 자기 아버지에게서 멘더에 대한 얘기를 들은 게 아닌가 생각했다.

"너 괜찮아?" 리케시가 다시 물었다.

스캔다르는 천천히 제 발로 일어섰다. 정신이 없었지만 한 가지는 확신했다. 그건 평범한 꿈이 아니었다. 그와 스카운드럴은 그 꿈속에 '함께' 있었다. 그들의 꿈속 자아는 서로 위치가 바뀌어 있었다. 책방 주인 크레이그가 말해 주지 않았던가. 스캔다르도 아는 바에 따르면, 일반적인 꿈은 꿈꾸는 자를 죽이려 들지 않는다. 그러니까 결국 스캔다르가 멘더라는 암시인가? 스캔다르는 구체적인 희망을 느꼈다. 이게 멘더의 꿈이라면, 얼룩무늬 회색 유니콘은 케나와 맺어질 운명이 맞았다.

그린들이 새벽 여명 속에서 흩어질 때 스캔다르는 케나가 정말로 아일랜드에 와 있는 것 같은 기분을 떨치려 애썼다. 당연히, 케나는 여기 없었다. 꿈은 그저 케나에게 주어졌어야 했던 운명을 보여 주었을 뿐이다. 케나와 그녀의 유니콘이 마침내 함께할 빛나는 가능성을.

하지만 스캔다르가 멘더라면 그 꿈을 가능성 이상으로 만들 수 있을 것이다.

그 꿈을 실현할 수 있을 것이다.

케나

태풍의 눈

번개에는 냄새가 있다. 케나는 모든 폭풍을 압도하는 끝판왕 폭풍이 오기 전까지는 그걸 몰랐다. 그 폭풍이 몰아칠 때 케나는 에리카 에버하트의 편지를 — 마침내 모든 진실을 말하는 — 다시 읽으면서 하지를 향해 흐르는 시간을 걱정하지 않으려 애썼다. 스캔다르가 감추고 있었던 모든 비밀과 그중에서도 마지막 비밀이 얼마나 자신의 가슴을 찢어 놓았는지 생각하지 않으려 애썼다. 하지만 케나가 아일랜드에 있다는 사실을 스캔다르가 알게 된다면 어떻게 나올지 생각하지 않을 수 없었다.

그런 건 중요하지 않았다. 스캔다르가 한 말은 다 거짓이었다. 케나가 그에게 미안해할 이유는 없었다. 그러나 그녀의 가슴을 움켜잡은 그리움은 어쩔 수 없었다. 스캔다르의 일곱 번째 생일이 떠올랐다. 그 애는 케나가 간신히 구워 낸 유니콘 모양 케이크를 보고 두 눈이 동그래져서는 이 빠진 웃음을 지으며 그녀를 몇 번이고 끌어안았다. 유니콘 모양

케이크 틀을 살 돈을 모으느라 몇 주가 걸렸고, 완벽한 날개 모양을 내느라 며칠이나 한밤중에 몰래 연습을 해야 했다. 스캔다르가 촛불을 끄자 아빠가 서툴게 케이크를 잘라 첫 번째 조각을 아들에게 주었다. 케나는 스캔다르가 그때 쏟아지는 눈물을 훔치던 것을 기억했다. 그 애는 케이크를 잘라 먹기를 원치 않았다. 유니콘 모양 그대로 영원히 남기고 싶었던 것이다.

빠지직!

처음에는 왜 불꽃, 염소, 찬 공기의 냄새가 나는지 몰랐다. 위를 쳐다보고는 밤하늘의 은빛 번개가 탑 꼭대기를 가로지르는 것을 보았다. 이내 지붕이 떨어져 나가고 갈라지기 시작하더니 케나의 눈앞에 무수한 별들이 나타났다. 탑 전체가 삐걱거리고 무너지는 와중에, 케나는 자기가 갇혀 있는 감옥의 바닥을 내려다보았다. 바닥이 중앙에서 갈라지고 있었다.

탑 전체가 신음하고 천장과 바닥의 들쭉날쭉한 균열이 점점 크게 벌어지는 동안 공포가 충격을 따라잡았다. 방의 한쪽이 다른 쪽과 멀어지기 시작하자 그녀의 머리가 빙글빙글 돌았다. 바닥의 갈라진 틈으로 탑의 나선형 계단이 보였고, 그 순간 자유의 여지가 보였다. 무너져 내리는 탑의 소음 속에서, 불꽃 튀는 금속 조각들이 스쳐 지나가고 천장에서 잔해가 무너져 내릴 때 케나는 자신이 무엇을 해야 하는지 알았다. 그녀는 구조되기 위해 하지까지 기다릴 필요가 없었다. 다른 사람들에게 의지하는 것도 싫었다. 그녀는 자기 자신을 구할 것이다.

케나는 『스피릿의 책』을 겨드랑이에 끼고 바닥에 뚫린 구멍 가장자리에 걸터앉은 다음, 흔들리는 나선형 계단으로 뛰어내렸다. 날카로운 금속 조각이 종아리에 박히면서 엄청난 통증이 느껴졌지만 그녀는 이를 악물었다. 케나가 착지하는 순간, 번개가 그녀가 갇혀 있던 방의 돌바닥에 떨어졌다. 그녀가 조금 전까지 서 있었던 바로 그 자리에.

탑이 두 조각으로 갈라지기 시작했다. 귀청이 떨어질 것 같은 굉음이 울리면서 나선형 계단이 뒤틀렸다. 그녀는 자신의 두 발에 집중하고 자기 주변의 대학살과 멀리서 들리는 고함을 무시하려 애썼다. 그녀는 죽지 않을 것이다. 그녀의 유니콘을 갖기 전까지는. 그 목표에 이렇게 가까워진 지금은 죽을 수 없었다.

그러고 나서 그녀는 더 큰 혼란에 빠져들었다. 은빛 가면을 쓴 경비병들이 탑을 향해 몰려오고 있었다. 유니콘들은 울부짖고 라이더들은 고함을 질렀다. 하지만 케나는 방패들로 이루어진 벽에 도착할 때까지 달리고 또 달렸다. 혹은, 적어도 방패 벽이 있었던 자리라고 해야 할까. 번개 폭풍의 파괴력을 견디기에는 역부족이었기에, 방패의 상당수는 휘어지거나 빠져 버렸다.

케나는 벌어진 틈으로 빠져나갔다. 방패 벽의 흔들림이나 눈에 띄는 낌새는 없었다. 그렇게 해서 기대했던 것보다 훨씬 일찍 도리언 매닝의 손아귀에서 빠져나갔다.

처음에는, 오랫동안 탑에만 갇혀 있다가 밖으로 나가니 날아갈 것 같았다. 그녀는 최대한 스트롱홀드에서 먼 곳까지 가기 위해 계속 달렸지만 금세 주위가 어두워졌다. 배가 고프고, 춥고, 겁이 났다. 그녀는 어디가 어딘지 전혀 몰랐다. 자기 얼굴 바로 앞의 손도 잘 안 보였다. 학교에 신고 다니는 검은색 구두 밑의 땅은 울퉁불퉁했다. 일전에 이야기 들은 대로 스트롱홀드에 남아서 기다렸어야 했나? 어쩌면 그녀가 모든 것을 망쳐 버렸는지도?

고막을 찢을 것 같은 울음소리가 어디선가 들려왔다. 케나는 본능적으로 바닥에 몸을 웅크렸다. 야생 유니콘들이었다. 종아리에서 흐르는 피 냄새에 생각이 미치자 섬뜩했다. 야생 유니콘들이 피 냄새를 맡은 걸까? 발굽 소리가 우렁차게 울리자 케나는 몸이 떨리기 시작했다. 그녀는 귀를 틀어막고 충격에 대비했다.

아무 일도 일어나지 않았다. 그 대신, 그녀의 머리 위에서 요란한 콧소리가 났다. 그다음에는 날카로운 울음소리가 났다. 케나는 한쪽 눈을 떴다. 어슴푸레한 달빛을 받아 얼룩 무늬 회색 유니콘이 빛나고 있었다. 밤하늘을 배경으로 솟아 있는 유니콘의 투명 뿔은 별에 걸려 있는 것 같았다. 야생 유니콘이 코로 그녀의 어깨를 문지르자 케나는 비명을 지를 뻔했고, 살 썩는 냄새가 진동했다. 하지만 그 유니콘은 날개를 흔들며 케나를 지나쳐 앞서갔다. 케나가 따라가지 않았더니 야생 유니콘이 뒤를 돌아보았다.

케나는 한없이 혼란스러웠다. 왜 날 잡아먹지 않았을까? 야생 유니콘을 만나면 죽은 목숨 아니었나?

"내가 널 따라가기를 바라?" 케나가 속삭였더니 유니콘은 달을 바라보며 날카롭게 끼익 울음을 울었다.

그리하여 메인랜드 출신의 좌절에 빠진 소녀는 황무지에서 온 외로운 유니콘을 따라갔다. 그들은 계속 걸어가 꼭대기에 앙상한 나무들이 서 있는 황량하고 작은 언덕에 도착했다. 뼈처럼 헐벗은 나뭇가지에 등불이 매달려 있었고, 저음의 목소리들이 들려왔다.

케나가 놀라서 야생 유니콘에게 말했다. "네가 날 다른 사람들이 있는 곳으로 데려왔구나! 내가 곤궁에 빠진 걸 알고⋯⋯."

그녀가 말을 멈추었다. 혹시 이 야생 유니콘이 그녀의 운명일지도? 그녀는 피 맺힌 상처와 긁히고 상한 가죽을 무시하고 얼룩무늬가 있는 목으로 손을 뻗었다. 결국 도리언 매닝이 해야 했던 일은 몇 달 동안 야생 유니콘을 찾아다니는 것이 아니라 그녀에게 도움을 청하는 것이었다.

하지만 그녀의 손가락이 헝클어진 털가죽에 닿기도 전에 또 다른 유니콘이 나무 틈에서 나타났다. 그 유니콘의 등에는 라이더가 타고 있었다. 달빛에 빛나는 허깨비 같은 뿔을 보니 그 유니콘도 야생이었다. 그들의 형체가 환한 곳으로 나왔을 때 케나는 라이더의 검은 수의와 머리 꼭대기에서 턱끝까지 가로지르는 흰색 줄무늬를 알아보았다. 라이더의 얼굴이 얼룩무늬 회색 유니콘을 본 순간 분노로 일그러졌다. 그는 손바닥을 하얗게 빛내고는 순수한 힘의 공을 야생 유니콘의 썩어 가는 옆구리를 향해 날렸다.

"안 돼요!" 케나가 소리쳤다. "당신은 몰라요. 얘는 나와 운명 지어진……."

"그 유니콘은 너와 운명 지어지지 않았어." 라이더는 이렇게 쏘아붙이고 또 다른 빛을 발사했다.

케나가 무슨 말을 더 하기도 전에—그 야생 유니콘이 자기를 발견하고 구해 줬다고 소리치기도 전에—회색 야생 유니콘은 날카롭게 울부짖고는 너덜너덜한 회색 날개를 펴고 어둠 속으로 질주했다. 이미 눈물을 줄줄 흘리고 있던 케나는 무릎을 꿇고 입을 벌린 채 소리 없이 절규했다. 이제 막 만났지만 원래부터 알고 있었던 것 같은 그 유니콘이 벌써 그리웠다.

그 후 한마디가 모든 것을 바꾸었다.

"딸아."

라이더가 야생 유니콘의 등에서 내려왔다. "일찍 왔구나."

케나의 엄마가 그녀를 땅에서 일으켜 세우고는 숨이 막히도록 꼭 끌어안았다. 그러자 갑자기 다른 것은 아무것도 중요하지 않은 것 같았다.

15장

토너먼트

미첼, 바비, 플로는 스캔다르의 멘더 꿈에 기겁하면서도 매료되었다. 스캔다르는 자기가 느꼈던 고통은, 그리고 리케시가 깨워 주지 않았다면 무슨 일이 일어났을지는 가볍게 넘겼다. 그 대신 얼룩무늬 회색 유니콘에 대한 이야기에 집중했다. 친구들은 케나가 아일랜드에 있을 리 없다는 데 동의했고 그렇지만 한두 달 안에 마상 시합이 끝나고 케나를 만나게 되거든 온전한 진실을 털어놓아야 한다고 했다. 그러고 나면 그들 모두 함께 야생 유니콘을 찾기 위해 노력할 수 있을 것이다. 그때까지 아일랜드가 남아 있다면 말이다.

그 후 몇 달은 콰르텟에게 끔찍했다. 낮에는 네슬링 마상 시합 훈련에 몰두하면서 가장 효율적인 무기를 만들고, 상대의 공격에 좀 더 빨리 반응하고, 자신의 유니콘을 최적 상태로 만들기 위해 애썼다. 플로에게 스피어의 붕괴는 추후 통지가 있을 때까지 실버 서클 모임이 없다는 것을 의미했고, 그녀는 동료 실버들의 도움 없이 블레이드의 힘을 제어하기 위해 각별히 노력해야 했다. 3월에 콰르텟은 카오스컵 예선을 보러 가지 않았고 스캔다르는 자기 훈련에 집중하기도 바빠서 아빠가 보낸 생일 카드가 보름이 지나서 도착했을 때까지 자신의 열다섯 번째 생일도 까맣게 잊고 있었다.

하지만 훈련은 사정의 절반에 불과했다. 야생 유니콘 살해가 멈추었다지만 원소 파괴는 밤낮으로 이어졌다. 저녁이면 콰르텟은 미첼의 흑판 앞에, 혹은 이어리의 네 원소 도서관에서 빌려 온 책 더미 앞에 모여서 최초의 라이더의 무덤에 대한 단서를 찾는 데 골몰했다. 스캔다르는 먼지 쌓인 벽돌책에 집중해 보려 했지만 마음이 잡히지 않을 때가 많았다. 그는 아빠와 케나를 계속 종이쪽지에 스케치하면서 누나에게 그녀의 참된 운명에 대해서…… 그리고 에리카 에버하트에 대해서 알려 주는 상상을 했다. 그는 이제 멘더 꿈을 시도하지 않았다. 케나가 아일랜드에 올 때도 아닌 이상, 꿈에 대한 훈련 없이 위험을 무릅쓰고 싶지 않았다. 그는 케나가 도착하면 어느 야생 유니콘을 찾아야 하는지 이미 알고 있었다.

하지만 5월의 공기 축제까지, 콰르텟은 필사적 노력에도 불구하고 최초의 라이더의 무덤을 찾는 데 아무런 진전이 없었다. 그걸로는 스트레스가 부족하다는 듯이 스캔다르와 애거서는 몇 주째 똑같은 논쟁에 매달리고 있었다. 그 의견 차이도 그가 애거서에게 멘더 꿈에 대해서 말하지 않은 이유의 일부였다. 애거서가 너무 화가 나서 토너먼트가 끝난 후 케나와 그녀의 유니콘을 결합하는 것을 도와주지 않을까 봐 두려웠다. 그리고 연을 수선하는 데 성공하더라도 케나가 불법 스피릿 윌더가 된다는 점에 애거서가 집착할까 봐 두려웠다. 진짜로 솔직하게는, 애거서가 그에게 더 기다렸다가 케나와 그녀의 유니콘을 연결하라고 할까 봐 두려웠다. 그건 스캔다르가 원하는 바가 아니었다.

"스캔다르, 정말 진지하게 말하는 거야. 스피릿 원소를 쓰지 않으면 넌 토너먼트를 통과하지 못할 위험이 있어." 애거서가 들판을 가로질러 가서 표적을 세운 후 성큼성큼 돌아오면서 말했다.

"제 말은, 스피릿 원소를 사용하는 게 더 위험하다는 거잖아요. 행여 빙의가 돼서 유니콘을 죽이기라도 하면 어쩌라고요? 스피릿이 죽음의 원소라는 걸 잊었나요? 그랬다가는 영원히 갇혀 살게 될 거예요. 그렇게까지 할 필요는 없어요. 제 순위는 그렇게 낮지 않아요!" 스캔다르는 스피릿 활이 있어야 할 자리를 느끼면서 활을 소환했다. 비록 활의 빛나는 광채가 완전히 다른 차원에서 온 것이긴 하지만, 그것이 존재한다고 믿으면서 말이다.

"하지만 핸더슨 걔가 얼마나 정확할까? 긴장도 계산에 넣었을까? 군중이 있는 상황은 다르다는 점도? 만약 네가 계속 센 상대들을 만나면 어떻게 되는 건데? 내가 널 몇 달간 훈련시킨 건 그저 재미 삼아 한 일은 아니었다는 걸 너도 알잖아."

스캔다르는 세 손가락으로 신중하게 활시위를 느끼면서 다른 쪽 손으로 허깨비 같은 하얀빛의 화살을 형성했다. 그러고는 공중에서 그 화살을 잡았다. "전 몰라요, 됐어요? 어쨌든 도리언 매닝에게 뭔가 구실을 주면 절 이어리에서 쫓아낼 거라는 건 확실해요. 카자마 사령관이 하는 말 들었잖아요."

"사령관은 매닝에게 일침을 놓았어. 사령관은 네 편이라고."

스캔다르가 인상을 찡그렸다. "사령관은 저에게 마지막 기회라고 했어요. 그리고 도리언 매닝은 절 싫어하죠. 뭔가 개인적인 이유로요. 니나는 그에게 판단이 흐려진 것 같다고 했어요. 그때 이름이 나온 '레베카'라는 여자는 누구예요?"

애거서가 갑자기 괴로운 표정을 지었다. 그녀는 스캔다르에게서 돌아서면서 목소리를 가다듬고 대답했다. "레베카는 불 윌더였어. 도리언 매닝의 아내이기도 했고."

"과거형이네요?"

"레베카의 유니콘 클라우드블레이저(Cloud Blazer, 구름 블레이저)는 '푸른 24' 중 한 마리였지. 그리고 레베카는…… 그 상실감이 너무 깊어서 먹지도 못하고 자지도 못하다가 1년도 안 되어 죽었어." 스피릿 교관의 하얀 망토가 바람에 나부꼈다.

스캔다르는 속이 뒤틀렸다. 엄마는 클라우드블레이저와 레베카의 죽음에 책임이 있었다. 도리언 매닝이 스피릿 윌더들을 증오할 만도 했다.

애거서가 그를 향해 돌아서면서 교관의 모습으로 돌변했다. "화살 발사!"

스캔다르는 스피릿 화살을 쏘아 50미터 전방의 목표물을 명중시켰다.

애거서가 변이가 있는 뺨을 강박적으로 문질렀다. 스캔다르는 이모가 자신에게 특별히 실망했을 때 습관적으로 그런다는 것을 알아차렸다. "봐!" 애거서는 표적을 가리키면서 외쳤다. "넌 스피릿 무기에 사실 꽤 능숙해. 다른 많은 것과 달리 그건 그냥 자연스럽게 너한테 오거든. 이를테면 생존 본능처럼 자동으로 되는 거야."

스캔다르는 눈알을 굴렸다. 그런 습관은 어느 정도 바비를 보고 배운 것이었다.

"넌 심지어 기본 무기 형태들의 환상을 불러일으키는 기술까지 터득했어. 네가 그걸 쓰기만 하면 토너먼트에서 전승을 할……."

"제게 필요한 건 토너먼트 전승이 아니에요. 최하위 6명에만 들지 않으면 돼요. 그게 다예요." 스캔다르가 합리적으로 말했다.

애거서는 자기 마음을 가라앉히려는 듯 스카운드럴의 하얀 무늬를 쓰다듬었다. "그래, 무슨 말인지 이해해. 하지만 나에게 약속해 다오. 결정적 대전에서 실력자를 만나거든—네가 알기에 널 무찌르고도 남을 사람을 만나거든—그때는 꼭 스피릿 원소를 쓰겠다고."

스캔다르가 침을 삼켰다.

"네가 스피릿을 썼다는 이유로 쫓아내진 못해." 애거서가 덧붙였다. "그게 네가 작년에 맥그래스와 합의한 내용이잖아. 맞지?"

스캔다르는 어깨를 으쓱해 보였다.

"맞지?" 애거서가 더욱 힘주어 말했다. "네가 만약 최하위가 되면 넌 확실히 이어리에서 나가야 한다고!"

스캔다르는 결국 항복했다. "알았어요. 약속할게요. 내가 질 것 같고 생각되면 스피릿을 사용할게요." 그는 잠시 말을 멈추었다가 물의 축제 이후로 내처 마음에 담고 있던 질문을 던지기로 마음먹었다. "애거서?"

"에버하트 교관이라고 불러야 하지 않을까?"

"아, 에, 죄송합니다. 정말로 하지 이후 아일랜드가 사람이 살 수 없는 곳이 될까요? 위버는 어떻게 할 것 같아요?"

애거서는 얼어붙었다. 스캔다르는 애거서가 이 문제를 한 번도 생각해 보지 않았다는 것을 알 수 있었다.

"전 그냥 메인랜드가 걱정돼서요." 스캔다르가 재빨리 덧붙였다. 엄밀히 말해 그건 사실이 아니었지만 말이다.

애거서의 눈빛이 공허해졌다. "에리카는 틀림없이 혼돈을 이기고 살아남을 테지. 어쩌면 그 사태를 자기에게 유리하게 이용할지도. 에리카를 제압하려면 아일랜드의 파괴 이상의 것이 필요해."

스캔다르는 애거서의 목소리에 담긴 감정을 정확히 알 수는 없었지만 그건 마치…… 자부심처럼 느껴지기도 했다.

그날 저녁, 스캔다르가 나무 집에 돌아와 보니 제이미와 미첼이 진실의 노래에 대한 책을 함께 읽고 있었다. 진실의 노래에 대한 불 월터의 견해가 180도 바뀌었다. 스캔다르는 제이미가 미첼이 음유시인의 모든 예언을 수용하는 걸 보고 참 좋아하겠구나 싶었다. 그리고 제이미가 가업을 물려받는 것을 평생 거부해 왔다는 사실을 미첼에게 은근하게 상기시켜야 하는가 하는 생각도 들었다. 지금은 모두가 진실의 노래에 대해서 이야기하고 있지만 말이다. 최초의 라이더의 전설 속 선물이 없으면 아일랜드는 치유되지 않을 거라는 소식이 이어리까지 퍼졌는지 흔들다리, 트로프, 마구간 주위 등등 어디서나 스캔다르는 최초의 라이더가 그 무기를 어디에 숨겼을까를 두고 오가는 대화를 들을 수 있었다. 그래서 적어도 스캔다르에 대한 관심은 그만큼 줄어든 듯 보였다.

스캔다르가 파란색 빈백에 주저앉았다. "뭐라도 건졌어?"

제이미가 한숨을 쉬었다. "전혀. 우리 엄마하고 친한 아주 나이 많은 음유시인이 어젯밤에 그분의 진실의 노래를 불렀어. 모두가 아일랜드를 회복할 방법에 대해서 뭔가 더 알게 되지나 않을까 엄청 기대를 했지."

"그런데?"

"솔직히 말해, 뭔 소린지 하나도 모르겠더라고." 제이미가 어깨를 으쓱했다. "창(spears)과 가족의 유대(ties)를 깨뜨렸다는 둥, 아니 매듭

(ties)과 가족의 두려움(fears)*을 깨뜨렸댔나?"

"창을 깨뜨렸다는 건 실버스트롱홀드의 스피어 얘기일 수도." 미첼이 여전히 『진실의 노래 비극』에 얼굴을 처박은 채 중얼거렸다.

"하여간, 너무 난해해서 쓸모가 없었어." 제이미는 빈백에서 몸을 비틀어 스캔다르 쪽을 바라보았다.

"갑옷은 어때? 토너먼트 이전에 스카운드럴에게 새로운 가슴받이를 만들어 줄 거야. 몇 주밖에 안 남은 거, 나도 알아. 하지만 지금 가장자리가 덜 부서지게 하는 새로운 기술을 시험 중인데……." 그러고 나서 제이미는 신기술에 대한 열정을 토로했다. 그의 열정은 블레이드의 갑옷만큼이나 밝게 빛났다. 미첼조차도 읽고 있던 책에서 고개를 들었다. 실제로 들어 본 적도 없는 기술에 대한 얘기였다.

나중에 스캔다르는 아빠에게 보내는 편지를 캡슐에 넣으려고 우편함 나무에 들렀다. 그는 멘더 꿈 이후로 세 번 편지를 보냈는데 답장은 뒤늦게 도착한 생일 카드뿐이었다. 스캔다르는 아빠와 케나가 토너먼트를 보러 오는지 꼭 확인하고 싶었다. 그가 아무것도 빠뜨리지 않고, 심지어 위버에 대해서까지 전부 털어놓으면 아빠와 누나가 어떻게 나올지 두려웠다. 하지만 그는 마땅히 그래야 한다는 것을 알고 있었다.

우편함 나무들 쪽은 어두컴컴했다. 스캔다르는 캡슐을 넣을 자리를 확인하기 위해 고리에 매달려 있던 랜턴을 풀어야 했다. 뚜껑을 비틀어 열고 편지를 집어넣는데 공간이 충분치 않다는 것을 알았다. 이게 웬일인가 싶어 캡슐을 흔들었더니 편지들이 뭉텅이로 떨어졌다. 그는 어둠 속에서 눈을 가늘게 뜨고 편지들이 돌아와 있다는 것을 확인했다.

---

* 발음의 유사성을 이용한 언어유희_옮긴이 주

아빠에게 보냈던 편지들이! 아빠가 답장이 없었던 것도 당연했다. 편지 봉투를 가까이 들여다보고 주소 위에 전부 빨간 스탬프가 찍혀 있는 것을 보았다.

라이더 연락 사무소:
발송 불가

그 편지들은 아일랜드를 떠나지도 않았던 것이다.

시간이 어떻게 흘렀는지도 모르게 네슬링 마상 시합 날이 왔다. 토너먼트를 앞둔 몇 주 동안, 바비는 흥분에 들떴고 나머지 라이더들은 마음을 졸였다. 바비가 연초에 잠시 어울려 지냈던 찰리가 토너먼트를 이틀 앞두고 노매드 판정을 받은 것도 안타까운 일이었다. 찰리는 몇 달째 훈련에서 형편없는 성적을 보였으므로 교관들은 토너먼트까지 갈 필요도 없다고 생각한 것이 분명했다. 스캔다르는 작년에 앨버트가 노매드 판정을 받았을 때 도저히 그 광경을 볼 자신이 없어서 보러 가지도 않았다. 하지만 이번에는 찰리와 힌터랜드마그마에게 작별 인사를 하기 위해, 그의 흙 핀이 깨지는 광경을 보기 위해 다른 네슬링들과 함께 노매드 나무가 있는 곳으로 갔다. 깨진 핀의 한 조각은 노매드 나무 껍질에 망치로 박혔고 나머지 조각들은 마리암과 에이제이에게 주어졌다. 이제 그 콰르텟은 두 명밖에 남지 않은 것이다.

이틀 후, 스카운드럴은 무장을 갖춘 다른 서른다섯 마리 유니콘들과 함께 포포인트 주경기장 뒤편 카오스 복합구역에 모였다. 라이더들은 유니콘들을 빽빽한 원형 대열로 세웠다. 5월의 햇살이 갑옷에 반사되었고 옆구리, 갈기, 꼬리에서 원소들이 지직거렸다. 이제 몇 시간 동안은 이곳이 네슬링들의 기지가 될 터였다. 그들이 다음 시합을 초조하게 기다리는 대기 장소 말이다. 스캔다르는 그곳에서도 경기장이 관중으로 가득 차기 시작하는 것을 알 수 있었다. 스탠드에서 자기 좌석을 찾는 사람들의 발소리가 메아리치고 있었으니까.

그는 아빠와 케나가 도착하는 상상을 했다. 라이더 연락 사무소는 편지가 발송되지 않은 이유를 알려 주지 않았지만 마게이트에 사는 스미스 가족이 네슬링 마상 시합에 공식 초대를 받았다는 사실만은 확인해 주었다. 그렇게 확인을 받고 나니 긴장이 좀 풀렸다. 아빠와 누나를 실제로 만나게 됐는데 그런 편지가 무슨 상관이 있을까? 숨을 쉴 때마다 신경이 날카로워졌다. 토너먼트 때문만은 아니었다. 바야흐로 가족에게 진실을 털어놓을 참이었으니까.

제이미는 대장간의 연장자들과 함께 도착해서 스카운드럴의 갑옷을 점검하기 시작했다. 그는 스캔다르 못지않게 불안해 보였다. 만약 스캔다르가 노매드가 된다면 제이미도 직업을 잃는 것이다.

새들러들도 자기네 라이더 주위에서 북적거렸다. 이미 이어리에서 스카운드럴의 안장을 점검한 플로의 아버지 역시 이곳에 왔다. 올루는 스캔다르에게 셰코니 새들스의 모든 일원이 관중석에서 응원할 거라면서 그를 진정시키려 했다. 하지만 도움은 안 됐다.

"세상에, 사방에 센티널들이 널렸네." 플로가 말했다. 그녀와 블레이드의 갑옷이 어찌나 눈부신지 똑바로 바라보기도 힘들었다.

레드도 그들 곁에 합류했지만 미첼은 고개도 들지 않고 말했다. 그는 기록을 확인하기에 바빴다. "하지가 다가오니 니나가 걱정이 많았나봐. 내 말은, 그래서 메인랜더들을 오지 못하게 한 게 아니겠냐는 거지! 이 정도면 극약 처방인데."

"뭐? 메인랜더들을 오지 못하게 했다니?" 스캔다르가 미첼을 빤히 바라보았다.

미첼은 당황해하면서 겨우 얼굴을 들었다. "플레이밍 파이어볼! 난 네가 아는 줄 알았지."

플로가 잠깐 눈을 감고 숨을 크게 들이마셨다. "스카, 간밤에 미러클 리프의 두 곳이 붕괴됐어. 아빠가 그러는데 니나는 진즉부터 안전을 이유로 올해는 메인랜더 가족 초대를 생략할까 생각 중이었는데 이 일 때문에 마음을 굳혔대."

"하지만…… 어떻게 그럴 수 있어. 난 만나야 하는데……. 그건……." 스캔다르는 입술을 깨물었지만 뜨거운 눈물이 뺨을 타고 흘러내렸다. 케나가 아일랜드에 와야만 했다. 그가 멘더라고 해도 케나가 여기 없으면 아무것도 할 수 없다. 그는 너무 실망해서 안장 위에 똑바로 앉아 있는 것조차 힘들었다.

"니나가 가족을 초대하는 자리를 따로 만들 거라 생각해, 스카." 플로의 목소리에는 염려가 가득했다.

미첼이 고개를 끄덕였다. "그렇고말고."

하지만 스캔다르는 '그것도 아일랜드가 남아 있어야 가능한 얘기지.'라는 생각만 들었다.

땅에 박아 놓은 나무 게시판 옆에서 소동이 일어났다. 스캔다르는 바비와 팔콘이 그쪽으로 쏜살같이 달려가는 것을 보았다.

"조 편성 떴다!" 제이미는 조 편성에서 스캔다르가 누구와 맞붙는지 보려고 라이더 무리를 헤치고 앞으로 달려 나갔다. 첫 라운드 순위가 토너먼트 대결 상대를 결정했다. 가장 순위가 높은 라이더들이 가장 순위가 낮은 라이더들과 붙는다. 실력 있는 라이더들이 자기네끼리 싸우다가 조기 탈락하는 경우를 막기 위한 가장 공정한 방식이었다.

제이미는 인상을 쓰면서 스캔다르에게 뛰어왔다. "거짓말 아니다, 스캔다르. 너희 조 장난 아니야. 앰버와 월윈드시프, 파루크와 톡식타임, 니암과 스노스위머가 다 너랑 같은 조야!"

군중이 박수를 치기 시작했다. 스캔다르는 네 명의 심판이 경기장에서 각자 자기 위치를 찾는 것을 보았다. 콰르텟의 나머지 친구들은 카오스 복합구역 출구로 이동했다. 스카운드럴이 그들을 따라가며 히힝 울었다. 하지만 제이미가 다시 스카운드럴을 붙잡았다.

"스피릿 원소를 써야 해."

"제이미! 너까지 이러냐. 너무 위험하다는 거 알잖아."

제이미는 고개를 저었다. "스캔다르, 그게 진짜 너야. 그게 진짜 스카운드럴이고. 실버 서클은 두려움을 이용해 너를 휘어잡고 있지만 너는 그들에게 맞서야 해. 용기를 내야 해."

"스카운드럴을 잃을 순 없어." 스캔다르는 자기 유니콘과 떨어지지 않기 위해서 그러는 것처럼 스카운드럴의 갈기를 움켜잡고 비틀었다. "그보다는 차라리 노매드 판정을 받는 편이 나아."

"아니, 노매드가 되는 것도 안 돼." 제이미는 심각했다. "넌 이어리에 남아야 해. 훈련을 해야지. 배워야 할 것 아냐."

"무엇을 위해? 그러면 내가 카오스컵 우승을 할 수 있어?" 스캔다르는 믿음이 안 간다는 듯 대꾸했다.

"누가 그걸 신경 써?" 제이미는 실망한 듯했다. "스피릿 윌더들이 다시 해처리에 가야 하잖아. 아일랜드를 회복해야 할 것 아냐. 그 뼈를 깎아 만든 지팡이 얘기가 아니야. 아일랜드는 중심이 썩었어. 스피릿 월더에 대한 편견 때문에 10여 년 동안 유니콘들이 야생에서 부화해야만 했잖아. 더는 그러면 안 돼. 너에게 달렸어, 스캔다르. 안됐지만 사실이 그래."

"난, 난⋯⋯." 스캔다르가 말을 더듬거렸다. 제이미가 이런 말을 하는 건 처음이었다.

"연을 놓친 스피릿 월더들을 위해 힘을 내, 스캔다르. 너의 누나를 위해서, 마땅히 라이더가 되어야 했는데 그러지 못한 모든 메인랜더와 아일랜더를 위해서. 그들을 위해 싸우는 사람은 너 하나뿐이야. 도리언 매닝이 이기게 놔두면, 네가 두려움에 못 이겨 실버 서클에게 복종한다면⋯⋯."

"마지막으로 알린다, 3조 출두!" 오설리번 교관의 음성이 확성기에서 울려 퍼졌다.

스캔다르는 고삐를 잡았다. "나 이제 나가야 해."

"옳은 일을 해!" 제이미가 그의 등 뒤에 대고 외쳤다.

하지만 스캔다르는 그 옳은 일이라는 게 무엇인지 더는 확신할 수 없었다.

───────

30분 후, 상황은 썩 좋지 않았다. 스캔다르를 응원하는 셰코니 새들스 식구들은 앰버가 무시무시한 전기 곤봉으로 스캔다르를 안장에서 확실히 떨어뜨리자 움찔했다. 마리암과 올드스타라이트는 스캔다르가 소환한 넓적한 불의 검이 형체를 완전히 잃었을 때 측면을 공격해서 그를 해치웠다. 경기를 보러 온 송골매회 친구들은 머리사와 데모닉님프가 거대한 얼음 창으로 그를 스카운드럴의 등에서 떨어뜨렸을 때 차마 그 꼴을 보지 못하고 눈을 가렸다. 하지만 그건 3패에 불과했다. 스캔다르는 8연패를 기록했다. 8번 경기를 해서 8번 다 진 것이다. 스캔다르 본인에게도 역대 최악이었다. 군중이나 순찰을 도는 센티널 때문에 긴장을 했는지, 아빠와 케나가 오지 못해 심란한 탓인지는 모르지만 그는 3조 최하위였다. 세코니 안장 덕분에 모든 경기에서 낙마하지는 않았지만 그래도 네슬링 전체 꼴찌였다. 그는 경기장을 나가면서 관중석에서 두 손으로 머리를 잡고 있는 애거서를 언뜻 보았다.

본격적으로 토너먼트가 시작되어 각 조의 최하위 두 명은 32강에 올라가기 위한 예선을 치르게 됐다. 스캔다르는 마테오를 이겼지만 그건 경기가 시작되자마자 헬스다이아몬드가 뒷발로 일어서는 바람에 마테오가 안장에서 떨어졌기 때문이다. 그래도 스캔다르는 여전히 최하위권이었고 다음 경기를 이기지 못하면 탈락과 동시에 노매드 확정이었다. 그는 이제 스피릿 원소를 쓴다고 해도 이길 수 있을지 자신이 없었다.

스캔다르, 미첼, 플로가 32강의 대전 상대가 정해지기를 기다리고 있을 때 어떤 목소리가 카오스 복합구역의 웅성대는 소음을 채찍처럼 가르고 울려 퍼졌다.

"내 아들이 스피릿 윌더 따위와 어울리는 수치스러운 꼴은 볼 수 없다!"

스캔다르가 무슨 일인지 깨닫기도 전에 아이라 핸더슨이 레드의 뿔 옆으로 불쑥 나타나 미첼이 쥐고 있던 고삐를 잡아챘다. 그가 레드를 스카운드럴에게서 떼어 놓으려 할 때 그의 땋은 머리채 속에서 머리카락 한 가닥이 시퍼렇게 번득거렸다.

"어!" 스캔다르는 외마디 비명을 질렀고 플로는 소리쳤다. "핸더슨 씨!"

하지만 미첼은 바로 유니콘의 등에서 내려와 레드를 자기 쪽으로 이

동시켰다.

"레드를 건드리지 마세요." 미첼은 목소리가 떨렸지만 분명하게 말했다. "그리고 그 스피릿 월더가 저한테는 가장 친한 친구입니다만."

"조별 경기를 잘 치렀다고 축하해 주러 왔더니 이딴 꼴이나 보여? 내가 생각했던 내 아들은 이렇지 않다." 아이라는 아무 감정 없이 침착하게 말했다. "넌 절대 사령관이 되지 못할 게다."

하지만 이번만은 미첼도 지지 않았다. "옳은 말씀이세요. 저는 그런 아들이 아닙니다. 아버지가 생각했던 그런 아들, 아니면 아버지가 갖고 싶었던 아들이 아니에요. 저는 완전히 다른 사람이에요. 사령관이 되기 위해 일생을 바칠 마음은 추호도 없어요. 예측하기 어렵지만 아름다운 유형의 마법에 매료되기 시작한 사람이랄까요. 싸우는 유형의 마법만 있는 건 아니죠."

"진실의 노래를 말하는 거라면……." 아이라가 입을 열었다.

하지만 미첼이 그 말을 중간에 끊었다.

"제가 어떤 사람이고 무엇을 해야 하는지를 아버지 관점에서만 생각하지 않으신다면 제가 사실은 굉장히 훌륭한 사람이라는 걸 알게 되실 텐데요. 우리가 좀 훌륭하거든요." 미첼은 레드에게 눈길을 주었다. "그리고 스피릿 월더와 저는 한 해 내내 소중한 아일랜드를 구할 방법을 궁리해 왔어요. 아버지가 언젠가 아들이 사령관이 되기를 바라는 아일랜드를요. 그러니 아마……." 미첼의 목소리가 높아졌다. "진짜 문제는 아버지일 거예요."

아이라는 대꾸하지 않았다. 하지만 그가 뒤돌아서자마자 레드는 방귀를 뀌고── 스캔다르는 그렇게 길고 우렁찬 방귀 소리는 처음 들었다──아이라의 얼굴을 똑바로 보면서 발굽으로 불을 붙여 응수했다. 방귀에 붉은 불은 그 어느 때보다 크고 환했다. 플로와 스캔다르가 큰 소리로 환호했다. 아이라 핸더슨은 성난 얼굴로 자기 입과 코를 틀어막고 부리나케 구역을 빠져나갔다. 미첼은 아버지가 멀어져 가는 모습을 보면서 사시나무 떨듯 떨었다.

"와, 이게 실화야? 이건 바비 식으로 말하면……." 플로가 내뱉었다.

"님 좀 짱인 듯." 플로와 스캔다르가 동시에 외쳤다.

미첼이 힘없이 미소 지었다. 레드는 히힝히힝 울면서 자축의 의미로 재를 트림으로 뿜어 댔다. 스카운드럴도 기분 좋은 울음소리로 화답했다.

그 순간도 잠깐, 이내 누군가가 외쳤다. "결과 나왔다! 결과!"

스캔다르는 다른 사람들처럼 유니콘에서 내려 게시판을 확인할 엄두가 나지 않았다. 미첼이 보고서 그에게 말해 주었다.

"스캔다르." 그의 눈이 휘둥그레져 있었다. "네 상대가 된 사람이……."

"나야." 바비가 유니콘을 탄 채로 말했다. 바비가 투구를 쓰고 있었기 때문에 스캔다르는 그녀의 표정을 볼 수 없었다.

"네가 스캔다르한테는 져 줘야 해." 미첼이 말했다.

"미첼, 바비에게 어떻게 그런 말을 해! 그건 공정하지 않아!" 플로가 말했다.

"아니, 할 수 있어. 내가 점수 집계해 봤어. 스캔다르가 지면 이어리를 떠나야 하지만 바비는 조별 경기에서 한 번만 졌기 때문에 이번 경기에서 져도 노매드 판정을 받을 정도 순위는 아니야. 노매드는 여섯 명으로 정해져 있지. 그런데 이미 네 명은 확정이야. 그러니까 이번 라운드에서 떨어지는 사람들 중에서 최하위 두 명이 문제인 거야. 로버타, 네가……."

"미첼, 그만해. 나 좀 혼자 있게 해 줄래? 집중해야 한단 말이야. 조별 경기 전승을 거두었어야 했는데." 바비의 목소리가 잠겨 있었다. 스캔다르는 바비가 자기 표정을 들키고 싶지 않아서 투구를 벗지 않은 걸까 생각했다.

"바비, 너……?" 스캔다르가 손을 내밀었지만 팔콘이 옆으로 비켜나는 바람에 그의 손에는 사슬 갑옷만 살짝 스쳤다.

플로, 미첼, 스캔다르는 바비가 구역 반대편으로 이동하는 모습을 바라보았다. 레드가 시큰둥하니 방귀를 뀌었지만 상황이 갑자기 심각해진 것을 알아차린 듯 불을 붙이지는 않았다. 제이미는 붉은 유니콘의 콧잔등을 쓰다듬으면서 스캔다르에게 의미심장한 눈길을 보냈다.

"스피릿 원소." 제이미가 속삭였다. 스캔다르는 속이 뒤집혔다.

바비와 스캔다르의 대전은 첫 번째 순서였다. 스카운드럴이 이마의 하얀 무늬를 드러내고 햇살 아래 등장했을 때 군중의 함성 — 야유와 웅성거림 — 이 울려 퍼졌다.

팔콘스래스가 전기가 이는 청회색 날개를 퍼덕이며 말뚝으로 표시된 선 반대편에서 뒷발로 일어섰다. 스캔다르는 그 유니콘이 얼마나 완벽해 보이는지 절감하지 않을 수 없었다. 어울리지 않는 부분이라고는 털 한 올, 깃털 하나조차 없었다. 팔콘은 그 어느 때보다 아름다웠다. 그건 바비와 팔콘의 컨디션이 최고라는 의미였다. 플로의 말이 생각났다. '네 엄마에 대한 모든 것을 머릿속에, 가슴속에 가둬 놓고 산다면 너는 아무도 믿을 수 없게 돼.' 올해 그런 일이 있었는데 스캔다르는 바비가 경기에서 져 줄 거라고 믿을 수 있을까? 바비는 이기기 위해 태어났다. 이길 수 있는 경기를 져 주는 것은 바비의 원칙에 맞지 않는다.

스캔다르는 세일러 교관이 호루라기를 불기를 기다렸다. 스카운드럴은 얼른 박차고 나가고 싶어서 발굽으로 모래 바닥을 두들기고 있었다.

첫 번째 호루라기가 울렸다. 기회를 잃은 스피릿 윌더들을 위해 힘을 내.

스카운드럴이 검은 근육을 출렁이면서 폭발적으로 튀어 나갔다. 다리 힘이 어찌나 좋은지 거의 날아가는 것 같았다. 검은 유니콘은 일생이 곧 싸움이었고 그는 지금 포기할 생각이 전혀 없었다.

두 번째 호루라기가 울렸다.

스캔다르도 포기하지 않았다. 뼈 단장을 찾는 것도, 연을 놓친 스피릿 윌더들도, 케나도 포기하지 않았다. 그리고 이 아일랜드 역시 결코 포기하지 않았다.

그는 순식간에 행동에 들어갔다. 하얗게 빛나는 활이 오른손에서 떠올랐고 그 주위에 스피릿 마법이 반짝거렸다. 스캔다르는 활을 들어 올리면서 스피릿 화살 세 개를 한꺼번에 형성했다. 세코니 안장이 그를 지탱해 줄 거라 믿고 고삐를 놓은 채 첫 번째 화살을 시위에 걸었다. 그는 거의 20년 만에 처음으로 마상 시합에서 다섯 번째 원소를 보게 된 군중의 아우성을 무시했다.

바비의 놀라움의 표시는 지직거리는 넓적한 검을 조금 더 꽉 움켜쥔 것뿐이었다.

스캔다르는 첫 번째 화살을 바비의 갑옷으로 덮인 가슴팍에 쏘았다. 이어서 두 번째 화살을 오른쪽 어깨로 쏘았고, 세 번째 화살도 다시 어깨를 겨누었다.

회색 유니콘과 검은 유니콘이 천둥처럼 발굽을 울리며 서로를 향해 돌진하는 동안 스캔다르는 비밀 무기로 공격을 마무리했다. 그는 세 번째 화살에 온 정신을 모으고 그것이 그 자리에 없다고, 그 화살은 바비의 어깨가 아니라 가슴을 향해 날아가고 있다고 상상했다. 그리고 바비가 검을 뒤로 젖힐 때 스캔다르는 자신이 불러일으킨 환상이 효과가 있기를 기도했다.

바비는 방패로 첫 번째 화살을 가볍게 튕겨 내고 두 번째 화살은 칼자루로 치워 버렸다. 하지만 세 번째는…… 그렇다! 바비는 갑옷에 싸인 팔꿈치로 세 번째 화살을 쳐 내려다가 허공을 휘저었다. 팔콘이 비틀거렸다. 바비는 가슴팍에 세 번째 화살의 공격을 받고 상체가 뒤로 넘어갔다. 스카운드럴은 불똥을 튀기면서 팔콘의 옆으로 지나갔고 바비의 넓적한 검은 스카운드럴을 완전히 벗어났다.

세일러 교관이 스카운드럴과 스캔다르 쪽으로 손을 내밀고 외쳤다. "1 대 0!"

관중은 환호를 해야 할지 야유를 보내야 할지 어리둥절해 있었지만 왼쪽 관중석에서 휘파람 소리와 박수 소리가 터졌다. 스캔다르는 주황색 '셰코니' 플래카드와 그를 열심히 응원하는 플로의 아버지, 어머니, 쌍둥이 오빠를 알아보고 씩 웃었다.

경기선 반대편에서 바비가 투구를 벗고 그를 향해 뭐라고 말하는 것 같았다. 바비가 손날로 자기 목을 긋는 시늉을 하자 스캔다르는 신경이 곤두섰다. 그는 바비가 강한 상대라는 것을 알고 있었고, 경기를 져 주지 않을 거라는 것도 이해했다. 하지만 그렇게 공격적인 태도로 나올 필요는 없지 않은가.

스캔다르는 경기선 끝에서 스카운드럴을 다시 돌려세우고 라이더들이 다시 경기에 들어가기 전에 유니콘을 진정시키려고 노력했다. 유니콘의 갈비뼈가 빠르게 들썩이는 것을 갑옷에 싸인 종아리 아래로 느낄 수 있었다. 한바탕 질주로 스카운드럴은 지치기도 했지만 그만큼 흥분하기도 했다.

세일러 교관이 준비하라고 외쳤다. 스캔다르는 스카운드럴의 빛나는 검은 뿔로 팔콘의 회색 뿔을 겨누었다. 투구 안으로 바깥의 소음이 아득하게 들렸다. 단지 스카운드럴과 그가 있을 뿐이었다. 숨을 크게 들이마셨다. 들숨. 날숨. 들숨. 날숨. 그는 요점을 파악할 것이다. 이 경기를 이길 것이다. 스피릿 윌더로서.

첫 번째 호루라기. 스카운드럴이 번개처럼 치고 나갔다.

두 번째 호루라기. 이번에는 순수한 스피릿 마법으로 이루어진 사브르 검을 소환했다. 흠잡을 데가 없었다. 그가 지금까지 만든 최고의 무기였다. 그리고 바비가 그녀가 제일 좋아하는 번개 활을 들고 달려오는 모습을 바라보는 순간 뭔가가 바뀌었다. 모든 것이 바뀌었다.

스캔다르는 바비를 죽이고 싶었다. 그걸 지금 할 것이다. 검이 바비를 찌르면 그녀는 모래 위에 피를 흘릴 것이고 그는 그 자리에 있을 것이다. 그리고 그는 맛볼 것이다……. 배가 고팠다. 피는 에너지였다. 피는 생명이었다. 피, 그가 원하는 것은 오직 그것뿐이었다.

순간적으로, 아주 잠깐, 스캔다르의 머리가 맑아졌다. 그는 자기 자신을 위에서 내려다보는 것 같았다. 스카운드럴이 검은 발굽으로 순수한 흰빛을 뿜어내면서 경기장 중앙으로 달리고 있었다. 스캔다르의 사브르 검이 갈라져 백 개의 빛나는 단검이 되더니 사방팔방으로 뻗어나갔다. 바비와 팔콘이 두꺼운 유리 실드를 소환했다. 세일러 교관도 그 실드 뒤로 몸을 숨기러 달려가고 있었다. 하지만 세일러 교관의 속도로는 그럴 수 없었다. 교관의 등에 단검이 하나, 또 하나, 그리고 또 하나 꽂혔다.

그리고 스캔다르는 분노에 — 죽이고 말겠다는 집념에 — 사로잡혔고 과연 제정신으로 돌아갈 수 있을지 알 수가 없었다.

피에 대한 갈망이 스캔다르의 마음을 지배했고, 스카운드럴은 전속 력으로 팔콘을 향해 달려갔다.

속삭이듯 오가는 말다툼 소리에 스캔다르는 의식이 돌아왔다.

"저렇게 묶어 놓고 갈 순 없어요!" 플로의 목소리였다.

"저 때문이에요. 제가 스피릿 원소를 써야 한다고 설득했습니다!" 제 이미였다.

"스캔다르는 우리 콰르텟이에요. 우리 나무 집에 있어야 합니다." 미 첼이었다.

"그는 위험해! 이건 너희를 위한 조치다!" 도리언 매닝이었다.

"스캐다르는 빙의됐을 뿐이에요. 스피릿 발작이 아니에요. 연을 통해 유니콘이 라이더에게 빙의했을 때 일어나는 일일 뿐이죠. 몇 달 동안 지속된 현상인데 아무도 우리 말에 귀 기울이지 않았어요." 미첼이 다 시 말했다.

스피릿 발작? 스캔다르는 눈을 비비려고 했지만 한쪽 손목에 수갑 이 채워져 있었다. 손목을 당겨 보았다. 낯선 나무 집 벽과 연결된 사 슬이 철컹거렸다.

"토너먼트를 진행하지 말았어야 했어요." 스캔다르는 문밖에서 들리 는 그 목소리가 오설리번 교관의 목소리라는 것을 알았다. "빙의 현상 을 진지하게 받아들이지 않은 건 우리 불찰이에요."

"세일러 교관님 상태는요?" 플로가 물어보았다.

"목숨은 구했지만……." 오설리번이 한숨을 쉬었다. "부상이 심각해."

스캔다르는 얼어붙었다. 어떤 장면이 머릿속에 떠올랐다. 세일러 교관에게 날아가는 스피릿 단검들. 그는 피를 원했다. 죽음을 원했다. 바비. 밖에서 들린 목소리 중에서 바비의 목소리는 없었다. 아, 안 돼, 설마 내가……?

그는 고함을 질렀다. "바비! 바비는 괜찮아? 제발 말해 줘! 바비는 살아 있는 거지? 제발!" 절망의 눈물이 그의 뺨을 타고 흘러내렸다. "제발, 누가 말해 줘요! 제발! 나한테도 말해 달라고요!" 그는 다른 사람들의 주의를 끌기 위해 사슬을 마구 잡아당겨 철컹철컹 소리를 냈다.

"조용히 해, 스피릿 보이."

스캔다르는 순간적으로 심장이 멎었다. 어둠 속에서 뭔가가 움직였고……

"바비! 난 정말……. 너 괜찮아?"

"야, 그만, 조용히 해!" 바비가 소리 죽여 말했다. "난 몇 시간 전부터 여기 있었어. 네가 그렇게 큰 소리로 떠들면 내가 경을 친다고."

"네가 왜 여기 있어?" 스캔다르는 다급하게 떠오르는 수백 가지 질문들에 정신이 산란해졌다. "난 네가 내 근처에도 오지 않을 줄 알았는데!"

"스캔다르……." 바비의 음성은 평소보다 한결 다정했다. "나는 연에 빙의된다는 게 어떤 건지 알잖니. 나도 겪어 봤어, 알지? 네가 세일러 교관을 해칠 마음이 없었다는 거 알아. 야, 그런데 그 스피릿 마법은 미쳤던데? 그런 건 처음 봤다."

"교관님이 진짜 그렇게 많이 다쳤어?" 그는 얼굴이 부들거리는 것을 막으려고 입술을 깨물었다.

"힐러들이 회복될 거라 말하긴 하는데, 음, 그래," 바비가 고개를 주억거렸다. "상태가 좋지 않아."

스캔다르는 당장이라도 토할 것 같았다. "스카운드럴은? 스카운드럴은 어디 있어? 혹시 도리언 매닝이······."

"스카운드럴은 괜찮아." 바비가 단호하게 말했다. "마구간에 있어. 경비가 붙긴 했지만. 대스터들리 망고(Dastardly Mango, 비열한 망고)는 널 경기장에서 곧장 감옥으로 끌고 갈 태세였어. 앰버도 너한테 도움이 되진 않았을 거다. 앰버가 경기장에서 그와 얘기하는 걸 봤거든. 하지만 오설리번 교관이 널 이리로 데려와야 한다고 했지."

"경비가 있어?" 스캔다르가 쉰 목소리로 말했다.

"센티널 둘." 바비가 속삭였다.

"스캔다르는 어디 있나요? 스캔다르를 만나게 해 줘요!" 그 목소리가 얼마나 우렁찬지 바비도 움찔 몸을 숙였다.

애거서는 도리언 매닝의 고함과 오설리번 교관의 경고를 무시하고 나무 집으로 들이닥쳤다. 그녀는 문을 닫자마자 뼈가 비치는 뺨을 번득이며 살벌한 눈으로 스캔다르를 찾았다. 그러고는 무릎을 꿇더니 스캔다르를 숨이 막히도록 꼭 끌어안았다. 왠지 스캔다르는 그 포옹이 너무나도 익숙하고 편안했다. 이미 이전에 수천 번 포옹해 보았던 것처럼. 그러자 마음이 편해지고 긴장이 풀렸다.

"내가 정말 미안하다. 내 잘못이야. 질 것 같으면 스피릿 원소를 쓰라고 한 건 나였잖니. 네가 경고했는데 내가 듣지 않았어."

"내가 하나만 말해도 될까," 바비가 말했다. "난 그 경기에서 지려고 했어. 그냥 팔콘의 등에서 떨어지려고 했다고. 내가 경기 때 너에게 말하려고 했던 게 그거야, 스캔다르." 바비의 반쯤 걸린 미소는 이미 사라지고 없었다. "내가 널 이어리에 남게 하는 것보다 내 승리를 더 중요하게 여길 줄 알았어?"

"난 제대로 생각할 수가 없었어." 스캔다르는 더욱 침울해졌다. "솔직히 말하자면, 내가 스피릿 원소를 쓰는 건 당연해. 그건 내 원소이니까. 누구의 잘못도 아니야. 내가 빙의된 것도 내 잘못은 아니고. 도리언 매닝은 그냥 날 족칠 구실을 찾은 거야."

"그게 스피릿이지." 애거서는 좀 더 평소 같은 목소리로 돌아와 있었다. "내 말은, 단어 선택은 서툴지만, 네가 요점을 잘 파악했다는 뜻이야."

엄청난 논쟁이 오간 후, 애거서는 간신히 도리언 매닝의 손아귀에서 수갑 열쇠를 받아 스캔다르를 풀어 주었다. 스캔다르가 나무 집에서 나왔을 때 매닝은 이미 가고 없었다.

미첼, 제이미, 플로가 달려와 그를 꼭 끌어안았다.

오설리번 교관이 목청을 가다듬고 말했다. "스캔다르, 정말 심각한 위기였다. 네 얘기를 좀 들어야겠구나."

애거서가 스캔다르를 보호하듯 그의 어깨에 손을 얹었다.

"토너먼트에서 발생한 사고는 카오스 사령관이 조사 중이에요." 오설리번이 말했다.

"이전에 빙의됐던 라이더들과 스캔다르를 차별해서는 안 돼요." 애거서가 강경하게 말했다.

"동의해요. 그렇지만 경기장을 찾은 관중 모두가 이어리의 유일한 스피릿 윌더가 자기 교관과 콰르텟 동료를 죽이려고 하는 현장을 목격했습니다. 아일랜드 전체가 지금 스피릿의 어둠의 친구가 진정한 후계자를 찾을 거라는 진실의 노래의 한 구절에 집착하고 있죠. 우리는 신중하게 일을 진행해야 합니다."

스캔다르는 발가락의 감각을 느낄 수 없었다. "그게 무슨 뜻인가요?"

오설리번 교관이 숨을 크게 들이마시고 말했다. 그녀의 소용돌이 눈이 팽글팽글 돌았다. "사령관의 조사가 끝날 때까지 너는 스카운드럴을 탈 수 없다는 뜻이란다. 스카운드럴을 만지는 것도 안 돼. 알아들었니?"

애거서가 따질 것처럼 입을 열었지만 오설리번 교관이 한 손을 들었다. "애거서, 제발요. 당신과 스캔다르 둘 다 지금 살얼음판에 서 있다는 거 몰라요? 우리는 최대한 신중하게 이 문제를 처리한다는 인상을 줘야만 해요. 스카운드럴과 접촉하지 않으면 스캔다르는 스피릿 원소를 사용할 수 없어요. 설령 또다시 빙의된다고 해도 말이에요."

"스캔다르는 아직 애예요, 페르세포네." 애거서는 나지막하게 말했다. "너무 잔인하네요."

"이렇게 하지 않으면 즉시 노매드 판정이에요. 스캔다르, 네가 셰코니 새들스 라이더라서 운이 좋은 줄 알아. 올루 셰코니는 네가 즉각 체포되지 않도록 싸워 주었어. 셰코니 새들스는 아일랜드에서 영향력이 크지. 그래서 매닝 의장도 너와 스카운드럴을 일단은 이어리에 두기로 마음먹은 것 같아. 그렇지만 네가 노매드 판정을 받으면 이어리는 널 보호할 수 없어. 그러면 매닝은 틀림없이 너와 스카운드럴을 스트롱홀드에 영원히 감금하겠지."

애거서는 침묵했다.

"토너먼트는 추후 공지가 있을 때까지 연기될 거야. 아일랜드가 완전히 회복되면 너는 다시 플레질링으로 진급할 기회를 얻게 돼."

"하지만 조사에서 나한테 책임이 있다는 결론이 나오면요?" 스캔다르는 필사적으로 물었다. "만약 내가 혐의를 벗지 못하면요? 스카운드럴은 어떻게 돼요?"

"케이블 다리가 나오면 건너갈 거다." 오설리번은 이렇게만 말했다.

하지만 그녀는 스캔다르와 눈을 마주치지 않았다.

16장

두 자매 이야기

니나 카자마는 역사상 처음으로 카오스컵을 취소한 사령관이 되기를 거부했다. 그래서 하지 전날, 4개 원소 구역이 황폐화되고 아일랜드 전체의 파괴가 다가오는 와중에도, 《해처리 헤럴드》는 출전 라이더와 유니콘 들에 대한 특별 호를 발표했다. 스캔다르는 관람을 하러 가지 않기로 진즉에 마음먹었다.

"니나를 이해할 수 없어. 어떻게 대회를 강행할 생각을 할 수가 있지?" 플로가 말했다.

미첼은 신문에 바짝 얼굴을 들이밀었다. "빙의는 성장 과정 중에 있는, 말하자면 이어리 훈련생 같은 라이더들에게만 일어나는 현상이라서 카오스컵에는 지장이 없다나 봐. 연구원들은 어린 라이더들은 아직 연이 불안정하기 때문에 특히 빙의에 취약하다고 주장하고 있어. 객관적으로는, 모든 증거를 봐도 그렇긴 해."

"그래서 우리는 유니콘을 타고 카오스컵을 보러 가면 안 된다는 거군." 바비가 기분 나쁘다는 듯이 말했다. "경기장까지 걸어가려면 오백 년은 걸리겠다."

"난 가고 싶지도 않은데." 플로가 이렇게 말하면서 소시지를 마요네즈 범벅으로 만들어 놓고도 먹을 생각을 하지 않는 스캔다르를 곁눈질했다. 그러고는 팔꿈치로 미첼을 쿡 찔렀다.

"뭐라고? 아, 그래! 나도! 내일이 하지잖아! 그런데 최초의 라이더의 무덤에 대해서는 아직도 진전이 없고."

"나 때문에 남을 필요는 없어." 스캔다르가 드디어 접시에서 고개를 들고 한숨을 쉬었다. "솔직해지자, 우리. 지금까지 책이란 책은 다 읽었고 가능성이란 가능성은 다 얘기해 봤지. 카오스컵도 보러 가지 않고 몇 시간 더 고민한다고 해서 뭐가 달라지겠어?"

"제이미도 우리랑 갈 거야. 넌 왜 안 간다는 거야?" 미첼이 말했다.

스캔다르가 세차게 고개를 흔들었다. "스카운드럴 곁을 떠나지 않을 거야."

"하지만……." 플로가 말을 해 보려 했다.

"난 스카운드럴과 가까이 있어야 해." 스캔다르가 딱 잘라 말했다. "뭐, 비록 내 유니콘을 만지지도 못하는 신세지만. 나는 여전히 흰색 재킷을 가질 수 없고 물 윌더인 척하는 것도 이제 끝났어."

그리하여 친구들이 자기가 가장 응원하는 라이더 이름으로 페이스 페인팅을 하고 소속 원소 색상의 재킷을 입는 동안 스캔다르는 홀로 마구간으로 향했다.

토너먼트 이후로 계속 이 모양이었다. 스캔다르는 모든 것이 따분했고 아무 감정도 느끼지 못했다. 이제 뒤에서 사람들이 수군거려도, 케나와 그녀의 야생 유니콘을 생각해도 화가 나거나 심란하지도 않았다.

난생처음으로, 그림조차 그릴 수 없었다. 그는 이제 어떤 일에도 들뜨거나 행복해지지 않았다. 누군가가 농담을 건네거나 친절하게 굴 때는 미소를 짓는 거라고 스스로 상기시켜야만 했다. 카오스컵도 그에게는 흥분하고 기대하는 것 같은 모습을 보여야 한다는 압력이었고, 그는 얼마나 오래 괜찮은 척할 수 있을지 혹은 어디서나 그를 따라다니는 겁에 질린 시선들을 견딜 수 있을지 자신이 없었다. 그러한 노력을 기울이는 것보다는 이렇게 스카운드럴의 마구간 밖에 앉아 있는 게 훨씬 나았다.

물론 그는 스카운드럴과 단둘이 있을 수 없었다. 이제 그와 함께 있는 것이 허락되지 않았다. 은빛 가면을 쓰고 빛나는 검을 칼집 속에 감춘 센티널 두 명이 검은 유니콘의 마구간 문 옆에 보초를 서고 있었다. 스캔다르도 처음에는 오설리번 교관의 결정을 받아들였지만 하루이틀 지나니 스카운드럴이 자꾸 꿈에 나왔다. 꿈속에서 그는 스카운드럴을 타기도 하고 그저 검은 목을 토닥토닥하거나 부드러운 콧방울을 어루만지기도 했다. 하루는 한밤중에 마구간에 내려와 센티널들에게 잠깐만 들여보내 달라고 사정하기도 했다. 아주 잠깐만, 딱 한 번만 쓰다듬어 보고 싶었다. 물론 그들은 그를 들여보내지 않았다.

그렇게 처음 거절당한 날에는 완전히 정신이 나가서 나무 집에서 고래고래 소리 지르고 울었다. 콰르텟 친구들은 그를 위로하려고는 했지만 이해하지는 못했다. 그들은 이해할 수 없었다. 스캔다르는 그저 친구들조차 겁먹게 했을 뿐이다. 그 후로 그는 예전에 학교에서 따돌림을 당했을 때 아빠와 누나에게 걱정을 끼치지 않으려고 그랬던 것처럼 자신의 모든 감정을 속으로 꾹꾹 눌렀다. 자기가 얼마나 괴로운지 친구들이 알게 하고 싶지 않았다. 스카운드럴이 여전히 이따금 연을 통해 자신의 맥박으로 그를 안심시키고 있었기에 스캔다르는 겨우 제정신을 붙잡고 있을 수 있었다. '나 여기 있어. 넌 괜찮아. 우리에겐 여전히 서로가 있어.'

그래서 매일 낮, 매일 밤, 스캔다르는 마구간 밖에 앉아 있곤 했다. 센티널들은 아무 말도 하지 않았지만 때때로 스캔다르가 실버블레이드와 함께 가면 매우 놀라는 눈치였다. 실버블레이드는 낮에는 햇빛과 다른 유니콘들을 피해 마구간으로 돌아와 스카운드럴의 마구간 옆에 서 있곤 했다. 스캔다르도 블레이드의 이런 모습은 처음이었다. 실버 유니콘은 검은 폭풍 같은 눈으로 스캔다르와 스카운드럴을 번갈아 보면서 그들의 절망을 이해하고 위로하듯 히힝히힝 소리를 내곤 했다.

하지만 카오스컵 당일, 누군가 스캔다르의 슬픈 보초 노릇을 방해했다.

"다섯 원소의 이름에 걸고, 도대체 뭐 하는 거냐?"

스캔다르는 애거서의 걱정스러운 얼굴을 쳐다보고 한숨을 쉬었다. 빙의 소동 때 그를 꼭 안아 주었던 이모를 만나는 것은 그날 이후 처음이었다.

"당장 일어나!" 애거서가 씩씩댔다. 그러고는 스캔다르가 스스로 일어날 틈을 주지 않고 자기 손으로 거칠게 일으켜 세웠다. 이번에는 다정한 포옹 따위는 없었다.

"아얏! 왜 이래요? 전 여기 있는 게 좋아요. 그저 좀 내버려 두세요."

애거서는 그 말을 무시하고 우악스럽게 그의 팔꿈치를 잡아끌었다.

스캔다르는 이어리의 숲으로 들어가서 애거서의 손을 겨우 뿌리쳤다. "내 유니콘과 멀리 떨어지고 싶지 않아요! 다른 사람들은 몰라도 교관님은 제 맘 알잖아요."

"온종일 어둠 속에 앉아 있는 건 건강에 안 좋아." 애거서가 딱 잘라 말했다.

"뭐라고요? 갑자기 이모 노릇을 하기로 작정이라도 했나요?"

스캔다르는 자기가 왜 이런 말을 했는지 모른 채 죄책감에 사로잡혔다. 그래서 애거서가 사다리를 타고 자신의 나무 집으로 따라오라고 손짓을 했을 때 시키는 대로 했다.

스캔다르는 애거서의 나무 집이 작년에 조비가 살았던 바로 그 집이라는 것을 알고 충격을 받았다. 하지만 실내는 달라도 더는 다를 수 없을 만큼 딴판이 되어 있었다. 푹신한 러그, 색색의 쿠션, 찌부러지기 쉬운 빈백은 온데간데없었다.

"앉아라." 애거서가 퉁명스럽게 말했다.

스캔다르는 주위를 두리번거렸다. 장작을 태우는 난로 옆에는 장식이 화려한 철제 의자 두 개와 양가죽 러그가 있었고 하나뿐인 창 옆에는 희한하게도 철제 흔들 말—정확히는 흔들 유니콘이라고 해야겠지만—이 덩그러니 놓여 있을 뿐 그밖에는 아무것도 없었다. 그는 그 장난감의 날카로운 뿔을 응시하고는 철제 의자에 앉았다. 푹신한 하얀 담요를 깔자 의자는 약간 더 앉기 편해졌다.

"차." 애거서는 스캔다르가 좋다 싫다 말하기도 전에 김이 모락모락 올라오는 잔을 건넸다.

스캔다르는 어색한 침묵 속에서 차를 한 모금 마셨다. "이거 뭐죠?" 그는 잠시 우울한 기분에서 벗어났다. "이거 정말…… 맛있네요." 그는 차를 좋아했던 적이 없었다. 그와 케나는 어른들이 차를 좋아한다는 건 웃기는 소리다, 실은 어른들도 애들이 안 볼 때 슬쩍 버리는 맛없는 갈색 물이 바로 차다, 라는 이론을 고수해 왔다. 그런데 이런 맛이? 이

차는 맛있었다!

"불의 구역에서 나는 차란다. 불 마법처럼 연기 향 같은 게 나지? 내가 마실 수 있는 유일한 차야." 애거서는 잿빛 머리카락 한 가닥을 귀 뒤로 넘겼다. 그 몸짓을 보니 케나가 와락 떠올라서 스캔다르는 또 마음이 아팠다. 케나가 토너먼트에 오지 않은 것이 여전히 이해되지 않았다. 그는 우편함 나무에서 캡슐을 확인하는 것도 그만두었다. 아빠를 사랑했지만 젤리베이비즈와 함께 오는 편지가 케나가 보낸 것이 아니라는 것을 깨닫고 실망하는 상황을 더는 마주하고 싶지 않았다. 스카운드럴이 갇혀 있는 상황에서, 아일랜드 전체가 붕괴하고 콰르텟이 뿔뿔이 흩어져 다시는 못 만날지도 모르는 상황에서, 그런 실망까지는 견딜 수 없었다.

"어떻게 지내니?" 애거서는 하나 마나 한 질문을 던졌다.

"어떨 것 같아요?" 스캔다르는 이렇게 쏘아붙이고 한숨을 쉬었다. "그래요, 난 슬퍼요. 됐나요? 그냥…… 스카운드럴을 만질 수조차 없으니까. 이건……."

"이해한다." 애거서는 고개를 끄덕이고는 차를 한 모금 더 홀짝거렸다.

"어떻게 버티는 거예요? 어떻게 아틱스완송과 줄곧 떨어져 지내면서도 참고 살 수 있는 거죠?"

"솔직히 말할까? 피셔먼스비치에서 센티널들에게 붙잡혔을 때, 그러니까 널 아일랜드에 데려오고 그들에게 다시 붙잡혔을 때, 난 죽을 각오가 되어 있었어. 오히려 그렇게 되길 바라는 마음이었다고나 할까. 그런데 애송이 쌈닭 스피릿 윌더가 감옥으로 날 찾아왔지 뭐니." 애거서는 그에게 한쪽 눈을 찡긋했다.

그러고는 이어서 말했다. "네 눈에서 너 자신을 이해하고 올바른 일을 하고야 말겠다는 열정을, 그런 간절한 욕구를 봤어. 어둠과 싸우고 말겠다는 마음을 말이야. 그런 생각이 들었지. 어쩌면 스피릿 윌더들에게 희망이 있을지도 모른다는 생각이. 넌 메인랜드를 구하기 위해서라면 뭐든지 할 용의가 있었지. 그게 아무리 어리석고 무모한 짓이라도." 그녀가 뻣뻣한 눈썹을 치켜올렸다. "넌 자신의 안전조차 안중에 없었어. 그런 결단력은 뭐랄까, 내 언니와 많이 닮은 것 같았지."

스캔다르는 충격을 받았다. 애거서가 이런 식으로 친절하게 말해 주는 건 처음이었다.

"내 엄마 말이에요?"

"네 어머니이자 내 언니. 에버하트 사령관. 위버. 여러 개의 이름을 가진 사람이지. 하지만 한때는, 나에게는, 그냥 에리카였어. 나의 아름답고 재능 많은 언니. 스캔다르, 네가 만났을 때는 에리카가 어떤 모습이었는지 모르지만……."

"확실히 우호적이지는 않았죠." 스캔다르는 떠오르는 기억을 억누르면서 말했다.

"에리카도 예전에는 그렇지 않았어." 에거서가 서글픈 한숨을 지었다. "에리카가 그렇게 된 건, 상당 부분 내 잘못이야."

스캔다르는 무슨 말을 할 엄두가 나지 않았다. 메인랜드에서 살던 시절, 아빠가 로즈메리 스미스에 대해서 하는 말을 들으면서 자신은 알지도 못하는 엄마에 대해 단편적 정보라도 필사적으로 주워 모으고 싶었던 시절로 돌아간 기분이 들었다. 그는 자기 엄마가 위버라는 사실을 알게 된 후 그러한 갈망이 사라졌다고 생각했었다. 하지만 엄마에 대해서 알고 싶은 마음은, 비록 그 때문에 부끄러운 기분이 들지언정, 되레 더 강렬해졌다. 애거서가 마침내 그의 엄마에 대해서 말하기로 결심한 이유는 알 수 없었다. 연으로 느껴지는 스카운드럴의 생생한 고통으로부터 그의 주의를 돌려놓기 위해서? 만약 그럴 의도였다면 제대로 들어맞았다.

"나와 에리카는 무척 가까운 사이였지. 마치 너와 케나처럼 말이야. 에리카와 나는 겨우 한 살 차이였기 때문에 친구 같은 자매였단다. 그래도 에리카는 늘 언니답게 나를 잘 돌봐 줬어. 어린 나이에도 그러한 책임감에 짓눌려 있었던 것 같아. 부모님은 내가 태어난 날 밤에 있었던 일을 곧잘 얘기하곤 했어. 갓난아기였던 나는 새벽 세 시에야 겨우 잠이 들었대. 그런데 에리카가 아무 데도 보이지 않아서 마구 찾아다녔다는 거야. 결국 에리카를 찾고 보니 날카로운 꼬챙이를 손에 들고 눈을 부릅뜬 채 아기 요람을 지키고 있었다나. 걸음마는 뗐지만 아직 말도 못하는 나이였는데도 본능적으로 날 보호하고 싶었나 봐.

그리고 내가 아홉 살 때 어떤 일이 있었는데, 그 일이 에리카에게 깊은 영향을 미쳤다고 생각해. 우리 부모님은 늘 바쁘셨어. 그때도 부모님은 바쁘셔서 언니가 해변에서 나와 놀아 줘야 했지. 그 근처에서 언니 친구들이 모래 유니콘을 만들고 있었는데 언니가 잠깐 가서 인사만 하고 올 테니 어디 가지 말고 그 자리에 그대로 있으라고 했어. 나는 언니가 나만 두고 가서 속이 상해서——그때도 난 성질깨나 있는 아이였거든——암벽 타기를 해 보기로 했지. 에리카가 하면 안 된다고 한 일이라서 일부러 했던 거야. 내 분을 못 이겨 발 디딜 곳과 손으로 잡을 곳을 하나하나 타고 올라가 엄청난 높이까지 도달했던 기억이 아직도 생생해. 그러다 나는 결국 밑으로 떨어졌고, 그 후 3주간 의식이 돌아오지 않았어.

언니는 그 시간이 지옥 같았을 거야. 어쩌면 그때 동생이 깨어나기만

하면 다시는 동생 곁에서 떠나지 않겠다고 보이지 않는 힘들에게 맹세를 했는지도 몰라. 실제로 내가 깨어나고서부터 에리카는 그렇게 행동했어. 내가 어느 쪽으로 가든 내가 요구하지 않아도 에리카는 항상 거기 있었어. 그래서 난 에리카가 좋았어. 우리가 떼려야 뗄 수 없는 사이라는 게 좋았어. 언니가 해처리 문에 도전하는 때가 오기 전까지는."

스캔다르는 이해한다는 듯이 숨을 내쉬었다.

"문제가 뭔지 알겠지?" 애거서도 고개를 끄덕거렸다. "에리카는 자기가 라이더가 되고 그다음 해에 내가 해처리 문을 열지 못하면 우리가 평생 떨어져 살아야 한다는 것을 알았어. 언니는 나와 함께 이어리에서 지내길 원했지. 우리가 같은 길을 가기를 바랐기 때문에 나를 위해 라이더의 자격을 확보해 놓고 싶어 했던 거야."

스캔다르는 누나와 자라면서 늘 주고받던 이야기를 떠올리지 않을 수 없었다. 우리 함께 아일랜드에 가자, 1년만 떨어져 지내는 거다, 케나가 먼저 가고 그다음은 스캔다르 차례다. 그는 그 심정을 충분히 이해하고도 남았다. 그 애틋한 정을 이해하고도 남았다.

"그래서 우린 계획을 세웠어." 애거서가 한숨을 쉬었다. "아버지의 개인 도서관을 훑어봤지. 우리 아버지도 스피릿 윌더였거든. 혹시 해처리 문을 열지 못하더라도 유니콘을 얻을 방법이 있는지 알아보려고. 몇 시간을 매달린 끝에 부화되지 않은 유니콘과 유니콘과 맺어질 운명이 아닌 사람 사이의 연을 위조할 수 있는 스피릿 윌더에 대한 고대 설화를 발견했어. 우리는 그 이야기에 완전히 사로잡혔지. 우리는 우리 집안 사람들 대부분이 그렇듯 스피릿 윌더가 될 거라고 생각했어. 우리는 그러한 연의 위험에 대한 불길한 경고를 완전히 무시했지. 운명이 아닌 두 영혼을 그런 식으로 묶었을 때의 위험을. 옳고 그름을 제대로 따지기에는 하지가 임박해 있었거든.

　그리고 하지의 해가 뜰 무렵, 에리카 에버하트는 해처리 문을 열고 블러드문스에퀴녹스를 부화시켰어. 하지만 그녀는 갓 태어난 유니콘을 잠시 내버려 두고 안쪽 방으로 돌아갔어. 내년을 위한 유니콘 알들이 이미 놓여 있었는데 에리카는 그중 하나를 골랐지. 그날의 나머지 시간은 흐릿해. 나는 부화실의 벽들이 위로 올라가고 신입 라이더들이 나올 때까지 해처리 뒤에서 초조하게 기다렸어. 나는 에리카의 부화실을 찾으려고 이리저리 뛰어다녔어. 그곳에서 언니는 블러드문스과 함께 환하게 빛나고 있었지. 그리고 그녀의 뒤 부화실에는 —— 우리의 계획대로—— 나의 알이 있었어. 그게 우리의 플랜 B였단다.

　나는 내 알을 가져갔어. 갓 부화한 유니콘들의 원소 블라스트가 폭발해 정신이 없었기 때문에 나의 범죄는 발각되지 않았어. 나는 달아나서 그날 밤 늦게까지 알을 숨겨 놓았어. 그다음에는 에리카가 그 알을 이듬해까지 황무지에 숨기기 위해 내게서 받아 갔어.” 애거서는 스캔다르의 경악에 찬 표정을 보았는지 말이 빨라졌다. “있잖아, 이듬해에 내가 해처리 문을 열면 우린 그 알을 되돌려 놓을 계획이었어. 에리카가 그렇게 약속했어. 내가 문을 열면 그 알은 어떻게든 되돌려 놓을 방법을 찾겠다고.”

　“그리고 실제로 문을 열었겠죠. 아틱스완송을 부화시켰고요, 맞죠?” 스캔다르가 다음 이야기를 재촉하듯 말했다.

　“그래, 하지만 에리카는 불행히도 약속을 지키지 못했어.”

　“해처리에 그 알을 되돌려 놓지 않은 거예요?”

　“그래. 하지만 나한테는 되돌려 놓았다고 했어. 몇 년 동안이나 나는 그렇게 알고 있었어. 하지만 언니는 나한테 거짓말을 했던 거야. 그게 첫 번째 거짓말이었지."

스캔다르의 심장이 쿵쾅거렸다. "그럼, 그 알을 어떻게 했죠?"

"에리카 에버하트가 늘 하던 대로 했지. 가장 불가능한 일. 자기 자신의 연을 위조한 거야. 네가 네 엄마에 대해서 이해해야 할 것이 있는데, 스캔다르, 에리카는 비범한 천재야. 이미 열네 살 때도 그랬단다. 해칠링 해에 그녀는 나와 부화하지 않은 유니콘의 연을 위조할 준비를 하기 위해 구할 수 있는 모든 자료를 읽었어. 그래서 그러한 연이 가져오는 힘에 대해서 알게 된 거야. 첫 번째 훈련 시간에 내가 너에게 스피릿 윌더가 어둠의 유혹에 저항하기 위해 얼마나 노력해야 하는지 말했던 것 기억하니? 에리카는 그러지 못했어. 에리카는 해칠링 훈련 경기 우승자이기도 했지만 그게 다는 아니야. 내가 이어리에 도착했을 때 언니는 이미 두 개의 연을 가지고 있었어. 블러드문과의 진짜 연과 그 불쌍한 야생 유니콘과의 위조된 연."

"하지만 그 야생 유니콘이 에리카 에버하트 옆에서 맴도는 걸 어떻게 모를 수가 있죠?"

"언니가 그 야생 유니콘을 멀리 보냈거든. 그 유니콘은 황무지에서 혼자 살았어. 뭔가 잘못됐다는 걸 내가 눈치챘어야 했건만. 그래도 동생이니까 나는 알았어야만 했는데……. 조짐은 있었어. 위조된 연은 어둠으로 가득 차 있지. 정상적 연과는 달라, 상호성이 없고 유니콘의 본성에도 변화가 없거든. 복수심에 가득 찬 야성 그대로 남는 거야. 에리카는 설명할 수 없을 정도로 강력해졌어. 그런데 에리카가 다소 변덕스러워지긴 했어도 위조된 연의 다른 위험들은 결코 가시적으로 드러나지 않았어. 내 생각엔, 진짜 연과 위조된 연이 그럭저럭 균형을 맞추고 있었기 때문에 그랬던 것 같아. 그녀는 사령관 3회 연임을 앞두고 있었어."

"그런데 블러드문스에퀴녹스가 죽었죠." 스캔다르는 강력한 깨달음을 얻었다.

"그런데 블러드문스에퀴녹스가 죽었지." 애거서가 음울하게 그 말을 받았다. "그 후 야생 유니콘이 내 언니를 완전히 장악한 거야. 오랫동안 버려져 있었기 때문에 격분해 있기도 했고."

"폴른 24." 스캔다르는 알았다는 듯 말했다.

"그건 변명이 안 돼." 애거서가 날카롭게 대꾸했다. "그녀의 행동은 변명의 여지가 없어. 에리카 때문에, 나 때문에, 해처리 문을 열고도 자기 유니콘을 찾지 못한 라이더가 있었다는 걸 잊으면 안 돼. 우리 둘 때문에 24마리의 유니콘이 죽었고 그 후로도 무수한 희생이 있었어. 그녀의 행동은 용서받을 수 없지만 어느 선까지는 이해가 가. 에리카도 위조된 연에서 도망치려고 시도도 했었거든. 그래서……."

"메인랜드에 왔고 우리 아빠를 만났군요." 스캔다르가 그녀의 말을 대신 맺어 주었다.

"바로 그거야. 한동안은 효과가 있었다고 생각해. 나는 내 목숨을 부지하고 에리카의 새로운 삶을, 그 변화의 몸부림을 지지한다는 명목으로 집행인 노릇을 정당화했어. 나는 만약 실버 서클이 나를 죽이고 그 사실을 에리카가 알게 되면 어떡하나 걱정했어. 그녀가 얼마나 무시무시한 복수의 화신으로 돌변할지 두려웠다고 할까. 그녀를 보호하기 위해서라도 내가 살아 있어야 했어. 그녀로부터 다른 모든 이를 보호하기 위해서도. 이해하겠니?" 애거서의 목소리가 갑자기 간절해졌다.

스캔다르는 완전히 이해할 수 있을지 자신이 없었다. 애거서와 에리카의 관계는 그가 상상했던 것보다 복잡했다. 사랑과 비밀로 묶여 있는 두 자매. 시크릿 스와퍼들이 생각나지 않을 수 없었다. 이 비밀 중에서 그들도 알고 있는 게 있을까? 그의 몸이 부르르 떨렸다.

"나는 야생 유니콘과 물리적으로 멀어지면 위조된 연의 장악력이 약해질 거라 생각했어. 정말로 그렇게 믿었는데 결국…… 에리카는 저항하지 못했어."

"여전히 그 위조된 연으로 맺어져 있죠." 스캔다르가 모든 것을 정리하면서 말했다. 그가 황무지에서 보았던 위버와 야생 유니콘 사이의 연은 달랐다. 그 연은 걷잡을 수 없이 빙글빙글 돌고 있었고 어떤 색이라고 특정할 수 없었다. "그 연을 봤어요, 작년에 황무지에서."

"그 야생 유니콘은 에리카가 죽어도 살아남을 거야. 위조된 연은 그런 거야. 그 연은 인간다운 면을 조금씩 앗아 가. 그런 면이 전혀 남지 않을 때까지. 야생 유니콘들과는 달리 인간들은 영원히 죽을 수 없어." 애거서의 목소리는 공허했다. 스캔다르는 본능적으로 이모의 손을 잡았다. 그들은 잠시 그러고 있었고, 애거서의 언니이자 스캔다르의 엄마인 에리카 에버하트를 기다리고 있는 것에 대한 깨달음이 그들 사이에 무언의 비통함처럼 걸려 있었다.

스캔다르가 먼저 손을 거둬들였다. "왜 지금 이런 얘기를 해 주시는 건가요?"

"네가 그렇게 어둠 속에 웅크리고 앉아 있는 게 싫어서. 에리카가 블러드문을 잃었을 때가 생각나거든. 희망을 잃어버린 에리카의 눈빛이. 난 네가 어둠의 유혹과 싸워야 한다고 생각해, 스캔다르. 너는 에리카보다 더 힘내서 싸워야 해. 알았니?"

"저들이 저를 영원히 스카운드럴 근처에 못 가게 하면요?" 스캔다르의 목소리에서 토너먼트 이후로 매 순간 그를 떠나지 않았던 두려움이 묻어났다.

"넌 그래도 여전히 싸워야 해."

"어떻게요?"

"넌 방법을 찾아낼 거야."

"저는 멘더예요." 스캔다르는 이 말이 불쑥 튀어나왔다. 애거서가 이렇게 솔직히 나오니 더는 숨길 수가 없었다.

"그걸 네가 어떻게 아니?" 애거서가 험악한 목소리로 물었다.

"그게…… 제가 꿈을 꿨어요. 누나와 야생 유니콘에 대한 꿈을요."

"너무 위험하다고 내가 말했을 텐데……."

"아악!" 어머니와 이 위험한 연에 대한 새로운 정보로 갑자기 머리가 터질 것 같아서 스캔다르는 벌떡 일어섰다. 그는 철제 의자 다리를 걷어찼다. "하지 전에, 마법이 완전히 통제 불능으로 치닫기 전에, 최초의 라이더의 선물을 찾지 못하면 다 소용없어요! 아일랜드가 더는 존재하지 않는데 내가 멘더이든 아니든 뭐가 중요한가요!" 그의 모든 두려움이 흘러넘치고 있었다. "그들이 라이더들을 원소별로 갈라놓을 거라고요. 나는 물 월더들과 함께 가야 하나요? 아니면 가족들과 재결합이라도 해야 하나요? 이모, 나, 위버와 그 흉포한 야생 유니콘과 한편이 되어야 해요?"

"말이 되는 소릴 해……."

스캔다르는 이제 방 안을 왔다 갔다 하고 있었다. "그 뼈로 만든 단장만 찾을 수 있다면 모든 걸 바로잡을 수 있을 텐데. 아일랜드도 구할 수 있고 사령관도 스카운드럼을 풀어 줄 거예요. 내가 야생 유니콘들의 죽음, 빙의, 아일랜드의 복수에 전혀 책임이 없다는 사실이 밝혀질 테지요. 그럼, 우리 모두 지금처럼 이어리에서 지낼 수 있어요." 콰르텟의 얼굴이 하나하나 그의 뇌리를 스치고 지나갔다. 바비. 플로. 미첼.

케나까지. 아일랜드가 남아 있으면 케나는 이곳에 올 수 있을 것이다.

애거서가 의자를 옮겨 스캔다르의 얼굴을 쳐다보았다. "뼈로 만든 단장?"

"네." 스캔다르가 황급히 대답했다. "최초의 라이더는 야생 유니콘 여왕을 죽여서 그 뼈를 깎아 단장을 만들었대요. 그의 무덤에 그 무기가 있다고 하니까 우린……."

애거서가 혼란스러운 듯한 표정을 지었다. "스피릿 월더들에게 전해지는 얘기는 전혀 달라."

스캔다르가 걸음을 멈추었다. "무슨 뜻이죠?"

"우리 아버지에게 들은 얘기로는, 최초의 라이더와 야생 유니콘 여왕은 결코 적대 관계가 아니었어. 오히려 동맹 관계였지. 스피릿 월더들은 최초의 라이더와 야생 유니콘 여왕이 손을 잡고 함께 이어리를 세웠다고 했는걸."

"여왕의 뼈로 무기를 만들었다는데 어떻게 그 둘이 동맹 관계일 수 있어요?"

애거서가 어깨를 으쓱했다. "나도 몰라. 뼈를 깎아 만든 단장 이야기는 처음 듣는구나. 그냥 내가 들은 얘기는 그렇다는 거야. 어쩌면 스피릿 월더들의 아이들에게만 전해 오는 이야기인지도 모르지."

"어쩌면 그렇지 않을 수도 있고요." 스캔다르가 문고리를 잡고 말했다. "애거서……."

"에버하트 교관님."

"진짜 그렇게 부를까요? 이런 얘기를 다 나누고 나서? 정말로 그걸 원하세요?"

"좋아, 그럼 사적인 자리에서는 에버하트 이모라고 부르렴." 그녀는 마지못한 듯 말했다. "그런데 어디 가는 거니? 설마 스카운드럴의 마구간으로 돌아가는 건 아니겠지?"

"카오스컵을 보러 갈 거예요. 친구들에게 이 얘기를 해 줘야겠어요. 최초의 라이더와 야생 유니콘 여왕이 동맹 관계였다면 무덤에 대한 새로운 단서를 찾을 수 있을지도 몰라요. 그들이 함께 묻혔을 수도 있다는 얘기니까."

스캔다르는 폐가 타는 느낌이 들 정도로 숨 가쁘게 포포인트로 달려갔다. 그는 굳게 잠긴 마구 제조 공방, 텅 빈 나무 집, 쓸쓸한 대장간을 빠르게 지나쳤다. 터널을 지나 관중석으로 입장했을 때 엄청난 굉음이 그의 고막을 때렸다. 수천 명의 아일랜더들이 자리에서 일어나 경기장에 설치된 대형 스크린을 향해 깃발을 흔들고 환호하고 있었다. 어디에나 센티널이 배치되어 있었고, 그건 놀라운 일도 아니었다. 니나 카자마는 카오스컵을 예년처럼 열고 싶어 했지만 위험이 따른다는 것도 알고 있었다.

스캔다르는 은빛 가면들에게서 눈길을 돌려 군중 틈에서 콰르텟 친구들과 제이미를 찾기 시작했다. 그는 친구들이 동쪽 관중석 입장권을 가지고 있다는 것을 알고 있었다. 그래서 각 원소의 색깔 재킷을 입은 라이더들과 타코와 팝콘을 파는 판매원들을 밀치고 친구들을 찾아 나섰다.

"스카!" 플로가 외쳤다. 그녀가 어찌나 활짝 웃는지 스캔다르도 애쓰지 않고도 미소가 절로 지어지는 것을 느꼈다.

미첼도 반갑다고 그의 어깨를 꽉 잡았다. 제이미는 그의 등을 찰싹때렸다. 바비는 화면에서 눈을 떼지 않고 건성으로 손을 흔들어 보였다.

경기는 거의 막바지였다. 경기가 끝나기 전까지는 친구들이 최초의 라이더와 야생 유니콘 여왕에 대한 이야기를 들을 정신이 없을 듯했다.

카오스컵에 출전한 유니콘들이 시야에 들어오기 시작하자 군중의 함성이 점점 더 커졌다. 그들은 최강의 유니콘들이 머리 위에 나타나자 모두 하늘을 쳐다보았다. 대형 스피커에서 흘러나오는 해설이 경기장 주위에 울려 퍼졌다. "올해의 유망주였던 레오 크로퍼드가 방금 착륙을 했고 실격 처리되었다는 보고가 들어왔습니다. 선두는 라이트닝스미스테이크, 라이더는 니나 카자마입니다. 그다음을 얼로디 버치의 리버리드프린스가 바짝 따르고 있습니다."

"니나가 선두야, 니나가 선두라고!" 세코니 새들스 라이더를 응원하는 플로가 펄쩍펄쩍 뛰었다.

"하지만 에마 템플턴이 치고 들어옵니다. 지금 두 명을 추월했습니다! 마운틴스피어가 안쪽으로 들어옵니다!" 해설자가 소리쳤다.

스캔다르는 마운틴스피어가 라이트닝스미스테이크를 따라잡고 교전을 벌이는 모습을 쳐다보면서 목에 팽팽하게 힘이 들어가는 것을 느꼈다. 케나와 아빠도 마게이트에서 카오스컵 중계를 보고 있을 것이다. 그는 지금도 케나가 가장 좋아하는 유니콘이 마운틴스피어인지 궁금했다.

"저 거대한 물결을 봐!" 바비가 스캔다르의 어깨를 치고 하늘을 가리켰다. 니나와 라이트닝이 공기와 물을 결합해 일으킨 파도가 소용돌이로 변하더니 얼로디와 리버리드프린스가 방어에 나서기도 전에 그들을 코스 밖으로 밀어 냈다.

"니나가 어떻게 저 속도를 유지할 수 있는지 믿기지 않네요." 해설자가 말했다. "이제 날갯짓 몇 번이면 마운틴스피어를 따라잡을 것 같습니다만." 하지만 스캔다르에게는 니나의 속도가 믿기지 않을 이유가 없었다. 니나 역시 송골매회가 아니었던가. 비록 니나가 그에 대한 불리한 조사를 진행하고 있지만 니나를 응원하게 되는 건 어쩔 수 없었다. 어쨌든 니나는 그와 스카운드럴을 실버 서클과 멀리 떨어뜨려 보호해 주지 않았는가?

해설자의 목소리가 그의 생각을 흐트러뜨렸다. "에마가 싸워 보지 않고 물러날 리 없죠. 공중전에 소요되는 시간이 니나의 카오스컵 우승을 막을지도 모릅니다."

"아, 닥쳐!" 플로가 발을 구르며 소리를 빽 질렀다. "니나, 파이팅! 2연패 가자!"

니나가 오른쪽 아래로 몸을 기울여 라이트닝의 목에 기대고 유니콘을 재촉하는 모습을 카메라가 줌으로 잡았다. 스캔다르는 카메라가 줌 아웃되는 동안 군중과 함께 응원가를 불렀다. 니나는 스캔다르와 같은 메인랜드 출신이었고, 지구상에서 가장 강력한 동물을 타고 겨루는 사람이 되기 위해 이 이상한 섬에 불려 왔다. 니나가 다시 한번 카오스컵을 차지할 수 있을까? 그러한 기록을 세운 라이더는 스캔다르의 엄마뿐이었다. 이제 그는 엄마가 사령관이 되기까지의 여정에 유니콘 한 마리가 아니라 두 마리의 마법이 얽혀 있었다는 것을 알고 있었다.

"오오오오!" 해설자가 목청을 높였다. "기막힌 불 마법입니다. 그러나 페데리코 존스의 불타는 창도 저들의 속도를 떨어뜨리지는 못하는군요!" 이제 해설자는 거의 고함을 지르고 있었다.

과연, 추격자의 불 공격이 유니콘들의 옆구리를 간발의 차로 빗나갔는데도 니나와 에마는 전혀 당황하지 않고 경기장을 향해 하강하고 있었다.

"오히려 페데리코 존스가 느려졌습니다. 뒤로 처집니다. 이제 두 라이더의 승부네요. 라이트닝스미스테이크는 아직도 힘이 남아도는 것 같습니다. 이 두 명의 공기 윌더들은 어떤 마법 공격도 시도하지 않고 있네요. 완전히 속도 싸움입니다. 누가 먼저 결승선을 통과하느냐, 그게 중요하죠."

"니나가 할 거야!" 바비가 외쳤다.

"이제 착륙에 들어갑니다. 공기 윌더가 우승을 차지한다는 것만은 확실합니다만, 과연 둘 중 누가 될까요? 착륙을 하고 경기장을 달려 결승선 아치를 통과해야 합니다. 시간 내 통과하지 못하면 실격 처리되고요."

해설자가 극적으로 잠시 말을 멈추었다. 스캔다르도 숨 쉬는 것조차 잊었다.

"두 선수 모두 내려왔습니다." 해설자는 흥분에 휩싸여 숨도 쉬지 않고 말했다. "막상막하입니다!"

그들이 각축을 벌이는 동안, 스캔다르가 앉아 있는 관중석 높이에서도 니나의 갑옷 등을 가로지르는 '카자마'라는 노란 띠와 에마의 '템플턴'이라는 같은 노란색 띠는 선명하게 눈에 들어왔다.

"이 메인랜더가 다시 한번 역사를 쓰는 모습을 보게 될까요? 카자마 사령관이 카오스컵 2연패를 달성할 수 있을까요?"

갈기와 꼬리만 백골처럼 희고 온몸이 회색인 마운틴스피어와 황토색의 라이트닝스미스테이크는 결승선을 향해 질주했다. 니나가 손바닥을 들고는 —— 그 동작이 어찌나 빠른지 스캔다르는 못 볼 뻔했다 —— 번개 단검을 마운틴스피어를 향해 옆으로 날렸다. 에마의 유니콘은 잠시 자세가 흐트러졌을 뿐이었지만 승부를 정하기에는 그걸로 충분했다.

"자신의 연합 원소를 확실히 보여 주네요, 저런 속도를 내면서 무기를 형성하다니요! 저게 승부를 가를 것 같습니다! 니나 카자마가 또 한 번 해냅니다! 가장 먼저 결승선을 통과합니다!"

관중석에서 우레와 같은 함성이 일어났다. 스캔다르도 다른 사람들과 함께 목이 터져라 외쳤다. 그는 목을 길게 빼고 스크린으로 결과를 확인했다. 잠시만이라도 이 순간에 빠져들고 싶었다. 이게 역사상 마지막 카오스컵이라면? 라이더와 유니콘 들이 아일랜드를 떠나 뿔뿔이 흩어져야 한다면? 그는 이 순간을, 만약을 위해서라도 즐기고 싶었다. 그들이 그들의 집을 구하지 못하게 되는 경우를 생각해서라도.

"우승은 니나 카자마와 라이트닝스미스테이크입니다! 니나 카자마가 다시 한번 우승을 차지했습니다. 메인랜더이자 공기 윌더인 이 라이더가 카오스컵 2연패를 달성했습니다!" 니나는 경기장 벽에 있는 출입구를 통해 카오스 복합구역으로 퇴장했다. 에마가 바로 다음으로 따라 들어갔고 다른 출전 선수들도 따라갔다.

"꿈 아니지? 이거 꿈 아니지?" 플로는 똑같은 말을 연신 되풀이했다.

"아니고말고!" 바비가 허공에 주먹을 날렸다. "공기 윌더가 또 우승했어! 비록……." 하늘에서 노란색 불꽃이 터지고 송골매회 시범 비행이 시작되는 동안 바비의 표정이 침울해졌다. "이렇게 되면 나는 카오스컵 3연패를 목표로 삼아야 할 테지만. 어지간히 노력해 가지고는 안 되겠어!"

해설자들이 경기 결과를 되풀이하여 내보내는 동안, 스캔다르는 미첼의 어깨가 누군가를 감싸듯 돌아가 있는 것을 보았다. 콰르텟 친구들은 미첼의 심상치 않은 몸짓에 주목하느라 스크린에서 자기 유니콘의 목을 감싸 안는 니나의 모습을 볼 겨를이 없었다.

제이미가 이상했다.

갑옷 제조공의 짝눈이 뜨거운 석탄처럼 이글거렸고 귓구멍에서 허연 김까지 뿜어져 나왔다. 바람이 부는 것도 아닌데 그의 곱슬머리가 나부꼈다.

어느덧 제이미가 노래를 부르기 시작했다.

17장

새로운 노래

"아일랜드의 마법이야? 빙의된 거야?" 스캔다르가 군중의 함성에 묻힐세라 큰 소리로 물었다. 제이미는 무아지경에 빠진 사람처럼 보였다.

"아냐!" 미첼은 제이미의 축 늘어진 팔을 자기 어깨에 두르고 줄을 따라 이동하기 시작했다. "제이미가 진실의 노래를 부르는 게 틀림없어. 얘가 뭐라고 하는지 잘 들리는 곳으로 데리고 나가야 해. 당장!"

"아니, 제이미는 음유시인도 아닌데 어떻게……."

"혈통으로는 음유시인이지. 조건은 그걸로 충분한 듯." 미첼이 끙끙 대며 말했다.

그들이 관중석에서 빠져나가는 동안 다른 관람객들은 비키면서 구시렁거렸다. 스캔다르를 손가락으로 가리키며 뭐라고 하는 사람도 몇몇 있었다. "어이, 쟤가 스피릿 윌더 아냐?"

······옛 거울들이 가라앉는 배를 애달파하는 곳.

그들이 경기장에서 나올 때 제이미는 이렇게 노래했다.

"셰코니 새들스 천막이 저기 있어!" 플로가 그들이 나온 경기장 출구에서 그리 멀리 떨어지지 않은 주황색 천막을 가리켰다.

"얼마나 걸릴까?" 플로가 카오스컵을 위한 현지 출장소 입구를 열어젖히는 동안 바비가 물었다.

"그때그때 달라." 미첼이 자기 어깨에서 제이미의 팔을 풀고 바닥에 잘 앉히면서 말했다. "노래 전체를 한 시간 내내 반복할 수도 있고, 딱 한 번 부르고 끝일 수도 있어." 미첼은 재킷에서 작은 수첩을 꺼내 기록하기 시작했다.

스캔다르는 자신의 갑옷 제조공, 음유시인이 되길 바란 적이 없었던 갑옷 제조공이 원소 마법에 빠져 자신의 노래를 읊조리는 모습을 지켜보았다.

스피릿의 스완송이 침묵으로 스러진 곳에서,

다섯이 함께 그의 처음이자 마지막 발걸음을 따르고,

마지막 이는 계속 싸워야 하지만 그것이 폭력을 뜻하지는 않으니

그로써 여왕에게 궁극의 경의를 표하게 되리.

제이미는 잠잠해지는가 싶더니 옆으로 휙 넘어갔다.

"나한테 문제가 있는 거야, 아니면 이 노래가 우리가 전에 들었던 진실의 노래보다 더 말이 안 되는 거야?" 바비가 이렇게 묻는 동안 그녀의 손목에 있는 깃털들이 몽땅 곤두서 있었다.

"잠깐만, 잠깐만." 미첼은 여전히 받아 적기에 바빴다. 스캔다르는 몸을 숙여 제이미를 일으키려 했지만 제이미는 이미 깊은 잠에 빠져

있었다.

"이번 한 번으로 끝이라면 우린 진실의 노래의 상당 부분을 놓친 거네." 플로가 서글프게 말했다.

"그나마 우리가 들은 게 어디야. 이것만 해도 유용할 것 같아." 미첼이 말했다.

"뭐에 유용하다는 거야?" 바비가 말했다.

"미첼 말이 맞아." 스캔다르가 얼른 나섰다. "여왕을 언급했잖아. 야생 유니콘 여왕 얘기겠지. 실은 나도 그것 때문에 너희를 찾아 경기장까지 온 거야. 애거서에게 들었는데, 그러니까 스피릿 윌더들에게 전하는 얘기로는, 최초의 라이더와 야생 유니콘 여왕은 적대 관계가 아니라 한편이었대."

"개인적으로 나와 같은 편인 친구의 뼈를 깎아 무기를 만들진 않을 것 같아." 바비가 코웃음을 쳤다. "어쩌면 미첼은 예외일지도. 네가 유독 짜증 나게 군다면 말이야."

"바비!" 플로가 외쳤다.

"하지만 그들이 동맹 관계였다면 같은 장소에 묻혔을 수도 있잖아. 너희 생각은 어때?"

"최초의 라이더가 야생 유니콘과 동맹이었을 리는 없어! 웃기는 소리······." 미첼이 씩씩거렸다.

스캔다르의 눈썹에 힘이 들어갔다. "너는 최초의 라이더의 유니콘에 대해서 뭐 아는 거 있어? 그 유니콘 이름이라도 알아?"

그때 제이미가 신음했다. 미첼은 스캔다르의 질문을 피해 얼른 제이미의 안색부터 살폈다.

"무슨 일이 있었어?" 제이미가 겨우 물었다.

"네가 진실의 노래를 불렀어." 미첼이 차분하게 설명했다.

바비가 거창하게 머리를 조아렸다. "대장장이 음유시인 만세."

"장난해?" 제이미는 엄청난 통증이 밀려오는 듯 눈을 감았다. "엄마 아빠가 절대 조용히 넘어가지 않을 거야!"

스캔다르와 친구들은 대장간 앞에서 제이미와 헤어졌다. 미첼은 지칠 대로 지친 제이미가 사다리를 타고 올라가 집 안으로 들어가는 것까지 지켜봐야 한다고 했고 그런 다음에야 비로소 그들은 먼 길을 걷기 시작했다.

"그러니까 내 말은," 이어리 언덕 꼭대기에 이르렀을 때 스캔다르가 숨을 헐떡거리며 말했다. "최초의 라이더가 유니콘과 함께 묻혔다면……."

"나무가 있을 텐데……." 플로가 생각에 잠겨 말끝을 흐렸다.

"'유니콘이 잠든 곳에는 나무가 자란다.' 네가 작년에 묘지에서 알려 줬잖아." 스캔다르가 플로에게 미소를 지었다.

"하지만 야생 유니콘도 마찬가지야?" 바비가 물었다.

미첼이 팔짱을 꼈다. "만약 그렇다면 우리가 야생 유니콘 나무를 못 알아볼 리 없어. 그 나무는 다섯 원소 모두와 연합하겠지. 상상해 봐, 그 나뭇잎들은……."

"이런 모습 아닐까?" 바비가 한 손으로 엉덩이를 짚고 다른 손으로 이어리 입구 나무를 가리켰다.

스캔다르, 미첼, 플로는 놀라서 나뭇잎을 쳐다보았다. 스캔다르는 항상 입구 나무의 알록달록한 나뭇잎들을 좋아했지만 제대로 살펴본 적은 없었다. 그 나뭇잎들은 작년에 묘지에서 보았던 것과 완벽하게 일치했다. 노란 나뭇잎은 보이지 않는 산들바람에 탁탁 소리까지 냈다.

미첼의 얼굴이 기쁨으로 빛났다. "분명히 여기가 무덤 입구일 거야!"

"앗싸!" 바비가 허공에 주먹을 날렸다. "내가 항상 해결사 노릇을 하는 게 짜증 나지?" 그녀는 스캔다르에게 윙크를 했지만 스캔다르는 점점 짙어지는 어둠을 바라보고 있었다.

"우린 서둘러야 해. 날이 어두워지고 있고 하지는 바로 내일이야. 그리고 아일랜드가 일찌감치 자멸하지 않으리라고 확신할 수도 없고."

"스캔다르, 잠깐만 입 다물어!" 바비가 한 손을 나무 몸통에 얹고 전기가 지직거리는 문을 열면서 윽박질렀다. "여기서 옛 무덤을 찾는 얘기를 하는 중이잖아. 나도 집중해야 한다고."

콰르텟은 나무 몸통을 양쪽으로 살펴보고 다양한 원소들의 섬광과 소용돌이 속에서 입구를 몇 번이나 거듭 통과했다. 하지만 해가 지기 시작했고 카오스컵을 보고 돌아오는 라이더들이 노래를 부르거나 대화를 나누면서 나무 몸통을 지나가기 시작했다. 최초의 라이더와 야생 유니콘 여왕이 이 나무 아래 같이 묻혔을지라도 무덤의 입구는 아무래도 다른 곳에 있을 것 같았다.

"일단 잠깐 쉬면서 제이미의 진실의 노래를 다시 살펴보자." 미첼이 나무뿌리 하나를 뽑아 보려고까지 했다가 아무 성과도 거두지 못하고 일어서면서 말했다.

스캔다르가 좀 더 해 보자고, 나무를 타고 올라가 보자고 말하려는데 고함 소리가 들렸다.

"내가 지금 상상하는 거 아니지? 그렇지?" 그들이 서둘러 이어리로 들어가는 동안 바비가 물었다.

스캔다르는 고개를 들어 흔들다리를 따라 미친 듯이 뛰어가는 다른 라이더들을 쳐다보았다.

코비가 비탄에 빠진 암갈색 얼굴을 하고 나무들을 가로질러 스캔다르의 쾌르텟에게 달려왔다. 그는 쾌르텟이 함께 있는 것을 보고 냅다 소리를 질렀다. "너 정상이야?"

스캔다르는 희한한 질문이라고 생각했다. 공정하게 말하자면 그의 쾌르텟에서 정상이라고 할 수 있는 사람은 아무도 없었다.

"너 빙의됐냐고!" 코비가 다시 소리를 질렀다.

"아하," 스캔다르는 서서히 알아들었다. "아니, 우린…… 괜찮아. 무슨 일이야? 누가 널 공격하기라도 했어?"

코비가 대답으로 뱉어 낸 소리는 웃음소리 같기도 했고 흐느껴 우는 소리 같기도 했다. "누가 날 공격했느냐고? 이어리의 절반이 그래!"

"이어리의 절반이 빙의됐다는 뜻이야?" 플로가 기겁을 했다. 위쪽에서 소름 끼치는 비명이 길게 울려 퍼졌다. 쾌르텟은 본능적으로 한데 모여들었다.

코비가 서리 낀 눈썹을 격렬하게 흔들면서 고개를 끄덕였다. 이렇게 놀라고 약한 모습의 코비를 보니 기분이 이상했다. 코비는 원래 앨러스테어와 메이이처럼 다른 아이들을 놀리고 괴롭히는 축에 들었다. "빙의된 라이더들 중 일부는 자기 유니콘과 함께 있어. 그들이 가장 위험해." 코비는 이렇게 말하고 가까운 사다리를 타고 올라가기 시작했다. "안으로 들어가! 밖에 있으면 위험해!"

"우리 유니콘은 어떻게 되는 거야?" 스캔다르는 센티널들이 지키고 있는 스카운드럴을 생각했다. 유니콘의 부재, 슬픔으로 말라 가는 연이 새삼 아프게 다가왔다. 어쩌면 모두 정신없는 이 틈을 타서 스카운드럴을 탈출시킬 수 있을지도, 어쩌면……

"교관들이 마구간을 지키고 있어. 네가 할 수 있는 일은 아무것도 없어. 얼른 들어가!"

코비가 몸을 피한 후, 그들의 머리 위에서 엄청난 불의 블라스트가 휩쓸고 갔다. 그의 눈에 앤더슨 교관과 데저트파이어버드가 사리카와 이쿼이터스코넌드럼을 대치하고 있는 것이 보였다. 밑에서 올려다보기에도 앤더슨 교관은 코넌드럼을 제압하기보다는 땅으로 착륙시키려고 애쓰고 있었다. 그러나 사리카는 손바닥으로 계속 파이어버드에게 불을 쏘아 댔다. 그녀는 손톱까지 화염을 뿜어내면서 교관을 잿더미로 만들 기세로 독하게 공격했다. 불타는 나뭇잎과 검게 그을린 잔가지가 콰르텟 위로 비처럼 쏟아졌다.

"가자!" 스캔다르가 그들의 나무 집을 가리키며 큰 소리로 외쳤다.

콰르텟은 사다리를 타고 올라가 —— 빙의된 라이더들에게서 도망치는 다른 라이더들과 철갑을 두른 나무들 사이에서 폭발하는 원소 마법을 피해 —— 익숙한 흔들다리들을 따라 달렸다. 스캔다르가 달리는 동안 몇몇 얼굴이 흐릿하게 지나갔다. 그들의 눈빛이 맑은지…… 아니면 뭐에 씌었는지 확인할 시간은 없었다.

그들은 결국 집 안으로 대피했다. 그들은 밖에서 밀고 들어오지 못하게 벽장을 문짝에 붙여 놓자마자 색색의 빈백 위로 쓰러지듯 주저앉았다. 바비만은 그 와중에도 긴급 샌드위치를 만들기 시작했지만 말이다. 시큼한 마마이트 냄새와 달콤한 잼 냄새가 함께 풍기자 스캔다르는 묘하게 마음이 편해졌다. 그는 틀림없이 이것을 잃어 가는 중이리라.

미첼이 흑판을 모두에게 보이도록 끌고 왔다.

"지금? 진심이야, 미첼?" 플로가 물었다.

"여름밤을 즐기러 밖으로 나갈 수 없는 건 확실하잖아." 미첼이 대꾸했다.

"난 내가 언젠가 세기말 좀비물에 등장하게 될 거라는 걸 알았어." 바비가 생각에 잠긴 듯 말했다.

"좀비가 뭐야?" 플로가 어리둥절해서 물었다.

바비는 입안 가득 샌드위치를 우물거리면서 설명하기 시작했지만 미첼이 바로 저지하고 나섰다. "됐어, 로버타! 모르겠어! 이제 마법의 균형이 완전히 깨졌어. 이어리의 절반이 빙의됐어. 이러다가 머지않아 니나가 우리 모두를 내보내려고 할 거야."

"우리가 들었던 제이미의 진실의 노래를 좀 적어 줄 수 있어?" 스캔들르가 흑판을 가리키면서 물었다. "무덤이 이어리의 나무 밑에 있다면 우린 입구만 찾으면 되잖아, 안 그래?"

미첼이 메모를 소리 내어 읽으면서 흑판에 옮겨 썼다. 일단, 그들이 셰코니 새들스 천막으로 이동하는 길에 들은 구절부터 적었다.

……옛 거울들이 가라앉는 배를 애달파하는 곳.

그다음에는 노래의 끝부분이었다.

스피릿의 스완송이 침묵으로 스러진 곳에서,
다섯이 함께 그의 처음이자 마지막 발걸음을 따르고,
마지막 이는 계속 싸워야 하지만 그것이 폭력을 뜻하지는 않으니
그로써 여왕에게 궁극의 경의를 표하게 되리.

바비가 끙 소리를 냈다. "내가 수수께끼를 얼마나 싫어하는지 얘기한 적 있지?"

플로는 무시하고 말했다. "스완송은 죽기 전에 마지막으로 하는 행동을 의미하잖아."

"그런데 스완송이 어떻게 침묵으로 스러져?" 미첼이 곰곰이 생각했다.

그들은 서서 왔다 갔다 했다. 이어리 아래서부터 땅의 흔들림이 올라왔다. 거센 바람이 나무들 사이를 가르고 나무 집의 측면을 호되게 강타했다. 스카운드럴의 감정이 요동치고 있었다. 한순간은 두려움이 가득했고, 다음 순간은 흥분이, 그다음에는 다시 두려움이 밀려들었다. 스캔다르는 하지를 데려올 한밤중이 깊어 가고 물러가는 것을 지켜보았다. 메인랜드 집에 울려 퍼졌던 다섯 번의 노크 소리, 유핑턴의 화이트유니콘에서 해처리로 가는 헬리콥터를 타기 위해 대기하던 라이더 지망생들을 떠올리지 않으려 애썼다. 내일의 해가 뜬 후에도 라이더 지망생들이 도전할 해처리 문이 남아 있을까?

해돋이가 얼마 남지 않은 시각, 콰르텟은 빈백에서 그대로 잠이 들었다.

똑. 똑. 똑.

스캔다르가 경기하듯 퍼뜩 잠에서 깼다. 다른 친구들은 깊이 잠들어 있었다. 그는 혹시 빙의된 라이더가 아닐까 두려웠지만 나무 몸통의 발판을 딛고 올라가 둥근 창을 통해 누가 왔는지 확인했다.

리케시였다. 빙의가 된 것 같지는 않았다. 다만 굉장히, 아주 많이, 수심에 찬 표정이었다.

스캔다르는 콰르텟 친구들을 깨우지 않으려고 문짝이 살짝 열릴 정도만 조심스럽게 책장을 밀어 냈다.

"리케시?" 스캔다르는 아침 햇살에 눈을 끔뻑거렸다. "괜찮아요?" 비행 중대장의 팔에는 여기저기 베인 상처가 있었다.

"그린들이 떠나고 있어, 스캔다르, 너도 같이 갈래?" 그의 목소리는 평소보다 생기가 없고 심각했다.

스캔다르가 인상을 찌푸렸다. "'떠나고' 있다니, 무슨 말이에요? 어디로 가는데요?"

리케시가 스캔다르의 어깨에 손을 얹었다. "넌 송골매의 의미를 아니?"

"빠르게 나는 새의 이름이잖아요, 그렇게 말해 줬……."

하지만 리케시는 이미 고개를 가로젓고 있었다. "아냐, 아냐. 이름은 그렇지. 송골매는 방랑자를 의미해. 잘 들어, 일몰 후에 아일랜드는 더는 살 만한 곳이 아닐 거야. 나는 우리 송골매회가 원소별로 흩어져 유니콘이 자유롭게 날기도 힘든 어딘가로 가야만 하는 상황을 피하고 싶어."

"난 떠날 수 없……." 스캔다르가 입을 열었지만 비행 중대장이 그 말을 가로막았다.

"걱정하지 마. 스카운드럴은 우리한테 있어. 간밤에 대량 빙의가 일어나고 경비들의 주의가 흐트러졌을 때 앰버 페어팩스가 스카운드럴을 데려왔어."

갑자기 스캔다르의 폐에서 숨이 다 빠져나간 기분이 들었다. "어디에요? 스카운드럴은 어디 있어요? 앰버가 데려왔다니요?"

"선셋 플랫폼에 있어."

리케시는 돌아섰고 스캔다르는 두 번 생각할 것도 없이 그를 따라나섰다.

이어리 정상까지 가는 데 시간이 그렇게 오래 걸린 적은 없었다. 간밤의 난리 때문에 사다리들도 상당수 부서졌고 플랫폼 전체가 무너진 곳도 적지 않았다. 스카운드럴과 다시 만난다는 희망조차도 아일랜드의 비참한 모습이 내려다보이는 것을 막을 수는 없었다. 포포인트의 어떤 부분은 아예 사라지고 없었다. 색색의 나무 집들은 목재 더미, 돌무더기로 변해 있었다. 경기장의 관중석도 군데군데 내려앉았고 결승선 아치까지 무너졌다. 스캔다르는 세상에서 가장 사랑했던 곳이 황폐해진 모습에 가슴이 미어지는 것 같았다.

선셋 플랫폼은 분주했다. 프림은 지시를 내리고 있었고, 패트릭은 자기 유니콘에 보급품이 가득한 안장 가방을 싣고 있었다. 펜은 호어프로스트를 돌려세우며 안정시키는 중이었고, 마커스는 애덜라와 열띤 대화를 나누고 있었다.

스캔다르는 플랫폼의 가장 먼 모퉁이에 있는 앰버와 윌윈드시프를 발견했다. 검은 유니콘 한 마리가 그들 옆에서 참을성 있게 서 있었다.

스카운드럴스럭이었다.

연이 순수한 행복감으로 폭발하면서 스캔다르는 공중으로 뛰어오르고 싶었다. 스카운드럴도 기쁨으로 히힝히힝 울면서 날개를 하얗게 빛내며 자신의 라이더를 향하여 금속 플랫폼을 달려왔다. 그리고 스캔다르도 정신없이 달려가 두 팔로 유니콘의 흑단 같은 목을 부여안았다. 그의 유니콘에게서 그리운 집의 냄새, 우정의 냄새, 영혼의 쌍둥이가 풍기는 냄새가 났다. 그들의 감정은 완벽하게 일치하는 안도와 흥분과 사랑의 거대한 파도가 되어 연에 흘러넘쳤고 스캔다르는 그 거센 감흥을 못 이겨 쓰러질 것만 같았다.

"안녕, 나의 스카운드럴." 스캔다르는 흐느낌을 멈추려고 하지도 않았다. "안녕, 나의 아름다운 스카운드럴." 스캔다르는 유니콘의 검은

갈기에 손을 집어넣고 부드러운 검은 털가죽에 이마를 기댔다. 스카운
드럴은 머리를 돌려 스캔다르의 목에 코를 비비고 뜨거운 입김을 뿜어
댔다. 그들은 언제까지나 그러고 있을 수 있을 것 같았다.

잠시 후, 앰버가 플랫폼 저쪽에서 그들을 향해 쭈뼛쭈뼛 다가왔다.
스캔다르는 눈물을 훔치면서 지금 얼굴이 완전히 벌겋겠구나 생각했다.

"고마워." 그는 목이 메어서 이 말도 겨우 뱉었다. "정말 고마워."

"아무것도 아냐." 앰버가 전기가 흐르는 이마의 별을 번득이면서 어
깨를 으쓱했다.

"음, 고마운 걸 모르는 사람처럼 보일까 봐 좀 그런데," 스캔다르가
감정을 서서히 추스르면서 입을 열었다. "왜 그랬어? 넌 한 해 내내 사
람들에게 내가 빙의의 원흉이라고 말하고 다녔잖아. 바비는 네가 경기
장에서 매닝 의장과 말하는 걸 봤다고 했어. 내가 빙……."

"바비 브루나는 남의 일에 신경 끄는 법을 배워야 할 것 같네." 앰버
가 들창코를 문지르면서 평소와 좀 더 비슷한 말투로 말했다. "나는 매
닝 의장에게 너에게 아무 잘못이 없다고 말하려고 했어. 너도 빙의됐
잖아. 그렇지만 의장은 내 말을 귓등으로도 안 듣는 것 같더라. 내 아
버지가 스피릿 윌더라는 이유로 말이야."

"많이 듣던 얘기네." 스캔다르가 투덜거렸다.

"이제 피장파장이야. 넌 송골매회의 첫 모임에서 내 목숨을 구해 줬
고, 우리 콰르텟이 날 괴롭힐 때 내 편을 들어 줬어. 그리고 난 너를 스
카운드럴과 다시 만나게 해 줬고, 스카운드럴을 너와 다시 만나게 해
줬지. 그러니까 이제 2 대 2가 됐어. 지금부터는 서로 못 잡아먹어 안
달하던 때로 돌아가자. 그게 내가 너무너무 바라는 바야."

스캔다르가 웃음을 터뜨렸고 앰버는 밤색 머리카락을 날리면서 고개

를 홱 돌리고는 시프에게 돌아갔다.

리케시와 프림이 그를 보러 왔다. 다시 만난 라이더와 유니콘을 바라보는 프림의 입가에 희미한 미소가 감돌았다. 하지만 그녀는 이내 본론으로 들어갔다. "그럼, 같이 갈 거지? 우리는 석양이 지기 전에 떠날 계획이야. 니나가 라이더들을 대피시키기 직전에……"

스캔다르는 이미 고개를 젓고 있었다. "스카운드럴을 여기에 안전하게 데리고 있어 줘서 얼마나 고마운지 몰라요. 하지만 나는 같이 갈 수 없어요. 내게 아일랜드는 집이에요."

리케시가 한숨을 쉬었다. "이곳은 우리 모두에게도 집이야, 스캔다르, 하지만 이 집은 오래가지 못할 거야. 우리 모두 새로운 집을 만들어야 해. 어쩌면 소속 원소 같은 것도 없어질지 몰라. 최초의 라이더가 여기로 떠밀려 왔을 때만 해도 그러지 않았어."

스캔다르가 리케시를 쳐다보았다. 리케시가 몇 달 전에 해 줬던 이야기가 문득 떠올랐다.

'최초의 라이더가 미러클리프 아래로 떠밀려 왔을 때, 그는 해칠링보다 나이가 조금 더 많을까 말까 한 어부였어.'

프림과 리케시가 스캔다르의 표정이 변한 것을 알아차렸다. "왜 그래?"

스캔다르가 재빨리 스카운드럴의 등에 올라탔다. 스카운드럴과 착 붙어 있을 수 있다는 것만으로도 꿈인가 생시인가 싶었다. 하지만 이거? 스카운드럴을 다시 타는 기분은 완벽했다. 그 순간만은 세상 모든 것이 좋았다. 아일랜드가 파괴되는 소리는 아스라해졌고 그린들도 흐릿해졌고 오로지 그들만이, 마침내 다시 결합해 더없는 행복의 거품 속에 싸여 있는 그들만이 존재했다.

그러나 현실이 다시 그들을 엄습했다. 스캔다르는 이륙하기 위해 스카운드럴을 뒤로 물러서게 했다.

"어디 가는 거야?" 프림이 물었다.

스카운드럴이 검은 날개를 활짝 펴는 동안 스캔다르가 그 물음에 대답했다. "난 아직 아일랜드를 포기하지 않았어요. 선배들도 포기하면 안 돼요. 석양이 지기 전까지는 떠나지 마세요, 알았죠?"

"왜?" 리케시가 물었다.

"약속해 주세요!" 스캔다르가 외치자마자 스카운드럴은 이어리의 가장 높은 플랫폼을 박차고 날아올랐다. 그들은 공기를 가르고 내려가다가 방향을 바꾸어 나무 집 옆에 착륙했다.

스캔다르는 유니콘에서 내리지도 않고 소리를 질렀다. "바비! 미첼! 플로! 이리로 나와!"

바비가 맨 먼저 나타났는데 스카운드럴을 타고 있는 스캔다르를 발견하고는 자못 우스꽝스러운 표정을 지었다. "어떻게 스카운드럴을 데려왔어?" 그리고는 수상하다는 듯이 물었다. "유니콘 도둑은 너희 집안에 한 명으로 충분하지 않아?"

"참 재미있구나. 그건 중요하지 않고, 들어 봐, 나 드디어 알 것 같아."

"뭘 알 것 같은데?" 플로가 나무 집 문으로 나오면서 하품을 했다. 그러다가 플랫폼에 서 있는 스카운드럴을 보고 깜짝 놀라 소리를 질렀다.

미첼은 안경을 쓰면서 걸어 나왔다.

"무덤 입구가 어디인지 알 것 같아!"

"어떻게? 뭐야? 어디인데? ……스카운드럴 맞아?" 미첼이 눈을 깜박거렸다.

"피셔먼스비치! 최초의 라이더가 떠밀려 왔던 곳이지. 그는 어부였어, 기억하지? '옛 거울들이 가라앉는 배를 애달파하는 곳'? 애거서가 날 아일랜드로 데려왔을 때 선원들은 그곳에 배를 안전하게 대기가 거의 불가능하다는 것을 알게 됐다고 했어. 미러클리프 바로 아래 말이야! 알겠어? '그의 처음이자 마지막 발걸음'이라고 했잖아. 그가 첫걸음을 내디딘 곳은 틀림없이 피셔먼스비치일 테니까 아마 마지막……."

"마지막 걸음도 그곳이었을 거다? 무덤으로 향하는 걸음?" 바비는 얼른 행동에 나서고 싶은 듯 거의 제자리에서 쿵쿵 뛰고 있었다.

"'스피릿의 스완송'이 침묵한다는 건 뭘까?" 플로가 물었다.

스캔다르가 숨을 크게 들이마셨다. "좋아, 말해 볼게. 심하게 자기중심적으로 들릴 수 있다는 거 알지만, 진실의 노래에서 그 부분은 내 얘기라고 생각해."

바비가 극적으로 한숨을 쉬고는 계속 말해 보라는 손짓을 했다.

"아틱스완송이 나를 아일랜드로 데려온 사연을 말한다고 생각해. 하지만 아일랜드에서 스피릿의 맥이 완전히 끊기는 것을 내가 막았잖아. '침묵으로 스러진다'는 표현이 그거야. 내가 여기 옴으로써, 작년에 아스펜 맥그래스와 거래를 함으로써."

"애거서와 스완송이 너를 피셔먼스비치에 내려 줬어?" 미첼이 스캔다르의 이야기를 따라잡으려고 애쓰면서 물었다.

"맞아! 해처리 아래! 그리로 가야 해, 당장!"

이어리는 혼돈의 도가니였고 교관들은 간밤의 빙의 소동의 피해 때문에 대피 준비를 하느라 분주했다. 콰르텟은 몇 분 만에 무장을 갖추었고 스카운드럴, 팔콘, 블레이드, 레드는 이어리 언덕을 박차고 저 멀리 미러클리프를 향해 날아갔다.

네 마리 유니콘이 평소와 같은 대형으로 날아가고 있을 때 블레이드가 갑자기 끽끽 소리를 냈다. 그 소리가 얼마나 큰지 스캔다르는 고막이 터질 것 같았다.

"블레이드한테 무슨 일 있어?" 스캔다르가 투구를 비스듬히 돌리고 플로에게 물었다.

하지만 그 와중에도 플로는 웃고 있었다. "좋아서 그러는 거야! 블레이드가 스카운드럴과 네가 영영 떨어져 지내야 할까 봐 걱정하다가 너희가 다시 만날 걸 보니 얼마나 기쁘겠어! 블레이드도 마침내 알게 됐나 봐. 자기가 이 콰르텟에 속해 있다는 것, 스카운드럴이 없으면 예전 같을 수 없다는 것, 여기가 자신의 자리라는 것을!"

바비도 빙그레 웃음이 났다. "블레이드를 믿어." 그녀는 유니콘의 날갯짓 소리에 맞춰 말했다. "세상이 망해 갈 때 비로소 자기 자신을 즐길 줄 알게 된 블레이드를 믿어 보라고."

그 말에 그들 모두는 현실로 돌아왔다. 그들의 발밑에 펼쳐진 재앙이라는 현실로. 정말 그랬다. 세상은 확실히 망해 가는 듯 보였다. 스카운드럴의 날개 아래로 내려다보이는 마법의 참상은 무시무시했다. 포포인트는 적어도 4분의 1이 불길에 휩싸여 있었고 끊임없는 산사태와 지진의 굉음이 울려 퍼졌다. 스캔다르는 카자마 사령관이 아일랜더들을 안전하게 보호하려고 노력하지 않았다고 비난하지 않았다.

네 마리 유니콘이 해처리 위를 나는 동안 스캔다르는 미러클리프의 절벽들 중 두 개가 무너졌고 그 꼭대기에 있던 거대한 덩어리가 사라진 것을 알아차렸다. 그리고는 어느새 콰르텟은 아일랜드의 가장자리에 도착해 피셔먼스비치로 내려가기 시작했다.

스카운드럴은 레드, 블레이드, 팔콘과 조금 떨어진 곳에 착륙했고 스캔다르는 잠깐이지만 공황에 빠졌다. 해가 이미 하늘 높이 떠 있었기 때문이다. 저 해가 지기까지 몇 시간이나 남았을까? 게다가 이곳은 이어리 나무와 너무 멀었다. 무덤의 입구가 정말 여기 있을까? 뼈를 깎아 만들었다는 단장은 고사하고, 입구를 찾는 데만 얼마나 걸릴까? 그리고 음유시인의 진실의 노래가 예언했던 것처럼 그들이 그것을 쟁취하지 못한다면 어떻게 되는 걸까?

"너 천잰데? 완전 천재야!"

바비의 목소리에 스캔다르는 공황 상태에서 벗어났다. 미첼에게 하는 말은 아닐 텐데……. 바비가 언제 저렇게 대놓고 미첼을 칭찬한 적이 있었던가?

"내가 운이 좋았던 거지." 미첼이 함박웃음을 자제하려고 노력하면서 말했다. "착륙하자마자 명백해 보이긴 했지만 말이야. 미러클리프의 이 부분은 내 모습을 제대로 비춰 주지 못해. 나는 넙데데하고 구부정해 보이고 레드의 실루엣은 완전히 구겨져 보이지. 다른 절벽들이 무너질 때 이쪽 반사판도 찌그러졌을 거야."

"여기가 입구라고 확신하는 거야?" 플로가 미첼에게 이렇게 물어볼 때 스캔다르가 무슨 일인가 싶어 달려왔다.

"거울의 이 부분을 부수고 들어간다면 절벽만 있지는 않을 거라 확신해. 날 믿어 줘. 이 부분만 완전히 달라 보이잖아."

플로는 곧바로 해처리 상처를 초록색으로 빛내고는 흙 마법으로 날카로운 돌이 달린 투창을 형성했다. 그러고는 친구들이 반응을 보이기도 전에 미러클리프를 향해 투창을 던졌다.

유리가 폭발하고 푸른 하늘이 비치는 날카로운 파편이 자갈 깔린 바닷가에 사방팔방 흩어졌다.

"플라운더링 플러드! 플로, 뭘 할 거라고 미리 말해 주면 좋잖아." 미첼이 레드의 갈기에 묻은 유리 파편을 털어 내면서 소리쳤다.

"네가 웬일이냐?" 바비가 존경한다는 듯한 얼굴로 플로를 쳐다보았다.

플로가 어깨를 으쓱했다. "나는 흙 월더야. 때로는 분별력이 있지만 때로는 돌 같은 걸 던지기 좋아하지."

스캔다르는 시선을 다시 절벽으로 돌렸다. 이제 그와 스카운드럴의 모습은 비치지 않았고 유니콘 한 마리가 통과할 수 있을 정도로 널찍하고 왠지 으스스한 터널의 입구가 보였다.

그들은 최초의 라이더의 무덤으로 가는 통로를 찾은 것이다.

케나

하지

   하지의 아침이 마침내 밝았고 케나는—그녀가 생각할 수 있었던 모든 사람 중에서—아빠를 생각했다. 케나는 아빠가 오늘 무엇을 하고 있을지 생각했다. 신문을 사러 마게이트 하이스트리트를 걸어가고 있을 아빠를 생각했다. 커피에 설탕을 너무 많이 넣고 저으면서 카오스 컵 결과에 대한 최신 기사를 읽고 있을 아빠를 생각했다. 그녀를 유니콘과 만나게 해 주려고 바다에서 노를 젓던 아빠를 생각했다. 아빠가 그녀를 얼마나 자랑스러워했던가를 생각했다. 케나는 침을 삼켰다. 오늘 해가 지고 난 후에도 아빠는 딸을 자랑스러워할까?

   황무지에서 에리카 에버하트를 만난 후로 케나는 아빠에게 편지를 써도 되는지, 이 기쁜 소식을 전해도 되는지, 아빠의 사랑하는 '로즈메리'가 살아 있다고 알려 줘도 되는지 몇 번이나 물었다. 그때마다 엄마는 케나에게 기다리라고 했다. 아직은 때가 아니라나.

   그렇지만 한 가지는 확실했다. 아빠는 케나가 엄마의 야생 유니콘을 타는 것을 절대로 허락하지 않을 것이다. 로버트 스미스는 아이들에게 항상 연을 맺은 유니콘과 야생 유니콘은 엄연히 다르다고 가르쳤다. 연을 맺은 유니콘은 통제할 수 있다. 야생 유니콘은 사람을 잡아먹을 것이다. 연을 맺은 유니콘으로는 경기를 뛸 수 있다. 야생 유니콘은 사람을 죽일 것이다.

그러나 에리카 에버하트의 유니콘이 황무지를 가로지르는 동안 케나는 엄마의 허리를 두 손으로 꼭 붙들고 있었고 아빠의 두려움을 깡그리 잊었다. 하지의 날이 밝았다. 그들은 드디어 미래를 향해 달리고 있었다. 그 미래를 위해 케나는 여기에 왔다.

에리카는 유니콘의 속도를 늦추어 절벽 꼭대기의 풀밭을 거닐었다. 케나는 난생처음으로 해처리를 올려다보았다. 기대했던 것 같은 흥분이나 경이감은 일어나지 않았다. 오히려 처절한 슬픔이 사무쳤다. 요지부동의 영원한 실망. 엄마 말이 옳았다. 그녀는 결코 이 아일랜드에 속할 수 없을 것이다. 결코 다른 사람들처럼 될 수 없을 것이다. 그리고 그 때문에 그들을 미워하게 될 것이다.

케나는 분하고 비참해서 견딜 수 없었다. 하염없이 하늘을 향해 울부짖고 싶었다. 저무는 해를 움켜잡고 수천 개의 조각으로 찢어 버리고 싶었다.

그때——아일랜드가 케나의 뼛속까지 사무치는 괴로움을 이해하기라도 한 듯——절벽 위 땅이 마구 흔들리면서 귀청을 찢을 듯 천둥이 울리고 번갯불이 떨어지면서 해처리를 강타했다.

풀로 뒤덮인 언덕 측면이 쩍 하고 갈라지고 땅이 아가리를 벌렸다. 야생 유니콘이 신이 난 듯 뒷발로 일어나는 순간, 케나는 엄마의 검은 수의 자락에 매달렸다.

에리카가 높고 날카로운 웃음을 뱉었다. "이런, 일이 한결 쉬워지겠구나."

그녀가 노래를 부르기 시작하자 케나는 팔에 난 털이 모조리 곤두섰다.

그러나 이 섬에서 또 다른 힘이 강성해지니
스피릿의 어둠의 친구가 진정한 후계자를 찾으리라.
그 힘이 부상할 때 폭풍이 일고
우리가 아는 모든 것의 끝을 보리라.

"내가 진실의 노래를 믿었던 적은 없다만," 에리카는 해처리의 갈라진 벽으로 향하면서 케나에게 말했다. "이 구절은 좋아한다고 인정할 수밖에."

그 후에는 더는 슬퍼하거나 주저할 겨를이 없었다. 아빠가 했던 말에도, 스캔다르에게도, 새로운 삶으로 통하는 문을 열 꿈을 꾸던 어린 시절의 케나에게도 마음을 쓸 여력이 없었다.

그녀가 지금 하는 선택, 그녀가 선택한 미래 —— 오직 그것밖에 없었다.

18장

부족한 하나

유니콘들은 터널을 통과하는 것을 영 좋아하지 않았다. 스카운드럴이 자꾸 방향을 틀려고 하는 바람에 스캔다르는 터널 내부의 거친 돌벽에 무릎이 다 까졌다. 습한 짠내, 아주 오래된 냄새가 났다. 처음에는 그나마 입구에서 들어오는 빛이 있었지만 한 발 한 발 들어갈수록 주위는 확연히 어두워졌다. 스카운드럴은 그곳을 몹시 불편해했고 스캔다르는 자신이 모르는 저 앞의 그 무엇을 자기 유니콘은 혹시 아는 게 아닐까 생각했다.

"그러니까…… 은유적인 싸움이라고 생각하는 거야?" 플로의 목소리가 터널 속에 메아리쳤다.

"응." 스캔다르는 무엇보다 자기 자신을 안심시키고 싶었다. "내 말은, 최초의 라이더는 수천 년 전에 죽었잖아." 그는 최초의 라이더가 복수에 불타는 유령이 됐을지 모른다는 리케시의 가설은 생각하고 싶지 않았다.

평소처럼 미첼은 그들이 뼈 단장을 찾은 후에 무슨 일이 생길지를 더 걱정했다. 그는 뼈 단장을 단층선으로 가지고 가기 위해 이어리까지의 최단 코스를 계획했다.

그러는 동안, 바비는 갑옷 안쪽에서 샌드위치를 만들었다.

"이럴 때도 너는 뭐가 입에 들어가니? 언제 공격당할지 모르는데?" 플로가 물었다.

"네가 싸움은 은유적인 거라고 한 것 같은데……."

그때 절벽 전체가 흔들리면서 터널 천장에서 돌 조각들이 마구 떨어졌다. 바비는 자기가 들고 있는 빵 껍질에서 흙을 털어 내고 팔콘에게 먹였다.

시간은 속절없이 흐르고 있었다. 스캔다르는 유니콘의 목을 토닥여 주면서 전진하게끔 격려했다. 그러나 검은 유니콘은 발굽을 땅에 단단히 박은 채 꿈쩍하지 않으려 했다.

"가자, 스카운드럴! 네가 여기 싫어하는 건 알겠어. 나도 싫어."

"저거 뭐야?" 미첼의 날카로운 목소리가 심상치 않았다. 스캔다르는 등골이 서늘해졌다. 그는 고개를 들었다.

불타는 유니콘이 그들 앞을 가로막고 있었다. 스캔다르는 다시 봐도 그게 뭔지 알 수가 없었다. 타닥타닥 타오르는 그 생명체는 순전히 불로 이루어져 있었다. 털가죽, 갈기, 발굽도 없었다. 그저 활활 타는 주황색 불꽃 자체였다.

"저걸 우리 편으로 봐야 하냐, 우리를 죽이려는 놈으로 봐야 하냐?" 바비가 속삭였다.

그 의문에 답하듯 유니콘의 몸뚱이를 이루는 불이 더 높고 더 넓게 뻗어 나가기 시작하더니 처음 크기에서 완전히 벗어나 그들 앞의 터널 전체를 불구덩이로 만들었다. 스캔다르의 피부가 열기에 그을렸고 스카운드럴도 비명을 질렀다.

"물러서! 물러서!" 플로가 기침을 하자 블레이드는 불 앞에서 몇 발짝 후퇴했다.

"저 길이 확실히 맞는가 보다." 스캔다르는 그들이 타오르는 불길에서 안전거리를 확보한 후에 말했다.

"그렇게 생각해? 제일 신 레몬이 하필 우리 나무에 열리다니 재수도 좋아." 바비가 빈정댔다.

"처음 겪는 일도 아니잖아." 스캔다르가 맞받아쳤다. 그는 난감했다. 원소 마법이 이렇게 저 혼자 맹위를 떨치는 광경은 처음 보았다. 저 불길 너머에서 누군가가 조종을 하고 있는 건 아닌지 궁금했다.

"저게 야생 유니콘 여왕이라고 생각해?" 플로가 두려움에 찬 목소리로 물었다.

"야생 유니콘 여왕의 어떤 형태라고 해야 하지 않을까. 무덤은 훨씬 더 들어가야 나올 거야. 이어리 밑까지 가려면 아직 멀었으니까. 저 불길을 뚫고 더 나아가야 한다고 생각해." 미첼이 말했다.

"잠깐만!" 바비가 말했다. "너희는 나의 콰르텟이고 난 너희와 모든 것을 진짜 사랑하거든! 하지만 말 그대로, 너희를 위해 불 속을 걸어갈 순 없어."

"넌 그럴 필요 없어." 미첼이 이를 소리 나게 갈았다. "나는 불 월더야. 저 가까이 갈 사람은 나 하나뿐이야."

"안 돼, 미첼!" 플로가 고함쳤다. "그건 너무 위험해. 우리가 다 함께 물 공격을 하면 진압할 수 있지 않을까?"

"마법이 너무 세. 느낄 수 있어. 그리고 이 통로는 그런 식으로 작동하지 않을 것 같아. 난 괜찮을 거야." 미첼이 플로에게 말했다.

"나는 진실의 노래와 음유시인에 대한 모든 것을 읽어 봤어. 기본적으로 우리 아버지가 믿지 않는 모든 것을. 이 터널의 마법은, 음, 오래된 거야. 음유시인이 노래했던 그런 종류의 마법."

"오, 미안해." 바비가 눈을 굴렸다. "난 네가 지금까지 사악한 불의 유니콘에 대한 책을 읽고 있었다는 걸 몰랐지. 진즉에 알았더라면!"

"아냐, 로버타," 미첼이 이번만은 참을성을 발휘했다. "우리는 1년 내내 마법으로 무기를 성형해 왔어. 내가 여기서 그걸 할 수 있다고 생각해. 레드나이츠딜라이트와 내가 불 마법을 사용한다면 — 무기를 성형을 한다면 — 너희 모두가 통과할 수 있도록 저 불길을 저지할 수 있을지도 몰라."

"미첼, 난 확신이……." 스캔다르가 말하려 했다.

"난 괜찮아. 해 볼게, 알았지?" 미첼이 스캔다르의 말을 중단시켰다.

미첼은 레드를 타고 터널을 가로막고 있는 화염을 향해 달려갔다. 스캔다르는 아이라 핸더슨이 바로 이 순간 자기 아들을 봤으면 좋겠다고 생각했다. 미첼이 얼마나 용감한지, 얼마나 이기심이라고는 없는지. 아들이 사령관이 되는 것이 전부가 아님을 아버지가 알았으면 했다.

미첼은 손바닥을 붉은색으로 환하게 빛내면서 자기 앞의 불길에 자신의 마법을 내던졌다. 그는 손바닥을 요리조리 움직여 자신의 불을 동그란 회오리처럼 만들었다. 레드는 자신의 라이더를 돕기 위해 불을 향해 갈기가 헝클어지고 털가죽이 꾀죄죄해지도록 발굽을 힘차게 딛고 앞발을 번쩍 들었다. 스캔다르는 친구의 얼굴을 볼 수 없었지만 미첼이 마법을 제어하느라 사지가 부들거리는 걸 볼 수 있었다. 심지어 손가락조차 지쳐 보였다.

그러다 미첼이 뒤를 돌아보고 외쳤다. "셋 하면 가, 알았지?"

"어디로?" 바비가 외쳤다.

하지만 미첼은 이미 자기 앞의 불길을 향해 돌아서서 오른쪽 손바닥으로 타격을 날렸다.

"하나!" 그가 소리쳤다.

두 번째 타격을 날렸다.

"둘!"

드디어 세 번째 타격이었다.

"셋!"

맹렬한 화염 폭풍 속에 동그란 구멍이 생겼다. 유니콘 한 마리가 달려가 통과할 수 있을 만한 구멍이었다.

"가!" 미첼이 부르짖었다.

팔콘이 먼저 갔다. 바비는 아까의 불평이 무색할 만큼 침착하게 화염을 통과해 팔콘을 반대편에 깔끔하게 착지시켰다. 구멍 너머로 연기에 휩싸인 바비의 실루엣이, 마치 그냥 외출이라도 하는 것처럼, 기분 좋게 흔들렸다. 플로와 블레이드가 다음으로 나왔고 그들 역시 장애물을 말끔하게 통과했다.

"어떻게 하려고?" 스캔다르가 미첼을 향해 외쳤다. 불꽃이 위험스럽게 불 회오리 속의 구멍을 날름날름 핥고 있었다.

"난 여기 있을게. 이건 빼 줘. 돌아올 길을 확보하기 위해!" 미첼이 지친 목소리로 말했다.

"정말?"

"어서 가!" 미첼이 외쳤다. 그래서 스캔다르는 스카운드럴을 불길 쪽으로 돌려세우고 그 중앙을 향하여 도약했다.

스카운드럴의 꼬리가 빠져나가자마자 구멍이 닫혔다.

"이게 다라고 생각해? 이 미친 불이 더는 없을까?" 스캔다르는 뒤를 돌아보면서 미첼의 모습을 확인하려 했다. 스카운드럴도 레드를 찾는 듯 꽥 소리를 냈다. 그의 절망이 터널 속에 메아리쳤다.

바비는 재를 들이마셨는지 재채기를 했다. "찾아야 할 길은 하나뿐." 바비는 이렇게 중얼거렸고 팔콘은 터널 안쪽으로 앞장서 갔다.

플로도 블레이드를 안쪽으로 몰았지만 그녀의 시선은 여전히 뒤를 돌아보고 있었다. "미첼을 두고 가지 않을 수 있으면 좋으련만."

"알아, 나도 내키지 않아." 스캔다르가 중얼거렸다.

"야, 너희 둘!" 바비가 앞에서 큰 소리로 그들을 불렀다. "다음은 누구인지 알아?"

스캔다르에게 공기 유니콘이 한순간 얼핏 보였다. 그것의 형체는 불의 유니콘보다 더 파악하기 어려웠다. 실루엣을 따라 전기가 지직댔고 나머지는 터널 속의 돌 조각들을 빨아들이는 순수한 토네이도였기 때문이다.

"간다." 바비가 갈색 앞머리를 바람에 휘날리면서 말했다. 공기 유니콘은 그 자체의 폭풍의 힘에 흩어지듯 무수히 많은 작은 토네이도가 되어 작은 공간을 떠돌았다. 그러고는 그것만으로는 그들의 진로를 막기에 충분하지 않다는 듯, 갈라진 번갯불이 매 순간 내리치면서 터널의 어둠을 밝혔다.

"눈 딱 감고 뛰면 통과할 수 있다고 생각해? 저 번개를 피해서?" 스캔다르가 바비에게 물었다.

"아니," 바비가 고개를 저었다. "토네이도 때문에 속도가 안 날 거야. 그러면 우리는 번갯불에 바싹 구워지겠지. 나한테 생각할 시간을 좀 줘."

스캔다르와 플로는 바비가 숨을 죽이고 생각을 정리하기를 기다렸다. 아일랜드의 자멸이 시작됐을지도 모르는데 이 터널에 얼마나 오래 발목이 묶여 있어야 하는지 걱정이 되지 않을 수 없었다.

"됐어, 내 말 들어 봐." 바비의 음성이 꼬리에 꼬리를 물고 일어나는 스캔다르의 두려움을 중단시켰다. "미첼을 본받아 나도 나의 토네이도를 소환해 볼게. 타이밍을 잘 맞추면 토네이도들끼리 밀어 내서 우리 앞의 저 공기 흐름이 끊어지게 할 수 있을 거야." 그녀는 스캔다르를 보고 씩 웃었다. "옛날에 오락실 게임 중에 그런 거 있었잖아."

"번개가 치는 건 어떡하고?" 플로는 번개가 마침 포격처럼 터널 바닥에 내리치자 놀라서 펄쩍 뛰면서 말했다.

"저건 패턴이 있어. 내가 가라고 할 때 가면 너희는 완전히 무사히 폭풍 반대편에 가 있을 거야." 바비가 대답했다.

"바비……." 플로는 겁에 질렸다.

"날 믿어, 플로런스. 내가 최고로 우수한 라이더인 거 몰라?"

"겸손한 걸로도 최고지, 아마?" 스캔다르는 분위기를 가볍게 하려고 농담을 했다. 그들을 죽이려 드는 이 터널 속에서 그런 말을 하기는 쉽지 않았다.

바비는 손바닥을 노란색으로 빛내며 팔콘과 함께 전기 폭풍을 마주했다. 손바닥에서 토네이도가 하나, 둘, 셋 튀어나왔다. 하지만 그것들은 터널 속의 토네이도들처럼 무작위로 회전하지 않았다. 바비는 미세한 손목의 움직임으로 자신의 토네이도들을 완벽하게 제어하고 있었다. 토네이도가 너무 커지거나 너무 쪼그라들면 물레를 돌려 자기를 빚듯 공기를 다시 성형했다. 스캔다르는 이토록 공기 원소가 아름다웠던 적이 있었나 싶었다.

"번개가 세 번씩 내리칠 거야." 바비는 토네이도에서 눈을 떼지 않고 외쳤다. 바비의 토네이도들은 터널 속의 공기 마법을 차차 가장자리로 밀어 내며 그들이 무사히 지나갈 만한 공간을 만들고 있었다. "미첼 헨더슨식의 카운트는 없어. 내가 가라고 하면 그냥 가."

"알았어!" 스캔다르가 외쳤다. 바람 소리가 귓전을 때렸다. 플로도 결연하게 고개를 끄덕였다.

번쩍, 쾅!

번쩍, 쾅!

번쩍, 쾅!

"가!" 바비가 고함을 질렀다.

블레이드와 스카운드럴이 팔콘을 지나쳐 바비가 마법으로 터놓은 바람 없는 통로로 내달렸다.

번쩍, 쾅! 번개가 바로 자기 뒤에 떨어지자 스캔다르는 등줄기가 쭈뼛했다. 플로가 안장 위에서 몸을 반쯤 돌렸다.

"돌아보지 마! 그냥 가!" 스캔다르가 외쳤다.

번쩍, 쾅! 번개가 다시 내리쳤다. 플로가 비명을 지르며 블레이드를 재촉했다. 바비만 번개의 패턴을 파악한 게 아니었다. 그들 역시 폭풍의 가장자리에서 세 번째 번개를 무사히 피해야 했다.

번쩍, 쾅!

스캔다르와 플로는 숨이 완전히 턱까지 찬 상태로 세 번째 번개가 내리치는 것을 바라보았다. 바비가 전기 폭풍 건너편에서 환호성을 지르고는 그들에게 엄지를 번쩍 들어 보였다.

"우리 넷 모두 자기 원소의 유니콘을 상대해야 하는 걸까?" 플로는 자신의 토네이도들을 수습하는 바비를 보며 스캔다르에게 물었다.

"그럴 수도 있어." 스캔다르가 말했다. 제이미의 진실의 노래가 그의 머릿속에 울려 퍼졌다. '다섯이 함께 그의 처음이자 마지막 발걸음을 따르고……'.

다섯. 그래, 말이 된다. 최초의 라이더의 무덤으로 가는 이 통로의 마법은 옛 시대의 것처럼 아주 오래된 느낌이 있었다. 스피릿 원소에 대한 편견이 없던 시절. 그러니까 만약 이 통로에 유니콘이 다섯 마리가 있다면 그들에게는 라이더가 한 명 부족하다. 그들에겐 물 윌더가 없으니까.

스캔다르는 그런 얘기를 플로에게 할 마음이 들지 않았다. 아직은 그럴 수 없었다.

콰르텟의 절반을 뒤로 한 채, 스캔다르와 플로는 으스스한 적막 속에서 앞으로 나아갔다. 그들의 뒤에서 이글거리는 불길과 전기가 이는 섬광이 희미하게나마 어둠을 밝혀 주었다. "내가 가끔 무슨 생각 하는지 알아?" 플로가 물었다. 터널 폭은 블레이드와 스카운드럴이 바짝 붙으면 나란히 지나갈 만했다. 비록 그들의 갑옷이 부딪히는 소리가 터널 속에 메아리치긴 했지만.

"무슨 생각 하는데?"

"너나 나나 그냥 평범하게 살았으면 좋겠다는 생각. 나는 가끔 눈을 감고 전혀 다른 모습의 우리를 상상해 보거든. 내가 알을 부화시키고 있어, 알에서 태어난 유니콘은 실버가 아니라 밤색 유니콘이야. 그리고 네가 단층선을 따라 걷고 있어, 스카운드럴의 하얀 무늬는 그냥 하얀 무늬일 뿐이고, 너는 진짜 물 윌더로 판명이 나."

"그럼 그건 우리가 아니야, 플로."

스캔다르는 갑자기 바비가 생각났다. 그는 바비가 방금 보여 준 경이로운 마법을 생각했다. 미첼의 용기를 생각했다. 그의 친구가 어떻게 맨 먼저 이 터널의 시험에 도전했던가를 생각했다. 경기장에 뛰어들어 야생 유니콘의 등에 올라탔던 플로를 생각했다. 앰버가 그를 위해 모든 위험을 감수하고 스카운드럴을 구해 왔던 일을 생각했다. "내가 생각하는 진실은," 그는 말을 이었다. "내가 생각하는 진실은, 세상에 평범한 사람은 없다는 거야. 마치 스피릿 무기 같아. 넌 평범한 사람들이 있다고 상상하지만 실은 존재하지 않아. 그런 사람들은 없어. 그래서 난 차라리 가능한 한 특별해지려고 노력하는 게 낫다고 생각해."

"음, 네가 그렇게 말하니까 모든 게 쉬워 보이지만⋯⋯." 플로는 전방의 터널을 주시한 채 한숨을 쉬었다. "그렇지가 않아. 너무 힘들어, 스카."

"그럼 이렇게 말할게." 그는 플로가 기운을 내길 바랐다. "일단 이 터널에서의 싸움을 끝내고 뼈 단장을 찾아서 아일랜드를 구하고 나면 우린 평범한 일을 할 수 있어."

플로가 웃음을 떠뜨렸다. "이를테면?"

"아, 나도 모르지. 뭔가 따분한 거?" 잠깐이지만 고대의 터널 한복판에서 이런 바보 같은 대화를 나눌 수 있다니 근사했다. 어쩌면 너무 무서워서 정신이 나갔는지도 모른다.

플로는 이제 정말로 깔깔대고 있었다. "너 실은 아무것도 생각 안 나지?"

스캔다르도 웃고 있었다. "무슨 소리야. 당연히 생각하려면 할 수 있지, 1분만 시간을 주면⋯⋯."

"스카!" 플로의 웃음소리가 뚝 그쳤다.

이번 유니콘은 스캔다르의 예상을 완전히 벗어났다. 흙 유니콘은 단단한 바위나 식물이 자라는 토양으로 이루어졌을 것이라 생각했건만, 이 기이한 생물은 순전히 모래로만 되어 있었다. 그것은 대단히 인상적인 모래성과 비슷했다.

"그냥 지나칠 수 있는지 시험해 보자." 플로가 말했다. 하지만 블레이드가 한 발짝 내딛자마자 모래 유니콘은 터널 바닥에 무너져 내렸다. 갑자기 노란 모래 알갱이들이 터널의 모든 표면에서 분수처럼 쏟아져 나왔다.

스캔다르는 뒤늦게 무슨 일인지 깨달았다. "모래가 터널을 채우고 있어! 통로를 막아 버리려는 거야!" 눈앞의 모래 벽은 삽시간에 블레이드의 가슴께까지 올라와 있었다. 그들은 거대한 모래시계 속에 갇힌 꼴이 되었다. 모래는 마치 천 년 동안 바닷가에서 뙤약볕을 받은 것처럼 뜨거웠다. 불과 몇 초 만에 터널 앞쪽은 완전히 모래로 막혀 버렸다.

그러나 플로의 얼굴에는 결연한 표정이 어려 있었다. 손바닥은 이미 초록색으로 빛나고 있었다. 날카로운 돌들이 미사일처럼 튀어나와 모래 벽에 부딪혀 폭발했다. 그녀는 팔을 잽싸게 뒤로 젖혔다 앞으로 뻗었다 했고, 블레이드도 자기 라이더의 생각을 바로 알아차리고 뿔로 작은 돌들을 쏘아 대기 시작했다. 느리지만 확실하게 플로는 구멍을 뚫고 있었다.

그녀는 이를 악물었다. "좋아, 스카, 거의 다 한 것 같아. 일단 틈이 생기면 너와 스카운드럴이 지나갈 수 있는 모래 터널을 내 힘으로 만들어 볼게. 해변의 모래밭을 파는 것처럼 말이야." 그녀가 침을 삼켰다. "잘됐으면."

"하지만 이 모래는," 스캔다르는 터널의 사방에서 거품처럼 끝없이 쏟아지고 흘러내리는 뜨거운 모래에 질세라 소리 질렀다. "너무 무거울 것 같아!"

"가장 우수한 라이더는 바비일지 모르지만 나는 실버 유니콘을 타는 라이더야. 블레이드와 나는 강해. 우린 해낼 수 있어."

플로는 다시 모래 벽을 향해 돌덩이를 쏘았고 그것이 폭발하면서 벽에 구멍을 뚫렸다. 한 줄기 빛이 나타났다.

"내가 혼자 힘으로 못 해내면 어떡해?" 스캔다르의 입에서 갑자기 이 말이 튀어나왔다. "나는 물 윌더가 아니잖아. 만약 내가 뼈 단장을 얻지 못하면……."

"너는 무슨 일이든 할 수 있어. 너는 스캔다르 스미스야." 플로가 확신을 담아 이렇게 말하자 스캔다르도 ― 적어도 그 순간만은 ― 그렇게 믿었다.

플로의 흙 마법이 소용돌이치며 확장되는 동안 모래의 공격을 저지하느라 그녀의 팔이 힘에 겨워 부들거렸다. 스캔다르의 머릿속에 어떤 장면이 떠올랐다. 그는 마게이트 해변에 누나와 함께 있었다. 남매는 몇 시간을 들여 근사한 모래 요새를 만들었다. 그러다 케나는 이제 곧 밀물이 들어와 그들의 작품을 쓸어가 버린다는 것을 깨달았다. 케나는 언제나 때가 되면 밀려오곤 하는 바다를 막겠다고 미친 듯이 속력을 내어 필사적으로 모래를 쌓기 시작했다. 순간, 그 기억이 어찌나 생생한지 파도가 발가락을 훑고 갈 때 케나가 터뜨리던 웃음소리가 들리는 것 같았다.

"스카, 지금이야!" 플로가 외쳤다.

스캔다르는 자신의 어린 시절에서, 아직도 터널에서 메아리치는 누나의 웃음소리에서 빠져나왔다. 집중해야 했다. 친구들이 그를 믿고 있었다.

스카운드럴은 모래 터널 속으로 들어가려 하지 않았다. 모래가 너무 뜨거웠기 때문에 스캔다르는 터널로 달려가면서 손바닥으로 유니콘과 자기 자신에게 물줄기를 쏘기로 마음먹었다. 스카운드럴은 주인의 두려움이 그대로 비치는 울음을 울었다. 이 모래 터널이 버텨 줄까? 그는 스카운드럴과 자기 위로 산더미 같은 모래가 무너져 내리는 상상을 하지 않으려 애썼다.

그들은 천천히 나아갔다. 틈이 너무 좁아서 그냥 걷는 것 이상으로 속도를 내는 건 위험했다.

"스카! 내가 얼마나 더 버틸지 모르겠어!" 플로의 목소리가 흔들렸다.

"거의 다 갔어!" 스캔다르는 돌아보지 않고 목청을 돋우어 대답했다. "몇 미터만 더 가면 돼!"

그때 플로가 비명을 질렀고 스캔다르는 뒤를 돌아보는 실수를 범하고 말았다.

그의 뒤에서 모래 터널이 붕괴하고 있었다. 반대편에 발이 묶인 플로는 더는 보이지 않았고 뜨거운 모래 폭포가 그와 스카운드럴을 덮쳐 펄펄 끓는 깊은 곳으로 빠뜨릴 태세로 밀려오고 있었다.

"스카운드럴, 뛰어!"

두 번 말할 필요는 없었다. 그들이 조심성이고 뭐고 집어치우고 터널 끝을 향해 질주하는 동안, 타는 듯 뜨거운 모래가 검은 유니콘의 대퇴부와 접은 날개에 마구 튀었다.

그들은 해냈다. 가까스로. 스카운드럴의 뒷발굽이 소용돌이치는 모래에 빠지긴 했지만 용케 구멍이 닫히기 전에 발을 빼냈다.

"스카! 괜찮아?" 플로의 목소리가 모래에 가로막혀 아스라하게 들렸다.

스캔다르는 안도의 한숨을 내쉬었다. 그녀는 괜찮았다. 적어도 예상했던 것 만큼은 괜찮았다.

"난 괜찮아! 통과했어!" 스캔다르가 고함을 질러 대답했다.

"나 여기 정말 싫어."

"나도 그래!" 스캔다르는 반쯤 웃고 있었다. "난 계속 간다, 알았지, 플로? 네가 알아차리기도 전에 돌아올게."

"내가 어떻게든 길을 터 볼게." 플로가 말했다. "우리가 집에 갈 수 있도록."

집. 스캔다르는 그들의 집이 부디 남아 있기를 바랐다.

스캔다르가 머리카락에서 모래를 다 털어 내기도 전에 물 유니콘이 앞쪽에서 밝은 파란색으로 빛을 발했다. 그 유니콘은 터널의 암벽이 비쳐 보일 정도로 거의 투명해서 더욱 비현실적으로 보였다. 스캔다르가 눈을 깜박이는 순간 물 유니콘이 철썩 바닥으로 쏟아져 내렸다. 물이 터널의 양옆으로 튀었고 그다음에는 ── 마치 거대한 폭풍에 휩쓸린 것처럼 ── 스캔다르의 눈앞에서 거대한 해일로 변해 높이 일어났다.

스캔다르는, 이런 마음이 난생처음은 아니었지만, 자신이 정말로 물 윌더였으면 좋겠다고 생각했다. 코비나 리케시를 데려왔으면 얼마나 좋았을까. 더구나 리케시는 오늘 아침에도 봤는데. 원소 마법의 장애물이 너무 위압적이어서 스캔다르는 도무지 뾰족한 수가······.

파도가 터널의 한쪽 면에서 솟아올라 하얀 물보라를 흩날리는 물마루를 이루었다. 파도가 저렇게 솟아오른 다음에는 어떻게 되지?

파도는 부서진다. 그리고 그중 일부는 스카운드럴이 서 있는 바로 이 자리로 세차게 떨어질 것이다.

스캔다르는 파도가 그들을 모래 벽으로 쓸어 버리는 걸 어떻게 막겠다는 아무런 계획도 없이 일단 물 원소를 소환했다. 원소 특유의 냄새,

소금과 박하와 축축한 머리카락의 냄새가 공포에 찬 그의 목구멍까지 밀려들었다.

"자, 스캔다르, 생각을 하자." 스캔다르가 혼잣말을 했다. "뭘 할 수 있지? 네가 잘하는 게 뭐야?"

스카운드럴은 ── 라이더가 자기 자신과 대화할 때가 아니라고 생각했는지 ── 빠르게 다가오는 물을 뿔로 겨누고 황급히 날개를 퍼덕였다.

날개. 스캔다르의 손이 갑옷 밑에 꽂아 둔 송골매회의 금속 깃털로 향했다.

싸움. 혹은 비행. 이 상황에서 그에게는 비행이 더 나을 성싶었다. 그는 이어리의 엘리트 비행 중대인 송골매회의 일원이 아닌가. 갑자기 계획이 떠올랐다.

절정에 다다른 파도가 그들을 향해 둥글게 말리면서 떨어지기 시작했고 ── 스캔다르가 바라던 대로 ── 파도의 한가운데 물이 없는 공기의 터널이 생겼다. 재능 있는 서퍼라면 한 번쯤 보드를 타 보고 싶을 장소였다.

스캔다르는 서프보드를 가져 본 적이 없지만 그에겐 유니콘이 있었다. 그리고 그들은 파도의 한가운데로 날아갈 터였다.

그들은 연을 통해 순식간에 이심전심이 되었다. 스카운드럴은 물을 피할 기회를 엿보다가 검은 깃털의 날개를 확 펼쳤다. 하나, 둘, 셋, 스카운드럴은 사실상 도움닫기도 없이 그 자리에서 도약했다. 유니콘은 파도의 한가운데를 겨냥했고, 거품이 이는 물이 모든 각도에서 그들에게 떨어지고 있었다.

일단 물 속의 구멍 높이까지 도약하자 스캔다르는 연을 통해 물과 스피릿을 나란히 소환하기로 마음먹었다. 휘도는 물속을 날아서 통과할 작정이라면 물과 하나가 되는 것이 좋을 터였다.

스카운드럴이 날개를 뒤로 젖혔다가…….

쉬익.

검은 유니콘은 구부러지는 파도 밑에서 총알처럼 치고 나갔다. 그들은 모든 방향에서 물로 막혀 있었다. 서서히, 그러나 확실하게, 스카운드럴의 갈기가, 이어서 목 전체가, 그다음에는 가슴 전체와 머리와 다리와 발굽과 뒷다리가, 마지막으로 남은 꼬리까지도 물로 변했다. 그리하여 마침내 스카운드럴은 터널을 막고 서 있던 빛나는 물 유니콘과 동일한 모습이 되었다.

물은 그들이 자기를 능가해서 약이 오른 것처럼 길길이 날뛰었다. 스캔다르는 구부러진 파도가 자기 무릎을 스칠 때, 그것이 파도의 물인지 스카운드럴을 이루고 있는 물인지 구분할 수조차 없었다. 그는 파도에 완전히 에워싸이자 마음속에서 의심이 스멀스멀 일어나는 것을 느낄 수 있었다. '스카운드럴, 우리가 해낼 수 있을지 모르겠어.' 그러나 스카운드럴은 연을 통해 그를 안심시키고 주도권을 잡았다. 스카운드럴은 한쪽 날개로 물마루를 스치고 다른 쪽 날개는 아래쪽을 향하는 식으로 날개를 조정하면서 물을 가르고 나아갔고 스캔다르는 굶주린 물이 전리품을 취하듯 그의 투구를 머리에서 벗겨 버린 것도 거의 눈치채지 못했다.

스카운드럴의 날개가 다시 펌프처럼 움직였다. 그리고…….

"우후!" 스캔다르가 외쳤다. 그들은 빠져나왔다. 물에 빠진 생쥐처럼 흠뻑 젖었지만 어쨌든 빠져나왔다. 정확히 2년 전 단층선을 걸었던 때가 머릿속에 떠올랐다.

그들은 착지를 했고 스카운드럴의 몸뚱이는 수영장 물에 잉크가 번지듯 서서히 검은색이 돌아왔다. 유니콘은 날개를 털었다.

"아이고!" 스캔다르는 검은 유니콘이 이미 물을 잔뜩 먹은 자기 옷에 물방울을 튀기자 비명을 지르며 웃었다. 그러고 나서 처음으로 전방을 바라보았다. 터널 끝에 다다라 있었다. 거대한 동그란 문, 해처리에서 보았던 것과 거의 똑같은 문이 눈앞에 나타났다.

스캔다르는 유니콘에서 내렸다. 그는 자신이 무엇을 해야 하는지 알고 있었다.

왼손으로 스카운드럴의 고삐를 쥐고 오른손 손바닥을 내밀어 해처리 상처를 원형의 화강암 문에 갖다 댔다. 잠시 그의 거친 숨소리 외에는 ― 스카운드럴의 숨소리와 완벽하게 일치하는 ― 아무 소리도 들리지 않았다.

그리고 그 문이 삐걱 소리와 함께 열리기 시작했다.

19장

팬텀 라이더

스캔다르와 스카운드럴이 원형의 문 안으로 들어가는 동안, 그의 심장은 미친 듯이 쿵쾅거렸다. 무덤은 거대한 타원형이었고 흙바닥에서 이어리의 상쾌한 소나무들에서 풍기는 것과 아주 비슷한 냄새가 났다. 바닥에는 다섯 원소 상징을 나타내는 색색의 돌들이 박혀 있었다. 진흙으로 된 천장에 나무뿌리들이 비죽비죽 튀어나와 있었다. 엉키고 뒤틀린 사지들로 이루어진 거꾸로 된 숲. 그것을 보니 해처리 내부의 종유석이 늘어진 방이 떠올랐다. 스캔다르는 침을 삼켰다. 얽히고설킨 뿌리가 넓게 펼쳐진 것을 보면서 스캔다르는 몇 시간 전의 추측이 사실임을 깨달았다. 무덤은 이어리 입구의 거대한 나무 밑에 있을 것이고 최초의 라이더와 야생 유니콘 여왕을 함께 품고 있을 것이다.

이상했다. 스캔다르와 스카운드럴은 그 타원형 공간을 둘러보았지만 무덤이라고 할 만한 것은 없었고 뼈 단장은 당연히 보이지 않았다. 유일하게 눈에 띄는 것은 그 공간의 중앙을 차지한 흙더미였다. 거기에 쌓여 있는 흙은 바닥의 흙보다 색이 진하고 신선해 보였다. 섬뜩한 정적이 흘렀다. 귀에 거슬릴 만큼, 지나치게 적막했다. 친구들이 옆에 있으면 좋겠다는 생각이 들었다. 미첼이 여기 있다면 저 원소 돌멩이들을 연구하겠지. 플로는 뭔가 안심되는 말을 해 줄 것이고, 바비는 괜히 여기까지 왔다고 비아냥거릴 것이다.

스캔다르는 흙더미에 다가갔다. 스카운드럴은 발굽으로 흙을 파고 흙더미 위에서 뿔을 휙휙 휘둘렀다. 그 충격으로 스캔다르는 살짝 비틀거리면서 발아래에 있던 스피릿 상징의 얽혀 있는 원들을 건드렸고 거기에서 흰 돌 하나가 떨어졌다.

세 가지 일이 한꺼번에 일어났다.

스카운드럴이 놀라서 히힝히힝 울었고 그 소리가 타원형 무덤 주위에 울려 퍼졌다.

스캔다르의 머리 위 뿌리들이 덜컹거리는 해골의 팔처럼 흔들리기 시작했다.

눈부시게 하얀 유니콘과 라이더가 흙더미에서 솟아올라 무덤 출입구를 막아섰다.

스캔다르는 본능적으로 스카운드럴의 등에 올라탔다. 그들은 함께일 때 더 강했다. 언제나 그랬다.

스캔다르는 자신의 공포를 억누르려고 노력하면서 마음을 다잡고 그 유니콘과 라이더를 다시 바라보았다. 그들은 초점이 안 맞는 것처럼 실루엣이 흐릿하고 흔들렸다. 저들은 허깨비일까? 마법일까? 진짜 저기 있는 게 맞기는 한 걸까?

그때 팬텀 라이더가 입을 열었고…… 모든 것이 완전히 진짜처럼 느껴졌다.

"나의 뼈 단장을 찾고 있구나, 스피릿 웰더." 입에서 하얀빛이 허깨비처럼 흘러나오긴 했지만 그의 목소리에는 힘이 있었다. 인간다운 느낌이라고 할까.

스캔다르는 떨리는 자기 목소리를 들었다. "네, 전 그게 필요합니다. 우리는 필요해요. 야생 유니콘들이 죽임을 당했습니다. 그리고 마법이…… 지금 아일랜드를 파괴하고 있어요."

최초의 라이더의 유니콘이 뒷발로 일어서며 무시무시하고도 애절한 울음을 토했다. 야생 유니콘의 울음이었다. 그 유니콘의 몸뚱이는 하얗게 빛나고 있었지만 뿔은 확실히 투명했다.

"야생 유니콘 여왕이군요." 여왕의 발굽이 다시 땅으로 내려올 때 스캔다르가 중얼거렸다.

"야생 유니콘들의 '마지막' 여왕이다." 최초의 라이더가 말해 주었다. "동족이 해를 입어 화가 나 있다. 라이더들은 야생 유니콘들에게 관여하지 않고 내버려 두어야 마땅하건만!" 최초의 라이더의 하얗게 빛나는 얼굴이 분노로 일그러졌고 마지막 말은 스캔다르가 귀를 막아야 할 정도로 천둥처럼 으르렁거렸다. 최초의 라이더의 고함 소리가 울려 퍼질 때 스캔다르는 자기 유니콘의 두렵고 떨리는 심정을 고스란히 느낄 수 있었다.

"저도 안타까워요." 스캔다르는 얼른 그 말부터 했다. 두렵고 간절했다. 터널에서 원소 마법과 싸우고 있는 친구들을 생각했다. 선셋 플랫폼에서 이어리를 떠날 준비를 하고 있는 송골매회를 생각했다. 어쩌면 이어리에 들어가 보지도 못할 신입 해칠링들을 생각했다. 메인랜드에 있는 케나와 이곳 아일랜드의 황무지에 있는 — 영원히 야생을 면치 못할 — 케나의 유니콘을 생각했다. 전부 그에게 달려 있었다. 그는 크게 숨을 들이마시며 두려움을 억눌렀다.

"일이 그렇게 된 건 저도 안타깝습니다만, 마법의 파괴를 막아야 해요. 이대로 가다간 아일랜드가 남아나지 않을 겁니다. 여왕의 동족이 살 곳을 잃는다고요. 시간이 없습니다. 뼈 단장이 필요해요. 그게 아일랜드에 필요합니다. 제발 부탁드려요, 그걸 주시면 안 될까요?"

최초의 라이더의 웃음소리는 소름 끼치게 공허했고 그 웃음소리에 따라 하얀빛이 움찔움찔 흔들렸다. "뼈 단장은 네가 싸워서 획득해야 해, 스캔다르 스미스. 내가 거저 주지는 않을 거야."

"왜요?" 스캔다르는 잠시 무서움도 잊고 따졌다. "제 말 못 들었나요? 아일랜드가 망가지고 있다고요! 게임을 할 시간이 없어요!"

"네가 싸워서 뼈 단장을 획득해야만 한다." 최초의 라이더는 스캔다르의 말을 못 들은 것처럼 똑같은 말을 되풀이했다.

"그럼, 어떻게 하면 돼요?" 최초의 라이더가 선택의 여지를 주지 않았으므로 스캔다르도 응할 수밖에 없었다.

하얗게 빛나는 라이더가 갑자기 형식적으로 고개를 숙였다. "스피릿 마상 시합. 삼 판 승."

"마, 마상 시합을 하자고요?"

최초의 라이더는 이미 타워 뒤쪽에서 그에게 손을 흔들고 있었다. "나의 단장의 힘에 합당한 자만이 아일랜드를 구할 수 있다. 그럴 만한 라이더가 없다면 아일랜드는 필경 최후를 맞이하겠지. 그러니 네가 이기면 그 무기를 너에게 주마."

"제 친구들은 어떻게 돼요? 저 터널의 마법을 멈춰 줄 수 있나요? 저 원소 유니콘들 말이에요. 저들도 모두 여왕 당신이죠? 그렇죠?" 스캔다르가 야생 유니콘 여왕을 보며 말했다.

최초의 라이더가 대신 대답했다. "네가 이긴다면 너와 네 친구들은 그냥 떠나도 된다."

스캔다르가 침을 삼켰다. "제가 지면요?"

"아일랜드는 무너질 것이다. 너의 친구들은 터널을 떠나지 못하고 계속 싸워야 할 것이다. 너와 스카운드럴은 내 곁에 남을 것이다."

"얼마나 오래?" 스캔다르는 대답을 듣기가 두려웠다.

"영원보다 조금 더 오래."

"제가 시합을 거부하면 어떻게 돼요?" 스캔다르는 그런 선택지는 없다는 걸 알면서도 물었다. 그는 그의 아일랜드, 그의 집, 그의 친구들을 구해야 했다. 그것들을 저버릴 수는 없었다. 그래도 두려운 나머지 빠져나갈 길이 있는지 묻고 싶었다.

"거부는 패배와 동일한 결과를 초래할 것이다." 최초의 라이더가 분명히 해 주었다.

스캔다르가 아무리 원한들, 탈출구는 없었다.

야생 유니콘 여왕은 이미 빛나는 발굽으로 땅바닥을 다지고 있었다. 공포가 가슴을 할퀴는 것 같았지만 스캔다르는 고삐를 단단히 쥐었다. 어떻게 그가 최초의 라이더를 이긴단 말인가? 저 사람은 이어리의 설립자 아닌가? 게다가 야생 유니콘 여왕을? 그는 새삼 바비, 플로, 미첼이 옆에 있으면 좋겠다고 생각했다. 혼자서 이 일을 치르고 싶지 않았다. 그에겐 방패조차 없었다.

최초의 라이더가 선택의 여지를 주지 않았음에도 스캔다르는 스카운드럴과 함께 도망쳐 볼까 하는 생각을 했다. 그런 마음이 왜 없겠는가. 하지만 잠깐이었다. 아일랜드는 그의 집이고 언젠가 케나의 집이 될 수 있다. 유니콘들이 마법의 장소를 떠나고 라이더들이 원소별로 흩어지면 콰르텟도 해체된다. 그는 친구들을 다시는 보지 못할 것이다. 스캔다르는 장렬하게 싸워 보지도 않고 그런 꼴을 당하고 싶진 않았다.

무덤에 묻힌 라이더와 유니콘의 허깨비 같은 하얀 형체가 그를 향해 돌진할 때 그들을 마주하는 것 말고 무엇을 할 수 있을까?

스카운드럴이 자기 라이더를 격려하듯 히힝 하고 울면서 적들을 향해 질주했다. 타원은 일반적인 마상 시합 경기선보다 상당히 짧았기 때문에 2초 내에 스피릿 무기 성형을 끝내야 했다. 스캔다르는 자신이 가장 좋아하는 무기인 사브르 검을 오른손으로 빚어냈지만 최초의 라이더는 이미 흰 도끼 세 개를 연달아 날렸다. 도끼들은 빙글빙글 돌면서 날아왔고, 스캔다르는 이미 자기 검에 대한 통제력을 잃었다. 스카운드럴이 흙더미를 아슬아슬하게 무너뜨리면서 무덤 속 공간을 거칠게 휘젓고 다닌 덕분에 간신히 도끼 두 개는 피할 수 있었다. 그러나 세 번째 도끼가 어깨를 스치고 가자 스캔다르는 날카로운 통증에 비명을 질렀다.

"1 대 0." 최초의 라이더가 무덤 반대편에서 다소 따분하다는 듯한 말투로 말했다.

스캔다르는 야생 유니콘 여왕이 다시 달려오기 전에 간신히 정신을 수습했지만 이번에는 더 큰 실수를 저질렀다.

그는 여러 개의 화살이 최초의 라이더를 제압하기에 더 유리할 것이라는 생각으로 활을 소환했다. 하지만 상대는 스캔다르가 본 사람 중 반사 신경이 가장 빨랐다. 그는 스캔다르의 활시위에서 화살이 떠나기도 전에 어디로 날아올지 아는 사람 같았다. 스캔다르가 스카운드럴의 속도를 늦추기도 전에 — 자기를 보호해야 한다는 생각을 하기도 전에 — 최초의 라이더의 손에서 떠난 창이 그의 가슴을 향해 날아왔다.

스캔다르가 할 수 있는 일이라고는 유니콘의 등에 바짝 붙어 있는 것뿐이었다. 떨어지면 진다. 아일랜드는 사라질 것이다. 그의 친구들은 터널 속에서 자기 원소의 마법과 끝없는 대결을 해야 할 것이고, 그와 스카운드럴은 최초의 라이더와 야생 유니콘 여왕과 이 지하에서…… 영원히 함께 있어야 할 것이다.

창이 스캔다르의 가슴을 후려쳤다. 제이미의 믿음직한 갑옷이 안쪽으로 찌그러졌고 그는 순간적으로 숨을 쉴 수 없었다. 스캔다르의 몸이 안장에서 뒤로 넘어갔지만 상황을 이해한 스카운드럴이 무게 중심을 앞으로 낮춰 충격을 상쇄한 덕분에 낙마는 면했다.

"고마워, 스카운드럴." 스캔다르가 찌그러진 갑옷 속에서 어떻게든 숨을 고르려고 애를 썼다.

"2 대 0." 최초의 라이더의 목소리가 무덤 주위에 울려 퍼졌다. 이제 스캔다르와 스카운드럴이 이길 수 있는 유일한 방법은 최초의 라이더를 낙마시키는 것뿐이었다. 스캔다르는 머리카락이 얼굴에 달라붙을 정도로 땀으로 범벅이 되었고 연은 그와 스카운드럴의 공포로 가득 차서 거의 정신을 차릴 수 없었다.

야생 유니콘 여왕이 마지막으로 달려오기 전에 스캔다르는 찌그러진 가슴받이를 벗어 던졌다. 그걸 입은 상태에서는 숨을 쉬기가 불가능했고 무기를 다룰 만큼 움직임이 자유롭지 못했다. 검은 갑옷이 쿵 소리를 내면서 바닥에 떨어졌고 스캔다르의 가슴은 그대로 위험에 노출되었다.

"꽤나 선전하고 있다만," 최초의 라이더가 외쳤다. "네가 싸워서 얻지 못하면 뼈 단장은 이 무덤을 결코 떠나지 않는다."

싸운다.

'마지막 이는 계속 싸워야 하지만 그것이 폭력을 뜻하지는 않으니,'

제이미의 진실의 노래의 한 구절이 머릿속에 번뜩 떠올랐다. 그렇다! 그는 지금 야생 유니콘을 공격하려고 하는데 그거야말로 실버 서클이 아일랜드를 혼란에 빠뜨리기 위해 저지른 만행 아닌가? 스캔다르의 생각이 맞으면 그는 이길 것이다. 하지만 그의 생각이 틀리면? 그의 죽음은 거의 확실할 것이다.

두 유니콘은 무덤의 양 끝에서 뒷발로 번쩍 일어섰다. 한 마리는 밤하늘처럼 검었고 다른 한 마리는 허깨비처럼 하얗게 빛났다. 스캔다르는 어깨가 욱신거리고 가슴에는 멍이 들고 팔다리에는 기운이 하나도 없었다. 그러나 머릿속은 맑았다.

유니콘들이 서로를 향해 돌진했다.

다섯 보 간격.

네 보 간격. 삐죽삐죽 스파이크가 박힌 철퇴가 최초의 라이더의 손에서 나타났다.

세 보 간격. 스캔다르가 오른손을 고삐에서 떼었다. 그 손바닥은 하얗게 빛나고 있었다.

두 보 간격. 최초의 라이더가 스캔다르의 갑옷을 입지 않은 가슴에 최후의 일격을 가할 태세로 팔을 젖혔다.

한 보 간격. 스캔다르가 움직였다.

그의 손바닥이 빠르게 허공을 갈랐다. 야생 유니콘 여왕의 소용돌이치는 하얀 눈동자 앞에서 손바닥이 위아래로 움직였다. 스피릿 마법이 연을 통해 쏟아져 나오면서 무덤 속을 환히 비추는 빛의 실드가 세워졌다. 스캔다르는 실드를 소환해 본 적이 한 번도 없었지만 그 빛나는 장벽을 보니 스피릿 윌더가 이어리 문을 열었을 때 어떤 일이 일어났는지가 생각났다. 수천 개의 불완전한 별들이 서로 엮여 그 무엇으로도 뚫을 수 없는 아름다운 그물을 이루었다.

야생 유니콘 여왕은 마법의 실드 바로 앞에서 미끄러지듯 멈춰 섰고 최초의 라이더는 멈출 준비가 되어 있지 않았다. 갑작스러운 속도 변화에 그의 몸뚱이가 야생 유니콘의 머리 앞으로 날아갔다. 그의 기이한 유동적 몸이 허공에서 빙그르르 돌면서 날아가서는 스피릿 실드에 부딪혔다. 그가 스카운드럴의 오른쪽 발굽 옆 흙더미에 떨어진 순간, 철퇴는 그의 손에서 날아가 허공에서 스러졌다.

스캔다르가 손을 내리자 실드가 깜박 하고 사라졌다.

무덤에 죽음 같은 침묵이 감돌았고, 최초의 라이더가 천천히 흙바닥에서 일어나 야생 유니콘 여왕 옆에 섰다.

"이런 건 예상하지 못했구나." 최초의 라이더가 말했다. 스캔다르는 그의 어른거리는 얼굴에 집중할 수 없었지만 그 얼굴에 미소가 어려 있다는 것은 알 수 있었다. "확실히 이건 내가 고안한 마상 시합 방식과는 다르군."

스캔다르는 숨을 쉴 때마다 가슴이 욱신거리는 것을 느끼면서 그다음 말을 기다렸다.

"그렇지만 너는 자격을 갖춘 승자다." 최초의 라이더가 고개를 숙였다. "선한 마음을 가졌구나, 스캔다르 스미스."

"고맙습니다." 스캔다르가 말했다. 그는 터널에 갇혀 있는 친구들 생각에 걱정스러운 시선으로 문 쪽을 돌아보았다.

"네 동료들은 걱정할 것 없다." 최초의 라이더가 스캔다르의 시선을 눈으로 따라가면서 말했다. "네가 마상 시합의 승자가 된 순간, 여왕은 마법을 거둬들였다. 우리가 이야기를 나누는 지금, 그들이 너를 찾아

이곳으로 달려오고 있다."

"그건 다 무슨 의미였나요? 제가 해야 할 일이라는 게 뼈 단장을 얻기 위해 마상 시합에서 이기는 것이 다였다면 터널 속에 다른 원소 마법은 왜 있었던 거예요?" 스캔다르는 이제 자신을 억누를 수 없어서 다짜고짜 물었다.

최초의 라이더가 멈칫했다. 스캔다르는 상대가 자신을 가늠하고 있다고 느꼈다.

"내가 어떻게 아일랜드에 오게 됐는지 알고 있나, 스캔다르 스미스?"

"네, 당신은 어부였죠. 바닷가에, 이 터널 입구가 있는 곳에 떠밀려 왔다고 들었습니다."

"맞아. 그때의 나는 너보다도 어렸지. 파도에 떠밀려 왔을 때 나는 약하디약한 존재였다. 이제 곧 죽겠구나 생각했는데 그녀가 내게 왔지." 최초의 라이더가 야생 유니콘 여왕의 목에 손을 얹자 유니콘은 배 속 깊은 데서부터 만족스러운 으르렁 소리를 끌어냈다.

"그때는 여왕이 아니었지. 태어난 지 몇 달 안 된, 야생의 흰색 유니콘 새끼에 불과했어. 내 기억에는, 털가죽이 좀 꾀죄죄했어." 최초의 라이더의 음성은 따뜻했다. "이 친구가 나를 바닷가에서 발견했고, 나는 꿈을 꾸는 걸까 싶을 정도로 놀랐지. 내가 살던 곳에서 유니콘은 신화 속의 동물이었거든. 드넓은 해변에서 죽어 가는 젊은 어부들에게 유니콘은 절대로 모습을 보이지 않았어.

이 유니콘이 나를 구했어. 나에게 살아갈 힘을 주었어. 나는 여왕의 피에 주린 본성을 거의 알아차리지 못했단다. 야생 유니콘의 본질이 죽음 그 자체라는 것도, 세월이 흐르는 동안 이 유니콘의 살이 썩어 가는 것도 잘 몰랐다. 우리는 자신이 사랑하는 이의 불완전함을 잘 모르지. 비록 나의 유니콘이 하늘의 매를 잡아 찢어발기고 덩치 큰 곰을 쓰러뜨려 내장을 끄집어내는 모습을 보긴 했지만 나에게만은 절대 그러지 않을 거라는 확신이 있었어. 너도 이 감정을 잘 알 거라고 생각한다." 최초의 라이더가 스카운드럴을 가리켰다. 검은 유니콘의 호기심 어린 두 눈은 야생 유니콘 여왕에게 고정되어 있었다. 스캔다르는 고개를 끄덕였다.

"우리는 함께 강해졌다. 여왕은 나에게 아일랜드에 대해서 가르쳐 주었지. 나를 자기 등에 태워 주었고. 나는 싸우는 법을 가르쳤고, 야생 유니콘들이 절대 알지 못했던 인간적인 태도들을 보여 주었지. 그러던 어느 날, 내가 거의 어른이 다 됐을 때, 여왕이 자기 뿔로 내 손바닥을 찔렀다. 이해할 수가 없었지. 지독한 아픔, 타는 듯 쓰라린 아픔이 일어났어. 내가 마법을 쓸 수 있게 되고서야 알았단다. 이 유니콘이 자신의 타고난 재능을 나와 공유하기로 선택했다는 것을. 나는 아일랜드에 떠밀려 오기 전부터 이 유니콘과 운명으로 맺어져 있었던 거야. 파도 너머에서, 그녀가 날 불렀던 거지."

'아일랜드가 너를 부른다, 스캔다르 스미스.' 작년 하지에 애거서가 했던 말이 갑자기 무게 있게 다가왔다. 옳음이, 역사가 더해졌다. 스캔다르는 이때까지 이해하지 못하고 있었다.

"당신들의 원소는 무엇인가요?" 스캔다르는 궁금했다.

"어떻게 대답해야 할지 모르겠군." 최초의 라이더는 이렇게만 말하고 이야기를 이어 나갔다. "그녀는 여왕이 되었지만 여느 유니콘들과 달랐어. 나는 늘 그녀와 함께였지. 내가 여왕의 마법을 나눠 가짐으로써 아무도 우리를 막을 수 없게 되었어. 여왕은 우리가 함께하면 더 강해진다는 것을, 약해지지 않는다는 것을 이해했던 거야. 그녀는 야생 유니콘들은 결코 알지 못했던 것을 알고 있었어. 그게 바로 우정이야. 여왕은 자기 종족에게 그걸 알려 주고 싶어 했어. 그래서 나에게 유니콘 알들이 발견되는 아일랜드의 깊고 넓은 구렁을 보여 주었지. 우리는 그곳을 보호하기 위해 흙으로 둑을 세웠어. 우리는 매년 알들이 야생에서 부화하고 불멸의 생을 펼쳐 나가는 것을 보았지. 우리는 궁금했어. 우리가 상황을 바꿀 수 있을지, 우리처럼 우정으로 맺어진 관계를 더 많이 만들어 낼 수 있을지.

그래서 우리는 아일랜드를 떠났어. 우리는 세상을 돌아다니며 불완전한 연을 안고 살아가는 사람들을 찾아다녔지. 그들이 잘 때, 그들이 일할 때는 색깔들이 번득거려. 우리는 그런 사람들에게 아일랜드에 대해서, 유니콘에 대해서 얘기했어. 몇몇은 우리에게 합류했지. 여왕은 내게 유니콘들과 그들이 부른 사람들을 결합하는 법을 가르쳐 줬어. 그들의 영혼의 연결 고리를 수선하는 법을 말이야. 그 유니콘들의 불멸의 삶은 짧게 압축되었고 그로써 진정한 기쁨, 진정한 의미를 누릴 수 있게 되었지. 야생 유니콘 여왕과 달리 그 유니콘들의 뿔은 제대로 색을 띠었어. 우리는 더는 그들을 야생이라고 부르지 않았어. 그다음에는 아이들이 태어났고 해처리 문이 그중 누구를 들여보낼지 결정하게 되었지. 우리는 그들이 유니콘이 부화하는 순간 연을 맺으면 함께 살아가고 배움을 쌓을 수 있다는 것을 알았어. 그들은 나와 야생의 흰 유니콘 새끼가 그랬던 것처럼 진정한 동반자가 될 수 있었지.

우리는 그들을 훈련시키기 위해 이어리를 세웠고 연을 맺은 유니콘들이 점점 강성해지는 것을 보았다. 우리는 그들이 훈련에 집중하게끔 카오스컵도 마련했지. 하지만 우리는 그들의 강성함에서 위험 요소를 발견했어. 연을 맺은 유니콘들이 어느 날 야생 유니콘들을, 다시 말해 함께 성장할 라이더를 찾지 못한 유니콘들을 공격할 수도 있다는 거지. 우리는 야생 유니콘들이 죽임을 당하면 아일랜드가 보복할 거라는 것을 알고 있었다. 야생 유니콘들이 우리보다 여기에 먼저 있었어, 그걸 잊으면 안 돼. 그들은 이곳의 원소 조직 속에 깊이 얽혀 있는 존재야. 그리고 죽음이 존재하는 한, 그들은 영원히 남을 거야.

그래서 늙고 쇠약해져 오래전 젊은 어부로서 맞을 뻔했던 죽음을 — 마침내— 받아들일 준비가 됐을 때, 여왕과 나는 아일랜드를 그 자신으로부터 보호하기로 결심했다. 우리의 뒤를 잇는 이들이 실수할 수 있다는 것을 알고 있었거든. 우리는 모두 실수를 하고 때때로 길을 잃지. 그래서 아일랜드가 벼랑 끝에서도 돌아올 수 있게 할 물건을 만든 거야."

"뼈를 깎아 만든 단장." 스캔다르가 중얼거렸다.

"여왕은 자기를 희생했어. 내가 그녀의 뼈를 깎아 만든 단장이 우리가 평생 누렸던 다섯 원소의 조화로운 힘을 품게 되리라는 것을 알고 불멸의 삶을 나에게 내주었던 거야."

스캔다르는 최초의 라이더가 흙더미에서 나오는 순간부터 묻고 싶었던 것을 묻지 않을 수 없었다.

"하지만 당신은 죽은 건가요, 아니면 아직도 살아 있는……?"

"그건 개인적인 문제야." 최초의 라이더가 말했다.

스캔다르는 그 질문의 대답을 얻지 못하자 다른 질문을 했다.

"그렇지만 왜 무덤에 접근하지 못하게 원소 마법으로 막아 두었는지 여전히 이해가 안 되는데요?"

"뼈 단장은 조화가 핵심이야, 스캔다르. 원소들 사이의 조화. 그 어떤 스피릿 윌더도 단독 행동으로는 여기까지 오지 못했을 거야. 너와 네 친구들은 힘을 합쳐 해냈지. 여왕과 나는 함께 힘을 합칠 줄 아는 각 원소의 라이더들만 있으면 아일랜드에 희망이 있다는 것을 알고 있었어. 훌륭한 라이더 몇 명만으로도 상황을 바꿀 수 있단다. 넌 이미 그걸 알고 있지."

그 순간, 무덤의 지붕이 거세게 흔들리고 흙덩어리들이 스캔다르와 스카운드럴에게 비처럼 쏟아졌다.

"내가 너무 오래 얘기했구나. 시간이 얼마 남지 않았어."

스캔다르는 최초의 라이더가 무덤 중앙의 흙더미 위로 올라가서 하얗게 빛나는 손을 흙 속에 집어넣고── 가장 잔혹한 선물 뽑기처럼 ── 길고 하얀 단장을 끄집어내는 모습을 지켜보았다.

최초의 라이더는 그것을 말없이 경건하게 자신의 허깨비 같은 손에서 스캔다르의 건실한 흙투성이 손으로 넘겨주었다. 단장에는 조각을 이어 붙인 흔적이 보이지 않았다. 차가운 뼈에는 작게 새겨 넣은 원소 상징 외에는 흠집조차 없었다. 맨 밑에는 불, 그 위로 공기, 흙, 물 순서였고 스피릿은 맨 위의 둥근 손잡이에 새겨져 있었다.

"다시는 그 누구도 이걸 필요로 하지 않았으면 좋겠네요." 스캔다르가 다소 격하게 말했다.

최초의 라이더가 고개를 저었다. "항상 필요로 하게 될 거다, 스캔다르. 100년 후든, 1,000년 후든. 실수는 피할 수 없는 거란다. 우리가 바랄 수 있는 것은 우리가 실수를 저지를 때마다 좀 더 친절해지는 것뿐이지. 그러니 이걸 여기 되돌려 놓는 걸 잊지 마라. 일단 네 임무를 다하고 나서 말이야."

최초의 라이더는 다시 야생 유니콘 여왕의 등에 올라탔고 손을 들어 작별 인사를 했다. 그들의 몸이 고장 난 전구처럼 깜박거렸다.

"네가 가장 사랑하는 사람이 너를 배신할 것이다, 스캔다르 스미스. 조심하거라. 가장 중요한 순간에 그들이 너에게 등을 돌릴 것이다."

"뭐라고요?" 스캔다르가 깜짝 놀라서 소리쳐 울었다. "누구를 말하는 거예요?"

그는 콰르텟이 가장 먼저 떠올랐다. 바비, 플로, 미첼의 얼굴이 스쳐 지나갔다. 그다음에는 가족이 생각났다. 아빠, 케나, 애거서.

그러나 마치 군림하는 두 개의 별처럼 자신이 사랑하는 여왕을 탄 최초의 라이더의 윤곽이 점점 더 환하게 빛을 발했다. 스캔다르가 눈을 뜰 수 없을 때까지. 그리고 그들은 사라졌다.

무덤 문이 열렸다. 스카운드럴은 블레이드, 팔콘, 레드가 전투 태세의 라이더들을 태우고 뛰어 들어오자 반가워서 히힝히힝 울어 댔다.

스캔다르의 손에 들린 뼈 단장을 맨 먼저 알아챈 사람은 바비였다. "벌써? 이렇게 실망시키기야? 네가 꼭 뭘 해야만 했어? 아니면, 우리가 성난 원소 유니콘과 죽어라 싸우는 동안 이 지팡이가 그냥 여기 놓여 있었던 거야?"

스캔다르는 아직 그 얘기는 하고 싶지 않았다. 그는 흙바닥에 풀썩 주저앉았다. 만약 그가 졌다면 어떻게 됐을까를 생각하니 순수한 공포가 불현듯 엄습했다.

갑자기 팔들이 그를 에워싸고 바짝 끌어당겼다. 콰르텟의 팔이었다.

"괜찮아. 넌 괜찮아." 플로가 몇 번이고 말해 주었다.

"우리가 왔잖아, 스피릿 보이." 바비가 쉰 목소리로 말했다.

미첼은 말은 하지 않았지만 스캔다르의 팔을 꽉 잡고 미소를 지어 보였다.

스캔다르는 잠시 긴장이 풀렸다. 그러다 기억이 물밀듯 밀려오면서 공포도 함께 밀려왔다. "이어리로 가야 해!"

그들은 무덤을 떠났다. 야생 유니콘 여왕의 마법이 사라졌기에 들어갈 때보다는 훨씬 더 빨리 터널을 빠져나올 수 있었지만 그래도 너무 시간이 오래 걸리는 것 같았다.

"이어리에 도착하면 몇 시쯤 될까?" 플로가 걱정했다.

스캔다르는 위장이 꼬이는 것 같았다. "몰라. 우리가 해넘이까지 해내지 못할 것 같았으면 최초의 라이더가 말해 줬을 거라 생각해. 그도 아일랜드가 파괴되기를 원치는 않을 거야."

"그럼, 네가 진짜로 그를 만났다는……."

그러나 플로의 질문은 그들이 마침내 터널을 빠져나오고 발굽이 피셔먼스비치의 자갈들에 부딪치는 순간 미첼과 바비가 환호성을 지르는 바람에 묻히고 말았다.

하나, 둘, 셋, 넷, 유니콘들이 하늘로 날아오르고 그들의 위풍당당한 날개는 해처리가 있는 절벽 꼭대기에 다다를 때까지 미러클리프에 비쳤다.

고통에 찬 날카로운 비명이 아래쪽에서 올라왔다. "너희도 들었어?" 스캔다르가 스카운드럴의 날개 사이로 해처리의 초록 언덕을 내려다보면서 친구들에게 물었다.

그는 응시했다.

해처리의 측면에 구멍이 나 있었다. 그건 마치 야생 유니콘의 결코 나을 수 없는 상처와 흡사했다. 그 모습을 보자 스캔다르는 울고 싶어졌다.

"지금은 저걸 걱정할 시간이 없어." 스카운드럴의 오른쪽에서 레드를 몰고 날아가던 미첼이 바람을 가르며 외쳤다. "'선물'을 무덤에서 원소 교차점으로 가져가.' 기억하지?"

그래서 스캔다르는 스카운드럴을 해처리에서 멀리 몰고 가면서 왼손으로 뼈 단장을 움켜쥐었다.

전방에 이어리에서 날아오르는 일곱 마리 유니콘이 보였다. 송골매 회가 떠나고 있었다. 하지의 마지막 햇살에 유니콘들이 넓게 펼친 날개의 그림자가 길게 드리워졌다.

'제발', 그는 누군가에게, 누구라도 좋다는 심정으로 빌었다. 어쩌면 최초의 라이더에게 빌고 있었는지도 모른다. '제발 이 방법이 통하기를.'

게나

어둠 속의 비명

해처리의 내실에 비어 있는 알 받침대가 군인들처럼 열을 이루고 있었다. 케나는 스캔다르가 여기서 유니콘 알에 손을 얹고 스카운드럴의 뿔에 손바닥을 찔리는 모습을 상상하지 않으려 애썼다. 원래 그랬어야 하는 방식대로 말이다.

케나는 그 대신 부화하지 않은 알들로 가득 찬 수레를 내려다보았다. 그 수레는 센티널들이 황무지로 옮기기 전에 위버가 탈취한 것이었다. 위버가 그들과 싸우는 동안, 케나는 창살 문이 있는 부화실 중 하나에 숨어 있었다. 그녀의 곁에는 흔들거리는 철제 의자 하나밖에 없었다. 고함 소리에 속이 뒤집힐 것 같았다. 그녀는 옳은 일을 하고 있다. 이건 그녀가 원하는 일이다. 그렇지 않나?

그러나 에리카가 날것의 흥분으로 눈을 빛내며 부화실로 그녀를 데리러 오자 모든 의심은 사라졌다.

이제 케나는 손을 뻗어 하얀 알들을 차례로 쓰다듬었다. 이번 하지에 운명의 라이더를 찾지 못한 알들. 야생에서 홀로 부화해야 할 알들. 케나는 황무지에서 자기를 구해 줬던 얼룩무늬 회색 유니콘을 생각하지 않으려 애썼다. 엄마는 그 유니콘은 과거일 뿐이라고 했다. 그 유니콘으로는 충분치 않다고 했다.

에리카는 야생 유니콘과 함께 수레에서 멀찍이 떨어져 센티널들이 몰려오는 소리에 귀를 기울이고 있었다. 그녀는 등골이 오싹해지는 예의 그 노래를 호흡과 함께 흥얼거렸다. 자장가 같기도 하고 협박 같기도 한 노래를.

그러나 이 섬에서 또 다른 힘이 강성해지니
스피릿의 어둠의 친구가 진정한 후계자를 찾으리라.
그 힘이 부상할 때 폭풍이 일고
우리가 아는 모든 것의 끝을 보리라.

케나가 어떤 알에 손을 얹었다. 그 알이 그녀의 것이라고 가르쳐 주는 손바닥의 아픔은 없었다. 운명은 없었다. 그게 에리카가 원하는 방식이었다. 그녀는 케나가 선택당하기보다는 선택하기를 바랐다. 케나가 자신처럼 특별하기를 바랐다. 자신과 케나가 아무도 막을 수 없는 존재가 되기를 바랐다.

그래서 케나는 엄마의 도움을 받아 자기가 선택한 알을 수레에서 들어 올렸다. 케나는 그 알을 사랑스러운 듯 자기 품에 안았다.

"자, 오렴." 에리카는 연기가 피어오르는 불구덩이를 뒤로 하고 케나가 해처리의 차가운 돌바닥에 앉는 것을 도와주었다. 그러고는 케나의 품에 안긴 알을 가리켰다.

"운명은 더는 케나 에버하트를 어쩌지 못해."

해처리의 하늘에 엄청난 천둥소리가 울렸다. 케나는 두려움에 고개를 들었다.

"두려워하지 말려무나." 에리카가 그녀를 안심시켰다. "무슨 일이 일어나든 야생 유니콘들은 있을 거야. 그들은 항상 그래."

위버의 야생 유니콘이 뼈가 갈라진 무릎을 구부리자 위버는 살이 썩어 가는 유니콘의 등에 앉았다. 케나는 무릎 위에서 유니콘 알을 살살 흔들어 보았다. 한 손으로는 알의 옆면을 지지하고, 다른 손으로는 알의 윗면을 덮었다. 도리언 매닝이 예전에 해처리에서 스캔다르에게 알려 준 요령대로 말이다. 케나의 몸짓은 군더더기 없이 확실했으며 필연적인 것이었다.

위버의 손바닥에서 스피릿 원소의 흰빛이 뿜어져 나왔다. 스피릿 마법의 고리가 케나와 유니콘 알을 둘러싸고 빙그르르 돌자 사나운 바람이 일어 케나의 갈색 머리카락이 사정없이 흩날렸다.

위버는 주름진 손으로 마법을 쏟아 내면서도 더없이 평온하게 자신의 야생 유니콘 등에 앉아 있었다. 흰 줄무늬 너머 그녀의 두 눈은 완전히 집중하고 있었다.

케나는 눈을 감았다.

스피릿 마법의 고리가 점점 더 빨리 돌면서 초록색, 그다음에는 빨간색, 이어서 파란색, 노란색으로 계속 변했다. 고리는 결코 멈추지 않았고 어느 한 상태로 고정되지도 않았다.

순백의 빛이 눈이 부시게 번쩍했다.

쩍 소리가 요란하게 났다.

비명이 터져 나왔다.

20장

재회

"다들 어디 갔지?" 콰르텟이 이어리의 입구로 치고 들어갔을 때 플로가 속삭이듯 말했다. 새들마저 모두 떠난 것처럼, 그곳에는 섬뜩한 적막이 흐르고 있었다. 가장 키가 큰 나무 중 적어도 네 그루는 뿌리가 뽑혀 있었다. 완전히 무너져서 숲 바닥의 서글픈 무더기로 변해 버린 나무 집이 한두 채가 아니었다. 심지어 물의 벽까지 일부 무너져서 해초가 땅바닥에 널브러져 있었다.

"그런 건 중요하지 않아!" 스캔다르가 넘어가는 해를 바라보며 외쳤다. "나중에 걱정하자고." 그는 손에 잡히는 둥근 손잡이의 무게에 집중하면서 뼈 단장을 꼭 쥐었다. '훌륭한 라이더 몇 명만으로도 상황을 바꿀 수 있단다.' 최초의 라이더는 이렇게 말했다. 스캔다르는 그들이 너무 늦지 않기를 바랐다.

콰르텟은 황급히 빈터로 달려갔다. 원래대로라면 신입 해칠링들이 단층선을 걷는 모습을 구경하는 이어리 사람들로 가득해야 할 텐데 디바이드가 텅 비어 있었다. 금빛의 링도, 교관들도 전혀 보이지 않았다.

미첼은 이미 계획을 세우는 중이었다. "단층선은 정확히 디바이드 중앙에서 교차하지. 그러니까 우리가 단장으로 땅을 내리치면 그게 모든 구역을 건드리고 아일랜드의 마법 조직과 연결될 거야. 야생 유니콘들은 다섯 원소 모두의 균형을 유지해 주지. 뼈 단장은 일종의 피뢰침, 리셋 버튼 같은 거야……." 미첼이 말하다 말고 한숨을 쉬었다. "왜 내가 무슨 말을 하는지 아는 척하는 거지? 이건 그냥 가설일 뿐인데!"

하지만 스캔다르는 미첼의 가설이 맞다는 것을 알았다. 그의 가설은 최초의 라이더가 설명한 내용과 완벽하게 들어맞았다. 뼈 단장은 야생 유니콘의 희생을, 사랑하는 아일랜드를 위한 여왕의 희생을 의미했다. 라이더들은 수백 년 동안 자신과 연을 맺은 유니콘을 아일랜드의 원소들로 이루어진 땅에 묻었다. 여왕의 뼈를 그 흙으로 돌려보내는 것이 신호를 보내는 가장 쉬운 방법일 성싶었다. 비록 우리가 실수를 저질렀지만 이제 잘할 수 있다는 신호 말이다.

스캔다르는 뼈 단장을 손에 쥔 채 스카운드럴의 등에서 뛰어내렸다. 그의 손가락이 둥근 손잡이에 새겨진 스피릿 상징을 스쳤다.

"우리가 다 함께 이걸 잡고 땅에 꽂아야 할 것 같아." 스캔다르가 플로, 바비, 미첼에게 외쳤다. 그들은 저마다 유니콘에서 내려와 재빨리 스캔다르에게 다가갔다.

스캔다르는 단장의 자루를 따라 새겨져 있는 원소 상징들을 콰르텟에게 보여 주었다.

"그러니까, 저마다 자기 원소 부분을 손으로 잡자 이거지?" 미첼이 확인하듯 물었다. 그는 꼭 이래야 하나 싶은 눈치였다.

"최초의 라이더의 무덤에 들어갈 때도 우리 모두 힘을 합쳐야 했지?

이 단계에서도 우리가 힘을 합치는 게 말이 되지 않아? 뼈 단장의 핵심은 원소들의 조화야. 연을 맺은 유니콘들과 야생 유니콘들의 조화이기도 하고." 스캔다르는 친구들을 설득하려 애썼다.

"너 어떻게 그런 걸 다 아냐? 뼈의 계시를 전하는 예언자라도 된 것 같아!" 바비가 말했다.

"최초의 라이더가 말해 줬어. 그의 유령인지 뭔지는 모르겠지만."

"오케이, 그건 나중에 얘기하는 걸로." 바비가 목이 졸린 듯 말했다. "다른 문제가 있어."

"무슨 문제?"

"우린 물 윌더가 없어. 그리고 이어리는 텅텅 비어 있지."

스캔다르는 바비의 지적이 옳다는 것을 깨닫고 심장이 철렁했다. 터널 안에서는 어떻게 그 문제를 해결할 수 있었지만 스캔다르는 진짜 물 윌더가 아니었다.

"라이더들이 전부 아일랜드를 떠나진 않았을 거야. 우리가 얼른 포포인트로 날아가서……." 미첼이 그나마 합리적인 안을 내려고 했다.

"시간이 없어!" 플로가 울상을 했다.

"다른 선택의 여지가 있어?" 미첼이 쏘아붙였다.

"단장을 시험해 보자. 그냥 땅에 닿기만 해도 될지 몰라." 스캔다르가 말했다.

콰르텟은 디바이드에 원형으로 둘러서서 각자 오른손으로 단장의 원소 상징 부분을 잡았다.

"하나에 땅을 찍는 거야." 스캔다르가 내뱉었다. "다섯, 넷, 셋, 둘, 하나!"

그들은 단장으로 땅을 내리쳤고…… 아무 일도 일어나지 않았다. 그들은 기다렸다. 그리고 또 기다렸다. 손을 다르게 조합해 보기도 하고, 한 명씩 혼자 시도해 보기도 했다. 그러나 여전히 땅은 우르릉거리고, 머리 위에서는 번개가 내리치고, 저 멀리 큰불이 보였다.

"으윽!" 스캔다르는 답답해 미칠 것 같았다. "누굴 찾아와야지 안 되겠어! 위험해도 할 수 없어!"

"잠시만, 누가 오고 있어!" 플로의 시선이 이어리의 철갑을 두른 나무들 너머, 무너진 나무 집 더미를 지나 숲의 어둠 속을 응시했다.

"장난하냐." 바비가 이렇게 말하면서도 눈으로 플로의 시선을 따라갔다.

"내 생각에 물 월더일 확률이 4분의 1이다." 미첼이 회의적인 목소리로 말하며 눈을 가늘게 뜨고 어둠 속을 바라보았다.

"교관 중 한 명일 수도 있어! 이어리를 확인하러 오는……. 오설리번 교관일지도 몰라!" 플로가 흥분했다.

그러나 스캔다르는 더는 친구들의 말을 듣지 않았다. 그의 눈앞에 나타난 사람은 그들에게 절실하게 필요한 물 월더도, 이어리의 교관도, 심지어 아일랜더조차도 아니었기 때문이다.

그건 케나였다.

케나는 복수심에 찬 땅이 양옆으로 넘어뜨린 이어리의 철갑을 두른 나무들 사이로 반항의 여왕처럼 걸어 나왔다. 그녀는 빈터의 가장자리에 서서 단층선을 내려다보았다. 거친 희열이 그녀의 얼굴을 변모시켰다. 그녀는 열여섯 살보다 훨씬 더 나이가 들어 보였다. 케나는 넝마 같은 것을 두르고 있었고 상처투성이였지만, 자기 엉덩이 높이의 무엇인가를 내려다보면서 미소 짓고 있었다.

유니콘.

야생 유니콘.

야생 유니콘 새끼였다.

스캔다르는 영문을 알지 못했다. 이해할 수가 없었다. 이해하고 싶지 않았다. 투명한 뿔, 생살이 드러난 듯한 붉은 눈, 반쯤 썩은 발굽, 쪼글쪼글 늙어 가는 피부를 바라보면서도 이해할 수 없었다. 불멸의 삶은 그 생명체가 부화된 지 몇 분 만에 벌써 타격을 입히고 있었다. 세상을 처음 본 지 얼마 안 된 생명체가 그 꼴을 하고 있으니 뭔가 단단히 잘못된 느낌이 들었다. 연을 맺은 유니콘 네 마리는 그 광경을 보고 울부짖기 시작했다. 레드는 마구간으로 도망치려 했고, 블레이드는 뒷다리로 번쩍 일어섰으며, 팔콘은 거품을 입으로 뿜고, 스카운드럴은 목이 축축해지도록 땀을 흘렸다.

이윽고 스캔다르는 손을 벌벌 떨면서도 거의 본능적으로 스카운드럴의 어깨에 손을 얹고 오직 스피릿 윌더만이 눈으로 볼 수 있는 그것이 과연 있는지 확인하기 위해 자신의 원소를 소환했다.

'아니, 이런 일은 있을 수 없어.' 케나와 야생 유니콘의 심장을 연결하는 끈이 눈에 들어오자 스캔다르는 충격에 휩싸였다. 그 연은 어느 한 원소의 색깔로 고정되지 못한 채 계속 변하고 불안정하게 깜박거렸다. 예전에 보았던 위버의 연처럼. 스캔다르는 진실의 노래의 한 구절이 자신에 대한 것이 아님을 깨달았다.

조작된 연이 케나를 위버의 진정한 후계자로 세울 것이다.

'아니, 아니, 아니야.'

그의 콰르텟이 이어리에 야생 유니콘이 들어왔다는 사실에 충격을 받고 반감을 드러냈지만 스캔다르는 악몽이라도 꾸듯 누나에게 다가갔다. 케나가 이어리에 있다. 이건 그가 몇 번이나 꿈꾸던 일이었다. 하지만 이런 식은 아니었다. 절대로 이럴 수는 없었다.

"누가 이랬어?" 스캔다르는 마침내 누나와 얼굴을 마주하고는 신음하듯 물었다.

"아, 너도 그 사람에 대해서 들었을 텐데." 케나의 말투에는 독기가 서려 있었다. 스캔다르를 바라보는 그녀의 눈빛에는 뭔가가 빠져 있었다. 뭔지 모를 그 무엇이. 스캔다르도 미처 깨닫지 못했지만 예전에는 분명히 있었던 그 무엇이.

스캔다르는 문득 그가 해처리 시험을 보러 가기 전에 누나에게 던졌던 질문이 생각났다. '내가 라이더가 되더라도 날 미워하진 않을 거지?' 그의 피가 대번에 얼어붙었다.

"위버가 이런 거야?" 스캔다르는 이렇게 물었지만 이건 질문이 아니었다. 분노가 용암처럼 혈관 속에서 끓어올랐다. 위버가 케나를 다치게 했다. 아무도 그의 누나를 다치게 할 수 없다. 에리카가 감히? 감히 어떻게 이런 짓을? 자기 자식에게 어떻게 이럴 수 있나? 스카운드럴은 갑자기 연을 통해 폭발적으로 치솟는 분노에 당황해서 꽤액 소리를 질렀다. 스캔다르는 간신히 이 말만 뱉어 낼 수 있었다. "위버가…… 왜? 어떻게?"

"우리의 엄마가 내가 원하던 것, 내가 필요로 하던 것을 주셨지." 케나는 숨을 한 번 크게 들이마시고 잘 들으라는 듯이 천천히 말했다. "아직도 살아 있건만 네가 나에게 숨겼던 우리 엄마 말이야!" 케나의 배신감이 뚝뚝 떨어지는 절규가 빈터에 울려 퍼지자 스캔다르의 분노는 사그라들었다. "어떻게 나한테 그런 거짓말을 해, 스카! 난 네 누나야! 내 엄마이기도 해! 어떻게 그래?"

눈물이 스캔다르의 뺨을 타고 흘러내렸다. 그건 분노의 눈물이 아니라 부끄러움의 눈물이었다. 무슨 변명을 해도 누나에게는 한심해 보일 것이다. 그래도 그는 말해 보았다. "누나의 상황을 더 나쁘게 만들고 싶지 않았어. 위버는, 그 사람은…… 좋은 사람이 아니야. 그리고 난……. 켄, 작년에 위버는 군대를 몰고 메인랜드를 공격하려고 했어. 누나에게 뭐라고 말해야 할지 몰랐어!"

"그래도 말이지, 동생아." 케나의 목소리가 분을 참지 못해 떨렸다. "사실을 말했더라면 좋았을 거야."

"미안해." 스캔다르는 흐느껴 울었다. "정말 미안해, 누나."

"그게 다가 아니지." 케나가 조용히 말했다. 그러고는 이내 목청을 높였다. "그게 다가 아니잖아! 내가 유니콘을 가질 운명이었다는 걸 알고 있었잖아. 넌 다 알고 있었어! 원래는 내가 시험을 통과하고 스피릿 윌더가 될 수 있었다는 걸 말이야. 하지만 넌 내가 메인랜드에 처박혀 있는 동안 그 모든 걸 너 혼자만 알고 있었어. 진짜 내가 그러고도 괜찮을 줄 알았어? 심지어 작년에 나를 스카운드럴의 등에 태우기까지 해 놓고서? 나한테 그 힘을 그렇게 느끼게 해 놓고 내가 아무렇지 않을 줄 알았니? 다 알고 있었으면서?"

"나도 확실히 알았던 게 아니야! 지금은 알아. 누나가 연을 놓친 스피릿 윌더 중 한 명이라는 걸. 해처리 시험에서 자동 탈락한 메인랜더 명단에서 누나 이름을 봤어. 난 누나와 운명으로 맺어진 유니콘을 알아, 켄. 얼룩무늬 회색 유니콘인데 계속 날 따라왔었어. 내가 그 유니콘을 누나와 맺어 줄 수 있을 것 같아. 내가 멘더라면, 누나가 나에게 기회를 주면…… 내가 그 연을 되살릴 수……."

"나는 이미 연이 있어." 케나가 나긋나긋하게 말했다. 그녀는 정말로 기쁜 듯 미소를 지으며 야생 유니콘에게 손짓을 했다.

'우리는 우리가 사랑하는 이의 불완전함을 잘 모르지.' 최초의 라이더가 했던 말이다.

하지만 스캔다르는 경기장에서 스카운드럴의 어두운 면에 사로잡혔을 때 느꼈던 것만 겨우 생각할 수 있었다. 그의 유니콘이 지닌 야생적인 부분. 그 부분은 무엇보다 죽음, 파괴, 피를 원했다. 위조된 연으로는 결코 그 부분을 길들일 수 없을 것이다.

얼룩무늬 회색 유니콘의 모습이 번개처럼 머릿속을 스쳐 지나갔고 그는 흐느낌을 주체할 수 없었다. 이건 잘못됐다. 완전히 잘못됐다. 어떻게 풀어야 할지 알 수도 없었다. 뭘 해야 할지도 몰랐다. 한순간, 위버를 잡아서 그녀가 저지른 일의 대가를 치르게 하고 싶다는 마음이 치밀어 올랐다. 다음 순간, 그는 누나가 예전 같은 눈으로 자기를 봐주기만을 세상 그 무엇보다 간절히 바랐다.

"켄, 내가 진심으로 미안해한다는 것만 알아줘. 토너먼트에 오면 다 말하려고 했어. 하지만 아일랜드가……. 누나는……." 스캔다르는 무엇을 물어야 할지 몰랐다. 자신이 무엇을 확인하고 싶은지조차 몰랐다. 누나는 피를 보고 싶어? 사악한 존재야? 어둠으로 가득 차 있어? 날 죽일 거야? 스카운드럴을 죽일 거야? 그는 다시 말해 보았다. "누나는…… 괜찮아?"

케나는 세차게 고개를 저었다. 그녀의 아랫입술이 떨렸다.

스캔다르의 마음속에서 뭔가가 부서졌다.

"엄마는 떠났어." 케나가 속삭였다. 그녀는 갈색 눈에 미처 흘리지 못한 눈물이 그렁그렁했지만 여전히 스캔다르와는 눈을 맞추지 않았다.

스캔다르는 무슨 생각을 해야 할지 몰랐다. 이해되지 않은 것이 너무 많았다. 케나가 어떻게 여기에 왔을까? 연이 위조된 이 사태가 케나의 탓인가, 자신의 탓인가? 누나가 달리 어떻게 할 수 있었겠는가? 누나가 위버에게 속아 넘어간 것도 당연하지 않나? 그가 누나 입장이었다면 어떻게 했을까? 그는 확신할 수 없었다. 사실, 그 자신도 애거서의 정체도 모르면서 따라오지 않았던가? 그는 애거서가 해처리에 데려가 준다고 해서 무작정 따라왔다. 케나도 마찬가지 아닌가? 선악을 따질 수 있는 경우가 아니다. 단지 그들 앞에 나타난 선택지가 전부였지 않은가?

케나가 다시 입을 열었다. "엄마는 그냥…… 떠났어. 날 데려오는 게 엄마의 계획이었지만 이젠, 이젠 가 버렸어." 마지막 말은 흐느낌에 가까웠다.

"당연히 그럴 사람이지." 스캔다르가 쓸쓸하게 중얼거렸다. "에리카 에버하트는 그런 사람이야." 그는 위버를 절대로 용서하지 않을 것이다. 이 모든 일을 결단코 용서하지 않을 것이다.

드디어 케나가 스캔다르를 똑바로 바라보았다. "이해할 수 없는 게 너무 많아. 내가 원한 건 유니콘뿐인데."

바로 그 순간이었다. 누나에 대한 사랑이 다른 모든 것을 이겼다. 누나가 자신이 한 일을 어떻게 이해할 수 있겠는가? 이해하지 못하는 게 당연했다. 다른 많은 이들이 그랬듯, 케나도 유니콘 한 마리를 원했을 뿐이다.

그래서 스캔다르는 케나에게 한 발짝 다가가 두 팔과 마음을 활짝 열었다. "괜찮아, 누나." 옆에서 야생 유니콘 새끼가 스캔다르를 보고 으르렁댔다.

남매는 함께 그 유니콘을 내려다보았다. 스캔다르는 물러서지 않으려 애썼다.

"괜찮지 않아." 케나가 울음을 터뜨렸고 모든 것이 한꺼번에 북받쳐 나왔다. "난 그냥 유니콘이 너무너무 갖고 싶었어. 도리언 매닝이라는 사람이 우리 집으로 찾아왔었어, 스카. 그 사람이 내게 유니콘을 갖게 해 준댔어. 자기가 날 위해 야생 유니콘들을 잡아서 스트롱홀드에 가둬 두고 있다면서."

스캔다르는 경기장에서 어떤 센티널이 했던 말이 퍼뜩 떠올랐다. '그 여자애의 것이 되기엔 나이가 너무 많아.'

"도리언 매닝은 내가 누나와 야생 유니콘의 연을 맺어 줄 거라 생각했을까?" 몇 달 전에 애거서는 도리언 매닝도 스캔다르를 멘더라고 생각하는 것 같다고 말했다. 그리고 이제 그 증거가 나온 셈이었다.

"나야 모르지. 어쨌든 내가 그 대가로 스카운드럴을 죽여야 한다고 말하지는 않았어."

"그럼, 그가 누나에게 원한 건 뭔데?" 스캔다르는 스트롱홀드에서 검투장을 봤을 때 도리언 매닝의 악독한 밑바닥을 봤다고 생각했다. 그런데 그게 밑바닥이 아니었음은 분명했다.

"하지만 난 몰랐어, 스카!" 케나가 황급히 말했다. "그리고 어제 엄마는 자기가 실버 서클에게 야생 유니콘을 죽이는 법을 알려 줬다고 했어. 그쪽에서는 몰랐지만 그게 엄마의 계획이었대. 엄마는 왜 그랬을까? 왜 아일랜드를 파괴하려고 했을까? 난 아빠를 혼자 두고 왔어. 내, 내가 아빠에게 나 대신 편지를 써 달라고 했어. 너에게 거짓말을 하고 싶지 않았거든. 아빠는 분명히 젤리베이비즈를 여러 번 빼먹었겠지. 내가 편지와 같이 보내야 한다고 귀가 닳도록 얘기했지만."

스캔다르는 울음을 터뜨렸다. 누나는 그대로였다. 아까 빈터에서 처음 보았을 때는 누나 같지 않았지만 지금은 완전히 스캔다르의 누나로 돌아와 있었다. 아빠를 걱정하고 스카운드럴에게 젤리베이비즈를 챙겨 보낼 생각을 하는 케나였다. 그는 누나를 자기 품에 끌어당겨 꼭 안아 주었다.

"정말 미안해, 켄." 스캔다르는 누나의 머리카락에 얼굴을 묻고 흐느 꼈다. "미안해, 정말. 에리카에 대해서 말했어야 했는데. 스피릿 원소에 대해서도 말했어야 했는데. 내가 미리 조심시켰어야 했어. 다 내 잘못 이야."

"용서해 줄게." 케나가 나지막한 목소리로 말했다. 스캔다르는 누나가 그 말을 할 때의 얼굴을 볼 수 없었지만 그 말을 간절히 믿고 싶었다. "그리고 난 이제 유니콘이 있는걸. 나도 얘가…… 일반적이지 않다는 건 알아."

스캔다르는 야생 유니콘에 대한 공포를 억눌렀다. "기분이 어떤데? 혹시…… 피를 보고 싶거나, 음, 누구를 죽여 버리고 싶거나 하지 않아?"

케나가 정말로 웃음을 터뜨렸다. "뭐? 아냐! 나 되게 신나, 스카. 정말 기분이 좋아. 손은 엄청 아프지만!" 그녀가 손바닥을 들어 보였다.

그것이 보였다. 야생 유니콘의 뿔이 케나의 손바닥을 찌르면서 만들어 낸 동그란 상처. 그리고 손가락을 휘감고 있는 붉은 선. 이제 막 생긴 해처리 상처였다.

"세상에! 누나는 라이더야. 이것 봐, 나도 똑같은 상처가 있어."

스캔다르가 자신의 오른손을 케나에게 보여 주었다. 케나가 자기 손을 동생 손에 포갰다. 그들은 손가락 깍지를 꼈다. 마침내 남매는 라이더가 된 것이다.

검은 유니콘과 야생 유니콘이 그들 옆에서 꽥꽥 울었다. 그 순간, 스캔다르는 아일랜드에서의 새 삶은 그가 상상해 왔던 것과 완전히 다르리라는 것을 깨달았다. 인생이 원하는 대로 굴러가지 않는다는 것을 배우기 시작한 것이다. 그렇지만 그는 누나와 깍지 낀 손을 바라보면서, 무덤으로 그를 구하기 위해 달려왔던 친구들의 얼굴을 생각하면서, 그들이 의지할 수 있는 것은 사랑뿐이라고 마음 깊이 확신했다.

"가족 상봉을 방해해서 미안한데," 콰르텟 친구들이 그들에게 다가왔다. "빨리 물 윌더를 찾지 않으면 아일랜드의 종말을 막을 길이 없어." 바비가 살짝 고개를 까딱했다. "안녕, 케나. 만나서 반가워. 야생 유니콘? 그건 경우가 달라."

미첼과 플로도 야생 유니콘을 ── 각기 다른 반감 어린 표정으로 ── 응시하고 있었다. 그들은 스캔다르의 시선을 느끼고 서둘러 표정을 수습하려 애썼다.

"내가 도울 수 있을까?" 케나가 스캔다르의 손을 놓고 갑작스럽게 물었다. "그러니까, 내가 뭐 할 수 있는 일이 있을까?"

미첼은 답답하다는 듯이 말했다. "하지만 넌 스피릿 윌더잖아. 스트롱홀드 명단에서 확인했어. 우리한테 필요한 건 물 윌더라니까."

"돕고 싶어서 하는 말이잖아, 미첼, 그런 식으로 말하지 마." 플로는 차분하게 말했지만 여전히 케나와 야생 유니콘 새끼를 번갈아 보고 있었다.

"잠시만, 케나가 뭔가 할 수 있을지도 몰라." 스캔다르는 이렇게 말하면서 머릿속이 윙윙거렸다.

"으음, 야생 유니콘은 다섯 원소 모두와 연합해 있잖아." 바비가 노래하듯이 말했다. "우리가 무덤의 위치를 알아낼 수 있었던 것도 그래서였지, 아마?"

스캔다르는 케나의 위조된 연의 모습을 떠올렸다. 그 연은 어느 한 원소의 색깔로 고정되지 않았다. 최초의 라이더와 나누었던 대화도 불현듯 머릿속에 되살아났다.

'당신들의 원소는 무엇인가요?'

'어떻게 대답해야 할지 모르겠군.'

그렇다면 케나는 한때 스피릿 윌더가 될 운명이었지만 상황이 달라졌을지도 모른다. 케나는 야생 유니콘처럼 다섯 원소 모두와 연합해 있을 수도 있었다.

"케나가 우리와 함께 뼈 단장을 잡아야 한다고 생각해." 스캔다르가 결연하게 말했다. "해 보자."

케나는 갓 부화한 야생 유니콘을 돌아보고는 콰르텟을 따라 디바이드로 걸어갔다. "내가 뭘 하면 돼?"

스캔다르가 뼈 단장에 새겨진 물의 상징을 가리켰다. "보이지? 이 부분을 손으로 잡아. 우리가 다 함께 이 지팡이로 땅을 내리칠 거야."

"라이더는 항상 이렇게 극적인 삶을 살아?" 케나가 경탄하듯 말했다.

"스캔다르, 해가 진다!" 미첼이 해를 가리켰다. 스캔다르는 가슴이 철렁 내려앉는 것 같았다. 낮은 이미 저물어 가고 있었다.

스캔다르, 바비, 미첼, 플로, 케나는 디바이드에 원형으로 둘러서서 저마다 오른손으로 원소 상징 부분을 잡았다.

"하나에 간다." 스캔다르가 다시 한번 외쳤다. "다섯, 넷, 셋, 둘, 하나!"

다섯 원소의 라이더들이 최초의 라이더가 남긴 선물을 함께 붙잡고 디바이드의 대지를 내리쳤다.

스캔다르는 그가 아일랜드에 품은 모든 사랑을 생각하며 눈을 감았다. 그는 거창하거나 대단한 것을 생각하지 않았다. 정말로 중요한 것은 그런 게 아니었다. 해처리에서 스카운드럴과 처음 눈이 마주친 순간이 기억났다. 네슬링으로서 맞이한 첫날 팔콘과 스카운드럴이 벌였던 경주. 이어리의 나무들에 내려앉은 서리. 스피릿의 아지트인 생크추어리에서의 깜짝파티. 수수께끼의 실마리를 찾았을 때 흑판 앞에서 환히 빛나던 미첼의 얼굴. 바비의 샌드위치 냄새. 선셋 플랫폼에서 다시 만났을 때 스카운드럴의 울음소리. 야생화 언덕에 플로와 나란히 앉아 만끽했던 아름다운 꽃향기와 가족 같은 편안함.

꼬박 5초 동안 스캔다르는 눈을 감고 있었다.

그러다 뭔가 느낌이 왔다. 그가 잡고 있던 둥근 손잡이에서 펄떡펄떡 고동치는 에너지가 흘러나와 그의 손가락을 거쳐 팔을 타고 심장에 이르렀다. 그의 스피릿 변이가 욱신거렸다.

스캔다르의 눈이 번쩍 뜨였다. 다른 라이더들도 단장을 굳게 쥐고는 있었지만 눈은 발아래 땅으로 향해 있었다. 디바이드가 짙은 빨간색으로 빛나더니 노란색, 초록색, 파란색으로 차례차례 변했다. 그러다 금세 모든 색이 원에서 빠져나가 네 개의 단층선으로 마치 잉크를 들이부은 것처럼 쫙 퍼져 나가며 주위의 철갑을 두른 나무들을 각 원소 고유의 빛으로 환히 비추었다.

"됐다! 되고 있어!" 플로가 외쳤다.

그때 스캔다르가 잡고 있던 뼈 단장의 손잡이 부분이 하얗게 빛났고 그 빛이 디바이드의 대지에 흘러내렸다. 손잡이에서 다시 한번 맥박이 요동치더니 눈을 뜰 수 없을 만큼 환한 빛의 충격파를 대지로 내보냈다. 그 파장이 단층선의 불, 물, 흙, 공기의 색과 섞이고 점점 더 넓게, 네 개의 원소 구역으로 퍼져 나갔다. 아주 잠깐이지만 아일랜드 전체가—마치 원소 별이 탄생하는 것처럼—흰빛에 완전히 잠겼다. 경이감이 스캔들를 압도했다. 그는 이 행복, 이 자부심, 이 소속감을 주체하지 못하고 폭발해 버릴 것 같았다.

이것은 그의 아일랜드였다. 그리고 그의 원소가 아일랜드의 회복에 한몫한 것이다.

하지의 해가 마침내 바다에 가라앉자 뼈 단장의 흰빛이 어두워졌다. 스캔다르는 공기에서 잠잠함을, 스카운드럴과의 연에서—그 자신의 영혼 자체에서—잠잠함을 알아차렸다. 이전에 사라졌던 평온함이 돌아와 있었다. 친구들의 표정으로 그들도 같은 경외감을 느끼고 있음을 알 수 있었다. 유니콘들도 축하한다는 듯 히힝히힝 울었다. 원소들의 평화가 돌아왔다.

그때 뼈 단장이 심하게 흔들리기 시작했다.

"무슨 일이지?" 바비는 흔들리는 단장을 계속 잡고 있으려고 이를 악물었다.

"원래 이러는 거야?" 미첼이 물었다.

"나도 몰라!" 스캔다르가 말했다. 그때 둥근 손잡이가 그의 손에서 떨어져 나갔고 다른 원소 조각들도 떨어져 나갔다. 뼈 단장은 부러지고 있었다. 부러지고 부러지고…….

부러졌다.

그들은 다섯 조각으로 부러진 채 디바이드에 놓여 있는 뼈 단장을 응시했다. 스캔다르는 최초의 라이더가 그것을 되돌려 놓으라고 했던 말 외에는 아무것도 생각할 수 없었다. 그는 아일랜드가 그것을 다시 필요로 할지 모른다고 했다. 그런데 이제 뼈 단장은 부서졌다. 그가 잘못한 걸까?

"음, 스캔다르……." 미첼이 뼈 단장과는 거리가 먼 스캔다르의 어깨 너머를 보고 말을 잇지 못했다.

미첼이 말문이 막히는 경우는 드물었다. 스캔다르는 무슨 일인가 하고 자신의 어깨 너머를 보았다.

도리언 매닝이 그의 유니콘을 몰고 이어리의 나무들 사이를 전력 질주 하고 있었다. 그 뒤로 실버를 탄 렉스와 은빛 가면을 쓴 여섯 명의 센티널이 바짝 따라오고 있었다. 그 뒤에는 카자마 사령관과 7인 위원회가 달려오고 있었다.

"둘 다 죽여야 해! 전부 죽인다!" 도리언 매닝은 입에 거품을 물고 빈터로 뛰어들었다. 그의 눈빛은 거칠고 초점이 없었다.

"실망이다, 진짜." 바비가 말했다. 그들은 모두 유니콘에 타기 위해 전력 질주 했다. "대프티스트 무카우(Daftest Moocow, 도라이 음메음메)가 진즉에 아일랜드를 떠났기를 바랐건만."

"대프티스트 뭐?" 케나가 물었다.

"나중에 설명할게." 스캔다르는 이렇게 말하고 스카운드럴의 등에 올라탔다. 그는 서두르느라 뼈 단장 조각들을 주워 모으는 것도 깜박했음을 깨닫고 잠시 당황했다.

하지만 너무 늦었다. 지금은 그걸 걱정할 때가 아니었다. "켄, 누나의 유니콘을 디바이드로 데려가. 우리가 누나와 누나 유니콘을 지켜 줄게." 케나는 겁에 질려 눈이 동그래졌다. 하지만 스캔다르는 도리언 매닝만이 문제가 아니라는 것을 깨달았다. 사령관이 케나가 —— 위버와 마찬가지로—— 야생 유니콘과 연을 맺은 것을 곱게 볼 리는 없었다.

콰르텟은 스카운드럴, 블레이드, 레드, 팔콘을 디바이드 주위에 세웠다. 네 개의 유니콘 뿔이 도리언 매닝과 다른 유니콘들이 달려오는 바깥쪽으로 향했다. 네 개의 손바닥이 각기 연합한 원소의 색상으로 빛을 발했다.

도리언 매닝이 손바닥을 빨간색으로 빛내며 네 친구에게 파이어볼을 날렸다. 눈 깜짝할 사이에 네 개의 손바닥은 파란빛을 뿜으면서 네 개의 물 실드를 세워서 도리언 매닝의 공격을 막아 냈다. 그의 불이 서서히 꺼졌다. 네 친구가 감정이 고조된 것은 차라리 운이 좋았다. 평소 같으면 네슬링 네 명이 원숙한 실버를 상대한다는 것은 불가능했다.

"저 계집애가 위버와 함께 해처리에 침입했어. 나와 나의 센티널들을 공격했다. 저 계집애가 야생 유니콘과 연을 맺었어!" 도리언 매닝이 공격에 나서면서 고함을 쳤다.

"널 진짜 싫어하나 봐, 케나." 바비가 공기 실드로 물 블라스트를 막으면서 말했다.

"내 아내가 너희들 때문에 죽었다!" 그의 입 속에서 은빛 혀가 번득였다. "스피릿 월더들은 모두를 죽여! 죽음의 원소를 반드시 막아야 해!"

플로와 바비가 힘을 합쳐 세운 번개 실드가 모래처럼 쏟아지는 화살들을 막아 냈다.

"솔직히, 나 이거 하루 종일이라도 할 수 있어." 바비는 행복해했다.

"아버지! 멈추세요!" 렉스 매닝이 거의 도리언 매닝 옆에까지 와서 그의 주의를 돌리려 애쓰고 있었다. "그만하셔야 해요! 스캔다르와 그의 친구들이 지금 막 아일랜드를 구했어요, 모르시겠어요? 아버지, 쟤들은 폴른 24에 아무 책임이 없어요. 쟤들이 엄마를 죽인 게 아니에요." 렉스가 말을 멈추었다. 평소 평온하던 그의 얼굴이 잔뜩 구겨져 있었고 뺨에 전기가 탁탁 소리를 내고 있었다.

"으으윽!" 도리언 매닝은 다른 무기를 성형하기 시작했다. 그러나 다른 네 마리의 유니콘이 그와 콰르텟 사이를 가로막았다. 오설리번 교관, 웹 교관, 앤더슨 교관, 그리고 다소 비틀거리는 세일러 교관이 도착했다.

"감히 우리 네슬링들을 공격해?" 오설리번 교관의 눈동자가 얼마나 빠르게 소용돌이치는지 윤곽이 흐릿해 보였다. "이어리 안에서 라이더들을 공격하다니, 이건 금지된 일입니다!" 그녀는 마지막 말과 함께 손바닥을 뒤로 젖혔다가 앞으로 강하게 내밀었다. 강력한 물줄기가 뿜어져 나가 도리언 매닝을 강타하여 안장에서 떨어뜨렸다. 그가 땅바닥에 엎어졌다. 그가 연거푸 기침을 하고 씩씩댔다.

"지금 무슨 일이지? 우리는 대피하기로 되어 있었는데 실버 서클이 긴급 전갈을 보내와……." 니나는 말을 하다 말고 입을 다물지 못했다. 스캔다르와 스카운드럴이 그녀와 라이트닝스미스테이크에게 다가가는 바람에 그들의 뒤에 놓여 있던 하얀 뼈 단장이 시야에 들어왔기 때문이다.

"저게 최초의 라이더의 선물이야?" 니나 카자마가 숨죽여 물었다. "뭔가가 바뀌었다고 생각했지. 우리가 포포인트를 지나가는데 원소들이 갑자기 차분해졌어. 네가 한 일이야? 네가 저걸 찾았어? 저게 정말 효과가 있었니?" 질문이 추가될 때마다 니나의 목소리가 점점 흥분에 휩싸였다. 이제 그녀는 스캔다르가 아일랜드에 온 첫날 이어리를 안내해 주던 그 열정 넘치던 선배의 모습으로 돌아온 것 같았다.

스캔다르가 미소를 지으면서 말했다. "이제 끝났어요."

카자마 사령관의 얼굴에 함박웃음이 떠올랐다.

"그딴 건 신경 쓰지 마!" 도리언 매닝이 씩씩댔다. "쟤는 저 야생 유니콘과 연결돼 있어. 쟤는 스캔다르의 누나야." 그가 케나를 가리켰다.

렉스 매닝이 자기 유니콘을 몰고 니나 카자마에게 다가갔다. "카자마 사령관님." 그의 목소리가 어찌나 후회와 슬픔으로 가득한지 스캔다르는 그가 울음을 터뜨릴지도 모른다고 생각했다. 그는 눈앞으로 늘어진 완벽하게 컬이 진 머리카락을 넘겼다. "우리 아버지 말은 듣지 마세요. 야생 유니콘들을 살해한 건 실버 서클입니다. 아버지는……. 제가 아버지를 막을 수 없었습니다. 아버지는 스캔다르가 연을 놓친 스피릿 윌더들을 그들의 운명의 유니콘과 재결합시킬까 봐 두려웠던 겁니다. 저 가엾은 여자아이를 아일랜드로 데려온 장본인도 우리 아버지입니다. 자신이 마음대로 다룰 수 있는 스피릿 윌더를 한 명은 두고 싶었던 거예요. 아버지는 저 여자아이를 스캔다르의 힘으로 유니콘과 결합시키고 나서 스카운드럴을 죽이라고 요구할 작정이었습니다."

"스피릿 윌더들이 그런 일을 할 수 있어? 너는 할 수 있니?" 니나가 스캔다르에게 물었다.

"어쩌면요, 그럴 수 있을지도 몰라요. 나도 확실히는 몰라요." 스캔다르가 머뭇거리며 말했다. "실질적으로 연을 수선해 보거나 한 적은 없어요." 그는 이 말을 덧붙이면서 케나와 그가 더욱더 곤경으로 빠지는 일이 없기를 바랐다.

렉스는 계속 말했다. "아버지를 설득하려고 했지만 아버지는 진실의 노래의 경고에 마음을 쓰지 않았습니다. 그러다가 결과를 깨달았을 때는 이미 너무 늦어 버렸고요." 렉스는 고개를 숙였다. 그의 실버 유니콘은 잠잠하니 꿈쩍도 하지 않았다.

"이제 알았지요?" 미첼이 목청을 돋우었다. "몇 달 전에 우리가 위원회실에서 했던 말이 전부 다 사실이었다는 것을요."

"도리언 매닝을 끌고 가." 니나는 스캔다르가 한 번도 들어 본 적 없는 험악한 목소리로 말했다. 네 명의 센티널이 유니콘에서 내려 도리언 매닝의 팔을 뒤로 비틀었다.

"이럴 순 없어! 네가 무슨 권한으로! 나는 실버 서클의 수장이다!" 그가 외쳤다. 오설리번 교관은 도리언 매닝이 이어리 구역에서 확실히 나갈 때까지 그의 모든 걸음을 소용돌이 눈으로 주시했다.

애거서가 갑자기 나무들 사이에서 불쑥 나타났다. 그녀는 아주 먼 거리를 달려온 것이 틀림없었다. 그녀의 흰 망토는 너덜너덜해져 있었고 주름진 이마도 땀에 젖어 있었다.

"무슨 일인가요? 메시지를 받았는데……."

오설리번 교관이 애거서를 급히 조용히 시켰다.

"우리가 너를 어떻게 해야 하지?" 니나가 야생 유니콘 새끼를 내려다보며 말했다.

케나가 스캔다르에게 다가가기 위해 조금씩 움직이자 꿀빛 야생 유니콘 새끼도 케나 뒤를 따라갔다. 스캔다르는 교관들과 위원회 전체가 반감을 드러내는 것을 보았다.

애거서는 유령이라도 본 사람 같았다. 그녀의 얼굴이 시체처럼 창백해졌다. "안 돼." 그녀가 신음하듯 내뱉었다. "안 돼, 또 이래서는 안 돼."

"누가 이런 거지?" 니나가 케나에게 물었다. 스캔다르는 사령관이 자기 목소리에서 두려움을 지우려고 노력하는 것을 느낄 수 있었다. 사실, 케나 외에 야생 유니콘과 결합한 유일한 라이더는 위버가 아닌가.

스캔다르가 누나를 대신해 입을 열었다. 케나는 카오스컵 2연패 우승자를 향한 동경 반 두려움 반으로 정신을 차리지 못하고 있었으니까. 그는 말을 하면서 이야기의 조각들을 짜 맞추었다. "위버가 한 일이에요. 해처리에 있던 유니콘 알을 이용해 연을 위조한 게 분명합니다. 케나의 야생 유니콘은 올해의 의식 후에 부화되지 않은 채 남아 있던 알에서 태어났겠죠. 그리고, 음…… 손을 모두에게 보여 줘, 켄."

케나가 오른손을 들어 보였다. 거기에서, 그녀의 해처리 상처에서, 아직도 피가 뚝뚝 떨어지고 있었다. 스캔다르는 지금쯤이면 상처가 아물어야 하는 게 아닌가라는 생각이 들었다.

7인 위원회에서 두 명은 경악에 찬 비명을 질렀고 다른 사람들은 노기등등한 고함을 질렀다.

"오, 맙소사." 디바이드에서 조금 떨어져서 레드와 블레이드 사이에서 팔콘의 등에 올라타 있던 바비가 초조하게 내뱉었다. 하지만 스캔다르는 위원들의 반응을 이해할 수 있었다. 야생 유니콘과의 연은 아일랜드가 믿는 모든 것에 역행하지 않는가. 케나는 그들이 두려워하게끔 교육받은 것 그 자체였다.

"제가 이런 일이 일어나길 바란 건 아니었어요." 그들의 반응에 상처받은 케나가 울부짖었다. "도리언 매닝이 메인랜드의 우리 집에 나타나서는 제 운명의 유니콘을 찾았다고 했어요. 그다음에는 위버가 저에게 이런저런 약속을 했죠." 스캔다르는 위버가 그들의 엄마라는 말만은 케나가 하지 않기를 간절히 기도했다. "위버가 저에게 이것을 약속했지만 제가……." 케나가 말을 멈추고 숨을 한 번 들이마셨다. "제가 여기 남아도 되나요?"

위원 중 한 명이 불편한 듯 목청을 가다듬더니 경고하듯이 말했다. "사령관, 만약 메인랜드가 이 사실을 알게 된다면, 메인랜드가 하지 아닌 때에도 부름을 받는 아이가 있다고 알게 된다면……."

"그 정도는 나도 생각하고 있습니다, 올리버." 니나가 그만 말하라는 듯 손을 저었다.

"메인랜드에서 알까 봐 걱정하는 거라면, 아무에게도 말하지 않을게요. 전 그냥 이어리에서 훈련을 하고 싶어요. 제 동생처럼요."

"저 얘기는 사실인가?" 니나가 스캔다르를 돌아보았다. "진짜 네 누나가 맞아?"

"네." 스캔다르가 고개를 끄덕였다. "그래서 도리언 매닝이 우리 누나를 끌어들이려 한 겁니다. 누나를 이용하려고 한 거죠. 누나가 스피릿 원소를 자기를 위해 사용하게 하려고요. 저를 막으려고요! 케나가 여기 있으면 안 될까요? 제발요, 다른 모든 라이더들처럼요?"

"하지만 저 아이는 다른 라이더들과 같지 않잖아." 다른 위원이 씩씩거렸다. 길게 늘어뜨린 그의 검은 곱슬머리 끝에서 불똥이 튀었다. "벼락이 떨어져도 야생 유니콘을 이어리에 들이는 일은 있을 수 없어!"

오설리번 교관이 다른 유니콘들을 향해 으르렁대는 셀레스티얼시버드를 타고 다가와 대화에 합류했다. "무례를 범하고 싶진 않습니다만," 그녀의 얼굴이 팽팽하게 긴장돼 있었다. "이어리는 저 단장을 내준 라이더가 설립한 이래로," 그녀가 디바이드를 가리켰다. "유니콘을 부화시킨 라이더들을 훈련시키는 역할을 담당해 왔죠. 해처리 상처가 있고 유니콘의 마법의 수혜를 입은 어린 라이더들을 말입니다."

스캔다르는 오설리번 교관에게 고마운 마음이 와락 솟아올랐다.

"우리는 저 아이를 다른 라이더들을 훈련시키는 것과 똑같은 이유에서 훈련시킬 겁니다. 혼돈을 다스리고, 원소들을 운용하며, 연이 더욱 깊어질 수 있도록. 모두가 ─ 유니콘과 인간 모두 ─ 조금이라도 덜 괴물 같은 모습으로 살아가기를 바라는 마음으로요. 저 아이가 위버에게 이용당한 건 저 아이 잘못이 아니잖아요. 이 전에도 위버에게 이용당한 사람들은 많이 있었죠."

니나는 잠시 눈을 감고 자신을 다잡았다.

"안 돼요, 페르세포네."

케나는 절규했고 스캔다르는 심장이 철렁 내려앉았다. 바비가 물었다. "진짜요?" 미첼과 플로는 말이 없었다.

오설리번 교관은 설득해 보려 했다. "하지만 스피릿 원소, 특히 스캔다르에 대한 의심은 야생 유니콘들이 살해당하지 않았다면 일어나지 않았을 일이죠. 어쩌면 지금이야말로 스피릿 원소에게 좀 더 기회를 주어야 할 때인지도 몰라요."

니나가 고개를 저었다. "케나는 스피릿 윌더가 아니에요. 저 연은 왜 곡된 것입니다. 여느 라이더들과는 달라요. 케나가 아일랜드에 있으면, 더구나 올해와 같은 일을 겪고 난 후라면, 공포와 혼란을 불러일으킬 뿐입니다. 지금은 결정을 내릴 수 없습니다. 나 혼자 정할 일이 아니에요."

"하지만 사령관님은 거부하지 않는 거죠?" 스캔다르는 거의 숨을 쉴 수가 없었다.

"수락하는 것도 아니야." 니나가 준엄하게 말했다. "나는 사령관으로서 아일랜드를 책임져야 하고 반드시 올바른 결정을 내려야 한다. 모두를 위해서. 결정이 내려질 때까지 케나와 야생 유니콘은 이어리에서 '주의 깊은 감시하에' 지내게 될 것이다."

니나의 시선이 갑자기 스캔다르에게서 다른 데로 옮겨 갔다. 그녀가 렉스를 뚫어져라 쳐다보자 뺨에 전기를 일으키며 유니콘의 등에 타고 있던 렉스가 움찔했다. 그다음에 니나는 무슨 이유에서인지 세일러 교관과 노스브리즈나이트메어를 주시했다. "스카이, 이어리에서 은퇴한다는 생각은 변함이 없나요?" 니나의 목소리는 다정했다.

공기 교관이 쓸쓸한 미소를 지었다. "네, 그런 것 같네요. 부상을 입고 나니 이어리에서 공기 훈련을 제대로 이끌지 못할 것 같아서요."

"죄송합니다, 세일러 교관님." 스캔다르가 불쑥 말을 꺼냈다. "저는……."

세일러 교관이 스캔다르를 돌아보았다. 그녀의 목에서 전기 힘줄이 불끈거렸다. "네 잘못이 아니야, 스캔다르. 사과할 필요 없다. 더구나 네가 이렇게 큰일을 해낸 마당에."

"내 생각은……." 니나가 렉스 매닝과 세일러 교관을 번갈아 바라보았다.

오설리번 교관이 들뜬 것 같기도 하고 능글맞은 것 같기도 한 표정을 지었다. "이어리와 실버 서클이 좀 더 일체성을 띤다면 나쁘지 않을 것이다?"

"내 생각이 그겁니다." 니나가 말했다.

스캔다르는 뭐가 뭔지 알 수가 없었다.

"너무 어린데요." 오설리번 교관이 중얼거렸다.

니나가 어깨를 으쓱했다. "그건 나도 마찬가지죠. 렉스, 어떻게 생각해요?" 그녀가 대뜸 물었다. "이어리에서 공기 교관으로 활동하는 동시에 실버 서클의 수장을 맡을 수 있겠어요?"

렉스는 충격으로 입을 다물지 못했다. 스캔다르는 그가 이렇게 덜 완벽해 보이기는 처음이라고 생각했다. "아니…… 진심이에요?"

"매우." 니나가 씩 웃었다. "당신이야말로 실버 서클이 필요로 하는 인물일지 모른다는 생각이 드네요."

렉스가 고개를 숙였다. "영광입니다, 사령관님."

플로는 다른 교관들과 마찬가지로 기뻐하는 눈치였다. 그렇지만 스캔다르는 니나와 오설리번이 실버 서클의 새로운 수장을 가까이 두고 주시하기 위해 두 가지 직책을 겸임하게 했을 거라는 생각을 떨칠 수 없었다.

7인 위원회가 돌아서서 이어리를 떠날 때 니나 카자마는 스캔다르에게 가까이 오라고 손짓을 했다. "미안, 지금 당장 케나의 훈련을 허락한다고는 못해. 하지만 케나가 해로운 존재가 아니라고 이해시키기 위해 최선을 다할게. 그건 약속해."

"고맙습니다." 스캔다르가 말했다.

니나는 고개를 끄덕이고는 자기 유니콘을 타고 떠났다.

오설리번 교관이 긴 숨을 서서히 뱉어 냈다. "스캔다르." 그녀의 소용돌이치는 푸른 눈이 반짝였다. "말이 난 김에, 아일랜드의 변화와 관련된 충격적인 일 가운데 네가 또 말하고 싶은 건 없니?"

스캔다르는 애거서의 시선이 자기에게 머무는 것을 느꼈지만 일부러 눈을 맞추지 않았다. 그들이 다름 아닌 위버의 자식이라는 사실이 밝혀지면 케나의 상황에 도움이 되지 않을 것 같았다. 그래서 그는 고개를 저었고 누군가가 다른 증거를 찾기 위해 시크릿 스와퍼를 방문하는 일이 없기만을 바랐다.

"페르세포네," 앤더슨 교관의 귓가에서 불꽃들이 긴급하게 깜박거렸다. "대피 말인데, 우리가 아무래도……."

"맙소사!" 오설리번 교관이 외쳤다. "그래요! 다들 여전히 떠나야 한다고 생각하고 있겠군요!"

"어서 이 가슴 벅찬 소식을 전합시다." 웹 교관이 눈물을 훔치면서 말했다.

"매닝 교관도 함께 갑시다." 오설리번 교관이 플로에게 뭔가 말하고 있던 렉스에게 말했다.

"'매닝' 교관의 이름을 들을 때마다 움츠러들지 않으려면 시간이 좀 걸릴 것 같아." 스캔다르는 친구들과 함께 마구간으로 향하면서 이렇게 말했다.

블레이드는 스카운드럴과 보조를 맞추어 걸었고 플로는 누가 듣지 않는지 주위를 두리번거리고 나서 이렇게 속삭였다. "케나가 때맞게 나타나서 너무 다행이야. 케나가 정말 안됐다는 생각이 들긴 하지만 말이야. 틀림없이 위버의 속임수에 넘어가 위조된 연을 맺었겠지. 그래서 이 지경이 된 거야."

스캔다르는 플로에 대한 애정이 용솟음치는 것을 느끼면서 격렬하게 고개를 끄덕였다. 케나는 위버와 한패가 아니었다. 최초의 라이더가 말했던 대로다. 사람은 누구나 실수를 한다. 그리고 이제 케나가 여기에 있다. 케나를 돕기 위해서라면 무슨 일이든 할 것이다. 야생 유니콘이든 아니든 상관없이.

플로가 갑자기 입을 손으로 가리며 하품을 했다. "졸려. 한 백 년은 자야 할 것 같아."

바비가 킬킬거렸다. "이미 시도했던 여자가 있잖아. 그런데 잘 안됐지, 아마? 모든 것이 너무 많이 자라 버렸고 지나가던 어떤 남자가 그 가엾은 여자를 키스로 깨우기로 작정했지. 덧붙이자면, 여자의 의향은 묻지도 않고 말이야. 무례한 짓 아님?"

케나가 웃음을 터뜨렸고 스캔다르는 그 소리를 들은 것이 정말로 오랜만이라는 것을 실감했다. 그거야말로 순수한 마법이었다.

"나랑 네 누나가 죽이 잘 맞을 거라고 하더니." 바비가 스캔다르에게 윙크를 했다. 그러고는 케나에게 말했다. "연이 위조됐든 그렇지 않든, 걱정하지 마. 카자마 사령관은 좋은 사람이야. 우리와 같은 메인랜드

출신이기도 하고. 난 사령관이 결국은 네가 훈련을 받을 수 있게 해 줄 거라 믿어."

"그래서 이제 계획이 뭐야?" 미첼이 마치 누군가가 튀어나와 지시를 내리기를 기대하듯 텅 빈 이어리를 두리번거리며 초조하게 물었다. 스캔다르는 미첼의 시선을 눈으로 따라가다가 일곱 마리 유니콘이 선셋 플랫폼으로 돌아오는 것을 보았다. 송골매회가 집으로 돌아오고 있었다.

스캔다르가 플로에게 빙그레 웃어 보였다. "계획? 우린 아주아주 평범한 일을 해야 한다고 생각해."

21장

출발

몇 주 후, 스캔다르는 애거서와 새로 자란 묘목 사이를 걸었다. 스캔다르의 손은 물뿌리개를 잡고 있었고, 애거서의 손은 주먹을 쥐고 있었다. 그들 앞에는 — 저마다 자기 물뿌리개를 든 — 바비 브루나, 미첼 핸더슨, 플로 셰코니가 있었다. 케나 스미스는 이제 막 플레질링으로 진급한 친구들에게 질문을 퍼붓느라 일손을 거들 수 없었다.

마상 시합 토너먼트는 다시 치러졌고 이제 빙의 소동은 일어나지 않았다. 콰르텟은 대부분 미첼의 예측보다 훨씬 좋은 성적을 냈다. 바비만은 그러지 못했다. 바비는 결승에서 앰버 페어팩스에게 패배했다. 콰르텟은 그 일을 일절 입에 올리지 않았다. 몇 달 전이라면 이렇지 않았겠지만 스캔다르는 솔직히 앰버의 승리가 그렇게 거슬리지 않았다. 어쨌든 앰버는 그를 스카운드럴과 다시 연결해 준 장본인 아닌가. 게다가 토너먼트가 하지 이후에 — 네슬링이 플레질링으로 이미 진급한 후에 — 열렸기 때문에 교관들은 올해는 예외적으로 최하위 6인을 노매드로 선언하지 않기로 결정했다.

제이미 미들디치는 진실의 노래 후유증에서 회복되었다. 그는 콰르텟이 뼈 단장을 찾는 데 자신의 노래가 도움이 됐다는 말을 듣고도 그리 달가워하지 않았다. "좋은 일이고 잘된 일이긴 하지." 제이미는 한탄했다. "하지만 부모님은 내가 이렇게 어린 나이에 진실의 노래를 불렀다는 얘기를 평생 우려먹을 거야. 아주 못 견디게 자랑스러우신가 봐!"

"그래도 좋은 일은 좋은 일이잖아." 플로는 긍정적으로 말하려고 노력했다.

제이미는 풀 죽은 얼굴을 했다. "나는 부모님이 갑옷 제조공 아들을 자랑스럽게 생각했으면 좋겠어. 내가 만든 갑옷이 최초의 라이더의 공격에서 스캔다르의 목숨을 구했다고!"

"얼추 그랬지." 바비가 중얼거렸다.

제이미는 바비가 한 말을 듣지 못했다. "바보 같은 노래를 부르는 것보다 그게 훨씬 낫잖아."

"음, 난 네가 자랑스러워, 제이미." 미첼이 붉은 머리에 어울리게 얼굴을 붉히면서 말했다. "나처럼 영리한 사람이 자랑스럽다고 할 정도면 가치 있는 거잖아."

미첼이 자랑스럽게 여기는 일이 또 있었다. 아이라 헨더슨은 아들이 뼈 단장을 찾는 데 중요한 역할을 했다는 것을 알게 되자 미첼과 레드를 축하해 주러 몸소 이어리로 찾아왔다. 미첼은 좀 어색하긴 했지만 드디어 아버지가 아들의 교우 관계나 장래 계획을 통제할 수 없다는 것을 받아들이기 시작한 것 같다고 했다.

뼈 단장이 원소들을 균형 상태로 되돌려 놓긴 했지만 한 해 동안의 손상이 마법처럼 회복되지는 않았다. 포포인트에서 이어리까지, 그리고 각 구역의 어느 곳을 가든 피해 복구에 힘쓰는 아일랜더들을 볼 수 있었다. 신입 해칠링이든, 갑옷 제조공이든, 카오스 사령관이든 상관없었다. 해야 할 일이 산더미처럼 쌓여 있었지만, 스캔다르는 그렇게 아일랜드 전체가 하나가 되어 서로 돕는 모습이 왠지 아름답다고 생각했다. 그렇지만 부러져 버린 뼈 단장은 여전히 그의 마음을 어지럽혔다. 적어도 그 조각들이라도 무덤에 되돌려 놓아야 하지 않았을까. 그렇지만 하지의 해가 진 후 그가 디바이드로 돌아갔을 때 그 조각들은 이미 온데간데없이 사라져 버렸다.

스캔다르와 애거서는 계속 걸었고 그는 머릿속으로 그간 있었던 일을 정리했다. 묘목 하나에 물을 주려고 허리를 숙이면서 약간 뿌듯한 기분이 들었다. 하지로부터 며칠이 지난 후, 실버 서클이 케나를 위해 잡아 두었던 야생 유니콘들은 스트롱홀드의 지하 감옥에서 전부 풀려났다. 하지만 스캔다르는 살해당한 유니콘들에 대해서 카자마 사령관에게 편지를 썼다. 그는 그 유니콘들의 시신을 수습해야 한다고, 연을 맺은 유니콘들과 똑같이 잘 묻어 주자고 제안했다. 아일랜드의 피에 물든 유구한 역사에서 야생 유니콘을 묻어 줄 생각을 했던 라이더는 예전에 오직 한 명뿐이었다. 그러나 니나는 스캔다르의 제안을 수락했다. 죽임을 당한 불멸의 존재도 최소한 그렇게 묻힐 자격이 있었다.

그래서 그들은 여기, 이어리 벽 바깥쪽을 걷고 있는 것이었다. 그곳은 야생 유니콘들이 마침내 영원한 안식에 든 자리였다.

"잎들이 무성하게 자라면 한결 아름다울 거야." 애거서는 이렇게 말했지만 스캔다르는 그녀가 진짜로 하고 싶은 말은 따로 있다는 것을 목소리만 듣고도 알아차렸다.

"케나가 걱정되시죠." 그가 말했다.

"당연히 걱정되지!" 애거서가 발끈하더니 이내 목소리를 낮추었다. "위조된 연이 에리카를 어떻게 만들었는지 봐. 그나마 블러드문스에퀴녹스와의 진짜 연 덕분에 오랫동안 희석이 되어서 그 정도야."

"어쩌면 그게 문제였을지도 모르죠." 스캔다르가 어깨를 으쓱했다. "케나는 아마 다를 거예요." 그는 그 일에 대해서 생각해 보지 않은 척, 걱정하지 않은 척, 가엾은 얼룩무늬 회색 유니콘이 황무지에서 단말마의 비명을 지르는 악몽을 꾸지 않은 척할 수 없었다. 그는 위조된 연을 안전하게 푸는 법이 없을까 고민하며 밤새 뒤척이곤 했다. 하지만 케나는 괜찮아 보였다. 완전히 평소의 케나였다. 피에 대한 갈증은 보이지 않았다. 그리고 자신의 야생 유니콘을 어찌나 사랑하는지 만약 스캔다르가 그들을 갈라놓는다면 ── 가능한지는 모르지만 ── 용서하지 않을 것 같았다. 그래서 그들은 이제 사령관이 케나의 이어리 훈련을 허락하기만을 기다리면 되는 것 같았다.

"야생 유니콘은 연을 맺은 유니콘과 달라, 스캔다르. 네 친구들은 케나를 위해서 아무 차이가 없는 척하고 있지만 그 유니콘은 자기 라이더를 위해 아무것도 내주지 않을 거다."

"그게 무슨 뜻이죠?"

애거서는 낙심한 표정으로 변이된 자기 뺨을 긁었다. "스카운드럴은 너와 연을 맺었을 때 네 곁에서 살아가기 위해 자신의 영생을 포기했어. 하지만 그 야생 유니콘은 영원히 산단다, 케나가 죽더라도 말이야. 궁극적으로, 위조된 연은 라이더가 유니콘의 원초적 본성에 노출된다는 것을 의미해. 그 유니콘은 가져가기만 하고 내주진 않아. 네가 단 몇 분이지만 스카운드럴의 피에 굶주린 본성에 사로잡혔을 때 어땠는지 생각해 봐, 스캔다르. 에리카와 내가 예전에 읽었던 경고는……"

"케나는 다섯 원소 모두와 연합해 있어요! 그건 야생 유니콘도 케나에게 뭔가를 내줬다는 뜻 아닐까요?" 스캔다르가 반론을 내놓았다.

"잠시만 생각해 보렴. 다섯 연합이 서로 다른 방식으로 끌어당기는 거야. 다섯 가지 변이가 일어날 수도 있겠지. 유니콘의 힘이 차지하는 다섯 가지 방식……."

'스피릿의 어둠의 친구가 진정한 후계자를 찾으리라.'

"최초의 라이더도 야생 유니콘과 연합했지만 선량한 인물이었잖아요. 그가 해처리를 만들고 이어리를 설립했어요. 애초에 연을 발견한 사람이기도 하고요. 케나도 그렇게 될 수 있을 거예요." 스캔다르는 최초의 라이더에게 들은 경고를 마음 한구석으로 밀어 냈다. 무덤에서 처음 들었을 때부터 그의 머릿속에서 계속 맴돌고 있는 경고를.

'네가 가장 사랑하는 사람이 너를 배신할 것이다. 가장 중요한 순간에 그들이 너에게 등을 돌릴 것이다.'

애거서는 이미 고개를 젓고 있었다. "스캔다르, 최초의 라이더가 네게 한 말이 사실이더라도 그의 연은 위조된 것이 아니었어. 야생 유니콘 여왕은 오랫동안 우정과 사랑을 나눈 후에 비로소 자기 마법의 특권을 그와 나눠 가졌지. 그건 호의에 뿌리를 둔 연이었어. 그러나 위조된 연은 근본적으로 탐욕에 뿌리를 두고 있지. 결국, 자기 것이 아닌 뭔가를 탈취하는 거야." 애거서는 한숨을 쉬었다. "케나는 스피어가 무너질 때 스트롱홀드에서 탈출했다고 했지. 그게 몇 주 전의 일이야! 그동안 케나는 에리카와 무엇을 하고 있었을까? 에리카가 케나를 아일랜드에 데려와 야생 유니콘과 연결해 주고 그냥 훌훌 떠날 작정으로 이 모든 일을 정교하게 계획했을까? 그건 전혀 에리카답지 않아. 넌 정말로 케나가 널 용서했다고 생각하니? 네가 케나에게 모든 사정을 그렇게 숨겼는데도? 너도 케나가 이어리에 도착했을 때 화가 나 있었다고 말했잖아. 그리고……."

"누나는 그때 제정신이 아니었어요." 스캔다르는 완강하게 쏘아붙이고는 다른 묘목 옆에서 이모의 얼굴을 바라보았다. "케나가 괜찮지 않으면 내가 모를 리 없어요. 내 누나라고요."

"그리고 에리카는 내 언니지." 애거서가 무거운 손을 스캔다르의 어깨에 얹었다. "조심하렴, 정신 똑바로 차리고. 내가 바라는 건 그게 다야."

하지만 그가 세상에서 가장 친한 세 명의 친구들과 해맑게 웃고 있는 케나를 바라보면서 애거서의 경고를 진지하게 받아들이기는 어려웠다. 설마 그럴 리가. 그를 흔들어 재워 주던 누나. 그의 눈물을 닦아 주던 누나. 자신조차 믿을 수 없었던 때부터 그가 라이더가 될 수 있다고 믿어 주던 누나. 케나는 그가 아는 사람 중 가장 친절한 마음을 가진 사람이었다. 야생 유니콘과의 결합조차도 그 사실을 바꿀 수 없을 것이다. 누군가가 어둠과 싸워서 승리한다면 그 사람은 케나일 것이다.

스캔다르는 자기 무릎 옆의 묘목을 좀 더 자세히 들여다보면서 눈을 깜박거렸다. 새로 뻗은 연약한 가지에 잎이 하나 돋아 있었다. 눈처럼 하얀 잎, 스피릿 원소처럼 하얀 잎이었다.

왠지 희망적인 기분이 들었다. 뭔가가 시작되는 기분이.

에필로그

달도 뜨지 않은 밤, 두 마리 유니콘이 전투가 할퀴고 간 평원을 건너 갔다.

첫 번째 유니콘은 가면을 쓰지 않은 라이더에게 재촉당하며 황무지를 내달렸다. 두 번째 유니콘은 라이더의 썩어 가는 심장의 박동에 맞춰 걸었다. 느리고 꾸준한 박동, 혼돈에 길든 심장의 박동이었다.

가면을 쓰지 않은 라이더가 약속 장소에 먼저 도착했다. 그의 눈에서 이글거리는 불꽃은 가없는 어둠 속의 유일한 빛이었다. 그는 위버가 다가오는 것을 지켜보았다. 쿵, 쿵, 유니콘의 부패한 발굽이 흙바닥을 울리는 소리는 흡사 장례 행렬의 북소리 같았다.

라이더는 위버의 불멸의 유니콘이 그의 주위를 도는 동안 공포로 눈을 깜박거렸다. 그는 항상 그녀를 두려워했다. 그것 때문에 그는 살아 있음을 느꼈다.

위버는 상대에게 공포가 파고들었음을 감지했다. 그녀는 언제까지나 공포의 대상일 것이다. 그것에 대해 그녀는 아무 느낌도 없었다.

"이게 다 무엇을 위한 일이었는지 이해가 안 됩니다. 우리는 케나를 이어리에 빼앗겼습니다." 그의 입에서 단어들이 죽어 가는 새의 날개처럼 퍼덕거리며 떨어졌다.

위버가 미소를 짓자 그녀의 입술을 가로지르는 흰 칠이 갈라졌다.

"케나 에버하트는 그 애가 있어야 할 바로 그곳에 있다."